王飛燕 지음

춘향전의
중국어 번역 및
변용의 양상

보고사
BOGOSA

머리말

　필자는 대학에 들어가고 나서야 한국어를 배우기 시작하였다. 시간만 놓고 보면 적지 않은 시간이 흘렀지만 자질이 부족하고 놀기를 좋아하여 공부를 열심히 하지는 못했다. 기억을 더듬어보면 한국에 와서 처음 국문학 강의를 들었을 때 절반도 알아듣지 못하여 느꼈던 당혹감이 지금도 생생하다. 대학원에 들어와서도 '살'과 '쌀'의 발음을 제대로 하지 못했고, 여전히 은/는과 이/가의 용법 차이를 구별하지 못한다. 그러나 다행히도 아주 제자리걸음인 것은 아닌 듯하다. 얼마 전 논문을 찾다가 우연히 석사과정 때 지도교수님께 받은 책을 펴봤는데, 모르는 단어마다 세필로 중국어 뜻을 적어둔 것이 보였다. 이를 보니 "그때는 이런 쉬운 단어들도 몰랐구나."라고 하면서 스스로 감개하였다.

　한국고전문학을 공부하면서 〈춘향전〉의 위상을 익히 들었지만 대학원에 들어오기 전에는 원전을 꼼꼼하게 읽어보지 못했다. 한국어 실력이 어느 정도 늘기 전에는 〈춘향전〉의 원전을 제대로 이해하기 어렵기 때문이었다. 석사과정 시절에 〈춘향전〉을 처음 읽었는데, 그때 읽은 것은 완판84장본 〈열녀춘향수절가〉가 아니라 〈남원고사〉였다. 성격이 서로 다른 글이 한 작품 안에 모여든 것이 신기하기도 했지만, 작품 내용과 문체형식이 낯설고 어려워 혼란스러웠다. 후에 박

사과정이 되어서야 동학들과 함께 한 국문소설 스터디를 통해 완판84
장본을 꼼꼼하게 읽게 되었다. 그때 한 단어의 뜻을 확인하기 위해
선학들의 해석서와 명창들의 창본을 두루 찾아 읽어보았지만 끝내 명
쾌하게 알 수 없었다. 필자는 그런 찝찝하면서도 끈끈한 묘미를 좋아
했다.

박사 3학기쯤 되었을 때 우연한 기회로 대만에서 출판된 허세욱 선
생님의 〈춘향전〉 중국어 번역본을 접하게 되었는데, 읽어보니 만족스
러운 번역본이 아니었다. 그 이후에 다른 번역본을 찾기 시작했고,
2년에 걸쳐 적지 않은 소설번역본과 중국 전통 희곡 개작본을 수집하
였다. 자료를 수집하면서 선행연구자들의 관점이 궁금하여 연구사를
정리하기 시작했고, 그 과정에서 일부 연구자들의 논점에 동의하지
않아 나름의 관점을 밝히기 위해 학술지논문도 쓰기 시작하였다. 처
음부터 계획했던 것은 아니지만 결과적으로 볼 때 자료도 어느 정도
로 수집하였고, 선행연구도 어느 정도로 정리하였기에, 자연스럽게
박사학위논문의 주제를 〈춘향전〉의 중국어 번역과 개작으로 정하기
로 하였다. 이 책은 바로 필자의 박사학위논문을 책으로 엮은 것이다.

박사학위논문을 작성할 당시 필자는 문학비평과 번역이론에 대한
지식이 상당히 부족했다. 그래서 많은 관점과 의견은 다분히 감상적
이고 평면적이다. 책을 내기 전에 비평과 번역이론에 대한 보완이 필
요하다는 생각이 있었지만, 막상 하려고 해보니 손대기가 쉽지 않았
다. 결국 큰 수정·보완 작업을 하지 못한 채 책으로 묶게 되었다. 생
각해보면 박사학위논문으로 제출한 이상 이 논문은 이미 하나의 완성
품이다. 거칠고 범박하지만 텍스트를 꼼꼼하게 읽고, 그 위에 비평을
더하여 만든 순수하고 솔직한 완성품이다.

한국 고전문학 전공자로서 필자는 〈춘향전〉의 중국어 번역본이 한국의 〈춘향전〉을 "있는 그대로" 번역하고 표현해야만 좋은 번역본이라 할 수 있다는 고집을 가지고 있었다. 더 구체적으로 말하자면 단순히 오역 없는 번역이 아니라, 〈춘향전〉의 내적인 감정과 사상, 판소리의 예술적인 미감 등을 모두 적절하게 표현해내야만 좋은 번역이라 할 수 있다는, 어떻게 보면 가장 기본적이면서도 가장 높은 기준을 가지고 있었다. 그래서 이 책에서는 많은 분량을 할애해 각 번역본의 오역과 적절하지 않은 번역을 지적하였다. 비평을 위해 한 지적이었지만 어떻게 해야 더 좋은 번역을 할 수 있을까를 고민하는 과정에서 나온 지적이기도 하다.

중국 전통 희곡 개작본은 〈춘향전〉을 하나의 전형적인 재자가인형 사랑 이야기로 개작하였다. 조선시대의 신분제도를 반영하는 원작의 현실주의적인 요소를 외면했고, 춘향을 처음부터 이몽룡의 화방작첩이 아니라 정실부인으로 설정하였다. 이는 중국 관객들의 수용심리를 고려한 개작이라 할 수 있다. 그러나 원작에서 신분질서의 질곡에서 발버둥치는 춘향은 이몽룡의 정실부인이 될 리가 없다. 원작에서 춘향이 보여준 걱정, 발악, 애원, 원망, 푸념 등의 감정이 요조숙녀로 변한 중국 희곡의 춘향에게서는 보이지 않는다. 작품의 표현 형식이야 얼마든지 변할 수 있지만 인간이 가지고 있는 보편적인 감정은 늘 통할 수 있다. 춘향이 반드시 요조숙녀여야 한다는 생각은 언제나 개작자의 주관적인 판단이었지, 〈춘향전〉의 실상은 아니다.

이 책을 읽어보면 중국어권의 독자들이 번역본과 중국의 전통 희곡을 통해 알게 된 〈춘향전〉은 한국에서 일반적으로 말하는 〈춘향전〉, 더 정확하게 말하자면 완판84장본 〈열녀춘향수절가〉가 아니라는 것

을 알 수 있다. 이는 언제나 하나의 개별적인 사례이지만 한국의 고전
문학작품이 외국어로 번역된 이후 원작의 모습을 얼마나 유지하고 있
었는지, 어떻게 변모되었는지, 무엇을 잃어버렸는지를 다시 한 번 생
각하는 계기가 되었으면 한다.

　마지막으로 명확하게 지적해야 하는 문제가 있다. 중국에서 〈춘향
전〉의 번역과 전파에 있어 처음부터 관련된 나라는 한국이 아니라 북
한이었다. 소설번역본의 경우 지금까지 상대적으로 가장 훌륭한 번역
본은 북경 작가출판사에서 1956년에 출판한 빙울(冰蔚)과 장우란(張友
鸞)의 공동작업으로 한 번역본으로, 이후에 나온 번역본에 가장 많은
영향을 주었다. 이 번역본의 저본은 북한 조선작가동맹출판사 1954년
에 출판한 〈춘향전〉이다. 중국 전통 희곡 개작본의 경우에는 지금까
지 공연하고 있는 희곡〈춘향전〉은 월극(越劇) 〈춘향전〉이고, 기타 지
방극(地方劇)의 제2저본의 역할을 한 극종(劇種)도 월극이다. 월극 〈춘
향전〉의 저본은 북한 국립고전예술극장의 연출본이다.

　〈춘향전〉은 한국과 북한의 공통적인 문학유산이다. 판소리문학의
개방성과 유동성을 상기하면 다양한 이본의 존재와 다양한 해석의 가
능성은 바로 〈춘향전〉의 예술적인 특징이라 할 수 있다. 그러나 근대
에 들어온 이후 정치적인 의도나 이데올로기의 영향 아래서 발생한
일련의 변화는 문학작품으로서의 자발적인 변화라 하기 어렵다. 이런
외부적인 영향에서 벗어나야만 〈춘향전〉의 본래의 모습으로 되돌아
갈 수 있다.

　한국에 유학을 온 지 어느덧 벌써 10년이 지났다. 그동안 많은 분들
의 은덕을 입었다. 먼저 말과 글에 모두 서툴렀던 필자를 늘 칭찬해주
시고 격려해주신 정은임(鄭恩任) 선생님께 감사 인사를 드리고 싶다.

외국학생이라서 늘 예쁘게 봐주시지만 장차 연구자의 길을 걷게 될 제자로 엄격하게 가르쳐주셨다. 최초로 한글필사본을 읽는 훈련을 바로 정은임 선생님께 받았다. 그때 몇 시간 동안 같은 자세로 〈한중록〉의 필사본을 읽다가 뒷목에 쥐가 난 듯 아팠던 기억이 있다. 그러나 그 시절을 생각나면 막연히 좋았다. 석사과정과 박사과정의 지도교수이신 장효현(張孝鉉) 선생님께도 깊은 감사를 드리고 싶다. "비연이는 알아서 잘 할 거야."라고 말씀하시며 필자를 "자유로운 영혼"으로 키워주셨다. 선생님 밑에서 7년 가까이 공부하면서도 나의 관점과 다른 관점을 인정해주지 않는 고집을 쉽게 고치지는 못했다. 선생님께서는 늘 이를 지적해주시면서도 연구에 있어서 최대한 자유를 주셨다. 박사과정을 수료한 다음 첫 학회발표를 신청하려고 할 때에도 적극적으로 격려해 주셨고, 투고논문이 안 좋은 심사평을 받아 연구실로 찾아가 울면서 심사위원을 원망하고 하소연할 때도 따뜻하게 위로해주셨다. 지속적으로 공부하고 연구자로서 성장하는 동안 선생님께서 항상 곁을 지켜주시고 인도해주셨다. 말씀을 드리지는 않았지만 선생님께서 필자를 위해 얼마나 신경을 많이 쓰셨는지, 그리고 지금도 쓰고 계시는지 알고 있다.

필자가 경제적으로 부담 없이 공부할 수 있는 것은 여러 장학금과 지원금 덕분이다. 이 자리를 빌려서 감사를 표하고 싶다. 대한민국의 BK21플러스 장학금과 고려대학교의 외국인 우수 장학금은 필자가 공부하는 동안의 기본적인 생활보장을 해주었다. 그 이외에 〈춘향전〉의 중국어 번역에 대한 연구라는 주제로 대산문화재단의 한국문학 연구 지원금을 받은 적이 있고, 중국 교육부의 우수 자비(自費) 유학생장학금도 받았다. 이 모든 은덕을 마음속에서 간직하면서 감사하는 마음으로 살아가겠다. 후에 이런 은혜를 갚을 길이 분명히 있음을 믿는다. 이를 갚는 것은 나의 책임이자 사명이다.

박사학위논문을 쓰기 시작할 때부터 지금까지 필자의 글을 고치고 수정해주는 최영에게 감사하다는 말을 전하고 싶다. 필자가 고군분투할 때 최영이 곁에서 항상 유력한 조력자의 역할을 담당하고 있다.

마지막으로, 보잘것없는 글을 책으로 출판해주신 보고사 김흥국 대표이사님과 김하놀 편집자님께 감사하다는 말씀을 드리고 싶다. 외국인인 필자가 어색한 한국어로 쓴 책을 출판해주신 것은 보고사의 모험일지도 모른다. 이 모험이 헛되지 않고 좋은 결과를 거둘 수 있게 계속해서 노력하겠다.

필자는 국문과 박사과정을 졸업한 다음 다시 중일어문학과 박사과정에 진학하였다. 지금 두 번째 박사학위논문인 낙선재본 〈홍루몽〉에 관한 연구를 열심히 준비하고 있다. 처음부터 계획하였던 것은 아니었지만 필자가 선택한 연구 텍스트는 양국의 고전문학사에서 모두 최고의 위상을 가지고 있는 작품이다. 이는 필자에게 맡겨진 사명일지도 모른다. 연구를 착실하고 깊게 해서 한·중 양국의 깊이 있는 문학과 문화교류에 일조하겠다.

문장 교정에 나름의 노력을 기울였지만 여전히 오탈자나 비문, 혹은 크고 작은 문법상의 오류가 있을 것이다. 이 책을 읽는 모든 분들께 양해를 부탁드린다.

2018년 6월 10일

王飛燕 삼가 씀

차례

I. 서론

문학작품은 번역(translation)과 개작(adaptation)[1]을 통해 다른 시·공간에서 그 문학적인 생명을 연장하게 된다. 번역은 원작을 재현하는 것이 원칙이고 개작은 개작자의 의도에 따라 원작을 어느 정도 변모시킨다. 이때 원작을 있는 그대로 재현하는 것은 번역의 원칙이자 가장 바람직한 방법이지만 그것은 사실 불가능에 가깝다. 개작 또한 작품을 다르게 변형시키면서도 원작의 주제를 유지하고자 하나, 문체나 장르의 변화과정 속에서 주제의 변모는 흔히 일어난다. 그래서 번역되거나 개작된 작품은 원작과 어느 정도의 관련성을 유지하면서도

---

1 본고에서 사용한 개작이라는 용어는 장르변용의 의미에서 사용한 것이다. 소설에서 창극으로의 개작과, 창극에서 중국 전통 희곡으로의 개작은 모두 장르변용의 의미를 내포하고 있다. 개작의 사전적인 의미는 "작품이나 원고 따위를 고쳐 다시 지음, 또는 그렇게 한 작품"이라는 것이다. 영어로 대응하는 단어는 adaptation으로, adaptation의 사전적인 의미는 "a written work (as a novel) that has been recast in a new form."이다. 중국어로 대응하는 단어는 '개편(改編)'인데 원작을 '개작하다, 각색하다'라는 의미를 담고 있다. 전체적으로 보았을 때 개작이라는 용어 자체가 장르변용의 의미를 포함하고 있다. 본고는 논의의 전개에 있어 개작을 실행하는 사람과 개작의 과정, 그리고 그 결과물인 개작본에 대한 논의에 더욱 집중하고 있기 때문에 장르변용의 의미를 내포하고 있는 개작이라는 용어를 사용하기로 한다.

원작과는 다른, 어떤 경우에는 원작과 상당히 거리가 있는 작품으로
변화하기도 한다. 때문에 문학작품은 번역과 개작을 통해 문학적 생
명을 연장하지만 연장된 생명의 질(質)은 번역자와 개작자의 손에 달
려 있다고 할 수 있다. 특히 원작이 존재하지 않는 타국(他國)에서 번
역 작품과 개작 작품은 모두 독립적인 문학작품으로 변모되기 쉽다.

　문학작품은 그것이 산출되던 당시의 정치·경제·문화 등 제반 요소
들과 밀접한 관계를 가지고 있다. 개인의 창작이든 집단의 창작이든
문학작품 안에 투영된 작가의 창작 의도나 주제는 모두 당시의 제반
여건에서 영향을 받는다. 그런데 하나의 문학작품이 완성된 결과물로
서 작가의 손에서 떠난 후에는 더 이상 작가의 존재가 작품에 영향을
주지 못하게 된다. 한편 번역과 개작에 있어 번역자와 개작자의 개인
적인 의도도 존재하지만, 그들이 살고 있는 시대의 정치·경제·문화
적인 제반 요소들도 번역과 개작 과정에 영향을 끼친다. 그러므로 번
역이나 개작은 다른 언어나 장르로 원작을 재현하는 단순한 일이 아
니다. 작품이 놓인 문화적인 환경이 다르고, 독자와 관객들의 수용심
리도 다르기 때문에 번역·개작된 작품의 내용과 주제, 표현수단 등도
상당히 달라진다.

　「춘향전」은 한국에서 많은 사랑을 받은 고전 작품이며 가장 많이
연구된 작품이기도 하다. 한국 문학사에서 「춘향전」이 높은 위상을
차지한 데에는 내용 자체의 문학성과 함께 이 작품의 연행방식, 즉
판소리 춘향가와 근대 이후 창극 「춘향전」의 예술적인 가치도 상당한
공헌을 하였다. 판소리 춘향가가 18세기부터 발전해 20세기 초 원각
사 시절까지 이어지며 「춘향전」의 위상을 높이는 데 큰 공헌을 했고,
20세기 이후 식민지시대를 거쳐 6·25 정전 때까지 활발하게 공연된

수많은 창극「춘향전」도「춘향전」의 유통과 전파에 크게 기여하였다. 한국 사람들의「춘향전」에 대한 '사랑'은 그 내재적인 의미가 상당히 복잡하고 다양하지만, 그들이 오랜 세월 동안 신분과 나이, 성별의 차이를 뛰어넘어 각자 나름의 이유로「춘향전」을 사랑했다는 것은 부인할 수 없는 사실이다.

한국의 대표적인 고전문학 작품이라는 위상과 대중들의 사랑으로 말미암아 세계 여러 나라에「춘향전」이 전해졌고, 수많은 번역본과 개작본이 등장했다. 그러나 번역본과 개작본이 수적으로 많이 존재한다는 사실만을 가지고 양적인 측면에서 이야기한다면,「춘향전」이 한국 고전문학의 대표작이라는 점 외에 다른 의미를 부여하기 어렵다. 번역본과 개작본의 실체를 알 수가 없기 때문이다. 번역이나 개작이 잘 이루어졌는지, 원작의 사상과 주제를 제대로 표현해냈는지, 독립적인 문학작품으로서 문학적·예술적 가치여부 등의 문제들을 검토해야 할 필요가 있는 것이다. 본고는 중국에서 이루어진「춘향전」의 번역과 개작 양상을 구체적으로 살펴보고「춘향전」의 중국어 번역본 및 중국어 개작본의 가치와 의의를 검토하고자 한다.

1. 연구목적

「춘향전」은 세계적으로 20여 종의 번역본이 있다고 한다. 일본어로 처음 번역된 이후 영어·프랑스어·베트남어·러시아어·중국어 등으로 번역작업이 꾸준히 이어져 왔다.[2] 중국에서 중국어로 번역된

---

2 일본에서 나온 최초의 번역본은 1882년에 나카라이 도스이(半井桃水)가 번역한

「춘향전」도 여러 종류가 있는데, 그중의 대부분은 어린이 독서물인 그림책의 형식으로 되어 있다.[3] 그 외에 소설이나 중국 전통 희곡(戱曲)[4]으로 번역·개작된 역본도 있다.[5] 현재 한국과 중국 학계에서 「춘

『鷄林情話春香傳』이다.

西岡健治, 「일본에서의 「춘향전」 번역의 초기양상 ―桃水野史譯『鷄林情話春香傳』 대상으로―」, 『어문론총』 제41호, 2004.

영역본은 1889년 미국의 선교사 알렌(H.N. Allen)이 번역한 것이다. 의사인 알렌은 선교사업을 하기 위해 1884년부터 1905년까지 한국에 머물렀는데 본국으로 돌아가기 전까지 외교관으로서의 활동도 병행했다. 그는 Korean Tales라는 책을 출판했는데 그 책에서 「흥부전」, 「춘향전」, 「심청전」, 「홍길동전」 등과 민담들을 번역해서 싣고 있다.

오윤선, 『韓國 古小說 英譯의 樣相과 意義』, 고려대학교 박사학위논문, 2004, 11쪽.

프랑스 역본은 1892년 프랑스 소설가 로니(J.-H. Rosny)가 번역한 것이다. 로니는 한국어를 모르는 사람이라 한국 유학생 홍종우의 도움을 받아 번역한 것으로 알려져 있다. 그러나 당시 홍종우의 프랑스어 구사능력 또한 소통할 수 있는 정도가 아니라서 중간에 일본인을 통해 의사소통했을 것으로 추측된다.

전상욱, 「프랑스판 춘향전의 개작양상과 후대적 변모」, 『열상고전연구』 제32집, 2010.

러시아어역본에 관한 다음 논의가 있다.

엄순천, 「러시아어로 번역된 한국문학 개별 작품의 수용 사례 분석」, 『한국시베리아연구』 6, 배재대학교 한국-시베리아센터, 2006.

3 중국에서는 이런 '그림책'을 소화서(小畫書)나 소인서(小人書)라고 부른다. 책의 형식은 전체의 이야기를 그림으로 표현하고, 그림 밑에 문자를 붙여 이야기를 서술하는 것으로써 주로 초등학교나 중학교 학생 같은 나이 어린 독자들이 쉽게 읽을 수 있게 만든 책이다. 책의 크기는 대개 성인 손바닥의 크기와 비슷하다. 이런 그림책은 대부분 중국조선족들이 모여 사는 중국 동북(東北)의 흑룡강(黑龍江), 길림(吉林), 요녕(遼寧) 등 지역의 출판사에서 출판한 것이고, 북한 평양에 있는 출판사에서 출판한 것도 있다. 이런 그림책 형식의 「춘향전」은 내용과 형식에 있어 본고의 연구주제와 거리가 있는 것이므로 연구대상에서 제외하기로 한다.

4 한국에서 희곡(戱曲)은 (1) 공연을 목적으로 하는 연극의 대본, (2) 등장인물들의 행동이나 대화를 기본 수단으로 하여 표현하는 예술로 개념정의하고 있다.(『표준국어대사전』). 그리고 대부분의 경우에는 (1)번의 해석에서의 대본의 의미로 사용되고 있다. 그러나 본고에서 말하는 중국의 전통적인 희곡은 (2)번의 설명과 더 가까운

향전」의 소설 번역본과 희곡 개작본에 관한 연구가 부분적으로 이루어지고 있으나 연구의 깊이와 다양성을 고려했을 때 아직까지는 초보 단계라 할 수 있다. 세부적으로는 희곡 개작본에 관한 연구가 상대적으로 많으며, 「춘향전」이 중국 전통 희곡으로 이식된 과정과 구체적인 양상이 어느 정도 연구되어 있다. 소설 번역본에 관한 연구는 상대적으로 많이 부족하며 작품에 대한 세밀한 연구가 아직 미진한 상태라 할 수 있다. 본고는 「춘향전」의 중국어 번역과 개작양상을 체계적으로 살펴보고 이런 다채로운 양상이 나타난 원인을 검토하면서 소설 번역본과 희곡 개작본이 가지고 있는 한계와 의의를 고찰하는 것을 목적으로 한다.

우선 소설 번역본의 양상에 대한 고찰은 원작의 주제·정취·특징 등을 얼마만큼 표현해 내는지를 중심으로 논의를 전개할 것이다. 원작을 충실하게 재현하는 것은 번역의 기본적인 원칙이지만 실제 번역 과정에서는 여러 가지 이유 때문에 원작을 오독하거나 적절하게 표현해내지 못하는 경우가 많다. 물론 훌륭한 번역수법으로 원작의 정취와 고상하고 우아한 멋을 제대로 표현해 낸 경우도 있다. 하지만 「춘향전」 소설 번역본의 전체적인 번역양상을 살펴보면 원작을 만족할 만큼 훌륭하게 재현해 낸 역본은 아직 없다고 할 수 있다. 역본들은

개념으로서 중국의 전통적인 공연 형식을 가리키는 말이다.

한국·중국·북한 셋 나라 극(劇)에 관한 용어의 체계적인 정리와 설명은 본고의 제Ⅲ장 "「춘향전」의 중국어 희곡(戲曲)으로의 개작"에서 체계적으로 제시하겠다.

5 최근에 김장선이 중국에서의 「춘향전」의 번역 수용에 관한 책을 냈다. 현재까지 중국에서 이루어진 「춘향전」의 번역 수용 자료를 수집·정리하여 풍부한 자료를 제공해주는 값진 책이다. 단 자료에 관한 구체적인 분석을 시도하지는 않은 것으로 보아, 이 책의 목적은 자료수집과 소개에 있는 듯하다.

김장선, 『중국에서의 〈춘향전〉 번역 수용연구 : 1939-2010년』, 역락, 2014.

각기 나름의 특징을 가지고 있기는 하나, 원작에 대한 정확한 해독이
나 내용을 적절하게 재현하는 부분에서 부족한 모습을 보이기도 한
다. 각 역본의 특징을 규명하고 문제점을 지적하는 것은 본고의 논의
전개에 있어 중요한 부분이지만 이런 문제를 살펴보는 일 자체가 본
고의 최종적인 연구목적은 아니라는 것을 여기서 밝혀둘 필요가 있
다. 이런 구체적인 분석은 논의가 진행될 수 있게 해주는 기반이 되는
데, 각 역본의 한계와 의의를 판단하는 증거가 될 수 있기 때문에 세
밀한 고찰이 필요하다고 생각한다. 텍스트에 대한 구체적인 분석을
하고 나서「춘향전」의 중국어 소설 번역본의 전체적인 특징과 공통적
인 문제점이 무엇인지, 이런 문제들이 발생한 이유가 무엇인지를
정리하고, 어떻게 해야 더 좋은 번역본을 낼 수 있을지 검토하고자
한다.

　희곡개작본의 양상을 대한 고찰은 내용과 공연양상의 변화를 중심
으로 논의를 전개할 계획이다. 판소리 춘향가로부터 창극「춘향전」으
로, 남북분단 이전에 남쪽에서 활발하게 공연되었던 창극「춘향전」으
로부터 1954년 북한의 창극「춘향전」으로, 다시 북한의 창극「춘향전」
으로부터 중국의 월극(越劇)「춘향전」으로 이어진 개작은 내용과 형
식면에서 모두 많은 변화가 일어난다.「춘향전」이 다른 장르로 이식
되면서 일어나는 변화가 있는가 하면, 새로운 정치제도를 선전하기
위해 작품의 내용을 적극적으로 개작한 경우도 많다.「춘향전」이 중
국 전통 희곡으로 개작된 1950년대는 2차 세계대전의 끝남과 더불어
중국·한국·북한이 모두 새로운 나라를 건립하고 새로운 정치를 펼치
려고 하는 특수한 시기이었다. 통치자의 정치적인 의도를 담아낸「춘
향전」은 단순한 문학작품으로서의 성격보다 정치선전 수단으로서의

성격을 더 강하게 띄고 있었다. 그리고 북·중 양국의 문화와 풍속의 차이도 개작에 많은 영향을 끼쳤다. 결과적으로「춘향전」이 북한과 중국에서 개작될 때 서로 다른 차이를 보인 데는 모두 이유가 있는 것이다. 본고에는「춘향전」이 북한과 중국에서 개작 및 개작된 양상을 살피고, 이러한 차이를 보이는 이유를 구체적으로 고찰할 것이다. 더불어 주변 환경의 변화에 따라「춘향전」이 달라지는 모습을 체계적으로 검토하고자 하다.

이런 연구를 통해「춘향전」이 중국으로 들어간 후, 문화·사상·풍속 등이 다른 환경에서 어떻게 변모되었는지, 주변의 조건에 어떻게 적응하고, 성격과 양상에 어떤 변화가 있었는지, 궁극적으로 작품이 처한 환경과 작품의 관계가 어떠한지에 대해 고찰할 수 있으리라 생각된다.

2. 연구사

「춘향전」의 소설 번역본에 관한 연구는 상당히 미약한 상황이다. 1956년 역본에 관한 연구는 진영과 학청산, 그리고 필자의 논의 외에는 다른 논의를 찾아보기 힘들고, 허세욱 역본에 관한 구체적인 연구는 필자의 연구가 유일한 듯하다. 기타 역본에 관한 연구는 아직 없는 것 같다. 진영은 완판84장본「열녀춘향수절가」와 1956년 역본「춘향전」의 서사전개를 비교했고, 1956년 역본에서 삭제하거나 첨가한 내용을 구체적으로 제시했다. 그리고 안종상(顏宗祥)의「춘향전」과 중국 화본(話本)소설에 관한 연구[6]를 참고해서 1956년 역본에 나타나는 화본소설적 성격을 살펴보았으며, 그 내용상의 변동과 원인을 검토했다.[7] 1956년 역본에 대한 최초의 논문이라는 점에서 의의가 있는 논문이지만, 논의 전개 과정에서 선학들의 논의를 그대로 가지고 온 흔적이 뚜렷하다.[8] 그 외에도 논의 전개과정에서 상식적인 차원의 문제점들이 있어 논의의 설득력을 떨어뜨렸다.[9] 학청산은 「중국에서의 〈춘향전〉 수용에 대한 연구」에서 「춘향전」의 세 역본, 즉 1956년 역본과 유응구(柳應九) 역본, 그리고 2010년 설주·서려홍 역본에 대해 언급했다. 논자는 세 역본의 몇 가지 대목을 가지고 간단하게 비교를 했을 뿐, 구체적인 논의 전개는 상당히 소략하다. 2006년 유응구 역본은 저본인 완판84장본을 번역한 것이라기보다는 1956년 역본을 보고 번역한 것이라 할 수 있을 정도로 과도하게 1956년 역본을 참고한 역본이다. 그런데 논자는 이런 점을 간과해서 다른 두 역본보다 오히려 2006년 유응구 역본에 더 좋은 평가를 내렸다. 이는 텍스트를 정밀하게 분석하지 않아서 내린 판단이라 할 수 있다.[10] 필자는 1956년 역본의 번역양상을 제대로 된 번역과 적절하지 않은 번역으로 나누어 살펴보았고 이 역본의 가치와 한계를 지적했다.[11]

---

6 顔宗祥, 「春香傳與中國話本小說」, 『外國文學』, 1990.

7 진영, 「중문판 소설〈춘향전〉의 연구」, 『여성문화의 새로운 시각』 6, 月印, 1999.

8 3장에서 「춘향전」의 '독특한 사설'을 분석한 부분이 거의 모두 안종상(顔宗祥)의 「춘향전」과 중국 화본소설(話本小說)의 내용을 따른 것이다.

9 예를 들면 1956년 역본에서 원작에 있던 성적인 내용들을 삭제한 것에 대해 '사회주의와 자본주의의 문화사상의 차이'로 설명한 것이나, 「춘향전」의 번역시기를 중국의 문화대혁명(文化大革命)과 연결시켜 설명한 것이 그것이다. 완판84장본의 출판시기를 상기하면 그 안에 있는 성적인 내용들을 '자본주의사회의 문화사상'과 연결시킨 것은 무리라고 해야 한다. 그리고 중국의 문화대혁명이 시작된 시기는 1966년이므로, 1956년 역본의 출판시기와는 10년의 시간차가 있다.

10 학청산, 「중국에서의 〈춘향전〉 수용에 대한 연구」, 건국대학교 석사학위논문, 2011.

한편, 필자는 1967년 대만에서 출판한 허세욱 역본의 번역양상을 살펴본 바가 있다. 구체적인 번역양상에 있어 원작의 고전적인 정취와 음악적인 특성을 적절하게 표현해 내는 번역이 있는가 하면 오역이나 고대어와 현대어의 혼용 등 문제점도 적지 않게 발견되었다. 다만 대만에서 나온 유일한 역본으로서 문학적 가치가 있는 역본이라 할 수 있다.[12]

최근에 김장선은 중국에서의 「춘향전」 번역 수용에 관한 책을 냈다. 작품에 대해 구체적인 분석을 시도하지 않았으나 종합적인 자료 소개와, 번역이나 공연의 배경에 대한 고찰에 있어 상당히 가치가 있는 책이라 할 수 있다. 「춘향전」의 중국어 역본에 대해 저자는 1956년 역본과 유응구 역본, 그리고 설주·서려홍 역본을 언급했다. 주로 작품을 소개하는 데 치중하여 1956년 역본에 대해 구체적인 평가를 가하지 않았으나, 유응구 역본에 대해 "한국인이 주체가 되어 번역하고 역자 서명도 한국인으로 되었기에 이는 중국으로 놓고 보면 어느 정도 수동적인 번역 이입"이라 하고, 설주·서려홍의 역본에 대해 현재까지의 소설 「춘향전」 중국어 번역문 가운데서 제일 우수한 번역문이라고 높은 평가를 내렸다.[13]

---

11 졸고, 「1956년 북경 작가출판사에서 출판한 〈春香傳〉의 번역양상에 대한 고찰」, 『어문논집』 71, 민족어문학회, 2014.8.

12 졸고, 「許世旭 역본 〈春香傳〉의 번역양상에 대한 고찰」, 『中國學論叢』 43, 고려대학교 중국학연구소, 2014.2.

13 김장선, 앞의 책, 104~116쪽.
   유응구 역본과 설주·서려홍 역본에 대한 구체적인 평가는 다음과 같다.
   "(유응구 역본) 한 가지 간과하지 않을 수 없는 것은 역자가 비록 번역 과정에 중국의 여러 대학 교수님들의 협조를 받기는 하였지만 필경 한국인이 주체가 되어 번역하고 역자 서명도 한국인으로 되었기에 이는 중국으로 놓고 보면 어느 정도 수동적

중국 전통 희곡 개작본에 관한 연구는 주로 월극과 조극(潮劇)에 집
중되고 있다. 월극「춘향전」에 관한 연구에는 양회석과 이지은의 논
문이 대표적인 것이라 할 수 있다. 양회석은 중국 희곡으로의「춘향
전」개작에 대해 "왜 하필 월극이 가장 먼저인가"라는 질문으로부터
논의를 전개했다. 논자는 월극과 창극은 모두 20세기 초에 탄생한 젊
은 극종으로서 성장 과정이 유사하다는 점, 설창(說唱)예술을 기반으
로 한다는 점, 그리고 노래의 형식이 비슷하다는 점에서 그 답을 찾아
냈다. 이와 함께 월극「춘향전」의 이식과정과 내용에 대해서도 자세
히 고찰했으며, 월극「춘향전」은 이몽룡과 춘향의 사랑에 초점을 맞
추고, 이를 계급투쟁으로 확대 해석하지 않는다는 특징도 지적했다.[14]
월극「춘향전」연구의 기반을 마련했다는 의미가 있음에도 불구하고,
이 논문은 월극과 창극「춘향전」사이의 유사성에 대한 설명과 두 작
품에 대한 비교를 다룬 부분에서 재고할 여지가 있어 보인다.[15]

인 번역 이입이라고 할 수 있지 않을까 싶다." (111쪽).
　"(설주·서려홍 역본) 제반 구조는 원문대로 4장으로 되었지만 기승전결을 이루었고
서술어는 통속적이고 간결하며 인물들의 대화는 간결하고 생동하며 인용된 시구는
아름답고 율동적이다. 고전과 현대가 유기적으로 잘 융합되어 현재까지의 소설「춘
향전」중국어 번역문 가운데서 제일 우수한 번역문이라고 하겠다." (115쪽).

14 양회석,「춘향예술의 양식 분화와 세계성 : 월극〈춘향전〉초탐」,『공연문화연구』6,
한국공연문화학회, 2003.

15 우선 논자가 제시하는 월극과 창극의 유사성은 말 그대로 양자의 유사성일 뿐이지
월극이 '가장 먼저' 선택된 이유가 될 수는 없다. 왜냐하면 논자가 창극과 비슷한
것으로 지적한 월극의 특성들은 월극만의 특성이라기보다는 대부분의 중국 희곡이
갖는 공통적 특성이라 할 수 있기 때문이다. 그러므로「춘향전」이 먼저 월극으로
개작된 것은 하나의 우연적인 사건이지, 월극의 성격 때문에 나타난 필연적인 결과
라 하기 어렵다. 월극「춘향전」의 개작이 마무리되자마자 곧바로 예극(豫劇), 평극
(評劇), 조극(潮劇) 등 다른 극종으로 개작된 것도 이 문제를 잘 설명할 수 있다.
다시 말하자면 월극이 다른 극종보다 창극과 특별히 더 유사하다고 할 수 없는 것이
다. 다음으로 해당 논문에서 사용하는 텍스트의 혼란성도 하나의 문제점으로 지적

이지은은 월극「춘향전」과 북한 창극「춘향전」을 비교 연구했다.
북한의 창극은 판소리가 가지고 있는 서사문학의 흔적을 간직하고 있
는 반면, 월극「춘향전」은 완전한 음악극의 형태를 띠고 있으며, 주요
한 테마는 남녀의 사랑이라는 점, 그리고 춘향이 재치 있고 유순한
여성으로 형상화된다는 점을 특징으로 지적했다.[16] 그 외에 이지원은
중국 희곡과 한국 창극의 교류를 고찰하는 논문에서 월극「춘향전」이
중국에서 공연된 상황에 대해 검토했지만 구체적인 작품분석을 하지
는 않았다.[17] 안창현은 한국의 창극「춘향전」과 월극「춘향전」에 대해
비교연구를 시도했으나 북한의 창극「춘향전」이라는 연결고리를 뛰
어넘어 한국의 창극「춘향전」과 직접 비교하는 방식은 논의에 비약이
있어 보인다.[18] 학청산은 중국에서의「춘향전」수용에 대한 연구에서
월극「춘향전」의 내용과 주제에 대한 검토를 시도했는데 대부분의 논
의는 양회석의 논점을 그대로 답습한 것이다.[19] 이인경은 월극「춘향
전」과 창극「춘향전」의 내용 및 인물형상의 변화, 무대의 설치와 음
악, 그리고 공연의 형식 등에 대해 세밀하게 비교·분석했다.[20] 하지만

___

될 수 있다. 논자의 말로는 이 논문을 작성할 때 북한의 창극본은 아직 입수하지
못한 상태였다 한다. 그래서 월극과의 비교대상으로서 완판84장본을 사용하기도
하고 장자백 창본을 사용하기도 했다. 이런 텍스트의 혼란으로 인해 논의의 설득력
은 떨어질 수밖에 없다.

16 李知恩, 「越劇〈춘향전〉비교연구(1) ―북한 창극〈춘향전〉과의 비교를 중심으로」,
    『中國語文學』 60, 영남중국어문학회, 2012.

17 이지원, 「월극 춘향전과 창극 홍루몽 : 중국희곡과 한국 창극의 교류에 관한 소고」,
    『판소리연구』 16, 판소리학회, 2003.

18 안창현, 「월극〈춘향전〉연구 : 창극「춘향전」과 소백화 월극단「춘향전」을 중심으
    로」, 『문화예술콘텐츠』 4, 한국문화콘텐츠학회, 2009.

19 학청산, 앞의 논문, 2011.

20 李仁景, 「越劇〈春香傳〉與唱劇〈春香傳〉的 比較研究」, 上海戲劇學院, 碩士學位論文,

'월극과 창극의 유사점' 그리고 '월극「춘향전」과 창극「춘향전」에 대한 간단한 분석' 부분은 각기 양회석의 논문과, 『남북한 공연예술의 대화』에서의 '북한 음악극 춘향전의 역사' 일부를 그대로 중국어로 번역해 옮긴 것으로 보인다. 한편, 필자도 월극「춘향전」의 개작과정과 특징에 대해 검토한 바가 있다. 기존 연구자들이 저본의 문제를 충분히 중요시하지 않은 점을 지적했고 구체적인 개작과정에 대해 완판84장본에서 북한 창극으로의 1차 개작과, 북한의 창극「춘향전」에서 월극으로 이어진 2차 개작으로 나누어 살펴보았다. 1차 개작과정에선 관리집단에 대한 비판과 계급투쟁의식이 강화되고, 춘향의 신분이 처와 첩 사이에 애매한 것으로 형상화되었으며, 민중들의 형상도 많이 강화되었다. 2차 개작과정에서는 관리집단에 대한 비판이 변학도의 악행에 집중되어 있고, 동비(銅碑)를 세워 춘향을 기념하는 특별한 에피소드를 삽입해서 한국전쟁에 대한 당시 중국인들의 감정을 투영했다. 한편, 이몽룡과 춘향의 사랑은 재자가인 형식의 사랑으로 개작되었고, 완판84장본에서의 골계와 해학이 많이 약화되었다는 점 등의 특징을 지적한 바 있다. 더불어 이런 변화를 일어나게 만든 당시의 문화·역사·정치상황 등을 간단하게 검토했다.[21]

조극「춘향전」에 관한 연구에서는 이지은의 논의가 유일한 것으로 보인다. 논자는 조극「춘향전」이 '북한의 화극(話劇)과 창극에서 중국의 월극으로 이식한 「춘향전」'을 다시 가져온 것이라 보고, 내용에 있어서 사랑이라는 주제에 포커스를 맞추어 춘향과 이몽룡의 사랑을 더

2010.

21 졸고, 「〈춘향전〉의 월극(越劇)으로의 변모양상에 대한 고찰」, 『동방문학비교연구』 제1집, 2013.

욱 선명하게 부각시키는 데 중점을 두었다고 지적했다. 그리고 조극 「춘향전」은 월극 「춘향전」에 비해 더욱 섬세한 문학적 변용을 가할 수 있는 여건을 갖추었으며, 한층 더 고아하고 세련된 「춘향전」의 모습을 보여주었다고 했다.[22] 작품분석 부분에서 자세히 검토하겠지만 필자는 이 부분에 대해 견해를 달리한다. 조극 「춘향전」은 서민적인 정서가 많이 들어가 있어 통속적인 표현이 상당히 많은 작품이다.

김장선은 「춘향전」의 중국 희곡 개작본과 관련된 다양한 극본자료와 공연상황을 소개했다. 작품에 대해 구체적인 논의를 전개하지 않았으나 중국에서 「춘향전」의 개작과정과 각 개작본의 관계를 체계적으로 정리하고 설명했다. 그리고 월극 「춘향전」이 성공을 거둔 이유에 대해 네 가지 면에서 설명했다. 첫째는 「춘향전」의 서사내용이 중국 관람자와 독자에게 친근감을 느끼게 하기 때문이고, 둘째는 「춘향전」의 인물형상이 중국 정부 시책과 일반 관람자 및 독자들의 공감을 불러 일으켰기 때문이며, 셋째는 「춘향전」의 반봉건 주제사상이 당시 중국의 문예시책에 알맞았기 때문이고, 넷째는 중조 양국의 혈맹관계를 돈독히 하고 과시하는 데 일조할 수 있기 때문이라 했다.[23]

한편, 중국 학계에서 「춘향전」의 번역과 개작을 언급한 논문은 왕혜(王慧)와 하성백(河星佰)의 논의가 있다. 왕혜는 박사학위논문 『「春香傳」의 문화인류학 해독』에서 1956년 역본을 텍스트를 삼아 「춘향전」에서 나타나는 문화·풍습 등을 분석했다.[24] 그러나 여기에서 논자

---

22 李知恩, 「潮劇〈春香傳〉研究(1) ─작품의 移植 배경을 중심으로─」, 『中國學論叢』 38, 고려대학교 중국학연구소, 2012.
23 김장선, 앞의 책, 49~53쪽.
24 왕혜(王慧), 『「春香傳」的文化人類學解讀』, 民族學與社會學學院, 民族學專業, 中

는 1956년 역본이 진정한 의미에서의 「춘향전」이 아니라는 점, 다시 말해 번역의 과정에서 이해의 차이와 표현방식의 문제 때문에 이미 1차적인 오류를 가지게 된 역본이라는 문제를 간과했다. 이런 잘못된 인식은 비약적인 추론으로 이어졌다. 구체적으로 말하자면 논자는 1956년 역본의 내용에서 월매가 성 참판과 결혼해서 성 참판의 첩이 되었다는 내용과, 춘향이 변학도 앞에서 현신한 다음에 이어지는 회계생원의 "혼사할 밖에 수가 없다"라는 내용을 두고 조선시대 양반들이 기생을 첩으로 들일 수 있고, 첩으로 들일 때 일정한 의식(儀式)을 취해야 한다는 결론을 도출했다.[25] 월매와 성 참판의 관계에 대해

央民族大學 博士學位論文, 2003.

25 논자의 의견을 제시하면 다음과 같다.
"소설 「춘향전」의 내용으로 볼 때, 관기(官妓)가 양반관리의 수청을 들 때 비록 이를 통해 자신의 신분계급을 바꿀 수는 없으나 일정한 예식(禮式)을 거행해야 정식으로 주변사람들의 인정을 받을 수 있다. 이 문제는 구체적으로 작품의 두 군데에서 확인할 수 있다. 우선 춘향모(母) 월매를 소개할 때, 그녀가 "당초에 삼남에 유명한 명기라 일찍이 탈적종량(脫籍從良)하고 양반 성씨와 결혼하여 화목하게 지냈다."고 했는데, 여기서 '가(嫁)'자를 쓰는 걸 보면 월매와 성 참판의 혼인은 일정한 예식을 거행했음을 알 수 있다. 그 다음에는 변학도가 춘향이 예기(藝妓)의 딸이라서 자신에게 수청을 들게 하고 싶었다. 부임지에 도착한 후 그는 사람을 시켜 춘향을 강제로 부청(府廳)으로 끌고 왔다. 춘향은 부청에 나타나서 한 마디도 하지 않았다. 변학도가 어쩔 수 없이 생원(막료)한테 도와달라고 하자 생원이 "당초에 중매쟁이를 보내 혼인을 의논하고 정식으로 혼인을 치르는 것은 도리에 합하는 것이지요."라고 대답한다. 이 말을 통해 알 수 있듯이 당시의 관례(慣例)를 따라 관기가 양반관리에게 수청을 들릴 때도 일반적인 혼례와 같이 일정한 정식적인 절차를 치러야 한다는 것을 알 수 있다."
(從小說《春香傳》中的內容來看, 官妓爲兩班官員守廳, 雖然不能因此而改變自己的身份等級, 但也要履行一定的儀式, 正式得到世人的認可. 這一點具體從兩處可以看得出來 : 首先, 介紹春香之母月梅的時候, 說她 "當初原是三南名姬, 早年脫籍從良, 嫁了一位姓成的兩班, 和美度日." 這裏用了 "嫁"字, 說明月梅與成參判的婚姻是履行了一定的儀式的. 其次, 卞學道因春香是藝妓之女, 想讓她爲自己守廳. 在上任後他強迫春香到府廳, 春香到後一言不發. 卞學道無計可施向生員(卽幕僚)求

1956년 역본에서 번역자들이 '퇴기(退妓)'와 '수청(守廳)'의 의미를 엄격하게 다루지 않았고 간단하게 '탈적종량(脫籍從良)'과 '가(嫁)'로 번역했기 때문에 논자는 두 사람의 관계를 남편과 첩의 부부관계로 오해하게 된다. 이 문제는 「춘향전」의 중역본이 단순히 일반적인 독서물로 읽힐 뿐만 아니라 한국문학을 공부하는 사람들에게 연구의 텍스트로도 사용되고 있다는 점을 말해준다. 잘못된 번역본은 다른 나라 연구자들이 연구의 과정에서 한국 문화나 문학에 대한 오해를 초래할 수도 있다는 점을 시사해주는 것이다. 하성백(河星佰)은 문화콘텐츠 창작의 각도에서 근대 이후 영화나 음악극, 드라마 등 「춘향전」에 관한 새로운 창작을 검토했다. 그러나 논자는 「춘향전」의 번역과 개작에 대해 자료 소개만 하고, 구체적인 텍스트 분석을 가하지는 않았다.[26]

教時、生員的言語如下：“當初只當命人前往求親，明媒正娶，才合道理。”<u>由這句話可以看出，按照當時的慣例，官妓爲兩班官員守廳時，也要如同普通婚禮一樣，履行一定的正式手續。</u>) 왕혜(王慧), 위의 논문, 31~32쪽.

“當初原是三南名姬，早年脫籍從良，嫁了一位姓成的兩班，和美度日。”라는 역본이 대응하는 원문의 내용은 "잇써 절나도 남원부의 월미라 하난 기싱이 잇스되 삼남의 명기로서 일직 퇴기ᄒᆞ야 성가라 ᄒᆞ는 양반을 다리고 세월을 보니되"인데 여긧 '퇴기'를 '脫籍從良(탈적종량)'으로, "성가라 ᄒᆞ는 양반을 다리고 세월을 보니되"를 "<u>嫁了一位姓成的兩班(성씨 양반한테 시집을 간다)</u>"으로 번역했다.

회계생원의 말에 관한 원문의 내용은 "사또이 당초의 춘향을 불르시지 말고 미파을 보니여 보시난 게 올른 거슬 이리 좀 경이 되야소마는 이무 불너쓰니 아믜도 혼사할 박기 수가 업소."이다. 여기서 비록 '매파 보내다'나 '혼사하다'라는 말이 나오나 여기서 예식을 치르는 게 아니라 이어서 사또가 "오날부텀 몸단정 경이 ᄒᆞ고 슈청으로 거힝하라"라는 말에서 "수청 들라"의 의미이다.

이런 문제들은 다음 장에서 1956년 역본의 번역양상을 고찰할 때 세밀하게 검토할 것이므로 여기서는 세부적인 논의를 생략한다.

26 하성백(河星佰), 『盤瑟里 「烈女春香守節歌」的文化內容創意化硏究』, 亞非語言文學專業, 朝鮮文學, 延邊大學 博士學位論文, 2013.

한국학계에서 「춘향전」 연구의 그 방대한 양과 높은 질에 비하면 「춘향전」의 해외 번역본에 관한 연구는 아직 미진한 상황이고, 중국의 「춘향전」 번역과 개작에 관한 한국 학계의 연구는 어느 정도 진행되고 있으나 아직 초보단계라 할 수 있고, 중국학계의 연구는 아직 미미하다고 할 수 있다. 이미 나온 몇 편 안되는 논문을 통해서도 알 수 있듯이 다른 나라에서의 「춘향전」 연구는 그 문화적 기반이 다르기 때문에 작품을 바라보는 시각과 분석하는 방법도 상당히 다르다. 한국 사람에게 상식적인 지식은 중국의 일반 독자나 한국 문화를 잘 모르는 중국연구자에게 상당히 낯선 것이고, 그 내재적인 의미를 모르는 경우가 많다. 이런 문화적인 환경이 다르기 때문에 번역과 개작된 「춘향전」의 모습도 당연히 한국 사람들이 익숙한 그 「춘향전」과 다를 수밖에 없다.

선행 연구에서 보듯이 「춘향전」의 희곡 개작본에 관한 연구는 주로 한국과 북한, 그리고 중국 세 나라 간의 작품비교, 그중에서도 주로 내용 비교에 집중하고 있다. 세 나라에 존재하는 개작본 사이의 영향 관계와 각각의 개작과정에 대해 체계적으로 검토한 연구는 찾아보기 힘들고, 공연예술인 희곡의 공연양상에 대한 구체적인 연구도 미진한 상태라 할 수 있다. 본고에서는 「춘향전」이 중국 희곡으로 개작되는 과정을 문학사(文學史)적 맥락에서 살펴보고, 한국·북한·중국의 창극(희곡)「춘향전」의 내용과 공연양상, 그리고 각 개작본 간의 영향관

논자가 소개한 자료 중에 상당 부분은 김장선의 「1950년대 중국에서의 춘향전 번역 전파」라는 논문에서 정리한 것들이다. 단 김장선의 논문이 정식적으로 발표되지 않았기 때문에 필자가 이 논문을 찾지는 못했다.
김장선, 「1950년대 중국에서의 춘향전 번역 전파」第三屆, 泛珠江三角洲地區韓國語教育, 國際學術會議論文集, 2012.10.12~14.

계를 체계적으로 고찰하고자 한다.

3. 연구대상과 연구방법

　본고에는 연구대상으로 삼은 자료로는 소설 번역본 5종, 중국 전통 희곡 개작본이 6종 있다. 이런 자료는 책이나 영상자료가 확인된 것만을 한정한 것이다. 실제로 다른 소설 번역본과 희곡 개작본도 있는데 필자가 작품의 실체를 확인하지 못했기 때문에 연구대상으로 삼을 수 없다. 구체적인 논의에 앞서 번역은 소설 번역본으로, 개작은 중국 전통 희곡 개작본으로 나누어 논의를 진행하고자 한다. 소설 번역본의 경우에는 '번역본'에 한정하고 연구를 진행하고자 하기 때문에 원작에 대한 단순한 번역이 아니라 내용을 많이 첨삭한 개작본은 연구대상에서 제외시키기로 한다.[27] 희곡 개작본의 경우에는 개작되기 이

27　대만에서 1906년에 이일도(李逸濤)의 개작본「춘향전」과 중국 조선족 작가 김인순(金仁順)의 개작본「춘향」, 그리고 1991년 북한 평양 외문(外文)출판사에서 출판한 중국어판「춘향전」은 여기서 해당한다.
　　이일도가 개작한「춘향전」은《한문대만일일신보(漢文臺灣日日新報)》에 5차례 나누어 연재되었다. 단 이일도의「춘향전」은 새로운 내용을 삽입시키고 줄거리를 대폭 변형시켜 창작물이라고 말할 수 있을 정도로 파격적으로 개작한 작품이다. 김인순이 개작한「춘향전」은 원작의 일부 사건을 차용하였지만 원작과 다른 이야기로 개작한 것이다. 1991년 평양 외문출판사에서 출판한 역본은 내용이 상당히 간략해서 저본이 어떤 것인지를 파악하기 어려우나 부분적인 첨가한 내용을 보면 북한에서 공연된 창극「춘향전」인 듯하다. 세 작품이 모두 원작에 대해 단순한 번역본이 아니기 때문에 여기서 연구대상에서 제외하기로 한다. 단 필요한 경우에 참고자료로 사용하겠다.
　　박현규,「1906년 臺灣 李逸濤 漢文本「春香傳」고찰」,『열상고전연구』37, 열상고전연구회, 2013.
　　김인순(金仁順),「춘향(春香)」, 중국부녀출판사(中國婦女出版社), 2009.

전에 물론 번역의 과정을 거쳐야 하나 번역의 결과물이 곧 개작된 희곡의 내용이 되기도 한다. 완판84장본은 북한 창극「춘향전」으로 개작되고, 북한 창극「춘향전」은 다시 중국 전통 희곡으로 개작되었다. 최초의 텍스트로부터 장르가 계속 변하였기 때문에 여기서 개작을 위한 번역의 과정까지를 개작의 일부분이라 간주하고 전체를 희곡 개작본이라고 부르기로 한다.

소설 번역본의 경우 지역은 중국 대륙과 대만, 시간으로는 1956년, 1967년, 그리고 2000년 이후에 각기 역본이 나와 다양성을 보이고, 희곡의 경우에는 한국전쟁 휴전 이후 중국과 북한 양국이 우호적인 관계를 발전시키려는 의도 아래서, 양국 간 우의(友誼)의 상징으로 1950년대에 집중적으로 개작되었다. 이들의 유형과 간단한 서지사항을 정리하면 다음과 같다.

중국의 「춘향전」 소설 번역본과 전통 희곡 개작본의 유형과 서지사항

유형	서지사항	출판사 및 출판년도	번역자 / 개작자	저본
1	「春香傳」 (소설)	作家出版社 (1956, 北京)	冰蔚(中國), 張友鸞(中國) 譯	延邊教育出版社 (朝鮮作家同盟出版社의 동일 판본), 1954版「春香傳」
2	「春香傳」 (소설)	新世界出版社 (2006, 北京)	柳應九(韓國) 譯	전주 완판본「烈女春香守節歌」
3	「春香傳」 (소설)	民族出版社 (2007.9, 北京)	趙浩相(韓國) 改編 丁生花 (中國朝鮮族) 譯	「烈女春香守節歌」(趙浩相 현대역본)
4	「春香傳」 (소설)	人民文學出版社 (2010, 北京)	薛舟(中國), 徐麗紅(中國) 譯	「烈女春香守節歌」(송성욱 풀어 옮김, 민음사, 2004.)
5	「春香傳」 (소설)	商務印書館 (1967, 臺灣)	許世旭(韓國) 譯	「烈女春香守節歌」(完西溪書鋪)

「춘향전」, 평양 외문출판사, 1991.

6	越劇 「春香傳」	新文藝出版社 (1955.2, 上海)	華東戲劇研究院 編輯, 莊志執筆	朝鮮民主主義人民共和國 國立古典藝術劇場 演出本
7	古裝像劇 「春香傳」	河南人民出版社 (1955.6, 鄭州)	莊志 改編	越劇「春香傳」
8	京劇 「春香傳」	北京出版社 (1956, 北京)	言慧珠 改編	未標記
9	評劇曲譜 「春香傳」	音樂出版社 (1957, 北京)	莊志執筆, 中國評劇院 編 賀飛, 楊培 作曲	越劇「春香傳」
10	潮劇 「春香傳」	1956	王菲, 黃秋葵, 楊廣泉	완정한 영상자료 두 편이 있고, 문헌자료는 확인되지 않았음. 월극을 의해 개편(改編)한 것임.
11	黃梅戲 「春香傳」			영상자료 한편이 있고, 문헌자료는 확인되지 않았음. 월극을 의해 개편(改編)한 것임.

　다음 장에서 작품을 분석할 때 구체적으로 설명하겠으나, 여기서는
작품에 관한 상황을 간단하게 소개하겠다. 소설의 경우에는 1번 1956
년 역본은 빙울(冰蔚)과 장우란(張友鸞)이 공통 번역한 작품이다. 빙울
은 도병울(陶炳蔚, 1930~2013)의 필명으로, 중국 한족(漢族)이며, 1950,
60년대 북한의 현대작가들의 작품 다수를 중국어로 번역한 전문 번역
가이다. 장우란 역시 중국인 한족이지만 조선말을 모르는 것으로 보
인다. 그래서 1번 역본은 빙울이 전체적으로 번역한 다음 장우란이
다시 윤색한 역본이라 할 수 있다. 2번 유응구(柳應九) 역본은 한중수
교 이후 나온 첫 역본이지만 저본인 완판84장본 「열녀춘향수절가」를
보고 번역한 것이라기보다는 1번 1956년 역본을 보고 번역한 것으로
보인다. 3번 정생화(丁生花) 역본의 저본은 현대 한국어로 번역된 완
판84장본이고, 현대역의 양상을 보면 젊은 독자층을 대상으로 한 것
으로 보인다. 번역자 정생화는 중국 조선족으로, 현재 서울대학교 박
사과정 재학 중이다. 석사학위논문을 2010년에 제출한 것을 보면,[28]

이 작품을 번역할 당시 번역자는 석사 진학 이전이었거나 석사 과정 재학 중이었던 것으로 보인다. 4번의 번역자 설주(薛舟)와 서려홍(徐麗紅)은 부부이고, 현재 중국에서 한국어번역 분약에서 아주 활발하게 활동하고 있는 전문 번역가이다. 두 사람의 번역 작품은 한국의 현대소설·시·수필·드라마 자막 등으로 분야가 다양하고, 2007년에 「단인방(單人房)」(신경숙, 「외딴방」의 중국어 역본)으로 제8회 한국문학 번역상(飜譯獎)을 수상했다. 두 사람은 모두 한족이고, 대학교에서 조선어를 전공했다. 5번 허세욱(許世旭, 1934~2010) 역본은 현재까지 대만의 유일한「춘향전」역본이다. 번역자가 이 책을 번역할 때는 국립 대만사범대학(國立臺灣師範大學) 박사과정 재학 중이었다.

저본에 있어 5종의 역본이 모두 완판84장본「열녀춘향수절가」를 저본으로 삼았다고 표시되어 있으나 실제로 완판84장본의 원본을 저본으로 한 역본은 없어 보인다. 대부분의 역본은 완판84장본의 해석본이나 현대역본을 저본으로 삼았다. 번역자로는 한국인, 중국 한족, 중국 조선족이 있고, 그중에는 전문 번역자나 문학연구자도 있다. 번역자의 모국어와 직업, 번역의 수준이 각기 다르기 때문에 번역본들의 번역양상도 상당히 다양하게 나타나 있다.

희곡 개작본의 경우에는 월극이 가장 먼저 개작된 극종(劇種, 극의 종류)인데 경극(京劇)을 제외한 다른 극종들의 제2저본이기도 한다. 즉 월극 개작본이 나온 후에 다른 극종들이 월극「춘향전」을 보고 재이식하였다. 그래서 대부분의 희곡 개작본의 내용이 상당히 유사하다는 특징이 있다. 경극의 경우에는 개작과 공연이 월극과 거의 동시에 진

---

28 정생화, 「朱之蕃의 문학활동과 한중 문화 교류」, 서울대학교 석사학위논문, 2010.

행된 것으로 보인다. 그래서 두 극종의 관계에 대해 세밀한 고찰이 필요하다. 월극 개작본의 저본은 조운(曺雲, 1900~ ?)과 박태원(朴泰遠, 1910~1986)이 개작한 연출본으로 1954년 12월에 북한 국립고전예술극장(國立古典藝術劇場)에서 공연한 것이다. 조운과 박태원은 월북 이전에 모두 남한에서 활동한 문인이라서 그들이 개작한「춘향전」은 실제로 20세기 초반부터 한국전쟁 이전까지 활발하게 공연되던 창극「춘향전」의 연장선에서 나온 작품이라 할 수 있다. 대부분의 희곡 개작본이 한국전쟁 휴전 이후 중국과 북한 양국 우의(友誼)의 상징으로 1950년대에 집중적으로 개작되었지만, 그 이후에는 공연된 기록이 많지 않다. 현재까지 여전히 전편(全篇)으로 공연되고 있는 극종은 월극뿐인 것으로 보인다.

「춘향전」의 번역에 있어 대부분의 번역자들이 거의 모두 직역(直譯)의 방식을 취한다. 원작에 대한 개작이나 가필이 거의 보이지 않는다. 그래서 전체적으로 봤을 때 번역본과 원작 사이에 내용상의 차이가 없어 보인다. 그러나 번역자들이 의도한 것은 아니었지만 문화 차이와 표현방법이 다르기 때문에 실제로 나온 역본은 원작의 내용과 근본적인 차이가 나기도 한다. '수청(守廳)'이나 기생의 신분 문제에 대한 인식과 표현의 차이가 대표적인 사례이다. 희곡 개작본의 경우 재자가인 소재의 작품을 가장 잘 표현하는 월극은 처음부터 이 작품을 하나의 사랑 이야기로 개작하였다. 그 후에 월극을 저본으로 한 다른 극종의 내용도 모두 사랑을 주제로 삼았다. 여기서 하나의 중요한 문제는 중국 전통 희곡과 판소리로부터 창극으로 발전해 온 북한의 창극「춘향전」은 문화적인 배경이 다르기 때문에 작품의 성격과 표현방법도 다르다는 것이다. 그래서 중국 전통 희곡으로 개작된「춘향전」의 성격 변화는 단순히 개작자의 의도에 따른 것이 아니다. 그 이면에 중국 전통 희곡의 역사적·문화적 배경도 중요한 원인으로 작용하고 있다.

한중 양국의 문화나 풍속은 상당한 유사성을 가지면서도 세부적으로 엄격한 차이가 존재한다. 근대 이후 새로운 극(劇) 양식의 발전을 예로 들면, 양국의 새로운 극 형식의 발전과정은 상당한 유사성을 가진다. 하지만 새로이 생긴 극 형식과 이전부터 전해온 전통극의 관계, 새 극 형식과 전통극 발전과정에서의 교섭 양상, 그리고 현대에 볼 수 있는 그 결과물의 내재적 성격 등은 모두 나름의 독특한 특징을 가지고 있다. 때문에 양국의 이런 문화 차이나, 문학 형식의 유사성과 차이성을 비교하면서 논의를 전개하는 방법이 본고에는 하나의 중요한 연구방법으로 사용될 것이다.

한편, 소설 번역본의 경우에는 저본이 같고, 희곡 개작본의 경우 기타 극종들이 거의 모두 월극의 「춘향전」을 재이식한 것들이 때문에 논의전개에 있어서 중복된 의견이 나올 수도 있다. 그래서 논의전개의 과정에서 이미 세밀하게 검토하던 문제가 다른 역본이나 개작본에서 다시 언급할 경우에는 간략하게 정리하는 방법을 취하기로 한다. 소설 역본에 대한 검토는 우선 모든 역본의 공동저본인 완판84장본 「열녀춘향수절가」의 성격을 세밀하게 고찰하면서 번역자들이 이 이본을 선택한 이유를 알아보겠다. 이런 저본의 문제를 어느 정도로 정리한 다음에 각 텍스트에 대한 구체적인 검토를 하고 번역본들의 전체적인 특징과 문제점을 개괄하여 검토하고, 이런 특징과 문제점이 발생한 심층적인 원인에 대해 고찰하겠다.

희곡의 경우에는 구체적인 저본고찰과 작품분석에 들어가기 전에 우선 20세기 초부터 1950년대까지 중국의 희곡과 한국 창극의 발전과정을 검토할 예정이다. 이런 검토를 통해 1954년 12월에 북한에서 공연되고, 후에 중국 희곡 개작본의 저본이 된 국립고전예술극장의 창극「춘향전」의 성격을 더 잘 이해할 수 있고, 나아가 1950년대 중국과 북한의 이런 문학적 교류의 배경을 이해하는 데도 도움이 될 것이다. 그 다음에 북한의 국립고전예술극장본의 내용을 세밀하게 검토하고, 중국 월극으로 개작하는 양상을 구체적으로 살펴보겠다. 단 앞에서도 지적했듯이 희곡의 경우에는 경극을 제외한 다른 극종들이 모두 월극을 제2저본으로 삼은 것들이기 때문에 작품분석은 월극을 중심으로 진행할 예정이고, 다른 극종에 대한 분석은 월극과의 차이를 중심으로 고찰하겠다.

구체적인 텍스트 분석이 끝난 후에 중국 전통 희곡으로 개작된「춘향전」의 성격변화의 원인에 대해, 중국 희곡 발생과 발전의 역사적인 전통의 차원에서 설명하고자 한다. 마지막으로 개작과 번역에 대한 심층적인 분석에서 번역·개작의 문화적 저변의 측면으로 논의를 이어가고자 한다. 판소리를 창극으로, 창극을 중국 전통 희곡으로 개작하는 과정은 원래의 예술형식을 다른 예술형식으로 바꾸는 외적인 변모 이외에, 문화의 내적인 요소들에 대한 해체와 재구성의 과정 또한 거치게 된다. 재구성의 과정에 있어 개작자 개인의 능력도 적지 않은 영향력을 발휘하고 있지만 문화·사회적인 제반 요소들의 영향력도 외면할 수 없다.

이 연구를 통해「춘향전」이 중국에서 어떻게 변모되었는지, 그 변모의 원인이 무엇인지를 알아볼 수 있다. 뿐만 아니라 번역과 개작의 과정에서 양국의 문화적 차이 때문에 일어나는 문제들이 무엇인지,

이런 문제들이 일어나는 문화사적 배경이 무엇인지도 같이 검토할 수 있고, 작품에 투영된 당시의 사회적·문화적인 영향 등에 대해서도 어느 정도 살펴볼 수 있으리라 기대한다. 구체적인 논의전개 순서는 우선 Ⅱ장에서「춘향전」소설 번역본의 양상과 의의를, Ⅲ장에서는「춘향전」희곡 개작본의 양상과 의의를 구체적으로 검토할 것이다. Ⅳ장에서는 앞에서 이루어진 텍스트 분석과 검토의 기반 위에서 그런 문화현상이 일어나는 심층적인 문화적 원인을 검토해보고 Ⅴ장에서는 모든 논의를 종합적으로 정리하고 결론을 내리고자 한다.

Ⅱ. 「춘향전」의 중국어 소설로의 번역

앞에서도 지적했듯이 「춘향전」의 다섯 가지 역본은 모두 완판84장본 「열녀춘향수절가」을 저본으로 삼고 있다. 주지하는 바와 같이 완판84장본은 내용과 구조, 고전적 운치의 표현 등 많은 면에서 「춘향전」의 여러 이본 중에서 대표적인 이본으로, 판본에 대해 특별히 설명이 없는 경우 텍스트로 지칭되는 「춘향전」은 통상 완판84장본을 가리킨다.[1] 완판84장본이 중국어 역본의 저본으로 선택된 것도 이런 인식의 연장선에서 이해할 수 있다. 대부분의 「춘향전」 역본 맨 앞에는 「춘향전」에 대한 소개의 글이 실려 있다. 그중 1956년 역본의 저본인 1955년 북한 출판 「춘향전」[2]의 맨 앞에는 윤세평의 글이 실려, 완판84장본을 저본으로 한 이유를 다음과 같이 설명했다.

---

1 본고에서도 특별히 설명이 없이 「춘향전」을 언급할 경우 완판84장본을 가리키는 것임을 밝힌다.
2 「춘향전」, 연변교육출판사, 1955(조선 작가동맹출판사, 1954년 2월 15일 초판의 판본과 동일).

　　"국문본으로는 경판본「춘향전」, 전주 토판본「렬녀춘향수절가」와「소
춘향가」를 비롯하여「고본춘향전」(신문관판), 그리고 신소설 시기에 범
람한 황색본으로「옥중화」,「옥중향」,「옥중가인」,「오작교」및 기타 십
수 종을 들 수 있으며, 항간에 돌아다니는 사본으로도 귀중한 것이 많다.
그중에서 경판본이 전주토판본과 함께 가장 오랜 것의 하나로 인정되나
내용이 빈약하며,「고본 춘향전」의 대본으로 된 사본은 우수한 것임에 틀
림없으나 신문관에서 간행할 때에 너무도 많이 첨삭한 결과 고본 춘향전
으로서의 면목을 찾기 어렵다. 이 반면에 전주토판인「렬녀춘향수절가」는
대개 19세기 초엽에 간행되었던 것으로 소설「춘향전」이 창극화의 과정
을 밟게 된 시기의 산물로 보인다. 즉「렬녀춘향수절가」는 그 표제에서도
간취할 수 있는 바와 같이 창극본으로서 소설 춘향전을 창극조로 윤색한
것이나 현재 우리들이 가지고 있는「춘향전」가운데서 고전 작품의 면모
를 가장 많이 담고 있다. 그리하여 여기에서도「렬녀춘향수절가」를 춘향
전의 원본으로 삼게 되었다."[3]

　　윤세평의 의견은「춘향전」이본에 관한 보편적인 인식을 보여주면
서도 그의 개인적인 관점, 혹은 그의 계급적인 관점에서 나온 판단도

3　윤세평,「춘향전에 대하여」,「춘향전」, 연변교육출판사, 1955, 2쪽.
　　朝文本有京版"春香傳", 全州土版"烈女春香守節歌", "小春香歌"以及"古本春香傳"
　　(信文館版. 信文館은 新文館의 오자임. 필자)等. 新小說時期泛濫的黃色本有"獄中
　　花", "獄中香", "獄中佳人", "烏鵲橋"及其它十余種. 流傳於巷間的手抄本也有不少
　　是有價值的. 在所有這些版本中, 可以肯定, 京版本和全州土版本是流傳最久的.
　　可是京版本的內容很貧乏, "古本春香傳"的手抄本雖然可以肯定是優秀的, 可是信
　　文館在出版時卻增刪了許多東西, 致使原著面貌全非. 與此相反, 全州土版本"烈女
　　春香守節歌"大致是在十九世紀初葉出版的, 也可以說, 是在"春香傳"從小說變成戲
　　曲的過程中產生的. 從書名來看. "烈女春香守節歌"固然是一個把小說潤色成說唱
　　的說唱本, 但它卻是我們現有的"春香傳"中具有古典作品面貌最多的一本. 正因爲
　　如此, 我們才把"烈女春香守節歌"作爲"春香傳"原本來出版.
　　冰蔚·張友鸞,「春香傳」, 北京作家出版社, 1956, 2~3쪽. (「關於"春香傳"」, 朝鮮 尹
　　世平)

들어가 있다. 「옥중화」 계열의 몇 가지 이본을 '황색본'으로 폄하한
것이 그 대표적인 사례이다. 실제로 여기서 윤세평이 말하는 「춘향전」
은 완판84장본에서 성적인 묘사에 관한 부분이 모두 삭제된 판본이
다. 윤세평은 이 글에서 「춘향전」의 많은 이본 중에 완판84장본을
「춘향전」의 대표작으로 선택한 이유를 잘 설명했다. 기타 번역자들도
완판84장본을 '최가선본(最佳善本)'이나 "가장 오래되고 가장 희귀한
판본(最古最稀之版本)"(허세욱 역본), 혹은 "한국 문예·학술계에서 공
인한 권위 있는 판본(韓國文藝,學術界公認的權威版本)"(유응구 역본) 등
으로 소개한다.

　하나의 이본으로서의 가치 외에 완판84장본이 선택된 이유를 다른
각도에서도 생각할 수 있다. 우선 「춘향전」은 한국 고전소설의 대표
작품으로 중국 독자들에게 소개된 점이다. 그래서 20세기 초반 이후
에 나온 「옥중화」 계열의 작품들은 시기적으로 고전이라 보는 데 문제
가 있을 수 있다. 한편, 1970년대 이전에는 「남원고사」의 존재가 아
직 학계에 알려지지 않았기 때문에 1956년 역본과 1967년 역본이 저
본을 선택할 때 고려의 대상이 될 수 없다는 문제도 있다. 그리고 완
판84장본보다 내용이 간략한 판본들이 분량 때문에 배제되었을 가능
성도 있다. 최남선의 「고본춘향전」의 경우에는 비록 내용과 형식이
모두 공을 들여 정교하게 만들어냈지만, 내용으로 봤을 때 경치묘사
나 사물묘사, 그리고 서정적인 내용들이 과도하게 삽입되었기 때문에
중국 독자의 소설 독서습관에 부합하지 않은 면이 있다. 한편으로는
최남선의 신분이나 이 작품의 출판시기로 인해 꺼리게 되었을 가능성
또한 있다. 번역자들은 이상의 이유를 종합적으로 고려해서 완판84
장본을 저본으로 결정한 것 같다. 말하자면 완판84장본이 선택된 이

유는 작품자체의 가치라는 내부적인 이유도 있고, 위에서 거론한 바작품 외적인 여러 가지 요인도 작용했을 것이다.

1956년 역본에 실린 윤세평의 글과 1967년 출판된 허세욱 역본에 실린 허세욱의 글은 모두 학술논문의 성격을 띤다.[4] 그래서 두 사람의 글은 비교적 구체적으로 「춘향전」의 이본이나 근원설화, 문학사적 가치 등을 소개해 준다. 허세욱은 「춘향전」을 "한국평민문학의 정화"[5], 그리고 "이조 봉건사회에 반항하는 시대적 산물"[6]이라 보았고, 「춘향전」에 나타나는 평등사상·풍자정신·작품의 인물묘사 수법과 향토적인 맛에 대해 높이 평가했다. 한편, 이야기 구성의 불합리[7]·부화(浮華)한 언사(言辭)·전고(典故)가 많다는 점 등을 문제점으로 지적하였다. 그리고 최진원(崔珍源)이 말한 '우직성(愚直性)'을 거론하고 「춘향전」의 '치우(痴愚)'와 '직솔(直率)'을 강조한다.[8]

한편, 윤세평은 「춘향전」의 주제에 대해 다음과 같이 지적한다.

춘향전은 그의 경개에서 본 바와 같이 리몽룡과 춘향의 련애로부터 사건이 시작되어 변 학도의 횡폭을 물리치고 리몽룡과 춘향이 결합하는 것으로 사건의 해결을 짓고 있다. 여기에 리몽룡과 춘향의 련애는 춘향전의

---

4 허세욱이 밝힌 대로 실제로 그의 역본 맨 앞에서 붙인 「「春香傳」考釋」이라는 글은 『東方雜誌復刊』 三期에서 발표된 글이다.

5 韓國平民文學之精華.

6 反抗當時(李朝)封建社會而寫出之時代産物.

7 논자는 춘향과 이몽룡은 광한루에서 만난 당일 밤에 바로 혼인을 치르는 것과 이몽룡이 상경한 후에 1년 만에 과거시험 급제하여 어사가 된 것을 들어 이야기의 불합리성을 설명했다. 「춘향전」, 허세욱 역본, 14쪽.

8 최진원, 「판소리 문학고─춘향전의 합리성과 불합리성」, 『대동문화연구』 2, 성균관대학교 대동문화연구원, 1965.

사건을 끌고 가는 주요한 모티프가 되고 있으며, 정절을 취한 춘향의 숭
고한 도덕적 품성도 큰 비중을 차지하고 있는 것이 사실이다. 그러나 누
구도 부정할 수 없는 것은 춘향전이 단순한 련애 소설이 아니라 춘향과
리몽룡의 련애를 통하여 어느 작품보다도 리조 봉건사회의 특권적인 량
반 관료들의 부패한 통치를 폭로하며 반대하고 있다는 사실이다. 따라서
춘향전에 있어서 련애나 정조 같은 것은 오히려 부차적인 것으로서 리조
봉건관료들의 포학을 폭로하고 반대하는 인민들의 투쟁을 적극적인 주제
로 하고 있다는 것을 정당하게 밝힐 필요가 있다.[9]

위의 인용문에서 보듯 윤세평은 「춘향전」의 주제를 봉건사회에 대
한 비판과 인민들의 계급투쟁에 두고 설명한다. 실제로 이런 관점은
윤세평의 개인적인 관점이라기보다는 당시 북한에서 대부분의 연구
자들이 취했던 보편적인 관점이라 할 수 있다. 이는 물론 당시 북한의
정치적·사상적 경향과 사회적 분위기와도 밀접한 관계가 있다. 북한
에서는 「춘향전」의 주제를 봉건시대의 사회제도, 특히 신분제도에 대
한 비판과 부패한 통치자에 대한 인민들의 반항으로 규정하고, 이를
통해 계급투쟁을 강조했다. 이 같은 경향은 1950년대 이후에도 계속
이어지며, 갈수록 강화되는 모습을 보인다. 이는 북한의 창극 「춘향

---

9 「춘향전」, 연변교육출판사, 1955, 5쪽.
　李夢龍與春香的戀愛構成了這個故事的重要主題; 春香爲了愛情和貞潔而表現出的
　崇高的道德品質在故事里也佔有很重要的地位。但是, 不容否認, "春香傳"並不是
　一個單純的戀愛故事。實際上, 它是通過李夢龍和春香的戀愛, 暴露了和反對了李
　朝封建社會的特權階級-兩班官僚的腐敗統治。在這一點上, 別的小說是不能和它
　相比的。應該闡明, "春香傳"中的戀愛和貞潔等都是次要的, 而暴露李朝封建官僚
　的暴虐和反映人民反對這種統治的鬥爭, 才是它的積極的主題。
　冰蔚·張友鸞, 「春香傳」, 北京作家出版社, 1956, 6쪽. (「關於"春香傳"」, 朝鮮 尹
　世平)

전」이 후에 민족가극과 혁명가극의 형식으로 개작되는 과정에서도
잘 드러난다. 그리고 이런 정치적인 경향은 1950년대의 중국에서도
마찬가지로 나타난다.

1991년 평양 외문(外文)출판사에서 출판한 역본은 비록 간략본이지
만 논조는 윤세평의 관점과 아주 비슷하다. 「춘향전」의 주제에 대해
춘향과 이몽룡의 사랑 이야기는 "계급모순으로 가득 찬 사회현상을
반영"하고 있으며, 인민들이 가진 "당시의 사회제도에 대한 불만과 반
항"을 확인할 수 있다고 하였다.[10]

2000년 후에 중국대륙에서 출판된 세 역본은 한중수교 이후에 나
온 역본들이고, 중국의 사회분위기도 1950년대처럼 계급투쟁을 강조
한 때가 아니기 때문에 번역자들이 작품의 주제에 대해 더 이상 봉건
사회에 대한 비판이나 계급투쟁을 특별히 강조하지 않았다. 그중에서
유응구는 남녀의 사랑 이야기를 묘사하고 동시에 봉건사회의 등급관
념을 타파한다는 것으로, 정생화는 사랑 이야기를 통한 평등한 사회
지위 추구와 자유연애에 대한 갈망으로 작품주제를 설명한다. 설주는
작품의 주제에 대한 구체적인 언급은 없으나 「춘향전」이 절대 하나의
단순한 사랑 이야기가 아니라고 말하며, 작품에서 표현하는 민중들의
감정을 특별히 강조한다.

전체적으로 봤을 때 1956년과 1991년 역본은 북한에서 출판한 「춘
향전」을 저본으로 한 것이고, 또한 북한의 사회체제의 영향 아래서
반항과 계급투쟁을 특별히 강조한 것이 하나의 특징으로 지적될 수

---

10 "反映了充滿了各種階級矛盾的當時的社會現象", "表現了人民對當時社會制度的不
滿和反抗."
「춘향전」, 평양 외문출판사, 1991, 1쪽.

있다. 나머지 역본들은 상대적으로 자유로운 사회 분위기에서 번역된
것이기 때문에 작품의 주제를 이야기할 때 사랑에 초점 맞추는 경향
이 더 강하다.

비록 번역자들이 모두 한국 고전문학을 전공한 사람은 아니지만 그
들이 「춘향전」에 대한 상당한 지식을 가지고 있음을 그들의 글을 통
해 알 수 있다. 그들이 제시한 문제들도 「춘향전」 연구에 있어 자주
거론된 문제들이다. 주제의 다양성이나 부분적인 내용의 불합리성 등
이 대표적이다.[11]

대부분 번역자가 작품의 서문을 통해 「춘향전」을 잘 모르는 중국
독자들에게 「춘향전」이 어떤 작품인지, 한국문학사에서의 위상이 어
떤지, 그런 위상을 얻게 된 이유, 즉 작품의 특징이 무엇인지, 작품의
주제가 무엇인지 등을 간략하게 소개한다. 번역자들의 「춘향전」에 대
한 인식은 그들이 번역을 통해 「춘향전」을 어떤 작품으로 만들어낼
것인지의 문제와도 관계가 있다. 그들이 만들어낸 새로운 「춘향전」이
원작을 얼마나 재현했는지를 검토하기 이전에 우선 「춘향전」의 원작,

---

11 여기서 주의해야 하는 점은 연구의 차원에서 지적되는 이런 문제들이 번역자들의
    실제적인 번역 작업과는 거리가 있다는 점이다. 번역자들의 작업이자 수행해야 하
    는 책무는 최대한 원작을 있는 그대로 번역해내는 것이고, 작품의 내용이나 주제를
    어떻게 생각하는지의 문제는 독자와 그들의 번역본을 연구대상으로 삼은 기타 연구
    자들의 일이다. 번역자들이 서문을 통해 밝힌 「춘향전」의 여러 특징이나 문제점은
    「춘향전」의 원작에 대한 것이지 그들의 번역본에 대한 것이 아니다. 실제로 그들의
    번역본은 모두 「춘향전」의 원작과는 거리가 있다. 그러므로 그들이 지적한 「춘향전」
    의 특징들이 그들의 번역본에서 여전히 존재하는지 여부는 다시 검토해야 하는 문
    제이다. 원작을 그대로 재현하지 못하더라도 최대한 원작의 내용과 형식을 비슷하
    게 번역해내야만 그들과 기타 연구자들이 지적한 「춘향전」의 여러 특징과 문제들을
    번역 작품에게도 적용시킬 수 있는 것이고, 그렇지 못한다면 그들이 지적한 문제들
    이란 무의미한 것이 될 수도 있기 때문이다.

즉 완판84장본은 어떤 작품인지에 대한 구체적인 검토가 필요하다. 원작의 성격을 잘 파악해야 번역자들이 이 작품을 제대로 번역했는지, 왜 잘못 번역했는지를 알 수 있기 때문이다.

1. 완판84장본 「열녀춘향수절가」의 성격

잘 알려진 내용이지만 분석을 위해 완판84장본의 줄거리를 구체적으로 정리하면 다음과 같다.

① 남원에서 퇴기 월매는 성 참판과 더불어 살았는데 자식이 없어 늘 근심하였다. 목욕기도 한 후에 선녀가 내려오는 꿈을 꾸고 태기가 있어 후일에 춘향을 낳았다.

② 남원부사 자제 이몽룡이 오월 단오절에 광한루에서 놀다가 그네를 타는 춘향을 보고 반한다. 퇴기의 딸이라는 것을 알고 나서 방자를 시켜 불러오라 하지만 춘향이가 그 부름을 거절하며 집으로 돌아간다. 방자가 다시 찾아와 이몽룡은 춘향을 기생으로 앎이 아니라 글을 잘한다는 이유로 청한다고 하여, 춘향이는 월매의 허락을 받아 광한루에 가서 이몽룡을 만난다. 이몽룡은 춘향의 미모에 반하여 이성지합을 맺자고 하지만 춘향이는 자신이 천첩이라서 나중에 버림을 받게 되면 독숙공방의 신세가 될 것이라는 이유로 거절한다. 이몽룡은 춘향의 집이 어디냐 묻고 춘향이는 모른다고 한 뒤 떠난다.

③ 집으로 돌아온 이몽룡은 춘향이가 보고 싶어 안절부절못한다(천자뒤풀이, 보고지고). 퇴령 후에 방자를 데리고 춘향의 집으로 찾아간다. 월매한테 춘향이와 백년언약을 맺자고 하는 뜻을 말했는데, 월매는 춘향의 출신과 행실을 강조하면서 거절했다가 이몽룡이 육례(六禮)를 못하고 전안(奠雁) 납폐(納幣) 못하지만 초취(初娶)같이

여기고 박대하지 않겠다고 약속하며 허락해달라는 말을 듣고, 또한 용이 나타나는 몽조를 생각하며 허락한다. 춘향이와 이몽룡은 치열한 첫날밤을 보내고 한동안 행복하게 살았다.

④ 사또가 내직으로 승차되어 한양으로 올라가게 되고, 이몽룡은 어머니에게 춘향의 이야기를 고했으나 꾸짖음만 들었다. 울면서 춘향집으로 돌아와 보니 춘향이가 자기도 같이 한양으로 올라가 큰 집 외에 다른 데서 살다가 나중에 이몽룡이 과거에 급제해서 외방가면 자신을 마마(媽媽)로 세우면 되겠다고 한다. 그러나 이몽룡은 어머니의 말을 들어 화방작첩(花房作妾)하면 전정(前程)도 괴이하고 벼슬도 못하겠다고 해서 이별을 고한다. 춘향이가 그 말을 듣고 한 바탕 발악하고 또한 울면서 신세탄식을 하며, 월매도 나와서 한 바탕 난리를 쳤지만 끝내 이별을 피할 수 없음을 알고 서로 신물을 교환하면서 헤어진다.

⑤ 이몽룡이 떠난 후에 춘향이는 그리움과 외로움을 탄식하면서 세월을 보낸다. 그 때 신임 남원부사 변학도가 부임하여 기생점고 한 끝에 춘향이를 불러오라 한다. 두 번수가 명을 받들어 춘향집으로 찾아갔으나 춘향이가 술과 돈으로 달래어 돌려보냈다. 그러나 행수기생이 와서 춘향 때문에 육방에 소동이 일어난다고 해서 춘향은 어쩔 수 없이 동헌에 갔다.

⑥ 변학도가 춘향의 미모에 반해서 수청을 들라고 하지만 춘향이가 이몽룡과의 부부관계를 들어 '열불경이부'라고 하며 수청을 거부했다. 회계생원은 천기배가 무슨 총열이 있느냐고 지적하자 춘향은 정절을 지키는 기생들의 행적을 들어 기생도 총열이 있다는 것을 역설했다. 변학도가 춘향이의 수청거절을 조롱관장과 거역관장의 죄명이라 하자 춘향이는 변학도의 수청명령은 유부겁탈하는 죄라 하여 변학도를 더욱 화나게 만들어, 끝내 장형을 맞고 옥에 갇혔다.

⑦ 옥에 갇힌 춘향은 옥중비가를 부르면서 신세를 탄식하다가 잠에 든다. 꿈에서 황릉묘에 들어가 상군부인(湘君夫人)을 비롯한 역대의

미인들을 만났다. 그리고 꿈을 깨어나서는 사몽비몽간에 앵도화 떨어지고 거울 깨여지며 문 위에 허수아비를 달려 있는 환상을 보았다. 허 봉사를 불러 문수를 했는데 조만간 좋은 일이 오겠다고 점을 받았다.

⑧ 한양에 있는 이몽룡이 장원급제하여 암행어사가 되었다. 남원으로 내려가는 도중에 농부들을 만나 이몽룡이 먼저 춘향이가 본관의 수청을 들어 뇌물을 많이 받았다고 말을 꺼냈다. 그러자 농부들은 춘향이 수청을 안 들어 형장 맞고 옥에 있는 것을 말해준다. 또한 방자를 만나 춘향의 편지를 받아 읽어보고는 슬퍼 울었다. 한편, 방자에게 자신이 어사임을 들키게 된다.

⑨ 이몽룡은 거지꼴로 춘향집에 찾아갔으나 월매한테 구박을 당했다. 월매, 향단과 같이 옥에 가서 춘향이를 만났다. 춘향이는 거지가 된 이몽룡을 원망하지도 않고 오히려 월매한테 서방을 잘 챙기라 당부했고, 또한 이몽룡한테 자신의 신후사(身後事)를 당부했다. 이몽룡은 춘향이를 위로하면서 "네가 날를 엇지 알고 이러타시 셔려한야." 라는 말을 하고 옥을 떠난다.

⑩ 이몽룡은 변학도의 생일잔치에 들어가 한 바탕 행패를 부리며 '금준미주천인혈'이라는 시를 남기고 떠났다. 변학도가 주망(酒妄)이 나서 춘향이를 올릴 때 이몽룡이 어사출도를 고한다. 본관은 봉고파직을 당하고, 춘향에게는 어사의 수청도 거역하겠느냐 시험하는데 춘향이가 빨리 죽여 달라고 한다. 이몽룡은 춘향에게 자신이 어사임을 밝히고 상봉한다. 후에 춘향은 정열부인으로 봉해지게 되고 두 사람은 삼남 이녀를 두고 백년동락 한다.

「춘향전」은 집단창작된 적층문학인만큼 성격이 상당히 다면적이고 복잡하다. 이 작품 자체가 오랜 세월 동안 많은 독자와 청중의 다양한 취향의 집합체라 할 수 있다. 향토적인 언어, 발랄한 인물형상,

골계와 해학 등 다분히 통속적이고 민중적인 면이 있는가 하면 한자 병기가 없으면 이해하기 어려운 한문구나 전고 등의 문인적인 경향이 짙게 나타나는 면 또한 적지 않다. 이런 다면적이고 복잡한 성격을 간단하게 설명할 수 없으므로, 여기서는 중국어로 번역되는 과정에서 항상 문제가 되는 부분을 중심으로 완판84장본의 성격을 살펴보겠다.

1) 문체상의 특징과 해학적인 표현

서사전개를 중심으로 요약한 위의 줄거리에서는 사랑가나 옥중가 같은 운문으로 되어 있는 서정적인 내용들이 빠져있다. 이런 문제는 「춘향전」의 구조적인 특징과도 연관되어 있다. 완판84장본은 판소리의 많은 특징을 그대로 가지고 있다. 그래서 완판84장본은 판소리 창본의 소설화라는 의견에 많은 연구자들이 동의한다. 조동일이 지적한 '부분의 독립성'[12]이나 김흥규가 말한 '장황한 수사, 길게 부연된 사설, 모순된 에피소드'[13] 등이 그것이다. 서사적인 내용과 서정적인 내용들이 산문과 운문의 형태로 한 작품 안에서 적절하게 배열되어 있다는 것은 완판84장본의 하나의 주요한 특징이다. 이는 판소리의 실제적인 연행에 있어 창자가 노래 도중 쉬는 시간을 확보하기 위해 아니리로 목을 잠시 쉬는 객관적인 상황에서 나온 것이기도 하다.

그러나 「춘향전」이 판소리로 연행하는 것이 아니라 읽는 형식인 소설로 되어 있는 경우에는 상황이 좀 달라진다. 실제로 소설에서 서정

---

12 조동일, 「판소리의 전반적 성격」, 조동일·김흥규 편, 『판소리의 이해』, 창작과 비평사, 1978, 11쪽.

13 김흥규, 「판소리의 서사적 구조」, 조동일·김흥규 편, 『판소리의 이해』, 창작과 비평사, 1978, 103쪽.

적인 내용들이 사건의 전개에 있어 필요한 것이기는 하지만, 소설의
장르적인 특징으로 봤을 때 이런 내용들을 과장하는 경향이 있는 것
도 사실이다. 이런 특징들은 「춘향전」의 내용을 잘 알고, 판소리의
형식도 잘 아는 한국 사람에게 별로 이상한 표현이 아니지만 판소리
문화에 대해 전혀 모르는 중국 독자들에게는 상당히 낯설게 비춰질
수 있다. 이런 특징들은 중국소설의 구성 및 서술방식과는 상당히 다
르기 때문에, 문화적 배경이 다른 중국 독자에 있어 좋게 말하자면
이색적인 것이지만 나쁘게 말하자면 난잡한 것이라 할 수 있다. 번역
자들이 어떻게 이런 내용들을 「춘향전」의 원작에서처럼 전체의 이야
기와 잘 어울리는 방식으로 번역해내는지의 문제는 상당히 중요하다.
　이런 운문과 산문의 결합과 더불어 한문투와 순한국어의 결합 또한
「춘향전」의 한 중요한 문체적인 특징으로 지적될 수 있다. 실제로 작
품 전체에 운문과 산문, 한문투와 순한국어가 뒤섞여 있다. 「춘향전」
은 늘 서민적인 정서를 표현한 민중적인 작품으로 평가되어 왔지만
실제로 상당한 한문 실력이 없으면 완판84장본을 해독하기 어렵다.
근대에 들어와 「춘향전」의 주석본이나 주해본, 그리고 현대역본이 계
속 나온 이유도 여기에 있다. 「춘향전」에 나온 한시구나 전고가 반드
시 작품의 전체적인 구조나 내용과 밀접한 관계를 가지고 있는 것은
아니다. 조동일이 지적했듯이 부분적인 대목 자체가 독립적인 것이기
도 하다. 이런 대목에서 나오는 한시구의 나열은 작가의 학식자랑의
성격이 강하다. 정자(情字)노래의 전반 부분과, 이별을 임하여 이몽룡
이 갖가지 이별을 거론하여 춘향을 위로하는 부분은 이런 특징을 잘
보여준다. 이런 내용은 실제로 전기소설에 나타나는 주인공의 문식과
시와 상당히 비슷한 성격을 지닌 것이라 할 수 있다.

담담장강수 유유의 원긱정	澹澹長江水, 悠悠遠客情
하교의 불상송 강슈원함정	河橋不相送, 江樹遠含情
송군남포불승정	送君南浦不勝情
무인불견송하정	無人不見送我情

(완판84장본, 30쪽)

한양낙일수운기(河梁落日愁雲起)는 소통국(蘇通國)의 모자 이별
졍긱관산노기즁(征客關山路幾重)의 오히월여(吳姬越女) 부부 이별
편삽수유소일인(遍揷茱萸少一人)은 용산(龍山)의 형제 이별
셔출양관무고인(西出陽關無故人)은 위성(渭城)의 붕우 이별

(완판84장본, 44쪽)

이처럼 대부분 한문시구로 되어 있는 내용은 중국어로 번역할 때
상당히 편하다고 할 수 있다. 특별한 경우를 제외하면 대부분의 상황
에는 원작에서의 토를 빼고 문법적으로 필요한 연결을 더 붙이면 되
는 것이다. 그러나 순한국어로 되어 있는 부분, 특히 노래로 되어 있
는 부분의 번역은 상대적으로 아주 어려운 작업이라 해야 한다. 춘향
의 노래로 예를 들면 보자.

숨아숨아 네오너라 수심쳡쳡 한니되야 몽불셩의 어이하랴 이고이고 닉
이리야
인간이별 만사즁의 독슉공방 어이하리 상사불견 닉의신졍 제뉘라셔 아
러쥬리
밋친마음 이렁져렁 헛터러진 근심 후리쳐 다 바리고 자나누나 먹고씬
나 임못보와 가삼답답
어린양기 고은소릭 귀에칭칭 보고지거 보고지거 임의얼골 보고지거

듯고지거 듯고지거 임의소리 듯고지거

(완판84장본, 46쪽)

이몽룡이 한양으로 떠난 후에 춘향이 혼자서 슬피 부르는 노래이다. 전체가 판소리의 대표적인 4·4조(調)의 가사체(歌辭體)[14]로 되어 있다. '꿈아꿈아'나 '익고익고', '보고지거 보고지거'나 '듯고지거 듯고지거' 등 중복과 반복을 통해 애원한 감정을 한층 더 늘어지게 표현하고 있다. 이런 노래에서 나오는 춘향의 애원이나 탄식, 원망이나 신음 등은 다분히 푸념의 성격이 강한 여성적인 정서들이다. 이런 정서는 앞에서 인용한 이몽룡의 말처럼 한시구로 되어있는 경우와는 성격이 상당히 다르다. 그러므로 이런 노래를 번역할 때에는 가능하면 한시보다 형식이 부드럽고, 감정을 세세하고 완곡하게 표현할 수 있는 운문을 사용하는 것이 원문의 정취를 보다 적실하게 표현해 낼 수 있을 것이다.

완판84장본의 특징 중 하나는 노래 부분뿐만 아니라 일반적인 서술 부분에서도 강한 음악성을 띤다는 것이다. 이를 중국어로 번역할 때 일반적인 내용을 서술하는 부분까지 음악성을 갖도록 번역하는 것은

---

14 金東旭·金泰俊·薛盛璟이 공저한 『春香傳比較研究』에서 「춘향전」의 문체에 대해 다음과 같이 서술한다.

「춘향전」의 문체는 아름답다. 이본에 따라 차이는 있으나, 대개 판소리 문체인 <u>3·4調의 歌辭體</u>이며, 오래 세월을 거치면서 다듬어진 문체의 아름다움을 지니고 있다. 그것은 미사여구의 아름다움을 갖춘 대목도 있으나 대개는 소박한 민족성을 흠북 갖춘 구수한 아름다움이다. 게다가 토속적 유머와 위트를 잃지 않아, 전체적으로 비애의 멜로디에 웃음을 버리지 않게 하는 아름다운 문체이다.

金東旭·金泰俊·薛盛璟 공저, 『春香傳比較研究』, 삼영사, 1979, 17쪽.

필자는 위에 내용에서 나온 3·4調의 歌辭體를 차용해서 인용한 춘향의 노래를 4·4調의 가사체(歌辭體)로 보는 것이다.

상당히 어려운 일이기에 대부분의 번역자들은 그렇게 하지 못한다. 단, 노래 부분을 운문이나 다른 음악성이 강한 문체로 번역해야 하는 문제에 대해서는 번역자들도 인식하고 있었다. 그 과정에서 번역의 방식이 각기 다르기 때문에 각 번역문이 나름의 특징을 가지고 있다. 그런데 모든 번역문의 공통적인 문제점은 과도하게 한시를 사용하는 데 있다. 이 문제는 다음 장의 텍스트 분석 부분에서 구체적으로 검토해보겠다.

한편, 「춘향전」 원작의 골계와 해학을 제대로 표현해 내지 못한 점도 「춘향전」 중국어 역본의 공통적인 문제점으로 지적될 수 있다. 이 문제에 대해 두 가지 차원으로 나누어 검토할 수 있다. 하나는 언어적인 차원, 곧 문면(文面)적인 내용의 차원, 다른 하나는 언어적인 차원을 넘어 작품의 저변에 흐르는 정서적인 차원이다. 우선 언어적인 차원부터 살펴보면, 어떤 민족이든 자신만의 독특한 언어 표현기교가 있다. 이런 표현기교는 대부분 동음이의(同音異義)어를 이용하는 것이거나 은유(隱喩)가 들어가 있는 것들이다. 완판84장본에서 몇 개의 대표적인 문장을 통해 이 문제를 살펴보자.

㉮ 정승을 못하오면 장승이라도 되지요.[15]

---

15 이 문장에 대한 번역은 5종 역본이 대부분 발음의 비슷함을 살리려고 괄호를 이용해 뜻을 설명하는 방식을 취한다. 허세욱의 역본만 정승을 재상(宰相)으로, 장승을 목우(木偶)로 번역한다.

원문	역문
정승을 못하오면 **장승**이라도	卽使做不到政丞, 做個路丞, 總是可以的。(從前朝鮮指路牌, 用木柱, 木柱上刻文武官員頭面, 稱爲'路丞', 也稱'天下大將軍') (1956, 冰蔚·張友鸞譯本, 20쪽)

　　㉕ 올나간 이 도령인지 삼도령인지 그 놈의 자식은 일거후무소식하니

　　　 인사가 그러코는 벼살은 컨이와 늬 좃도 못하졔.[16]

　　㉖ 네의 셔방인지 남방인지 걸인 한나 시려 왓다.

　　위에 예문에서 나오는 '정승'과 '장승', '이도령'과 '삼도령', 그리고 '서방'과 '남방'은 모두 말을 하는 상황에 절묘하게 부합하면서도 발음이 비슷하기 때문에 해학을 자아낸 표현이다. 이 외에도 "밍즈견양혜왕하신대 왕왈 쉬불월천니이너하신이 춘향이 보시려 오신잇가"나 "싹한 이리로다 나무 집 늘근이는 리롱징도 잇난이라마는 귀 너무 발근 것도 예상일 안이로다" 등 해학적인 표현들이 작품 전체에 산재하고 있다. 이런 표현기교는 다른 나라의 언어에서도 흔히 볼 수 있는 것이지만 이런 문장의 묘미는 그 나라의 사람만 터득할 수 있는 것이다.

되지요	他萬一當不了政丞,也可以當長丞.(立于寺廟前的鬼神牌位). (2006, 柳應九譯本, 44쪽)
	當不了政丞, 也能當個長丞吧.(從前朝鮮指路牌, 用木柱, 木柱上刻文武官員頭面, 稱爲'路丞', 也稱'天下大將軍')(2007, 丁生花譯本, 32쪽)
	卽使做不到政丞, 怎麼也可以做個長丞吧.(韓國古代民俗, 指設立于地區之間的界標或路標, 通常雕刻爲戲劇化的誇張形式, 也是村莊的守護神). (2010, 薛舟·徐麗紅 譯本, 38쪽)
	如不作宰相,可作木偶子吧! (按韓語宰相與木偶其音同). (1967, 許世旭譯本, 24쪽)

16 각 역본의 역문이 다음과 같다.

원문	역문
이 도령인지 삼도령인지	什麼李道令也好, 三道令也好.(1956, 冰蔚·張友鸞譯本, 82쪽)
	那逃跑到京城的什麼李公子。(2006, 柳應九譯本, 161쪽)
	李道令阿, 外道令阿的。(2007, 丁生花譯本, 122쪽)
	什麼李公子還是張公子。(2010, 薛舟·徐麗紅 譯本, 146쪽)
	二道令(按：韓語李與二同音)或叫三道令那個傢伙. (1967, 許世旭譯本, 111쪽)

이런 내용들을 중국어로 번역할 때, 뜻을 살리면 발음이 비슷한 데서 나온 해학을 잃게 될 것이고, 반대로 발음을 한자로 그대로 표현하면 뜻을 살릴 수 없게 되어 뜻을 설명하는 각주를 따로 붙여야 한다. 번역이 적절하지 못한 경우에는 발음의 유사함에 나온 해학과 정확한 뜻의 전달이 모두 잃게 될 것이다. ㉻ 문장에 대해 각 역본의 번역문을 보자.

원문	역문
네의 셔방인지 남방인지 걸인 한나 시려 왓다.	'郎君'也好, '狼君'也好, 來了個花郎了。 (1956, 冰蔚·張友鸞譯本, 90쪽)
	是你的'郎君'呢, 還是什麼野狼似的'狼君'呢, 我不知道。……反正, 有個討飯的……來了。 (2006, 柳應九 譯本, 178쪽)
	李郎呀, 木子郎呀, 來了一個乞丐。 (2007, 丁生花譯本, 136쪽)
	什麼李郎張郎的啊, 來了個叫花子。 (2010, 薛舟·徐麗紅 譯本, 160쪽)
	你的西房(按韓語 : 新郎之韓語與西房之韓音同) 或許南房……總是一個乞丐回來了哪! (1967, 許世旭譯本, 123쪽)

1956년 역본에서 낭군(狼君)은 낭군(郎君)의 발음과 비슷하게 맞추기 위해 만든 용어인데 실제로 중국어에는 없는 말이다. 유응구의 역본은 1956년 역본에서 나온 '낭군(狼君)'을 차용하고 '야생 늑대'라는 의미로 부연한다. 정생화의 역본에서 나온 '이(李)'와 '목자(木子)'는 한자 이(李)를 다르게 표현하는 것이고, 설주·서려홍 역본의 '이랑장랑(李郎張郎)'은 상대적으로 가장 적절한 의역(意譯)이라 할 수 있다. 허세욱 역본은 '서방'을 한자로 표시한 다음에 설명하는 글을 붙이는 방법을 취한다. 전체적으로 볼 때 뜻을 전달하는 것에는 5종의 역본 모두가 어느 정도 원 문장의 뜻을 전달해내고 있다 할 수 있으나, 원

문에서 발음이 비슷한 데서 일어나는 해학을 제대로 살리지 못한 한계 또한 노출하고 있다.

한편 「춘향전」에 나타나는 감정적인 표현을 살펴보면 사랑가를 비롯한 열렬한 육정(肉情)적인 감정이 있는가 하면 춘향의 자탄가를 비롯한 서럽고 애원한 정서가 또한 많다. 특히 작품의 후반부에서 '자탄가'·'십장가'·'옥중가' 등의 노래는 다분히 슬프고 애절한 정서를 토로하고 있다. 그러나 전체적으로 볼 때 춘향에게 고난이나 죽음이 다가오는 과정에서 긴박감 같은 정서가 보이지 않는다. 장형을 맞았고 옥중에 별반 고생을 다했으며 변학도의 생일 당일에 죽음을 당할 수도 있는 춘향의 고난에 대해 작품은 늘 다른 사건을 통해 고난의 심각함을 해소 시켰다. 예를 들면 춘향이 장형을 맞아 거의 죽을 지경에 될 때 속없는 낙춘이 뛰어나와 "얼시고 절시고 조흘씨고 우리 남원도 현판감이 싱겨쑤나"라고 해서 춘향의 비운과 그것을 보고 분노하고 있는 주변 민중들의 비분한 정서를 확연히 식혀주었다. 춘향이 악몽을 꾸고 스스로 죽을 꿈이라 생각하는 부분의 정서도 마찬가지로 처량하고 비참하다. 그러나 이어서 봉사가 개천에 빠져 개똥을 짚고 뿌리치다가 돌에 손을 맞아 아파서 호하고 입에다 넣은 우스꽝스러운 장면이 또한 앞부분의 처량한 분위기를 전환했다. 이렇게 비애와 해학이 번갈아 배치되는 구성은 작품 전체 분위기의 긴장과 해소를 계속 조절하고 있다. 이런 점은 김흥규가 지적한 바, 판소리의 구조가 창과 아니리를 번갈아 배치함을 통해 긴장과 이완을 반복한다는 특징과 상통하는 것이라 할 수 있다.[17] 전체적으로 볼 때 이런 골계적인

---

17 김흥규, 앞에 논문, 116쪽.

내용이 작품의 저변에 흐르는 민중들의 낙천적인 성격의 표현이라 할
수 있다.[18] 민중들의 이런 낙천적인 성격을 잘 이해해야 「춘향전」에서
의 익살과 골계를 제대로 이해할 수 있고, 번역본에서도 적절하게 표
현해낼 수 있을 것이다.

  그런가하면 「춘향전」에서 나타나는 춘향의 비애와 참담한 처지는
다분히 춘향이라는 개인에만 한정되어 있다는 것도 주의를 기울일 필
요가 있다. 주변에는 진심으로 춘향을 동정하는 인물이 거의 없는데,
이몽룡의 경우 춘향의 처지를 알고 나서도 잠깐이지만 그 고난을 외
면하고 심지어 춘향의 정절을 시험하는 행동까지 한다. 거지꼴을 한
이몽룡을 보면서 그가 자신을 살릴 수 있으리라 고대했던 춘향은 모
든 희망이 부서지는데, 당장 다음 날에 죽음과 마주해야 하는 자의
절망과 공포에 대해 작품에서는 아무런 서술도 나타나지 않는다.[19] 그
래서 「춘향전」의 저변에 흐르는 정서는 민중들의 낙천적인 정서가 있
기는 하나, 한 인간으로서의 춘향의 슬픔과 고초를 무심히 외면하
는 다분히 남성 중심적인 정서가 또한 강하게 작용하고 있다고 할 수
있다.

---

18 김동욱이 한국문학에서 나온 해학에 대해 다음과 같이 서술한 바가 있다.
   "(골계적인 표현에) 우리 민족이 선천적으로 具有하고 있는 낙천 사상이 배태된다.
   이상에 있어서의 낙천 사상은 문학 이전의 우리 민족 심리의 심층 속에 잠재해 있
   다. 이것이 우리의 모든 생활을 규제하고 있는 것이다."
   김동욱, 「한국문학에 있어서의 해학」, 『月刊文學』, 1970, 224~225쪽.
19 「옥중화」나 북한의 창극 「춘향전」에서는 이 부분의 내용이 춘향의 처지를 외면하고
   있다는 것을 인식하고 있어서 춘향이 이몽룡을 원망하는 내용을 추가한다.

2) 등장 인물간의 신분적 관계

내용의 면에서「춘향전」의 번역본에서 늘 문제가 되는 두 가지 문제가 있다. 하나는 월매과 성 참판의 관계이고, 다른 하나는 춘향과 이몽룡이 보여주는 사랑의 실제적인 의미이다. 두 문제는 모두「춘향전」을 이해하는 데 기본적인 것이고 동시에 작품에 투영된 당시의 사회현실을 살펴볼 수 있는 지점이기도 하다.「춘향전」의 현실적인 의미도 이런 문제들과 밀접한 관계를 가지고 있다. 그러나 중국어 역본에서 이 두 문제와 관련된 대목을 적절하게 번역하고, 원작의 내용을 충실히 재현한 역본이 찾기 어렵다. 그중에서 가장 중요한 원인은 문화 배경의 차이라 할 수 있다. 쉽게 말해 중국의 일반 독자들은 퇴기나 수청이라는 문화가 상당히 낯설고, 그 심층적인 의미가 무엇인지를 잘 모른다. 그래서 퇴기 월매의 딸인 춘향이 왜 기생으로 취급받는 것인지에 대해서도 쉽게 이해할 수 없다. 대부분의 번역자들은 이런 문제들을 적절하게 설명하지 않았고 중국의 비슷한 풍속이나 표현으로 대체하는 방식을 택했다. 그런 선택은 원작이 내포한 많은 심층적인 의미를 번역본에서 드러나지 못하게 되는 결과로 이어졌다. 원작을 잘 이해하기 위해 여기서 우선 이 두 문제가 원작에서 어떻게 나타나고 있는지, 그 실상을 다시 한 번 확인해 둘 필요가 있다.

우선 월매와 성 참판의 관계부터 살펴보겠다. 월매와 성 참판의 관계에 대해 완판84장본의 원문에서 전후 불일치의 문제가 발생하고 있다. 작품의 시작 부분에서는 다음과 같이 월매를 소개한다.

잇씩 절나도 남원부의 월미라 하난 기싱이 잇스되 삼남의 명기로셔 일직 퇴기ᄒ야 셩가라 ᄒ는 양반을 다리고 셰월을 보늬되 연장사순의 당하

야 일졈혀륙이 업셔 일노 한이 되야 장탄슈심의 병이 되엇구나 일일은 크
게 씨쳐 예사람을 싱각ᄒ고 가군을 청입ᄒ여 엿자오딕 공슌이 ᄒ난 말이
드리시오 젼싱의 무삼 은혜 씻쳐던지 이싱의 부부되야 창기힝실 다 바리
고 예모도 슝상ᄒ고 여공도 심슷것만 무삼 죄가 진즁ᄒ야 일졈혜륙 업셔
스니 육친무족 우리 신셰 션영힝화 뉘라 ᄒ며 사후감장 어이 하리 명산딕
찰의 신공이나 ᄒ야 남녀간 낫커드면 평싱 한을 풀거시니 가군의 쑛이 엇
더ᄒ오 셩참판 하는 마리 일싱 신셰 싱각ᄒ면 자닉 마리 당연ᄒ나 비러셔
자식을 나흘진딕 무자한 사람이 잇슬이요.[20]

이 부분의 내용을 보면 월매가 비록 퇴기이지만 성 참판과 같이 부
부처럼 살고 있다. 그리고 "년장사순에 당하야 일졈혀륙이 업셔"라는
말도 마치 두 사람이 부부로서 오랜 동안 살았는데 자식이 없는 것처
럼 서술되어 있다. 그리고 월매가 자식을 원하는 이유인 "육친무족
우리 신셰 션영힝화 뉘라 ᄒ며 사후감장 어이 하리"라는 말과, 성 참
판의 "일싱 신셰 싱각ᄒ면 자닉 마리 당연ᄒ나"라는 말에서도 두 사람
이 마치 노부부 관계처럼 보이며, 선영향화와 사후감장의 일에 자식
이 필요하다는 식으로 서술되어 있다.

그러나 후에 이몽룡이 춘향의 집으로 찾아가 백년언약을 맺자고 할

---

20 「춘향전」(원문영인 및 주석), 성기수 엮음, 글솟대, 2005(完西溪書鋪 판본, 이하
완서계서포본으로 지칭함), 1쪽.
완판84장본 「열녀춘향수절가」는 귀동신간춘향전(龜洞新刊春香傳), 완흥사서포(完
興社書鋪, 1912), 다가서포(多佳書鋪, 1916), 완서계서포(完西溪書鋪) 등 판본이
있다. 이 가운데 널리 유통되어 일찍부터 주목받았던 판본은 다가서포본과 완서계
서포본이다. 완서계서포에서 나오는 판본으로는 현재 두 가지가 있는데 하나는 발
행시기가 없어서 언제 출판했는지를 확인할 수가 없고, 다른 하나는 조선진서간행
회(朝鮮珍書刊行會)에서 1949년에 출판한 것이다.
전상욱, 「완판 「춘향전」의 변모양상과 의미-서지적인 특징을 중심으로」, 『판소리
연구』 26, 판소리학회, 2008, 204쪽.

때, 월매는 춘향의 출신을 강조하기 위해 다음과 같이 말했다.

> 말씀은 황송하오나 드려보오 자하골 성참판 영감이 보후로 남원의 좌
> 정하엿실 쩍 소리기을 민로 보고 슈청을 들나 하옵기로 관장의 영을 못
> 이긔여 모신 지 삼삭만의 올나 가신 후로 쯧박그 보틱하야 나은 게 져 거
> 시라 그 연후로 고목하니 졋쥴 써러지면 다려갈난다 하시던니 그 양반이
> 불힝하야 셰상을 바리시니 보닉들 못하옵고[21]

이 부분을 보면 월매와 성 참판의 관계란 단지 수청을 든 기생과 관장의 관계일 뿐이고, 춘향을 임신한 것도 앞에서 인용한 부분에서 말한 것처럼 자식이 없어서 한이 되는 정도가 아니라 모신지 불과 삼 개월 만에 춘향이를 임신한 것이라 한다. 그리고 춘향의 출생을 성 참판에게 알린 후에 젓줄 떨어진 후에 데려가겠다는 말도 춘향에게만 한하는 것이고, 월매를 포함하지 않았다. 곧 춘향이를 데려가겠지만 월매는 원래대로 계속 혼자 남아 있을 것이다. 여기서 앞서 인용된 부분에서 말하는 육친무족(肉親無族)이니 선영향화(先塋香火)니 사후 감장(死後監葬)이라는 일들이 실제로 있을 수 없는 일들이고, 월매의 신분으로서는 그런 말을 할 자격조차 없음을 알 수 있다. 말하자면 월매는 그런 문제까지 고려할 수 있는 신세도 아닐뿐더러, 수청을 든 기생 신세인 그녀는 처음부터 성 참판의 가문에 들어가지도 못한 존 재이다. 이런 서술의 전후 불일치는 판소리나 판소리계 소설에서 흔히 볼 수 있는 서술의 불합리 문제이다. 대부분의 중국어 역본에서는 월매와 성 참판의 관계를 첩과 남편의 관계로 번역한다. 실제로 월매

---

21 완서계서포본, 22쪽.

와 성 참판의 관계를 정확하게 설명해주지 않으면 춘향이 왜 계속 기생으로 취급되는지, 왜 스스로도 이런 인식을 가지고 있는지, 변학도가 왜 수청을 강요할 수 있는지 등 제반 사건들이 제대로 설명될 수없다. 이런 문제들을 엄격하게 따지지 않고 대충 번역하고 말면 주인공의 생각과 감정뿐만 아니라,「춘향전」의 현실적인 의미도 제대로표현해내지 못할 것이다.

다음에는 춘향과 이몽룡의 관계에 대한 문제이다. 여기서 춘향의신분도 같이 검토할 수 있다. 앞에서 월매와 성 참판의 관계를 검토하는 부분을 통해서도 알 수 있듯이 완판84장본에서 춘향의 신분은 성참판의 서녀이다. 비록 노비종모법으로 볼 때 춘향은 월매의 신분을따라 천민이지만 위에 인용한 내용을 보면 성사되지는 못했어도 성참판이 춘향이를 데려가겠다는 뜻이 있었다. 물론 이 말이 월매가 버림 받은 자기 모녀를 위해, 특히 춘향을 위해 만든 아름다운 거짓말일수도 있지만 적어도 춘향이가 아버지인 성 참판에게 인정을 받았고서녀이지만 성 참판의 집안에 들어가 살 기회가 있었다는 것을 의미한다. 그러나 춘향이 천민이든 양반의 서녀이든 이몽룡의 정식배필이될 자격이 없다는 것은 일단 누구도 부인할 수 없는 것이고, 이 작품에 등장하는 모든 인물들이 잘 아는 사실이다. 이런 사실은 반대로춘향과 이몽룡의 관계가 세속적인 제반 편견과 압박을 뛰어넘는 지고지순의 사랑이 될 수 없음을 말해준다. 먼저 이 사랑에 대해 이몽룡의태도부터 살펴보겠다.

이몽룡은 광한루에서 처음 춘향을 본 뒤 통인에게 누구냐 물어 기생 월매의 딸이라는 것을 알아낸다. "제 어미는 기싱이오느 춘향이는도도하야 기싱 구실 마다하고 빅화초엽의 글즈도 싱각하고 여공직질이며 문장을 겸견하야 여렴처자와 다름이 업는이다."라는 말로 춘향의 도도함과 함께 여염처자와 다름이 없음을 강조한다. 그러나 이몽룡은 그런 말을 듣고도 방자를 불러 "들은 즉 기싱의 쌀이란이 급피가 불너오라."고 한다. 앞에서 춘향의 여공재질과 문장을 잘하고, 여염처자와 다름없다는 통인의 말을 들었음에도 이몽룡은 여전히 춘향이를 "기생의 딸"로만 취급한다. 방자가 나와서 한 번 또 장황하게 춘향의 재덕을 칭찬했으나 이몽룡이 물각유주(物各有主)라고 해서 방자를 보낸다. '물각유주'라는 말은 이몽룡이 자신의 인물됨에 대한 자부심을 드러나는 말이다. 말하자면 이몽룡의 이 말에서 방자가 말하는 "방첨ᄉ 병부ᄉ 군슈 현감 관장임네 엄지발가락이 두 썜 가옷식 되난 양반 외입징이"들이 춘향을 만나려고 해도 못 만나게 된 것은 춘향이의 도도함이나 높은 도덕성보다는 그런 남자들이 춘향의 미색과 어울리는 인물이 못 된다는 의미가 들어가 있다. 반대로 자신이 용모와 재주가 모두 인중호걸이라서 자신이야말로 춘향과 잘 어울리는 그런 인물이라는 것을 강조하고 있다. 춘향한테 거절을 당한 다음에 다시 방자를 보내 "너가 너를 기싱으로 알미 아니라 드른니 네가 글을 잘한다기로 쳥하노라."고 책략을 바꾸었다. 여기서 그는 통인이 맨 처음에 춘향의 문장을 칭찬하고 여염처자와 다름이 없다는 말을 듣고 나서도 춘향이를 단순히 기생의 딸로 생각하는 것을 상기할 필요가 있다. 그래서 기생이 아니라 문장을 잘한다는 이유를 들어 만남을 청하는 것은 춘향을 접근하기 위해 책략의 변화일뿐 그 이상의 의미가 없다. 그리고 그날 밤에 춘향집으로 찾아 월매한테 백년언약을 허락해달라는데 월매는 두 번 거절한다. 춘향과 관계를 맺기 위해 이몽룡이 월매와 밀고 당기는 과정에서 두 번이나 춘향을 책임지겠다는 약속을 준다.

호샤의 다마로셰 춘향도 미혼젼이요 나도 미장젼이라 피차 언약이 이 러하 흐고 육예난 못할망졍 양반으 자식이 일구이언을 할이 잇나[22]

그난 두 번 염예할나 말소 닉 마음 세아린니 특별 간졀 구든 마음 흉중 의 가득한이 분으난 달을망졍 제와 닉와 평싱 기약 미질 제 젼안 남폐 안 니한들 창파갓치 집푼 마음 춘향 사졍 몰을손가 (… 중략 …) 닉 겨를 초취 갓치 예길더니 시하라고 염예말고 미장젼도 염예마소 딕장부 먹난 마음 박딕힝실 잇슬손가 허락만 허여 쥬소.[23]

이몽룡은 춘향과 인연을 맺고 싶은 마음이 간절하나 어떠한 현실적 인 보장도 할 수 없는 처지라 일을 쉽게 성사시키지 못한다. "이 말이 참말이 아니라 이몽룡이 춘향을 얻는다 하니 내두사(來頭事)를 몰라 뒤를 눌러 하는 말이었다."라는 표현으로 보면 월매가 이몽룡의 청을 거듭 거절한 것도 이와 관련이 있다. 그리고 더 주의해야 하는 것은 위에 인용한 내용처럼 춘향을 달래지만 혼인의 절차 없이 달래는 것 을 이몽룡이 스스로 계속 강조하고 있다는 것이다. "육예는 못할"것이 라거나 "젼안 남폐 아니한들" 등이 그것이다. 곧 처음부터 춘향에게 아무 명분도 주지 못한다는 사실을 명명백백하게 밝히고 있다는 것이 다. 명분을 못 주니까 줄 수 있는 것은 마음뿐이다. 그래서 "양반으 자식이 일구이언 할이 잇나"라든가 "딕장부 먹난 마음 박딕힝실 잇슬 손가" 등의 말로 월매와 춘향에게 마음으로의 약속을 단단히 주었다. 단 이런 마음의 약속이 얼마나 무력한 것인지를 이별의 장면에서 쉽 게 확인할 수 있다. 월매가 이런 약속의 의미, 그리고 두 사람의 결합

---

22 완서계서포본, 23쪽.
23 완서계서포본, 23~24쪽.

이 무엇을 의미하는지를 잘 알고 있음에도 불구하고 두 사람의 혼인을 허락해준 것은, 이런 결정은 그녀로서 선택의 여지가 없는 상황에서 최선의 선택일지도 모르기 때문이다. 적어도 사또의 자제로서 가문이나 인물로 봤을 때 춘향이 만날 수 있는 최고의 배필일지도 모른다는 것이다. 여기까지만 봐도 춘향과 이몽룡의 혼인은 그 현실적인 의미가 양반자제가 기생을 외방작첩 하는 것, 그 이상이 아님을 확인할 수 있다. 물론 신분의 차이와 혼인의 비공식성 때문에 두 사람의 사랑 자체가 의심되는 것은 아니다. 치열하고 농정하게 사랑가를 부르면서 노는 그 모습은 신혼부부의 순정이든 기방놀이의 표현이든 청춘남녀의 영(靈)과 육(肉)의 결합이며, 그 안에서 사랑에 관한 정신적·육체적인 정감이 들어 있다는 것은 누구도 부인할 수 없다.

　다음으로 두 사람의 사랑과 결합에 대한 춘향의 태도를 살펴보겠다. 춘향이 방자를 시켜 오라고 하는 이몽룡의 부름을 단호하게 거절한 것은 사실이다. 춘향에게는 그런 일이 처음이 아니라 흔히 있었던 일이다. 이전에 "방첨수 병부수 군슈 현감 관장임네"가 이미 그런 일을 많이 했기 때문이다. 그러나 이몽룡이 "글을 잘한다"는 이유로 다시 방자를 보내 청했을 때, 그리고 춘향을 "여가에 잇난 쳐자"로 충분히 존중해 주었을 때, 춘향의 마음은 조금씩 흔들리기 시작했다. "춘향의 도량한 뜻시 연분되랴고 그러한지 호련이 싱각하니 갈 마음이 나되 모친의 뜻슬 몰나 침음양구의 말을 안코 안져더니", 그 다음에 월매가 청룡이 난 꿈을 이야기를 하고 나서 춘향에게 "잠간 가셔 단여오라."라는 말을 듣고 "춘향이가 그계야 못 이기난 체로 계우 이러나" 광한루에 건너간다. 아주 디테일한 서술이지만 춘향이 함부로 자신을 오라고 한, 아직 얼굴도 보지 못한 이몽룡에게 아무 관심도 없는 순정한 여염처자가 아니라는 것을 알 수 있다. 가고 싶은 마음이 분명히 있어도 어머니의 허락을 받기 이전에는 아무 말도 하지 않았으며, 어머니의 허락을 받고 나서도 가고 싶은 마음을 숨기고 "못 이기난 체로 겨우 이러나" 이몽룡을 만나러 간다. 이런 묘사를 통해 적어도 춘향이가 겉으로는 어떻게 여염처자의 행실을 유지하는지를 잘 알고, 속으로는 아직 얼굴을 보지는 못하지만 사또 자제라는 신분의 남자에 대해 관심이 있음을 확인할 수 있다. 광한루에서 춘향은 다음과 같이 처음 만나는 이몽룡을 관찰한다.

> 잇써 춘향이 추파을 잠간 들어 이 도령을 살펴보니 금셰의 호걸리요, 진셰간 기남자라 쳥졍니 놉파스니 소연공명할 거시오 오악이 조귀ᄒ니 보국 충신 될 것시믹 마음의 흠모하야 익미를 수기고 업실단좌쑨이로다.[24]

즉 춘향이 처음 이몽룡을 만날 때부터 이미 몰래 이몽룡의 관상을 보고 나중에 출세할 인물임을 확인했으며, 흠모하는 마음 또한 생긴 것이다. 그러나 그때에도 가약을 맺자는 이몽룡의 말에 계속 신분의 차이니 나중에 독수공방하게 되니 하는 말로 거절한다. 이몽룡이 춘향집으로 찾아가 월매에게 춘향과의 결합을 허락해달라고 요구하는 과정에서 월매가 계속 거절한 이유도 춘향이 광한루에서 이몽룡을 거절하는 이유와 똑같았다. 모녀의 행동의 실체와 목적은 똑같이 "이몽룡이 춘향을 얻는다 하니 내두사(來頭事)를 몰라 뒤를 눌러 하는" 것이다. 그들이 이렇게 신경을 써서 조심스럽게 실랑이를 하고 얻는 것은

---

24 완서계서포본, 12쪽.

앞에서도 지적했듯이 이몽룡의 '마음의 약속'뿐이다. 그들이 이런 '마음의 약속'에 기대하는 것이 무엇일까? 이별을 당하며 춘향이가 이몽룡에게 다음과 같이 말한다.

> 언졔는 남원 쌍으셔 평싱 사르실 줄노 알아곗소 날과 엇지 함긔 가기를 바리리요 도련임 먼져 올나가시면 나는 예셔 팔 것 팔고 추후에 올나갈 거시니 아무 걱정 마르시오 늬 말듸로 ᄒᆞ엿스면 군속잔코 좔 것이요 늬가 올나 가드릭도 도련임 큰듸으로 가셔 살 수 업슬 거시니 큰듸각가이 조구만 집 방이나 두엇 되면 족하오니 연탐ᄒᆞ여 사 두소셔 우리 권구 가더릭도 공밥 먹지 아니할 터이니 그렁져렁 지닉다가 도련임 날만 밋고 장긔 안이 갈 수 잇소 부귀 영총 직상가의 요죠숙여 가리여서 혼졍신셩 할지라도 아주 잇든 마옵소셔 도련임 과거하야 벼살 놉파 외방가면 실늬마마 치힝할 졔 마마로 늬 셰우면 무삼 마리 되오릿가. 그리 아라 조쳐ᄒᆞ오[25]

춘향은 위의 인용한 말을 통해 그들 모녀가 이몽룡에게 바라는 현실적인 기대가 무엇인지를 구체적으로 말한다. 그것을 요약해 말하자면 마마(媽媽)의 자리이다. 물론 그 이전에 이몽룡을 따라 같이 한양으로 올라가 이몽룡의 과거급제와 외방을 기다리는 것도 그들이 품은 바람의 일부이다. 춘향의 이런 인식을 통해, 작품의 시작 부분부터 이몽룡이 처음 춘향의 집에 가 백년가약을 맺자고 할 때 힘써 강조한 춘향의 서녀신분이 실제로 큰 의미가 없는 것임을 확인할 수도 있다. 춘향의 마음속에서 스스로도 자신을 기첩으로 생각하기 때문이다.

당시의 사회현실로 봐도 춘향의 이런 기대는 과분한 것이 아니다.

---

25 완서계서포본, 37쪽.

그러나 실제적인 현실은 춘향이 생각하는 것보다 심각하다. 이몽룡은 자기 어머니의 말을 들어 춘향의 이런 기대를 물거품으로 만든다.

> 그게 일를 말인야 사정이 그러키로 네 말을 사쏘게난 못 엿쥬고 듸부인 젼 엿자오니 쑤종이 듸단하시며 양반의 지식이 부형 짜라 하힝의 왓다 화방작첩하야 다려간단 마리 젼졍으도 고이하고 조졍으 드러 벼살도 못한다던구나 불가불 이벼리 될 박그 수 업다[26]

결국은 인연을 맺기 이전에 그렇게 단단하게 해 준 '마음의 약속', 그리고 춘향과 월매가 바라는 그렇게 과분하지도 않은 마마의 자리가 대부인의 말 한 마디로 물거품 되어버린 것이다. 대부인의 의견이 단지 당시 사회의 일반적인 인식이라는 것을 상기하면 두 사람의 사랑이 갖는 사회적인 기반이 얼마나 취약한 것인지를 알 수 있다. 이몽룡의 '마음의 약속' 또한 얼마나 무기력한 것인지 확인할 수 있다. 기대가 환멸로 변해버린 춘향은 명경·체경을 둘러쳐 발악하기도 하고, 애원하기도 하고, "상사로 병이 들러 익통하다 죽거듸면 익원혼 늬 혼신 원귀가 될 거신이 존즁하신 도련임이 근들 안이 지양이요"라며 협박까지 한다. 그리고 "우리 두리 쳐음 만나 빅년언약 믹질 젹의 듸부인 사쏘게옵셔 시기시던 일리온잇가 빙자가 웬일이요"라고 하여 당사자인 이몽룡에게 직접 책임을 물었다. 곧 두 사람이 애당초의 결합도 대부인과 사또 몰래, 이몽룡의 개인적인 의지대로 이룬 것이었는데 이제 와서 왜 대부인의 말을 핑계로 헤어지자고 하느냐 하는 것이다. 춘향의 원망과 실망, 그리도 분노가 이 지점에 와서 한꺼번에 폭발

---

26 완서계서포본, 37쪽.

한다.

월매의 실망도 춘향에 못지않았다. 이별이라는 사실을 알게 된 후에 그녀는 다음과 같이 춘향을 꾸짖었다.

　이년 이년 썩 죽거라 사러서 쓸듸업다 너 죽은 신체라도 져 양반이 지고 가게 젼 양반 올나가면 뉘 간장을 녹일난야 이년 이년 말 듯거라 늬 일상 이르기을 후회되기 쉽는이라 도도한 마음 먹지 말고 여렴 사람 가리여서 형셰지체 네와 갓고 직주 인물리 모도 네와 갓한 봉황의 싹을 어더 늬 압푸 노난 양을 늬 안목으 보와쓰면 너도 좃코 나도 좃체 아음이 도도하야 남과 별노 다르더니 잘 되고 잘되야짜[27]

위에 나타난 월매의 말은 홧김에 나온 말이지만 이런 말은 오히려 마음 가장 깊은 곳에 나온 가장 진실한 말일 수도 있다. 위의 내용을 보면 월매는 춘향과 이몽룡의 관계를 늘 걱정하고 있었다. 그래서 춘향에게 "후회되기 쉽는이라"고 계속 말한다. 월매가 실제로 딸의 혼인에 대해 "여렴 사람 가리여서 형셰지체 네와 갓고 직주 인물리 모도 네와 갓한 봉황의 싹을 어더 늬 압푸 노난 양을 늬 안목으 보와쓰면 너도 좃코 나도 좃체"라고 말한 것은 곧 춘향의 신분·형세와 모두 비슷한 사람과 결혼하고 평범하게 사는 것을 소원한 것이다. 이는 오히려 어머니로서의 진정한 소원이라 할 수 있다. 그러나 춘향이는 '도도하고' '남과 별노 다르'기 때문에 자신의 형세와 비슷한 사람이 아니라 자신의 신분과 형세보다 훨씬 위에 있는 이몽룡을 선택한다. 이 말을 보면 이몽룡과의 인연을 맺은 일에서 월매의 뜻보다는 춘향의 뜻이

---

27 완서계서포본, 39쪽.

더 강하게 작용하고, 이런 결연은 결국 월매 모녀가 함께 한 모험이라 할 수 있다. "후회되기 쉽는이라"라는 말은 이런 모험을 하면서도 늘 불안한 마음을 가지고 있음을 말해준다. 한편, 이런 말을 통해 이몽룡과의 결합에서 춘향의 신분 상승 의지가 확실하게 있다는 것도 확인할 수 있다.

「춘향전」이 절대 하나의 단순한 사랑 이야기가 아니라는 것은 선행 연구자들에 의해 거듭 강조된 바이다. 그러나 춘향과 이몽룡의 사랑 이야기는 「춘향전」의 뼈대이고 작품의 주된 내용이라는 것도 또한 사실이다. 이 사랑 이야기를 둘러싼 주변의 상황이 이 작품의 내재적인 의미를 한층 더 풍부하게 만들어낸다. 그런 의미에서 춘향과 이몽룡의 사랑의 실체도 보다 깊은 의미를 가지게 된다. 순수한 사랑이냐, 양반자제와 기생의 노수인연(露水姻緣)이냐, 아니면 신분 상승을 도모하기 위해 심술 많은 기생이 양반자제를 이용하는 이야기냐 등 여러 가지 해석의 가능성이 있다. 이상 작품의 내용을 통해 몇 가지 사실을 확인할 수 있다. 하나는 춘향과 이몽룡의 관계는 세속적인 규범을 초월하는 지고지순한 사랑이 아니라는 것이고, 하나는 이몽룡과 춘향, 그리고 월매가 모두 두 사람의 결합이 갖는 사회적인 의미를 충분히 인식하고 있다는 것이며, 마지막으로 춘향의 신분 상승의도가 확실하게 존재하다는 것이다. 「춘향전」이 하나의 문학작품으로서의 현실적인 의미도 주인공들이 몸담고 있는 이런 사회적 현실을 통해 드러낸다.

춘향과 이몽룡이 보여준 사랑의 실상에 대한 해석의 다양성과 마찬가지로 「춘향전」 주제의 다양성도 연구자들이 많이 언급한 문제이다. 정절, 사랑, 신분제도에 대한 비판, 관료의 횡포에 대한 반항 등은 모두 「춘향전」의 주제로 거론된 적이 있다. 연구자의 시각에 따라 달리 해석할 수 있는 이 문제 자체가 「춘향전」의 내용에 대한 해석과 사상의 풍부함을 말해준다. 완판84장본에만 한정한 것이 아니지만 조동일이 '이면적 주제'와 '표면적 주제'[28]라는 방식으로 이 문제를 설명한 것은 대표적인 학설이라 할 수 있다. 이런 주제의 다양성은 또한 「춘향전」(판소리와 소설을 모두 포함)의 적충성과 개방성, 유동성 등과 연관되어 있다. 주제의 다양성은 실제로 번역자들에게 작품을 번역할 때 주제를 정하는 데 선택의 여지를 제공해주었다. 말하자면 「춘향전」의 원본에서도 다양한 해석 가능성이 존재하는 것처럼 번역자들도 나름의 의도로 하나의 주제에 초점을 맞추어 번역을 전개할 수 있다는 것이다. 한편, 앞에서도 강조했듯이 번역본은 위에서 살펴본 원작의 여러 내용들을 제대로 번역해내야만 원작의 주인공들이 품은 감정과 사상뿐만 아니라 작품의 현실적인 의미도 같이 드러낼 수 있다. 그렇게 하지 못한다면 「춘향전」의 번역본은 모두 원작의 주제 및 성격과는 다른 작품이 될 수도 있다. 다음으로 구체적인 번역본의 양상을 살펴봄으로써 중국에서 진행된 「춘향전」의 번역 양상과 의미를 검토해보겠다.

2. 중국 번역본

초기의 번역자들이 번역의 기준을 정의할 때 제시한 의견은 대개

---

28 조동일, 「신소설의 표면적 주제와 이면적 주제-판소리계 소설과의 비교를 통해」, 『어문학』 26, 한국어문학회, 1972.

비슷하다. 서양의 경우에는 알렉산더 프레이저 타이틀러(Alexander
Fraser Tytler, 1747~1814)가 제시한 번역의 기준이 19세기에서도 성
행한다고 한다. 그의 대표적인 이론은 「Essay on the Principles of
Translation」(1790)에서 제시한 번역의 세 가지 기준으로, 다음과
같다.

(1) That the Translation should give a complete transcript of the
ideas of the original work.
(2) That the style and manner of writing should be of the same
character with that of the original.
(3) That the Translation should have all the ease of original com
position.

중국의 엄복(嚴復, 1854~1921)이 제시한 신(信)·달(達)·아(雅)[29]의
기준은 후대 학자들에 의해 많은 각도에서 재해석 되면서 동의와 비
판의 의견이 다양하게 제기되었지만 지금 보기에도 이 기준은 여전히
상당한 설득력을 가지고 있다.[30] 신(信)은 성실하고 확실하다는 의미
로 원작의 내용을 있는 그대로 충실하게 번역해야 한다는 것이고, 달
(達)은 통달하다는 의미로 번역문이 유창하고 순탄해야 한다는 것이
며, 아(雅)는 우아하고 아름답다는 의미로 신과 달의 기반 위에서 문

---

29 「天演論·譯例言」, 1898.

30 엄복이 제기한 신·달·아의 내적인 의미에 대해 학자들이 각기 다르게 설명하는 경
향이 있다. 이용해는 '신(信)'은 원문에 충실해야 한다는 것이고, '달(達)'은 역문이
순탄해야 한다는 것이며, '아(雅)'는 표현이 예스러우면서 우아해야 한다는 것이라
고 설명한 바가 있다.
이용해, 『中韓번역 이론과 기교』, 국학자료원, 2002, 33쪽.

장을 어느 정도 품격 있게 만들어야 한다는 것이다.

엄복의 기준은 알렉산더 프레이저 타이틀러의 기준과 비슷하다고 할 수 있다. 그러나 이론적으로 설명하기 쉬운 이런 문제들은 번역과정에서 실천으로 쉽게 옮길 수 있는 일이 아니다. 바꾸어 말하자면 어떤 번역이 좋은 번역이냐, 아니면 어떻게 해야 좋은 번역을 할 수 있느냐의 문제에 대해 누구나 나름의 기준을 제시할 수 있으나, 번역의 실천에 있어 그렇게 할 수 있는 번역자는 드물다는 것이다.

여기서 번역자의 능력은 번역본의 질을 결정하는 가장 중요한 요소이다. 과장하여 말하자면 역본의 생사는 번역자의 손에 달려 있다고 할 수 있다. 뛰어난 번역자를 만나게 되면 원작은 자신의 본모습과 가장 가까운 정도로 번역될 수 있고, 용렬한 번역자를 만나게 되면 일류의 문학작품이 아주 쉽게 삼류 작품으로 전락될 수도 있다.[31] 한편, 고전 작품의 번역은 현대작품의 번역보다 한층 더 어려운 작업이다. 고전문학의 번역은 단순히 다른 나라의 언어로 원작내용을 정확

---

31 중국학자 왕녕(王寧)이 번역자와 원작 작가의 관계를 다음과 같이 정리한 바가 있다. 이런 내용은 번역자와 원작의 관계를 설명하는 데도 유용하다고 생각된다.
  (1) 當譯者的水平高於原作者時, 譯者就有可能隨心所欲地對原作進行'美化'或修改。
    (번역자의 수준이 원작 작가보다 높을 때 번역자가 멋대로 원작에 대한 미화나 수정을 가할 가능성이 있다.)
  (2) 而當譯者的水平低於原作者時, 譯者往往會碰到一些他無法解決的困難, 留下的譯作就會是漏洞百出的'僞譯文'(pseudo-translation).
    (번역자의 수준이 원작 작가보다 낮을 때 해결할 수 없는 문제들이 많아서 번역해낸 역작은 위역문(僞譯文 : pseudo-translation)이 될 수 있다.)
  (3) 譯者與原作者的水平相當或者大致相當時, (… 중략 …) 我們才能讀到優秀的文學翻譯作品.
    (번역자와 원작 작가의 수준이 비슷하거나 대개 비슷한 경우는 (… 중략 …) 가장 이상적인 번역을 해낼 수 있다.)
  왕녕(王寧), 『飜譯硏究的文化轉向』, 淸華大學出版社, 2009, 14쪽.

하게 표현하는 데 그치는 것이 아니다. 한 민족의 고전적인 언어는 항상 나름의 고유한 정서를 지니고 있고, 그런 정서는 언어 안에서 존재하고 있으나 표면에 드러나는 언어 자체보다 더 풍부한 문화적 의미를 내포하고 있다.[32] 그래서 고전 작품을 번역할 때 고전적인 언어에 대한 어느 정도의 구사능력을 갖추지 못한다면 원작의 본모습을 재현하기가 아주 어려울 것이다. 때문에 전통적인 표현방식, 원작의 격조와 잘 어울리는 용어 내지 어투, 독자들의 수용 태도와 심리 등 많은 요소를 고려해야 한다. 작품이 담고 있는 작가의 사상과 주인공들의 감정을 적절하게 번역해내지 못하면 원작이 가진 고전으로서의 가치도 재현될 수 없을 것이다.

한편, 원작에 대한 완전하고 충실한 번역이 실제로 불가능한 것이라 주장하는 사람도 있다. 전통적인 번역이론은 원작에 대한 '충실성', 즉 역작이 원작을 얼마나 충실하게 표현해 내느냐의 문제를 줄곧 강조해 왔다. 그런데 발터 벤야민(Walter Benjamin, 1892~1940)은 'untranslatable(번역할 수 없는, 번역 불가능함)'[33]이라는 개념을 제기한 바 있다.[34] 발터 벤야민의 "untranslatable"이라는 개념은 근원으로부

---

32 이런 문제를 가장 잘 설명할 수 있는 예가 바로 고대 시가의 번역이다. 중국 고대의 시(詩)나 사(詞), 한국 고대의 시조나 가사 등을 많은 사람들이 다른 나라의 언어로 번역하였다. 하지만 그 속에 내재되어 있는 미감을 재현하기 위해 노력했음에도 성공한 사례를 찾아보기는 쉽지 않다. 다른 예로, 셰익스피어(Shakespeare)의 작품을 중국어나 한국어로 번역할 수는 있지만 원작의 정취와 미감을 제대로 표현하는 것은 쉽지 않은 일이고, 마찬가지로 영어로 한시나 시조를 번역할 때 작품 안에 담겨 있는 내적인 미감을 적절하게 표현해내는 것도 상당히 어려운 일이다.

33 반성완 편역, 「번역가의 과제(The task of the Translator)」, 『발터 벤야민의 문예이론』, 민음사, 1983, 319쪽.

34 벤야민의 이론체계가 상당히 복잡한 것이라 본고의 논제에 적용시키는 것이 쉽지 않으므로, 여기서는 그의 이론이 제시한 개념만을 차용해서 논의를 전개해보도록

터 번역의 충실성을 해체해 주었다. 말하자면 원작에 번역 불가능한 부분이 있기 때문에 100% 원작에 충실한 역작이란 존재 자체가 불가능한 것이다. 벤야민의 'untranslatable' 개념은 여러 층위에서 서로 다른 의미를 가진다. 우선 원작에 대한 이해의 측면에서, 번역자가 100%로 원작을 이해할 수가 없기 때문에 원작은 실제로 "untranslatable", 곧 완전하게 번역될 수 없는 것이다. 이 문제는 「춘향전」의 번역본뿐만 아니라 한국 학계에서 완판84장본에 대한 해제·해석에도 존재하는 문제이다. 다음으로 이어질 작품 분석에서 구체적으로 검토하겠지만 완판84장본을 완벽하게 해제하는 일은 쉽지 않다. 번역본의 경우에는 번역자들이 「춘향전」을 완벽하게 이해하지 못했기 때문에 그들의 역본에서 이런저런 문제들이 발생하게 된다.

'untranslatable'은 또한 구체적인 번역 측면의 의미를 가진다. 번역은 대개 두 가지 차원에서 볼 수 있다. 첫 번째 차원은 원작을 정확하고 유창하게, 그리고 원문의 분위기와 일치하게 번역해내는 것이다. 앞에서 제시한 알렉산더 프레이저 타이틀러(Alexander Fraser Tytler)가 제시한 번역의 세 가지 원칙이나 엄복(嚴復)의 신(信)·달(達)·아(雅)의 기준은 모두 이 첫 번째 차원에서의 번역에 관한 것이라 할 수 있다. 번역의 두 번째 차원은 글로서 볼 수 있는 내용 이외의 것에 대한 번역의 문제이다. 말하자면 작품에서 직접적으로 노출되지 않는 많은 문화적, 미적 요소들을 가리키는 것이다. 'untranslatable'이라는 문제도 여기서 나온 것이다. 구체적으로 말하자면 「춘향전」의 번역에 있어 이 작품을 다른 언어로 번역할 때 직접 번역할 수 있는 것

하겠다.

은 언어로 표현되어 있는 이야기의 내용이다. 그리고 괜찮은 번역이라면 작중인물의 사상과 감정도 어느 정도 적절하게 표현해낼 수 있다. 그러나 설령 아주 뛰어난 번역자를 만나서 「춘향전」의 문면을 아주 적실하게 옮기고, 분위기와 정서까지 핍진하게 번역해냈다 하더라도 번역본에서 한국인, 특히 판소리 애호자가 느끼는 판소리에 대한 감수성을 전달하는 것은 상당히 어려운 일이다. 이는 예술작품의 주변 환경과도 연관되는 문제이다. 중국에서 "橘生淮南則爲橘, 生於淮北則爲枳.(귤은 회남에서 자라면 귤이 되고, 회북에서 자라면 탱자가 된다.)"라는 말이 있는데 이 말은 환경이 사물의 형성이나 품질에 지대한 영향을 끼친다는 것을 잘 설명하고 있다. 문화를 구성하는 언어도 자신이 처하고 있는 시공간과 밀접한 관계를 가지고 있다. 시공간이 변화가 일어나면 언어의 의미도 그대로 유지될 수 없는 것이다.

그래서 번역, 특히 고전문학의 번역은 상당히 어려운 작업이다. 「춘향전」의 중국어 번역본의 경우 질(質)의 문제를 떠나서 모든 번역자들은 상당히 힘들고 고통스러운 과정을 거쳤을 것이다. 의미전달을 제대로 하는 것 외에도 작품의 전체적인 분위기, 문장의 고전적인 운치, 노래의 리듬감 등 제반 요소들을 모두 고려해야 하기 때문이다. 그래서 번역의 질을 떠나서 모든 번역자들의 노고를 일단 인정해주어야 하다.

구체적인 번역양상을 살펴보기 이전에 우선 가장 바람직한 「춘향전」의 중국어 번역본의 양상에 대해 다음과 같은 조건을 생각해볼 수 있다.

첫째로 원작의 내용을 정확하게 번역해야 한다. 정확성은 번역의 가장 기본적인 조건이다. 알렉산더 프레이저 타이틀러가 말하는 "the

Translation should give a complete transcript of the ideas of the original work."와 엄복이 말하는 '신(信)'은 여기에 해당하는 것이다. 원작에 대한 오독과 이런 오독으로 인해 일어나는 오역, 그리고 뜻이 완전히 틀리지는 않지만 적절하지 못한 번역은 모두 원작을 충실하게 표현하지 못할 것이다.

두 번째로 원작에 대한 정확한 번역을 기반으로 한 번역본의 문장이 유창하고 순탄해야 한다. 엄복이 말하는 '달(達)'과 '아(雅)'가 여기에 해당하는 것이다. 유창하고 순탄한 문장은 모든 문체형식의 기본적인 조건이다. 문학작품으로서 소설의 문장에 대한 요구는 더욱 엄격하다. 소설의 문장은 감정과 사상을 세밀하게 표현해야 하기 때문이다. 무슨 뜻인지를 쉽게 이해할 수 없는 어색한 문장으로 되어 있는 작품은 문학적인 가치는커녕 일반적인 독서물로서의 가치도 논의하기가 어려울 것이다.

세 번째로 앞의 두 가지 조건을 충족시키면서 원작의 문학적인 정서와 미감을 재현해야 한다. 알렉산더 프레이저 타이틀러가 말하는 "the style and manner of writing should be of the same character with that of the original."와 "the Translation should have all the ease of original composition"은 여기에 해당하는 것이다. 구체적으로 말하자면 「춘향전」의 중국어 번역본은 원작의 고전적인 정서와 미감이 교감되도록 하면서도 원작에 충실하게 번역해야 한다. 독자들이 중국어 번역본을 읽을 때 마치 애초에 중국어로 쓰인 듯한 자연스러움 속에서 중국 고전소설을 읽는 것과 유사한 감동을 줄 수 있는 번역이 가장 바람직한 번역이다.

다음 장에서 중국어로 번역된 작품들을 구체적으로 살펴볼 텐데,

그 과정에서 이 세 가지 기준을 중심으로 하여 각 번역본의 양상을
검토하겠다. 단 각 역본의 번역양상이 상당히 다르고 복잡하기 때문
에 분석의 틀을 이 세 가지 기준에만 한정하지 않고 보다 디테일한
접근도 함께 다루고자 한다.

1) 빙울(冰蔚)·장우란(張友鸞) 역본(1956)[35]

1956년에 북경 작가출판사에서 출판한 역본은 중국에서 가장 이른
시기에 출판된 역본이다.[36] 번역에 있어 1956년 역본은 두 가지 장점
을 가지고 있다. 하나는 두 명의 번역자가 공동 작업으로 진행했다는
점이고, 다른 하나는 두 번역자 중에서 장우란(張友鸞)의 고문(古文)
구사 능력이 상당히 높다는 것이다. 번역자가 중국어 원어민이기 때
문에 '한국식 중국어'의 어색함을 피할 수 있게 되었고, 번역자의 고
문 실력이 뒷받침되는 만큼 고전문학의 운치를 재현하는 데 유리하
다. 그럼에도 불구하고 이 역본에는 적지 않은 문제점이 존재한다.
여기서는 이 역본에 나온 문제점들과, 이런 문제들이 발생한 원인을
구체적으로 살펴보고, 나아가 이 역본이 「춘향전」의 모든 중역본 사
이에서 어떤 위상을 차지하고 있는지에 대해 검토하고자 한다.

---

35 이 부분의 내용은 필자의 다음 학술지논문을 수정·보완한 것이다.
    왕비연, 「1956년 북경 작가 출판사에서 출판한 「춘향전」의 번역양상에 대한 고찰」,
    『어문논집』 71, 민족어문학회, 2014.8.
    위 논문에서 필자가 번역자 빙울을 북한사람으로 추측한 것은 큰 잘못이다. 본문에
    서 구체적으로 설명하겠지만 빙울은 중국사람 도병울(陶炳蔚)의 필명(筆名)이다.
36 김장선은 이 역본이 1960년 8월에, 인민문학출판사(작가출판사의 개칭)에 의해 제2
    판이 출간되는데 역자는 빙울, 목제(木弟)으로 서명되었다고 한다. 김장선, 앞의
    책, 106쪽.
    필자는 이 책을 찾아보지 못하기 때문에 내용의 변화가 있는지를 확인할 수 없다.

연변교육출판사, 「춘향전」, 1955.
(조선작가동맹출판사, 1954판과
동일 판본)

북경 작가출판사, 「춘향전」, 1956.

1956년 역본에 관한 선행연구는 서론 부분에서 간략하게 정리한 바 있다. 전체적으로 봤을 때 연구는 아직 미진한 상태라 할 수 있다. 1956년 역본의 저본은 1955년 연변교육출판사에서 출판한 한글판 「춘향전」이고, 이 판본은 북한 조선작가동맹출판사의 판(1955년)을 그대로 재출판한 것으로 보인다.[37] 왼쪽에 제시한 두 책의 표지도 두 책의 관계를 확인할 수 있게 해준다. 북한이 스스로 자신들의 「춘향전」을 '전주 토판본 「렬녀춘향수절가」'라고 했지만 그것은 한국에서 볼 수 있는 완판84장본 「열녀춘향수절가」와 차이가 있는 판본이다. 여기서 논의의 선행 작업으로서 우선 1956년 역본의 저본인 북한의 「춘향전」과 한국에서 볼 수 있는 완판84장본 「열녀춘향수절가」의 비교작업을 진행하도록 하겠다. 이런 저본의 문제를 어느 정도

---

37 1955년 연변교육출판사에서 출판한 「춘향전」의 뒷면 표지에서 조선작가동맹출판사를 같이 표시하고 있다. 이는 연변교육출판사의 판본이 조선작가동맹출판사의 판본과 동일한 것임을 말해준다.

정리한 다음에 1956년 역본의 번역양상을 구체적으로 살펴보겠다.

(1) 북한 「춘향전」의 특징 및
완판84장본 「열녀춘향수절가」와의 비교

우선 1956년 역본의 저본인 북한의 「춘향전」에 대해 간단하게 알아
보겠다. 북한 「춘향전」의 앞부분에는 윤세평이 쓴 「춘향전에 대하여」
라는 글이 실려 있다. 앞에서도 부분적으로 이 서문을 언급했는데 여
기서 조금 더 구체적으로 살펴보겠다. 이 글에서 윤세평은 「춘향전」
출현의 역사적 배경과 판본들, 작품의 주제와 사상, 그리고 문학사적
의의를 논의하고, 「춘향전」의 문학사적 의의를 높이 평가했다.[38] 한
편, '춘향전 판본 재간 례언'에서는 간행하는 과정에서 원본에 대한
철자나 용어 등에 대한 수정과 주해의 상황을 설명했다.

윤세평의 글에서 두 가지 구체적인 문제에 주의를 기울일 필요가
있다. 하나는 그가 「춘향전」의 판본을 설명하는 부분에서 신소설인
「옥중화」·「옥중향」·「옥중가인」 등을 모두 '황색본'으로 폄하한 것이
고, 다른 하나는 "원본의 사랑가 장면의 일부분은 아무런 교양적 의미
가 없을 뿐만 아니라 이를 삭제해도 원본을 손상하는 것이 되지 않음
으로 대담하게 삭제하였다."라는 설명이다.

한편, 본문보다 주해가 더 많다는 점을 이 저본의 가장 큰 특징으로
볼 수 있다. 이 저본은 완판84장본처럼 상·하권으로 나누어져 있는
데, 상권은 13~58쪽까지 총 45쪽이 본문이고, 59~147쪽까지 총 88쪽

---

38 윤세평이 「춘향전」을 "리조 문학이 낳은 최대의 걸작일 뿐만 아니라 우리들이 자랑
　　할 수 있는 최대의 민족문학 유산의 하나", 그리고 "인류 문화의 보물고에 길이 간직
　　될 세계적인 걸작의 하나"라고 극찬했다.

이 주해이며, 하권은 149~194쪽까지 총 43쪽이 본문이고, 193~233
쪽까지 총 40쪽이 주해이다. 상권의 주해자는 정학모이며 하권의 주
해자는 윤세평이다. 정학모가 작성한 주해는 한자어·고사·전고·역
사적인 인물이나 사건 등을 가능한 한 아주 세밀하게 설명했다. 윤세
평이 작성한 주해는 상대적으로 간략하다. 그것은 상권에서 이미 나
온 용어들을 다시 주해할 필요가 없다는 이유도 있었겠으나 윤세평
본인에게 개인적으로 익숙한 고어나 한자어는 설명할 필요가 없다는
생각도 작용한 듯하다.

이런 세밀한 주해작업은 사실 북한이 해방 이후에 실행한 '고전의
주해작업'과 맥을 같이 한 것이다. 이렇게 주해를 세세히 달아둔 것을
보면 이 책은 일반 독자들을 대상으로 하는 도서라기보다 교육적인
측면에서 고전에 대한 보다 깊은 이해와 지식을 보급하기 위한 성격
이 더 강했던 것으로 보인다. 한편, 이런 주해작업과 더불어 고전 작
품에 대한 '윤색'도 같이 했다고 한다.[39] 실제로 이런 윤색은 성적인
내용들을 찾아내어 깨끗이 삭제한 '검열'의 의미도 내포하고 있다. 그
밖에 단락이 간단하게 나뉘어 있으나 문장부호를 가하지는 않았다는
것도 하나의 특징으로 지적할 수 있다. 번역의 과정에서 문장부호가
없기 때문에 번역이 잘못된 경우도 있다. 이는 다음 장에서 구체적으

---

39 북한에서는 金正日의 교시에 따라 해방직후부터 1960년대까지 고전의 주해작업을
   중심으로 고전의 현대화 작업이 진행되었다. 이후 1980년대에 들면서부터 영화·가
   극 등으로 활발하게 재창작되기 시작하였다. 작업의 진행은 먼저 고전문학에 대한
   현대적 수용의 관점을 세우는 것부터 시작되었다. 고전문학 유산을 하나의 체제로
   묶은 전 90권의『조선고전문학선집』출판 사업을 통해 체계적으로 윤색과 주해작업
   이 진행되어 1993년까지 50권의『고전문학선집』이 발행되었다.
   전영선, 「북한의 민족문학이론가·문학평론가 윤세평」, 『북한』No.345, 2000.9.

로 살펴보겠다.

다음으로는 북한의 「춘향전」과 한국에서 볼 수 있는 완판84장본 「열녀춘향수절가」의 내용을 비교하도록 하겠다. 거듭 지적했듯이 북한이 스스로 자신의 「춘향전」을 '전주 토판본 「렬녀춘향수절가」'라고 했지만 그것은 한국에서 볼 수 있는 완판84장본 「열녀춘향수절가」와 동일한 판본이 아니다. 필자는 두 책을 비교한 결과 내용이 거의 일치하지만 북한 「춘향전」에서 완판84장본에 있던 내용들을 많이 삭제했음을 확인했다. 예문을 통해 구체적으로 살펴보겠다.

아래에 제시한 예문에서 밑줄 친 부분은 완판84장본에는 있으나 북한 「춘향전」에서는 삭제된 내용들이다. ■로 표시한 부분은 북한 「춘향전」에서 삭제된 내용들의 위치이다.

㉮ 춘향이가 처음 이릴 뿐 안이라 북그려워 고기을 슈겨 몸을 틀 제 이리 곰슬 져리 곰실 녹슈에 홍연화 미풍 맛나 굼이난 듯 <u>도련임 초민 벽격 계쳐노고 바지 속옷 벽길 젹의 무한이 실난된다 이리 굼실 져리 굼실 동희청용이 구부를 치닌 듯 아이고 노와요 좀 노와요 에라 안 될 마리로다 실난 줍 옷슨 싣너 발가락으 싹 걸고셔 씨여안고 진드시 눌으며 지지기 쓰니 발길 아릭 쩌러진다 오시 활싹 버셔지니 형산의 빅옥 쎵니 이 우에 더 할 소냐 오시 활신 버셔지니 도련임 거동을 보라하고 실금이 노으면셔 아차아차 손 바졋다 춘향이가 침금 속으로 달여든다 도련임 왈칵 조차 들어 누어 져고리을 벽겨 닉여 도련임 옷과 모도 한틔다 둘둘 뭉쳐 한편 구셕의 던져두고 두리 안고 마조 누워슨니 그딕로 잘 이가 잇나 곱십 닐졔 삼승 이불 춤을 추고 식별 요강은 장단을 마추워 청그릉 징징 문고루난 달낭달낭 등잔불은 가물가물 마시잇게 잘 자고 낫구나 그 가온디 진진한</u> 이리야 오직 하랴. (완판84장 「녈녀춘향수절가」[40], 26쪽)

춘향이가 처음일일 뿐아니라 부끄러워 고개를 숙여 몸을틀제 이리곰실 저리곰실 록수에 홍련화 미풍맞나 굽이는듯 ■■ 그 가운데 진진한 일이야 오죽하랴. (북한 「춘향전」[41], 40쪽)

㉯ 나는 항시 엇지 이싱이나 후싱이나 밋틔로만 될난인씨 지미업셔 못 쓰거소 <u>그러면 너 죽어 우로 가게 하마 너는 죽어 독민 웃짝이 되고 나는 죽어 밋짝 되야 이팔청춘 홍안민식더리 셤셤옥수로 밋쎡을 잡고 슬슬 두루면 천원지방격으로 휘휘 도라가거던 나린줄을 알려무나 실소 그것 안이 될나요 우의로 싱긴 것이 부이나게만 싱기엿소 무슨 연의 원슈로셔 일싱 한 구먹이더하니 아뭇것도 나는 실소</u> 그러면 너 죽어 될 것이 잇다 너는 죽어 명사십이 히당화가 되고 나는 죽어 나부 되야

(완판84장 「녈녀춘향수절가」, 29쪽)

나는 항시 어찌 이생이나 후생이나 밑에로만 될라니까 재미없어 못쓰겠소 ■■ 그러면 너죽어 될것있다 너는죽어 명사십리 해당화가 되고 나는 죽어 나비되어 (북한 「춘향전」, 43쪽)

㉰ 이리 올나 이궁 저리 올나셔 벽궁 용궁 속의 구정궁 월궁속의 광한궁 너와 나와 합궁하니 한평싱 <u>무궁이라 이 궁 져 궁 다 바리고 네 양직 슈룡궁의 너의 심줄 방망치로 질을 늬자구나.</u> 춘향이 반만 웃고 그런 잡담은 마르시오 (완판84장 「녈녀춘향수절가」, 31쪽)

이리올라 리궁 저리올라서 벽궁 룡궁속에 수정궁 월궁속에 광한궁 너

---

40 본고에서는 完西溪書鋪가 출판한 완판84장 「녈녀춘향수절가」를 텍스트로 한다. 논의과정에서 인용한 내용들은 쪽수만 제시하기로 한다.
성기수 엮음, 『(원문영인 및 주석) 춘향전』, 글솟대, 2005.
41 「春香傳」, 연변교육출판사, 1955(朝鮮作家同盟出版社, 1955). 논의과정에서 인용한 내용들은 쪽수만 제시하기로 한다.

와 나와 합궁하니 한평생 무궁이라 ■■ 춘향이 반만웃고 그런잡담은 마르시오 (북한 「춘향전」, 43쪽)

㉳ 어붐질 천하 쉽어라 너와 나와 활신 벗고 업고 놀고 안고도 놀면 그계 어봄질이졔야 이고 나는 북그러워 못 벗것소 예라 요 겨집 아히야 안될 마리로다 늬 먼져 버스마 보션 단임 허리듸 바지 져고리 휠신 버셔 한편 구셕의 밀쳐 놋코 웃득 셔니 춘향이 그 거동을 보고 쌩긋 웃고 도라셔 다 하는 마리 영낙 업난 낫돗치비 갓소 오냐 네 말 조타 천지만물이 싹 업난 계 업난이라 두 도치비 노라보자 그러면 불이나 싀고 노사이다 불리 업시면 무슨 지미 잇것는야 어셔 버셔라 어셔 버셔라 이고 나는 실어요 도련임 춘향 오슬 벽기러 할 졔 넘놀면셔 어룬다.

(완판84장 「녈녀춘향수절가」, 31~32쪽)

어붐질 천하쉬우니라 너와 나와 ■ 업고놀고 안고도놀고 그계 어붐질 이제야 애고 나는 부끄러워 못하겠소 ■■ 도련님 춘향옷을 벗기려할제 엄놀면서 어룬다. (북한 「춘향전」, 44쪽)

'활신 벗고'는 삭제되고, '못벗것소'는 '못하겠소'로 바뀌었다.

㉴ 구구청학이 난초을 물고셔 오송간의 늠노난 듯 춘향의 가는 허리를 후리쳐다 담숙 안고 지지기 아드득 썰며 귀쌥도 쪽쪽 쌜며 입셔리도 쪽쪽 쌜면셔 주홍 갓턴 셔을 물고 오싴 단쳥 순금장 안의 쌍거쌍늬 버들키 갓치 쑥쑥 싱싱 으흥거려 뒤로 돌여 담쑥 안고 져셜 쥐고 발발 썰며 져고리 초미 바지 속것까지 활신 버겨 노니 춘향이 북그려워 한편으로 잡치고 안져슬 졔 도련임 답잡하여 가만이 살펴보니 얼골이 복씸흐야 구실쌈이 송실송실 안겨쑤나 (완판84장 「녈녀춘향수절가」, 29쪽)

구고한학이 난초를 물고서 오송관에 늠노난 듯 ■■ 춘향이 부끄러워

한편으로 잡치고 앉었을제 도련님 답답하여 가만이 살펴보니 얼골이 복
짐하야 구실땀이 송실송실 앉었구나 (북한「춘향전」, 45쪽)

ⓑ 춘향아 우리 말노림이나 좀 하여보자 이고 말노림이 무어시오 말노
림이 만이 하여본 성 부르게 천하 쉽지야 너와 나와 버신 짐의 너은 온
방바닥을 가여단여라 나는 네 궁동이여 싹 붓터서 네 허리를 잔쪽찌고 이
손바닥으로 탁치면서 이리 하거든 호홍 그려 퇴금질노 물너시며 쮜여라
(완판84장「녈녀춘향수절가」, 35쪽)

춘향아 우리 말노림이나 좀 하여보자 애고 참 웃우워라 말노림이 무엇
이요 말노림 많이하여 본성부르게 천하쉽지야 ■너는 온방바박을 기여다
녀라 나는 ■ 네 허리를 잔뜩끼고 볼기짝을 내속바닥으로 탁치면서 이러
하거든 호홍그려 퇴금질로 물러서며 뛰여라 (북한「춘향전」, 47쪽)

ⓒ 나는 탈것 업셔신니 금야 삼경 깁푼 밤의 춘향 비를 넌짓 타고 홋이
불노 도슬다라 닉 기겨로 노를 져어 오목셤을 드러가되 순풍의 음양수를
실음업시 건네갈 제 말을 삼어 타량이면 거름거리 업슬손야
(완판84장「녈녀춘향수절가」, 35쪽)

나는 탈것없었으니 금야삼경 깊은밤에 ■■ 춘향 말을 삼아 탈양이면
걸음거리 없을소냐 (북한「춘향전」, 48쪽)

ⓓ 둥글둥글 수박웃봉지 딕모장도 드난 칼노 쑥쩨고 강능빅청을 두루
부어 은수제 반간지로 불근 점 한 겸을 먹으랴냐 안이 그것도 닉사 실로
그러면 무어슬 먹으랴는냐 시금털털 기살구를 먹으랴냐 안니 그것도 닉
가 실소 그러면 무어슬 먹그랴냐 돗자바 쥬랴 기 자바 주랴
(완판84장「녈녀춘향수절가」, 33쪽, 밑줄 친 부분이 북한
「춘향전」에는 삭제되어있다.)

㉣ 여등 불너 하직할시 동방 실송성은 스르렁 일쌍호접을 펄펄 춘향이 깜짝 놀너 꿈이로도 <u>옥창잉도화 쩌러져 보인고 거울 복판이 씨여져 뵙고, 문 우에 허수이비 달여 뵈이건늘</u> 나 죽을 꿈이로다

(완판84장 「녈녀춘향수절가」, 63쪽, 밑줄 친 부분이 북한
「춘향전」에는 삭제되어 있다.)

㉠의 경우는 판본 간의 작은 차이로 볼 수 있다. ㉣의 경우에는 몽사의 내용이 삭제되었지만 나중에 허봉사를 불러 문복할 때 등장한다. 그러므로 이는 서사 위치상의 변화일 뿐이라 할 수 있다. ㉠부터 ㉦까지를 보면 삭제된 내용은 거의 같은 성격의 글들이다. 곧 직접적으로 혹은 비유적으로 성적인 내용을 다룬 글들인 것이다. 이런 내용들은 바로 앞에서 윤세평이 "아무런 교양적 의미가 없다"고 지적한 것이다. 여기서 그가 춘향전의 판본을 소개할 때 「옥중화」·「옥중향」·「옥중가인」 등을 '황색본'으로 폄하한 것을 상기할 필요가 있다. 그는 성적인 내용들이 들어있는 판본을 '황색본'으로 폄하하는 동시에 성적인 내용들이 삭제된 완판84장본을 높이 평가했다. 지나친 말일 수도 있겠지만 완판84장본에서의 성적인 내용들이 삭제되지 않았다면 이 판본도 아마 '황색본'이라는 악명을 면하기가 어려웠을 것이다.[42] 윤세평은 고전문학을 연구한 사람으로서 본래 완판84장본에 성적인

---

42 이해조가 「자유종」에서 「춘향전」을 '음탕교과서'로 폄하한 것은 당시 일반 민중들의 「춘향전」에 대한 인식을 보여주는 자료로 볼 수 있다.
    최남선이 「춘향전」을 「고본 춘향전」으로 개작하기 이전에 일반 독자들의 눈에는 「춘향전」이 단지 음탕한 '이야기 책'뿐이었을 것이라는 문제에 대해 강진모가 논의한 바 있다.
    강진모, 「〈고본 춘향전〉의 성립과 그에 따른 고소설의 위상 변화」, 연세대학교 석사학위논문, 2003.

내용들이 담겨있다는 것을 모를 리가 없었다. 그러나 그는 그것을 알면서도 북한의 「춘향전」에 마치 그런 내용들이 원래 없던 것처럼 말하며 극찬을 아끼지 않았다. 이런 연구태도는 문제가 있다고 본다.

하지만 성적인 내용들을 깨끗이 삭제한 것이 순전히 연구자의 개인적인 의도라고 단정 지을 수는 없다. 오히려 당시 북한의 정치·문화적인 지배 이데올로기와 밀접한 관계가 있다고 보아야 한다. 분단 이후 북한에서는 그 이전부터 계속 강조해 온 '당성'·'노동계급성'과 '인민성'이 북한 문화이론의 가장 기본적인 원칙으로 자리 잡고 있었다.[43] 성적인 내용들은 '당성'이나 '인민성'을 지극히 강조한 북한에서 절대 용납되지 않는 것들이다. 때문에 그런 내용들을 철저하게 삭제한 것은 북한의 사회적 이데올로기 아래에서 당연한 것이라 하겠다. 전영선은 북한에서 출판물이 단순한 서적 이상의 의미를 지닌다는 점, 즉 인민을 위한 교양의 자료로 활용되고 있다고 지적한 바가 있었다.[44] 말하자면 북한에서는 성적인 내용들을 삭제시키는 '정화(淨化)'의 과정을 거쳐야만 「춘향전」이 비로소 일종의 '인민'의 문학으로서 일반 독자들에게 읽힐 수 있는 독서물이 될 수 있다는 것이다.

한편, 성적인 내용들에 대해 민감하게 반응하는 경향은 북한이라는 나라에서 발생한 특수한 문제가 아니라는 것도 주의를 기울일 필요가 있다. 한국에서도 성적인 내용이 들어가 있지 않은 이본이 있다. 이런 내용을 삭제함으로써 「춘향전」의 문학적인 가치를 높이려고 하는 의

---

43 '당성'·'노동계급성'과 '인민성'에 대한 설명은 다음 책을 참고했다.
　　서연호·이강렬 공저, 『북한의 공연예술』 I, 고려원, 1989, 25~27쪽.
44 전영선, 「춘향전」에 대한 북한의 인식과 접근 태도」, 『민족학연구』 4, 한국민족학회, 2000, 142쪽.

도는 최남선의 「고본춘향전」에도 마찬가지로 드러나 있다. 단 이런 문제는 항상 순수한 예술성 이외의 요소 ─정치적인 요구든 개인적인 취향이든 ─의 산물이라는 것은 공통적인 특징이다.

(2) 1956년 북경 작가출판사에서 출판한 「춘향전」의 번역양상

1956년 역본의 번역양상을 살피기 이전에 우선 두 번역자에 대해 알아보겠다. 이 역본은 빙울(冰蔚, 본명 陶炳蔚, 1930~2013)과 장우란 (張友鸞, 1904~1990)이 공동 작업을 거쳐 번역한 것이다. 빙울은 본명이 도병울(陶炳蔚)이고, 1949년 조선공업전문학교(朝鮮工業專門學校, 現 朝鮮 金策工業大學의 前身)로 졸업했고, 1950년부터 1973년까지 중국 외교부 아주사(亞洲司)에서 재직했다가, 1973년 이후 중국국제문제연구소(中國國際問題研究所)로 자리를 옮겨 주로 조선과 일본에 관한 국제문제를 연구했다. 1950, 60년대에 중국 국가지도자들의 수행 통역관으로 일하기도 했다고 한다.[45] 빙울은 북한의 많은 작품을 번역했고, 그 작품들 대부분 1950, 60년대에 북한작가들이 창작한 현대소설들이었다.[46] 장우란은 중국 안휘성(安徽省) 안경(安慶) 사람이다. 1924

---

45 빙울이 도병울의 필명이라는 것은 도병울과 같이 연구 활동을 한 우소화(虞少華, 현 중국국제문제연구소(中國國際問題研究所) 연구원으로 재직중이다)선생에게서 확인했다. 한편 도병울에 관한 기타 인적정보는 중국의 백도백과(百度百科) (http://www.baike.com/wiki/)를 참고했다.

46 빙울(冰蔚)이 번역하거나 번역에 참여한 작품들은 다음과 같다. 모두 북한 작가들의 작품들이다.
李箕永(1895~1984)의 장편소설 「土地」(冰蔚 등 번역, 作家出版社, 1957年), 「塔」 (冰蔚 번역, 上海文藝出版社, 1960年), 黃健의 「蓋馬高原」(冰蔚 번역, 1960年), 千世峰의 「白雲繚繞的大地」(冰蔚 번역, 1963年), 韓成의 시나리오 「等著我們吧」(冰蔚 번역, 1956年) 등이 있고, 고전문학은 「春香傳」(冰蔚 등 번역, 人民文學, 1956

년에 북평평민대학(北平平民大學)에서 신문(新聞)을 전공했으며, 졸업
이후 북평《세계일보》, 상해(上海)《입보(立報)》, 남경(南京)《민생보
(民生報)》 등의 신문사에서 총편집장을 역임했다. 1953년에 인민문학
출판사로 자리를 옮기고 고전문학의 편집장으로 재직하다가 1963년
에 정년퇴직했다. 1950년대부터 전문적으로 고전문학의 편집·주석·
역사(譯寫)에 종사했다고 한다. 장우란은 중국 고전소설과 희곡에 대
해 깊은 조예를 가지고 있었으나[47] 그가 조선말을 배웠거나 할 줄 안
다는 기록은 보이지 않는다. 그에 대한 소개에서 '번역'이라는 말 대
신에 '역사(譯寫)'라는 말을 쓴 것도 직접 번역한 것과 구별하기 위해
서인 듯하다. 이렇게 보면 1956년 역본은 빙울이 원작을 전체적으로
번역한 다음에 장우란이 빙울의 번역문을 다시 윤색한 것이라 추정할
수 있다. 1956년 역본의 경우에는 빙울이 조선말과 중국어를 모두 알
고 있었지만 고전적인 중국어 구사능력은 완벽하지 못한 면이 있던
것 같고, 장우란은 중국의 고전문학과 희곡에 대해 깊은 조예를 가지
고 있었으나 조선말은 모른다는 한계가 있던 것으로 추정된다. 이 역
본은 마지막 부분에 '역후기(譯後記)'를 붙이고 있다. 그중에서 번역에
대한 설명의 내용은 다음과 같다.

年)가 있다.

宋炳輝·呂燦, 「20世紀下半期弱勢民族文學在中國的譯介及其影響」, 『中國民族文
學』, 中國社會科學院民族文學研究所, 2011; 그 외에 1954년 조선농동당(朝鮮勞動
黨) 출판사에서 출판한 김승화(金承化)의 『미국의 조선침략사(美國侵朝史)』를 중
국어로 번역한 사람도 빙울이다.

정명남(丁名楠), 「介紹金承化著美國侵朝史」, 『歷史研究』, 1954.3.

47 장우란이 편집 출판한 고전 작품은 『西廂的批評與考證』, 七十二回本 『水滸』, 『史
記』選注 등이 있고, 개편한 희곡은 「十五貫」, 「蝴蝶夢」, 「淸風樓」 등이 있고, 창작
한 작품은 『白門秋柳記』, 『魂斷文德橋』, 『賽霸王』 등이 있다.

원작에서 사용한 문자는 조선의 언문고어(諺文古語)이다(대부분은 전라도 지역의 사투리이다). 원작은 설창(說唱)의 형식으로 되어 있고, 장르는 중국 고대의 사화(詞話)와 비슷하다. 운율이 있는 부분이 많고 고시(古詩)도 많이 차용하였다. 그래서 중국어로 어떻게 번역해야 하는지는 중요한 문제가 된다. 번역할 때 각 방면의 의견을 참고해서 반복적으로 연구하여 시험했다. 결과적으로 현재 이런 형식으로 번역한 것은 비교적 적절한 것이라 판단한다. 이런 형식의 번역은 한편으로는 원작의 풍격을 보존하고자 하고, 다른 한편으로는 중국 독자들의 독서습관에 맞고 불편한 느낌을 주지 않기 위해서이었다. 이런 목적을 달성하기 위하여 우리는 두 사람이 합작하는 방법을 취했다. 반복하여 역문을 수정하고 윤색하였으며, 역문과 원문을 대조확인해서 최종적으로 이 역본을 완성했다.[48]

위의 글을 보면 번역자가 원작의 독특한 성격과 함께 중국어로 그것을 재현하는 데의 어려움에 대해 충분히 인식하고 있었음을 알 수 있다. 그래서 원작의 풍격을 유지하면서도 중국 독자들의 독서습관에 알맞기 위해 두 사람이 합작하는 방식을 취했다. 합작하는 방식에 대해 구체적인 언급이 없으나 이렇게 원작의 특징과 역본 독자의 독서심리를 동시에 고려해주는 태도는 번역에 있어 상당히 중요한 것이라 할 수 있다.

다음의 구체적인 분석을 통해 1956년 역본의 번역양상을 살펴보자.

---

48 原作所用文字, 是朝鮮的諺文古語(絶大部分又是全羅道方言); 原作是說唱形式, 體裁近於我國古代的"詞話", 有些地方有韻律, 採用古詩較多。因此, 如何譯成中文, 是一個重要的問題。翻譯時根據各方面的意見, 進行了反復的研究和試驗, 最後認爲譯成目前這樣的形式是比較合適的。這樣來翻譯, 一方面是企圖保存原作的風格, 一方面也爲了不致影響讀者的閱讀。爲了達到這樣一個目標, 我們採取了二人合作的辦法, 經過反復修潤譯文和核對原文, 最後完成了這個譯本。1956년 역본, 107쪽.

가. 고전적인 언어와 희곡적인 언어로 재현한 운치

「춘향전」의 모든 중역본에서 1956년 역본은 고전적인 정취를 가장 잘 표현하는 역본으로 뽑힐 수 있다. 역본에서는 중국 고전소설에서 흔히 볼 수 있는 '常言道得好', '俗話說' 등 상투어뿐만 아니라 '一失足成千古恨, 再回頭已百年身.'나 '生是你家人, 死是你家鬼.' 그리고 '落時鳳凰不如雞' 등 중국인의 일상생활에서 자주 쓰이는 속어나 속담도 적절하게 사용되고 있었다. 장면묘사나 주인공의 감정을 길게 서술하는 부분에서 대구(對句)나 한시, 그리고 중국의 전통 희곡과 유사한 투의 문장을 사용하여 원작의 운치를 최대로 재현하고 있다. 전체적으로 볼 때 중국 독자들이 충분히 친근감을 갖고, 편하게 읽을 수 있는 역본이라 할 만하다. 다음 내용을 통해 대표적인 사례를 살펴보겠다.

> ㉮ 원문 : 록음속에 홍상자락이 바람결에 내빛이니 구만장천 백운간의 번개불이 쐬이난 듯 첨지재전 홀연후라 앞으얼른 하는양은 가부야운 저제비가 도화일점 떨어질제 차려하고 쫓이는 듯 뒤로반 듯 하는양은 광풍에 놀랜 호접 짝을잃고 가다가 돌치난 듯 무산선녀 구름타고 양대상에 나리는 듯 (20~21쪽)
>
> 역문 : Ⓐ 綠蔭千尺, 紅裳迎風放異彩。長空萬里, 白雲閃電發奇光。瞻之在前, 忽焉在後。 Ⓑ 蕩向前時, 如盈盈燕子, 桃紅一點, 蕩向後時, 似翩翩蝴蝶, 粉翼雙飄。 Ⓒ 哪裡是人家女子挽繩戲弄秋千架, 分明是巫山神女乘云飛舞在陽臺。 (10쪽)

이 부분은 그네를 타는 춘향의 모습을 묘사한 내용이다. Ⓐ, Ⓑ, Ⓒ부분에서 모두 대구를 사용하고 있다. 약간 긴 문장임에도 불구하고 대구의 형식을 잘 지키고 있다. 그리고 Ⓒ부분의 문장에서 '哪裡

是~'와 '分明是~'은 대응(對應)이 잘 되어 있을 뿐만 아니라, 고전적인 백화문(白話文) 말투도 중국 고전소설의 문장과 아주 비슷하다. 특히, 빈번한 대구의 사용은 이 역본의 가장 중요한 특징 중 하나라 할 수 있다. 하나의 예문을 또 보자.

⑭ 원문 : 년구한 별초당에 등롱을 밝혔난듸 비들가지 늘어저 불빛을 가린모양 구실발이 갈공이에 걸인듯하고 우편에 벽오동은 맑은이실이 뚝뚝떨어저 학의꿈을 놀래난 듯 좌편에 섯난반송 청풍이 건듯불면 로룡이 굼이난 듯 창전에 심은 파초 일란초 봉미장은 속잎이 빼여나고 수심여주 어린 련꽃 물밖이 계우떠서 옥로를 바쳐있고

(34쪽)

역문 : 那後院有一年久之"別草堂", 另是一番情景, 但見 : 室內華燭高燒, 推出一輪明月；庭前垂楊輕曳, 織就半幅珠簾。右則碧梧落子, 琤瑽有聲, 欲驚鶴夢；左則蒼松拔天, 矯挐作態, 待幻龍形。芭蕉綠滿, 蕙蘭香飄。鳳尾之草, 盈盈展翠於堦除；菡萏之花, 亭亭玉立乎池沼。層巒疊嶂, 假山聳金蓮之峰。貼水浮波, 新荷張碧玉之蓋。

(22쪽)

이 부분의 역문도 ⑦의 예문처럼 거의 전체가 대구로 되어있다. 이는 상당한 고문 실력을 갖춘 사람이 아니라면 하기 힘든 일이다. 그리고 대구의 형식도 아주 다양하다. 4·4자나 5·5자로 되어있는 짧은 문장도 있고, '鳳尾之草, 盈盈展翠於堦除.'과 '菡萏之花, 亭亭玉立乎池沼.'과 같은 긴 대구문도 있다. 그리고 '右則~'과 '左則~'에 대응하는 문장도 대구형식이 잘 지켜지고 있다.

한편, 이 역문의 가장 큰 특징 중의 하나는 판소리의 음악적인 성격을 중국의 희곡적인 문장으로 적절하게 표현하고 있다는 것이다. 완

판84장본은 비록 독서물의 형식으로 되어 있으나 판소리의 음악적 성격을 여전히 잘 유지하고 있는데, 1956년 역본은 중국의 전통적인 노래의 형식으로 원작의 이런 음악적인 성격을 아주 잘 표현하고 있다. 예를 들면,

> ㉕ 원문 : 리화도화 만발할제 수변행락 어이하며 황국단풍 늦어갈제 고절능상 어이할고 독숙공방 긴긴밤에 전전반칙 어이하리 쉬나니 한숨이요 뿌리나니 눈물이라 정막강산 달밝은 밤에 두견성을 어이하리 상풍고절 만리변에 짝찾난 저 홍안성을 뉘라서 금하오며 춘하추동 사시절에 첩첩이 쌓인 경물 보난것도 수심이요 듣난것도 수심이라. (55쪽)
>
> 역문 : <u>春月里來百花香</u>, 桃李爭榮鬥菲芳, 人家夫婦遊春去, 我春香萬轉千廻懶梳妝. <u>夏月里來白晝長</u>, 月夜沉沉好風涼, 杜鵑啼血聲聲淚, 我春香輾轉難眠在炕床. <u>秋月里來菊花香</u>, 楓葉鮮紅傲風霜, 天高氣爽雁飛過, 我春香寂寞空閨枉斷腸. <u>冬月里來雪飛揚</u>, 松柏長靑不發黃, 凌霜勵節女兒事, 長夜慢慢愁殺我春香. (44쪽)

위 인용문은 춘향이 이몽룡에게 이별할 수밖에 없다는 말을 들은 후에 부르는 자탄가의 일부이다. 원문에서 춘향이 기나긴 세월을 혼자 보내는 외로움을 상상하면서 쓸쓸하게 노래하고 있다. 역문에서도 노래의 형식으로 탄식을 토로하고 있다. 역문은 우선 춘·하·추·동으로 나뉘어, '~月里來~'라는 중국 전통 노래의 형식을 취하고 있다. 이런 '~月里來~'시작하는 노래는 한국의 '월령가(月令歌)'와 비슷한 노래이다.[49] 기나긴 세월에 대한 감회를 표현하는 데 아주 적절한 노

---

49 예를 들면 동북(東北)지역에 설날에는 즐겨 부르는 이인전(二人傳 : 남녀 두 사람이

래형식이라 할 수 있다. 그리고 이 부분에서 역문의 전체적인 압운이 상당히 정밀하다. 굵게 표시한 글씨들인 香(xiang)·芳(fang)·妝(zhuang)·長(chang)·涼(liang)·床(chuang)·霜(shuang)·腸(chang)·揚(yang)·黃(huang)은 전통 한시의 평성 양운(陽韻)운을 지키고 있다.[50] 이렇게 전체적으로 같은 운을 지키는 것은 노래로 부를 때 운율을 자아낼 수 있다. 단순히 읽기만 해도 운자를 잘 맞춘 데에서 일어나는 음악의 미감이 자연히 드러나는 것이다. 이런 번역문은 원문에 나타난 판소리의 음악적인 성격과 '이곡동공(異曲同工)'의 묘미가 있다고 할 만하다. 그리고 작품에서는 춘·하·추의 마지막 절이 모두 '我春香'으로 시작되고 있지만 마지막 동(冬)절에는 '아춘향'의 위치를 바꾸어 문장의 마지막 부분에 붙여 놓았다. 이렇게 전체적으로 정연(井然)히 배열되어 있는 형식에서 갑자기 나오는 변화는 일종의 '영동(靈動)'적인 효과를 만들어 낸다. 기운이 빠진 단조로운 신음이 아니라 외로움과 원망을 품고 있는 사람이 여전히 생생하게 살아있고 자신의 애

같이 노래하는 전통적인 노래형식)에서 '正月里來是新年.'이라는 노래가 있다. 황매희(黃梅戲) 「孟姜女十二月調」도 전형적인 '월령가'의 형식이다.

正月里來是新春, 家家戶戶掛紅燈。老爺高堂飮美酒, 孟姜女堂前放悲聲;

二月里來暖洋洋, 雙雙燕子繞畫梁, 燕子飛來又飛去, 孟姜女過關淚汪汪;

三月里來是淸明, 桃紅柳綠處處春。家家墳頭飄白紙, 處處埋的築城人;

四月里來養蠶忙, 桑園裏想起范杞良。(··· 후략 ···).

50　이하 소개할 중국어 번역본에서 빙울·장우란의 번역본 외에는 한시로의 번역에 있어 전통 한시의 형식이나 압운을 지키지 않고 있다. 다만 본고는 빙울·장우란 번역본 이외의 번역서에서 나타나는 '운문 형식'의 번역 역시 편의상 넓은 의미에서 '한시'라고 지칭하기로 한다. 아울러 번역문의 압운이나 운자를 분석할 때 빙울·장우란 번역본 이외의 번역서에 대해서는 전통적인 운서의 압운 규칙이 아니라 현대 표준 중국어의 발음을 기준으로 하기로 한다. 번역자가 전통적인 운서의 압운 규칙보다 현대 표준 중국어 발음에 따라 압운을 하였던 것으로 보이기 때문이다.

원을 '진지하게' 노래하고 있다는 미감이 드러나 있다.

이 부분의 번역은 원문의 구절을 그대로 따라서 한 것이 아니다. 내용은 같지만 역문은 중국의 전통적인 희곡 곡조로 표현하고 있다. Marianne Lederer는 번역이 하나의 '텍스트'를 '이해'한 다음, 이 '텍스트'를 다른 언어의 '텍스트'로 '재현'하는 것이라고 설명한 바 있다.[51] 이 부분의 번역은 이런 번역의 정의를 아주 적절하게 보여주었다. 번역자는 원문에서 춘향이 이별을 앞두고 장차 다가올 자신의 외로움을 상상하면서 슬픔에 젖은 심정과 정서라는 '텍스트'를 충분히 '이해'하고 있고, 이런 '텍스트'를 중국어 '텍스트'로 생동감 있게 재현해냈다. 두 '텍스트'는 다르지만 감정과 정서는 놀랍게도 일치한다.

이런 음악적 성격이 '옥중자탄가'의 번역에서도 잘 드러나 있다.

> ㉣ 원문 : 이내죄가 무삼죄냐 국곡투식 아니거던 엄형중장 무삼일고 살인죄인 아니여든 항쇄족쇄 웬일이며 역률강상 아니여든 사지결박 웬일이며 음행도적 아니여든 이형벌이 웬일이교 삼강수는 연수되여 청천일장지에 내의서름 원정지여 옥황전에 올이고저 (… 후략 …)
>
> (165~166쪽)
>
> 역문 : 我身在深閨犯了什麽罪, 無緣無故受災殃? 我飢來沒有偸國谷, 爲何刑杖把我傷? 我沒有殺人做强盜, 爲何披枷戴鎖睡刑牀? 我沒有觸犯綱常忤逆罪, 爲何要我把命喪? 我沒有治容去誨淫, 爲何要嚴刑拷打在公堂? 我愿那三綱之水化爲墨汁, 把我的冤情寫作靑詞奏玉皇. (後略) (68~69쪽)

---

51 Marianne Lederer, 전성기 옮김, 『번역의 오늘(해석 이론)』, 고려대학교 출판부, 2001, 3쪽.

이 부분의 역문은 중국에서 흔히 볼 수 있는 희곡의 창강(唱腔, 창법)과 아주 비슷하게 번역되어 있다. 원문은 한국 사람에게 익숙한 4·4자의 형식으로 되어 있고 역본은 중국 사람에게 익숙한 백화(白話)형식의 창법으로 되어있다. 그리고 ㉮의 인용문과 마찬가지로 압운을 아주 잘 표현했다. 굵게 표시된 글자들인 殃(yang)·傷(shang)·床(chuang)·喪(sang)·堂(tang)·皇(huang)은 평성 양운(陽韻)을 전체적으로 잘 맞추고 있다. 읽을 때나 노래로 부를 때 음악적인 운치를 자연스럽게 드러낸다.

창(唱)의 형식도 부르는 사람에 따라 다르다. 위에 인용한 ㉮와 ㉯는 모두 춘향의 노래이다. 이 노래에서 애원이나 슬픔, 연약함이나 외로움 등 여성적인 정서들을 느슨하면서도 세밀하게 표현하고 있다. 그러나 이몽룡의 노래는 다르다. 노래를 부르는 상황도 다르지만 남성의 정서를 표현하는 방식도 다르다. '궁자가(宮字歌)'를 예로 보자.

㉰ 원문 : 좁은천지 개태궁 뢰성벽력 풍우속에 서기삼광 풀려있는 염장하다 창합궁 성덕이 너부시사 조림이 어인일고 주지객운 성하던 은황의 대정궁 진시황 아방궁 문천하득 하실적에 한태조 함양궁 그저티 장락궁 반첩녀의 장신궁 당명황제 상춘궁 이리올라 리궁 저리올라서 벽궁 룡궁속에 수정궁 월궁속에 광한궁 너와 나와 합궁하니 한평생 무궁이라 (44쪽)

역문 : 陰陽配合交泰宮, 雷鳴電閃風雨中; 聖德廣大蒼合宮, 霞光瑞氣何璁瓏; 殷王蓋座大庭宮, 酒池肉林樂無窮; 秦始皇帝阿房宮, 四海統一得天下; 漢祖先居咸陽宮, 後來又蓋長樂宮; 唐明皇有賞春宮, 班婕好居長信宮; 東也宮來西也宮, 朝朝代代許多宮, 那些宮兒還不算, 更有離宮和碧宮。那些宮兒還嫌少, 龍宮里面更有水晶宮, 月宮里面更有廣寒宮。你和我, 合了宮, 因此一生一世永無宮(空)。(32쪽)

　이 역문은 전체적으로 주로 칠언한시의 형식을 취하고 있으며 '궁' 자 운(韻)을 맞추어 번역되어 있다. 일정한 형식을 유지하기 위해 조금 첨가한 내용도 있다. 번역문은 유쾌한 분위기가 넘치면서도 남성적인 씩씩함과 강건함의 정서로 가득 차 있다. 한시의 형식은 원래 남성적 특성을 잘 표현하는 것이다. 그러나 이 부분의 번역문이 모두 한시의 형식으로 되어있는 것은 아니다. 마지막 부분은 다시 희곡의 창(唱) 형식으로 되어있다. 내용에 있어서도 앞부분은 역대 제왕들의 궁궐들을 노래하고 마지막에서는 자신과 춘향의 사랑(합궁)으로 귀결된다. 제왕들이 비록 화려하고 웅장한 궁궐과 아름다운 미인들을 소유하고 있었다고는 하지만 자신이 원하는 것은 춘향과의 '합궁'뿐이라는 것이다. 이 부분의 내용은 '천자뒤풀이'의 성격과 아주 유사하다. 처음에는 진지하게 노래하다가 뒤로 가면 갈수록 장난이 심해지고 멋대로 말을 만들기 시작한다. 이 부분의 역문도 뒤로 갈수록 가뿐하고 경쾌해진다. 한시는 제왕들의 기세와 그것을 대표하는 궁전의 웅장함을 표현하기에 적절한 형식이지만 전체 내용을 모두 한시로 번역했다면 오히려 딱딱한 느낌을 주기 쉬웠을 것이다. 그래서 마지막 부분에서 백화(白話)형식의 희곡언어로 종결을 맺으면서 다시 눈앞에 있는 평범한 남자인 자신의 현실세계로 돌아왔다.

　전체적으로 볼 때 1956년 역본은 원작의 고전적인 정취와 판소리의 음악적 성격뿐만 아니라, 주인공들의 슬픔과 기쁨 등 감정도 아주 적절하게 표현하고 있다. 이는 고문과 희곡언어에 대한 비범한 실력을 가진 번역자만 해낼 수 있는 일이다.

나. 원작에 대한 오독과 의사전달이 부적절한 번역

번역에 있어 원작에 대한 정확한 해독은 가장 기본적인 것이다. 그러나 고전문학을 해독할 때 이런 '기본적인 것'은 해당 분야에 대한 상당한 지식을 요구한다. 왜냐하면 중국이나 한국의 고전 작품의 원작은 띄어쓰기나 문장부호가 없는 형식으로 되어있기 때문에 작품 전체에 대한 기본적인 이해와 상관 지식이 없으면 해독하기가 상당히 어렵기 때문이다. 흔히 한국에서 「춘향전」을 모르는 사람은 없다고 하지만 실제로 「춘향전」의 원문을 정확하게 해독할 수 있는 사람은 많지 않다.

앞에서도 지적했듯이 북한의 「춘향전」은 간단한 띄어쓰기가 되어 있긴 하나 문장부호가 없다. 그래서 원작을 해독할 때, 특히 작중인물 간의 대화가 나타나는 부분을 오독한 경우가 있다.

완판84장본, 완서계서포본(목낭청 등장 부분)　북한, 「춘향전」, 1955.(목낭청 등장 부분)

앞에 제시한 사진을 보면 왼쪽은 완서계서포(完西溪書鋪)본「열녀 춘향수절가」이고, 오른쪽은 북한의「춘향전」이다. 내용은 모두 목낭청이 등장하고 사또와 수작하는 부분이다. 완서계본 완판84장본은 띄어쓰기도 없고 문장부호도 없으며, 북한의「춘향전」은 문장부호가 없지만 간단한 띄어쓰기가 있다. 이런 원문을 해독할 때 배경지식과 작품의 내용에 대한 이해가 부족하면 원문의 뜻을 제대로 이해하기 쉽지 않다. 이 부분은 또한 목낭청이 등장하고 사또와 이야기를 나누는 내용인데 두 사람의 대화 양상, 곧 글에 드러난 화자(話者)가 누구인지를 잘 구별해야 한다. 이 부분의 내용을 제시하면 다음과 같다.

> 원문 : 삿도 그새 심심하지요 아 게 앉소 할말있네 우리 피차 고우로서 동문수업 하였건과 아시의 글 읽기같이 싫은 것이 없건만은 우리 아 시흥 보니 어이아니 길걸손가 이 량반은 지여부지간에 대답하겟다 아히때 글 읽기같이 싫은게 어대 있으리요 (… 중략 …) 글시듯계 저아히 아홉 살 먹었을제 서울집 뜰에 늙은 매화 있는고로 매화낡을 두고 글을지으로 하였더니 잠시 지었으되 정성듸린것과 용사 비등하니 일남첩기라 묘당에 당당한 명사 될 것이니 남명이 복고하고 부춘추어일수허엿쎄 장래 정승하오리다 사도 너머감격하야라고 정승이야 어찌 바래것나마는 내 생전에 급제는 쉬하리마는 급제만 쉽계하면 출육이야 베면이 지내것나 아니요 그리할 말삼이 아니라 정승을 못하오면 장승이라도 되지요 삿도이 호령하되 자내 뉘말로 알고 대답을 그리하나 대답은 하였아오나 뉘말인지 몰라요 그런다고 하였으되 그계 또 다 거짓말이었다 (31~32쪽)

위의 인용문에서 누가 하는 말인지를 조금 더 명확히 구별하기 위해 단락을 나누고 문장부호를 붙여보면 다음과 같다.

"샷도 그새 심심하지요?"

"아 게 앉소, 할 말있네, 우리 피차 고우로서 동문수업 하였건과 아시에
글읽기 같이 싫은 것이 없건만은 우리아 시흥보니 어이 아니 길걸손가."

이 량반은 지여부지간에 대답하것다. "아히때 글읽기 같이 싫은게 어대
있으리요."

(… 중략 …)

"글시, 듯계, 저아히 아홉 살 먹었을제 서울집 뜰에 늙은 매화 있는고로
매화 남을 두고 글을 지으로 하였더니 잠시 지었으되 정성듸린것과 용사
비등하니 일남첩기라, 묘당에 당당한 명사 될 것이니 남명이북고하고 부
춘추어일수허엿셰."

"장래 정승하오리다."

사도 너머 감격하야라고 "정승이야 어찌 바래것나마는 내생전에 급제
는 쉬하리마는 급제만 쉽게하면 출육이야 베면이 지내것나"

"아니요 그리할 말삼이 아니라 정승을 못하오면 장승이라도 되지요."

샷도이 호령하되, "자내 뉘말로 알고 대답을 그리하나?"

"대답은 하였아오나 뉘말인지 몰라요."

그런다고 하였으되 그계 또 다 거짓말이었다.

역문 : 使道見面就問 : "久違雅教, 不知近來作何消遣? 請坐請坐, 我
有話相商。你我多年老友, 回想當初同窗共硯之時, 厭讀詩書, 不是打盹,
就是玩耍。那時情景, 想還記得。不意犬子卻喜讀書, 适才又乘興高吟, 我
願足矣。"

那郎聽一時不曾把話聽淸, 不知使道之意何在, 便含糊回答 : "兒時厭
讀詩書, 不是打盹, 就是玩耍, 果然是人皆有之。"

(… 중략 …)

"(前略)曾記得當初寒舍尚在京都之時, 庭院中有老梅一株, 那年犬子剛
剛九歲, 我指梅爲題, 令他作文一篇, 誰知他竟不加思索, 援筆立就, 從頭
到尾, 一氣呵成。引經據典, 取精用弘, 也算得耳聞則誦, 過目不忘的了。"

　　郎聽道：“似此奇才, 必成名士, 當付春秋於一笑. 他日身居廊廟, 位列
政丞, 是無疑的了。”
　　使道說：“承蒙過獎, 不勝感激。政丞之位, 豈敢夢想。但求此子能在我
生前, 徼倖博得一第, 做個六品官兒, 於願足矣。”
　　郎聽道：“此言差矣, 卽使做不到政丞, 做個路丞, 總是可以的。”
　　使道聞言不悅道：“如此信口開河, 眞正無謂。”
　　郎廳連忙賠笑而言：“請恕無禮, 前言戲之耳。”(19~20쪽)

　　위에 제시한 예문은 문장부호가 없기 때문에 혼란스럽게 번역된 사
례이다. 말을 한 주체가 잘못된 곳이 두 군데 있다. 우선 "삿도 그새
심심하지요?"라는 말은 목낭청이 사또를 만날 때 사또에게 하는 말인
데, 번역문에서는 반대로 사또가 목낭청에게 하는 말로 번역되었다.
다른 하나는 "묘당에 당당한 명사 될 것이니 남명이복고하고 부춘추
어일수허엿쎄"라는 말로 이는 사또의 말인데 번역문에서는 목낭청의
말로 번역되었다. 그리고 원문에서 "남명이복고하고 부춘추어일수."
라는 말의 앞 절인 '남명이북고'는 번역문에서 아예 빼버렸다.[52]

---

52 북한 「춘향전」에서 이 문장에 대한 주해는 다음과 같다.
　　"자세치는 못하나 부춘추어일수 이란 말은 부춘추어일소(付春秋於一笑)인 듯하고
　　년령은 한 웃음에 붙인다는 뜻으로 나이는 문제가 아닌가 한다. 남명이북고이란
　　말은 자세치 않다."(105쪽).
　　이 외에 "남명이복고하고 부춘추어일수"에 대해 다른 해석본의 해석은 다음과 같다.
　　南眄而北顧하고 賦春秋於一首허엿쎄.(이가원 해석본, 앞의 책, 55~56쪽)
　　南眄而北顧하고 賦春秋於一首허엿쎄.(김사엽 교주본, 앞의 책, 49쪽)
　　南眄而北顧하고 賦春秋於一首허엿쎄.(성기수 주석본, 앞의 책, 18쪽)
　　남지영(南枝榮)이 북구(北姤)하니 부춘추우일수(附春秋于一樹)라.(장자백 창본,
　　앞의 책, 63쪽)
　　장자백 창본의 주석은 무슨 뜻인지 이해하기가 어렵다. 그 외에 '부춘추어일수(소)'
　　에 대해 북한의 주석본에는 '付春秋於一笑'로 해석하고 있고, 한국에서 나온 대부분
　　의 주석본에는 '賦春秋於一首'로 되어 있다. 두 문장 모두 나름의 의미해석이 가능

이 부분의 역문에 나타나는 또 하나의 문제는 목낭청의 골계적인 인물형상이 약화되었다는 점이다. 원작에서의 목낭청은 사또의 말뜻을 잘 파악하지 못하기 때문에 사또의 말을 따라가기만 하고 '정승'과 '장승'을 헷갈릴 정도로 우스꽝스러운 인물이다. 이런 형상은 그가 처음 등장할 때부터 사또와의 대화가 끝날 때까지 일관되게 나타난다. 사또가 "자내 뉘말로 알고 대답을 그리하나?"라고 책문할 때 목낭청은 "대답은 하였아오나 뉘말인지 몰라요."라고 대답했다. 여전히 정신을 차리지 못한 것이다. 그러나 번역문에서는 목낭청의 대답을 "請恕無禮, 前言戲之耳."로 곧 "무례를 용서해주시오, 아까 한 말은 농담입니다."로 번역했다. 사또에게 꾸짖음을 듣고 나서 곧바로 정신을 차리고 사또에게 사과를 했다는 것이다. 이런 번역은 그의 인물형상을 거의 표현해내지 못한다. 그리고 '정승'과 '장승'을 각각 '政丞'과 '路丞'으로 번역한 것은 발음의 유사함에서 비롯된 해학적인 의미도 잘 표현하지 못한 것이다. 따라서 의도적으로 웃음을 유도하려던 이 부분은 중국 독자들에게 원문이 의도한 효과를 주지 못했다고 할 수 있다. 전체적으로 볼 때 번역문에서 목낭청의 골계적이고 우스꽝스러운 성격은 거의 재현하지 못했다.

한편 원작에 대한 이해 부족으로 일어나는 오역도 있다. 다음에 몇 가지 예문을 통해 살펴보자.

하다.

필자도 이 구절의 출처를 찾지는 못했으나, 전후의 맥락을 살펴보아 '부춘추어일수(소)'를 '付春秋於一笑'로 보고 다음과 같이 생각해 볼 수 있지 않을까 한다. '眄'과 '顧'를 모두 '보다'라는 뜻으로 보면 이 문장은 "주위를 살펴보니 부족함이 없어(아들이 묘당에 당당한 명사가 되었으니 부족함이 없다.), 점점 늘어가는 나이도 한 번 웃음으로 넘어가겠다."라는 뜻이 아닌가 싶다.

㉮ 원문 : 나무집 늙은이는 이롱징도 있나니라 마는 귀 너무 밝은것도
　　　예상일 아니로다 그러한다 하제마는 그럴 리가 웨있을고 도련님 대
　　　경하야 이대로 엿자와라 (30쪽)
　　역문 : 還叫告知："卽便隔鄰住的是個聾叟, 也不當恁般嚷喚。"道令
　　　聞言, 爲之失色, 便央通引回復, (19쪽)

　　번역문에서 밑줄 친 부분은 "(사또가) 사람을 시켜 (이도령에게) 전
하는 말이 '비록 옆집에 사는 사람이 귀가 먼 늙은이라도 이렇게 큰
소리를 내면 안 되는 것이다.'"라는 뜻이다. 원문은 이도령이 남의 집
에 늙은이는 이롱징도 있지만 자신의 아버지가 귀가 저렇게 밝은 것
도 예삿일 아니라고 스스로 중얼거리고 있는 것이다. 사또가 사람을
시켜서 그에게 전하는 말이 아니다. 그리고 원문에서 이도령의 말은
아버지 사또에게 상당히 불경스러운 뉘앙스를 갖고 있어서 강한 골계
적 의미가 드러나 있다. 그러나 번역이 잘못 되었기 때문에 원문의
이런 골계적 의미도 모두 사라졌다.

㉯ 원문 : 언겁질에 하는 말이 도련님이 방자모시고 오셨다오 (33쪽)
　　역문 : 春香這才呑吐言道 : "那房子, 引着李道令來了。"(21쪽)

　　원문에서 춘향은 너무 긴장해서 말을 거꾸로 했다. 곧 원래 "방자가
도련님을 모시고 오셨다오."라고 했어야 하는 말을 "도련님이 방자모
시고 오셨다오."라고 거꾸로 했다. 그러나 번역문에서는 이런 점을 간
과해서 "방자가 이도령을 모시고 오셨다오."로 번역했다. 이렇게 번
역한 결과 춘향이 긴장하며 말을 제대로 못하는 우스운 모습을 적절
하게 표현해내지 못했다.

　㉰ 원문 : 그 아히 반색하며 서울을 저 건네로 아르시요 (179쪽)

　　역문 : 童兒聽說, 不覺大喜道 : "這更好了, 我不用進京去了!"

(84쪽)

　엄격하게 말하자면 이 번역문은 원문의 뜻을 하나도 번역해내지 못
했다. 원문에서 편지를 전하는 아이는 이도령의 말을 듣고 분명히 불
쾌해 한다. 다만 표현의 방식을 속내와 다르게 해 어이없음을 표현한
다. "서울을 저 건네로 아르시요"라는 말은 일종의 반어로서 "서울이
어디인지 아시긴 해요? 그 건너편에(가까이) 있는 줄 아시오?"라는 뜻
인데, 이는 이도령을 풍자하는 의미가 뚜렷하게 드러나 있다. 그러나
역문은 아이가 이도령의 말을 듣고 나서 아주 기쁘고(大喜), "잘 됐다,
내가 이제 서울로 안 가도 되겠네."라는 식으로 번역했다. 앞에서 나
온 이도령의 말을 철저히 믿는 식으로 번역되어 있는 것이다. 이는
물론 오역이다. 이런 내용에서 신분이 낮은 방자가 신분이 높은 어사
를 풍자하는 것도 독자들에게 권위에 도전하는 쾌감을 줄 수 있다.
그러나 번역문만 볼 수 있는 중국의 독자들은 이런 요소를 놓칠 수밖
에 없다.

　위에 제시한 세 개의 예문은 단순한 오역이라기보다는 원작을 정확
하게 해독하지 못했기 때문에 일어난 문제라고 볼 수 있다. 한편, 이
세 개의 예문은 모두 해학적인 분위기가 강하게 드러나 있는 것인데
역문에서 모두 그런 골계적인 정서를 번역해내지는 못했다. 이는 번
역자가 원작의 내용뿐만 아니라, 판소리작품에서 스며든 민중의 낙천
적이고 발랄한 정신에 대한 이해도 부족하다는 것을 보여준다.

　이 외에 원작에 대한 과도한 해석을 한 경우도 있다. 다음 예문을
보자.

㉱ 원문 : 나도 미장전이라 피차언약이 이러하고 륙례난 못할망정 량반
　의 자식이 일구이언을 할리있나 (37쪽)
　역문 : "我乃未婚之人, 成親以後, 定以春香爲正室, 絶不稱妾。"

(25쪽)

　원문에서 이도령이 '륙례난 못할'이라는 말은 정식적으로 혼례를
치르지 못한다는 뜻이다. "량반의 자식이 일구이언을 할리 있나?"라
는 말은 자신이 춘향에게 준 약속을 저버리지 않고 잘 지키겠다는 뜻
이다. 그런 '약속'이 무슨 뜻인지 춘향과 월매, 그리고 이도령도 모두
잘 알고 있다. 그러나 번역자는 이도령의 말을 "결혼한 후 반드시 춘
향을 정실(正室)로 삼고 절대 첩으로 대접하지 않겠다."라는 식으로
과도하게 해석했다. 이본이 많고 이본마다 내용이 다르기 때문에 춘
향의 신분문제는 늘 논란거리가 되지만 앞에서도 지적했듯이 북한
「춘향전」은 성적인 내용을 삭제한 것 외에는 내용이 완판84장본과 일
치한다. 그래서 춘향을 정실로 삼겠다는 번역은 과도한 해석일 수밖
에 없다.[53]
　이상 1956년 「춘향전」 역본에 나타나는 원작에 대한 오독의 문제와
일부 적절하지 못한 번역을 살펴보았다. 이런 문제들은 번역자의 번
역능력 부족으로 판단할 수 있다. 이는 두 가지 방면으로 그 이유를

---

53 이도령은 부친의 승직으로 인해 먼저 서울로 올라가게 된다. 이때 춘향은 "도련님
　날만 믿고 장개 아니 갈 수 있소. 부귀영총 재상가의 요조숙녀 가리어서 혼정신성
　할지라도 아주 잊든 바옵소서. 도련님 과거하야 벼슬 높아 외방가면 신래마마 치행
　할 제 마마로 내 세우면 무삼 말이 되오릿가?"라고 했다. 이런 말을 통해 춘향이
　자신의 처지를 잘 알고 있고, 기대하던 것도 조강지처가 아닌 '마마'라는 것을 알
　수 있다. (50쪽)

생각해볼 수 있겠다. 하나는 빙울의 번역자체에 문제가 있을 수 있다는 것이고, 다른 하나는 장우란이 빙울의 번역을 정확하게 이해하지 못했을 가능성이 있다는 것이다. 그런데 1차적인 해독이 빙울에 의해서만 가능하므로 빙울의 1차적인 해독과 표현이 정확하지 못했다면 장우란이 그 표현을 제대로 이해하지 못했을 것이고, 이해하지 못했기 때문에 그것에 대한 수정 또한 당연히 불가능하지 않았을까 하는 점이다. 결국 빙울이 한 오역은 그대로 남게 된다. 최종적으로 나온 번역본도 적지 않은 문제들이 그대로 남아 있다.

(3) 빙울·장우란 역본의 한계와 가치

이상 1956년 역본의 번역양상에 대해 살펴보았다. 고전적인 언어와 희곡적인 언어로 원작의 운치를 제대로 재현한 번역이 있는가 하면 원작의 해독이나 번역이 적절하지 못한 부분도 있음을 확인했다. 번역의 질은 무엇보다도 원작에 대한 번역본의 재현도에서 판가름이 난다. 1956년 역본이 과연 「춘향전」의 본모습을 얼마나 재현했는지 이야기하려면, 우선 원작해독의 문제부터 지적해야 한다. 1956년 역본에서 원작해독의 문제가 있음을 앞에 분석에서 지적했다. 기본적인 의사전달이 정확하지 못하다면 작품의 예술적인 가치나 작가의 심층적인 사상 등을 논의하기 어려울 것이다. 한편, 번역에 있어 원작의 내용을 바르게 번역하는 것도 중요하지만 작품이 내포하는 '정신적인 것'을 적절하게 표현해 내는 것도 중요하다. 왜냐하면 1956년 역본에서 원작에서의 해학과 골계를 제대로 표현해내지 못한 것은, 원작의 '정신적인 것'들을 정확하게 표현하지 못한 것으로 볼 수 있는데, 이는 결국 원작에 스며든 당시 민중들의 발랄한 정서와 풍자적 기질을 충분히 담아내지 못한 것이기 때문이다.

　원작해독과 번역상의 문제 때문에 1956년 역본의 가치가 손상되는 것은 아쉬운 일이나 그럼에도 불구하고 1956년 역본은 다양한 방법으로 원작의 음악적 성격과 주인공의 감정을 생생하게 표현해내었다. 그래서 1956년 역본은 전반적으로 원작의 격조와 비슷하고, 원작의 고전적인 정취를 잘 표현하고 있는 역본이라 할 수 있다. 더불어 번역방법도 후대의 번역자들이 참고할 만한 몇몇 좋은 사례를 보여주었다.

　1956년 역본은 직역의 수준을 넘어 중국 고유의 문학 형식으로 한국의 고전적인 운치를 표현하는 데 후대의 번역자들이 참고할 만한 번역방법을 제시해 주었다고 할 수 있다. 후대에 나올 역본들이 1956년 역본을 참고해 의사전달이 적절하지 못한 부분을 수정해서, 고전적인 운치를 표현하는 방법을 배우고 연마하면「춘향전」의 훌륭한 역본을 만들어낼 수 있을 것이다. 다만 주체적이고 비판적인 수용과 무조건적인 수용은 구분될 필요가 있다. 실제로 거듭 지적했듯이 2006년에 나온 유응구의 역본은 저본인 완판84장본을 보고 번역한 것이라기보다 1956년 역본을 보고 다시 개작했다고 할 수 있을 정도로 '과도하게' 1956년 역본을 참고했다. 더 안타까운 것은 유응구 역본이 1956년 역본의 일부 오역을 수정하긴 했으나 1956년 역본의 장점들을 제대로 살리지 못했다는 점이다. 한편 2007년 출판된 정생화 역본도 부분적으로 1956년 역본을 참고했다. 참고한 결과가 무엇이든 간에, 중요한 것은 1956년 역본이 나중에 나온 역본의 참고자료의 역할을 했다는 것이며, 이는 또한 이 역본의 문학적인 가치라 할 수 있다.

　1956년 역본은 중국대륙에서 나온 최초의 역본으로 여러 가지 문제점이 있음에도 불구하고 원작의 고전적인 운치와 음악적인 정취를 재

현하는 데 성공한 역본이라 할 수 있다. 1956년 역본은 최초의 역본임
에도 불구하고 나중에 나온 역본들과 비교했을 때 전혀 뒤처지지 않
는다고 말할 수 있다. 훌륭한 번역자를 만날 경우 원작은 다른 언어
환경에서 새로운 형태로 거듭나고, 예술적인 생명을 연장할 수 있다.
반대로 실력이 부족한 번역자를 만난다면 원작의 본모습은커녕 오히
려 더 낮은 수준의 작품으로 추락할 위험도 있다. 이런 맥락에서 볼
때 1956년 역본의 두 번역자가 어느 정도 약점을 가지고 있었음은 사
실이지만 「춘향전」의 본모습을 재현하기 위해 많은 노력을 했다는 것
은 인정할 만한 일이고, 그 번역 방법도 후대의 번역자들에게 참고할
만한 좋은 사례를 보여주었다.

2) 유응구(柳應九) 역본(2006)

유응구[54]가 번역한 「춘향전」
은 2006년 12월 북경(北京) 신세
계(新世界) 출판사에서 출판되
었다. 이 역본이 출판되기 이전
에 중국에서 중국어로 번역된
소설 「춘향전」은 1956년 빙울
(冰蔚)과 장우란(張友鸞)이 합작
하여 북경 작가출판사에서 출
판한 역본이 유일한 것 같다. 그
외에 대만(臺灣)에서 1967년에

---

54 柳應九(1943~), 경상대학교 중어중문과 교수.

출판된 허세욱(許世旭)의 역본이 있다.[55] 중국의 전통 희곡(戱曲)으로 번역·개작된 「춘향전」은 1954년 월극(越劇) 「춘향전」을 필두로 꾸준히 공연되고 있는 것으로 알려져 있으나 소설의 경우에는 그렇게 활발하지는 못하다. 1956년부터 2006년까지 50년이라는 긴 시간이 흘렀어도 새로운 역본이 나오지 않은 것으로 보인다. 유응구 역본은 50년의 공백기를 넘어 처음으로 나온 역본으로서 큰 의미가 있다고 할 수 있다. 그리고 이 역본의 저본은 1956년 역본의 저본에서 삭제된 첫날밤 사설과 기타 성적인 묘사들을 모두 포함한 완정(完整)한 완판 84장본이다. 1956년 역본과 1950년대 중국 전통 희곡으로 개작된 「춘향전」이 활발하게 공연되었지만 그들의 저본은 모두 북한에서의 「춘향전」이다. 이런 의미에서 유응구 역본은 중국에서 처음으로 완역된 「춘향전」이라는 의미도 가지고 있다.

앞서 Ⅰ장의 연구사 정리에서도 언급했듯이 유응구 역본에 관한 연구는 학청산의 「중국에서의 〈춘향전〉 수용에 대한 연구」에서 간단히 언급한 내용 외에는 거의 전무하다. 논자는 「춘향전」의 세 중국어 역본, 곧 1956년 역본과 유응구 역본, 그리고 2010년 설주·서려홍 역본의 몇 가지 대목을 비교한 다음에 "역자가 한국인임에도 불구하고 중국어로의 번역을 원활하고 유통성이 있게 이루는 데에 있어서 2006년 유응구 역본은 사실상 그 나머지 두 개와 견주어도 손색이 없다고 볼 수 있다."라고 유응구 역본에 대해 긍정적인 평가를 내렸다.[56]

그러나 필자의 생각은 다르다. 번역자에 대해 학자로서의 태도와

---

55 허세욱 역, 「춘향전」, 商務印書館(臺灣), 1967.
56 학청산, 앞의 논문.

역본의 실제적인 질(質)에 있어서 모두 판단을 내리기 어려운 면이 있기 때문이다. 우선 유응구의 이 역본이 '과도하게' 1956년 역본을 '참고'했다는 것은 중요한 문제점으로 지적될 수 있다. 전체적으로 볼 때 이 역본은 원작을 보고 번역한 것이라기보다는 오히려 1956년 역본을 보고 번역했다는 느낌이 더 강하다. 그러나 번역자는 어디에서도 다른 역본을 참고했다는 설명을 하지는 않았다. 이런 태도는 1956년 역본을 '훔쳐' 자신의 것처럼 꾸미는 것은 아닌가 의심하게 만든다. 또한 번역의 질(質)에 있어서도 좋은 평가를 내리기가 어렵다. 1956년 역본을 충분히 참고해서 오역과 적절하지 못한 번역을 고친 뒤 훌륭한 역본을 만들 수도 있었을 것이다. 그러나 유응구의 역본은 '과도한 참고' 이외에는 특별히 좋아진 부분을 찾기가 쉽지 않다. 유응구는 1956년 역본의 가장 큰 특징인 고전적인 정취를 가진 번역문들을 모두 '현대역(現代譯)'으로, 그것도 상당히 서투른 현대역으로 바꾸었다. 이런 의미에서 유응규 역본은 1956년 역본에 대한 일종의 개악(改惡)이라 해도 지나친 말이 아닐 듯하다.

한편, 유응구 역본도 나름의 특징이 있다. 인물형상을 원작보다 더 생동감 있게 만든 것은 가장 중요한 특징으로 꼽을 수 있다. 만약 원작의 내용뿐만 아니라 정취와 풍격까지 그대로 재현할 수 있다면 그 역본은 훌륭하다고 할 수 있다. 하지만 그렇게 하지 못한 경우에는 원작에 대한 적당한 개작을 가하는 것도 허용되어야 하는 일이다. 역본의 독자들이 익숙한 형식을 취하면 원작의 내용과 약간의 차이가 일어날 수 있지만, 직역의 어색함을 어느 정도 해소시키고 역본 독자들에게 친근감을 줄 수 있다는 장점도 있기 때문이다.

이 역본이 1956년의 역본을 상당부분 참고했기 때문에 본절에는 두 역본을 비교하면서 논의를 전개하고자 한다.

(1) 유응구 역본의 서문과 구조상의 특징

유응구 역본은 서문 두 편이 있다. 하나는 당시 중국 청화대학(淸華大學) 언어연구중심(言語硏究中心) 주임(主任)으로 재직한 황국영(黃國營)[57]이 이 역본 출판되기 직전인 2006년에 쓴 것이고, 다른 하나는 번역자 유응구가 2000년에 쓴 것이다. 황국영은 서문에서 「춘향전」이 한국문학사에서 차지하는 위상, 언어적 특징, 판소리의 특징, 그리고 중국 전통 희곡으로 이식된 형식 등을 두루 소개했다. 그리고 '한류(韓流)'와 드라마 〈호걸춘향(豪傑春香)〉[58]도 언급했다. 한국 고전소설 전공자가 아니기 때문에 작품을 바라보는 시각이 전문적이지는 못했으나, 이 전문적이지 못한 지점이 오히려 일반 중국 독자들이 가졌던 '한국'이라는 나라에 대한 일반적인 인식에 부합(符合)하였다고 할 수 있다. 「춘향전」과 판소리에 대한 소개도 기본적인 지식소개 정도이다. 물론 이 역본이 '일반 중국 독자'들을 대상으로 하는 것도 사실이다. 단 중국의 일반 독자들이 쉽게 읽을 수 있는 「춘향전」과 한국의 대표적인 고전 소설작품으로서의 「춘향전」 사이에 거리가 있는 것은 늘 염두에 두어야 하는 문제이다.

유응구가 직접 쓴 서문은 주로 「춘향전」의 번역상황을 소개한 내용이다. 이 서문에 의하면 역자가 처음 동제의과대학(同濟醫科大學)의 초아동(肖亞東)[59] 교수와 합작해서 1997년 5월에 이 역본의 초역(草譯)

---

57 黃國營은 언어학자이고 주요한 연구방향은 한어언어학(漢語言語學)과 언어이론(語言理論)이고, 연구의 주요내용은 구법(句法)과 어의(語義)이다.
58 한국에서는 드라마 〈쾌걸춘향〉으로 방영되었다.

을 완성했고, 그 후에 역자가 또한 3년 동안 계속 역문을 다듬고 수정
했다. 그리고 그동안 중국인민대학(中國人民大學)의 유광화(劉廣和)
교수[60], 청화대학(淸華大學)의 황국영(黃國營) 교수, 그리고 화중과학
기술대학(華中科技大學)의 울지치평(尉遲治平)[61] 교수가 이 역본을 평
열(評閱)하고 교정(校正)해 주었다고 한다. 이 역본의 완성에 어느 정
도로 도움을 준 네 명의 중국학자 중에서 한 명은 의학(醫學)학자이고
나머지 세 명은 언어학자이다. 그들이 모두 문학학자가 아니라는 점
은 흥미롭다. 그래서 그들은 과연 「춘향전」이라는 작품에 대해 얼마
만큼 아는지, 그리고 구체적으로 어떻게 이 작품을 '평열'하고 '교정'
을 해주었는지 상당히 의심스럽다.

　역자는 이 서문에서 중국 대륙에 아직까지 완정한 「춘향전」의 한역
본(漢譯本)이 없다고 했다. 그러나 이 역본이 출판된 후에 진행된 한국
의 '오마이뉴스(ohmynews)'와의 인터뷰에서는 "춘향전이 중국어로 번
역된 것은 2, 3가지가 더 있는 것으로 안다."고 한 적도 있다.[62] 앞에서

59　초아동에 관한 구체적인 정보를 찾아보지는 못했으나 그가 쓴 논문을 몇 편을 찾았
　　는데 모두 의학(醫學)에 관한 논문이다.

60　劉廣和은 언어학자이고 주요한 연구방향은 음운학(音韻學)이다.

61　尉遲治平은 한족이고 중국에서 유명한 언어학자이다. 주요한 연구방향은 한언어문
　　자학(漢語言文字學), 한어어음사(漢語語音史)와 한·장비교언어학(漢·藏比較語言
　　學)이다.

62　'오마이뉴스(ohmynews)'에서 상관 내용은 다음과 같다.
　　(진주=뉴스와이어) 2007년 04월 11일 ―경상대학교 인문대학 유응구(柳應九, 중어
　　중문학과) 교수가 우리 민족 최고의 고전소설 '춘향전'을 중국어로 번역 출간했다.
　　중국 신세계출판사에서 지난 2006년 12월 출간한 '춘향전'에 대해 중국언론 '런민
　　왕'(人民網)은 "중국의 '홍루몽'(紅樓夢), 일본의 '원씨물어'(源氏物語)와 어깨를 나
　　란히 하는 아시아문학 3대 경전의 하나인 '춘향전'이 중국 독자들에게 소개된 한국
　　문화의 성찬을 제공해 주었다"고 보도하는 등 깊은 관심을 보였다. (… 중략 …) 유응
　　구 교수는 "2, 3년 전 중국 신세계출판사에서 춘향전 번역본을 보고 출판을 제의해

도 언급했듯이 번역자는 어디에서도 자신이 1956년 역본을 참고했다
는 사실을 밝힌 적이 없다. 역본의 질(質)의 문제를 떠나 역자의 이런
성실하지 못한 태도가 역본을 접하는 데 있어서 부정적인 선입견을
갖게 할 수 있다.

이 역본은 전체 20회(回)로 나뉘어 있다. 그리고 중간에 작품 내용
과 대응하는 그림도 삽입하고 있다. 그 회목(回目)과 원작에서 대응하
는 내용을 도표로 제시하면 다음과 같다.

〈유응구 역본의 회목(回目)과 원작에서 대응하는 내용〉

回	回目	원작에서 대응하는 내용
1	仙娥幻生	'숙종대왕 직위초에'부터 '회행을 일읍이 층송 아니하리 업더라.'까지
2	春色醉人	'잇대 삼청동 이할임이라 하는 양반이'부터 '황금 갓튼 쇠소리는 숨숨이 나란다'까지
3	飄蕩秋千	'광한 진경 조컨이와'부터 '그퇴도 그형용은 세상 인물 안이로다.'까지
4	靑鳥傳信	'연자삼춘비거태라'부터 '월 셔시 토성십보하던 거름으로 흐늘거려 건너올 제'까지
5	含羞初戀	'도련임 난간의 절반만 비계셔셔'부터 '모른다 하엿지요. 잘하엿다'까지
6	書房朗讀	'잇써 도련임이 춘향을 애연히 보닌 후의'부터 '몸짜이 아난야 이고이고 보고지거'까지
7	才慰椿庭	'소리를 크게 절너 노니'부터 ' 글런다고 하여쓰되 그게 쏘 다 거짓말이엿다'까지
8	含情無語	'잇써 이도령은 퇴령노키을 지달일 제'부터 '낙슈줄 던진 경을 영역키 기려 잇다'까지
9	交飮喜酒	'방가위진선경이라'부터 '두리 다 건너갓구나.'까지
10	洞房春情	'춘향과 도련임과 마조 안져 노와쓰니'부터 '밋친 마음 세월 가는 줄 모르던가 부더라'까지

왔었는데 그동안 삽화작업 등을 거쳐 최근 출판을 하게 됐다"고 말하고 "'춘향전'이
중국어로 번역된 것은 2, 3가지가 더 있는 것으로 안다"고 말했다.

11	靑娥惜別	'잇디 쯧밧그 방자 나와'부터 '일구월심 굿게 먹고 등과 외방 바리더라'까지
12	新官威儀	'잇디 수삭만의 신관 사또 낫씨되'부터 '동헌의 좌기ᄒ고 도심상을 집순 후'까지
13	衙役騷動	'힝수 문안이요'부터 '돈바다차고 흐늘흐늘 드러갈졔'까지
14	拒不從命	'힝수기싱이 나온다'부터 '늬의 형상 자시보고 부듸부듸 잇지 말아.'까지
15	打入死牢	'삼십삼천 어린 마음'부터 '그런 말삼 말르시고 옥으로 가사이다.'까지
16	獄中哀歌	'사졍이 등의 업펴 옥으로 드러갈 졔'부터 '춘향이 깜짝 놀늬 쐬여 보니 꿈이로다.'까지
17	盲人解夢	'옥창잉도화 써러져 보이고'부터 '평안이 가옵시고 후일상봉ᄒ옵씌다.'까지
18	密探人情	'춘향이 장탄수심으로 세월을 부늬나라'부터 '쳔긔누셜하여셔난 셩명을 보젼치 못ᄒ리라.'까지
19	重見眞情	'당부ᄒ고 남원읍으로 드러올 졔'부터 '네가 날을 엇지 알고 이러타시 셔러한야.'까지
20	禦史駕到	'작별하고 춘향 집으 도라왓졔'부터 '계계승승하야 직거 일품으로 만세유젼하더라'까지

이렇게 작품 전체를 짧은 장회(章回)로 나누는 형식은 허세욱(許世旭)의 역본에서도 사용된 바 있다.[63] 이런 형식은 중국 독자들이 이 작품을 읽을 때에 해독의 어려움을 어느 정도 완화시킬 수 있는 효과가 있다. 한국의 고전 작품에 익숙하지 않은 중국 독자들은 이런 작품을 접근할 때 나름의 방법이 필요했을 것이다. 한국의 풍속이나 인정물태 등을 잘 모르기 때문에 조금씩 접근하는 것도 좋은 방법이라 할 수 있다. 그리고 삽입한 그림도 독자의 작품이해에 있어 어느 정도 도움을 줄 수 있다고 본다.

---

63 허세욱, 앞의 책.

(2) 유응구 역본 번역의 양상과 특징
: 1956년 역본과의 비교를 중심으로

앞에서도 지적했듯이 유응구의 이 역본은 1956년 북경 작가출판사
역본을 많이 참고했다. 두 역본을 대비로 읽어보면 전반부에서 역자
가 1956년 역본을 '참고'하기는 했으나 스스로 번역하는 데 애쓴 모습
도 보인다. 그러나 뒤로 가면 갈수록 '참고'의 정도가 심해진다. 그리
고 「춘향전」의 원문을 보면서 번역하기도 하지만 한편으로는 1956년
역본을 보고 번역했다는 느낌도 떨쳐내기 어렵다.

그러나 앞에서 논의한 바와 같이 빙울과 장우란이 합작해서 번역한
1956년 역본도 문제가 없는 역본이 아니다. 장우란이 빙울의 번역문
을 가능한 만큼 윤색하기는 했으나 원작의 뜻을 완전히 파악하지 못
했기 때문에 빙울의 번역을 제대로 이해하지 못하거나 빙울의 오역을
발견할 수는 없었다. 빙울도 마찬가지로 장우란의 최종적인 번역문에
서 오역을 발견하지 못했다.

유응구의 경우에는 중국어를 어느 정도나 구사하는지에 대한 자료
가 많지 않아서 서투르게 평가를 내릴 수가 없다. 1956년 역본을 지나
치게 참고한 것은 역자 스스로도 자신의 번역능력에 대한 자신감이
없었다는 것으로 파악할 수도 있다. 실제로 유응구는 1956년 역본의
내용을 그대로 베껴 쓴 경우가 많았고 1956년 역본의 오역을 그대로
답습한 경우도 있었다. 물론 1956년 역본의 오역을 바로잡은 경우도
있다. 다음에 구체적인 예문을 통해 살펴보겠다.

가. 두 역본의 역문이 거의 일치하는 경우

우선 두 역본의 내용이 거의 일치하는 경우부터 살펴보겠다. 이런 경우에 해당하는 유응구의 역본은 약간의 고침이 있기는 하지만 대개 글자나 문장의 구조를 조금씩 바꾼 정도뿐이다. 이런 문제를 통해 유응구는 1956년 역본의 역문과 완전히 일치하면 안 좋다는 의식을 분명히 가지고 있었음을 알 수 있다. 단 1956년 역본의 글자나 문장 구조를 조금씩 수정한 것은 실제로 큰 의미가 없는 것이라 해야겠다. 예를 들면,

㉮

원문	역문
한 꿈을 어든이 서긔반공하고 오채영농하더니 일위 선녀 청학을 타고 오난듸~(완판84장본, 「렬녀춘향수절가」, 2쪽)	月梅正在至誠默禱之時, 忽見天空霞光萬道, 瑞氣千條, 有一仙女, 乘了一只靑鸞, 破空而來。(1956판, 「춘향전」, 3쪽)
	正在月梅默默禱告之時, 天空忽然霞光萬道, 紫瑞萬般, 只見一位仙女, 騎著仙鶴, 破空而來。(유응구, 「춘향전」, 4쪽)

㉯

원문	역문
만일 허유 업써스면 고도지산 뉘가 하며, 만일 백이 숙제 업셔쓰면 난신적자 만하리다. 첩신이 수 천한 계집인들 허유 백을 모르잇가 사람의 첩이 되야 배부기가 하는 법이 베살하난 관장임네 망국부쥬 갓싸오니 처분대도하옵소서.	沒有許由, 後世誰做那高蹈之士? 沒有伯夷叔齊, 後世的亂臣賊子, 將多而更多。賤門之女, 雖不敢高攀許由, 也不配和伯夷, 叔齊相比, 但那從一而終的道理, 卻還能夠領悟。大人逼我棄家背夫, 另嫁他人。請問大人, 你是否願意棄國背君, 而事二主? 大人如若覺得這也事屬無妨, 就請大人隨意發落。(1956판, 「춘향전」, 61쪽)
	沒有許由, 後世誰做那高蹈之士? 沒有伯夷叔齊, 後世的亂臣賊子, 將多如牛毛。我這個賤門之女, 雖不敢高攀許由, 也不配和伯夷, 叔齊相比, 但那從一而終的道理, 卻還是領吾得了的。今天, 大人逼我背信棄義, 棄家背夫, 另嫁他人。請問大人,

(완판84장본,「렬녀춘향수절가」, 55쪽)	你是否願意棄國背君而事兩個君主? 你如果覺得這也事屬無妨, 就請大人隨意發落。(유응구, 「춘향전」, 123~124쪽)

두 역본의 역문이 아주 유사하다. 문장의 구조를 약간 변화시키거나 비슷한 용어로 바꾸는 식으로 되어있다. 물론 같은 문장을 가지고 비슷한 역문을 도출해내는 경우가 번역에 있어서는 흔한 일이다. 그러나 남의 번역문을 그대로 차용하는 번역과 주체적인 번역의 차이는 쉽게 알아볼 수 있다. 위에 두 번째에 연문의 첫 문장을 다시 비교해 보면,

　沒有許由, 後世誰做那高蹈之士? 沒有伯夷叔齊, 後世的亂臣賊子, 將多而更多。(1956년 역본)

　沒有許由, 後世誰做那高蹈之士? 沒有伯夷叔齊, 後世的亂臣賊子, 將多如牛毛。(유응구 역본)

두 역문은 거의 일치한다. 단, 유응구는 1956년 역문에서의 '多而更多'를 '多如牛毛'로 바꾸었을 뿐이다. 나머지 부분의 내용도 마찬가지이다. 앞에서 1956년 역본의 번역양상을 살펴볼 때, 원작의 음악적 성격이 강한 내용들을 고전적인 문장으로 적절하게 표현해내는 것을 이 역본의 가장 대표적인 특징으로 지적했었다. 유응구의 역본에서도 1956년 역본의 이런 우수한 점을 그대로 차용한 점이 드러난다. 다음의 문제를 보면,

㉱

원문	역문
이내죄가무삼죄나 국곡투식아니거던 엄형중장 무삼일고 살인죄인아니여든 항쇄족쇄웬일이며 역률강상아니여든 사지결박웬일이며 음행도적아니여든 이형벌이웬일이고 삼강수는연수되여청천일 장지에내의서름 원정지여 옥황전에 올이고져 (… 후략 …)(완판84장본, 「렬녀춘향수절가」, 61쪽)	我身在深閨犯了什麼罪，無緣無故受災殃？ 我飢來沒有偷國谷，爲何刑杖把我傷？ 我沒有殺人做强盗，爲何披枷戴鎖睡刑牀？ 我沒有觸犯綱常忤逆罪，爲何要我把命喪？ 我沒有治容去誨淫，爲何要嚴刑拷打在公堂？ 我愿那三綱之水化爲墨汁，把我的冤情寫作靑詞奏玉皇。 　　　　　　(1956판, 「춘향전」, 68~69쪽)
	我身在深閨犯了什麼罪，無緣無故受此災殃？！ 我飢來沒有偷國谷，爲何刑杖把我傷？ 我沒有殺人做强盗，爲何披枷戴鎖睡刑床？ 我沒有觸犯綱常，忤逆不孝，爲何要我把命喪？ 我沒有治容去誨淫誨盗，爲何要嚴刑拷打在公堂？ 我愿那三湘之水化爲墨汁，把我的冤情寫成狀詞奏玉皇。 　　　　　　(유응구, 「춘향전」, 138쪽)

1956년 역본의 역문에서의 압운(押韻)과 희곡적인 문구의 사용에 대해 앞 절에서 자세히 검토한 바 있다. 유응구의 역문은 1956년 역본의 번역을 거의 그대로 옮겼다. 1956년 역본에서 굵게 표시한 글자들 (殃(yang)·傷(shang)·床(chuang)·喪(sang)·堂(tang)·皇(huang))은 유응구 역본에서도 그대로 쓰이고 있다. 단 유응구는 1956년 역본을 그대로 베껴 쓰는 것에 대한 혐의를 벗어나기 위하여 가능한대로 사소한 수정을 가했다. 물론 그가 1956년 역본에서 일부 오역이나 적절하지 않은 표현을 바로잡은 경우도 있다. 예를 들면 1956년 역본에서 '삼강(三綱)'은 '삼강(三江)'의 오자인 듯한데 유응구의 역본에서 이것을 인식하면서 '삼상(三湘)'으로 고쳤다. 그리고 1956년 역본에서 '원정'을 '청사(靑詞)'로 번역했는데 유응구 역본에서 '장사(狀詞)'라는 용어를 썼다. 뜻은 비슷하지만 '청사(靑詞)'는 도사(道士)가 작법(作法)할 때 하늘과 소통하는 일종의 문체로서, 인간과 하늘의 의사소통을 이

어주는 역할을 하는 형식이다. 종묘에서 제사할 때 하늘을 찬양하는 글로도 이런 문체를 사용한다고 한다. 그래서 이 용어는 '옥황'에게 원정(冤情)을 아뢰는 비교적 전문적인 용어라 할 수 있다. '장사(狀詞)'는 자신의 억울한 사정을 관청(官廳)에게 고소할 때 쓰는 일반적인 용어이다.

나. 1956년 역본의 고전적인 어감을 '현대역'으로 바꾼 번역

필자가 보기에 유응구 역본의 가장 큰 특징이자 가장 큰 단점은 1956년 역본의 고전적인 역문들을 '현대역'으로 바꾼 것이다. 그러나 거듭 강조했듯이 1956년 역본은 「춘향전」의 모든 중국어 역본에서 고전적인 정취를 가장 잘 표현하고 있는 역본이다. 이런 역본에 대하여 유응구의 수정은 사실상 1956년 역본이 담고 있는 고전적인 정취에 대한 일종의 파괴라 할 수 있다. 예를 들면,

㉱

원문	역문
도련임 날만믿고 장개 안이 갈수있소 부귀영총재상가의요조숙여 가리여서 혼정신성할지라도 아주 잇든바옵소서 도련임 과거하야 벼살놉파 외방가면 신내마마 치행할 제 마마로 내 세우면 무삼마리 되오릿가.(완판84장본, 「렬녀춘향수절가」, 37쪽)	但願道令他日配得富貴名門宰相家中的千金小姐, <u>晨昏定省之余</u>, 還能記得我, 也就是了。 我還望道令高揭魏科, 官居要職, 榮放外任, 那時節, 納我做個小妾, 我更(便의 오자인 듯하다. 필자)心滿意足。 這是我的肺腑之言, 請道令牢牢記住。 (1956판, 「춘향전」, 38쪽) 但願公子他日配得富貴名門宰相家中的千金小姐, <u>早晚向父母請安時</u>, 心裏千萬不要忘了我就是。 我還望公子高中之後, 官居要職, 榮放外任, 那時節, 納我做個小妾的話, 我就心滿意足了。這樣也免招致物議。 這是我肺腑之言, 請公子牢牢記住。 (유응구, 「춘향전」, 88쪽)

위에 제시한 두 역본의 역문도 거의 일치하다. 단 유응구의 역문은
1956년 판본에서의 "晨昏定省之余"를 "早晚向父母請安時"로 바꾸었
다. 곧 고전적인 말을 현대적인 표현으로 바꾼 것이다.

㉮

원문	역문
마상의 곤핍하야 병이 날가 염여온니 방초우초 져문날의 일직 드러 지무시고 아참날풍우상의 늣게야떠나시며 산 재쪽 철이마의 모실사람 업싸오니 부대부대 천금귀체 시사안보하옵소서 녹수진경도의 평안이 행차하옵시고 일자엄신 듯사이다 동동 편지나 하옵소서. (완판84장본, 「렬녀춘향수절가」, 44쪽)	道令啊, 你 -- 多保重, 自扶持, 天色昏暗眠宜早, 風雨欲來行要遲. 鞍馬千里多勞頓, 但願一路平安萬事宜. 更願你, '綠樹秦京道', 早寄音書解我苦相思. (1956판, 「춘향전」, 47쪽)
	你千里行程, 鞍馬勞頓, 我擔心你會生病, 自己要多多保重; 天黑早投宿, 天亮再啓程, 你騎馬行路, 沒有我在身邊照護你, 千萬要保重千金貴體, 註意安全. 祝你在赴京的途中一路順風, 我立等你平安到達漢陽的佳音. 還有, 平時有空, 多給我寫信吧! (유응구, 「춘향전」, 99~100쪽)

우선 1956년 역본에서 '你' 후의 '--'부호는 백(白)과 창(唱) 사이에
잠시의 정돈(停頓)을 의미한 것이다. 이런 잠시의 정돈 후에 바로 창
(唱)의 부분에 들어간다. 곧 '多保重, 自扶持'부터 창의 형식으로 되어
있다는 것이다. 그리고 창의 부분도 나름의 대구(對句)와 압운(押韻)을
써서 음악적인 특성을 잘 표현하고 있다. 하지만 유응구의 역문은 상
당부분 현대적인 백화문으로 되어있다. 가령 "我擔心你會生病"나 "沒
有我在身邊照護你"는 원작의 고전적인 정취는커녕 춘향의 슬픈 감정
도 전혀 표현해내지 못한 문장들이다. 그리고 "註意安全, 祝你在赴京
的途中一路順風."이나 "還有, 平時有空, 多給我寫信吧!"와 같은 말

은 일상적인 인사말 정도의 상투어로서 아무 내적인 감정표현도 찾기
힘든 표현이다. 이런 형식의 번역은 1956년 역본에 대한 개악(改惡)의
대표적인 예라고 할 수 있다.

다. 1956년 역본의 오역을 그대로 답습한 번역

유응구의 역본에서 1956년 역본의 오역을 그대로 답습한 경우도 있
다. 예를 들면,

㉫

원문	역문
일편단심 구든 마음 일부종사 뜨시오니 일개형별 치옵신들 일년이 다 못가셔 일각인들 변하릿가.(완판84장본, 「렬녀춘향수절가」, 57쪽)	一道我的心、丹心一點紅, 不怕折磨苦, 決然從一終。 無端打我太狠毒, 我一股怨氣沖蒼穹。 <u>恩愛夫妻不到一年整, 無情之人天不容。</u> (1956판, 〈춘향전〉, 63쪽) 一道我的心、丹心一點紅, 不怕折磨苦, 決然從一終。 無端打我太狠毒, 我一股怨氣沖蒼穹。<u>恩愛夫妻, 不到一年整, 無情之人, 天也不容。</u> (유응구, 「춘향전」, 129쪽)

1956년 역본에서 "일년이 다 못가셔 일각인들 변하릿가"를 "恩愛夫
妻不到一年整, 無情之人天不容."로 곧 "부부로서 일 년도 채 안 되
어, 무정(無情)한 사람을 하늘도 용납해주지 못하다."로 번역했다. 이
는 원작의 뜻을 제대로 파악하지 못한 오역이다. "일년이 다 못가셔
일각인들 변하릿가"라는 말은 "자신이(춘향) 이몽룡과 부부로서 같이
사는 시간이 비록 일 년을 다 못 채웠지만 자신의 마음이 어찌 일각(一
刻)이라도 변하겠는가?"라는 뜻이다. 그러나 번역문에서는 "일각인들
변하릿가"를 "무정한 사람은 하늘도 그를 용납해주지 못한다."로 번역
한다. 유응구는 1956년 역본에서의 이런 적절하지 못한 번역을 그대

로 답습해서 1956년의 역문과 거의 똑같이 번역했다.

㈐

원문	역문
칠팔세 되매 셔책의 책미하야 예모졍절을 일삼으니 회행을 일읍이 층숑 아니하리 업더라. (완판84장본, 「렬녀춘향수절가」, 3쪽)	(春香)年方七八歲, 就知書識禮, **侍奉雙親**, 十分盡孝. 不但鄰裏誇贊, 竟然闔邑稱贊. 正是 ： 慈親生孝女, 女孝世無雙. (1956판, 「춘향전」, 4쪽)
	這個春香, 髫年(七歲-譯者註)入塾, 聰穎過人, 學優同窗, 知書達禮, 行端品正; **侍奉雙親**, 十分孝敬, 鄰裏誇獎, 闔邑稱頌, 有如傳說中的麒麟, 受人愛戴, 令人欽羨. (유응구, 「춘향전」, 5쪽)

1956년 역본에서 춘향의 효행을 설명하며 '侍奉雙親'이라는 문장이 나왔는데 이는 원작의 내용을 엄격하게 따르지 않은 번역이다. 춘향이 아직 젖을 먹을 때 성 참판이 이미 세상을 떠났기 때문에 춘향 쌍친(雙親)을 모시고 산다는 말은 작품 내용과는 부합하지 않는 표현이다. 응유구는 1956년 역본의 이런 오역을 발견하지 못하고 그대로 답습했다. 또 '셔책의 책미하야'라는 표현은 춘향이 처음 서책을 접촉하기 시작한다는 뜻이지 사숙(私塾)에 들어가 공부를 시작한다는 뜻이 아니다. 이를 두고 1956년 역본에서는 '知書識禮'로 번역했는데, 유응구 역본에서는 7세부터 사숙에 들어가 공부한다는 과장된 번역을 했다. 그리고 '受人愛戴, 令人欽羨'에서 나오는 '愛戴'는 '받들다, 추대하다'의 뜻으로, '欽羨'은 '경복하다, 감복하다'의 뜻으로 중국어에서 7세의 어린 아이에게 쓰는 데는 어울리지 않은 용어들이다.

ⓐ

원문	역문
원문 : 홧김에 달려들어 코를물어 뗄라하니 내탓이제 코탓인가 (완판84장본, 「렬녀춘향수절가」, 76쪽)	香母氣得一時忍耐不住, 鼻子抽動, 急淚直流, 嚎啕痛哭。 (1956판, 「춘향전」, 87쪽)
	月梅說了一通氣話之後, 便只是不斷地揩著涕淚。 (유응구, 「춘향전」, 173쪽)

원문에서 월매가 너무 화가 나서 입으로 이몽룡의 코를 물었다는 극단적인 행동을 했다. 이몽룡의 코를 물었다는 행동자체는 극단적이면서도 해학적인 의미가 강한 표현이다. 그리고 공격을 당한 이몽룡이 "내 탓이지 코 탓인가?"라는 말도 아주 익살스러운 표현이다. 그러나 1956년 역본의 역문은 전체적으로 월매의 슬픔을 묘사하고 있다. "鼻子抽動, 急淚直流, 嚎啕痛哭.(코를 발록거리고 닭똥 같은 눈물이 줄줄 떨어지며 큰 소리로 울기 시작했다.)"는 월매가 우는 모습을 과장하게 묘사한 것이고, 원문에는 없는 내용이다. 이런 번역은 물론 원문의 해학적인 의미를 모두 재현하지 못했다. 유응구이 이 부분의 내용을 "월매가 눈물만 닦고 있다"로 1956년 역본과 아주 비슷하게 번역한다.

라. 1956년 역본의 오역을 바로잡은 번역

유응구의 역본이 1956년 역본의 오역을 바로잡은 경우도 있다. 예를 들면,

ⓐ

원문	역문
언겁질에 하는 말이 도련님이 방자모시고	春香這才春吐言道 : "那房子, 引着李道令來了。" (1956판, 「춘향전」, 21쪽)

| 오셨다오(완판84장본,
「렬녀춘향수절가」, 19쪽) | 春香有點兒驚慌地說 : "公子陪著方仔來了。"春香心慌,
說得顚三倒四。(유응구, 「춘향전」, 48쪽) |

　이 부분의 역문은 1956년 역본의 번역양상을 살펴본 부분에서 언급한 바가 있다. 원문에서 춘향이 너무 긴장해서 말을 거꾸로 했는데 1956년 역본의 역문에서는 이런 점을 간과해서 "방자가 이도령을 데리고 오셨다오."로 번역했다. 방자와 이도령을 뒤바꿔 표현하는 데서 나온 골계적 의미를 표현해내지 못한 것이다. 유응구 역본은 이점을 의식해 춘향이 거꾸로 한 말을 그대로 번역했다. 뿐만 아니라 "春香心慌, 說得顚三倒四。"라는 말을 덧붙여서 독자들에게 춘향의 긴장한 모습을 보다 구체적으로 전달해주었다.

㉑

원문	역문
나무집늙은이는 이롱징도있나니라마는 귀너무 밝은것도 예상일아니로다 그러한다 하제마는 그럴리가 웨있을고 도련님 대경하야 이대로 엿자와라.(완판84장본, 「렬녀춘향수절가」, 17쪽)	還叫告知 : "卽便隔壁住的是個聾叟, 也不當恁般嚷喚。"道令聞言, 爲之失色, 便央通引回復, (1956판, 「춘향전」, 19쪽)
	哎呀! 人家的老人都有耳聾癥, 聽也聽不淸楚; 偏偏我的父親, 耳朶這麼尖啊! (유응구, 「춘향전」, 42쪽)

　이 예문도 1956년 역본을 분석하는 부분에서 언급했다. 1956년 역본에서 원문을 "(사또가) 사람을 시켜 (이도령에게) 전하기를 '비록 옆집에 사는 사람이 귀먹은 늙은이라도 이렇게 크게 소리치면 안 되는 것이다.'"로 번역했다. 그러나 원문은 이도령이 남의 집에 늙은이는 이롱징(耳聾症)도 있지만 자신의 아버지(사또)의 귀가 저렇게 밝은 것도 예상일 아니라고 스스로 중얼거리고 있는 말이다. 이도령의 이런

말은 아버지에게 상당히 불경스러운 뉘앙스를 갖고 있는데 이런 강한 골계적인 의미는 번역 과정에서 제대로 드러나지 못하였다. 유응구 역본은 1956년 역본의 이런 오역을 고치면서 원문의 뜻을 보다 적절하게 번역했다.

㉮

원문	역문
낙춘이가 들어오며 얼시고 절시고 좋을시고 우리 남원도 현판감이 생겼구나 (완판84장본, 「렬녀춘향수절가」, 60쪽)	落春"啊依吥, 不得了! 這從哪裡說起, 如今南原可眞出了'青天'了。"(1956판, 「춘향전」, 67쪽)
	"好哇, 好哇, 如今南原這裏又可建一座節義坊啊!"(유응구, 「춘향전」, 133쪽)

   1956년 역본에서 나온 '청천(青天)'은 중국에서 정직하고 청렴한 관리를 가리키는 말이다. 역문에서 낙춘의 말은 "이제 우리 남원에서도 '青天'이 나오시네."라는 것으로 변학도를 풍자하는 말로 번역되어있다. 그러나 원문에서의 '현판감'은 열녀를 표창하는 현판의 뜻으로서 춘향을 가리키는 말이다. 낙춘의 말은 "이제 우리 남원에서도 열녀가 생겼구나."라는 뜻이다. 그러므로 1956년 역본에 원문은 잘못 번역되었다. 유응구 역문은 "이제 남원에서 또 하나의 절의방(節義坊)이 생기겠구나."로 번역했는데 원문의 뜻과 약간의 차이가 있긴 하나 원문의 뜻을 충분히 표현해냈다고 할 수 있다.

마. 유응구 역본 생활언어의 선택

   「춘향전」 원작에 향토적인 구어체가 많이 나타나는 것을 하나의 특징으로 지적해 왔는데, 유응구 역본에서도 등장인물의 언어가 상당히

활발하고 생동감 있다. 이런 언어들은 대부분 대화에서 나오는 구어
체이다. 작중인물들의 성격도 이런 일상적인 생활언어를 통해 뚜렷하
게 표현되어있다. 그중에서 과장된 표현도 적지 않다. 구체적인 예문
을 통해 살펴보겠다.

> ㉮ 원문 : 여염처자와 다름이 업난이다. (9쪽)
>   역문 : 不過, 她還是跟老百姓家的女孩子一樣, 是個未出閣的臭丫
>   頭片子。 (21쪽)

  역문에서 원문의 뜻을 그대로 번역한 외에는 또한 '아직 시집가지
않은 계집아이다.'라는 말을 붙였다. 그러나 보통 '丫頭片子'는 '계집
아이'라는 뜻을 충분히 표현할 수 있기에 굳이 앞에 '臭'자를 붙일 필
요가 없다. 그러나 '臭'자 한 글자 때문에 분위기에 미묘한 변화가 일
어나게 된다. '臭'자는 춘향에 대한 멸시로 볼 수도 있으나 앞에서 통
인이 춘향을 극구로 칭찬한 말과 연결해서 보면 이 '臭'는 오히려 상
당히 '친근감'을 가져다주는 효과를 만들어낸다. 곧 통인이 춘향을 마
치 이웃집의 계집아이처럼 예쁘게 여기고 있다는 느낌이 은근히 드러
나는 것이다. 이런 말투 때문에 통인의 인물형상도 한층 활발해진다.

> ㉯ 원문 : 춘향이 홰를 내여, "네가 밋친 자식일다. 도련님이 엇지 나를
>   알아서 부른단 마리냐. 이 자식 네가 내 마를 종지리새 열씨 까듯
>   하여나 부다." (10쪽)
>   역문 : 春香一聽, 就勃然生氣說 : "你眞是神經病啊! 你家公子哪裡
>   認識我呢? 要不是你多嘴多舌, 他豈能知道是我呢? (23쪽)

"네가 미친 자식이다."를 "你眞是神經病啊!"로 번역한 것은 일견 문제가 없는 것처럼 보인다. 그러나 실제로 "你眞是神經病啊!"는 "너 진짜 병신이구나."라는 어감이 더 강하다. 그렇게 여성의 덕목을 두루 갖춘 춘향의 입에서 쉽게 '자식'이라는 말을 내뱉는 것은 춘향의 인물형상과 잘 안 맞는 면도 있지만 한편 춘향의 활발한 성격의 표현으로 볼 수도 있다. "你眞是神經病啊!"라는 말은 현대중국어에서 욕과 비슷한 어감이 있기는 하나 이런 말까지 쉽게 입 밖으로 내뱉는 춘향의 인물형상도 원작보다 한층 더 선명해진다. 다음의 역문에서는 춘향의 이런 성격을 더 강하게 표현하고 있다.

> ㉐ 원문 : 춘향이 떨치며, "노와라." 중게(中階)의 나려가니 (56쪽)
> 역문 : 春香挺起身來, 自己走下中階, 自言自語說 : "哼, <u>狗膽包天的臭東西</u>。" (125쪽)

역자가 춘향이 하는 "놓아라."라는 말을 "哼, 狗膽包天的臭東西."로, 곧 "흥, 간덩이가 부은 자식들!"로 번역했다. 이는 번역자가 나름의 의역(意譯)으로 볼 수 있다. 이런 역문에서 역자가 「춘향전」에 대한 감각적인 이해를 잘 보일 수 있다.

그 외에 역문에서 춘향이 변학도를 '姓卞的(卞 씨 놈)'이나 '狗東西(개자식)' 같은 말로 욕하기도 한다. 이는 물론 원작에 대한 과장이라 해야 한다. 그러나 이런 말투 때문에 춘향의 인물형상도 변화가 일어난다. 이런 활발한 구어체가 변학도와 다른 사람의 말에서도 나온다.

> ㉑ 원문 : "허허 그연 말 못할 연이로고. (… 후략 …)" (59쪽)
> 역문 : "你這個<u>狠毒的母狼</u>! 你這個<u>婊子</u>! (… 후략 …)" (133쪽)

㉣ 원문 : "모지구나 모지구나, 우리 골 원님이 모지구나. 져런 형벌리
웨 잇시며, 져런 매질리 웨 잇슬가. 집장사령(執杖使令)놈 눈 익켜
두워라. 삼문 밧 나오면 급살(急煞)을 주리라."(57쪽)

역문 : "眞狠毒啊, 眞狠毒! 那個狼心狗肺的卞府使, 狗東西! 怎麼能
用如此重刑打一個弱不禁風的女孩子呢! 王八蛋! 眞是個貪色無恥
的色情狂啊!"(127쪽)

㉤에서 변학도의 말을 "이 독한 암 늑대, 이 창녀!"로 아주 과격하
게 번역했다. 특히 '婊子'라는 말이 아주 속된 말이다. 이런 말은 상대
에 대해 상당히 심한 욕이기도 하지만 이런 말을 하는 사람도 교양적
인 수준이 아주 낮은 사람일 수밖에 없다. 말하자면 보통 교양 있는
사람이라면 이런 속된 말을 하지도 않는다. 그리고 '암 늑대'라는 욕
도 사람을 짐승으로 취급하는 아주 저속한 말이다. ㉣에서 우선 마찬
가지로 속된 욕이 두루 등장했다. 남원백성들이 변학도를 개자식(狗
東西), 개새끼(王八蛋), 심지어 색마(色情狂)로 욕하고 있다. 그러나 사
실은 원문에서 백성들이 욕하고 저주한 사람은 변학도가 아니라 집장
사령이다. 실제로 그들이 "모지구나" 비분할 때도 변학도를 '원님'으
로 칭하고 있다. 엄격한 신분적 격차를 무시할 수 없기 때문이다. '놈'
붙이고 '삼문 밧 나오면 급살(急煞)을 죽이'겠다는 사람은 변학도가 아
니라 집장사령이다. 그러나 역문은 통째로 변학도를 욕하는 식으로
되어있다. 그런 욕은 일반 백성들이 '원님'에게 쓸 수 없을 정도의 욕
들이다.

이처럼 중국어 욕을 자유자재로 사용한다는 것은 유응구 번역본의
특징 중 하나라 할 수 있다. 그러나 이런 속된 욕 때문에 춘향과 변학
도의 인물형상뿐만 아니라 작품 내용도 혼란스럽게 되었다. 주지한다

시피「춘향전」에서 보여주는 시대는 신분제도가 상당히 엄격한 시대였다. 그래서 춘향이든 남원백성이든 변학도를 '개자식'으로 욕하는 것은 당시의 현실에 부합하지 않은 과도한 용어라 해야 한다. 그리고 악한 인물로 형상화되어 있지만 인물의 성품 떠나서 변학도는 양반이고 남원의 사또이다. 성품과 상관없이 이런 인물은 보통 양반의 태생적인 자질을 갖추고 있는 인물이다. 그래서 '암 늑대(母狼)'나 '창녀(娼子)' 같은 말은 변학도의 신분과도 어울리지 않은 용어라 할 수 있다. 이런 용어의 사용으로 인해서 등장인물을 보다 통속적인 인물로 형상화되었고, 작품 전체의 분위기도 원작과 상당히 달라졌다.

바. 유응구 역본의 가치와 한계

앞에서도 지적했듯이 1956년부터 50년이라는 긴 시간 동안 중국에서는「춘향전」의 새로운 역본이 나타나지 않았다. 유응구 역본은 50년의 공백기를 뛰어넘어 처음으로 나온 역본이라는 점에서 큰 의미가 있다. 그리고 1956년 역본에서 삭제된 성적인 내용들을 되찾아 완전한「춘향전」을 번역했다는 점에서도 의미가 있다고 할 수 있다.

전체로 보면 유응구의 역본이 비록 1956년 역본의 몇 가지 오역을 바로잡고 어떤 부분은 비교적 적절한 표현으로 고쳤지만 그것은 아주 일부일 뿐이다. 하나의 번역본을 읽을 때 오역이 과도하게 많은 경우를 제외하고, 사소한 오역을 가지고 번역의 수준을 평가하는 것은 공정한 연구태도라 할 수 없다. 물론 1956년 역본에서도 여러 가지 다른 형식의 오역이 있으나 그 때문에 역본의 전체적인 번역수준을 부정하지는 못한다. 유응구 역본의 가장 큰 특징은 고전 작품인 원작을 '현대역'으로 바꾼 것이다. 그리고 대부분의 경우에는 원작에 대한 현대역이 아니라 1956년 역본에 대한 현대역이다. 이는 현대적인 언어가 고전 작품을 제대로 표현할 수 없다는 말이 아니다. 현대적인 언어도 아름답고 우아하게 고전적인 정취를 표현할 수 있다. 그러니 유응구가 1956년 역본의 고전적인 문장과 말투를 과감하게 파괴하기로 결정했을 때, 그 자리를 현대적인 언어로 채워 넣는 과정에서 원작의 풍미를 어느 정도 보여줄 수 있는 표현능력을 갖추었어야 했다는 것이다.

　살펴본 바와 같이 고전 작품의 번역은 한 개인의 혼자의 힘으로 단 한번에 '완벽하게' 할 수 있는 일이 아니다. 많은 선학들의 성과가 축적되어 오면 자연히 '거인'이 형성될 수 있고, 후학들은 그런 거인의 어깨에 올라서서, 더 넓은 시야로 더 좋은 성과를 거둘 수 있는 것이다. 선학의 성과를 참고하는 것은 당당한 연구태도이므로, 그것을 숨길 필요가 없다.

3) 정생화(丁生花) 역본(2007)

　2007년에 출판한 정생화 역본은 앞부분에 정생화의 중국어 번역본을, 뒷부분에 조호상(趙浩相)의 한국어 현대역본을 함께 묶은 형식으로 되어 있다. 정생화 역본의 저본이 곧 조호상의 현대역본이다.

　책의 맨 앞에는 출판설명이 실려 있는데 이 역본의 저본과 번역에 관하여 다음과 같이 간단한 설명을 하고 있다.

　　이 책에 실린 것은 「열녀춘향수절가」의 완정판(完整版)이고, 난잡하고 이해하기 어려운 고대 언어를 유창하고 이해하기 쉬운 현대 언어로 바꾸었다. (… 중략 …) 독서의 순조로움과 전체적인 문장 풍격의 통일성을 위해 번역하는 과정에서 극소수의 내용을 추가하거나 삭제했고, 부분적으

로 언어를 수식하고 윤색하기도 했다. 때문에 중국어와 한국어를 대조하면서 읽을 때 약간의 불일치가 있을 수도 있지만 원작의 내용과 크게 차이가 나지 않고, 작품 이해에 영향을 끼치지 않을 것이라 생각된다.[64]

이 출판설명은 중국어 번역본의 출판에 대한 설명과 조호상의 현대역본에 대한 설명이 뒤섞여 있다고 할 수 있다. 「열녀춘향수절가」와 원작의 난해한 고대 언어를 이해하기 쉬운 현대 언어로 바꾸었다는 설명은 조호상의 현대역본을 두고 한 것이고, 번역의 과정에서 부분적인 내용을 삭제하거나 추가한 설명은 정생화의 번역본을 두고 한 것이다.

조호상의 현대역본은 출판설명에서 말하는 「열녀춘향수절가」의 완정판(完整版)이 아니라 내용을 많이 축약하고 삭제한 책이다.[65] 중

---

64 這本書里記錄的是《烈女春香守節歌》的完整版, 並將晦澀難懂的古代語言改編爲流暢易懂的現代語言。 (… 중략 …) 爲了閱讀的順暢和整篇文章的風格統一, 在翻譯過程中增加或刪掉了極少部分内容, 對部分語言進行了修飾和潤色, 可能會影響漢文和韓文逐字逐句的對照閱讀, 但相信不會偏離原文太多, 影響對《春香傳》這一古典作品的理解。 정생화 역본, 「춘향전」, 민족출판사(民族出版社), 2007, 출판설명.

65 이 작품의 한국어 작품해설에서 "이 책에 실린 것은 〈열녀춘향가〉로서 완판본에 속한 것입니다."라는 말이 있는데, 정생화가 이 문장을 "這本書裏記述的是《烈女春香守節歌》的完整版"으로 번역했다. 그래서 정생화가 '완판본'을 '완정한 판본(完整版)'으로 잘못 이해한 것으로 보인다.

국어 역본의 경우는 이 출판설명에서 밝혔듯이 원작의 내용과 큰 차이가 나지 않고 추가하거나 삭제한 내용도 작품이해에 큰 영향을 끼치지는 않는 것이라 할 수 있다.

한편, 현대역본의 맨 마지막 부분에는 '작품설명'이 붙어 있는데 "우리 고전소설의 대표작", "신분 차이를 극복한 양반과 기생의 사랑", "울리고 웃기는 재미있는 말솜씨"와 "천의 얼굴을 지닌 춘향의 매력"으로 나누어 이 작품의 내용과 형식상의 특징, 문학적인 매력 등을 소개한다. 그중에서 고전소설이 지니고 있는 말의 재미에 대해 한국인의 조상들은 아무리 심각하고 슬픈 이야기를 하더라도 웃음과 여유를 빼놓지 않으려고 했기 때문이라고 설명하고, 천 가지 얼굴을 지닌 춘향의 모습은 시대나 가치관의 변화에 따라서 여러 가지로 달라지는 점이 바로 「춘향전」이 예전부터 지금까지 사랑받는 이유일 것이라고 설명했다.[66]

한편, 작가소개 부분에서 거론된 조호상의 대표작품인 「연오랑 세오녀」, 「얘들아, 역사로 가자」, 「물푸레 물푸레 물푸레」 등은 모두 나이 어린 독자를 대상으로 한 작품들이다의 점을 주의를 기울일 필요가 있다. 고전적인 소재를 가지고 현대 언어로 풀어서 나이가 상대적으로 어린 독자들이 쉽게 읽을 수 있는 책을 만든 것은 조호상의 창작의 하나의 특징이라 할 수 있다. 「춘향전」의 경우도 작품의 글쓰기 방식으로 볼 때 중학교나 고등학교 학생을 예상 독자로 한 것으로 보인다. 다음으로는 우선 조호상의 현대역본의 특징을 살펴보기로 한다.

---

66 정생화 역본, 298~301쪽.

(1) 조호상의 현대역본의 특징

조호상의 현대역본은 단순한 현대역본이라기보다는 나이가 상대적으로 어린 독자를 위한 현대역이라 할 수 있다. 이는 작품의 서두 부분에서부터 그 단서를 찾아볼 수 있다. 조호상의 현대역본의 특징을 잘 보이기 위해 2010년 설주·서려홍 역본의 저본인 송성욱의 현대역본을 참조대상으로 같이 제시한다.

판 본	작품의 서두부분
완판84장본 「렬녀춘향 수절가」	숙종딕왕 직위초의 성덕이 너부시사 성자성손은 계계승승하사 금고옥족은 요순시절이요 으관문물은 우탕의 버금이라. 좌우보필은 쥬셕지신이요 용양호위난 간셩지장이라 조정에 흐르난 덕화 힝곡에 폐엿시니 사히구든 기운이 원근의 어려잇다. 충신은 만조ᄒ고 회자열여 가가재라 미지미자라 우슌풍조ᄒ니 함포고복 빅셩덜은 쳐쳐의 격량각라[67]
송성욱의 현대역본	숙종대왕 즉위 초에 성덕이 넓으시어 대대로 어진 자손이 끊이지 않고 계승하시니 아름다운 노래 소리와 풍요로운 삶이 비할 데가 없도다. 든든한 충신이 좌우에서 보필하고 용맹한 장수가 용과 호랑이가 에워싸듯 지키는구나. 조정에 흐르는 덕화가 시골까지 퍼졌으니 굳센 기운이 온 세상 곳곳에 어려 있다. 조정에는 충신이 가득하고 집집마다 효자열녀로다. 아름답고도 아름답다. 비바람이 순조로우니 배부른 백성들은 곳곳에서 태평시절을 노래하는구나.[68]
조호상의 현대역본	숙종 대왕이 왕위에 오르고 얼마 지나지 않은 때의 일이다. 숙종 대왕은 옛날 중국의 요임금이나 순임금 못지않은 어진 임금이었고, 임금을 도와 나랏일을 하는 신하들 또한 든든하기 이를 데 없었다. 조정에는 충신이 가득하고 집집마다 효자와 열녀가 넘치니 참으로 아름답고 아름다운 일이었다. 날씨가 좋아 해마다 풍년이 드니 백성들은 곳곳에서 태평한 세월을 즐거워하는 노래를 불렀다.[69]

---

67 완서계서포본, 1쪽.

68 송성욱 풀어 옮김, 「춘향전」, 민음사, 2004.

69 「춘향전」, 민족출판사, 167쪽.

우선 완판84장본의 원문을 보면 셩자셩손(聖子聖孫)·계계승승(繼繼
承承)·금고옥족(金科玉條)·요슌시졀(堯舜時節)·의관문물(衣冠文物)·
좌우보필(左右輔弼)·쥬셕지신(柱石之臣)·용양호위(龍驤虎衛)·간셩지
장(干城之將) 등 4자로 되어 있는 한자어들이 많이 있음을 알 수 있다.
이는 완판84장본의 중요한 문체적 특징 중 하나이다. 그리고 이런
4·4자의 구성은 판소리의 언어적인 특징이기도 한다. 송성욱의 현대
역본은 주로 완판84장본에서의 한자어를 현대 한국어로 풀어서 쓰는
방식을 취하는데 원작의 내용을 줄이거나 간소화 시키지는 않았다.
때문에 현대역본에서도 여전히 원작의 운치를 어느 정도 유지하고
있다.

이와 달리 조호상의 현대역본은 원작을 현대 언어로 풀어나가는 동
시에 원작의 내용을 상당히 다른 단어들로 바꾸었다. 일례로 완판84
장본에서 "좌우보필은 쥬셕지신이요 용양호위난 간셩지장이라"라는
문장을 "임금을 도와 나랏일을 하는 신하들 또한 든든하기 이를 데
없었다."로 바꾸었다. 완판84장본에서의 "좌우보필(左右輔弼)·쥬셕지
신(柱石之臣)·용양호위(龍驤虎衛)·간셩지장(干城之將)" 등 단어에서 나
오는 문무대신의 상(相)은 조호상의 현대역본에서 모두 보이지 않고,
'신하들'이라는 지극히 일반화된 표현방식을 취했다.

한편, 조호상의 이 현대역본에는 중국의 역사나 문학에 관한 전고
들을 대부분 은폐하는 특징도 있다. 다음의 예문을 보자.

㉮

| 완판84장본 | 경상도 웅천 쥬쳔의난 늑도록 잔여 업서 최고봉의 비러더니 딕명쳔자 나계시사. (2쪽) |

| 조호상 현대역본 | 경상도 웅천 땅의 누군가도 자식이 없었는데, 높은 산에 빌어서 훌륭한 아들을 낳았답니다. (168쪽) |

㉯

| 완판84장본 | 무산선여 구름타고 양뒤상의 나리난 듯. (8쪽) |
| 조호상 현대역본 | 선녀가 구름을 타고 내려오는 듯 (178쪽) |

㉰

| 완판84장본 | 방자 분부 듯고 춘향 초리 건네갈 제 밉시 잇난 방지 열셕 셔황모 요지연의 편지 젼턴 청조갓치 이리져리 건네가서 (10쪽) |
| 조호상 현대역본 | 방자가 그 말을 듣고 파랑새처럼 날쌔게 달려가서 춘향이를 부른다. (180쪽) |

㉱

| 완판84장본 | 천자라 하난 글리 칠셔의 본문이라 양나라 쥬싯변 쥬흥사가 하로밤의 이 글을 짓고 머리가 히엿기로 칙 일흠을 빅수문이라 (15쪽) |
| 조호상 현대역본 | 〈천자문〉을 만든 학자가 하룻밤에 이 글을 짓고 머리가 세었다고 하여 이 책의 이름을 백수문이라고도 한다. (189쪽) |

㉮에서는 주천의(朱天儀)에 관한 고사, ㉯에서는 무산선녀(巫山仙女)에 관한 전고, ㉰에서는 서왕모의 청조에 관한 전고, ㉱에서는 주흥사(朱興嗣)가 천자문을 만든 고사에 대해 조호상의 현대역본은 구체적인 고사나 전고의 내용을 모두 은폐한다. 대신에 '누군가', '선녀', '파랑새', '학자'로 일반화시켰다.

그리고 전체로 한시나 한자어가 많이 나타난 부분의 내용은 크게 줄이는 방식을 취했다. 몇 가지 예문을 통해 보자.

ⓜ

완판84장본	여봐라 춘향아, 네가 이게 웬이린야. 날을 영영 안 보랴야. 한양낙일수운기는 소통국의 모자 이별 정긱관산노기쥼의 오히월여 부부 이별 편삽수유소일인은 용산의 형제 이별 셔출양관무고인은 위셩붕우 이별 이런 이별 만하여도 소식 드를 쩌가 잇고, 싱면홀 나리 잇셔스니 (43~44쪽)
조호상 현대역본	춘향아, 이게 웬일이나. 나를 영영 안 보려느냐. 옛날 사람들도 이런 이별 저런 이별 많이 했지만 소식도 듣고 다시 만나기도 했느니라. (226쪽)

ⓑ

완판84장본	여보 드련임 인제 가시면 언제나 오시랴오 사졀 소식 슨어질 졀 보닉난니 아조 영졀 녹죽 창숑 빅이 숙졔 만고충졀 쳔산의 조비졀 와병의 인사졀 쥭졀 송졀 춘하추동 사시졀 슨어져 단졀 분졀 혜졀 도련임은 날 바리고 박졀리 가시니 속졀업나 닉의 졀졀 독슉공방 수졀할 졔 언으 쎄에 파졀하고 쳡의 원졍 실푼 고졀 주야 싱각 비졀할 졔 부듸 소식 돈졀마오 (45쪽)
조호상 현대역본	여보 도련님, 언제 가면 언제 오시려오. 도련님 날 버리고 박절히 가시니 속절없는 나의 정절, 독수공방 수절할 때 어느 때 절개를 버릴까! 밤낮으로 도련님 생각이 끊이지 않을 테니, 부디 소식 끊지 마오. (227쪽)

ⓢ

완판84장본	수졀 졍졀 졀딕가인 차목하게 되야 구나 문칙조츤 형산빅옥 진퇴쥼의 뭇쳐난 듯 힝기로운 상산초가 잡풀 속의 셕겨난 듯 오동속의 노든 봉황 형극속의 길딕린 듯 자고로 셩현네도 무죄하고 국계신이 요순우탕 인군네도 걸쥬의 포악으로 함진옥의 갓쳐던이 도로 뇌야 셩군 되시고 명덕치민 쥬문왕도 상쥬의 히을 입어 유리옥의 갓쳐던이 도로 뇌야 셩군되고 만고셩현 공부자도 양호의 얼을 입어 관야의 것쳐더니 도로 뇌야 딕셩 되시니 이른 일노 볼작시면 죄 업난 니 닉 몸도 사라나셔 셰상 귀경 다시할가 (62쪽)
조호상 현대역본	임을 향한 마음을 지키려다가 이렇게 참혹한 일을 당하는구나. 옛날 성인들은 죄 없이 괴로운 일을 당하다가도 나중엔 그 억울함이 풀렸다고 했는데 죄 없는 이내 몸도 살아나서 세상 구경 다시 하게 될까. (255쪽)

완판84장본의 내용으로는 ⑭에서 이몽룡이 많은 한시구과 관련고
사를 인용하며 춘향에게 이별한다 해도 다시 만날 수 있는 것을 설명
하고 있고, ⑮에서는 춘향이 자신의 정절을 강조하기 위해 '절'과 관
련된 많은 용어들을 나열하며 말했다. ⑯에서는 춘향이가 고대 성현
들도 억울한 옥사를 당한 적이 있다는 말로 스스로 위로하고 있는 내
용이다. 조호상의 현대역본에서 한시나 고사, 그리고 한자어 등 가능
한대로 삭제하거나 줄였다. 실제로 위에 인용한 완판84장본의 내용
들은 김흥규가 지적한 판소리의 '장황한 사설'의 성격과 비슷한 것들
인데 이런 내용은 판소리의 문체적인 특징 중의 하나이다. 조호상의
현대역본의 예상 독자층이 중학교나 고등학교의 학생이라면 이런 장
황한 사설을 줄이는 것도 충분히 이해할 수 있다. 그리고 현대역의
내용만 봐도 주인공의 뜻을 충분히 이해할 수 있다고 할 수 있다.

예상 독자층이 중학교나 고등학교 학생이라면 원작에서의 성적인
내용들이 당연히 그대로 있을 리가 없다. 실제로 첫날밤과 이어지는
사랑가 부분에서 명시적이거나 암시적인 성적인 내용들이 조호상의
현대역본에서 모두 삭제되었다. 뿐만 아니라 다른 부분에서도 성적인
것을 연상할 수 있는 표현이나 저속한 표현을 모두 다른 표현으로 바
꾸었거나 삭제했다. 예를 들면,

ⓐ

완판84장본	셜부화용이 남방의 유명키로 방첨수 병부수 군슈 현감 관장임네 엄지발가락이 두 뼘 가웃식 되난 양반 외입징이털도 무슈이 보려하되 (9쪽)
조호상 현대역본	춘향이 눈처럼 하얀 피부에 꽃다운 얼굴이 이곳 남쪽 지방에 널리 소문이 나서 이 근방의 높은 벼슬아치들이 수없이 만나려 했지만. (180쪽)

㉓

완판84장본	올라간 이도령이지 삼 도령인지 그 놈의 자식은 한 번 간 후 소식이 없으니, 사람이 그렇고는 벼슬은커녕 내 좆도 못 되지 (154쪽)
조호상 현대역본	그놈의 자식은 한 번 떠나서는 소식조차 없으니 그런 사람됨으로 벼슬은커녕 아무것도 못하지. (272쪽)

㉒에서의 "두 쌤 가웃식 되난 양반 외입징이덜"은 삭제되었고, ㉓에서의 "내 좆도 못 되지"는 "아무것도 못하지"로 바뀌었다. 그 외에는 "도련임의 첫 외입이라" 같은 표현도 모두 삭제했다.

한편, 조호상의 현대역본에는 원작에서의 노래의 음악적인 성격이 많이 약화되어 있다는 것도 한 특징으로 지적될 수 있다. 이 현대역본에서 완판84장본에서 나온 노래의 뜻을 전달하는 것에 집중해서인지 본래의 음악성을 유지하는 데 크게 관심을 두지 않은 것 같았다. 몇 가지 노래대목을 통해 살펴보자.

노래 대목	완판84장본	조호상 현대역본
사 랑 가	동정칠빅 월하초의 무산갓치 노푼사랑 목단무변수의 여천창히 갓치 집푼사랑 오산전 달발근듸 츄산첨봉 원월사랑 진경한무 하올적 차문취소 하던사랑 (27쪽)	동정호 칠백리 밝은 달 아래 무산같이 높은 사랑 하늘 같고 바다같이 깊은 사랑 옥산 꼭대기에 달 밝은데 추산의 일천 봉우리에 비친 달빛 같은 사랑 일찍이 춤 배울 적에 피리 부는 사람을 묻던사랑 (207쪽)
자 탄 사	이화도화 만발할계 수변힝낙 어이ᄒ며 황극단풍 느껴갈계 고결승상 어이할고 독수공방 진진밤의 젼젼반칙 어이하리 쉬난이 한숨이요 쑤리난 눈물이라 (42쪽)	뱃꽃, 복사꽃 만발할 때 물가의 즐거움을 어이하며, 노란 단풍과 붉은 단풍이 들 때 고고한 절개를 어이할까. 도련임 없이 혼자서 긴긴 밤을 이리 뒤척 저리 뒤척 어이하리. 쉬느니 한숨이요 뿌리느니 눈물이라 (224쪽)

| 십장가 | 일편단심 구든마음 일부종사 쓰시오니
일기형별 치옵신들 일년이 다 못가셔
일각인들 변하릿가(… 중략 …)
이부절을 아옵난듸 불경이부 이너마음
이믹맛고 영죽어도 이도령은 못잇것소
삼종지예 지중한법 삼강오륜 알아쓴이
삼치형문 정비를 갈지라도 삼청동
우리낭군 이도령은 못 잇것소 (57쪽) | 일편단심 굳은 마음 한 지아비
섬기려오. 한 대 매를 친다 한들
잠시나마 마음이 변하리까.(… 중략 …)
두 지아비 못 섬기는 곧은 절개 이내
마음, 이 매 맞고 영영 죽어도
이도령은 못 잊겠소.
세상에서 아녀자가 지켜야 할 세 가지
도리와 삼강오륜을 알았으니, 세 차례
형벌 받고 귀양살이 갈지라도 삼청동
우리 낭군은 못 잊겠소. (248쪽) |

　인용한 내용을 보면 완판84장본에서 노래의 부분은 대부분 4·4의 형식을 유지하고 있다. 완판84장본의 문체적인 특징을 검토한 부분에서 지적했듯이 4·4나 3·4조(調)는 판소리의 가장 보편적인 문체적 특징이다. 조호상의 현대역본에서도 부분적으로 4·4조를 유지하고 있다고 할 수 있으나, 작품의 문체적이 특징으로 지적될 만한 정도는 아니다. 완판84장본에서 노래는 고전 시가의 운치를 가지고 있기도 한데, 조호상의 현대역본에서 노래는 현대시가의 성격이 더 강하다고 할 수 있다. 하지만 그 느낌이 고전적이냐 현대적이냐를 떠나서 조호상의 현대역본은 음악적인 면이 많이 약화되어 있다고 해야 한다.

　정리하자면 조호상의 현대역본은 단순히 완판84장본 「열녀춘향수절가」를 이해하기 쉬운 현대 언어로 바꾼 것이 아니라, 나이가 상대적으로 어린 독자를 위한 현대역이라 할 수 있다. 때문에 원작에 나타난 한문시구나 한자어, 중국 고대의 인물이나 사건에 관한 고사와 전고들을 가능한데로 삭제하거나 줄이고, 사건이나 상황에 대한 수식의 역할을 하는 한문구나 전고들을 모두 삭제하거나 줄이면서 사건의 진행을 가장 일반화하는 서술방식을 취했다. 그리고 명시적이든 암시적이든 성적인 표현들을 모두 삭제했다. 그리고 원작에 나온 노래의 음악성에 대해 특별히 신경 쓰지 않고 의미의 전달에 치중한 면도 있다. 조호상의 이 현대역본은 나이가 어린 학생들을 예상독자로 설정한 것이기 때문에 원작 완판84장본의 고전적인 운치나 「춘향전」의 본모습, 판소리의 문체적인 특징이나 언어의 통속적인 특징 등은 특별히 중요시하지 않은 것 같았다.

(2) 정생화 역본의 번역양상

조호상의 현대역본은 아홉 개 절로 나누어 서술되어 있는데 정생화의 역본도 같은 구조를 취하고 있다. 이야기의 차례구성과 각 절의 소제목도 학생들의 취향을 맞게 설정되어 있는 것으로 보인다.

조호상의 현대역본과 정생화의 번역본의 차례

차례	目錄(정생화 번역본)	이야기 차례(趙浩相 현대역본)
1	春香的出生	춘향이 태어나다
2	廣寒樓上蕩鞦韆	광한루에서 그네를 뛰다
3	愛, 愛, 我的愛	사랑 사랑 내 사랑이야
4	離別	이별이 찾아오다
5	卞學道赴任	변 사또가 부임하다
6	烈女春香守節歌	열녀 춘향 수절가
7	李道令高中狀元	이 도령이 장원 급제하다
8	春香好可憐啊, 可怎麽辦……	춘향이 불쌍해서 어찌할꼬
9	暗行御史	암행어사 출도야

앞에서 살펴보았듯이 조호상의 현대역본은 원작의 내용을 학생들이 이해하기 쉽게 풀어 옮겼다. 그래서 이 역본의 번역은 다른 역본들에 비하면 상대적으로 쉽다. 그리고 역자가 한국어를 익숙하기 구사하는 조선족이기 때문에 원작에 대한 오독의 문제도 거의 없다고 할

수 있다.

정생화 역본은 그의 저본처럼 어떤 특별한 독자층을 예상한 것으로 보이지는 않는다. 다만 용어와 문체의 선택에 있어 저본의 영향을 받아 이해하기 쉬운 간결한 표현을 많이 사용하고 있다. 전체적으로 볼 때 부정확한 번역도 많지 않고, 반면에 특별히 뛰어난 번역도 쉽게 찾아볼 수 없는, 무난한 수준의 역본이라 할 수 있다.

(3) 원작의 고전적인 운치와 음악성에 대한 표현의 문제

이 역본에 역자는 저본의 음악적인 성격을 어느 정도 유지하려고 노력하지만, 조호상의 현대역본처럼 노래의 음악성을 재현하는 노력이 뚜렷하게 나타나지 않았다.

조호상 현대역본	정생화 번역본
이팔청춘 젊은 것이 낭군 없이 어찌 살까. 긴긴 가을밤에 빈 방에서 홀로 어떻게 지낼까. 모질도다 모질도다. 도련님이 모질도다. 독하도다 독하도다. 서울 양반 독하도다. 원수로다 원수로다. 높고 낮은 신분이 원수로다. 천하에 다정한 게 부부 사이의 정이건만 이렇듯 독한 양반 이 세상에 또 있을까. (219쪽)[70]	二八青春, 離開郎君怎麼活呀; 漫漫長夜, 獨守空房怎麼過啊。 好狠呀, 好狠呀, 道令好狠呀; 好毒啊, 好毒啊, 漢陽兩班好毒啊。 怨呀, 怨呀! 怨那尊卑不同的身份呀; 恨呀, 恨呀! 那冰冷絕情的分離啊。 (60쪽)
견우성, 직녀성은 칠월 칠석날 만날 때 은하수 막혔어도 때를 놓친 적이 없었는데, 우리 낭군 계신 곳은 무슨 물이 막혀 있어, 소식조차 못 듣는가. 살아서 이렇게 그리워하느니 아주 죽어 잊고 싶네. 차라리 죽은 뒤에 두견새가 되어 배꽃 핀 달 밝은 밤에 낭군이 듣고록 슬피 울고 싶네. 맑은 강에 떠다니는 원앙이 되어 짝을 찾아다니는 모습을 임의 눈에 보이고 싶네. 봄날 벌 나비 되어 향기 묻은 두 날개로 봄빛을 자랑하며 낭군 옷에 붙고 싶네. (254~255쪽)[71]	牛郎織女七月七, 銀河水阻未失約。 我與郎君分兩地, 何水相隔無音信。 活著思念如此苦, 不如死去都忘記。 寧願死後變杜鵑, 梨花月夜聲聲歡。 化做清河鴛鴦鳥, 呼伴喚侶任君賞。 化做春天花蝴蝶, 陽光明媚伴郎舞。 化做高空一輪月, 清光皎潔照夫床。 (101쪽)

위에 인용한 두 부분의 내용은 모두 춘향의 노래이다. 첫 번째 노래
는 이몽룡에게서 이별할 수밖에 없다는 말을 듣고 춘향이 부르는 자
탄가이다. 번역문은 전체적으로 대구의 형식을 취했다. 두 번째 노래
는 옥중 자탄가의 일부인데 전체적으로 칠언구의 형식을 취하고 있
다. 통일된 운자(韻字)가 없어 음악성이 뚜렷하지 않지만 칠언구의 형
식은 어느 정도 리듬감을 드러내고 있다. 이 두 부분은 비록 대구와
칠언구의 고전적 형식을 취하고 있지만, 내용에 있어 고전적인 운치
는 매우 미미하다. 대구의 부분은 다분히 현대적인 말투이고 칠언의
부분은 한시의 미감 같은 것을 찾아보기 힘들다.

완판84장본은 고전 작품으로서의 미감과 운치를 아주 선명하게 보
여주고 있었으나 조호상의 현대역본은 원작의 고전적인 문체나 정서
를 힘써 유지하려는 노력이 뚜렷하지 않다. 정생화 역본의 전체적인
문체는 다분히 현대 중국어로 되어 있는 백화문의 성격이 강하다. 이
역본의 앞부분에는 고전적인 운치를 잘 표현한 번역문이 몇 군데 있

---

70 이 부분의 완판84장본에서의 내용은 다음과 같다.
　　이팔청춘 졀문 거시 낭군업시 엇지살고 침침공방 추야장의 실음상사 어이할고 잉고
　　잉고 닉신셰야
　　모지도다 모지도다 도련임이 모지도다. 독하도다 독하도다 셔울양반 독하도다
　　원수로다 원수로다 존비귀쳔 원수로다
　　쳔하의 다졍한 게 부부졍 유별컨만 이럿텃 독한 양반이 셰상의 쏘 잇슬가.
　　완판84장본, 38쪽.
71 이 부분의 완판84장본에서의 내용은 다음과 같다.
　　직여셩은 칠셕상봉하올 젹의 은하수 믹켜시되 실기한 일 업셔건만 우리 낭군 겨신
　　고딕 무삼 물리 믹켜난지 소식조차 못 듯난고 사라 이리 기루난이 아조 죽어 잇고지
　　거 차라리 이 몸 죽어 공산의 두견이 되야 이화월빅 삼경야의 실피 우러 낭군 귀에
　　들이고져 쳥강의 원앙되야 쌱을 불너 단이면서 다졍코 유졍하물 임의 눈의 보이고
　　져 삼춘의 호졉되야 힝기 무인 두 나릭로 춘광을 자랑ᄒ여 낭군 오스 붓고지거.
　　완판84장본, 61쪽.

는데, 내용을 보면 1956년 빙울·장우란 역본을 참고한 것으로 보인다.

완판84장본	조호상 현대역본	빙울·장우란역본 (1956)	정생화 역본
자각달노분조회요 벽방금견싱영농은 임고딕를 일너 잇고 요헌기구하쳐외는 (광한루를 일의미라) (6쪽)	'아름답고 찬란한 누각은 어이 이리 높은가.'라는 시는 광한루를 두고 읊은 것만 같다. (174쪽)	"紫閣丹樓紛照耀, 壁房錦殿相玲瓏。" 眼前竟似臨高臺 "瑤軒綺構何崔巍" (8쪽)	紫閣丹樓紛照耀 壁房錦殿相玲瓏 眼前竟似臨高臺 瑤軒綺構何崔巍 (8쪽)
요요정정하야 월틔화용이 세상의 뭇쌍이라 얼골이 조촐ᄒ니 청강의 오난 학이 셜월의 빗침 갓고 난순호치 반기하니 별도 갓고 옥도 갓다 연지을 품은 듯 자하상 고은 빗쳔 어린 안기 셕양의 빗치온 듯 취군이 영농ᄒ야 문치는 은하슈 물결 갓다 (12쪽)	달 같은 모습과 꽃 같은 얼굴이 세상에 둘도 없이 아름답다. 말쑥한 얼굴은 맑은 강에서 노니는 학이 눈 위의 달에 비친 듯하고, 하얀 이 머금은 붉은 입술을 반쯤 여니 별 가고 옥 같다. 자줏빛 치마를 입은 고운 모습은 자욱이 어린 안개가 석양에 비치는 듯하고, 비췻빛 치마의 무늬는 은하수 물결처럼 영롱하다. (183쪽)	儀態貞靜, 舉止端莊。 具沉魚落雁之容, 有閉月羞花之貌。 唇紅, 紅比渥丹, 齒白, 白似編貝。 神清若水, 膚凝如脂, 紫霞裳是夕陽含霧, 翡翠裙乃銀漢橫波。 蓮步姍姍, 屏營悄立。 (13쪽)	紫霞裳衣如夕陽含霧, 翡翠裙紋如銀河水波, 齊齊白齒, 點點紅唇, 臉如明月, 膚如脂玉, 果然是 沉魚落雁之容, 閉月羞花之貌。 (17쪽)

첫 번째의 번역은 조호상의 원문만을 참고했을 경우 4구시의 형식으로 번역할 가능성이 거의 없다고 할 수 있다. 완판84장본에는 왕발(王勃)의 〈임고대(臨高臺)〉[72]에서의 세 구절, 곧 "紫閣丹樓紛照耀, 壁

---

72 왕발(王勃)의 〈임고대(臨高臺)〉의 전반 부분은 다음과 같다.
臨高臺, 高臺迢遞絕浮埃. 瑤軒綺構何崔嵬, 鸞歌鳳吹清且哀. 俯瞰長安道, 萋萋御溝草.

房錦殿相玲瓏."과 "瑤軒綺構何崔巍"가 들어가 있는데 1956년 역본의
역자들이 셋 번째 시구인 "眼前竟似臨高臺"를 만들어 넣어서 전체로
사구(四句) 칠언 형식의 한시 한 수를 만들었다. 1956년 역본은 〈임고
대〉의 시구에 큰따옴표(" ")를 붙이고 역자가 적은 시구에는 붙이지
않는 방식으로 왕발의 시문과 번역자가 추가한 시문을 구별하고 있
다. 정생화의 역본은 이 사구 칠언을 전체로 한 수의 시로 표현하고
있다. 두 번째의 인용문을 살펴보면 전체적으로 보았을 때 정생화 역
본의 내용은 1956년 역본의 역문을 가지고 와 부분적으로 용어를 바
꾼 것으로 보인다. 구체적으로 말하자면 1956년 역본에서의 "具沉魚
落雁之容, 有閉月羞花之貌"는 정생화역본에서 "果然是沉魚落雁之
容, 閉月羞花之貌"로 바꾸었고, 1956년 역본의 "紫霞裳是夕陽含霧,
翡翠裙乃銀漢橫波"는 정생화 역본에서 "紫霞裳衣如夕陽含露, 翡翠
裙紋如銀河水波"로 바꾸어 놓았다. 유응구 역본을 분석하는 과정에
서도 지적했듯이 번역자가 주체적으로 한 번역인지 다른 역본을 보고
한 번역인지는 쉽게 알아볼 수 있는 문제이다. 거듭 말했듯이 정생화
의 역본의 전체적인 문체를 볼 때 번역자는 고전적인 운치를 재현하
는 일에 별다른 관심을 두지 않은 것으로 보인다. 이는 물론 저본이
되는 조호상의 현대역본의 문체와도 관련이 있다. 이 두 부분의 번역
문은 정생화 역본의 전체적인 번역의 풍격이나 수법과 상당히 다르기
때문에 쉽게 발견할 수 있는 것이다.

　위에서 살펴본 내용을 정생화 역본이 원작의 고전적인 문체나 음악

　斜對甘泉路, 蒼蒼茂陵樹。高臺四望同, 帝鄕佳氣鬱蔥蔥。紫閣丹樓紛照耀, 璧房錦
殿相玲瓏。
　東彌長樂觀, 西指未央宮。赤城映朝日, 綠樹搖春風。(… 후략 …)

성을 유지하기 위해 노력한 결과라고 한다면, 다음에 인용한 내용은
그 반대의 경우이다. 번역자가 뜻을 전달하는 데 치중하고 있어 작품
의 고전적인 운치나 음악성이 크게 떨어진 부분이다. 다음에 제시하
는 내용은 앞에서 조호상의 현대역본을 분석할 때 한번 인용한 내용
이다. 조호상의 현대역본에서 완판84장본의 음악성을 표현하지 않은
것과 마찬가지로, 아래 인용된 부분에서도 원작의 고전시가적인 성격
에 대해 특별히 신경을 쓴 모습은 보이지 않았다.

대목	조호상 현대역본	정생화 번역본
사랑가	동정호 칠백리 밝은 달 아래 무산 같이 높은사랑 하늘 같고 바다같이 깊은 사랑 옥산 꼭대기에 달 밝은데 추산의 일천 봉우리에 비친 딜빛 깊은 사랑 일찍이 춤 배울 적에 피리 부는 사람을 묻던사랑 (207쪽)	你我的愛, 洞庭七百里月下巫山喲~ 你我的愛, 無邊天, 深深的海喲~ 你我的愛, 玉山顛月明亮, 秋山千峯照喲~ 你我的愛, 初學舞者, 借問吹笛人喲~ (44~45쪽)
자탄가	뱃꽃, 복사꽃 만발할 때 물가의 즐거움을 어이하며, 노란 단풍과 붉은 단풍이 들 때 고고한 절개를 어이할까. 도련임 없이 혼자서 긴긴 밤을 이리 뒤척 저리 뒤척 어이하리. 쉬느니 한숨이요 뿌리느니 눈물이라 (224쪽)	梨花桃花盛開的時候, 在溪邊和誰遊春? 松枝楓葉正濃時, 和誰賞秋? 沒有道令的漫漫長夜, 輾轉反側如何度過? 發出來的只有哀歎, 撒下來的只有淚水。(65쪽)
십장가	일편단심 굳은 마음 한 지아비 섬기려오. 한 대 매를 친다 한들 잠시나마 마음이 변하리까. 두 지아비 못 섬기는 곧은 절개 이내 마음, 이 매 맞고 영영 죽어도 이도령은 못 잊겠소. 세상에서 아녀자가 지켜야 할 세 가지 도리와 삼강오륜을 알았으니, 세 차례 형벌 받고 귀양살이 갈지라도 삼청동 우리 낭군은 못 잊겠오 (248쪽)	我是一片赤心,只跟從一個男人, 怎能一枚變心呢? 我春香決不嫁二夫, 卽使死在這杖下, 也不會忘記李道令。 世上女子要遵守三綱五倫, 卽使流放到邊地也忘不了我的郎君。 (94쪽)

인용한 내용은 원작에서 노래의 형식으로 되어 있지만 번역문에서

는 어떤 운율이나 리듬감을 찾아보기 힘든 형식으로 되어 있다. 역자가 뜻을 전달하는 데만 집중하고 있어 번역문의 형식에 특별히 관심을 두지 않은 것으로 보인다.

물론 이런 번역방식을 다른 각도로 볼 수도 있다. 곧 이런 방식은 역자 나름의 창작이라 할 수도 있는 것이다. 실제로 원작의 기본적인 문체의 제한, 곧 고전적인 미감을 유지해야 한다는 제한에서 벗어나게 되면 번역문은 위에 인용한 내용처럼 상당한 자유를 얻을 수 있다. 위에 인용한 내용들은 일반적인 서술문으로 볼 수 있기도 하고, 형식이 자유로운 현대시로 볼 수도 있고, '啊'를 붙이는 역자의 독창적인 노래형식으로 볼 수 있기도 한다.

정리하자면 정생화는 이 작품을 고전적인 문체로 번역해야 한다는 인식을 가지고 있었고, 작품의 고전적인 미감을 표현하기 위해 나름의 노력을 기울이기도 했으나 결과적으로 원작의 문체적인 특징이나 정서를 재현하기 위해 제한적인 노력만 했고, 최종적으로는 현대 중국어의 백화문 형식으로 이 작품을 번역하였다. 정생화의 이런 번역방식은 저본인 조호상의 현대역본의 성격과도 연관이 있다고 할 수 있으며, 역자의 개인적인 역량과도 연관이 있다고 해야 한다. 한편, 원작의 고전적인 문체와 미감에 구속받지 않는다면, 원작에 대해 어떤 의미에서 훼손되지만 역자는 상대적으로 자유로운 번역방식을 취할 수 있게 된다. 이런 의미에서 정생화의 번역은 「춘향전」 번역의 다양성을 보여주기도 한다.

(4) 춘향과 이몽룡의 관계에 대한 번역 및 기타 부정확한 번역

춘향과 이몽룡의 관계를 원작에 충실하게 번역하지 못한 것은 「춘향전」의 중국어 번역본들이 갖는 공통적인 문제이다. 「춘향전」에 대한 역사·문화적 배경을 충분히 중요시하지 않았다면 「춘향전」을 하나의 낭만적인 사랑 이야기로 번역할 수 있다. 낭만적인 분위기 아래서 춘향과 이몽룡의 사랑의 실상도 쉽게 간과될 수 있다. 그렇게 되면 「춘향전」의 사회적인 의미를 정확하게 파악할 수가 없게 될 것이다.

정생화 역본도 다른 역본과 마찬가지로 두 사람의 관계를 상당히 낭만적으로 표현했다. 그중에서 가장 중요한 표현은 이몽룡이 춘향을 정실부인으로 맞이하겠다는 것이다. 역본의 관련 내용을 살펴보자.

㉮ 원문 : "좋은 일에는 탈이 끼기 쉽다더니 그 말이 맞네. 춘향이도 아직 혼인하지 않았고, 나도 아직 장가들지 않았네. 비록 혼례를 올리지는 못할망정 서로 언약을 한다면 양반의 자식이 한 입으로 두 말을 할 리 있겠나." (202쪽)

역문 : "好事多磨眞是一點不假呀。春香還沒有嫁人, 我又沒有結婚, 雖然現在擧行不了儀式, <u>可先訂婚不成嗎</u>? 我身爲兩班子孫, 一口絶對不說二話的。" (39쪽)

㉯ 원문 : "나는 춘향이를 첫 아내로 여길 테니, 내가 부모를 모시고 있다고 염려 말고 아직 장가를 들지 않았다고 염려 마오. 대장부가 먹은 마음인데 춘향이를 푸대접할 리 있겠는가. 그러니 허락만 해주오." (203쪽)[73]

---

73 이 부분의 완판84장본에서의 내용은 다음과 같다.

닉 저를 초취갓치 예길더니 시하라고 염예말고 미장견도 염예마소 디장부 먹난 마

역문 : "我一定會把春香作爲正室娶進門, 絕不娶妾。更不要擔心我侍
奉父母, 也不要擔心我另有所愛。大丈夫一片癡心, 一輩子也不會冷
落春香的。所以希望您能成全我們。"(40쪽)

㉯ 원문 : "도련님이 과거에 급제하여 지방으로 벼슬길에 오르면 그때
나를 첩으로 맞으십시오. 그렇게 하면 아무 말도 없을 것입니다."
"그렇게만 된다면 무슨 걱정이냐. 안 그래도 네 이야기를 사또께는
못 여쭈고 어머니께 여쭈었더니 꾸중이 대단하셨다." (217쪽)

역문 : "有朝一日, 道令考上科擧做了官, 到那時, 收我爲妾吧。"
**春香事事設身處地地爲道令著想, 道令心里湧起一股暖流 : 多好的姑娘
啊!**[74]
"要是那樣, 我怎麼能對得起你呢? 可現在的事我不敢跟父親講, 只好
和母親講了。"(58쪽)

㉮에서 "비록 혼례를 올리지는 못할망정 서로 언약을 한다면"을 "雖
然現在擧行不了儀式, 可先訂婚不成嗎?"로 번역했다. 원문에서의 언
약을 상당히 현대적인 용어인 '訂婚(약혼)'으로 번역했다. ㉯에서는
완판84장본에서의 '초취(初娶)'를 '첫 아내'로 번역했고, 정생화 역본
에는 "나는 춘향이를 첫 아내로 여길 테니"를 "我一定會把春香作爲正
室娶進門, 絕不娶妾"로, 곧 "나는 반드시 춘향을 정실로 맞이하고, 절
대 다른 첩을 들지 않을 것이다."로 번역했다. '초취(初娶)'에 대한 해
석이 갈수록 원래의 뜻과 멀어져 가고 있다. 그리고 정생화의 번역은

음 박더힝실 잇슬손가 허락만 허여 쥬소. 완판84장본, 24쪽.

74 이 문장은 원문에서 없는 것이다. 뜻이 "춘향이는 만사에 이도령의 처지를 생각해
주니 이도령의 마음속에서 따뜻한 감정을 치밀어 올랐다 : 참 좋은 낭자다!"라는
것이다.

원문에 대한 과도한 의역이라 해야 한다. ㉯에서는 "그렇게만 된다면 무슨 걱정이냐."를 "要是那樣, 我怎麼能對得起你呢?"로, 곧 "그렇게 된다면 내가 어찌 너한테 떳떳할 수 있겠는가"라는 의미로 번역했다.

앞에서 춘향과 이몽룡의 관계의 사회적인 의미를 자세히 살펴본 바가 있다. 이미 정실로 맞이하겠다는 약속을 받은 춘향이 스스로 첩의 자리를 달라는 것은 사리(事理)나 논리로 모두 해명할 수 없는 것이다. 대부분의 번역자가 이 문제를 심각하게 고려하지 않은 것으로 보인다. 정생화 역본도 예외가 아니다.

한편, 다른 역본과 비하면 이 역본에는 부정확한 번역이 상당히 적다. 이는 번역자가 조선족이라서 원문을 이해하는 데 큰 문제가 없기 때문이 아닌가 한다. 부정확한 번역을 몇 가지만 살펴보면 다음과 같다.

㉣ 원문 : 지금은 복채로 천냥을 준다 해도 받지 않겠지만 두고 보세. 영화롭고 귀하게 된 뒤에 **부디 나를 괄시나 하지 말게.** 나 그만 돌아가네. (263쪽)
역문 : 今天的卦禮您就是給千兩我都不會收, 等您榮華富貴以後, **不要欺負我就行了**. 好, 好, 我就此告辭了. (111쪽)

㉤ 원문 : **이렇게 시를 지었으나 변 사또는 몰라보고,** 운봉 진영장은 글을 보고 속으로 놀란다. "아뿔싸! 일 났다." 운봉 진영장은 이 도령이 인사를 하고 나가자 아전들을 불러 말한다. "야야, 일 났다." (292쪽)[75]

---

75 이 부분의 완판84장본에서의 내용은 다음과 같다.
    이러타시 지어쓰되 본관는 몰나보고 운봉이 글을 보며 닉럼의 "업풀사, 이리 낫다."

역문 : <u>這樣的詩, 卞使道竟沒看懂詩的含義</u>. 雲峰陣營將見了這首詩大吃一驚, 心想:"遭了, 大事不好!" <u>李道令恭恭敬敬地向雲峰陣營行個禮後出去</u>, 雲峰陣營將趕忙叫來衙吏說道 : "出事了!"(147쪽)

   ⑭ 원문 : 사또 그 말 듣고 기가 막힌다. "허허, 그년 말 못할 년이로구나. 큰 칼을 씌워 옥에 가두어라."(252쪽)

     역문 : 使道聽了這話, <u>自知理虧, 無言以對</u>, 便喝道 : "哼! 豈有此理! 套上大枷, 關到牢裡去!"(97쪽)

⑭에서 "나를 괄시나 하지 말게."를 "不要欺負我就行了."로 곧 "나를 괴롭히지만 말게"로 번역했다. 추후 신분이 높아지면 자신을 괄시하지 말라는 봉사의 말은 춘향에게 잘 보이고자 하는 의미와 더불어 약간의 아첨의 의미까지 들어가 있다. 이 말은 나중에 춘향의 신분이 상승하게 될 때 춘향을 우연히 만나거나 찾아가게 된다면 자신을 모른 척하지 말라는 뜻을 내포하고 있다. "不要欺負我就行了."는 나중에 귀한 인물이 된 춘향이는 그 귀함을 빙자하여 자신을 괴롭히는 일을 하지 말라는 의미가 더 강하다. 말하자면 "나를 괄시나 하지 말게."라는 말은 자신이 주도적으로 춘향에게 다가갈 때 춘향이 괄시하지 말라는 의미가 더 강하다고 볼 수 있는 반면, "不要欺負我就行了."라는 말은 봉사가 피동적으로 춘향에게 괄시를 당하는 의미가 더 강하다.

⑭에서의 "이렇게 시를 지었으나 변 사또는 몰라보고"를 "這樣的詩, 卞使道竟沒看懂詩的含義"로 곧 "변학도가 이런 시의 내용을 이

잇쩌 어사또 하직ᄒ고 간 연후의 공형 불너 분부하되 "야야, 이리낫다." 완판84장본, 82쪽.

해하지 못했다."로 번역했다. 사실 변학도가 몰라보는 것은 시의 내용이 아니라 당시의 상황이다. 변학도가 시의 내용을 이해하지 못했다는 이러한 번역은 변학도의 인물형상에 대한 오해를 초래할 수도 있다. 작품은 변학도의 성품에 결함이 있음을 폭로하고 있으나 그의 학식에 대한 언급은 없다. 변학도는 양반이자 남원부사의 자리까지 올라온 사람이다. 이러한 그가 시의 내용을 이해하지 못할 가능성이 거의 없다고 해야 한다. 이와 같은 번역은 변학도를 너무 무식한 인물로 형상화하고 있다. 이는 원작의 내용에 부합하지 않은 해석이라 할 수 있다. 그리고 "운봉 진영장은 이 도령이 인사를 하고 나가자 아전들을 불러 말한다"를 "李道令恭恭敬敬地向雲峰陣營行個禮後出去"로, 곧 "이도령은 공순하게 운봉한테 인사한 다음에 떠났다."로 번역했다. 실제로 "이도령이 인사를 하고 나가자" 부분에서 나오는 '인사'는 특별히 운봉한테 한 것이 아니라 변학도의 잔치에 떠날 때 하게 되는 간단한 인사였다. 또한 어사신분으로서의 이몽룡이 굳이 운봉에게 공손하게 작별인사를 할 리도 없다. ㉻에서는 변학도가 춘향의 질책을 듣고 춘향을 하옥시키는 부분에서 역자는 변학도가 "自知理虧, 無言以對"를 곧 "자신이 도리에 어긋남을 알고 아무 말도 못했다"라는 말을 추가했다. 이런 표현은 변학도가 반성하는 태도를 보이는 듯한 인상을 준다. 그러나 실제 작품에서는 변학도가 반성적인 태도를 보였는지 안 보였는지 확인할 수 없다.

(5) 정생화 역본의 한계와 의의

정생화는「춘향전」의 중국어 번역본의 번역자 중에서 유일한 조선족이다. 조선어와 중국어를 모두 정통(精通)하는 데 있어 정생화는 다

른 번역자들과 비교할 수 없는 선천적인 우위를 차지하고 있다. 언어
뿐만 아니라 상관문화나 풍속 등에 대해서도 기본적이고 보편적인 인
식을 가지고 있었을 것이다. 그래서 다른 역본과 비교하면 정생화 역
본에는 오역이 거의 없다고 할 수 있다. 앞 절에서 지적한 몇 가지만
의 부정확한 번역은, 원작에 대한 이해와 표현의 문제로서 지극히 개
별적인 사례이다. 「춘향전」을 번역했을 때 역자는 석사과정에 있었
다. 번역자로서나 연구자로서 시작한지 얼마 지나지 않은 초보단계에
있었다고 할 수 있다. 그래서 번역이 서투르거나 전문적인 지식이 아
직 완전하지 못한다는 점은 충분히 이해될 수 있는 부분이다.

한편, 이 역본의 저본인 조호상의 현대역본이 완판84장본의 원본
이나 다른 완성도 높은 현대역본과 비교했을 때, 작품의 내용이나 구
조, 그리고 언어의 사용에 있어도 모두 이해하기가 쉬운 것을 택하였
다. 이는 조호상의 의도가 중학교나 고등학교 학생을 예상독자로 할
· 것과 관련된 것이라 할 수 있다. 전체적으로 볼 때 저본도 이해하기
쉬운 것이고, 번역자도 선천적으로 언어적인 우위를 지닌 사람이기
때문에 정생화 역본은 문장이 유창하고 오역이 거의 없는 역본으로
탄생하게 된다.

4) 설주(薛舟)·서려홍(徐麗紅) 역본(2010)

설주와 서려홍은 부부이고, 현재 중국의 한국어번역 분야에서 아주
활발하게 활동하고 있는 번역가이다. 설주는 본명 송시진(宋時珍)이
고, 본관은 산동성 거현(山東省 莒縣)이다. 중국인민해방군 외국어학
원(中國人民解放軍 外國語學院)을 졸업하였으며, 현재 번역자와 시인
으로 활동하고 있다. 서려홍의 본관은 흑룡강성(黑龍江省)으로 흑룡

강 대학교를 졸업하고 한국 목원대학교에서 유학한 적이 있다. 두 사람 모두 한족으로 대학교에서 조선어를 전공했다. 두 사람이 개별 또는 공동으로 번역한 작품으로는 신경숙의 「외딴 방」, 「깊은 슬픔」, 「엄마를 부탁해」, 조경란의 「혀」 등 한국 현대작가들의 작품들이 있고, 「대장금」, 「풀 하우스」, 「파리의 연인」 등 드라마가 있으며, 배용준의 「한국의 아름다움을 찾아 떠난 여행」 등 수필이나 시 작품도 있다. 2007년에 두 사람이 공동으로 번역한 「단인방(單人房)」(신경숙의 「외딴방」의 중국어 역본)으로 제8회 한국문학 번역장(飜譯奬)을 수상했다.

기타 역본과 마찬가지로 이 역본에도 설주가 쓴 서문이 있다. 서문의 내용도 주로 「춘향전」에 대한 소개이다. 그중에서 번역의 어려움과 「춘향전」의 문학적인 가치에 대한 나름의 의견을 밝히기도 한다. 번역의 어려움에 대해 설주는 다음과 같은 말한다.

(「춘향전」은 고전 작품인데) 전체로 현대중국어로 번역한다면 원작의 정취(情趣)을 잃을까봐 걱정되고, 서술적인 내용 외에는 원작에서 인물의 대화도 다분히 희곡적인 대화의 운미(韻味)를 가지고 있는데 만약에 번역문에서 원작의 분위기를 적절하게 표현해내지 못하면 독자들이 이상하다고 느낄 것이다. 그래서 반복하여 다듬고 수정하면서 번역을 완성하였다. 최대한 현대 중국어와 고대 중국어를 결합시키고 원작처럼 운문과 산문을 적절하게 사용해서, 원작의 특징을 유지시키면서도 중국 독자들이 쉽

게 이해할 수 있게 노력하였다.[76]

    이런 문제는 실은 모든 번역자들이 고민했던 문제라 할 수 있다. 현대작품에 비하면 고전 작품인 「춘향전」을 번역할 때의 어려움은 뜻을 정확하게 전달하는 동시에 원작의 고전적인 운치를 유지해야 하는 것이다. 그리고 작품에서 수많은 가(歌)의 형식들도 번역자들의 상당한 번역 실력을 요구한다. 설주가 말했듯이 원작을 적절하게 표현하지 못한다면 원작의 분위기를 재현하지 못할 뿐만 아니라 중국 독자들이 이상하다고 느낄 위험성도 있다.

    한편 설주가 내린 「춘향전」에 대한 평가는 앞에서 검토한 윤세평이나 유응구 등과 다르다. 그는 「춘향전」이 문인의 작품이 아니기 때문에 내용과 형식에 있어 모두 무잡(蕪雜, 잡다하고 조리가 없다.)하다고 지적하면서도 이런 특징이 동시에 「춘향전」을 가치 있는 것으로 만들어준다고 말한다. 「춘향전」이 비록 민중들의 사랑을 받아 왔지만 문학성에 있어 「구운몽」보다 못하다고 평가하기도 한다. 그리고 「춘향전」의 창작에 있어 창작에 참여하는 '은성작가(隱性作家, 드러나지 않은 작가)'들이 있었으며, 「춘향전」의 유통과정에서 대부분 작가들의 지향에 부합하는 내용들은 남고, 그렇지 않은 내용들은 삭제되었다고 지적한다. 이런 문제들은 한국학자들에 의해 이미 지적된 바 있었지만 번역자이기 전에 독자로서의 설주가 「춘향전」을 바라보는 시각에

---

76 如果完全譯成現代漢語, 恐怕會失去原來小說的情趣; 除去敍述語, 作品人物的對話也有戲曲對白的韻味, 如果譯出語情境失當, 讀者會感覺到怪異。 於是就在反復雕琢和修改中完成了這部作品, 儘量融合現代漢語和古代漢語, 遵照原著結合使用韻文和散文, 在最大程度上保留原著特色的同時也方便中文讀者的閱讀理解。 薛舟・徐麗紅 譯, 「春香傳」, 2010, 1쪽.

약간의 차이가 있어서 흥미롭다.

(1) 저본인 송성욱의 현대역 「춘향전」의 특징

설주·서려홍 역본의 저본은 완판84장본 원본이 아니라 송성욱(宋晟旭)의 현대역본이다. 고전 작품을 현대어로 풀어 옮기는 것도 번역의 일종으로 볼 수 있는데, 서로 다른 나라의 언어로 전환하는 과정에서 일어나는 문제들이 여기도 마찬가지로 발생할 수 있다. 문체의 변화로 예를 들어 말하자면, 완판84장본에는 사자성어나 한시, 그리고 중국의 역사인물에 관한 전고들을 비롯한 한문투가 많이 사용하고 있는데, 이런 문체 자체가 완판84장본의 특징이고 고전 작품으로서의 운치라고 볼 수 있다. 현대어로 풀어 옮긴 후에 내용이 이해하기 쉬운 문장으로 다듬어지지만 다른 한편으로는 원작의 고전적인 모습을 잃게 되는 문제점도 있다. 완판84장본의 원문과 송성욱의 현대역본의 시작 부분을 비교해 보자.

숙종딕왕 직위초의 성덕이 너부시사 성자성손은 계계승승하사 금고옥족은 요슌시절이요 으관문물은 우탕의 버금이라. 좌우보필은 쥬셕지신이요 용양호위난 간성지장이라 조정에 흐르난 덕화 힝곡에 폐엿시니 사히구든 기운이 원근의 어려잇다. 츙신은 만조흐고 회자열여 가가재라 미직미직라 우슌풍조흐니 함포고복 빅셩덜은 쳐쳐의 격량각라[77]

숙종대왕 즉위 초에 성덕이 넓으시어 대대로 어진 자손이 끊이지 않고 계승하시니 아름다운 노래 소리와 풍요로운 삶이 비할 데가 없도다. 든든

---

77 완서계서포본, 1쪽.

한 충신이 좌우에서 보필하고 용맹한 장수가 용과 호랑이가 에워싸듯 지키는구나. 조정에 흐르는 덕화가 시골까지 퍼졌으니 굳센 기운이 온 세상 곳곳에 어려 있다. 조정에는 충신이 가득하고 집집마다 효자열녀로다. 아름답고도 아름답다. 비바람이 순조로우니 배부른 백성들은 곳곳에서 태평시절을 노래하는구나[78]

완판84장본 원문의 문체적인 특징은 한 마디로 한문투이다. 셩자셩손(聖子聖孫)·계계승승(繼繼承承)·금고옥족(金科玉條)·요슌시졀(堯舜時節)·으관문물(衣冠文物)·좌우보필(左右輔弼)·쥬셕지신(柱石之臣)·용양호위(龍驤虎衛)·간성지장(干城之將) 등이 그 예이다. 일정한 한문 지식이 없는 독자들에게 이런 내용들을 이해하기 어려울 수도 있다는 것이 사실이지만 이런 문체는 고전 작품으로서 완판84장본의 본모습이다. 게다가 이런 4·4자의 구성은 판소리 창본의 특징이기도 하다. 완판84장본의 원본을 읽을 때는 이런 4·4자의 구성 때문에 리듬감이 자연스럽게 흘러나온다. 현대어로 되어있는 내용은 이해하기 쉬워지기는 했지만 동시에 고전 작품의 언어적인 미감과 판소리의 음악적인 리듬감을 모두 잃게 된다. 완판84장본의 이 부분이 판소리 허두가의 성격이 강하다고 본다면, 현대어로 되어있는 부분은 서정적인 요소들이 남아있기는 하지만 음악적인 특성이 많이 약화되었다고 볼 수 있다. 이런 문제에 대해 독자나 연구자의 시각에 따라 달리 볼 수도 있지만 고전 작품으로서의 「춘향전」의 문학적인 가치는 원작의 본모습에 있다는 것을 염두에 두어야 한다.

한편, 현대어로 바꾼 다음에 원문의 뜻을 제대로 전달하지 못한 경

---

78 송성욱, 「춘향전」, 앞의 책, 1쪽.

우도 있다. 예를 들면,

「등왕각(藤王閣)」이라 남창(南昌)은 고군(故郡)이요 홍도(洪都)난 신부(新府)로다 올타 그 글 되얏다.[79]

「등왕각(藤王閣)」이라. 남창은 옛 마을이요 홍도는 새 고을이로다. 올다. 그 글 되었다.[80]

이몽룡은 책방에서 안절부절 퇴령을 기다리는 중에 정신이 온통 춘향에게 있어 책의 내용들이 눈에 들어오지도 않는 상황에서 책을 마구 펴놓고 「시경」, 「대학」, 「주역」을 모두 "못 일것다"라고 하지만 위에 인용한 「등왕각」의 문구를 보아 "올타 그 글 되얏다"고 기분이 활짝 좋아진다. 홍도신부(洪都新府)에서 신부(新府)는 신부(新婦)와 발음이 똑같기 때문이다. 그러나 "홍도는 새 고을이로다"로 되어있는 현대어 번역만으로는 이몽룡이 왜 갑자기 기분이 좋아졌는지 이해하기 어렵다.

한편, 송성욱이 완판84장본에 대한 해독을 잘못한 경우도 있다. 예를 들면 완판84장본에서 춘향이 변학도의 수청요구를 계속 거부하는 행동을 보면 회계생원이 나서서 "부의의싱소쳔하(蜉蝣一生小天下)으일식이라."[81]라고 해서 수절하는 춘향을 "너 갓튼 창기빅게 수절이 무어시며, 정절이 무엇신다."라고 풍자하고 야유한다. 여기서 나오는

---

79 완서계서포본, 14쪽.
80 송성욱 현대역본, 35쪽.
81 완서계소포본, 54쪽.

"부의의싱소천하(蜉蝣一生小天下)으 일식이라."라는 말은 춘향이 아무
리 일색이라 해도 하루살이 같은 인생의 일색일 뿐이라는 것이니, 그
뒷면에는 하루살이 같은 짧은 인생이니 사또가 수청을 들라하면 거역
하지 말고 들어주라는 의미가 숨어있다. 그러나 송성욱은 이 문장을
"사또 일생 소원이 천하의 일색이라."[82]고 해석한다. 이는 원문의 한문
을 잘못 해석한 것이다. 이런 해석은 변학도의 인물형상에 대한 오해
를 초래할 수도 있다. 변학도가 일색을 좋아하기는 하지만 '일생 소원'
이라는 표현은 과장된 듯하다.

　작품에서 등장하는 인물의 대화를 명확하게 구별하지 못한 경우도
있다. 사또와 목낭청의 대화에 대해 앞에서 1956년 역본을 분석하는
과정에서도 거론한 바가 있었는데, 송성욱은 이 부분에서 두 사람의
대화를 명확하게 구별하지 못한다. 그 내용은 다음과 같다.

　"사또 그사이 심심하지요?"
　"아 거기 앉소, 할 말 있네, 우리 피차 오랜 친구로 같이 공부하였거니
와 어릴 때에 글 읽기처럼 싫은 것이 없건마는 우리아이 시흥 보니 어이
아니 기쁠쏜가."
　이 양반은 아는지 모르는지 여하튼 대답한다.
　"아이 때 글 읽기처럼 싫은 게 어디 있으리요."
　"일기가 싫으면 잠도 오고 꾀도 무수히 나지만, 이 아이는 글 읽기를
시작하면 읽고 쓰기를 낮밤 가리지 않고 하지?"
　"예, 그렇습니다."
　"배운 것 없어도 글재주 뛰어나지?"
　"그렇지요. 점 하나만 툭 찍어도 높은 산봉우리에서 돌을 던진 것 같고,

한 일(一)자를 그어 놓으면 천리에 구름이 피어오르고 갓모리는 새가 처마에서 엿보는 것 같습니다. 필법을 논하자면 풍랑이 일고 천둥번개가 치는 것 같고, 내리 그어 채는 획은 늙은 소나무가 절벽에 거꾸로 매달린 것 같습니다. 창 과(戈)자로 말하자면 마른 등나무 넌출같이 뻗어갔다가 도로 채올리는 곳에서는 성난 큰 활을 끝 같고, 기운이 부족하면 발길로 툭 차올려도 획은 획대로 되나니 글씨를 가만히 보면 획은 획대로 되옵디다."

"글쎄, 듣게, 저 아이 아홉 살 먹었을 때 서울 집 뜰에 늙은 매화 있는 탓에 매화나무를 두고 글을 지어라 하였더니 순식간에 지었지만 정성을 들여 지은 것과 한가지니 한 번 보면 잊지 않은 총기가 있도다. 당당히 조정에 이름난 선비가 될 것이라. ※※"

"장래에 정승을 하오리다."

사또 너무 감격하여

"정승이야 어찌 바라겠나. 그러나 내 생전에 과거급제는 쉽게 할 것이고, 급제만 쉽게 하면 육품 벼슬이야 무난하지 않겠나."

"아니요 그리 할 말씀이 아니라 정승을 못 하오면 장승이라도 되지요."

사또가 호령하되,

"자네 누구 말로 알고 대답을 그리 하나?"

"대답은 하였사오나 누구 말인지 몰라요."[83]

송성욱은 밑줄 친 부분을 목낭청의 말로 보았다. 그러나 실제로는 이 부분의 시작과 마지막 부분만 목낭청의 말이고 중간의 내용은 사또의 말이다. 정확한 대화내용은 다음과 같이 봐야 한다.

목낭청 : "그렇지요."

---

83 송성욱 현대역본, 111쪽, 42쪽.

사또 : "점 하나만 툭 찍어도 높은 산봉우리에서 돌을 던진 것 같고, 한 일(一)자를 그어 놓으면 천리에 구름이 피어오르고 갓모리는 새가 처마에서 엿보는 것 같습니다. 필법을 논하자면 풍랑이 일고 천둥번개가 치는 것 같고, 내리 그어 채는 획은 늙은 소나무가 절벽에 거꾸로 매달린 것 같습니다. 창 과(戈)자로 말하자면 마른 등나무 넌출같이 뻗어 갔다가 도로 채올리는 곳에서는 성난 큰 활을 끝 같고, 기운이 부족하면 발길로 툭 차 올려도 획은 획대로 되나니."

목낭청 : "글씨를 가만히 보면 획은 획대로 되옵디다."[84]

목낭청의 인물형상과 이 대화가 일어나는 상황을 잘 이해했으면 두 사람의 이런 대화를 구별하는 것은 어려운 일이 아니다. 목낭청이 처음 등장할 때부터 골계적인 인물로 묘사되어 있고, 사또의 말의 의도가 제대로 파악하지 못해서 "지여불지지간(知與不知之間)"에 사또의 말을 따라하고 있다. 그래서 그의 대답은 대개 "예, 그럽니다", "그렇

---

84 두 사람의 대화는 이가원주석본과 김사엽주석본, 그리고 장자백창본에서 모두 이렇게 나뉘어 있다.

(사또) : (… 전략 …) 창 과로 일를진된 마른 등넌출 갓치 쌔더갓다 도로친는 되는 성닌 손우 矢 갓고, 기운이 부족하면 발길노 툭 차올여도 획은 획디로 되나니.

(목낭청) : 글시을 가만이 보면 획은 획디로 되옵디다.

李家源, 앞의 책, 55쪽.

(사또) : (… 전략 …) 창과로 일를진된 마른 둥녈출 갓치 쌔더갓다 도로친는 되는 성닌 손우 矢 갓고 기운이 부족하면 발길로 툭 차 올여도 획은 획디로 되나니.

(목낭청) : 글시을 가만이 보면 획은 획디로 되옵디다.

金思燁, 앞의 책, 49쪽.

(사또) : (… 전략 …) 창 과 획으로 이를진대 마른 등넝쿨 같이 뻗어가다 채는 데는 성난 쇠뇌 끝같이 채되, 기운이 부족하면 붓대만 세울 데 세우고, 발길로 툭 차 올여도 획은 획대로 꼭꼭 되데그려.

(목낭청) : 가만히 보니까 획은 획대로 꼭꼭 됩니다.

김진영·김현주, 앞의 책, 61~63쪽.

지요", 아니면 사또가 한 말을 중복하는 식의 짧은 문장으로 되어있
다. 반대로 사또의 경우에는 목낭청에게 아들이야기를 하다가 흥이
나서 아들의 필법과 시재(詩才)를 장황하게 자랑하고 있는 것이다.

한편, ** 로 표시하는 부분은 원래 "남명이북고(南眄而北顧)하고 부
춘추어일수(賦春秋於一首)허엿쎄."라는 내용이 있었는데 이해하기가
어려워서 그냥 삭제한 것으로 보인다. 실제로 이 문장의 뜻을 파악하
기가 어려워서 다른 많은 역본에서도 이 문장을 직접 삭제하는 식으
로 처리한 사례가 있다. 송성욱도 같은 방식을 취한다.

원작에 대한 잘못된 해독은 작품을 전체로 봤을 때 몇 가지 개별적
인 경우에만 한정된 것이고, 작품을 이해하는 데 큰 지장이 될 정도는
아니다. 현대역의 가장 큰 문제는 원작의 고전적인 운치를 파괴하는
데 있다고 할 수 있다. 앞에서도 거듭 강조했듯이 고전 작품으로서
완판84장본이 보여주는 한문 사자성어와 한시 같은 한문투는 이 작품
의 고유한 문체이고, 이런 한문투야말로 고전적인 운치를 담아낼 수
있는 형식이다. 그리고 사자성어나 한시로 인하여 일어나는 리듬감도
판소리의 음악적인 특징을 드러낼 수 있는 중요한 표현이다. 한문투
의 우아함과 판소리의 음악적인 특징을 모두 잃게 되면 남아있는 것
은 이야기의 내용뿐일 것이다.

(2) 설주·서려홍 역본의 몇 가지 특징

앞에서 살펴본 설주의 서문을 통해서도 확인했듯이 번역자가 원작
의 고전적인 운치를 유지해야 한다는 점에 대해 명확한 인식을 가지
고 있었다. 그러나 문제는 그들이 저본으로 삼은 송성욱의 현대역본
이 이미 원작의 고전적인 운치를 절반이상 없애버렸다는 데 있다. 그

런 저본을 기반으로 삼아 고전적인 정취를 만들어낸다는 것은 기대하기 어렵다. 현대역본을 저본으로 삼아 번역해내는 설주와 서려홍의 역본도 또 하나의 중국어판 현대역본이라 할 수 있다. 개별적으로 고전적인 표현이 있기는 하지만 작품 전체로 봤을 때 고전 소설로서 특유의 문체나 표현방식이 뚜렷하게 나타나지는 않는다. 또 구체적인 표현에 있어 번역자가 원문의 뜻을 명확하고 정확하게 표현하지 못한 부분들도 종종 있다. 구체적인 예문을 통해 자세히 살펴보겠다.

가. 춘향과 이몽룡의 사랑의 현실적인 의미의 모호함

춘향과 이몽룡의 사랑이 갖는 현실적인 의미에 대해서는 작품분석을 들어가기 이전에 자세히 검토했었다. 또 완판84장본에서 춘향의 신분이 성 참판의 서녀라는 사실이 그녀와 이몽룡의 애정관계에서 어떤 실제적인 역할을 하지 못한 점 역시 앞에서 검토했었다. 생각지 못하게 정열부인에 봉해지게 되었지만 그 이전에 월매와 이몽룡, 그리고 춘향 자신도 춘향을 첩으로 인식하고 있었다는 점 또한 확인했다. 한편, 앞에서 강조했듯이 춘향의 신분 그리고 춘향과 이몽룡 사이에 있었던 사랑의 실제적인 의미는 「춘향전」의 현실적인 의미를 담고 있으며, 이것이 「춘향전」을 이해하는 데 가장 기본적인 문제이기도 하다. 이 문제를 원작의 내용을 있는 그대로 명확하게 번역해내지 못한다면 두 사람의 관계와 춘향의 신분에 혼선이 올 수밖에 없다. 춘향을 약간 미화시키고, 두 사람의 사랑도 신분제도를 뛰어넘은 사랑으로 그리려는 것은 번역자의 의도일 수도 있고 독자들의 기대일 수도 있지만, 그렇게 하는 것은 원작에 대한 왜곡이라는 사실을 늘 염두에 두어야 한다. 번역에 있어 원작을 함부로 고치는 것은 번역의 원칙에 어긋나는 것이다.

두 사람의 애정관계에 있어 이몽룡의 태도를 과도하게 번역한 것은 기타 역본에서도 일어나던 현상이다. 설주와 서려홍 역본에서도 이런 경향이 나타난다.

> ㉮ 원문 : 좋은 일에는 마장이 들기 쉬운 격일세. 춘향도 미혼이요 나도 장가들기 전이라. 피차 언약이 이러하고 정식 혼인은 못할망정 양반의 자식이 한 입으로 두 말할 리 있나.[85]
> 역문 : 眞是好事多魔啊。春香尙未嫁人，我也沒有娶婦，既然許了婚約而不正式成婚，那我這兩班子弟豈不是心口不一嗎?[86]
> (참으로 좋은 일에는 마장이 들기 쉬운 격일세, 춘향도 미혼이고 나도 장가들기 전이라, 이미 혼약을 약속했으니 어찌 정식으로 혼인을 치르지 않겠는가? 그렇게 하면 양반의 자식인 나는 한 입에 두 말을 하는 사람이 되는 게 아니냐?)

> ㉯ 원문 : 춘향을 데려간대도 좋은 가마에 말을 끌어 가자 하니[87]
> 역문 : 但我原來是想用高頭大馬前來迎娶春香.[88]
> (나 원래 멋진 말을 타고 춘향을 (신부로) 맞이하려 하였는데)

엄격하게 말하자면 두 역문 모두 원문의 뜻을 어느 정도 과장해서 번역하고 있다. 그리고 과장된 부분은 모두 춘향을 정실부인으로 맞이하겠다는 의미가 들어 있다. 실제로 원문 ㉮는 "비록 정식으로 혼인

---

85 송성욱 현대역본, 50쪽.

86 설주·서려홍 역본, 45쪽.

87 송성욱 현대역본, 80쪽.

88 설주·서려홍 역본, 76쪽.

을 치르지는 못하지만 양반의 자식인 나는 춘향에 대한 약속을 지키 겠다."의 뜻인데 역문에서는 "이미 혼약을 약속해주었으니 당연히 혼 인을 정식으로 치르겠다."라는 식으로 번역한다. ㉴에서 좋은 가마로 춘향을 데리고 간다는 것은 남원에 있는 춘향을 좋은 가마에 태워 한 양으로 데려간다는 의미일 뿐, 그런 행동에 춘향을 아내로 맞이한다 는 뜻이 들어가 있지는 않다. 중국어 역문은 또한 약간의 과장을 가하 고 "데려간다"의 뜻을 "아내로 맞이하다"의 의미로 확대해석했다.

춘향과 이몽룡의 관계에 대한 인식의 모호함은 춘향의 말을 번역하 는 데서도 나타난다. 이별장면에서 춘향이 마마로 자청하는 말은 두 사람의 관계를 파악하는 데 아주 중요한 단서이다. 당시 춘향이 한 말은 다음과 같다.

㉱ 원문 : "도련님 나만 믿고 장가 아니 갈 수 있소, 부귀공명 재상가 요조숙녀를 가리어서 혼인할지라도 아주 잊지는 마옵소서. 도련님 과거 급제하여 벼슬 높아 임지로 떠나가서 신임관리로 행차할 때 마 마로 내세우면 무슨 말이 되오리까?"[89]
역문 : "我只相信公子，此生絶不另許他人。哪怕公子看上達官貴人 家的窈窕淑女，另結百年之好，但願您還將春香記在心裡。我只盼公 子科擧及第，位居高官，將來赴任之時能納我爲妾室。"[90]
(나는 도련님만 믿고 절대 다른 사람한테 시집가지 않을 것이니, 도 련님이 부귀공명 재상가의 요조숙녀를 마음에 들어 다시 결혼하실 지라도 춘향을 마음속에서 두시기를 바라오. 도련님이 과거 급제하 고 벼슬 높게 하여 나중에 부임할 때 나를 첩으로 들여주시면 다른

---

89 송성욱 현대역본, 75쪽.
90 설주·서려홍 역본, 70쪽.

소원이 없을 것이다.)

　이 부분의 번역은 오역도 있고 뜻을 전달하는 데 적절하지 못한 부분도 있다. 우선 "도련님 나만 믿고 장가 아니 갈 수 있소"라는 문장을 "我只相信公子, 此生絶不另許他人"로 번역한 것은 오역이다. 원문은 반문구로서 춘향이 자신의 처지에 대한 명확한 인식을 가지고 내뱉은 표현이다. 춘향이 원하는 것은 이몽룡이 당연히 다른 재상가의 규수를 안내로 맞이할 것이란 전제 아래, 후에 자신을 마마로 세워주는 것뿐이라는 것을 알 수 있다. 역문은 자신의 일편단심을 거듭 강조한 표현으로, 그 안에서 자신이 첩이 될 수밖에 없다는 현실적인 인식이 들어가 있지는 않다. 비록 마지막 문장에 첩의 자리만 달라는 식으로 되어 있지만, 원문에서 마마의 자리를 달라는 것은 그렇게 될 수밖에 없는 현실적인 맥락에서 나오는 것이고, 역문에서 첩의 자리를 달라는 것은 "나는 도련님만 믿고 살아갈 테니까 도련님한테 과분한 요구도 하지 않고 첩의 자리만 달라는 것이다."라는 것이다. 이 말의 이면에는 "도련님이 나한테 정식적인 혼인을 약속해주었지만 나는 그렇게 큰 기대는 하지도 않았다."라는 의미가 은근히 들어가 있는 것이다. 그래서 원문과 비교했을 때 역문에는 춘향의 자리가 첩인지 처인지 계속 불분명한 상태로 남아있다. 원작에서 춘향의 신분과 처지에 드러나는 현실적인 의미가 번역문에서 많이 약화된 것이다.

　이런 문제는 거시적인 시각으로 봤을 때 「춘향전」 내용의 개방성이나 복잡성으로도 볼 수 있다. '수청'과 '노비종모법' 같은 당시의 풍습이나 법령을 잘 모르는 외국인 번역자의 입장에서 춘향과 이몽룡의 사랑을 세속적인 질곡에서 벗어나, 순수한 사랑으로 만들고자 하는 의도가 충분히 있을 수 있고, 그렇게 하면 안 된다는 제약 또한 없기 때문이다. 단 거듭 강조했듯이 작품의 본모습을 얼마나 충실히 재현하고 효과적으로 드러내는지에 따라 번역의 질이 결정된다는 것을 염두에 두어야 한다. 원작에서 명확하게 제시된 내용들을 번역에서 모호한 것으로 만들어낸 것은 잘 된 번역이라 할 수 없는 것이다.

나. 성적인 내용의 표현방식의 애매함

한국 사람들이 「춘향전」을 좋아하는 이유는 상당히 다양하고 복잡하다. 「춘향전」이 한국 고전문학사에서 가장 유명한 작품으로 평가되는 동시에 비판 또한 적지 않게 제기되었다. 판소리로 연행할 때 완판을 전체로 공연한 경우가 지극히 적었고 대부분의 경우에는 토막소리로 유명한 대목만 공연했다고 한다. 「춘향전」을 '음탕교과서'로 본 이해조나 20세기 초반에 제기된 이와 비슷한 무수한 비판에서 「춘향전」의 어떠한 특정 대목만이 활발하게 공연되었는지를 짐작할 수 있다.

「춘향전」에는 성적인 행위의 장면을 서술하거나 암시하는 부분이 많다. 대부분 첫날밤 사설과 그 이후의 사랑가 부분에 집중하고 있다. 예를 들면 방아 구덩이와 방아 공이의 비유와 맷돌 위짝과 밑짝의 비유와 같은 표현이 있으며, 업음질과 말놀음과 같은 성행위를 연상하게 하는 암시의 표현도 있다. 그중에서도 궁자(宮字)노래와 승자(乘字)노래에서 성적 내용을 노골적으로 서술하고 있다는 것을 다음 예시를 통해 알 수 있다.

> ㉣ 원문 : 이궁 저궁 다 버리고 네 두 다리 사이에 있는 수룡궁에 나의 힘줄 방망이로 길을 내자꾸나.[91]

역문 : 抛開這個宮那個宮, 我要用雄壯的棒子到你兩腿之間探探那 水龍宮。[92]

㉣ 원문 : 나는 탈 것 없었으니 오늘 밤 깊은 시간 깊은 밤에 춘향 배를 넌짓 타고 홑이불로 돛을 달아 내 기계로 노를 저어 오목섬에 들어 간다.[93]

역문 : 我旣無所乘, 今宵夜已深, 大被且做帆, 陽具且爲櫓, 春香可 爲舟, 直入五陵源。[94]

이처럼 노골적으로 성적인 내용을 서술하는 경우, 내용을 쉽게 이 해할 수 있기 때문에 중국어 번역본에서도 원작과 마찬가지로 직설적 인 방식으로 번역한다. 위에 인용한 내용처럼 직설적인 서술 외에도 성(性)에 대한 암시가 작품 곳곳에 산재하고 있다. 그러나 암시나 비 유의 방식으로 서술하는 내용에 대해 중국어 역본의 표현은 원작처럼 의미가 명확하게 파악되지 않는다. 예를 들면 방자가 처음에 이몽룡 에게 춘향을 소개할 때 "방첨亽 병부亽 군슈 현감 관장님네 엄지발가 락이 두 쎔 가옷식 되난 양반 외입징이덜"라고 하는 말에서 나온 "엄 지발가락이 두 쎔 가옷식 되난 양반 외입징이"에는 성적인 암시가 들 어가 있으나, 설주와 서려홍은 이 문장을 "芝麻綠豆的浪蕩兩班"으로 번역한다. "芝麻綠豆"는 작고 하찮은 일을 비유하는 것으로서 "별의 별 양반들이"라는 뜻으로 이해할 수 있는데 원문의 성적인 암시는 하

---

91 송성욱 현대역본, 65쪽.
92 설주·서려홍 역본, 60쪽.
93 송성욱 현대역본, 71쪽.
94 설주·서려홍 역본, 67쪽.

나도 표현해내지 않았다. 또 방자는 광한루 근처에서 그네 뛰는 춘향
이의 행실을 나무랄 때도 은근히 성적인 암시를 사용한다.

> ㉟ 원문 : 그네를 매고 네가 뛰어 외씨 같은 두 발길로 흰 구름 사이에
> 노닐 적에 붉은 치맛자락이 펄펄, 흰 속옷 갈래 동남풍에 펄렁펄렁,
> 박속 같은 네 살결이 흰 구름 사이에 희뜩희뜩한다.[95]
> 역문 : 你卻在這裡手握鞦韆, 雙足遊弋雲端, 紅裙飄飄, 白衣勝雪,
> 東南風來, 你那凝脂雪膚閃爍於白雲之間。[96]

원문에서 "외씨 같은 두 발", "흰 속옷 갈래", "박속 같은 네 살결"
등은 여성의 신체, 그것도 성적인 의미와 관련 있는 부위를 묘사하는
것으로서 남성에게 은근히 성적인 유혹을 표출하고 있는 내용이다.
그네 뛰는 춘향이 가지고 있는 이런 성적인 유혹은 방자의 입을 통해
표출되었다. 그러나 설주와 서려홍의 역문을 보면 이런 암시를 의식
하여 그것을 적절하게 표현하려는 의도도 보이지 않는다. 역문에서
비록 "凝脂雪膚閃爍於白雲之間"을 통해 춘향이 그네 뛸 때 은근히 살
결이 보인다는 모습을 묘사했지만 역문 전체로 봤을 때 원문처럼 성
적이 암시가 뚜렷하게 드러나 있지는 않다.

한편, '외입'은 원작에서 적어도 세 번이나 나타나는데 이를 두고
설주와 서려홍은 원문과는 다르게 번역한다.

> ㉠ : 엄지발가락이 두 뼘 가옷식 되난 양반 <u>외입쟁이</u> : 芝麻綠豆的<u>浪蕩
> 兩班</u>

---

95 송성욱 현대역본, 28쪽.
96 설주·서려홍 역본, 24쪽.

⑭ : 도련님 첫 외입이라 : 然而這又是初入陌生女子家。

㉓ : (변학도) 풍류에 통달하여 외입 또한 좋아하되 : 人品風流, 尤其喜
好拈花惹草。

번역자가 외입의 뜻을 외입의 주체에 따라 달리 표현하고 있다. 일
반 양반의 경우에는 그냥 낭탕(浪蕩 : 방탕하다.)으로 표현하고, 변학
도의 경우에는 "拈花惹草(남자가 여색을 밝히다, 여자를 농락하다.)"로
표현하고 있다. 이몽룡의 경우에는 특별하게 "初入陌生女子家(처음으
로 낯선 여자의 집을 방문하다.)"로 표현한다. 하지만 원문에서 이 세 가
지 외입은 같은 뜻이고, 이몽룡이 춘향의 집으로 찾아가 춘향과 관계
를 맺는 것은 작품 안에서 일반 양반이나 변학도의 외입과 본질적으
로 차이가 없는 행위이다. 이렇게 같은 행위를 다르게 표현하는 것을
보면 번역자에게 춘향과 이몽룡의 사랑을 미화시키려는 의도가 분명
히 있는 것 같아 보인다.

또한 번역자는 원작에 나온 저속어에 대해서도 배척하는 경향을 보
인다. 다음의 예문을 보면,

㉓ 원문 : 올라간 이도령이지 삼 도령인지 그 놈의 자식은 한 번 간 후
소식이 없으니, 사람이 그렇고는 벼슬은커녕 내 좆도 못 되지.[97]
역문 : 也不知道是什麼李公子還是什麼張公子, 去了京城就再也沒
有了消息, 像他這種人啊, 別說做官, 簡直是豬狗不如啊。[98]

번역자가 "내 좆도 못 되지"를 "簡直是豬狗不如啊(참으로 개돼지만

---

97 송성욱 현대역본, 154쪽.

98 설주·서려홍 역본, 146쪽.

도 못하다.)"로 번역한다. 욕의 정도로 봤을 때 '좆'의 악독함과 저속함
은 "簡直是猪狗不如啊"보다 훨씬 강하다. 번역자는 이런 저속적인 표
현을 그대로 번역하지 않고 상대적으로 그렇게 저속하지 않은 표현을
취한다. 이런 표현을 통해서도 번역자가 일부로 그런 저속한 표현을
배제한 의도가 있는 것을 알 수 있다.

다. 한시로 되어있는 운문표현의 부적절과 단조로움

설주는 이 역본의 서문에서 원작의 고전적인 운치를 유지하기 위해
번역문에서 운문과 산문이 결합하는 방식을 취했다고 했다. 실제 번
역에 있어 설주가 말하는 운문은 90%이상 한시의 형식을 취한다. 원
작에서 가(歌)의 형식으로 되어있는 대부분의 내용들은 거의 모두 한
시로 번역된다. 대표적인 내용은 "천자 뒷풀이"(62句), "사랑가"(47句),
이몽룡에게 이별할 수밖에 없다는 말을 들은 후에 하는 "자탄가"[99](10
句), 이몽룡이 떠난 후에 부르는 "신세 자탄가"[100](70句), 변수들이 춘
향을 잡으러 갈 때 춘향이 부르는 "자탄가"[101](14句), "십장가"(총 61句),
"농부가"(20句), "백발가"(38句) 등이 그것이다. 그 외에 다른 가(歌)의
부분은 전체가 긴 한시로 되어 있지 않지만 중간 중간 한시나 대구를
삽입하는 형식으로 되어있다. 단 대구의 글자 수(數)가 비교적 다양한

---

99 "서방 없는 춘향이가 세간 무엇하며 단장하여 뉘 눈에 사랑받을꼬"로 시작한 부분
　　이다.
　　송성욱 현대역본, 76쪽.
100 "꿈아 꿈아, 네 오너라, 첩첩히 쌓인 근심 한이 되어 꿈을 이루지 못하면 어찌하랴"
　　로부터 시작한 부분이다.
　　송성욱 현대역본, 89~92쪽.
101 "갈까 보다 갈까 보다 님을 따라 갈까 보다"로부터 시작한 부분이다.
　　송성욱 현대역본, 105~106쪽.

형식을 취한다는 차이가 있을 뿐이다.

한 예문을 통해 구체적인 현식을 살펴보겠다.

㉮

원문	역문
만사 중에 인간 이별 독수공방 어이하리 상사불견 나의 심경 그 뉘라서 알아 주리 이런저런 미친 마음 흐트러진 근심 후려친 다 버리고 자나 누우나 먹고 깨나 님 못 보아 가슴 답답 예쁜 모습 고운 소리 귀에 쟁쟁 보고지고 보고지고 님의 얼굴 보고지고 듣고지고 듣고지고 님의 소리를 듣고지고 <div align="right">(송성욱, 현대역본, 89~90쪽)</div>	萬事成空傷離別，獨守空房獨歎嗟。 日夜思君不見君，芳心寂寞共誰知。 我爲郎君心癡狂，憂愁離恨怎拋卻。 坐臥不寧食如蠟，思君不見何悵然。 音容宛然聲在耳，我念君時君何在。 <div align="right">(설주·서려홍 역본, 85쪽)</div>

가(歌)의 부분이라면 무조건 한시로 번역해야 한다고 생각하는 것은 중국어 번역자들의 일반적인 인식이고, 실제 번역에 있어 가장 보편적으로 취한 방식이기도 한다. 대부분의 번역자들은 한시가 과연 적절한 표현방식인지에 대해 깊이 고민하지는 않은 것으로 보인다. 한시라는 표현방식이 가장 적절한 것인지에 대한 문제를 떠나서 송성욱과 설주·서려홍 역본 사이에 한시라는 번역방식 자체가 상당한 아이러니적인 의미를 가지고 있다는 것에 주의를 기울일 필요가 있다.

앞에서 송성욱의 현대역본을 검토한 부분에서 지적했듯이 송성욱은 가능한대로 완판84장본에서의 사자성어와 한시를 모두 현대 한국어로 풀었다. 그렇게 한 목적은 1차적으로 한문지식이 부족한 독자들을 위해 작품을 이해하는 어려움을 줄이는 데 있겠고, 그 다음에는 의도적인 것인지 모르겠으나 완판84장본에서의 한문투를 배제한 것

이다. 그러나 설주·서려홍의 번역본에서는 송성욱이 애써 현대 한국
어로 풀어준 한문투를 다시 회복시킨다. 뿐만 아니라 원문에서 순수
한 한국어로 표현한 내용조차도 한시로 번역한다.

다시 한시라는 번역방식이 가(歌)의 부분을 표현하는 데 적절한 것
인지에 대한 문제로 돌아오면, 완판84장본에서의 '가'의 내용들은 판
소리의 '창(唱)'에 해당하는 부분들이다. 판소리 창의 음악적인 표현
과 예술적인 특징은 상당히 복잡하고 풍부한 의미를 내포하고 있는
것으로서 간단하게 설명할 수 없는 것이다. 그것이 누구의 노래이든
그 노래에는 한 주인공의 신분과 노래의 내용, 그리고 노래를 부르는
당시의 상황 등이 모두 밀접하게 결합되어있기 때문이다. 이것을 이
해하고 진실하게 표현하는 것은 판소리 창의 기본조건이며 판소리 음
악에 가장 중요한 자질이자 매력으로 작용한다.

그러나 한시는 판소리 창과 비교해 보았을 때 음악적인 성격이 강
한 장르가 아니다. 중국 고전시가의 발전사를 통해도 이 문제를 쉽게
이해할 수 있다. 중국의 고전시가에서 음악과 관련된 장르들이 대개
당시(唐詩)·송사(宋詞)·원곡(元曲) 등 순서로 발전해 왔다. 이런 발전
과정은 시대마다 음악에 대한 요구가 다르다는 문제도 있지만 전체적
으로 봤을 때 음악적인 성격이 갈수록 강해진다는 특징이 있다. 한시
에 한정해서 말하자면 한시의 음악적인 성격이 사람들의 감정을 세세
하고 정교하며 진실하게 표현하는 데 부족하기 때문에 사(詞)가 나타
나 그 역할을 대신한다. 이후 원나라의 곡(曲)과 명나라의 전기(傳奇:
희곡)도 이런 맥락에서 발생하고 발전해온 것들이다. 이런 장르들은
모두 음악과 밀접한 관계를 가지고 있고, 후대로 갈수록 새로운 문체
가 감정을 더 세밀하고 절실하게 표현할 수 있게 된다. 사(詞) → 곡

(曲) → 전기(傳奇 : 戲曲)로의 발전순서가 이 문제를 설명한다고 볼 수 있다. 따라서 실제로 판소리의 창을 가장 적절하게 표현할 수 있는 장르는 중국의 희곡이다. 이 문제는 앞에서 살펴본 1956년 역본의 번역양상에서 어느 정도로 검토해보았다. 특히 인용한 예문처럼 춘향의 노래로서 여성의 슬픔·애원·기대와 실망의 반복·하소연 등 감정을 세밀하게 표현할 때, 한시는 그다지 적절한 표현형식이 아니라고 할 수 있다.

라. 오역과 부적절한 용어사용의 문제

다른 역본과 비교해보면 설주와 서려홍의 역본은 오역과 용어사용 문제가 상당히 적은 편이다. 이 역본이 나오기 전에 이미 몇 개의 다른 역본이 있었기 때문에 번역사가 다른 역본을 참고했는지 여부는 확인할 수는 없지만, 적어도 이전에 역본에서 등장했던 오역과 기타 문제들이 이 역본에서는 다시 나타나지 않은 것으로 보인다. 물론 이 역본에서도 오역이 아주 없는 것은 아니다. 다음과 같은 오역도 있다.

> ㉣ 완판84장본 원문 : 명문가 귀즁부(閨中婦)야 논먼 쌀도 원ᄒᆞ더라 그런 듸 가 못 싱기고 기싱월미 쌀리 되야 이 졍식이 웬이리야. (60쪽)
> 원문 : 명문가 부인네들 눈먼 딸도 원하더라, 그런 데 가 태어나지 월매 딸이 되어 이 경색이 웬일이냐.[102]
> 역문 : 那些名門貴族的夫人們也會生出瞎眼的女兒, 可我月梅只是個卑賤的藝妓, 爲什麼我的女兒偏偏傾國傾城啊。[103]

---

102 송성욱 현대역본, 124쪽.
103 설주·서려홍 역본, 120쪽.

이 부분의 내용은 송성욱의 현대역본, 그리고 완판84장본의 원문 내용과 큰 차이가 없지만 번역문의 뜻이 상당히 모호하다. 번역문의 가장 큰 문제는 경색(景色)을 경색(傾色)으로 이해한 데 있다. 번역문의 뜻을 보면 월매가 귀부인들의 눈먼 딸과 자신의 천하절색(傾國傾城)의 딸을 비교하며 자기 딸의 미모를 자랑하고 있는 것으로 되어있다. 춘향이 형장을 맞고 반생반사의 상황에서 월매가 왜 이런 비교를 하는지 이해가 되지 않는다. 실제 월매의 말은 "네가 내 딸로 태어난 게 불쌍하다, 퇴기인 나의 딸로 태어나는 게보다 차라리 귀부인의 눈먼 딸로 태어나는 게 낫다. 예쁜 내 딸로 태어나 이 고초를 당하다니 이게 무슨 일이냐!"라는 뜻이다. 미모로 인해서 고초를 당한 자신의 딸을 불쌍해하며 모녀의 신세를 원망하는 표현이다. 번역자가 이런 원문의 의미를 정확하게 이해하지 못하여 번역을 모호하게 만든 사례다.

> ㉔ 완판84장본 원문 : 문상(門上)의 현우인(懸偶人)한이 만인이 기앙시(皆仰視)라 문우의 허수이비 달여씨면 사람마닥 우러려 볼 것이니[104]
> 원문 : 문 위에 허수아비 달렸으면 사람마다 우러러 볼 것이니 그리운 사람 만나 볼 것이라.[105]
> 역문 : 門上懸掛稻草人, 那麼人人都要抬頭仰望, 思念之人自然就會出現了。[106]

이 부분의 내용은 우선 송성욱이 완판84장본의 내용을 정확하게 전

---

104 완서계서포, 67쪽.
105 송성욱 현대역본, 140쪽.
106 설주·서려홍 역본, 133쪽.

달하지 못했다는 데 문제가 있고, 설주와 서려홍이 이 번역문을 그대로 번역했다는 점 또한 문제라 하겠다. 원문에서 문 위에 허수아비를 달아두고 사람들이 이를 우러러 보는 것은 이몽룡의 어사신분을 암시하는 것이다. 그러나 송성욱의 "문 위에 허수아비 달렸으면 사람마다 우러러 볼 것이니 그리운 사람 만나 볼 것이라."라는 해석은 그런 의미를 전달하지 못하고 "사람들이 바라보고 있으니 그리운 사람이 나타날 것이다."라는 식으로 해석한다. 마찬가지로 번역문 또한 송성욱의 현대역문을 그대로 번역했는데 모두 원문의 의미를 정확하게 전달하지 못하는 결과를 낳는다.

그 외에 개별 용어의 잘못된 사용도 문제적이다. 예를 들면 "인자(仁慈)하다"라는 형용사는 중국어에서 나이가 많은 사람에게만 쓰일 수 있는 말이고, 나이 어린 사람에게 적절하지 않은 용어이다. 그래서 설주와 서려홍의 역본 첫 부분에서 나오는 "仁慈的子孫"이나 어린 춘향의 성품을 서술한 "仁慈善良更像麒麟"과 같은 표현은 모두 어색한 표현이라 할 수 있다. 또 나포선녀가 복숭아를 늦게 진상하였기 때문에 옥황상제가 "크게 화를 내"었다는 부분에서 "크게 화를 내다"를 "惱羞成怒"로 번역했다. "惱羞成怒"는 "부끄럽고 분한 나머지 화를 내다"라는 뜻인데 옥황상제가 화내는 상황을 표현하는 데 적절하지 않은 용어이다. 이몽룡에게서 이별할 수밖에 없다는 말을 듣고 한바탕 발악하고 자탄한 후에 춘향이 "천연히 돌아앉아" 다시 이몽룡한테 사연을 따지는 부분에서 번역자가 "천연히"를 "若無其事"로 번역한 부분도 마찬가지다. "若無其事"는 "마치 아무 일도 없는 듯하다. 태연스럽다"라는 뜻인데 "천연히"의 의미와는 완전히 다른 표현이다. 그리고 기생점고하는 부분에서 기생들이 "점고 맞고 나가요"를 "點考已畢",

"등대하였소"를 "登臺"로 번역하는 것도 모두 어색한 표현들이다.

(3) 설주·서려홍 역본의 한계와 의의

완판84장본은 「춘향전」의 대표적인 이본으로서 판본도 많고 해석
본과 주석본도 많다. 그러나 그중에서 완판84장본을 완벽하게 전달
한 해석본은 찾아보기 어렵다. 그러므로 번역의 저본을 선택할 때도
엄밀히 조사한 다음 가장 좋은 해석본을 선택하는 것이 중요하다. 외
국인으로서, 그리고 한국 고전문학에 대한 상당한 지식을 갖지 못한
사람으로서 아무런 주석과 해석 없이 직접 완판84장본 원문을 정확하
게 해독하는 것은 거의 불가능한 일이라 할 수 있다. 본고에서 살펴본
몇 가지 역본과 그들의 저본을 통해서도 알 수 있듯이 한국학자도 완
판84장본을 해독하는 일에 한계가 있다. 송성욱의 현대역본의 경우
에는 현대 한국어로 바꾸는 과정에서 원작의 고전적인 운치를 많이
잃게 되었다는 가장 큰 문제점이 있고, 원작에 대한 해독에 있어서도
여러 문제가 있다. 따라서 이 현대역본을 저본으로 택한 설주·서려홍
역본은 1차적으로 가장 좋은 저본을 선택하지 못했다는 문제를 갖고
있다. 거듭 지적했듯이 송성욱의 현대역본에서 이미 원작의 고전적인
운치를 많이 없애버렸기 때문에 설주·서려홍의 역본도 중국어판 현
대역 「춘향전」이 될 수밖에 없고 그 한계도 고스란히 이어받는 것
이다.

오역과 어색한 표현들이 많지 않다는 것은 다른 역본보다 설주·서
려홍 역본의 좋은 점으로 지적될 수 있으나 실제로 이런 문제들은 번
역의 질(質)에 크게 영향을 주지 못한 것들이다. 전체적으로 봤을 때
설주·서려홍 역본은 어떤 구체적인 뛰어난 표현을 찾아보기 힘들 정

도로 평범한 역본이다. 이야기의 전달만을 염두에 둔 역본이라 할 수 있다. 다시 말해 판소리계 소설의 여러 특징들, "가"의 음악적 특징, 등장인물들의 활발하고 발랄한 성격, 골계와 해학적인 표현 등을 이 역본은 뚜렷하게 표현해내지 못한 것이다.

설주·서려홍의 역본이 나오기 이전에 이미 몇 가지 역본이 있었음에도 불구하고 그것들의 장점을 흡수해 보다 성숙하고 완성도 높은 역본으로 만들지 못했다는 점은 아쉽다. 저본의 문제도 있겠지만 번역자들이 원작의 진정한 매력이 어디에 있는지, 어떻게 번역해야 원작의 매력을 번역 작품에서도 살릴 수 있는지 같은 문제를 깊게 고민하지 않은 것 같았다. 이야기의 전달에만 머무르는 번역은 문화적, 예술적 가치를 논하기가 쉽지 않을 것이다.

3. 대만 번역본 : 허세욱(許世旭) 역본(1967)

허세욱 역본의 번역자와 이 책에 관한 몇 가지 사항을 간단하게 알아보겠다. 허세욱은 전북 임실군 출신으로, 중국문학을 연구한 학자이자 시인·수필가이다. 1959년 한국외국어대학 중어과를 졸업하고, 1960년에 중화민국(中華民國) 정부초청 장학생으로 국립대만사범대학교(國立臺灣師範大學校) 대학원 중문과에 입학하여 1968년에 박사학위를 취득했다. 그 후에 한국 외국어대학교 중국어과에 재직하다가 1986년부터 고려대학교 중문과 교수를 역임하였으며 1999년 정년퇴임했다. 2010년에 세상을 떠났다.

허세욱이 번역한 「춘향전」은 완서계서포에서 출판한 〈열녀춘향수

절가〉를 저본으로 한 것이다. 이
역본의 맨 앞에는 역자가《동방
잡지(東方雜誌)》복간(復刊) 제3기
에서 발표한 「〈春香傳〉考釋」이
라는 논문이 실려 있다. 앞에서
연구사 정리에서도 간단하게 언급
했듯이 역자는 이 논문에서 「춘
향전」의 한국문학사에서의 위
치, 작품의 기원(起源), 창작 연대
와 작가, 이본 등에 대해 두루 설
명했다. 그리고 「춘향전」에서 나

타나는 평등사상·풍자정신·작품의 인물묘사의 수법과 향토적 맛에
대해 높이 평가했다. 한편, 이야기 구성의 불합리(不合理)·부화(浮華)
한 언사(言辭)·전고(典故)가 많다는 점 등을 문제점으로 지적하였다.
마지막으로 최진원(崔珍源)이 말한 '우직성(愚直性)'을 거론하고 「춘
향전」의 '치우(痴愚)'와 '직솔(直率)'을 강조하면서 논문을 마쳤다. 학
술적인 논문이기에 장차 전개할 번역문과 약간의 거리가 있긴 하나
외국독자들에게 「춘향전」에 관한 기본적인 지식을 전체적으로 소개
하는 데 필요한 작업이었다고 할 수 있다. 그리고 역본의 마지막 부분
에서 이 역본이 이가원(李家源), 김사엽(金思燁), 조윤제(趙潤濟)의 주
석서에 의한 것임을 밝히고, 후기(後記)에서 이명구(李明九) 교수의 도
움과 초과(楚戈)[107]의 교열(校閱)에 대한 감사의 뜻을 표기하기도 했다.

---

107 본명은 袁德星(1931~2011)이며, 대만의 유명한 시인이자 화가이다. 허세욱과 사적

다른 나라의 번역본과 비교하면 이 역본은 번역자가 한국인이라는 점이 특이하다. 물론 앞에서 살펴본 유응구 역본의 역자도 한국인이다. 역본의 언어를 모국어로 사용하는 사람이 번역한 경우, 곧 일본어 역본은 일본인에 의해, 영역본은 미국인에 의해 번역된 경우에는 비록 원작에 대한 오역이나 과도한 해석이 있을 수 있으나 그 나라의 독자들이 익숙한 표현형식을 취했기 때문에 읽히기가 오히려 쉬울 수도 있었다. 외국작품이기 때문에 어느 정도의 거리감이 있다 하더라도 대개 '외국적인 것'으로 이해될 수 있었을 것이다. 그 반대로 원작의 언어를 모국어로 사용하는 사람에 의해 다른 나라의 언어로 번역된 경우에는 비록 원작의 내용을 충실하게 번역할 수 있었겠지만 역본언어를 완벽하게 구사하는 능력이 부족하면 독자들에게 오히려 어색한 느낌을 주기 쉽다. 이 점을 허세욱 역본의 가장 큰 문제점으로 지적할 수 있다. 이 문제는 제3장에서 구체적으로 살펴보겠다.

1) 허세욱 역본 구조상의 특징

허세욱 역본은 단행본으로 출판되기 이전에 《작품(作品)》이라는 잡지에서 연재의 형식으로 발표된 적이 있었다. 단행본으로 출판될 때 전체 52개의 짧은 장회(章回)로 나누어 각 장회에 소제목을 붙인 형식을 취했다. 각 장회의 소제목과 대응하는 원문의 내용을 도표로 제시하면 다음과 같다.

인 친분이 있는 관계이다.

허세욱 역본 「춘향전」의 소제목과 대응하는 내용

	小題目	대응하는 〈烈女春香守節歌〉의 내용
1	聖代隱妓	'숙종되왕 즉위 초'로부터 '공든 탑이 무어지며 심근 남긔 쎅길손가?' 까지
2	仙娥幻生	'이날부터 목욕지계 졍이 ㅎ고'부터 '나무나무 셩임ㅎ고 두견 졉동 나치나니 일연지가졀이라.'까지
3	房子說景	'잇썩 사또 자졔 이도령이 연광은 이팔이요'로부터 '방자야 나구 안장 지어라.'까지
4	豪華治裝	'방자 분부 듯고 나구 안장 짓는다'로부터 '황금갓튼 쐬소리는 슘슘가나라든다.'까지
5	烏鵲風流	'광한 진경 조컨이와 오작괴가 더욱 좃타'로부터 '그 틱도 그 형용은 세상 인물 안이로다.'까지
6	物各有主	'연자삼춘비거틴라'로부터 '형산빅옥과 여슈황금이 님직 각각 잇난이라 잔말 말고 불너오라.'까지
7	靑鳥傳書	'방자 분부 듯고 춘향 초리 건네 갈 졔'로부터 '기특한 사람일다 언즉시야로되 다시 가 말을 하되 이러이러 하여라.'까지
8	月態花容	'방자 젼갈 모와 춘향의게 건네가니'로부터 '네 얼굴 네 틱도는 세상 인물 아니로다.'까지
9	李成之合	'잇썩 춘향이 추파을 잠간 들어 이도령을 살펴보니'로부터 '글혜 엇지 딕답하엿난야 모른다 하엿지요 잘하엿다'까지
10	書齋朗讀	'잇째 도련임이 춘향을 이연이 보닌 후의'로부터 '젹벽부를 드려 놋코 … 쳥풍은 셔릭ㅎ고 슈파은 불흥이라 아셔라 그 글도 못 일것다'까지
11	奇解千文	'천자을 일글 식'로부터 '군자호귀가 안니야 춘향 입 너 입을 한틔다 딕고 쪽쪽 쌘이 법중 여싸이 아닌야 이고이고 보거지거'까지
12	文才絕等	'소리를 크게 질너 노니 잇딕 사또 젼역 진지를 잡수시고 식곤징이 나계옵셔'로부터 '글런다고 하여쓰되 그계 쏘 다 거짓마리엿다'까지
13	靑絲燈籠	'잇썩 이도령은 퇴령노키를 지달일 제'로부터 '슛시럽고 졈잔하계 발막을 쓸어 나오난듸 가만가만 방직 뒤을 싸라온다'까지
14	含情無語	'잇딕 도련임이 비회괴면하야 무류이 셔 잇슬 졔'로부터 '귀즁하신 도련임이 누지의 용임하시니 황공감격하옵닉다'까지
15	探花蜂蝶	'도련임 그 말 한 마듸여 말 궁기가 열이엿제'로부터 '도령임 닉졍이 말과 갓털진듸 심양하여 힝하소셔.'까지
16	酒盤等待	'도련임 더욱 답답하야'로부터 '금야의 하는 졀차 본니 관쳥이 안이여던 어이 그리 구비한가'까지
17	一喜一悲	'춘향모 엿자오듸 닉 쌀 춘향 곱계 길너 요조슉여 군자호귀 가리여셔'로부터 '상단아 나오너라 나하고 함긔 자자 두리 다 건너 갓구나'까지

18	綠水鴛鴦	'춘향과 도련임과 마조 안져 노와쓰니 그 이리 엇지 되것난야'로부터 '사랑 사랑 닉 간간 닉 사랑이야'까지
19	情字打鈴	'안이 그것도 나는 실소'로부터 '걱정되니 진정으로 원정하잔 그 정싸다'까지
20	宮字雜談	'춘향이 조와라고 하는 말이'로부터 '얼골이 복씸ᄒ야 구실쌈이 송실송실 안자슈나.'까지
21	非金非玉	'이 이 춘향아 이리 와 업피거라.'로부터 '예라 요것 안 될 마리로다 어화둥둥 닉 사랑이제 이 이 그만 닉리려무나'까지
22	如此壯觀	'빅사만사가 다 품아시가 잇난이라 닉가 너을 어버슨이 너도 나를 어버야지'로부터 '이팔 이팔 두리 만나 밋친 마음 셰월 가는 줄 모르던가 부더라.'까지
23	興盡悲來	'잇딕 쯧밧그 방자 나와 도령임 사쏘계옵셔 부릅시오.'로부터 '불가불 이벼리 될 박그 수 업다'까지
24	悲歌自嘆	'춘향이 이 말을 듯더니 고닥기 발연 변식이 되며'로부터 '인물 거천하는 법이 그런 법 웨 잇슬고 죽고지거 죽고지거 이고이고 서룬지거'까지
25	岳母發威	'한참 이리 자진하야 서리 울 제 춘향모는 물식도 모르고'로부터 '도련임 딕가리가 둘 돗쳣소 이고 무서라 이 쇠殺쌍아'까지
26	千愁萬恨	'웰긱 쮜여 딜여드니 이 밀 만일 사쏘게 드러가면 근 아단이 나것거던'으로부터 '춘하추동 사시졀의 쳡쳡이 싸인 경물 보난 것도 수심이요 듯난 것도 수심이라'까지
27	靑娥惜別	'이고이고 셜이 울 제 이 도령 이른 마리'로부터 '네가 나을 보랴거든 셜워말고 잘 잇거라'까지
28	風捲殘雲	'춘향이 할 길 업셔 여보 도련임 닉 손의 술리나 망종 잡수시요'로부터 '도련임 낙누하고 훗기약을 당부하고 말을 쳐쳐가는 양은 광풍의 편우일네라'까지
29	獨宿空房	'잇쩌 춘향이 하릴업셔 자든 침방으로 들어가셔'로부터 '일구월심 굿게 먹고 등과 외방 바리더라.'까지
30	新官威儀	'잇딕 수삭 만의 신관 사쏘 낫씨되'로부터 '힝슈 군관 집예 밧도 육방 관속 션신 밧도 사쏘 분부하되'까지
31	妓生點呼	'수로 불너 기싱 졉고하라'로부터 '졉고 맛고 나오'까지
32	六房騷動	'연연이 고온 기싱 그 즁의 만컷만는 사쏘계옵셔난 근본 춘향의 말을 놉피 드러는지라'로부터 '이 이 외입한 자식더리 겨른 계집을 추왕 못ᄒ면은 사람이 안이로다.'까지
33	一片丹心	'잇쩌예 직쵹 사령 ᄂ오면셔'로부터 '사쏘 분부 황송하나 일부종사 바리온이 분부 시힝 못하것소'까지
34	妾身雖賤	'사쏘 우어 왈 미직미직라 계집이로다'로부터 '거역관장 하난 죄는 엄형졍비하는이라 죽느라 셔러 마라'까지

35	有夫劫奪	'춘향이 포악하되 유부 겁탈하난 거슨 죄 안이고 무어시요'로부터 '이고 이계 웬이리여'까지
36	十杖哀歌	'곤장 틱장 치난듸는 사령이 서서 하나 둘 셰것만은'으로부터 '너의 형상 자시 보고 부듸부듸 잇지 말아'까지
37	無男獨女	'삼십삼천 어린 마음 옥황 젼의 알외고져'로부터 '그런 말삼 말르시고 옥으로 가사이다.'까지
38	獄中名花	'사정이 등의 업펴 옥으로 들어갈 졔'로부터 '보는 듸로만 네가 일너 너의 수심 푸러다고.'까지
39	黃陵之廟	'이고이고 셜이 울다 호련이 잠이 든이'로부터 '이 고시라 하난 듸가 유명이 노슈하고 항오지별하니 오리 유치 못할지라.'까지
40	盲巫解夢	'여등 불너 하직할 시 동방 실솔성은 시르렁'으로부터 '우리 셔방임 언으 찌나 나를 차질가 길흉여부 졈을 하랴고 청흐엿소 글허제'까지
41	天何言哉	'봉사 졈을 하는듸'로부터 '춘향이 장탄수심으로 세월을 보너니라.'까지
42	衣錦登程	'잇씨 한양성 도령임은 주야로 시셔 빅가어를 슉독하야슷니'로부터 '졀나도 초읍 여산이라 막즁국사 거힝불명 직 죽기를 면치 못흐리라'까지
43	含哺鼓腹	'추상갓치 호령흐며 셔리 불너 분부하되'로부터 '거기넌 듸풍이로고.'까지
44	田園問答	'쏘 한편을 바리본이 이상한 이리 잇다'로부터 '자너가 쳘 모로난 말을 하미 그러체'까지
45	道逢血書	'수작을 파하고 도라셔며 허허 망신이로고 자 농부네딜 일하오'로부터 '이놈 만일 천기누셜하여셔난 셩명을 보젼치 못흐리라.'까지
46	黃昏行脚	'당부흐고 남원으로 드러올 졔'로부터 '쳔지지신은 감동하사 한양성 이몽용을 쳥운의 놉피 올여 닉 쌀 춘향 살여지다.'까지
47	乞人之上	'빌기를 다 한 후의'로부터 '얼씨고 밥 비러 먹거난 공셩이 낫구나.'까지
48	怒氣衝天	'잇씨 상단이는 져의 이기씨 신셰를 싱각하여 크게 우든 못하고 체읍하여 우는 말니'으로부터 '몽즁의 보던 임을 싱시의 보단 말가'까지
49	握手氣絕	'문 틈으로 손을 잡고 말 못하고 기식하며'로부터 '우지 마라 하나리 무어져도 소사날 궁기가 잇난이라 네가 날를 엇지 알고 이러타시 셔러한야'까지
50	破冠末席	'직별하고 춘향 집으 도라왓졔'로부터 '운봉이 분부하여 져 양반 듭시리라'까지
51	御使出道	'어사쏘 드러가 단좌하야 좌우를 살펴보니'로부터 '관청식은 상을 일코 문짝 니고 닉다른니 셔리 역졸 달여드러 휘닥싹 이고 나 죽네'까지
52	李花春風	'잇씨 수의 사쏘 분부하되'로부터 '기기이 총명흐야 그 부친을 압두하고 계계승승하야 직거일품으로 만세유견하더라'까지

이렇게 작품을 짧게 나누고 소제목을 붙인 형식은 이가원(李家源)의 역주본을 따른 것이다.[108] 개별적인 글자의 바꿈[109] 외에는 이가원의 소제목을 그대로 사용하고 있다. 이렇게 짧은 장회로 나누는 형식은 「춘향전」의 번역에 있어서 좋은 방식인 듯하다. 한국의 고전 작품에 익숙하지 않은 대만 독자들은 이런 작품에 접근할 때 하나의 과정이 필요했을 것이다. 이 작품의 언어는 순수한 중국어가 아니기 때문에 읽을 때 작품 내용을 이해하기가 좀 어려울 수도 있다. 때문에 짧게 나누는 형식은 해독의 어려움과 혹여 독자가 느낄지 모르는 지루함을 어느 정도로 완화시킬 수 있었을 것이다. 또한 대만 독자들은 한국의 풍속이나 생활양식 등을 잘 모르기 때문에 조금씩 접근하는 것도 좋은 방법이라 할 수 있다.

2) 허세욱 역본의 내용상의 특징

(1) 원작의 고전적인 정취와 음악적 특징에 대한 표현

이 절에서는 원작의 내용을 적절하게 번역한 부분을 살펴보겠다. 이런 내용들은 크게 두 가지로 나누어 볼 수 있다. 하나는 작품의 고전적인 정취를 적절하게 재현한 것이고, 다른 하나는 판소리의 음악

---

108 이가원이 주석책의 앞에서 붙인 서례(敍例)에서 "本書의 原典에는 章回의 나눔이 없이 聯綴되었으므로 이제 繙讀의 편의를 위하여 五十二 章回로 나누어 '성대퇴기(聖代退妓)'나 '이화춘풍(李花春風)'등의 四字 一句로 된 章回의 이름을 붙임."이라고 장회로 나누는 이유를 설명한다. 이가원, 「春香傳註釋」, 『李家源全集』17, 정음사, 1986, 3쪽. 번역자가 참고한 판본은 이 주석본의 초판(1958)이다.

109 글자를 고친 몇 개의 예를 보면, 聖代退妓(이가원) – 聖代隱妓(허세욱), 冊室朗讀(이가원) – 書齋朗讀(허세욱), 筆才絶等(이가원) – 文才絶等(허세욱), 丈母發威(이가원) – 岳母發威(허세욱), 狂風片雲(이가원) – 風捲殘雲(허세욱) 등이다.

적 특징을 유지한 것이다. 우선 작품의 고전적인 정취를 잘 표현한 부분을 살펴보겠다. 이몽룡이 춘흥을 못 이기고 경치를 구경하기 위해서 사또에게 나가기를 청할 때 하는 말과 월매가 처음 등장할 때 월매를 묘사하는 대목을 보자.

> ㉮ 원문 : "금일 일기 화란ᄒ오니 잠간 나가 풍월 음영 시 운목도 싱각 ᄒ고자 시푸오니 순셩이나 ᄒ여이다." (5쪽)[110]
> 역문 : 今天天氣和暖, 孩兒很想出外吟詠風月, 作些詩律, 請准許孩兒巡遊. (5쪽)[111]

> ㉯ 원문 : 춘향 모 나오난듸 거동을 살펴보니 반빅이 넘어는듸 소탈한 모양이며 단정한 거동이 푀푀졍졍하고 기부가 풍영하야 복이 만한 지라. (19쪽)
> 역문 : 初瞧春香母之擧動, 年過半百, 尚有如此朴素端庄之貌, 步履亭亭, 肌膚豊盈, 風韻犹存, 是謂福相. (27쪽)

두 역문은 모두 고전적인 맛을 잘 표현하고 있다. 구체적으로 말하자면 '일기 화란하오니'에서의 '화란'을 '暖和'가 아니라 '和暖'으로 번역한 것은 은연중 고풍스러운 정취가 드러나 있다. 뜻이 같지만 '暖和'보다 '和暖'은 고전적인 맛이 있을 뿐만 아니라 양반도령인 이몽룡의 형상과도 잘 어울리는 말이기 때문이다. 한편, 월매의 형상을 묘사하는 문장은 간결하면서도 우아하다. 그리고 전체적으로 볼 때 중국

---

110 본고에서 사용하는 텍스트는 완서계서포에서 출판한 「열녀춘향수절가」이다. 이하 인용한 내용들은 쪽수만 제시하기로 하겠다. 성기수, 앞의 책.

111 허세욱, 「春香傳」, 臺灣商務印書館, 1967. 이하 인용은 쪽수만 제시하기로 한다.

의 일반 고전소설의 말투·묘사와 아주 유사하다. 중국 독자들이 익숙한 용어와 말투를 사용했기 때문에 독자들에게 친근감을 쉽게 느낄 수 있게 한다.

다음은 이몽룡이 등장하기 전에 봄의 경치를 묘사하는 내용과 방자가 춘향집 위치를 말하는 대목을 보자.

> ㉗ 원문 : 남산화발 북산홍과 천사만사 슈양지의 황금조는 벗 부른다 나무나무 성임ㅎ고 두견 졉동 나치나니 (3쪽)
> 역문 : 南山花發北山映, 千絲萬縷垂楊枝. 黃鶯婉轉柳中啼, 萬樹成林鵲聲急. (4쪽)

> ㉘ 원문 : 저기 져 건네 동산은 울울하고 연당은 쳥쳥한 듸 양어싱풍하고 그 가온듸 기화요초 난만하야 나무나무 안진 식는 호사을 자랑하고 암상의 구분솔은 쳥풍이 건듯 부니 노룡이 굼이난 듯… (13쪽)
> 역문 : 那邊小山鬱鬱成林, 蓮塘淸澈, 魚遊其中, 琪花瑤草, 滿塘爛漫, 鳥唱樹間, 其樂融融, 巖上老松, 含着春風, 如老龍夢醒. (16쪽)

위에 인용문은 모두 경치에 대한 묘사로 한시의 형식이나 4·4자(字)의 형식을 취했다. 원작에서는 한시구절이 부분적으로 나타나기는 하지만 전체 내용이 한시로 되어 있는 경우는 많지 않다. 그러나 역본에서는 역자가 일부 내용을 전체적으로 한시로 번역한 경우도 종종 보인다. 역자는 이런 작업을 위해 분명히 많은 심혈을 기울였을 것이다. 4·4자로 되어 있는 번역은 고전적인 풍미를 잘 표현하고 있을 뿐만 아니라 판소리의 리듬감도 은연중에 잘 유지하고 있다.

다음으로 원작의 음악적 성격을 잘 표현한 예문을 몇 개 들어 살펴보겠다.

㉮ 사랑가 :

원문 : 화우동산 목단화 갓치 펑퍼지고 고은 사랑 영평 바듸 그무 갓치 얼키고 밋친 사랑 은하직여 직금 갓치 올올리 이은 사랑 쳥누 미녀 침금 갓치 혼슐마닥 감친 사랑 (27~28쪽)

역문 : "花雨東山牡丹花, 剛好看綻豔麗且"之愛. "延平海上撒漁網, 又交又織復又結"之愛. "銀河織女勤投梭, 織錦片片相連接"之愛. "靑樓美女枕衾衣, 每逢綺綠線打結"之愛. (37쪽)

㉯ 장탄가(長歎歌) :

원문 : 한숨은 쳥풍 삼고 눈물은 셰우 삼어 쳥풍이 셰우을 모라다가 불건이 쑤리건이 임의 잠을 쌔우고져 견우직여셩은 칠셕상봉 하올 젹의 은하수 미켜시되 실기한 일 업셔건만 우리 낭군 겨신 고듸 무삼 물리 믹켜난지 소식조차 못 듯난고 사라 이리 기루난이 아조 죽 어 잇고지거 차라리 이 몸 죽어 공산의 뒤견이 되야 (61쪽)

역문 : 涕淚如細雨, 歎氣變淸風. 淸風驅細雨, 吹灑驚君夢. 牽牛織 女星, 七夕一相逢. 銀河雖阻隔, 猶有一會期. 我君所在處, 山水隔 相思. 音信久斷絕, 日久情更深. 若使將死日, 此恨永綿綿. 寧願上 九天, 化爲一杜鵑. (92쪽)

㉰ 농부가(農夫歌) :

원문 : 어여로 상사듸요 쳘리건곤 틱평시의 도덕노푼 우리 셩군 강 구연월 동요 듯던 요임군 셩덕이라

어여로 상사듸요 순임금 놉푼 셩덕으로 늬신 셩긔 역산의 밧슬 갈고

어여로 상사듸요 실농씨 늬신 짜부 쳔추만듸 유젼흐니 어이 안이 놉 푸던가

어여로 상사듸요 하우씨 어진 임군 구연홍수 다사리고

어여로 상사듸요 은왕셩탕 어진 임군 틱한칠연 당하여네 (70쪽)

역문 : 咿呀嗬! 咿呀嗬! 千里乾坤太平時, 道德英明我聖君, 康衢煙

月間童謠, 堯皇聖德仁地天.

咿呀嗬! 咿呀嗬! 舜帝威德成大器, 親自耕田在歷山.

咿呀嗬! 咿呀嗬! 神農用耜始敎耕, 千秋萬代流傳久, 隆恩自古莫
此盛.

咿呀嗬! 咿呀嗬! 夏禹仁王德用垂, 治水九年人益仰.

咿呀嗬! 咿呀嗬! 殷王成湯亦仁君, 大旱七年無可避.　(105~106쪽)

창(唱)의 부분뿐만 아니라 아니리 부분도 뚜렷한 리듬감을 지니고
있다는 것은 판소리의 특징 중의 하나이다. 앞에서 인용한 역문에서
도 방자가 춘향의 집 위치를 말하는 장면이 4·4자로 되어 있어 이런
리듬감을 느낄 수 있다. 위의 인용한 내용들은 모두 칠언(七言)이나
오언(五言)의 한시로 번역되어 있다. '농부가'의 경우에는 한시 앞에
'咿呀嗬! 咿呀嗬!'라는 민요 성격의 노랫말도 붙어 있는데, 이런 방식
의 번역은 역문에서도 원문의 음악적 성격을 느낄 수 있게 한다.

다만 앞에서도 지적했듯이 한시의 형식이 과연 판소리의 창을 표현
하는 적절한 방식인지에 대해 의문을 제기할 수 있다. 판소리의 창은
리듬과 장단(長短)의 규칙이 있기는 하나 이야기의 전개에 따라 진양
조·중모리·중중모리·휘모리 등 장단의 변화도 다양하다. 장단의 조
합은 장면이나 인물의 감정을 생동적이고 자유롭게 표현하는 데 적합
하다. 그러나 한시는 칠언이나 오언의 격식을 엄격하게 지켜야 하는
장르이다. 이런 형식의 제한 때문에 그 안에 담고 있는 정서의 표현도
어쩔 수 없이 압축시키거나 정련(精鍊)시켜야 한다. 예를 들어 '장탄
가'의 경우, 원문에서는 외롭고 쓸쓸한 춘향이 이몽룡에 대한 그리움
과 죽음에 대한 공포를 적실하게 표현하고 있다. 그러나 한시로 번역
된 후에는 춘향의 연약하고 가련한 형상이 사라졌다. 대신에 인물형

상과 감정이 모두 '경화(硬化)'된 느낌을 지우기가 어렵다. '농부가'의
경우에도 마찬가지이다. 역자가 비록 '咿呀嗬! 咿呀嗬!'라는 노랫말
을 통해 민요의 성격을 어느 정도로 살리려고 노력했지만 한시로 되
어 있는 농부가는 농부들의 노래의 소박함을 제대로 표현해 내지 못
하고, 대신에 문인이 지은 농부가의 성격이 강하게 드러나 있다. 이는
원작의 농부가의 정취와 거리가 생기게 만든다. 종합적으로 말하자면
한시의 형식은 판소리의 창의 내적인 미감을 재현하는 데 적절한 형
식이 아닌 듯하다. 중국 전통 희곡의 창(唱)은 대부분의 경우에 엄밀
한 의미에서 한시가 아니라는 것도 이 문제를 설명해줄 수 있다. 첫날
밤에 젊은 남녀의 열렬한 사랑을 노래하는 '사랑가'나 감옥에 갇힌 춘
향의 애련하고 가련한 형상과, 그런 처지에서 부르는 '장탄가'는 한시
로 번역된 이후에 정서가 경직되고 원문의 섬세한 정취가 거의 사라
졌다.

그럼, '장탄가'나 '농부가'의 경우에는 어떻게 번역해야 원작의 운
미(韻味)를 유지할 수 있을까? 앞에서도 제시했듯이 중국에는 이미
「춘향전」 역본이 많이 존재한다. 번역의 수준이 각각 다르지만 잘 되
어 있는 역본도 있다. 앞에서 제시한 '장탄가'과 '농부가'를 예로 삼아
1956년 북경 작가출판사의 역본과 비교해 보자.

㉑

'長歎歌' 원문	역문
한숨은 청풍 삼고 눈물은 세우 삼아 청풍이 세우을 모라다가 불건이 쐬리건이 임의 잠을 쐐우고 져 견우 직여성은 칠석상봉하올 적의	涕淚如細雨, 歎氣變淸風. 淸風驅細雨, 吹灑驚君夢. 牽牛織女星, 七夕一相逢. 銀河雖阻隔, 猶有一會期. 我君所在處, 山水隔相思. 音信久斷絶, 日久情更深. 若使將死日, 此恨永綿綿. 寧願上九天, 化爲一杜鵑. (허세욱 역본, 92쪽)

| 은하수 믹겨시되 실기한 일 업셔건만 우리 능군 겨신 고딕 무삼 물리 믹겨난지 소식조차 못 듯난고 사라 이리 기루난이 아조 죽어 잇고지거 차라리 이 몸 죽어 공산의 뒤견이 되야 (61쪽) | 我歎息之聲化爲一陣淸風起,
那飄飄細雨就是我的眼淚水汪汪.
淸風細雨迎風去, 雨打風吹驚醒我那李家郎.
天上雖有銀河阻, 年年七夕織女會牛郎.
我與李郎沒有窮山惡水來相隔,
爲甚不見音書來自那漢陽?
我生時雖見不著情郎的面,
死後的幽魂必然常在郎身旁.
此時我不願生但願死, 死了化作一隻杜鵑啼血在空山,
在那李花寂寞的三更夜, 我聲聲不絕覺喚情郎.
(1956년 역본, 69쪽) |

㉑

'農夫歌' 원문	역문
어여로 상사뒤요 쳔리건곤 틱평시의 도덕노푼 우리 셩군 강구연월 동요 듯던 욘임군 셩덕이라 어여로 상사뒤요 순임금 놉푼 셩덕으로 닉신 셩과 역산의 밧슬 갈고 어여로 상사뒤요 실농씨 닉신 짜부 쳔추만딕 유젼ᄒ니 어이 안이 놉푸던가 어여로 상사뒤요 하우씨 어진 임군 구연홍수 다사리고 어여로 상사뒤요 은왕셩탕 어진 임군 틱한칠연 당하여네 (70쪽)	咿呀嗬! 咿呀嗬! 千里乾坤太平時, 道德英明我聖君, 康衢煙月聞童謠, 堯皇聖德仁地天. 咿呀嗬! 咿呀嗬! 舜帝威德成大器, 親自耕田在歷山. 咿呀嗬! 咿呀嗬! 神農用粗始敎耕, 千秋萬代б流傳久, 隆恩自古莫此盛. 咿呀嗬! 咿呀嗬! 夏禹仁王德用垂, 治水九年人益仰. 咿呀嗬! 咿呀嗬! 殷王成湯亦仁君, 大旱七年無可避. (허세욱 역본, 105~106쪽)
	伊呦呦! 伊呦呦! 天下太平日, 聖君盛德高. 比得過康衛煙月的唐堯帝, 比得過歷山耕地的虞舜朝. 比得過敎民稼穡的神農氏, 比得過夏禹治了九年澇. 比得過愛民的成湯帝, 把那七年大旱熬. (1956년 역본, 80쪽)

'장탄가'의 애원함과 '농부가'의 소박함을 표현할 때 '시(詩)'보다 '가(歌)'의 형식이 더 적절하다. 1956년 역본과 비교해서 볼 때 허세욱 역본의 번역은 '시(詩)'의 성격이 더 강하고, 1956년 역본의 번역은 '가(歌)'의 성격이 더 강하다. 그리고 구체적으로 볼 때 '장탄가'의 경우에는 자구(字句)가 일정하지는 않지만 전체로 운문의 형식을 유지하고 있다. 곧, 전체로 'ang'운(韻)을 잘 지키고 있다. 왕(汪 wang)·랑(郎

lang)·랑(郎 lang)·양(陽 yang)·방(旁 pang)·랑(郎 lang)이 그것이다.
이렇게 운자를 잘 맞추었기 때문에 읽을 때에도 음악의 리듬감이 자
연스럽게 드러난다. 이런 형식으로도 춘향의 여성적인 애원함과 쓸쓸
함을 잘 표현할 수 있다. '농부가'의 경우도 마찬가지로 고(高 gao)·
조(朝 chao)·노(澇 lao)·오(熬 ao)로 'ao'운(韻)을 잘 지키고 있다. 뿐만
아니라 '比得過'를 통해 전체의 통일성도 유지하고 있다. 그리고 '比
得過'로 시작하는 구절은 농부들의 신분과 부합하는 소박함을 생동감
있게 표현하고 있다.

(2) 오역과 의사전달이 부정확한 번역

허세욱 역본의 언어는 순수한 중국어가 아니라 역자의 '한국식 중
국어'이다. 역자가 한국인이라는 점을 상기하면 이 문제를 충분히 이
해할 수 있지만, 아쉬운 점이기도 하다. 번역에 있어 주요한 문제점은
크게 두 가지가 있다. 하나는 오역과 의사전달의 부정확함이고, 다른
하나는 고어(古語)와 현대어의 혼용이다. 다음 예문을 통해 구체적으
로 살펴보겠다.

앞에서도 지적했듯이 번역자는 한국인이기 때문에 원작의 내용을
충실하게 번역하였다. 그래서 이 역본에서 나타난 오역이나 뜻을 적
절하게 표현하지 못한 번역은 번역자가 원문을 오해하거나 이해하지
못했기 때문이라기보다는 번역자의 중국어 표현능력의 문제로 보는
것이 더 타당할 것 같다. 물론 원문에 대한 해독이 잘못된 부분도 있
다. 구체적인 예문을 통해 보겠다.

㉮ 원문 : 천하디셩 공부자도 이구산의 비르시고 졍나라 졍자산은 우셩
산의 비러 나계시고 (1쪽)
역문 : 至聖先師孔夫子也曾在尼丘山祝禱神祇. 春秋時代的鄭子産
亦曾祈禱於○山.(注 : 原文闕漏) (2쪽)

역문의 뜻은 '천하대성 공부자도 이구산에서 기도한 적이 있었고,
춘추시대의 정자산도 ○산에서 기도한 적이 있었다.'라는 것이다. 산
에서 기도한 사람이 각각 공부자(孔夫子)와 정자산(鄭子産)으로 번역
되어 있다. 그러나 공자와 정자산의 출생에 관한 일화는 산에서 기도
한 사람은 공자나 정자산이 아니라 그들의 어머니이다. 곧 공자의 어
머니가 이구산(尼丘山)에서 기도한 다음에 공자를 낳고, 정자산의 어
머니가 우형산(右荊山)에서 기도한 다음에 자산을 낳았다는 것이다.
그리고 원작에서도 마지막으로 '나 계시고'라는 내용이 나온다. 역자
는 '나 계시다'의 의미를 간과하였기 때문에 원문의 의미를 잘못 번역
하였다. 물론 이는 역자가 원작의 내용을 충분히 이해하지 못한 데에
서 일어난 오역인지 중국어를 제대로 표현하지 못함에 온 오역인지를
파악하기가 어렵다. 단 역문에서 '나 계시다'라는 내용이 없다는 것은
사실이다.

㉯ 원문 : 그 달부텀 틱기 잇셔 (2쪽)
역문 : 自此動了胎氣(태기를 건드리다) (3쪽)

이 역문의 표현 역시 잘못되었다. '태기가 있다(有了胎氣)'라는 말은
보통 갓 임신이 되었다는 뜻으로 쓰인다. 원문의 뜻도 이것이다. 그러
나 '動了胎氣'는 임신이 이미 몇 달이나 된 이후에 외부의 충격이 태

아의 혈기 운행을 방해했다는 뜻으로 사용되는 말이다. 일반적으로
태아의 정상적인 혈기 운행이 파괴된다는 안 좋은 뜻으로 쓰인다. 그
래서 '動了胎氣'한 다음에는 항상 태아의 상태가 불안정해지거나 바
로 모체에서 나오는 사태가 이어진다. 그러므로 여기서의 번역은 적
절하지 못한 것이라 해야 한다.

> ㉰ 원문 : 니가 너를 기싱으로 알미 아니라 드르니 네가 글을 잘한다기
> 로 쳥하노라 (11쪽)
> 역문 : 我不顧及你的家世. 聞到你善詩, 故將竭誠邀請. (14쪽)

역문에서 "我不顧及你的家世"는 "내가 너의 가세(家世)를 개의치
않는다."라는 말이다. 그러나 여기서 이몽룡이 진정 하고 싶은 말은
"내가 너를 기생으로 생각하는 게 아니다(我並未將你視爲妓女)."라는
것이다. 이몽룡은 애초에 춘향을 기생으로 생각하고 방자를 보내 불
러오라고 했다. 그러나 춘향은 "니가 지금 시사가 아니여든 여염 사람
을 호리칙거로 부를 이도 업고 부른딕도 갈 이도 업다."고 하여 함부
로 불러오라고 한 이몽룡의 행동을 비난했다. 이몽룡은 방자에게 춘
향의 이런 말을 듣고 나서 곧 "니가 너를 기싱으로 알미 아니라"라는
말로 자신의 실수에 대해 변명했다. 이 역문이 크게 잘못됐다고 할
수는 없으나 원문의 뜻을 정확하게 전달하지는 못했다.

> ㉱ 원문 : 낫낫치 식겨 보면 쎄죵 쌀 일리 만하지야 (15쪽)
> 역문 : 字字註釋, 亦有捧腹大笑的事哷. (20쪽)

여기서는 '쌔쏭 쌀 일'를 '捧腹大笑(포복절도하다, 허리를 쥐고 웃다.)의 일'로 잘못 번역했다. '뼈똥 쌀 일'은 아주 어려운 일을 형용하는 말로 이몽룡은 이 표현을 사용하여 천자문의 어려움을 아주 과장되게 말하고 있다.

> ㉮ 원문 : 우리 두리 쳐음 만나 빅연언약 미질 젹의 딕부인 사쏘게옵셔 시기시던 일리온잇가 빙자가 웬일이요 (38쪽)
> 역문 : 當我們山盟海誓時, 難道不是府使, 夫人所命的麼? 豈有憑藉? (58쪽)

이 역문에서는 '不' 한 글자 때문에 원문의 뜻이 정반대로 되어버렸다. 역문의 뜻은 "우리 둘이 처음 만나 백년언약을 맺을 때 대부인과 사또께서 시키시던 일이 아닙니까?"이다. 사실은 춘향이 한 말은 "우리 둘이 처음 만나 백년언약을 맺을 때 (그 일이) 대부인과 사또께서 시키시던 일입니까?(그렇지 않은 것 아니냐)"라는 것이다. 그리고 '豈有憑藉'는 '어찌 빙자가 있습니까?'라는 뜻인데 역문만 보면 무슨 말인지 이해하기가 어렵다. 원문의 문맥으로 보면 이 말은 춘향이 당초의 결연도 부모의 명으로 맺은 것은 아니었는데 이제 와서 왜 부모 핑계를 대느냐면서 이몽룡을 책망한 말이다. 그러나 '豈有憑藉'라는 역문은 이런 뜻을 제대로 전달하지 못했다.

> ㉯ 원문 : 이 익 외입한 자식더리 져른 계집을 추왕 못ᄒ면은 사람이 안이로다. (52쪽)
> 역문 : 假如和她有肌膚之親, 而不欽敬這樣的女子, 那恐怕不是人了! (77쪽)

역문의 뜻은 "만약 그녀와 기부지친(肌膚之親)을 맺고 나서 이런 여자를 존중하지 않는다면 사람이 아니로다."라는 것이다. 우선 '肌膚之親'는 서로의 피부를 접촉한다는 뜻으로 남녀의 육체적인 관계를 비유하는 말이다. 이런 말을 보면 자연히 이몽룡을 연상하게 된다. 춘향과 육체적인 관계를 맺은 사람이 이몽룡밖에 없기 때문이다. 그러나 이런 관계가 있기 때문에 춘향을 '欽敬'해야 한다는 말이 무엇을 뜻하는 바인지를 이해하기 어렵다. 또한 원문에서의 '외입쟁이'는 이몽룡을 가리키는 말이 아닌 듯하다. 때문에 '肌膚之親'을 부각시키는 것도 불필요한 것이다. 여기서 말하는 '외입쟁이'는 이몽룡이 아니라 춘향을 좋아하는 남자들에 대한 일종의 범칭(泛稱)으로 이해하는 것이 더 적절할 것 같다.

   ⒮ 원문 : 츙효열여 상하 잇소 자상이 듯조시요 기싱으로 말합시다 츙효열여 업다ᄒᆞ니 낫낫치 알외리다 (55쪽)
     역문 : 爲何忠孝節烈有上下等級之分呢? 您仔細聽聽罷! 您把我看成妓生也無所謂, 但你說'妓生無忠孝烈女, 且聽我一一擧例吧.
                              (81쪽)

역자가 "기생으로 말합시다."를 "您把我看成妓生也無所謂"로, 곧 "나를 기생으로 봐도 상관없다."로 번역했다. 이것도 잘못된 번역이라 해야 한다. 춘향의 이 말은 회계 생원이 "너 갓튼 창기비게 수절이 무어시며 정절이 무엇신다 (… 중략 …) 너의 갓턴 천기비게 츙열이즛 웨 잇시랴"에 대한 반발이다. 충효와 정절을 잘 지킨 기생들을 예로 들어 그들의 충효절열(忠孝節烈)을 강조한 말인 것이다. "나를 기생으로 보아도 상관없다"는 뜻이 아니라 "기생을 예로 들고 말합시다."라는 뜻이다.

그 외에 개별의 역사적인 용어에 대한 잘못된 번역이나 적절하지 못한 번역들도 있다. 예를 들면, 역본에서는 퇴기(退妓)를 종량(從良)과 퇴휴(退休)로 번역했다.

> ㉑ 원문 : 잇씨 절나도 남원부의 월믜라 하난 기싱이 잇스되 삼남의 명
> 기로서 일직 퇴기ᄒ야 셩가라 ᄒ는 양반을 다리고 셰월을 보닉되…
> (1쪽)
>
> 역문 : 全羅道南原府有一名妓月梅, 早年艷聲雀噪三南(南韓三道),
> 不過現已從良, 隨從一位兩班階級(卽士大夫階級尊稱)之成姓官員
> 同居… (1쪽)

> ㉒ 원문 : 기싱 졈고 다 되아도 춘향은 안 부르니 퇴기야 (50쪽)
> 역문 : 點査妓生幾乎完畢, 沒有聽到你叫春香, 春香是否已退休了
> (75쪽)

중국 역사에서 일반적인 의미에서의 종량(從良)은 노비가 자유인이 되는 경우에도 쓰이지만 기생의 경우에는 기생이 더 이상 기생으로서 살지 않고, 기방에서 벗어나 어떤 남자에게 시집간다는 뜻으로 쓰이는 말이다. 곧 종량이라는 단어가 어떤 남자와 결혼한다는 뜻을 내포하고 있다. 그리고 대부분의 경우에는 기생어미한테 몸을 속출(贖出)하는 일정한 돈을 지급해야만 종량할 수 있다. 그러나 한국 역사에서 '퇴기'의 일반적인 의미는 어떤 남자와 결혼하거나 남자의 첩이 된다는 의미가 아니다.[112] 월매가 성 참판과 같이 사는 것도 성 참판의 첩

---

112 여기서 말하는 '종량'과 '퇴기'의 차이점은 일반적인 의미에서만의 차이임을 강조하

이 되는 것이 아니라 수청(守廳)만 드는 것이다. 그러나 적절한 표현이 없는 경우에는 이렇게 번역해도 크게 틀리지는 않다. 세부적인 의미 차이가 있긴 하나 비슷하다고 할 수도 있다.

그러나 '퇴기'를 '퇴휴(退休)'로 번역한 것은 적절하지 않은 번역이라 해야 한다. '退休'라는 단어는 '정년퇴직하다'의 뜻으로 "오랫동안 어떤 일을 했다가 나이가 들어서 퇴직한다."는 뜻을 내포하고 있다. 그래서 여기서 "춘향이 이미 퇴휴했느냐?(春香是否已退休了)"라는 번역은 용어의 선택을 잘못했다고 할 수 있다.

역사적인 용어를 잘못 사용한 사례도 있다. 주로 나라명이나 역사를 서술하는 내용에서 나온 용어들이다. 작품의 맨 처음에 "大韓李氏王朝, 自肅宗大王卽位之後"라는 문장이 나오고, 오작교의 경치를 묘사할 때 "大韓風景"이라는 말이 나오며, 황릉묘(黃陵廟)에서 진주(晋州) 명기 논개(論介)를 소개할 때 "論介系日軍侵韓時, 抗暴守節之名妓."라는 설명도 나온다. '大韓'이나 '日軍侵韓'라는 말은 모두 시간적으로 잘못된 용어들이다. '일본'과 '한국'은 모두 근대에 들어온 후에

고자 한다. 중국과 한국 역사에서의 기생제도는 모두 깊이 있는 연구를 요하며 간단하게 서술할 수 있는 문제가 아니다. 단 필자가 아는 바로 거칠게 설명하자면 중국 역사에서 관기(官妓)의 경우, 기생신분에서 벗어날 수 있는 방법은 대개 '낙적(落籍)'과 '종량(從良)'의 두 가지가 있다. '낙적'은 기적(妓籍)에서 이름을 빼는 것이고, '종량'은 남자에게 시집을 가는 것이다. 중국에서 종량은 낙적의 방식 중에 하나라 할 수 있다. 조선시대의 '퇴기'는 '낙적'과 비슷한 면이 있으나 더 복잡한 의미를 가진 용어이다. 한편, 중국의 문학작품에서 등장하는 기생들은 대부분의 경우에 관기(官妓)가 아니라 사기(私妓), 사기 중에서도 왕공귀족 집안에 속한 가기(家妓)가 아니라 영리(營利)를 목적으로 한 기생들이다. 그들의 소속은 관아가 아니라 기생집의 주인인 기생어미이다. 이와 달리 한국 문학작품에서 등장하는 기생들이 대부분 관기(官妓)이다. 작품에 나타나는 월매 역시도 관기이다. 이에 대한 자세한 연구는 별도로 논의하기로 한다.

야 생긴 나라이름이기 때문이다. '大韓'을 대신에 '조선', '日軍'을 대
신에 '왜군'으로 번역하는 것이 적절할 것이다.

이 외에도 "너도 나무 집 귀한 쌀이로다.(13쪽)"를 "汝亦是貴家之女
也" 곧 "너도 귀한 집의 딸이로다."로 번역했는데 이것은 수식어의 위
치를 잘못 붙인 번역이다. 원문의 뜻은 춘향이 귀한 집안의 딸이 아니
라 남의 집의 귀한 딸이라는 것이다. "나 죽난 줄 모르난가?(83쪽)"는
"怎麼不來爲我死呢?" 곧 "왜 나를 위해 죽으로 오지 않으냐?"가 아니
라 "내가 곧 죽을 것을 모르느냐?"라는 뜻이다.

그리고 작품 전체의 분위기와 맞지 않은 번역도 많아 보인다. 예를
들면 춘향이 '자탄가'를 하면서 '천연이 도라안자 여보 도련임~'라는
부분에서 역자가 '천연'을 '安然'으로 번역했다. '안연'은 '안심하다,
염려가 없다. / 평안하다, 안정하다'의 뜻이다. 그렇게 충격을 받고
울면서 '자탄가'를 한 춘향이 '安然'히 돌아앉을 리가 없다. 여기서 '천
연'은 '悽然'으로 번역하면 당시의 분위기를 더 적절하게 표현할 것이
다. 또한 역자는 이몽룡이 떠난 후에 '이때 춘향이 하릴없셔 자든 침
방으로 들어가서'라는 부분에서 '하릴업셔'를 '百無聊賴'로 번역했다.
'百無聊賴'는 '무료하기 짝이 없다. 심심하기 그지없다. 무척 따분하
다.'의 뜻이다. 이는 물론 당시 춘향의 심정과 상당히 맞지 않는 표현
이다.

그리고 번역자의 실수인지 잘 모르겠지만 「춘향전」에서 유명한 '십
장가'가 중역본에서 '杖을 맞다.'는 것 대신에 '뺨을 때리다(掌嘴)'로
표현하고 있다. 첫 번째 번역에만 杖으로 치는 형식으로 번역되어 있
고 두 번째부터 모두 '뺨을 때리다'의 형식으로 바뀌었다. 앞에서 제
시한 표에서도 볼 수 있듯이 36소절의 소제목은 '十杖哀歌'이다. 그리

고 역본에서 사령들이 '곤장(棍杖)'과 '태장(笞杖)'을 고르는 내용도 나왔는데 역문에서 왜 '뺨을 때리다.'로 바꾸었는지 그 이유를 알 수가 없다.

(3) 고어와 현대어의 혼용과 골계와 해학의 약화

허세욱 역본에는 고어와 현대어의 혼용이 많다. 역자는 스스로 이 작품을 고전적인 언어로 번역해야 한다는 인식을 분명히 가지고 있었다. 번역본의 대부분이 고문으로 되어 있는 점은 이를 잘 설명해준다. 문제는 이런 고어의 사용이 일관되지 않다는 점이다. 역자가 비록 작품의 고전적인 정취를 재현하기 위해 많은 노력을 기울였지만, 결과적으로 볼 때 성공적이었다고 할 수는 없을 것 같다. 작품에 고전 작품으로서의 정취와 어울리지 않는 용어 및 문장들이 많이 보이기 때문이다. 아래는 고어로 되어 있는 문장에서 현대어가 갑자기 등장하는 몇몇 예문이다.

　㉮ 香丹啊, 風力忽然强了, 我有點頭昏目眩, 快拉佳秋千繩吧. (9쪽)
　　　(風力-풍력)
　㉯ 堂上有高華之白衣夫人, 輕揮玉手, 表示歡迎. (95쪽)
　　　(表示歡迎-환영을 표시하다)
　㉰ 你是春香嗎? 眞可愛. 日前瑤池有會, 當時許多人曾提起你的事蹟.
　　　(眞可愛-참 귀엽다. 事蹟-사적)　　　　　　　　　　　　　　(95쪽)
　㉱ 她因爲不聽官方的守廳要求, 刑杖幾至於死.(111쪽)
　　　(官方的-당국의. 要求-요구)
　㉲ 而少了楊少遊男主角, 爲誰在坐呢?(116쪽) (男主角-남 주역)
　㉳ 而少爺爲何失敗到這種地步呢?(123쪽)

(失敗到這種地步-이 지경까지 실패했다.)

이상 밑줄 친 부분은 모두 현대 중국어이다. 이런 용어들은 「춘향전」이라는 고전소설의 전체적인 문화적 분위기와 잘 맞지 않는다. 고어와 현대어에 차이점이 생긴다는 것은 전 세계에 보편적으로 존재하는 문화현상이다. 문학작품에서는 이런 문제가 더욱 중요하다. 문학작품 특히 고전문학작품에 있어 언어는 단순히 의사를 전달하는 수단이 아니라 언어자체가 예술적인 생명력을 지니고 있으며 시대적 분위기를 대변하기 때문이다. 번역에 있어서 현대어로 고어의 뜻을 전달할 수 있기는 하지만 고어의 풍미를 제대로 표현하는 데에는 역부족인 경우가 많다.

골계와 해학은 「춘향전」을 비롯한 판소리계 소설의 가장 매력적인 특징 중의 하나이다. 이런 골계와 해학은 민중들의 낙천적인 정서를 잘 표현할 수 있을 뿐만 아니라 판소리를 듣거나 읽는 사람에게 즐거움을 줄 수 있기도 하다. 이런 의미에서 「춘향전」에서는 비록 춘향의 고난과 슬픔을 표현하는 내용들도 많지만 전체로 볼 때 고난 속에서도 늘 희망을 잃지 않는 낙관적인 정서가 흐르고 있다. 그러나 이런 골계와 해학은 대부분의 경우에는 순 한국어로 되어 있기 때문에 번역할 때 상당히 어렵다. 이런 순 한국어를 직역하면 뜻을 전달할 수 있다 하더라도 문장 내부에 담고 있는 미묘한 정서를 절실하고 생동감 있게 표현하기 어렵다. 예를 들면, 목낭청이 말하는 "정승을 못하오면 장승이라도 되지요.(18쪽)"에서 나오는 '정승'과 '장승'을 직역하면 원문에서 발음의 유사함으로 인하여 일어나는 해학적인 풍미를 역문에서는 살리지 못할 것이다. 그리고 춘향모가 "네의 셔방인지 남방

인지 걸인 한나 시려 왔다.(78쪽)"라는 말에서 나오는 '서방'과 '남방'
도 마찬가지로 직역하면 원문의 정취(情趣)를 잃을 것이다. 이런 경우
에 역자에게 요구되는 것은 비슷한 의미가 있는 중국 속어에 대한 지
식이다.[113]

사또가 사람을 보내 목낭청을 부르고 둘이 이야기를 나누는 부분에
서 목낭청은 아주 골계적인 인물로 등장한다. 이는 그가 처음 등장할
때 그의 대한 묘사에서부터 시작된다.

> ㉮ 원문 : 낭청이 드러오난듸 이 양반이 엇지 고리게 싱계던지 만지 거
> 름속한지 근심이 담쑥 드러던 거시엿다 (17쪽)
> 역문 : 廊廳進來,他爲人十分固執, 所以行步也快,看來好像很愁悶
> 的樣子. (23쪽)

우선 역자는 '고리게 생계던지'를 '爲人十分固執'로, 곧 '사람됨이
아주 고집하다'로 번역했다. 이는 역자의 나름의 의역(意譯)이라 볼
수 있으나 '고리다'의 '하는 짓이 더럽고 지저분하다. / 행동이 떳떳하
지 못하고 의심스럽다'라는 의미를 제대로 표현하지는 못했다. '거름
속한지'를 '걸음도 빠르다'로 번역했는데 이는 이가원(李家源)과 조윤
제(趙潤濟)의 주석을 참고해서 번역한 것으로 보인다. 두 학자가 모두
'거름 속하다'를 '걸음 속(速)하다'로 해석했기 때문이다.[114] 역문은 '낭

---

113 필자가 현재까지 조사한 「춘향전」의 모든 역본에서는 이런 부분을 잘 표현한 역본
이 없다. 번역하기가 어려워서인지 대부분 역본에서 '서방인지 남방인지'의 말을
번역하지 못하고 그냥 넘어가는 형식을 취했다.

114 낭청이 드러오난듸 이 양반이 엇지 ㉠ 고리계 생기던지만지 ㉡ 거름 속(速)한지 근
심이 담쑥 들던 거시엿다. / ㉠ 하는 짓이 잘고 세차지 않아 코리탑탑한 것. ㉡ 낭

청이 들어왔는데, 그의 사람됨이 아주 고집하고, 걸음도 아주 빠르며, 수심이 많아 보인다.'라는 것이다. 전체로 볼 때 원문에서의 목낭청의 골계적인 인물형상을 역문에서는 아주 '평범하게' 번역했다는 느낌이 든다. 한편 번역문에서 나타난 목낭청의 골계적인 인물형상의 약화는 그와 사또의 대화에서도 계속된다. 목낭청은 사또와 이야기를 나누는 과정에서 사또의 말뜻을 잘 파악하지 못해서 '지여부지간(知與不知間)'에 사또의 말을 따르기만 한다. 결국은 아무 생각도 없이 "정승을 못 하오면 장승이라도 되지요."라는 말까지 한다. 사또의 꾸짖음을 들었어도 "딕답은 하여싸오나 뉘 말린지 몰나요.(18쪽)"라고 한다. 여전히 정신을 차리지 못하는 아주 우스꽝스러운 형상이다. 그러나 역자가 "딕답은 하여싸오나 뉘 말린지 몰나요."를 "隨口而說, 並不指他而言.(그냥 해 본 말입니다. 다른 뜻이 아닙니다.)"라며 꾸짖음을 들은 후에 곧바로 정신을 차리는 형식으로 번역했다. 이렇게 번역한 결과, 목낭청의 해학적인 형상이 많이 약화되었을 뿐만 아니라 이 부분 전체의 생동감도 많이 떨어지게 되었다.

한편 이몽룡과 방자가 처음 춘향집에 찾아갈 때 춘향이 긴장해서 말을 거꾸로 하는 '도련임이 방직 모시고 오셔쓰오'라는 말도 독자의 웃음을 유발할 수 있다. 그러나 역자는 이 문장을 '房子陪少爺來了(방

걸음. 行步, 무슨 큰 事件이나 난 듯이 걸음을 빨리 걸음.
이가원, 앞의 논문, 84쪽, 각주 14번, 16번.
郞廳이 들어오는되 이 兩班이 엇지 고리게 생겻던지 만지 걸음 속한지 근심이 담쑥 들어던 것이었다.
조윤제, 『陶南趙潤濟全集』六, 東國文化社, 1989, 50쪽.
한편 김현용이 '거름속한지'를 '꺼림칙하다'로 보기도 한다.
성기수, 앞의 책, 각주 133번 재인용. '뭔지 꺼림칙한지'(김현룡의 주석).

자가 도련님을 모시고 오셔따오.)'로 번역했다. 곧 말을 거꾸로 하는 게
아니라 제대로 하는 식으로 번역한 것이다. 이런 역문에서 춘향의 긴
장된 모습과 말을 거꾸로 하는 웃기는 모습이 모두 표현되지 못했다.
그 이외에 낙춘(落春)에 대한 묘사와 어사출도 후에 관리들이 혼비백
산 도망치는 장면에 대한 묘사도 원문의 골계와 해학을 생동하게 재
현하지는 못했다. 어사출도 후에 관리들이 도망치는 장면을 보자.

> ㉯ 원문 : 좌수 별감 넉슬 일코 이방 호장 실혼ᄒ고 삼ᄉᆡ나졸 분주하네
> 모든 수령 도망할 제 거동 보소 인궤 일코 과졀 들고 병부 일코 송편
> 들고 탕근 일코 용수 쓰고 갓 일코 소반 쓰고 칼집 쥐고 오좀 뉘기
> 부서진니 거문고요 씨지나니 북 장고라 본관이 똥을 싸고 멍셕 궁기
> 싱양쥐 눈쓰 듯ᄒ고 넉아로 드러가셔 어 추워라 문 드러온다 바람
> 다더라 물 마른다 목 듸려라 (83쪽)
>
> 역문 : 座首, 別監, 吏房, 戶長都失魂落魄, 三色邏卒, 都在奔走. 各
> 邑守令們正在逃亡, 丟棄了印櫃但帶了油菓, 遺失了兵符但帶了松
> 餅, 丟棄了宕巾戴上了篘子, 丟棄了冠帽但帶上了小盤, 搯著刀皮而
> 解著手. 絃琴破裂, 杖鼓折斷. 府使屁滾尿流, 蒿席縫中老鼠一般, 溜
> 進了內衙. "唉! 冷死了! 門來閉住風吧! 水渴拿口來吧!"(131쪽)

역자가 원문에서 '~~일코(잃고), ~~들고'의 문장을 '丟棄了~~帶
上了~~'의 형식으로 직역했다. 그러나 실제로 '~~일코(잃고), ~~들
고'의 문장은 '~~대신에 ~~잘못 들고'라는 뜻이다. 예를 들면 '인궤
일코 과졀 들고'의 뜻은 '인궤 대신에 과졀을 잘못 들고'라는 뜻이다.
역문에서도 이렇게 번역해야만 원문의 뜻을 제대로 전달할 수 있다.
곧 '인궤 일코 과졀 들고'를 '把果盒當成了印匣' 혹은 '錯拿了果盒當
印匣'로 번역해야 한다. 그리고 그런 상황에는 긴 문장보다 짧은 문장

이 더욱 장면의 혼란함과 사람들의 당황함을 잘 표현할 수 있다. 예를 들면 "어, 추워라, 문 드러온다, 바람 다더라. 물 마른다, 목 듸려라."라는 구절은 원문에서도 짧은 문장으로 되어 있다. 그러나 역문에서는 "문 드러온다, 바람 다더라."를 하나의 문장 "門來閉住風吧!"로 번역했고, "물 마른다, 목 듸려라."를 하나의 문장 "水渴拿口來吧!"로 번역했다. 이런 번역에서는 우선 변학도가 말을 잘못한 것을 쉽게 알아볼 수 없다. 문장구조가 이상해서 이해하기가 쉽지 않기 때문이다. 그리고 두 개의 짧은 문장을 하나의 긴 문장으로 합친 것도 변학도의 정신이 없는 형상을 생동하게 그려내지는 못했다. 오히려 원문의 짧은 문장을 그대로 짧게 번역했더라면 훨씬 더 효과적이었을 것이다. 곧 "문 드러온다, 바람 다더라. 물 마른다, 목 듸려라."를 "門吹進來了, 趕快關上風啊. 水渴了, 趕快拿些嗓子來."로 번역하면 의사전달이 훨씬 명확하게 될 것이다. 그리고 독자의 이해를 돕기 위해서 말을 거꾸로 하는 경우에는 약간의 설명을 붙이는 것도 필요할 것 같다.

3) 허세욱 역본의 가치와 한계

「춘향전」은 한국 고전소설의 대표작품으로서 세계 여러 나라에 번역본이 있다. 번역자가 한국인이든 외국인이든 간에 「춘향전」을 번역 대상으로 선택한 일 자체가 「춘향전」의 문학적 가치와 한국 문학사에서의 위상을 증명하는 것으로 볼 수 있다.

그러나 「춘향전」의 타국어 번역본은 내용이나 문학작품으로서의 질(質)로 볼 때 상당히 거칠다. 이는 「춘향전」의 역본만에 해당되는 것이 아니다. 19세기와 20세기 초 중국 고전소설의 타국어 번역본도 마찬가지로 문제가 많다.[115] 낯선 동양의 문학이 여러 나라의 언어로 번역되어, 문화권이 완전히 다른 독자들과 대면해야만 하는, 이런 '난 감한 시작'은 어떻게 보면 당연한 일일 수도 있다. 「춘향전」의 경우에 는 최초의 일본어역본으로 시작해 이후 영어·프랑스어(베트남어)[116]· 러시아어·중국어 등 다양한 언어로 역본이 두루 나왔다. 그러나 대부 분의 역본들은 대개 「춘향전」이라는 이야기를 '나름의 방식'으로 전 달하는 데만 그쳤다. 그리고 이런 '나름의 방식'에는 지나친 개작이 포함되어 있다. 이것은 서로 다른 문화권에 속한 사람들이 문화나 문 학을 바라보는 시각의 차이에서 일어난 일이다. 이런 시각의 차이는 동·서양 물론이고 중국과 한국처럼 같은 문화권에 속한 나라 사이에 도 흔히 존재한다. 역본의 독자들이 역본의 내용을 잘 이해할 수 있도 록 그 나라의 문화적인 전통을 따라 개작한 것은 어떻게 보면 필요한 작업이고, 또한 좋은 번역방식이기도 한다. 허세욱의 경우에는 한국 인이기 때문에 원작을 거의 모두 직역(直譯)했을 정도로 충실하게 번 역했다. 다만 중국어 표현능력에 있어 어색한 부분이 있었고, 원작의 문학적·예술적인 매력을 완벽하게 재현하지 못한 아쉬움도 있다. 하 지만 원작의 내용을 적실하게 번역했고 내용에 대한 과도해석이 없다

---

115 중국 고전소설 외국어번역 관한 논의는 다음 논문 참고할 수 있다.
   劉勇强, 「中國古代小說域外傳播的幾個問題」①, 『北京論壇』, 文明的和諧與共同 繁榮-對人類文明方式的思考 : "世界格局中的中華文明", 國學論壇, 2006; 劉勇 强, 「中國古代小說域外傳播的幾個問題」②, 『上海師範大學學報』(哲學社會科學版) 5, 2007; 曹振江, 「淺談漢英古典小說翻譯中的必然損失」, 『青年文學家』9, 2012; 黨爭勝, 「中國古典代表小說在國外的譯介與影響」, 『外國語文』29, 2013; 宋麗娟· 孫遜, 「"中學西傳"與中國古典小說的早期翻譯(1735-1911)-以英語世界爲中心」, 『中 國社會科學』6, 2009.

116 이렇게 표시하는 이유는 「춘향전」의 베트남어역본이 프랑스어역본을 저본으로 한 것이기 때문이다. 이 문제에 관한 논의는 다음 논문이 있다.
   전상욱, 앞의 논문, 2010.

는 장점도 있다.

문화적인 차이 때문에 어쩔 수 없이「춘향전」의 내용을 개작한 다른 나라의 역본과 비교하면 중국어 역본은 역사적·문화적인 친연성(親緣性) 때문에 원작의 내용과 사상을 적실하게 표현할 수 있는 비교우위를 지니고 있다. 그래서「춘향전」의 다른 타국어 역본보다는 원작의 문학적·예술적 가치를 비교적 완전하게 재현할 수 있는 가능성이 가장 높다.

허세욱 역본은 현재까지 대만에서 출판된「춘향전」의 유일한 역본이다.「춘향전」을 번역할 당시는 역자가 아직 유학생으로서 공부하고있던 시절이었다.「춘향전」을 중국어로 번역하기로 한 결정은 역자가자국문학에 대한 애정과 자긍심뿐만 아니라, 대만 독자들에게 이런작품을 소개하고자 한 열정과 책임감도 모두 포함하고 있나고 할 수있다. 그리고 자신의 중국어가 아직 완벽하지 못함을 알면서도 이런작업에 착수한 것은 연구자로서의 열정과 용기가 대단했음을 의미한다. 역본의 질(質)을 떠나서 역자의 이러한 학자로서의 태도를 우선높이 평가해야 한다.

외국인들은 중국어, 특히 고전적인 중국어를 완벽하게 구사하지 못하는 문제에서 누구도 자유롭지 못하다. 그리고 역자가 자신의 '자국식(自國式) 중국어'를 의식하지 못하는 것도 역시 외국어를 전공하는사람이라면 누구도 피할 수 없는 문제이다. 그러나 다른 각도에서 볼때 언어는 소설의 유일한 표현수단이기도 하다. 소설의 모든 구성요소, 소설에 담고 있는 인물의 감정과 사상 등은 모두 언어를 통해 표현되고 있다. 이런 의미에서 소설의 질(質)은 언어에 달려 있다고 해도 과언이 아닌 듯하다. 이해하기 어려운 언어는 섬세한 감정이나 진실한 사상을 표현하기 어려울 것이다. 그래서 허세욱의「춘향전」역본에 대한 논의는 역자의 열정과 그에 미치지 못하는 표현능력,「춘향전」원작의 가치와 역작의 평범함 사이의 갈등을 고려하면서 전개될 수밖에 없다. 그러나 이 역본을 연구하는 입장에서 역자의 번역수준과 역본의 질(質)에 대한 평가 또한 엄격하게 할 수밖에 없다. 그렇지 않다면 연구의 의미가 사라질 것이기 때문이다. 이런 역본에 대한 연구가 심중하고 세밀하게 이루어져야만 번역의 문제점과 부족함을 찾아낼 수 있고, 그것을 어떻게 수정·개선해야 하는지의 문제도 점점 터득할 수 있을 것이다. 그리고 앞에서도 언급했듯이 중국에는 이미「춘향전」역본이 많이 존재한다. 번역의 수준이 각각 다르지만 역본들은 각기 나름의 성격을 가지고 있다. 이런 역본들을 충분히 참고하면 훌륭한 역본의 출현도 기대할 수 있을 것이다. 허세욱 역본은 대만의 독자들에게「춘향전」을 비롯한 한국 고전소설을 접촉하는 문을 열어주고, 나중에 더 훌륭한 역본의 출현과 함께 다른 한국의 고전소설이 대만에서 유입되고 전파되는 데 비옥한 토양이 될 것이다. 이는 이 역본의 가장 큰 의의라 할 수 있다.

번역 작품의 수준을 결정하는 기본적인 요소는 적어도 두 가지가 있다. 하나는 원작에 대한 이해이고 다른 하나는 역문으로 원문의 뜻을 부드럽고 정확하게 표현하는 것이다. 앞에서도 언급했듯이 M. 르드레르(Marianne Lederer)의 정의를 참고하면 번역은 하나의 '텍스트'를 '이해'한 다음, 이 '텍스트'를 다른 언어의 '텍스트'로 '재현'하는 것이다. 이런 정의를 토대로 비추어 보면 허세욱의 원작 '텍스트'에 대한 '이해'는 상당한 수준이라고 볼 수 있다. 그러나 이 '텍스트'를 다른 언어의 '텍스트'로 '재현'하는 데는 역부족인 곳이 많다. 이는 앞에서도 지적했듯이 외국어를 전공하는 사람이라면 누구도 자유롭지 못한 문제이기도 하다. 허세욱의 역본은 비록 원본의 내용을 충실하게 번역했지만 역문언어를 완벽하게 구사하는 능력이 부족했기 때문에 어색한 문장들이 많다. 그러나 이는 단순히 언어의 문제가 아니다. 언어의 문제보다는 이 작품이 고전소설이라는 점이 더 중요한 이유라고 생각한다. 작품의 앞에 실려 있는 「〈春香傳〉考釋」이라는 논문의 문장은 아주 깔끔하고 유려하다. 역자가 익숙한 학술적인 언어로 썼기 때문에 그렇게 잘 번역된 것이다. 한편 역자는 중국어로 시를 쓰는 시인으로도 유명하다. 이는 시적인 언어도 자유자재로 사용할 수 있다는 뜻이다. 그래서 문제의 중점은 언어라기보다는 작품의 '고전'적 성격에 있다고 하는 것이 더 타당할 것 같다.[117] 물론 언어의 면에서 문제가 없다는 뜻은 아니다. 단, 언어의 문제보다 작품의 고전적인 성격을 재현하는 것이 더욱 어렵다는 것이다. 다시 말하면 역본에서의 어색함은 대부분의 경우에는 역자가 고전적인 용어를 잘 구사하지 못했기 때문에 일어난 것들이다.

그리고 본문의 분석에서도 볼 수 있듯이 역자는 원문을 '직역'하는 경우가 많았다. 원문을 충실하게 번역하기 위해서 직역을 했으나 그것이 오히려 일종의 '기계적인 번역'이 되고 마는 위험도 있다. 번역자가 비록 중국어 구사능력을 어느 정도로 갖추고 있고 중국문화에

---

117 현재 중국에서 번역되고 출판된 한국의 문학작품은 95%이상이 현대문학 작품이라는 것을 상기하면 고전문학을 번역하는 작업이 얼마나 어려운지를 짐작할 수 있다. 번역하기 어렵기 때문에 실력이 뛰어난 번역자라도 고전 작품을 번역하는 작업을 의도적으로 피하는 경우가 많다. 한 나라의 고전적인 언어를 자연스럽게 구사하는 능력은 단순한 '외국어 학습'을 통해서는 절대 습득할 수 없는 것이다. 이와 더불어 경제적인 요소도 외면할 수 없다.

대한 이해도 어느 정도로 구비하고 있었으나 고전적인 소설의 언어, 곧 중국 고대인들의 일상적인 생활언어에 대해서는 익숙하지 않았다. 그래서 역문에서 원작의 고전적인 풍미를 재현하지 못했던 것이다. 이 역본을 통해 고전소설을 번역하는 작업은 절대 하나의 이야기를 다른 나라의 언어로 다시 한 번 전술하는 것만이 아니라는 것을 확실하게 알게 될 것이다.

그러나 앞에서도 강조했듯이 번역의 질(質)과 이 역본의 의미가 비례하는 것은 아니다. 한 나라의 고전소설을 타국어로 번역할 때, 첫 번째의 역본이 완벽하게 나올 가능성은 거의 없다고 할 수 있다. 오역과 부적절한 번역은 피할 수 없는 문제이다. 그러나 왜 이런 문제들이 일어났는지, 어떻게 고쳐야 하는지를 엄격하게 검토하면 나중에 나오는 역본은 점점 나아질 것이고, 최종적으로 훌륭한 역본의 출현도 충분히 기대할 수 있을 것이다.

4. 「춘향전」의 중국어 소설 번역본의 한계와 의의

앞에서 중국에서 이루어진 「춘향전」 소설 번역본의 양상을 구체적으로 살펴보고 각 번역본의 가치와 한계를 검토해보았다. 번역자들이 쓴 서문을 통해 그들이 모두 「춘향전」에 대한 상당한 지식과 이 작품의 특징에 대해 충분한 인식을 가지고 있고, 어떻게 해야 좋은 번역본을 낼 수 있는지의 문제에 대해서도 나름의 고민이 있었음을 확인할 수 있다. 더불어 좋은 번역본을 내기 위해 그들의 노력은 또한 충분히 인정해 주어야 한다. 그럼에도 불구하고 「춘향전」의 중국어 번역본의 전체적인 수준은 높지 않고, 번역본에서 여러 가지 문제들이 있다는 것은 또한 간과할 수 없는 사실이다. 이는 종국적으로 번역자의 능력과 관련되어 있는 문제이기는 하지만 그 저변에 깔려있는 한·중 양국의 문화 차이와 번역자가 처해 있는 문화적 환경 같은 외부적인 요소와도 적지 않은 연관성을 가지고 있다. 각 번역본의 번역시기, 번역작업을 진행하는 사회적 배경 등이 번역에게 미묘한 영향을 끼치기도 한다. 원작에 대한 해독의 문제에 있어 작품 내용을 전달의 차원에서 봤을 때「춘향전」이라는 이야기를 중국어로 다시 한 번 서술하는 데에는 큰 문제가 없어 보이지만 실제로 엄격하게 따져봤을 때 세부적인 문제들이 많다는 것이 앞에서 텍스트 분석 과정에서 이미 확인되었다. 여기서 한국 학자들의「춘향전」에 대한 주해와 해석의 문제도 있다는 것에 주의를 기울일 필요도 있다. 한국에서는 모르는 사람이 없다고 할 수 있을 만큼 유명한 작품이지만 작품해독을 완벽하게 할 수 있는 사람이 많지 않다는 것 또한 사실이다.

1) 소설 번역본의 공통적인 문제점

앞 장에서 텍스트 분석을 통해서도 볼 수 있듯이 5종의 역본에서 공통적으로 나타나는 번역상의 문제들이 있다. 원작에서의 골계와 해학을 제대로 살리지 못한 것, 춘향과 이몽룡의 관계를 설명하는 과정에서 원작의 내용을 충실하게 번역하지 못한 것, 그리고 원작의 노래를 번역할 때 과도하게 한시를 사용한 것 등이 그것이다. 본 절에는 이런 문제에 대해 종합적으로 정리하고 이런 문제들이 발생한 이유에 대해 체계적으로 검토하고자 한다.

우선 원작의 골계와 해학을 제대로 표현해 내지 못한 사례를 월매가 홧김에 이몽룡의 코를 물자, 이몽룡이 "늬 타시져 코 타신가"라고 말한 대목을 통해 살펴보겠다. 월매가 이몽룡의 코를 무는 장면을 서술한 각 역본의 역문은 다음과 같다.

원문	역문
화찜의 달여드러 코를 물어 씰늑하니 늬 타시졔 코 타신가 장모 날을 몰라보네 하날이 무심틱도 풍운조화와 뇌셩전기난 잇난이	香母氣得一時忍耐不住, 鼻子抽動, 急淚直流, 嚎啕痛哭。 御史連忙說道："此是無可奈何之事, 丈母須饗我的下情。 我如有甚傷天害理的地方, 願受天打五雷轟。"(빙울·장우란 역본)
	月梅說了一通氣話之後, 便只是不斷地搭著涕淚。 李御史看了月梅的這樣言談舉止, 心裡覺得不好意思, 對她女壻說 ："岳母大人啊, 這都是我的罪責, 請不要這樣傷心吧! 今天, 事雖到這種地步, 您老還是不要太小看我了。即使天塌下來, 也有我頂著, 總有風起雲湧, 雷霆電閃之日啊。"(유응구 역본)
	春香母按捺不住心中的氣憤, 恨恨地說道："我眞想咬掉你的鼻子。" "要怪就怪我, 不要怪我的鼻子。岳母啊, 別看那蒼天無心, 您可不要不理解我的心啊, 相信也會有電閃雷鳴呼風喚雨的一天呀。 (정생화 역본)
	月梅氣急敗壞, 不停地擦眼抹淚, 李御史說道："這都是我的過錯, 不過, 岳母也不要輕看了我。即使蒼天無情, 我就不信沒有風雲際會, 出人頭地的時候。"(설주·서려홍 역본)
	春香母一氣之下, 幾乎咬掉了女壻的鼻子。"是由於我的過錯啊, 並不是鼻子的過失, 岳母應該原諒我吧! 天有陰晴變化, 人事也是不能預料的啊!"(1967년 허세욱 역본)

월매가 이몽룡의 코를 무는 동작을 제대로 번역한 역본은 1967년 허세욱 역본뿐이다. 정생화 역본에서는 월매가 이몽룡의 코를 무는 동작을 "나는 진짜 너의 코를 베물고 싶다.(我眞想咬掉你的鼻子)"라는 월매의 말로 번역했다. 다른 역본에서 월매의 이런 과장 섞인 골계적 동작을 모두 월매가 혼자서 우는 모습으로만 번역한다. 그리고 "늬 타시졔 코 타신가"에 대한 번역도 역본마다 다르다. 허세욱 역본에는

"由於我的過錯啊, 並不是鼻子的過失"로, 곧 "내 탓이지 코의 탓이 아니다."라는 식으로 번역한다. "코 타신가"라는 의문문을 "코의 탓이 아니다."라는 일반 서술문으로 바꾸어 문장의 성격과 이몽룡이 이 말을 하는 말투도 모두 변하게 된다. 그리고 뒤의 문장인 "장모 날을 몰라보네"를 "岳母應該原諒我吧!"로, 곧 "장모 나를 용서해주셔야지."로 번역한다. 원작에서 나타나는 이몽룡의 뻔뻔스러운 말투와, 어사신분을 숨기면서 당당하게 말놀이 하는 장면을 재현해내지는 못했다. 정생화 역본에는 "要怪就怪我, 不要怪我的鼻子."로, 곧 "탓하려면 나를 탓하지, 내 코를 탓하지 마시오."로 번역했고, 마찬가지로 원문에서의 "늬 타시져 코 타신가"라는 말투를 재현하지는 못했다. 뒷부분인 "장모 날을 몰라보네 하날이 무심퇴도 풍운조화와 뇌성전기난 잇난이"에 내해 각 역본의 번역이 비슷하지만 의사전딜이 모두 명확하지는 못하다. 그중에서 1956년 빙울·장우란 역본의 경우는 이 문장을 "我如有甚傷天害理的地方, 願受天打五雷轟."로, 곧 "내가 만약 천하의 못쓸 짓을 한다면 벼락을 맞아 죽을 것이다."로 잘못 번역한다.

이렇듯 원작에 나타난 인물형상의 발랄함과 언어의 생동감, 그리고 골계적으로 표현된 분위기 등이 번역본에서 핍진하게 표현되지 못한 지점들이 보인다. 이는 궁극적으로 번역자들의 원작에 대한 이해 부족으로 귀결될 수 있다. 작품 분석과정에서도 거듭 지적했듯이 원작의 많은 골계적이고 해학적인 표현들을 제대로 표현해내지 못한 것은 번역자들이 판소리계 소설로서「춘향전」이 보여주는 독특한 성격과, 그 안에 담고 있는 민중들의 활발하고 낙천적인 정서를 제대로 파악하지 못했기 때문이라 할 수 있다.

다음에 월매와 성 참판의 관계와 춘향과 이몽룡의 관계를 각 역본에서 어떻게 번역했는지를 살펴보겠다. 거듭 강조했듯이 춘향의 신분 및 춘향과 이몽룡의 사랑의 사회적인 의미를 정확하게 이해하는 것은 「춘향전」을 이해하는 데 가장 기본적인 요소이다. 이런 문제에 대해 정확한 이해가 없었으면 두 주인공의 사랑의 진정한 의미, 그들의 사상과 감정, 그리고 주변 인물들이 그들을 바라보는 시선 등의 문제를 제대로 설명할 수 없기 때문이다. 여기에 월매와 성 참판의 관계, 수청이라는 제도, 그리고 노비종모법이라는 사회법령 등의 문제에 대한 기본적인 지식도 요구된다. 문제는 원작과 원작의 독자들에게 이런 사전지식이 문제되지 않는다는 점이다. 시간적인 거리가 있기는 하지만 작품이 산출된 시대는 그들이 살고 있는 사회의 전 시대이고, 작품에서 나타나는 사회·문화적인 현상은 그들의 역사에서 존재하던 현상이기 때문이다. 수청이나 노비종모법은 한국 독자들에게 상식적인 지식일 수도 있다. 그러나 중국 독자들에게는 수청이 무엇인지에 대한 아무런 개념이 없고, 이와 관련하여 춘향이 왜 스스로 마마가 되기를 바라는지 또한 이해가 잘 안 될 것이다. 이런 사회적 배경에 대한 이해가 없으면 「춘향전」의 현실적인 의미를 정확하게 이해하는 게 쉽지 않을 것이다.[118]

원문	역문
잇씨 절나도	單表這時全羅道南原府, 有一藝妓, 名喚月梅。當初原是三南名姬,

---

118 「춘향전」의 중역본에서 거의 모두 하주나 미주가 달려 있다. 이런 각주를 통해 작품에서 나오는 한국의 인명과 지명, 역사적인 인물과 사건을 설명한다. 그러나 수청에 각주를 붙인 역본이 없다.

남원부의 월미라 하난 기싱이 잇스되 삼남의 명기로셔 일직 퇴기흐야 셩가라 흐는 양반을 다리고 셰월을 보닉되	早年**脫籍從良**，**嫁**了一位姓成的兩班，和美度日。 (빙울·장우란 역본)
	這時，全羅道南原有一藝妓，名叫月梅。 她原是朝鮮三南地方色藝俱全的名妓之一，早年**脫籍從良**，**嫁給**了一個姓成的退役大官，生活美滿，伉儷情篤。(유응구 역본)
	全羅道南原有個叫月梅的藝妓，當年從藝時在三南(忠清道、全羅道、慶尚道)一帶非常有名，但她很早就退出了藝妓的生涯，**嫁子**成參判一起過日子。(정생화 역본)
	當時，全羅道南原有個叫月梅的藝妓，聞名於三南地區。 後來月梅與奉勸自己早日結束藝妓生涯的貴族男子成參判**成了家**。 (설주·서려홍 역본)
	此時，全羅道南原府有一名妓月梅，早年艷聲雀噪三南， (南韓三道)，不過現已**從良**， 隨從一位兩班階級(卽士大夫階級尊稱)之成姓官員同居， (1967년 허세욱 역본)

위에 인용문을 보면 허세욱 역본 제외한 나머지 네 역본은 모두 '가(嫁)'나 '셩가(成家)'로 월매와 성 참판이 결혼했다는 의미로 번역했다. 허세욱 역본의 경우 '종량(從良)'만 언급했고, 뒤에 또한 동거(同居)라고 해서 결혼했다는 의미를 확실하게 표현하지는 않았으나,[119] 앞의 텍스트 분석 부분에서 설명했듯이 '종량' 자체가 어떤 남자한테 시집가는 의미를 내포하고 있기 때문에 허세욱 역본도 두 사람이 결혼했다는 식으로 이해될 가능성이 있다. 그리고 고대 중국의 종량과 작품에서 나온 퇴기는 같은 개념이 아니라는 것도 앞에서 강조한 바가 있었다. 후에 이몽룡이 춘향의 집에 찾아가 월매한테 두 사람의 백년가약을 허락해 달라는 부분에서 월매가 다시 자신과 성 참판의 관계를 설명할 때 말하는 수청에 대해 빙울·장우란 역본, 유응구 역본, 그리

---

119 허세욱이 '종량'과 '동거'라는 표현을 사용한 데에는 월매와 성 참판의 관계가 정식적인 부부관계가 아님을 특별히 강조하려는 의도도 있는 듯하다.

고 설주·서려홍 역본은 모두 '수청(守廳)'이라는 용어를 직접 사용하고, 수청에 대한 추가 설명을 하지 않았다. 정생화 역본에서는 두 사람이 결혼했다고 번역했고, 허세욱 역본에서 수후(守侯)로 번역했다. 그래서 전체적으로 볼 때 「춘향전」의 모두 중국어 역본에서 월매와 성 참판의 관계는 결혼한 부부관계로 번역되어 있다고 할 수 있다.

중국어 번역본에서 월매의 신분, 궁극적으로 춘향의 신분이 그녀와 이몽룡의 관계맺음에 있어 큰 장애가 되지는 않았다. 하지만 원작에서의 신분제도와 수청과 같은 사회제도를 충분히 중요시하지 않기 때문에 중국어 번역본에서 춘향과 이몽룡의 관계는 상당히 혼란스럽게 되어 있다. 이몽룡이 도대체 춘향을 처로 맞이하는 것인지, 첩으로 맞이하는 것인지에 대해 모든 번역본에 모순된 서술이 나타나는 것이다. 원작에서 분명히 정식으로 혼인을 거행하지 못한다고 서술되어 있음에도, 각 역본에는 모두 춘향을 정실부인으로 맞이하겠다는 식으로 번역했다.

㉮ 我乃未婚之人, 成親之後, 定<u>以春香爲正室</u>, 絶不稱妾.

(빙울·장우란 역본, 25쪽)

(나는 미혼이니 결혼한 후에 반드시 춘향을 <u>정실</u>로 삼을 것이고, 절대 첩으로 대첩하지 않을 것이요.)

㉯ 我乃未婚之人, <u>成婚之後</u>, 必當恩重如山, 情深似海.

(유응구 역본, 56쪽)

(나는 미혼이니 결혼한 후에 반드시 높은 산과 깊은 바다와 같은 정의로 살 것이오.)

㉓ 我一定會把春香<u>作爲正室娶進門</u>, 絶不娶妾。 (정생화 역본, 40쪽)
(나는 반드시 춘향을 정실로 맞이할 것이고, 절대 다시 첩을 들지
않을 것이오.)

㉔ 旣然許了婚約而不<u>正式成婚</u>, 那我這兩班子弟豈不是心口不一嗎?
(설주·서려홍 역본, 45쪽)
(이미 혼약을 약속했으니 어찌 정식으로 혼인을 치르지 않겠는가?
그렇게 하면 양반의 자제인 나는 한 입에 두 말을 하는 사람이 되는
게 아니냐?)

㉕ 我聘她以爲<u>原配</u>, 請不必掛慮擔心。 (허세욱 역본, 25쪽)
(내가 그녀를 정실부인으로 정할 것이니 걱정하지 마시오)

이처럼 5종의 중국어 역본은 모두 이몽룡 스스로 춘향을 정실부인
으로 맞이하겠다는 식으로 번역했다. 번역문이 이렇게 되어 있기 때
문에 나중에 이몽룡에게서 이별해야 한다는 말을 듣고 춘향이 스스로
마마를 자청하는 행동도 의미가 완전히 달라졌다. 앞에서 설주·서려
홍 역본을 분석할 때 지적했듯이 완판84장본에서 마마의 자리를 달라
는 것은 그렇게 될 수밖에 없는 현실적인 맥락에서 나오는 말이고,
춘향이 스스로 명확한 현실적인 인식을 가지고 있었기 때문이다. 번
역문에서 이미 정실로 삼겠다는 약속을 받았음에도 마마의 자리를 달
라는 것은 "도련님이 나한테 정실부인의 자리를 약속해주었지만 나는
그렇게 큰 기대는 하지도 않았다."라는 의미가 들어가 있고, 이 말의
뒷면에는 "도련님 직접 하신 약속을 지킬 것인지, 아니면 버릴 것인지
는 도련님 알아서 하시오"라는 은근한 압박이 존재한다.

춘향과 이몽룡의 현실적인 관계는 당시 사회현실이 작품에서의 투영이고 「춘향전」을 이해하는 데 가장 기본적인 것이다. 작품에서 나타나는 당시의 사회현실은 주인공들의 사상과 감정, 사건의 발생과 발전의 기반이기도 한다. 이런 사회적인 현실을 충분히 고려하지 않고 번역한 것은 번역자로서 무책임한 태도라 해야 한다. 작품의 저변에 깔려 있는 엄숙한 사회적 의미가 없어지면 이 작품은 하나의 가벼운 사랑 이야기로 남을 수밖에 없다. 선행연구에서 거듭 강조된 주장, 즉 「춘향전」이 절대 하나의 단순한 사랑 이야기가 아니라는 학설도 중국어 번역본을 대상으로 할 때 무의미한 주장이 될 수 있다.

「춘향전」의 중국어 번역본을 텍스트로 삼아 「춘향전」을 연구한다면 상당히 다른 의견을 도출하게 될 것이다. 번역본에서 원작의 현실적인 의미를 정확하게 전달하지 않으면 원작에 대한 오해를 초래하기 쉽다. 여기서 서론에서 언급한 중국 중앙민족대학(中央民族大學)의 왕혜(王慧)의 박사학위논문의 관련 내용을 다시 한 번 상기할 필요가 있다. 논자의 논점은 다음과 같다.

소설 「춘향전」의 내용으로 볼 때, 관기(官妓)가 양반관리의 수청을 들 때 비록 이를 통해 자신의 신분계급을 바꿀 수는 없으나 일정한 예식(禮式)을 거행해야 정식으로 주변사람들의 인정을 받을 수 있다. 이 문제는 구체적으로 작품의 두 군데에서 확인할 수 있다. 우선 춘향모(母) 월매를 소개할 때, 그녀가 "당초에 삼남에 유명한 명기라 일찍이 탈적종량(脫籍從良)하고 양반 성씨와 결혼하여 화목하게 지냈다."고 했는데, 여기서 '가(嫁)'자를 쓰는 걸 보면 월매와 성 참판의 혼인은 일정한 예식을 거행했음을 알 수 있다. 그 다음에는 변학도가 춘향이 예기(藝妓)의 딸이라서 자신에게 수청을 들게 하고 싶었다. 부임지에 도착한 후 그는 사람을 시켜 춘향을 강제로 부청(府廳)으로 끌고 왔다. 춘향은 부청에 나타나서 한 마디도 하지 않았다. 변학도가 어쩔 수 없이 생원(막료)한테 도와달라고 하자 생원이 "당초에 중매쟁이를 보내 혼인을 의논하고 정식으로 혼인을 치르는 것은 도리에 합하는 것이지요."라고 대답한다. 이 말을 통해 당시 관례(慣例)를 따라 관기가 양반관리에게 수청을 들 때도 일반적인 혼례와 같이 일정한 정식 절차를 치러야 했음을 알 수 있다.[120]

위에 인용문에서 논자가 논거로 삼은 「춘향전」의 내용은 다음과 같다.

㉠ 원문 : 잇씨 졀나도 남원부의 월미라 하난 기싱이 잇스되 삼남의 명기로써 일직 퇴기ᄒᆞ야 셩가라 ᄒᆞ는 양반을 다리고 셰월을 보니되

　　여문 : 當初原是三南名姬, 早年脫籍從良, 嫁了一位姓成的兩班, 和美度日。

㉡ 원문 : 사쏘이 당초의 춘향을 불르시지 말고 믹파을 보니여 보시난게 올른 거슬 이리 좀 경이 되야소마는 이무 불너쓰니 아미도 혼사할 박기 수가 업소.

　　여문 : 當初只當命人前往求親, 明媒正娶, 才合道理。

---

120 從小說《春香傳》中的內容來看, 官妓爲兩班官員守廳, 雖然不能因此而改變自己的身份等級, 但也要履行一定的儀式, 正式得到世人的認可。這一點具體從兩處可以看得出來：首先, 介紹春香之母月梅的時候, 說她"當初原是三南名姬, 早年脫籍從良, 嫁了一位姓成的兩班, 和美度日。"這裏用了"嫁"字, 說明月梅與成參判的婚姻是履行了一定的儀式的。其次, 卞學道因春香是藝妓之女, 想讓她爲自己守廳。在上任後他强迫春香到府廳, 春香到後一言不發。卞學道無計可施向生員(卽幕僚)求教時, 生員的言語如下："當初只當命人前往求親, 明媒正娶, 才合道理。"由這句話可以看出, 按照當時的慣例, 官妓爲兩班官員守廳時, 也要如同普通婚禮一樣, 履行一定的正式手續。 왕혜(王慧), 앞의 논문, 31~32쪽.

㉮인용문에 대한 분석은 1956년 빙울·장우란 역본의 번역양상을
검토한 부분에서 자세히 설명한 바 있어 여기서는 자세한 검토를 생
략하겠다. 단, 이런 문제는 1956년 빙울·장우란 역본뿐만 아니라 다
른 역본의 번역도 비슷하다는 문제를 다시 한 번 상기할 필요가 있다.
실제로 월매와 성 참판의 관계에 대한 서술이 원작에서도 모순되고
불일치하는 문제에 대해 텍스트 분석을 들어가기 이전에 특별히 고찰
한 바가 있다. 번역자들이 이런 작품의 문화 배경에 관한 문제를 자세
히 설명해야 한다는 인식을 가지고 있지 않았기 때문에 번역본에서는
이런 문제들이 혼란을 야기할 수밖에 없는 상황이 되어버렸다.

㉯인용문에서 회계생원의 말을 자세히 검토할 필요가 있다. 실제
로 이 말에 대한 1956년 빙울·장우란 역본의 번역이 크게 틀린 것은
아니다. 회계생원은 확실히 "혼인할 박기 수가 업소"라고 한다. 그러
나 문제는 여기서 비록 "매파 보내다"나 "혼사하다"라는 말이 나왔지
만 회계생원의 이 말은 혼인의 예식을 치르는 게 아니라 실제적인 혼
인만을 거행한다는 것을 의미한다. 곧 이어서 사또가 말한 "오날부텀
몸단정 졍이 ᄒ고 슈청으로 거힝하라"라는 말에서의 "수청 들라"는 것
을 의미하는 것이다. 논자가 이 문장의 문면(文面)적인 의미만 보고
서두르게 "당시의 관례(慣例)를 따라 관기가 양반관리에게 수청을 들
릴 때도 일반적인 혼례와 같이 일정한 정식적인 절차를 치러야 한다."
라는 결론을 도출한다. 작품의 전체적인 구조와 이 대화를 발생하는
전후의 맥락을 자세히 살펴보면 그런 결론을 도출하지 않았을 것
이다.

연구사 정리에서도 강조했듯이 왕혜의 이 논문은 이런 세부적인 내
용 외에 중국에서 이루어진 「춘향전」에 대한 연구와 「춘향전」 중역본

에 관한 하나의 큰 문제점을 시사해준다. 그것은「춘향전」의 중역본
이 일반 독자들을 대상으로 한 단순한 독서물로 읽히는 것 외에, 대학
교에서 한국 문화나 한국문학을 연구하는 사람들에게 연구의 텍스트
로 사용되기도 한다는 것이다. 또한「춘향전」의 원작을 직접 해독할
수 없는 학생들에게「춘향전」의 중역본은「춘향전」으로, 엄격하게
말하자면「춘향전」의 원작으로 인식되어 있다는 것이다. 이런 경우에
는 번역본의 정확성이 더욱더 중요시되어야 하다. 그렇지 않으면 번
역본의 오역이나 의도하지 않은 원작에 대한 과도해석이 모두「춘향
전」의 실체로 인식될 것이다. 왕혜의 논문이 이미 이런 문제를 보여
준다.

　마지막으로 번역에 있어 한시가 과연 원작의 음악적인 성격을 표현
하는 데 가장 적절한 형식인지의 문제를 간단하게 정리하겠다. 필자
는 한시가 원작의 음악적인 성격이 강한 부분, 특히 푸념의 성격이
강한 춘향의 노래를 표현하는 데 적절하지 않은 것이고, 한시보다
1956년 빙울·장우란 역본이 보여준 다양한 대구와 희곡적인 언어가
더 적절하다고 생각한다. 이 문제는 한시의 형식과 내용 두 가지 방면
에서 나누어 검토할 수 있다. 우선 형식에 있어 오언이나 칠언의 고정
적인 형식은 한시의 가장 보편적인 형식이다. 앞에서 필자가 거듭 문
제를 제기한 한시도 모두 오언이나 칠언의 정일한 형식으로 되어 있
다. 그런데 실제로 중국 문학사에서 한시의 개념적인 외연은 상당히
넓다. 절구(絶句)·율시(律詩)·악부(樂府) 등도 넓은 의미에서 모두 한
시에 속하는 문체들이다. 앞의 1956년 역본에서 원작의 고전적인 정
취를 잘 표현하는 데 사용된 다양한 대구와 기타 약간의 변형이 가미
된 시구는 엄격한 의미에서 모두 한시의 범주에 속하는 문체들이다.

대부분의 번역자들이 한시의 다양한 형식 중에서도 가장 보편적인 형식인 오언이나 칠언을 선택한 이유는 이런 형식이 번역자들을 포함한 중국의 일반 독자들이 가장 익숙한 것이기 때문인 것 같다. 완판84장본에도 한시구의 차용이 상당히 많다. 그러므로 번역자들이 원작에 한시가 많다는 것을 보고 자연스럽게 영향을 받아 음악성이 강한 부분을 오언이나 칠언으로 번역했을 가능성도 충분히 있다.[121] 오언이나 칠언처럼 고정적인 형식은 자유로운 감정표현에 방해가 될 수도 있지만, 한편으로 이런 형식은 백화문을 잘 표현하는 것도 가능하다. 즉 오언이나 칠언의 형식도 통속적인 내용을 잘 표현할 수 있다는 것이다. 이 문제는 작품분석 부분에서 강조한 희곡적인 언어와 일반적인 한시의 차이를 잘 설명할 수 있다. 모두 오언이나 칠언의 형식으로 되어 있지만 희곡적인 언어는 다분히 백화문의 성격이 더 강하고, 그 반대로 일반적인 한시는 문언(文言)의 성격이 더 강하다. 백화문과 문언문의 성격 차이를 한 예문을 통해 보자.

원문	역문
수심첩첩 한니되야 몽불성의 어이하랴 이고이고 너 이라야 인간이별 만사중의 독숙공방 어이하리 상사불견 너의신정 제뉘라서 아리쥬리 밋친마음 이렁져렁 헛터러진	人生萬苦誰最苦? 最苦不過守空房。要說待與誰人說? 相思不見好心傷。早起晚眠廢寢食, 意亂神癡自斷腸。 情郎離我身旁去, 無時不想有情郎。我郎年少多英俊, 我郎玉音像銀鐺：想郎不見情郎面, 想郎不聞聲琅琅。 (1956년 빙울·장우란 역본, 50쪽)

---

121 원작의 고전적인 운치를 상대적으로 잘 재현한 1956년 역본은 운문부분에 대한 번역에서 오언이나 칠언의 고정적인 한시도 많이 사용하고 있고, 다양한 대구와 한시의 변형형식이나 다른 문체를 많이 사용했다. 그중에서도 원작의 정취와 분위기를 가장 적실하게 표현한 것은 희곡적인 언어로 표현한 부분이다. 여기서 말하는 희곡적인 언어도 엄격한 개념을 가지는 용어가 아니라 보편적인 의미에서의 일반적인 용어이다. 실제로 희곡적인 언어에서도 한시나 다양한 대구를 많이 사용한다.

| 근심 후리쳐 다바리고
자나누나 먹고씨나 임못보와 가삼답답
어린양기 고은소리 귀에징징
보고지거 보고지거 임의얼골 보고지거
듯고지거 듯고지거 임의소리 듯고지거 | 愁恨砌得萬千重, 夢君不成奈若何。怎料此生命多舛,
萬事成空傷離別。獨守空房徒歎嗟。日夜思君不見君,
芳心寂寞裏共誰知。我爲郎君心癡狂, 憂愁離恨怎地卻,
坐臥不寧食如蠟, 思君不見何悵然, 音容宛然聲在耳,
我念君時君何在。(2010년 서주·정생화 역본, 85쪽) |

　두 역본은 모두 칠언의 형식을 취했지만 1956년 역본의 문장은 다분히 백화적인 표현이라서 이해하기가 상당히 쉽다. 형식은 칠언으로 되어 있지만 내용은 낭군을 그리워하는 젊은 여인이 독수공방 하소연하는 느낌이 강하다. 뿐만 아니라 房(fang)·傷(shang)·腸(chang)·郎(lang)·鐺(dang)·琅(lang)으로 압운을 정확히 정교하게 지키고 있어 음률이 자연스럽게 흘러나온다. 2010년 역본도 마찬가지로 칠언의 형식을 취하고 있으나 문장에 문언의 성격이 강하고 의사전달도 생경하며, 여성의 애원과 슬픔노 제대노 표현해내지 못했다. 일치한 운자도 찾아보기 힘들고 읽을 때도 리듬감이 거의 없다. 내용만 보면 1956년 역본은 여인이 직접 쓴 규방가사처럼 내용이 편이하고 표현이 통속적이라 누구나 쉽게 이해할 수 있을 뿐만 아니라, 애절한 여인의 형상도 노래에서 드러나 있다. 2010년 역본은 문인이 창작한 규방가사처럼 주인공의 진실한 감정을 잘 드러내지 못하고 어색하게 슬픔을 노래하고 있는 느낌이 더 강하다. 결과적으로 번역의 형식도 중요하지만, 원작의 내용과 주인공의 감정을 충분히 이해하고, 독자들이 쉽게 이해하고 공감할 수 있는 방식으로 번역하는 것이 더 중요하다는 것이다.

　한편, 앞에서도 지적했듯이 「춘향전」의 중역본은 대개 직역의 방식을 취하고 있어 원작에 대한 가필이나 개작이 거의 없다. 그러나 앞에서도 강조했듯이 문학작품은 늘 그것이 산출된 사회 환경과 밀접한 관계를 가지고 있고, 사회적인 환경에서 아무런 영향도 받지 않는 것은 현실적으로 불가능한 것이다. 사회적인 환경의 영향은 대개 두 가지 차원으로 나누어 볼 수 있다. 하나는 자연적인 것이고 다른 하나는 인위적인 것이다. 자연적인 영향은 대개 문화·사상·풍습의 영향으로 볼 수 있다. 앞에서도 말했듯이 중국에서 "橘生淮南則爲橘, 生於淮北則爲枳.(귤은 회남에서 자라면 귤이 되고, 회북에서 자라면 탱자가 된다.)"라는 말이 있는데 이 말은 환경이 사물의 형성이나 품질에 끼치는 영향이 얼마나 큰지를 설명하고 있다. 주변 환경이 바뀌면 사물의 성격도 따라 바뀌는 것이다. 번역자와 일반 중국 독자들이 퇴기에 대해 잘 모르기 때문에 중국어 번역본에서 퇴기는 '종량(從良)'으로 번역되고, 마찬가지로 수청제도에 대해 잘 모르기 때문에 성 참판에게 수청을 든 월매는 성 참판의 첩으로 번역되었다. 한편 중국 독자들이 「춘향전」 원작에서의 신분제도를 잘 모르기 때문에 번역본에서 춘향과 이몽룡의 사랑은 신분제도를 외면하는 평등의 사랑으로 그려져 있다. 이런 변화는 사회적인 환경의 변화과정에서 자연스럽게 나온 것이라 할 수 있다. 번역자들이 이런 내용을 정확하게 번역해 내지 못한 것은 의도적으로 한 것이 아니라 무의식적으로, 자신에게 익숙한 문학적인 관습을 따라 그렇게 번역한 것이라 해야 한다.

이런 자연스러운 영향과 달리 번역자들이 번역의 과정에서 의도적으로 원작의 내용을 바꾸는 경우도 있다. 이는 사회적인 환경의 인위적인 영향이라 할 수 있다. 이런 영향을 알 수 있게 해주는 뚜렷한 증거로는 성적인 내용들이 모두 삭제된 북한 「춘향전」을 들 수 있다. 이 문제에 대해 앞에서도 이미 상세하게 설명한 바, 당시 북한의 사회 이데올로기와 전체 사회의 분위기에서 성적인 내용들은 모두 용납될 수 없는 것들이다. 물론 앞에서도 지적했듯이 성적인 내용에 대해 민감하게 반응하는 것은 북한만의 현상이 아니다. 한국에서도 성적인 내용을 깨끗이 삭제한 이본이 있고, 중국 역사에서 음란한 내용이 있는 서책이 항상 금서(禁書)의 대상이었다. 북한의 「춘향전」을 저본으로 한 1956년 역본은 마찬가지로 성적인 내용들이 보이지는 않는다. 그러나 노골적인 묘사 외에는 성을 암시하는 내용들이 북한 「춘향전」에서 여전히 남아 있는데 1956년 역본에서 이런 내용을 어떻게 번역했는지를 간단하게 살펴보겠다.

⑦ 원문 : 조강지처 불하당 안해 박대 못하나니 대전통편 법중률 군자 호구 이아니냐 춘향입 내입을 한틔다대고 쪽 빠니 법중려자 이나니냐 애고애고 보고지거[122]

역문 : 深通大典通編法, "糟糠之妻不下堂", <u>二口拼成呂字樣</u>, <u>春香與我相依傍</u>。"君子好逑"宿願償, 啊伊咕, 啊伊咕! 但盼速速見紅粧。[123]

㉯ 완판84장본 원문 : 나는 탈것 업셔신니 금야삼경 깁푼 밤에 춘향 <u>빈를 넌짓 타고 홋이불노 도슬다라 늬 기겨로 노를 져어 오목섬을 드러가되 순풍의 음양슈를 실음업시 건네갈 졔</u> 말을 삼어 타량이면 거름거리 업슬손야.[124]

북한 「춘향전」 원문 : 나는 탈것 없었으니 금야삼경 깊은 밤에 춘향 말을 삼아 탈양이면 걸음거리 없을소냐.[125]

1956년 역본 역문 : 惟有夢龍無可乘, 今夜權把春香供鞭策。[126]

---

122 북한 1955판본, 30쪽.
123 1956년 역본, 19쪽.
124 완서계서포본, 35쪽.
125 북한 1955 판본, 48쪽.

㉮인용문에서 "춘향입 내입을 한틔다대고 쪽 빠니 법중려자 이나니냐"라는 문장은 이몽룡이 춘향과의 입맞춤으로 "려(呂)"자를 설명하고 있는데 1956년 역본에서는 "二口拼成呂字樣, 春香與我相依傍"로 춘향과 서로 의지하는 식으로 려(呂)자를 설명하고 있다. 이렇게 보면 1956년 역본에서 남녀의 정을 표현하는 방식은 한층 더 은밀하게 진행되고 있음을 알 수 있다.

㉯인용문에서도 마찬가지로 1956년 역본은 성적인 표현을 거의 문자 안에서 숨겼다. 중국어 역문이 이해하기 쉬운 통속적인 말이 아닌 문인적인 말투를 취해서, 자세히 살펴보지 않으면 문장 안에서 숨어 있는 성적인 요소에 대한 암시를 발견하기가 어려울 정도이다. 북한 「춘향전」은 완판84장본에서 있던 노골적인 내용들을 삭제했고, 1956년 역본 또한 북한 「춘향전」의 표현을 한층 더 완곡하고 은밀하게 표현했다. 그래서 성적인 내용들이 완판84장본에서→ 북한의 「춘향전」→ 1956년 역본을 거치며 차례로 감소하고 있음을 알 수 있다.

한편, 성적인 내용 외에 완판84장본에서 성군(聖君)을 찬양하는 내용도 중국어 역본에서 조심스럽고 교묘하게 다루어 있다. 완판84장본의 시대 배경은 태평성대이다. 이는 작품의 시작 부분에 숙종대왕 즉위 초의 요순시절에 대한 찬양과 중간에 나오는 농부가, 그리고 마지막 부분에서 성은을 축사하다는 내용을 통해서 확인할 수 있다. 이런 시대 배경의 실제적인 의미가 미미하지만 이야기가 발생하는 배경의 전체적인 분위기를 제시하는 데 유용하다. 작품의 전체적인 구조를 봤을 때 이런 태평성대의 시대 배경 아래서 변학도의 악행은 언제

126 1956년 역본, 36쪽.

나 개별적인 사건이다. 그러므로 백성과 관리계급의 투쟁으로 확장하는 것이 무리한 해석이고, 당시의 관행으로 봤을 때 변학도의 악행도 악한 정도가 심각한 것은 아니라고 볼 수 있다.[127] 작품의 도입부가 가지는 실제적인 의미가 미미하기 때문에 번역자들도 민감하게 반응하지는 않고 그대로 번역했다. 그러나 백성의 대표인 농부들의 농부가 부분에서 미묘한 변화가 일어난다.

원문	農夫歌 譯文
이 농사를 지어닉여 <u>우리셩군 공셰후의</u> 나문 곡식 작만ᄒ야 앙사부모 안이하며 하륙쳐자 안이할가 여여라 상사듸요빅초를 심어 사시를 짐작하니 유신한 게 빅초로다 어어라 상사듸요 청운공명 조흔호강 이 업을 당할소냐 여여라 상사듸요 남젼북답 긔경ᄒ야 함포고복 ᄒ여보신 어널널 상사듸요 (완판84장본, 「렬녀춘향수절가」)	我們這些莊稼漢、南田北畝操作勞, 個個深耕和細耨, 五穀豐登多富饒。 上能養父母, 下能蓄妻兒。**早完賦稅多康樂,** 家家不用把心操。那些青雲功名榮華和富貴, 怎比得我等莊家的樂陶陶。 (1956年譯本)
	農事忙, 農事忙, **貢足君王有餘量。** 奉贍爹娘養妻子, 哎嗨喲, 哎嗨喲, 順應四時種百草, 百草有信不慌張, 哎嗨喲, 哎嗨喲。榮華富貴多豪强, 怎知農家樂未央。 哎嗨喲, 哎嗨喲。南山北嶺多開墾, 含脯鼓腹少饑荒。哎嗨喲, 哎嗨喲。 (薛舟、徐麗紅譯本, 2010)

원문에서 "우리셩군 공셰후의"라는 말이 나왔는데 이런 표현은 작품의 시작 부분에서 묘사하는 태평성대의 시대 배경과 일맥상통한 것이라 할 수 있다. 어떤 실제적인 의미를 부여하기 어렵지만 작품의

---

127 기생의 딸에게 고을수령이 수청을 요구하는 것은 당시의 관행으로서 그다지 어긋난 것은 아니다. 물론 춘향이 기생이었다면 변학도의 요구는 매우 합법적인 것이며, 춘향이 기생의 딸일 뿐 기적에 올라 있지 않았다면 그 도덕성은 조금 훼손될 것이라는 차이가 있기는 하지만, 관행적으로 충분히 납득될 수 있는 일이기는 한 것이다. 김용환·이영미·전정임 공저, 앞의 책, 44쪽.

사회배경으로서 백성들의 한적하고, 나름 만족한 삶을 서술하고 있다. 2010년 설주·서려홍 역본에서는 이 문장을 "貢足君王有餘量"로 원문의 뜻과 비슷하게 번역했고, 1956년 역본에서는 "早完賦稅多康樂"로 번역한다. 여기서 주의해야 하는 점은 1956년 역본에서 '성군'을 번역하지 않았다는 점이다. 비록 20세기 초반의 상황과 비교했을 때, 1950년대의 중국은 봉건사회에 대한 비판이 많이 약화되었지만, 새롭게 건립된 국가의 사회제도의 우월성을 강조하기 위해 봉건사회는 여전히 흔한 비판의 대상이 되었다. 봉건사회의 통치자인 '성군'에게 공세(貢稅)한 내용은 당시 사회에서 용납할 수 없는 것이다. 1956년 역본은 세금을 내는 내용이 나왔으나 누구에게 내는지를 밝히지는 않다. 이런 번역은 원작의 뜻을 번역해내면서도 원작에 있는 성군에 대한 찬양을 교묘하게 감추려는 의도를 읽을 수 있게 한다. 2010년 설주·서려홍 역본의 경우에는 당시의 사회가 이미 성군이라는 말에 대해 민감하게 대응하지 않는 시기이라서 원문의 내용을 여실히 번역한다. 2010년 설주·서려홍 역본 외에 1967년 허세욱 역본, 유응구 역본, 정성화 역본에서도 모두 '성군(聖君)'이나 '군주(君主)'라는 단어를 사용해 그대로 번역한다.

　농부가를 심하게 개작하고 계급투쟁의 도구로 이용한 역본은 1991년 북한의 외문출판사 역본이다. 앞에서 이 역본 소개할 때도 말했듯이 이 역본의 저본이 어느 판본이지는 확인하지 못한다. 내용을 보면 분단 이후 북한에서 새롭게 만든 것인 것 같다. 이 역본에서 농부가를 다음과 같이 개작한다.

　　역문 : 咱南原出了四個局, 使道老爺干的是亂事局, 左守老爺弄的是狂

人局, 六廳官員搞的是大食局, 咱老百姓只好占停尸局。

이 부분의 내용은 1954년 12월에 북한에서 공연한 창극「춘향전」에서의 내용과 똑같다. 창극에서 대응하는 내용은 다음과 같다.

> 우리 고을은 사(四)판일세, 어이 하여 사(四)판인가,
> 우리 골 원님은 강판이요, 행정 좌수는 롱판이요.
> 륙방 관속은 먹을판 났으니, 우리 백성은 죽을판 아니냐. 에에 에헤로 상사뒤요.

이런 정도의 개작은 이미「춘향전」의 본모습을 심하게 변형시킨 것이라 할 수 있다.「춘향전」이 정치선전의 도구로 이용된 것은 분단 이후 북한에서 이루어진「춘향전」에 대한 개작 과정에서 나타난 가장 뚜렷한 특징이다. 정치적인 의도에서 문학작품을 이용하는 것은 사회 환경의 영향이 반영된 가장 대표적인 사례라 할 수 있다.

정리하자면「춘향전」소설 번역본 내용상의 변화는 문화·풍속의 변화 때문에 자연스럽게 발생한 것도 있고, 정치적인 의도에서 인위적으로 바뀌게 된 것도 있다. 단, 번역에 원칙으로 돌아가면 번역자 나름의 노력으로 이런 외부적인 영향을 최대한 줄이는 것이 불가능한 것은 아니다. 원작을 있는 그대로 재현한 것은 상당히 어려운 일이지만 충실하게 번역하는 것은 번역자 스스로가 부단히 노력해야 하는 문제이다.

2) 「춘향전」의 중국어 소설 번역본의 의의

번역의 1차적인 의의는 언어의 전환을 통해 원작언어를 모르는 독자들에게 작품을 소개해주는 데 있다. 이런 소개는 대부분 출판사업의 상업적인 차원에서 이루어진 것이지만 「춘향전」의 경우는 다소 독특한 면이 있다. 상업적인 면이 완전히 배제된 것은 아니지만 허세욱과 유응구 두 한국 번역자는 「춘향전」에 대해 특별한 감정을 가지고 있는 것으로 보인다. 그들에게 있어 「춘향전」의 번역은 어떤 상업적인 이해관계 이전에 자기 나라의 대표적인 고전 작품을 중국 독자에게 소개하는 책임감과 자부심에서 비롯된 것 같다. 역본의 질을 떠나서 두 번역자의 이런 열정과 자기 나라의 문학에 대한 애정은 일단 높게 평가해야 하는 것이다. 1956년 역본의 경우는 국가적 차원에서 추진한 일로 당시 북한 당국의 「춘향전」에 대한 애정도 엿볼 수 있다. 기타 번역본들의 경우에는 정확하게 알 수 없으나 번역의 뒷면에 국가 차원에의 지원이나 추진이 있었을 가능성도 있다.

중국 독자들에게 「춘향전」을 소개해주고자 하는 의도와 결과적으로서 어떠한 「춘향전」을 소개해 준다는 문제는 두 개의 별도의 문제이다. 번역자들, 특히 한국 번역자들은 자신이 아는 「춘향전」을 중국 독자들에게 소개하고자 했지만, 그들이 번역해낸 「춘향전」은 그들이 아는 「춘향전」과 같은 작품이 아니라는 것이 주의를 기울일 필요가 있다. 중국 번역자의 경우에는 그들이 아는 「춘향전」이 「춘향전」 원작의 본모습이 아닐 가능성도 있다. 즉 중국어 「춘향전」은 한국의 「춘향전」 원작과 다른 작품이라는 것을 의미한다. 이야기의 전달에 있어 중국어 「춘향전」이 이미 「춘향전」이라는 이야기를 어느 정도로

전달한다고 할 수 있으나, 문학 작품으로서「춘향전」의 사회적·사상
적 배경, 주인공의 감정과 사상, 작품의 현실적인 의미 등 문제를 연
구가 가능하려면 완성도 높은 역본이 있어야 한다. 다섯 종의「춘향
전」역본 중에서 1956년 역본이 상대적으로 가장 잘 된 역본임에도
불구하고, 연구 텍스트로 삼았을 때 문제가 있다는 것은 앞에서 왕혜
의 박사학위논문을 통해 이미 확인되었다.

　　그런데「춘향전」의 중국어 번역본의 주요한 대상독자는 한국 문화
나 문학을 공부하거나 연구하는 사람이 아니라 일반 독자이다. 그러
니 역본이 원작의 모습을 가능한 한 최대로 재현할 것을 강요하지 않
아도 될 듯하다. 번역자들의 능력과 번역방법이 각기 다르기 때문에
「춘향전」의 중국어 역본의 양상도 다양하게 나타나 있다. 사랑가를
통해 각 억본의 특징을 간난하게 살펴보자.

원문	역문
사랑사랑 너 사량이야 동정칠빅 월하초의 무산갓치 노푼사랑 목단무변슈의 여천창히 갓치 집푼사랑 오산전달 발근 듸 츄산첨봉 원월사랑 진경한무 하올 적 차운취소하던 사랑 유유낙일월염간의 도리화기 비친 사랑 월하의 삼싱연분 너와 나와 만난 사랑 허물업난 부부 사랑 (완판84장본, 「렬녀춘향수절가」)	愛兮, 愛兮, 你愛我兮, 我愛你。洞庭七百月下初, 愛似巫山高難比; 木落無邊水連天, 愛似滄海深無底, 云散千峯翫月圓, 愛似弄玉待蕭史; 珠樓落日卷簾間, 愛似春風艷桃李; 纖纖明月意含羞, 愛比含羞月更美; 你我相逢前世緣, 愛是月下老人心歡喜; 夫妻和好結同心, 愛是無私無垢無休止。(1956년 역본) 愛兮, 愛兮! 你愛我兮, 我愛你。 明月照耀兮, 七百里洞庭; 情深洞庭水兮, 我的卿卿。愛兮, 愛兮! 愛似巫山高難比, 水波浩淼兮, 一望無邊。我的卿卿兮, 愛似滄海深無底, 玉山千峯月生輝兮, 我倆攜手賞圓月, 我的卿卿兮, 愛似王母赴漢厥。 當年學舞度芳華兮, 借問吹簫是何人? 我的卿卿兮, 愛似弄玉待蕭史。 桃李爭妍斗芳菲兮, 玉樓落日卷簾間, 我的卿卿兮, 愛似悠悠落日情。 (유응구 역본) 愛, 愛, 我的愛, 你的愛, 洞庭七百里月下巫山喲~, 你的愛, 無邊天, 深深的海喲~ 你我的愛, 玉山顔月明亮, 秋山千峰照喲~, 你我的愛, 初學舞者,

	借問吹笛人喲~你我的愛, 悠悠落日月簾間, 桃李盛開滿地紅喲~ 你我的愛, 纖纖初月隱隱, 含笑含態含羞澀喲~ 你我的愛, 月下夫妻恩恩愛喲~ (정생화 역본)
	愛兮愛兮, 洞庭七百月下初, 愛如巫山不可攀; 目斷浩淼無邊水, 愛如滄海深似天。玉山頂上淸輝寒, 愛如滿月照秋山; 曾經學舞度芳年, 借問吹簫愛幾何。悠悠薄暮月映簾, 桃李花開愛燦爛; 纖纖新月何皎潔, 愛濃好比含羞靨。月下暗定三生盟, 愛在你我相遇時; 夫婦同心永無欺, 愛到深處兩心知。 (설주·서려홍 역본)
	愛! 愛! 我的愛啊! 洞庭七百月下初, 巫山般的高偉之愛! 目斷無邊水如天, 滄海似的深愛! 群玉山頭月明夜, 秋山千峰翫月時之愛! 借問吹簫向紫煙, 曾經學舞度芳年之愛! 悠悠落日月簾間, 映在桃花梨花間之愛! 纖纖初月染粉白, 含嬌復含態之愛! 月下三生之緣分, 你我相唔之愛! 無需伴裝之夫婦之愛! (허세욱 역본)

1956년 역본은 전반부의 칠언과 마지막 부분에서 약간의 변형 형식
을 취한다. 전체로 "사랑이~~와 같다"라는 통일한 형식을 유지하면
서도 '애사(愛似 : 사랑은 ~~와 같다.)'와 '애비(愛比 : 사랑은 ~~보다
더~)'와 '애시(愛是 : 사랑은 ~~이다.)'로 표현방식이 달리하고 있다.
그리고 '比(bi)'·'底(di)'·'李(li)'·'喜(xi)'로 'i'운을 맞추었다. 유응구의
역본은 "나의 경경해(我的卿卿兮)"와 "사랑이~~와 같다(愛似)"로 전체
성을 유지하고 있으나 오언과 칠언, 그리고 다른 형식의 문구를 같이
섞어 있어 전체적인 리듬감을 찾아보기 어려운 면도 있다. 정생화의
역본은 "너와 나의 사랑이요(你我的愛)"로 노래의 전체성을 유지하면
서 '요(喲)'로 통해 음악의 성격을 더 부가하였다. 전체로 볼 때 약간
중국식 민요의 성격이 보인다. 설주·서려홍 역본은 전체로 칠언율시
의 형식을 취하고, '攀(pan)'·'天(tian)'·'寒(han)'·'山(shan)'·'年(nian)'·
'簾(lian)'·'爛(lan)'·'靨(yan)'을 통해 전체적으로 'an'운을 지키고 있
다. 음악성이 강한 부분이 거의 대부분 한시로 번역한 것은 설주·서

려홍 역본의 하나의 특징이다. 마지막 허세욱 역본은 고시가 아니라 현대시의 성격이 더 강하다. 그리고 "悠悠落日月簾間, 映在桃花梨花間之愛! 纖纖初月染粉白, 含嬌復含態之愛!" 같은 문장은 칠언시 두 구절이 "~~한 사랑(之愛)"의 수식어가 되어 전체로 한시의 현대화 변형이라 할 수 있다.

내용을 살펴보았을 때 다섯 종의 역본은 대체로 비슷하지만 표현형식의 면에서는 위의 인용문에서 볼 수 있듯이 각각 다른 방식을 취하고 있다. 1956년 역본처럼 원작의 고전적인 정취를 아주 잘 유지하고 있는 역본이 있는가 하면 2000년 이후에 나온 역본처럼 나름의 현대적인 표현방식을 취한 역본도 있다. 또한 역본들은 부분적으로 완전히 잘못 된 오역이나, 아주 잘못된 것은 아니더라도 적절하지 못한 표현들이 있으며, 각기 나름의 특징도 기지고 있다. 엄격한 의미에서의 이본은 아니자만, 다섯 종의 역본을 중국에서 만들어진 「춘향전」의 이본으로 볼 수도 있다. 독자는 서로 다른 이본을 볼 수 있고, 연구자는 번역방식의 공통점과 차이점을 연구할 수 있으며, 번역자는 역본들을 종합적으로 살피는 작업을 통해 틀리거나 적절하지 않은 부분을 바로잡고 훌륭한 번역방식을 적극적으로 흡수하여 궁극적으로는 더 좋은 역본을 낼 수 있을 것이다.

종합적으로 볼 때 번역에 있어 번역자의 역량은 상당히 중요하다. 여기서 역량이란 원작에 대한 해독의 능력, 그리고 번역어에 대한 언어적인 표현능력을 말한다. 중국어 원어민이라도 원작을 적절하게 표현해내지 못한 경우를 텍스트 분석에서 확인할 수 있었다. 외국어로 중국어를 배운 외국인의 경우 이 문제는 더욱 어렵다. 「춘향전」은 고전 작품이기 때문에 이런 어려움이 한층 더 심해진다. 외국인들이 배운 중국어는 현대 중국어이지 고대 중국어가 아니기 때문이다. 앞에서도 언급했듯이 중국어 고문자체가 일정한 미적 의미를 담고 있는 문체이다. 고문 안에 고전적인 정서와 운치를 담고 있는 것이다. 같은 내용을 서술한다 해도 현대중국어로 서술할 때와 고대 중국어로 서술할 때의 정서와 의미가 큰 차이를 보일 수 있는 것은 이 때문이다. 특히 소설은 사상과 감정이 들어가 있는 장르로서 인물의 감정이나 형상은 아주 디테일한 표현으로 묘사된 경우가 종종 있는데 이때는 언어의 구사능력이 더욱 중요하다.

한편, 반드시 고전적인 중국어, 즉 고어가 아니더라도 현대 중국어로 고전 작품을 적절하게 표현할 수도 있다. 고어나 현대어라는 언어의 특징보다 원작을 정확하게 이해하고, 그 다음에 언어로 자연스럽게 표현하는 것이 더 중요하다. 아쉬운 것은 「춘향전」의 중역본 가운데서는 어색한 표현이 없고, 일관되게 유창하며, 인물의 성격과 장면의 분위기를 상황에 맞는 방식으로 적절하게 서술한 역본이 아직 없다는 것이다. 중국어 원어민 번역자들의 번역본도 마찬가지로 문제들이 많다.

번역자의 수준이 원작 작가의 수순과 비슷해야 비로소 좋은 번역본을 낼 수 있다는 말, 즉 번역자들도 원작 작가에 못지않게 작가적인 소질을 갖추어야 좋은 번역본을 낼 수 있다는 말은 번역에 관한 논의에서 흔히 나올 수 있는 말이다. 「춘향전」의 중국어 번역본의 전체적인 번역양상을 봤을 때 번역자들의 작가적인 소질이 아직 많이 부족하다는 것을 인정할 수밖에 없는 것이 현실이라 해야겠다.

Ⅲ. 「춘향전」의
중국어 희곡(戱曲)으로의 개작

　　근대에 들어온 이후 중국과 한국은 유사한 역사를 겪었다. 19세기 말 20세기 초에 외적의 침략을 당해 반식민지가 되거나 식민지가 되는 비운을 맞았다. 문화에 있어 두 나라가 약자의 처지에서 보인 직접적인 반응은 자기 문화에 대한 부정과 소위 선진국의 문화에 대한 적극적인 흡수이다. 연극의 경우 전통적인 연극방식보다 새롭게 들어온 연극 형식이 더 많은 인기를 모았다. 초기의 새로운 연극 형식은 대부분 일본이나 다른 나라의 작품을 번역 혹은 번안한 점에서도 중국과 한국은 비슷한 양상을 보인다.

　　한편, 중국의 전통 희곡과 한국의 판소리는 새로운 시대에 들어서며 모두 이전과는 다른 양상을 보인다. 판소리의 경우 일제시기와 광복 이후도 꾸준히 공연되어 왔지만 전통적인 방식보다 창극이라는 새로운 방식으로 공연되는 경우가 더 많았다. 따라서 근대 이후 판소리의 가장 큰 변화는 판소리의 창극화라 할 수 있다. 전통적인 판에서 고수 한 사람의 반주 하에 진행된 일인창의 형식은 현대적인 무대 위에서 공연자들이 배역을 맡고, 현대적인 음악반주 하에 공연되는 창극으로 변모했다. 실제공연에서 창극이 더 많은 관중을 끌어들였지만, 여전히 일인창의 전통적인 연행방식을 힘써 고수하는 예술가도 있었다. 현대의 들어와서도 창극과 판소리는 공존하고 있다. 창극으로 변한 판소리의 가장 큰 특징은 판소리의 제반 요소들을 계속 유지하기 위해 노력하고 있다는 것이다. 그래서 비록 무대와 연행방식이 달라졌지만 창극이 여전히 판소리 예술의 큰 틀에서 벗어나지 않았다고 말할 수 있는 것이다.

중국 전통 희곡의 경우에는 20세기 초반부터 일부 진보적인 지식인들에 의해 구희개량(舊戲改良)의 문제가 계속 제기되었고, 1919년 오사운동(五四運動) 때 "옛 것은 곧 낙후한 것"이라는 인식 아래 전통 희곡은 한때 비판의 대상이 되었다. 이런 비판적인 태도는 대개 10년 동안 유지되었다. 물론 그 과정에서 이의를 제기하고 전통 희곡의 가치를 인정하고 힘써 지켜준 사람도 많았다. 비판과 지지의 논쟁에서 늘 문젯거리가 되었지만 20세기 초반부터 50년대까지 전통 희곡은 여전히 활발하게 공연되었다. 1966년 문화대혁명이 일어난 후에 중국의 연극계는 여덟 개의 '양판희(樣板戲)'[1]가 공연의 주류가 되었다. 문화대혁명 이후 전통 희곡은 중국 전통문화의 소중한 유산으로 계승되고 발전해나가고 있지만 대중문화와 방송매체의 발달로 인하여 옛날

---

1 양판희(樣板戲)는 문화대혁명 기간 중 모범극으로 지정된 팔대 현대극, 즉, 경극 「지취위호산(智取威虎山)」·「해항(海港)」·「홍등기(紅燈記)」·「사가방(沙家帮)」·「기습백호단(奇襲白虎團)」·「용강송(龍江頌)」과 발레극 「홍색낭자군(紅色娘子軍)」·「백모녀(白毛女)」를 가리킴. 실제로 많은 유명한 전통 희곡 배우들이 '양판희'의 공연에 참여했다.

의 휘황찬란한 시절을 다시 찾을 수는 없게 되었다. 단, 문화로서의 예술적인 생명은 여전히 유지되어 있다.

한편, 근대 이후 한국·북한·중국 세 나라에서 새롭게 생겨난 극은 발전과정과 형식, 그리고 극의 내용과 성격도 모두 유사한 면을 가지고 있다. 그러나 사회적·문화적 배경이 다르기 때문에 각 나라마다 내부적인 성격 차이도 존재하다. 분단 이후 한국과 북한 사회가 사상적으로 각기 다른 노선을 선택했기 때문에 문학도 차이성이 갈수록 강조되어 가고, 같은 이름을 사용해도 그 내재적인 의미가 상당히 다른 경우가 발생한다. 말하자면 겉으로 유사한 이름이나 형식을 가지고 있음에도 불구하고 실제로 각기 나름의 독특한 성격을 가지고 있는 것이다. 그리고 시기에 따라 비슷한 대상의 이름을 다르게 부르는 경우도 있다. 그래서 유사한 용어들을 학술적인 개념으로 엄격하게 구분하는 것은 상당히 복잡한 문제이다. 본격적인 논의에 들어가기 전에 우선 본고에서 사용하는 용어들을 사전적인 개념과 결합하여 간단하게 정리해보고, 한국과 중국이 서로 다르거나 유사한 장르간의 관계를 설명하고자 한다.

(가) 희곡(戲曲)은 중국과 한국의 개념이 다르다. 중국의 경우에 희곡의 사전적인 개념은 중국 전통적인 희극(戲劇)의 형식이고, 문학·음악·춤·미술·무술(武術)·잡기(雜技), 그리고 인물의 연출 등 여러 요소를 포함하는 종합적인 예술이다.[2]

한국의 경우에는 희곡은 ⓐ 공연을 목적으로 하는 연극의 대본, ⓑ 등장인물들의 행동이나 대화를 기본 수단으로 하여 표현하는 예술 작

---

2 中國戲劇家協會上海分會 編, 『中國戲曲曲藝詞典』, 上海藝術研究所, 1981, 51쪽.

품이다.[3] 사전적인 의미가 이렇게 정해져 있으나 실제적인 사용에 있어 한국의 경우 희곡은 다분히 연극의 대본을 가리키는 것이다. 본고에서는 중국의 개념규정을 따라 희곡을 중국 전통극의 종합적인 공연예술로 가리키는 용어로 사용하고, 희곡의 대본은 중국어의 표현습관을 따라 극본(劇本)이라고 한다.[4] 중국 희곡의 극본(劇本)을 한국에서는 대본(臺本)이라고 한다. 그래서 서술하는 과정에서 중국 희곡을 언급할 때는 극본으로, 한국 창극을 언급할 때는 대본으로 하기로 한다.

(나) 창극(唱劇)은 한국과 북한의 독특한 개념이다. 창극의 사전적인 개념은 "전통적인 판소리나 그 형식을 빌려 만든 가극(歌劇), 여러 사람들이 배역을 맡아 창(唱)을 중심으로 극을 전개하는 것으로, 20세기 초 협률사에서 판소리를 무대화하고 판소리에 등장하는 각 인물에 전담 배역을 붙여 노래와 연기를 하게 한 것을 계기로 발달하였다."는 것이다.[5] 창극은 20세기 초부터 한국과 북한이 전통적인 판소리를 현대극으로 개작하는 과정에서 출현한 극의 형식이지만 실제로 창극이 판소리를 가리키는 경우도 많다. 대표적인 사례로는 정노식(鄭魯湜)의 『조선창극사』에서 말하는 창극은 곧 판소리를 가리키는 것이다. 본고에는 창극은 판소리의 창극화된 형식으로, 판소리는 전통적인 판

---

3 국립국어연구원 엮음, 『표준국어대사전』, 두산동아, 1999.

4 중국에서 희극(戲劇)과 희곡(戲曲)은 비슷한 개념으로 사용되고 있다. 중국의 희극에 대한 사전적인 개념은 옛날에는 희곡만을 가리키는 것이었다가, 후에 희곡(戲曲)、화극(話劇)、가극(歌劇)、무극(舞劇)등의 총칭이 된 것이다.(舊時專指戲曲, 後用爲戲曲、話劇、歌劇、舞劇等的總稱.)(漢典 : www.zdic.net); 한국에서 희극의 개념은 완전히 다르다. 한국에서 희극의 사전적인 개념은 희극(喜劇) "(1) 실없이 익살을 부려 관객을 웃기는 장면이 많은 연극. (2) 실없이 하는 익살스러운 행동"을 가리키는 것이다(국립국어연구원 엮음, 『표준국어대사전』, 두산동아, 1999.).

5 국립국어연구원 엮음, 『표준국어대사전』, 두산동아, 1999.

소리 연행방식을 유지하는 형식으로 개념을 구별하여 사용하기로 한다.

(다) 19세기 말 20세기 초에 주로 일본에서 들어온 새로운 연극 형식은 한국에서는 신파극(新派劇)이나 신극(新劇)이라고,[6] 중국에서도 한때 신파극이라고 했으나 후에 화극(話劇)이라는 명칭으로 고정되었다. 한국의 신파극이나 신극이라는 명칭이 시간의 지남에 따라 사라진 것과 달리 중국의 화극은 현재도 화극이라고 불리며 공연되고 있다. 현대의 개념으로 말하자면 중국의 화극은 한국의 연극과 비슷한 개념이다.

1. 1954년 북한 창극 「춘향전」의 성격

「춘향전」이 중국 전통 희곡으로 개작되는 과정과 양상을 검토하기 이전에 우선 중국 전통 희곡의 저본, 즉 1954년 12월에 공연된 북한의 창극 「춘향전」의 장르적 성격에 대해 알아볼 필요가 있다. 앞에서 연구사 정리를 통해서도 확인했듯이 「춘향전」의 중국 전통 희곡으로의 개작은 주로 월극(越劇)을 중심으로 전개되었다. 월극 「춘향전」 극본(劇本)[7]의 전언(前言)에는 구체적인 개작과정과 참여한 사람들에 대해

---

6 19세기 말 20세기 초에 새로운 생기는 연극의 명칭이 상당히 다양하고 혼잡하다. 본고에서 말하는 신파극이나 신극은 전통적인 창법을 유지하는 판소리와 창극의 대립적인 개념으로의 일반화한 개념이고, 엄격한 개념규정을 따른 것이 아님을 여기서 밝힌다.

7 華東戲曲研究院 編輯, 「春香傳」(越劇), 華東地方戲曲業刊 제4집, 新文藝出版社, 1955, 上海.

소개한 글을 실려 있다. 그 내용은 다음과 같다.

안효상(安孝相) 동지는 드높은 국제주의와 애국주의 정신으로 개성(開城)에서 창극 「춘향전」과 화극(話劇) 「춘향전」, 그리고 일부 상관자료를 중국어로 번역하여 개작의 기반을 마련해 주었다. 뿐만 아니라 개작을 완성할 때까지 시종일관 마음을 써주었다. 조운(曹雲) 선생님과 안영일(安英一) 동지는 「춘향전」의 개작자와 감독으로서 개작이 진행되는 동안 많은 의견과 귀한 경험을 나누었다. 그들은 1954년 4월에 조선방문단을 따라 상해(上海)에 방문했을 때 조선국립고전예술극단의 「춘향전」을 가져다주어 개작자들에게 큰 도움을 주었다. 유열(柳烈) 교수와 북경대학교 조선어 전공 학생들은 밤낮으로 쉬지 않고 국립고전예술극장의 「춘향전」을 번역해주었다. 김파(金波) 동지도 바쁜 가운데 개편자를 도와 번역을 해주었는데 그 양이 25,000여 자로 모두 큰 가치가 있었다. 황종강(黃宗江) 동지도 개편자중 한사람이었으나 유감스럽게도 다른 임무가 있어서 개작작업을 같이 하지 못했다. 그러나 화극 「춘향전」의 초고를 정리해주어, 개작작업에게 큰 도움을 주었다.[8]

위의 내용을 의하면 월극 「춘향전」은 조선민주주의인민공화국(이

8 「춘향전」을 개작하는 과정에서 사용한 자료에 대한 소개는 다음과 같다.
安孝相同志、她以高度的國際主義和愛國主義的精神、在朝鮮開城翻譯了「春香傳」唱劇本、話劇本及許多有關資料、爲改編工作打下基礎、幷始終關心這一改編工作的完成。曹雲先生、安英一同志、他們是朝鮮「春香傳」的編劇和導演、在改編工作上、提供了許多寶貴的經驗和意見、一九五四年四月隨朝鮮訪華代表團來滬詩、又帶來了朝鮮國立古典藝術劇場「春香傳」新本、給改編者很大啓示與幫助。柳烈教授和北大朝語系同志們、他們日以繼夜地翻譯了「春香傳」新本。金波同志也在百忙中幫助改編者翻譯了二萬五千余字的有關材料、都具有很大的參考價値。 黃宗江同志、他原是這一劇本改編者之一、遺憾的是他在中途另有創作任務、而不能共同來完成這一改編工作、但他整理了話劇「春香傳」的初稿、給改編者幫助不小。
華東戲曲硏究院 編輯、「春香傳」(越劇)、華東地方戲曲叢刊 第4集、1955.

하 북한으로 지칭함) 국립고전예술극장의 연출본(演出本)을 저본으로
한 것이다. 이 연출본의 개작자는 조운(曹雲)이고 감독은 안영일(安英
一)이며, 극본을 중국어로 번역한 사람은 안상국(安相國)이다. 1954년
화동희곡연구원(華東戱曲硏究院)의 장지(莊志, 1920~?)[9]에 의해서 월
극으로 개작되었다. 8월에 상해(上海)에서 처음 무대에 올렸는데 큰
성공을 거두었다고 하며, 그 이후에도 계속 공연되고 호평을 받아 왔
다고 한다.[10] 그리고 중국의 다른 극종(劇種)의「춘향전」의 저본이 되
기도 했다.[11] 이 연출본의 원본을 찾지는 못했으나 북한에서의 공연상
황에 의하면 1954년 조운이 개작한 북한의 창극「춘향전」이 곧 이 연
출본인 것 같다. 북한 국립출판사 1955년 9월에 출판한『조선창극집』
에 수록한 조운·박태원(朴泰遠)의 6막 7장의「춘향전」[12]이 바로 당시
공연의 대본인 듯하다. 한국예술종합대학교 한국예술연구소에 펴낸

9　장지(莊志)는 중국에서 유명한 극작가이고 일급편극(一級編劇 : 극작가 등급 중 최
　고급)이다. 직접 희극을 창작하기도 하고 전통 희극을 편사(編寫)하기도 한다. 대표
　작은「국파산하재(國破山河在)」,「신릉공자(信陵公子)」,「진주탑(珍珠塔)」등이 있
　다. 1953년 4월 중국인민지원군 문예전사(文藝戰士)로 한국전쟁 전선(前線)에서 복
　무(服務)했다. 1954년 2월에「춘향전」을 월극으로 개편(改編)했다.

10　월극「춘향전」의 창작과정에 대한 양회석의 다음 논문을 참고할 수 있다.
　　양회석,「춘향예술의 양식 분화와 세계성 : 월극「춘향전」초탐」,『공연문화연구』
　　6, 한국공연문화학회, 2003.

11　「춘향전」이 월극으로 개작이 완성된 후에 예극(豫劇), 평극(評劇), 경극(京劇) 등
　　다른 극종의 개작본이 두루 나오기 시작한다. 그러나 내용으로 보면 월극 이후의
　　극종들은 거의 모두 월극을 저본으로 한 것이다.

12　조운·박태원·김아부,『조선창극집』(영인본), 한국문학사, 1996.
　　이 책은 료녕인민출판사 1980년의 판본을 영인한 것이다. 책의 맨 앞에서 다음과
　　같이 글이 있다.
　　"이 책은 조선민주주의인민공화국 국립출판사의 1955년 9월 26일『조선창극집』인
　　쇄본에 의하여 복제 출판한다. 본사에서는 원 작품에 손상주지 않은 범위 내에서
　　조선말 규범원칙에 근거하여 철자와 띄어쓰기를 약간 수정하였다."

『남북한 공연예술의 대화』의 '국립민족예술극장의 공연연보(1948~
1959)'에서 1954년 12월에 공연한 6막 7장의 「춘향전」의 작가가 조운
으로 되어 있다.[13] 정명문의 박사학위논문에서 제시한 '북한 창극 공
연 연보'에서도 1954년 12월에 공연한 6막 7장의 「춘향전」 감독이 조
운·박태원으로 되어 있다.[14] 이렇게 보면 1955년 9월에 출판한 『조선
창극집』에 수록한 조운·박태원의 6막 7장의 「춘향전」은 바로 조선민
주주의인민공화국 국립고전예술극장 연출본(演出本)으로 추정할 수
있다. 시간적으로 월극 「춘향전」의 첫 공연인 1954년 8월보다 거의
일 년 후에 출판한 대본이지만 1954년 4월에 북한에서 공연한 창극
「춘향전」의 극본과 같은 것으로 봐도 큰 무리가 없으리라 생각된다.
당시 「춘향전」을 창극으로 개작하는 작업은 공연 중에도 계속 수정이
이루어지는 상황이었기 때문이다. 나아가 이 극본을 월극 「춘향전」의
저본으로 보는 것도 큰 문제가 없다고 판단된다. 본고에는 1955년 북
한 국립출판사에서 출판한 『조선창극집』에 수록한 조운·박태원이 개
작한 6막 7장의 창극 「춘향전」을 기본 텍스트로 삼기로 한다.

　우선 1954년 12월에 북한에서 공연된 창극 「춘향전」의 장르적 성격
을 한국 창극사의 흐름에서 파악하고자 한다. 이 작품은 조운(曹雲,
1900~?)과 박태원(朴泰遠, 1910~1986)에 의해 개작된 것으로, 두 개작
자 모두 한국에서 살다가 한국전쟁 전후에 월북한 사람이기 때문에[15]
그들이 개작한 창극 「춘향전」의 성격을 한국 창극사의 흐름에서 파악

13　이영미 외, 『남북한 공연예술의 대화』, 한국예술종합대학교 한국예술연구소, 2003.

14　정명문, 『남북한 음악극의 비교연구 –남한의 악극과 북한의 가극을 중심으로』, 고
　　려대학교 박사학위논문, 2012.

15　조운은 1948년에, 박태원이 1950년에 월북했다고 한다.

하는 데 큰 무리가 없으리라 생각된다.

1) 창극의 발생과 1954년 북한 창극의 배경

창극은 판소리를 연극으로 바꾸어 놓은 것을 일컫는 말이면서 때로는 판소리까지도 함께 포괄하는 범칭(汎稱)이기도 한다.[16] 창극이라는 용어가 처음 생긴 때는 1930년대인데, 그 당시에도 창극이라는 용어는 "판소리 창자들이 무대 위에서 역할을 나누어 공연하는 연극"뿐 아니라 판소리를 동시에 일컫곤 했다.[17]

창극의 발전과정을 살펴보기 이전에 판소리의 발전과정을 간단하게 짚고 넘어갈 필요가 있다. 김흥규의 논의에 의하면 판소리가 일상적 삶의 문제를 다루는 예술로 발달하기 시작한 것은 적어도 17세기 말엽 혹은 18세기 초의 일로 추정된다.[18] 18세기 들어서면서 발전된 창악으로 정립되었고, 19세기에 이르러 명창들의 계보가 확립되면서 판소리가 매우 세련된 창악으로 발전했으며, 양반층의 후원을 바탕으로 질적 변화를 이룩한다.[19] 19세기에는 명창뿐만 아니라 어전(御前) 명창이나 국창이라는 명칭까지 나오기 시작한다. 이런 명칭을 통해서도 당시 판소리가 얼마나 흥성했는지를 짐작할 수 있다. 창극이라는 새로운 형식이 나타나기 이전에 판소리는 고수 한 명의 반주 아래서 일인창의 전통적인 연행방식을 고수하고 있었다. 명창의 산출도 이런

---

16 조동일, 조동일·김흥규 편, 「판소리의 전반적 성격」, 『판소리의 이해』, 창작과 비평사, 1993, 12쪽.

17 백현미, 『한국 창극사 연구』, 태학사, 1997, 25쪽.

18 김흥규, 『한국문학의 이해』, 민음사, 1986, 79쪽.

19 김흥규, 「판소리의 社會的 性格과 그 變貌」, 『예술과 사회』, 사회과학총서 4, 1979.

전통적인 연행방식에서 나온 것이라 할 수 있다. 십 년 동안 스승한테 소리를 배우고, 십 년 동안 산에 들어가 득음을 위해 스스로 소리를 연마하여 심성을 수련하며, 또 십 년 동안 각 지방을 유람하면서 연행 경험을 쌓고 식견을 넓힌 후에야 비로소 명창이 될 수 있다는 명창들에 관한 많은 일화를 통해서도 명창의 개인적인 창악수양과, 이를 기반으로 삼아 발전된 판소리의 예술적인 가치를 어느 정도로 짐작할 수 있다. 명창들이 고독하고 혹독한 수련과정을 이겨내고 개인의 예술적 재능을 키워 판소리 예술이 빛날 수 있었다.

창극 「춘향전」의 형식을 통해 창극의 형성과정을 살펴보면, 최초로 원각사에서 공연한 창극 「춘향전」은 혼자서 부르는 판소리를 극중 인물에 따라 분화시켜 무대라는 매개체를 통하여 연출된 것이며 거기서 배역에 따라 출연하는 사람은 판소리 명창들이다.[20] 출연하는 사람이 판소리 명창이라는 것은 전통적인 판소리가 고스란히 창극에서 공연되는 것임을 의미한다. 단, 공연의 방식과 무대의 설치가 달라졌다. 전통적인 판의 개념을 새롭게 나타난 서양식의 무대가 대신하고, 일인창의 연행방식은 배역을 나누는 방식으로 변화하게 되었다. 이런 의미에서 창극은 판소리에 대한 계승이자 해체라고 할 수 있다. 즉

---

20 국창 이동백 담에 의하면, 그 창희관에 강용환 명창과 같이 경극을 구경한 일이 있었는데 강용환은 삼국지연의에 관심이 대단하였으며, "어찌하면 우리도 많은 사람이 동시에 출연하고, 각자의 특기를 십이분 발휘할 수 있을까?" 하고, 고심초사하더니 후일의 원각사 시절에 강용환은 경극을 모방하여 판소리 춘향가와 심청가를 창극화하였고 무대 예술로서 첫발을 내딛게 하였다는 것이다. (… 중략 …) 창극 춘향전은 혼자서 부르는 판소리를 극중 인물을 분화시켜 무대라는 매개체를 통하여 연출된 것이며 거기 배역에 따라 출연하는 사람은 판소리 명창임을 감안한다면, 판소리의 발전된 연장이라고 하여도 무방할 것 같다.
박황, 『판소리 二百年史』, 사사연, 1987, 139~144쪽.

판소리 창을 계승하면서도 판소리의 전통적인 연행방식을 해체시키는 것이다. 이런 계승과 해체의 관계는 창극의 발전과정 내내 유지되고 있었으나, 갈수록 계승보다는 해체의 측면이 더 두드러지게 된다. 소수의 후원자 앞에서 순수예술로 연행된 판소리는 각색각양의 관중들을 대상으로 삼는 대중예술로 전환(轉換)되는 과정에서 내적인 예술지향도 달라질 수밖에 없다. 과거에는 삼십 년의 시간을 투자하고 혹독한 수련과정을 견뎌내야 비로소 명창이 될 수 있었는데, 일인창의 연행방식이 해체되면서 명창의 성립기반과 존재기반도 사라지게 되었다. 이에 따라 판소리가 지녔던 순수예술로서의 가치도 갈수록 약화될 수밖에 없다. 진정한 판소리는 창극이 생긴 후에 이미 사라졌다고 본 사람의 탄식도 이런 맥락에서 이해할 수 있다.

한편, 판소리는 발생할 때부터 유동적인 예술이었나. 오랜 세월 동안 주변 환경의 변화에 따라 끊임없이 변모해왔던 것이다. 그러니 흥성의 시기가 있다고 하면 쇠락의 시기도 있는 법이다. 이런 의미에서 창극은 새로운 시대를 맞아 판소리의 자기갱신으로 볼 수도 있다. 여기서 중요한 문제는 내부적인 변화를 피할 수는 없지만 판소리의 핵심적인 창법이 창극에서 일관되게 유지되고 있다는 것이다.

창극 「춘향전」은 20세기 초에 창극이 처음 생긴 때부터 한국전쟁으로 인해 남북이 분단된 때까지 꾸준히 공연되었고, 분단 이후에도 남북한이 각기 나름의 방식으로 이 작품을 개작하고 있었다. 현재 한국은 창극 「춘향전」이, 북한은 혁명가극 「춘향전」이 여전히 고전예술의 대표작품으로 굳건히 자리를 잡고 있다. 한국전쟁 이전에 있었던 창극 「춘향전」의 구체적인 공연양상을 확인하기는 어렵지만 다음에 제시한 공연기록을 보면 이 창극의 공연상황을 어느 정도 짐작할 수 있다.

1940년 이전까지의 조선성악연구회의 공연 중 그 실체를 확인할 수
있는 창극 「춘향전」의 공연기록은 다음과 같다.

1936.9.24.~9.28. 「춘향전」, 7막 11장, 김용승 개작, 정정렬 연출,
                  동양극장.

1937.1.31~2.2.   「춘향전」과 「심청전」의 지방공연, 평양 김천대좌.

1937.6.23.~6.26. 「춘향전」, 6막 6장, 김용승 개작, 동양극장.

1937.9.16.~9.21. 「춘향전」, 6막 12장, 김용승 개작·연출, 동양극장.

1938.5.14~5.16. 「춘향전」, 동양극장.

1938.5월 말~6월 말 「춘향전」, 남선순연.

1938.10.7.~10.9. 「춘향전」, 7막 16장, 김용승 개작, 동양극장.

1939.1.29.~2.5.   「춘향전」, 9막 19장, 김용승 개작, 박생남 연출,
                  동양극장.

1939.10.7.~10.17. 「춘향전」, 7막 13장, 동양극장.

1940년대 해방되기 전까지 일부 공연기록은 다음과 같다.

조선성악연구회 공연상황 :

1940.11.5.~11.20. 「춘향전」, 5막 6장, 김용승 개작, 남선순연.

1941.2.29.~2.23. 「춘향전」, 5막 14장, 김용승 개작, 동양극장.

1941.6.27.~6.29. 「춘향전」, 9장, 김용승 개작, 동양극장.

창극좌의 공연상황:

1941.9.7.~9.16.   「춘향전」, 6막 9장, 영등포 우체국 앞 가설극장.

1941.9.20.~9.21. 「춘향전」, 6막 9장, 광무극장.

1942.1.1~1.2.   「춘향전」, 6막 9장, 김용승 개작, 평양 천금대좌

(千金代座).

1942.1.11~1.12. 「춘향전」, 5막 6장, 천금대좌.

1942.2.11~2.14. 「춘향전」, 5막 9장, 김용승 개작 동양극장.

1942.2.23~3.10. 「춘향전」, 5막 9장, 단기 지방순연, 녕월 가설극장.

조선성악연구회 :

1943.1.16~1.19. 「춘향전」, 5막 6장, 김용승 개작, 문화극장.

1943.11.8~11.10. 「춘향전」, 6막 9장, 김용승 개작, 박영진 연출,
제일극장.

1945.4.25~4.29. 「춘향전」, 김건 작, 박진 연출, 원우전 장치,
제일극장.

동일창극단의 공연상황:

1943.9.8~9.10. 「춘향전」, 7막 10장, 김용승 개작, 조상선 연출.
제일극장.

1943.9.11~9.15. 「춘향전」, 7막 10장.

1943.10.2~10.7. 「춘향전」, 6막 9장, 김용승 개작, 부민관.

1945.3.17~3.26. 「춘향전」, 3막 9장, 김건 개작, 박진 연출,
원우전 장치, 동양극장[21]

여기서 제시한 기록은 백현미가 밝혔듯이 실체를 확인할 수 있는
것에 한정된 것들이다. 기록이 남지 않은 공연도 많이 있었을 것이다.
1954년 12월에 북한에서 공연된 창극 「춘향전」은 북한의 어떤 정치적
인 배경 아래서 개작된 것이라기보다는 위에 제시한 이런 활발한 공

---

21 이 공연기록은 필자가 백현미의 책에서의 관련 내용을 정리한 것이다.
백현미, 앞의 책, 214~320쪽.

연의 연장선에서 나온 것이라고 보는 게 더 타당할 것이다. 개작자인 조운과 박태원이 월북자라는 점, 전쟁이 끝난 지 얼마 되지 않은 1954년은 북한의 정치적인 분위기가 아직 경화되지 않은 시기라 할 수 있다는 점도 그러하다. 다음 절에서 구체적으로 살펴보겠지만 1954년 북한 창극「춘향전」은 춘향의 신분을 상승시키고 춘향을 요조숙녀로 만들기 위한 노력이 뚜렷하면서도 판소리 고유의 골계와 해학을 여전히 잘 유지하고 있는 작품이다. 이런 특징도 해방 이전에 한국에서 공연된 창극「춘향전」의 연장선상에 있는 것이라 할 수 있다.

2) 1954년 북한 창극 「춘향전」의 성격
– 완판84장본과의 비교를 중심으로[22]

 앞에서 제시한 1930, 40년대의 창극「춘향전」의 공연기록을 통해서도 알 수 있듯이「춘향전」은 창극의 형식으로 많이 공연되고 있었다. 조운과 박태원이 월북하기 이전에 이런 공연을 직접 관람했을 가능성도 충분히 있다. 그래서 그들이 개작한「춘향전」은 1930, 40년대의 수많은 창극「춘향전」의 기반 위에서 만든 것이라 할 수 있다. 단, 구체적으로 어떤 작품을 저본으로 삼았는지의 문제는 쉽게 파악할 수는 없다. 개작자마다「춘향전」의 수많은 이본에서 자신이 원하는 내용을 취하고 나름의 방식으로 작품을 개작할 수 있거니와 공연예술로서의 창극이 공연할 때마다 약간의 변화를 동반하는 것도 흔히 있을 수 있는 일이기 때문이다.「춘향전」의 수많은 이본의 존재도「춘향전」

---

22 이 절 내용은 필자의 다음 논문을 수정·보완한 것임을 밝힌다.
   졸고, 「〈춘향전〉의 중국 월극으로의 변모양상에 대한 고찰」, 『동방문학비교연구』 1, 2013.12.

을 개작하는 과정에서 서로 다르게 표현할 수 있는 여지를 제공해주
었다. 엄국천은 완판84장본을 창극으로 개작하는 과정에서 완판84장
본의 내용 중 극적 갈등의 구축에서 불필요한 장면들은 과감하게 삭
제했고, 부분적으로 필요한 내용을 해체하여 재배치하였으며, 작품
의 주제를 부각시키기 위하여 새로운 장면이 삽입되었다고 지적했
다.[23] 그러나 실제로 많은 창극「춘향전」의 기본 구조와 줄거리는 완
판84장본의 내용을 참고했을 뿐, 세부적인 내용들은 개작의 과정에
서 수없이 변하게 되었다. 그리고「옥중화」같은 새로운 생긴 이본의
내용을 차용한 경우도 많다. 문제는 1954년 북한 창극「춘향전」의 성
격을 파악하기 위해서 이 창극본이 전통적인「춘향전」과의 차이가 무
엇인지를 고찰할 필요가 있고, 이런 것을 알기 위해 전통적인「춘향
전」의 성격에 대한 이해 또한 필요한 것이다. 그래서 논리적인 비약
을 감수하면서 완판84장본과의 비교를 중심으로 1954년 북한 창극
「춘향전」의 성격을 검토해보겠다. 이 창극의 구성은 다음과 같다.

　　　제一막 : 광한루
　　　제二막 : 一장 : 백년가약 / 二장 : 사랑가 / 三장 : 리별가
　　　제三막 : 십장가
　　　제四막 : 一장 : 어사분발 / 二장 : 농부가
　　　제五막 : 一장 : 칠성단 / 二장 : 옥중가
　　　제六막 : 출도

　북한의 창극「춘향전」이 시대 배경, 춘향과 이몽룡 간의 사랑의 양

23　이영미 외, 앞의 책, 132쪽.

상, 그리고 등장인물의 형상 등의 면에서 모두 완판84장본과 다른 모습을 보인다. 좀 더 구체적으로 살펴보기로 한다.

(1) 시대 배경의 변화 : 관리들에 대한 비판과 계급투쟁의식의 강화

완판84장본에는 시작과 결말 부분, 그리고 중간에 등장하는 농부가를 통해서 안정된 시대 배경을 묘사한다. 창극「춘향전」의 경우에는 "숙종대왕 즉위초 오월 단오 천중절에"로 시작한 다음에 바로 처녀들이 오월 단오의 경치를 노래하는 장면이 나오고, 노래가 끝나자 춘향과 향단이 등장하는 식으로 되어 있다. 완판84장본에서 '숙종대왕 즉위초'로 시작하는 태평성대를 노래하는 허두가가 창극에서는 시간을 제시하는 의미로만 남아 있다. 또 완판84장본의 결말 부분에서 왕의 성은에 관한 내용들은 창극에서 모두 빠져있다. 그래서 당시의 시대상황을 알아볼 수 있는 것으로서 '농부가'만 남아 있다. 우선 창극「춘향전」에서의 농부가를 보자.

　　구슬구슬 홀린 땀이 주저리 주저리 열매 열면 바득바득 마른 자식 토실토실 살찌겠네

　　에 에 에헤로 상사뒤요

　　선재 내고 환자 내고 게돈까지 내고나면 남은 것이 하나도 없으니 무엇으로 살이 찌나

(……)

　　우리 고을은 四판일세 어이하여 四판인가 우리 골 원님은 강판이요 행정 좌수는 롱판이요. 륙방 관속은 먹을판 났으니 우리백성은 죽을판 아니냐.[24] (82~83쪽)

완판84장본에서 나타난 성군에 대한 찬양에서 드러나는 안정된 삶의 분위기는 창극 「춘향전」에서 농부들의 생활고와 관리들의 착취에 대한 고발로 대체된다. 당시의 북한은 새로운 정권의 당위성을 강조하기 위해 구(舊)시대에 대한 비판이 필요한 상황이었다. 위의 인용문에서도 볼 수 있듯이 그런 구시대에 대한 비판은 백성들에게 '착취를 당한 자'로서의 피해의식을 심어주는 방식으로 실행되고 있다. 소위 '계급투쟁'이라는 의식도 이런 정치적인 의도에서 탄생한 것이라 할 수 있다. 그리고 "어제 타온 환자미에 모래가 절반이나 섞였게 말이야 (……) 흥! 진탕 잘 쳐 먹겠다."나 "참만 어사인 듯 공사 묻고 (……) 공사 어찌하여-밥 잘 먹고 술 잘 먹고 호미질 갈퀴질에 쇠시랑질까지 다 잘하니 그 우에 명관 없고 (……)" 등 농부들의 대화에서도 이런 계급 사이의 첨예한 갈등이 뚜렷하게 표현되고 있다.

> 변학도 : 들이니 순창 삼년에 재미를 쏠쏠히 보셨다고-
> 순창 : 뭔 재미가 무슨 ……
> 변학도 : 재미가 무어라니 리판대감 수연에도 순창서 올라간 봉물짐이
>   그중 굉장했다더니
> 순창 : 허 허 허 허 …… 무슨 그럴 리가 있소리까 다 뜬 소문이죠.
>   (……)
> 변학도 : (곡성을 돌아보며) 곡성은 그래 그간 몇 백이나 벌어 놓으셨
>   소?
> 곡성 : 원 몇 백이라니요 (……)
> 변학도 : 허 허- 그래서야 모처럼 하향에를 나려 오신 보람이 어디 있단

---

24 조운·박태원·김아부, 앞의 책, 이어지는 내용부터는 본문에 인용문의 쪽수만 제시하기로 한다.

말씀이요

곡성 : 본관게 마무래도 묘리를 배워야겠소이다

변학도 : 허 허 허 묘리라니 별것이 있으리까마는 (……) (117~119쪽)

관리들의 악행에 대한 폭로는 위에 제시한 제六막 출도에서 변학도와 순창·곡성의 담화에서도 계속된다. 여기서 완판84장본에서의 변학도라는 '악인'이 악한 관리들인 '악인집단'으로 확장되었음을 알 수 있다. 완판84장본에서 순창과 곡성 군수는 관리들의 추태(醜態)를 보여주는 사람으로 주로 풍자의 대상이다. 그들의 악행에 대한 폭로는 거의 등장하지 않는다. 풍자와 폭로는 분명히 차원이 다른 것이다. 북한의 창극에서는 풍자와 폭로가 모두 들어가 있으나 폭로를 통해 비판 의식을 높이려는 목적은 분명하다. 시대 배경에 대한 개작을 통해 계급투쟁의식을 창출하고 강화시키는 것은 북한 창극 「춘향전」의 가장 중요한 특징으로 볼 수 있다.

(2) 사랑의 양상의 변화 : 처와 첩 사이에 애매한 자리

춘향의 신분은 「춘향전」 연구에서 매우 중요하다. 그러나 춘향은 기생이 아닐 수 없다는 주장이 언제나 설득력이 있는 학설이다. 완판84장본에서 춘향의 신분은 기생이 아니라 하더라도 언제나 첩으로 여겨지는 처지이다. 이별할 때 이몽룡이 빌려 쓴 대부인의 '화방작첩'이라는 말이라든가 춘향이 스스로 '마마'가 되는 것에 만족하겠다고 하는 말에서 이런 사실을 확인할 수 있다. 창극 「춘향전」에서 춘향의 신분과 처지는 명확하게 묘사되어 있지 않지만 전체적으로 볼 때 첩이 되는 처지에 벗어나지 못한다.

　창극 「춘향전」에서 방자가 분부 듣고 춘향을 불러 갈 때 다음과 같은 대화가 나온다.

　　춘향 : 못 가겠다.
　　방자 : 뭐?- 량반이 부르는데 천연스레 못 가겠다?
　　향단 : (곁에 있다 또 나서며) 이 녀석아, 도련님만 량반이고 우리 아씬
　　　　　량반이 아니란 말이냐?
　　방자 : (픽 웃고) 그까짓 량반이야 절름발이 량반이지. (12~13쪽)

　여기서 향단의 입을 빌려 춘향도 양반이라는 것을 명시적으로 밝히고 있다. 이는 물론 과도한 개작이라 할 수 있다. 춘향이 성 참판의 서녀이지만 동시에 퇴기 월매의 딸로서 스스로 양반이라고 칭할 수가 없다. 그러나 작품을 전체적으로 볼 때 향단의 이런 발화는 춘향의 신분이 양반이라고 강조한다기보다는 오히려 춘향과 이몽룡이 평등의 위치에 있는 인물임을 강조하기 위한 것으로 볼 수 있다. 그러나 향단의 말은 방자의 비웃음을 초래한다. 방자의 눈에는 춘향이 양반이라고 할 때 선천적인 결함(절름발이)을 가진 인물이다. 그리고 창극에서 춘향과 이몽룡은 광한루에서 처음 대면할 때 백년가약 이야기를 하지는 않았다. 그 후 열흘 지난 후에 이몽룡이 춘향집으로 찾아가서야 비로소 백년가약을 맺고 싶은 뜻을 월매에게 토로했다. 시간적으로도 완판84장본에서 광한루에 만나는 당일 밤에 바로 춘향집으로 찾아가는 것을 열흘 후로 바꾸었다. 완판84장본에서 만나는 당일 밤에 바로 춘향집으로 찾아가는 내용에서 암시하는 춘향의 신분도 이런 시간의 설정을 통해 교묘하게 은폐된다.

완판84장본에서 월매한테 거절을 당한 다음에 "룩례는 못할망정 량반의 자식으로 일구이언 하겠는가"라는 이몽룡의 말이나 북한 창극에서 "룩례는 못 이루나 혼서 례장 사주단자 모두 다 겸하여서 증서 한 장 하여 주오."라는 월매의 말에서 모두 춘향의 처지를 확인할 수 있다. 그러나 창극에서 자신의 처지에 대한 춘향의 인식은 변화된 모습을 보인다. 앞에서도 언급했듯이 완판84장본에서는 춘향이 스스로 '마마'가 되는 것에 만족하겠다는 인식을 가지고 있었다. 그러나 창극에서 춘향은 이몽룡이 전하는 "량반의 자식으로 천첩 두었단 말이 나면 족보에 이름 떼고 사당 참여 안 시킨다."라는 대부인의 말을 듣고 "천첩 천첩 (……) 천첩이란 웬 말이요 그게 무삼 말삼이요."라고 했다. 자신이 천첩으로 취급되는 것에 상당히 놀라며 의외적인 것처럼 표현했다. 이는 개작자가 암암리 춘향의 신분을 높이려고 한 표현으로 볼 수 있다. 그리고 제3막 '십장가'에서 육방하인들이 춘향은 기생이 아니라는 점을 변학도에게 거듭 설명했지만 그들의 말에서도 춘향의 첩이라는 신분을 확인할 수 있다. 예를 들면, 례방은 "구관 책방 도련임이 머리를 얹혔나이다."라는 말이나, 호방은 "도련님 떠나실 때 입장 후에 다려 가마 언약이 중하기로~"라는 말에서 나오는 '머리를 얹혔다'나 '입장 후에 다려 간다'는 말은 모두 춘향의 신분을 말해준 것이다.

전체적으로 볼 때 창극에서는 개작자가 춘향의 신분을 높이고 그것을 통해서 이몽룡과의 사랑을 어느 정도 평등한 구도로 만들려는 의도가 분명하다. 그러나 「춘향전」을 함부로 개작할 수 없다는 암묵적인 제한도 분명히 있었을 것이다. 원작에 대한 가필도 모두가 잘 아는 「춘향전」의 모습을 원칙적으로 파괴하지 않는 범위 내에서만 가능한

일이다. 이야기를 전체적으로 뒤집고「춘향전」'다시 쓰기'정도의 개
작을 시도하는 것은 당시에는 하기 힘든 일이었다.

(3) 인물성격의 변화 : 민중들의 형상의 강화

창극「춘향전」에서 '민중'들의 형상을 아주 풍부하게 표현하고 있
는 것도 하나의 큰 특징으로 볼 수 있다. 우선 방자의 인물형상의 변
화를 살펴보겠다. 창극에서 방자는 아주 '통속적'이면서도 현실적인
의미가 강한 인물로 형상화되었다.

완판84장본에서 방자의 인물형상은 특별한 개성이 없는 것처럼 보
인다. 춘향을 부르러 갈 때 춘향과의 대화, 퇴령을 기다리는 동안 책
방에서 이몽룡과의 수작 이외에는 서사를 전개하는 과정에서 꼭 필요
할 때만 방자가 등장한다. 그러나 창극에서는 방자가 차지하는 분량
도 많아지고 인물형상도 많이 풍부해진다.

> 이몽룡 : 부용당이라 잘도 썼다. 석봉(石峯)이 못 미치리 (……)
> 방자 : (마당 한구석에 쪼그리고 앉았다가) 액자 구경 오셨소? -할 말이
>   있으시면 선뜻 내여 놓실게지. 사내대장부가 주저할 게 무엇이
>   요? (23쪽)
>
> 어사 : (부채로 차면하고 나무 뒤에서 나오며) 아나 이에-
> 방자 : (걸음을 멈추고 서서 그의 우아래를 훑어 보고) 보아하니 새파란
>   젊은 량반이 나 많은 총각 어른 보고 '아나 이애'? (89쪽)
>
> 방자 : 오작교 넘나들며 갖은 언설 중매한 죄, 한양 천리 먼 먼 길에
>   편자 갖다 드린 죄로, 운봉 옥중에 가두어 두신 방자놈 현신이요.

어사 : (내려다보고 빙그레 웃으며) 오-너 고생했다.

방자 : (그제는 야속한 생각이 벗석들어) 원 세상에 그럴 법도 있소오리
까? 유공한 방자놈을 상급은 안 주시고 운봉 옥중에다 가두어
버리시니, 그래 소인이 무슨 죄요?

어사 : (다시 빙그레 웃으며) 이놈, 네가 원체 경망키로 천기를 루설할
가 잠시 그리한 것이다. (135~136쪽)

완판84장에서 방자도 가끔 농담을 하긴 하나 대부분의 경우에는 이
몽룡을 잘 받드는 하인의 모습으로 행동한다. 그러나 위에 인용문에
서도 볼 수 있듯이 창극에서는 방자가 하인이지만 이몽룡과 상대할
때 공손한 태도를 거의 보이지 않고 대신에 농담하거나 옆에서 지지
부진한 사태를 부추기는 인물로 형상화된다. 대부분의 경우에 이몽룡
은 방자가 야유하거나 조롱하는 대상이 되기도 한다. 그러나 창극에
서 방자는 성격이 활발해졌지만 일정한 입장을 갖지 못한 인물이기도
하다. 처음 춘향이 이몽룡의 부름을 거절할 때 월매를 이용하여 춘향
을 압박하기도 하고, 향단이 말하는 춘향의 양반신분을 비웃기도 하
고, 이몽룡과 춘향, 그리고 월매가 같이 술을 마실 때 그의 존재를
외면함에 불만을 품고 짜증을 부리기도 한다.[25] 방자의 인물형상은 그
가 스스로 말하는 것처럼 '관가에서 눈칫밥으로 자란 놈'이 확실하다.

---

25 방자 : (마치 개가 어쩌기나 하는 듯) 이-개
  월매 : (그 소리에 뜰에 내다보고) 아니 방자, 그저 게 있었니?
  방자 : (짐짓 볼멘 소리로) 진작 갈 걸 잘 못 했구료-
  월매 : 내 그만 깜빡 잊었고나 (……) 게 있다 도련님 상 나거든 너도 한잔 먹어라.
  방자 : (벌떡 일어서서 사뭇 시비나 가릴 듯이) 오늘 경사가 대체 뉘 덕인데 그래
    퇴주 술로 때려요?
  월매 : 앗다. 잘 못되였구나. (30~31쪽).

운봉옥중 며칠 동안 갇혔다가 나오는 방자가 스스로 자신의 죄를 고
백한 것도 교묘하게 자신의 공을 드러냈다. 그래서 방자는 선(善)이나
악(惡)함이 없는 '눈치 밥'을 먹는 하인으로서 현실감각이 상당히 강한
인물이라 할 수 있다.

　월매의 성격은 크게 달라지지 않았다. 이별할 수밖에 없다는 이몽
룡의 말을 듣고 춘향에게 '썩 죽어라 썩 죽어'라는 말도 하고 신세한탄
을 하기도 한다. 걸인행색으로 돌아온 이몽룡을 박대하기도 한다. 그
러나 완판84장본과 비교하면 창극에서 월매의 성격은 더 활발해졌고,
말을 더 각박하게 한다.

> 월매 : (허, 허 웃고) 노련님. 이 늙은 것이 눈이 어두워 잘못 보고 말씀
> 　　　을 함부루 하였으니 노여워 마옵시오.
> 이몽룡 : 아닌 밤중에 말도 없이 남의 집엘 들어왔으니 그런 욕도 먹어
> 　　　싸지.
> 월매 : 하, 하, 하 (……) 이리 쉬 풀어질 줄 알았더면 욕을 좀 더 많이
> 　　　하걸, 하, 하, 하 (……) (21쪽)

　완판84장본에서 월매가 처음 찾아온 이몽룡에 대한 태도는 공손하
기까지 하다. 그것은 물론 신분질서의 현실적인 표현이다. 그러나 창
극에서는 이런 신분질서의 흔적이 많이 사라졌다. 양반인 이몽룡은
방자뿐만 아니라 월매에게도 야유의 대상이 된다. 이는 판소리의 기
저에서 흐르는 양반을 풍자하는 정신의 계승이기도 하나, 한편으로는
방자와 월매를 비롯한 민중들의 활발한 형상을 표현하기 위한 것이기
도 하다. 그리고 창극에서 월매가 한 여인으로서나 어머니로서의 형
상도 많이 풍부해진다.

월매 : 몹쓸 년의 팔자로다. 전생의 무슨 죄로 이생에 천기 되어 맺히고
　　　맺힌 한에 비록 녀식일지라도 주옥 같이 고이 길러 말년 영화
　　　보쟀더니 말경에는 내 입방정 또 신세를 망치구나. (47쪽)

월매 : 도련님 서울 가도 춘향을 잊지 말고 백년 기약 생각하여 다시
　　　찾아주신다면 죽어 저생 가서라도 그 은혜를 갚으리다. (49쪽)

　완판84장본의 경우에는 월매의 탄식이 다분히 "늙은 것이 누구를
의지하고 살겠냐?"라는 현실적인 삶에 대한 걱정 정도의 탄식이고,
창극에서 월매의 탄식은 자신의 신세에 대한 한탄의 성격이 더 강하
다. 그리고 월매의 이런 신세 한탄은 관중들로 하여금 은연중에 그녀
의 신분을 떠올리게 하고, 이어서 자연스럽게 신분제도에 대한 비판
으로 이어지게 만든다. 두 번째 인용문에서 이몽룡에게 춘향을 잊지
말고 다시 찾아달라는 어머니의 형상도 완판84장본에서는 보이지 않
는 모습이다. 월매의 이런 어머니로서의 형상은 일반 관중들에게 더
공감을 얻을 수 있다.
　종합적으로 볼 때 인물형상의 변화는 대개 개작자의 의도적인 개작
이다. 단 작품 내용에 있어서 인물 형상의 변화는 작품의 성격에 있어
질적 변화라고 하기 어렵다. 방자는 순수한 하인이든, 장난을 치는
사람이든, 이몽룡을 조롱하는 인물이든 간에 이야기의 풍자효과를 덜
거나 더하는 차이가 있을 뿐, 이야기 자체를 바꾸지 않는다. 이와 달
리 정치적인 의도에서의 작품에 대한 개작은 원작에 질적 변화를 가
져다주었다. 완판84장본과 비교하면 북한의 창극 「춘향전」의 가장
근본적인 변화는 시대상황에 대한 개작이다. 북한의 창극 「춘향전」에
서는 완판84장본에서 안정되게 사는 민중들의 삶을 바꾸어주고 관리

들의 악행을 과장하였다. 이를 통해 피해자로서 민중들의 형상을 한층 부각시킨다. 그런 상황에서 계급투쟁의 의식도 자연스럽게 부각되었다. 그러나 북한의 창극「춘향전」은 여전히 여러 면에서「춘향전」의 해학과 민중들의 활발한 성격을 잘 표현하고 있다. 계급투쟁이 부각되기는 하나 전체적으로 볼 때 창극「춘향전」의 주된 정서는 여전히 낙천적이고 활발하다.

2. 월극(越劇)으로의 개작

1) 월극의 형성과정과 장르적 성격

월극은 청말민초(淸末民初)에 최초로 절강성(浙江省) 승현(嵊縣)지역에서 '낙지창서(落地唱書)'의 형식으로 시작한다.[26] 광서 33년(光緒33, 1906)년에 무대에 올려 공연했을 때 '소가문서반(小歌文書班)'이라 하고, 창을 할 때 관현(管絃)으로의 반주가 없어 고(鼓)와 판(板)으로 박자를 치고 리듬을 맞추기 때문에 '적독반(的篤班)'이라 하기도 한다. 민국 5년(1916)년 처음으로 승현에서의 도사반(道士班)의 악사들이 반주를 놓는 데 성공한다. 민국 7년 상해(上海)로 처음 진출했을 때 배우

26　월극 시작의 구체적인 시간에 대해 다음의 설이 있다.
　　1852년(淸 咸豊二年) 승현(嵊縣)서향(西鄕) 마당촌(馬塘村) 농민 김기병(金其柄)이 '낙지창서(落地唱書)'을 창작한다. 낙지창서는 절강성(浙江省) 승현 마당촌 지역에 유행한 설창(說唱)형식이다. 후에 농촌에서 초대(草臺 : 임시로 만든 무대)로 연출하는 희곡형식으로 발전하기 시작한다. 처음에 배우들이 모두 반농반예(半農半藝)의 남성 농민들이라서 남반(男班)이라 한다.
　　http://baike.baidu.com/view/16781.htm.(百度百科, 越劇)

들은 모두 남성이고, 레퍼토리는 대개 농촌의 생활을 반영하는 소희(小戱)였다.[27] 민국 12년(民國 12, 1923)년 경극 '모아희(髦兒戱, 배우가 모두 젊은 여성으로 되어 있는 경극극단)'의 영향을 받아 처음으로 젊은 여성들만 구성한 여과반(女科班, 여반)을 성립한다. 1920년대 말부터 1930년대 초에 여반이 크게 성장하여 이후에 여성들만 출연하는 월극의 전통을 세웠다. 이 시기에 척조(尺調)와 현하조(弦下調) 같은 새로운 반주음악을 창작했을 뿐만 아니라 일부 지식인들을 초청하여 공연, 화장, 무대의 미술설계 등 여러 방면에서 화극(話劇), 영화, 그리고 곤극(昆劇) 등 기타 예술형식의 장점을 흡수하여 새로운 면모를 갖추었다. 1940년대에 공연한 「양축애사(梁祝哀史)」, 「산하연(山河戀)」, 「상림수(祥林嫂)」 등은 모두 큰 인기를 거두었다. 항일전쟁시기(1931~1937) 다른 극종의 극단들이 대부분 해산된 것과 달리 월극은 상해에서 크게 번성한다.[28] 해방 이후도 월극은 활발하게 공연활동을 하고 있었다.

위에서 정리한 월극의 형성과정은 간략하지만 이 과정을 통해 우리는 몇 가지 중요한 사항을 확인할 수 있다. 하나는 월극 형식의 변화이다. 승현에서 '낙지창서'와 '소가문서반'의 형식으로 있었을 때는 고(鼓)와 판(板)의 반주만 있었다. 고의 반주는 판소리 고수의 반주로 연상될 수 있는데 이런 반주방식은 당시의 연출형식이 상당히 간단함을

---

27 대표적인 작품으로는 「매하포(賣夏布)」, 「나타수(懶惰嫂)」, 「양식부귀낭가(養媳婦歸娘家)」, 「매청탄(賣靑炭)」 등이 있다.

28 이 부분의 내용은 『중국희곡지 절강권(中國戱曲志 浙江卷)』에서 월극에 관한 내용을 참고해서 정리한 것이다.
   중국희곡지(中國戱曲志) 편집위원회, 『중국희곡지 절강권(中國戱曲志 浙江卷)』, 중국ISBN중심 출판, 1997, 6~27쪽.

말해준다. 처음으로 상해에 진출할 때 남반이 연출한 레퍼토리가 주로 농촌생활에 관한 소희라는 것을 보면 그때까지의 반주도 상당히 간단했을 것이라 짐작된다. 1920년대 후반부터 여반이 생기고 새로운 창법과 반주가 창작되었으며, 화극과 영화 같은 새로운 예술형식, 곤극과 같은 오래된 전통 공연예술에서 적극적으로 영양분을 흡수한 다음에야 월극은 어느 정도 완성된 공연예술이 되었다. 위에 정리한 내용에서 언급하지는 않았지만 월극의 이런 발전과정에서 관중의 구성 또한 계속 바꾸고 있었음을 짐작할 수 있다. 농촌에서 연출할 때는 관중들이 지방의 농민들이거나 상대적으로 부유한 부민 내지 지주들이었다. 반면 상해에 진출한 후로는 관중들이 당시 경제상황이 상대적으로 발달한 상해의 시민계층이 되었다. 농촌생활을 반영한 레퍼토리가 점차 내중의 관심을 잃게 만들었을 가능성도 충분이 있었다.

한편 항일전쟁 시기에 다른 극중의 극단이 거의 다 해산된 것과 달리 월극 여반이 상해에서 크게 번성한 것과도 관중층의 구성과 밀접한 관계가 있다고 할 수 있다. 항일전쟁시기 남방의 많은 지주들과 부유한 상인들이 상해로 피난을 갔다. 당시 상해에는 외국의 조계(租界)가 있었기 때문에 상대적으로 안전했다. 상해로 이사 간 이런 부유한 상인이나 지주들은 대부분 가족을 고향에 남두고 혼자 사는 남성들이다. 그들이 전쟁을 겪는 동안 생명과 인생에 대한 생각과 윤리적 인식은 많이 취약해졌다. 이런 관중들에게 가장 인기 있던 연극은 바로 젊은 여성으로 구성된 극단의 공연이다. 당시의 공연된 레퍼토리가 구체적으로 무엇인지는 아직 확인 하지 못했으나 높은 예술성이 있는 작품일 가능성은 상당히 희박하고, 오히려 통속적이나 저속한 것이었을 가능성이 높다.[29] 이런 현상은 한국전쟁시기에 한국의 여성

국극단의 공연과 어느 정도의 유사성을 가지고 있다고 할 수 있다.

위에 정리한 월극의 발전과정을 통해 또 하나의 주의해야 하는 사항은 좋은 극본이 월극의 발전에 크게 기여한다는 사실이다. 1940년대에 들어서면서 공연예술로서의 월극은 공연 형식이나 음악, 창법과 무대장식 등이 모두 성숙한 단계에 이르렀다. 공연예술로서 이런 기술적인 요소들이 완비된 경우 가장 필요한 것은 좋은 극본이다. 1940년대 월극 공연으로 하여금 큰 성공을 거두게 하고, 월극의 발전을 크게 기여한 작품은「양축애사」,「산하연」,「상림수」이다. 그중에서 「양축애사」는 월극 이전에도 다른 극종이 무수히 공연한 양산백(梁山伯)과 축영대(祝英臺)의 사랑 이야기이다. 이 이야기는 옛날부터 전해 내려오는 과정에서 무수한 문인들의 가필로 말미암아 문체가 우아하고 감정표현이 섬세하다. 「상림수」는 노신(魯迅)의 작품「축복(祝福)」에서 나온 이야기로서 당시의 관중들, 특히 젊은 관중들에게 상당히 익숙한 작품이다. 「산하연」은 1947년에 남미(南薇)·한의(韓義)와 성용(成容)이 프랑스 극작가 알렉상드르 뒤마의「삼총사(Les Trois Mousquetaires)」와 중국의「동주열국지(東周列國志)」의 일부 내용을 결합하여 개편한 작품이다. 이 세 작품은 각기 낭만주의적인 사랑 이야기와 현실주의적인 사회비판 이야기, 그리고 외국문화의 신기함과 중국

---

29 1930년대 월극이 상해에서 공연된 작품들은 거의 모두 재자가인식의 작품들이었고, 그런 내용으로 인해서 당시의 지식인계층한테 멸시를 당하기도 한다. 조사에 의하면 1938년 이전에 당시 상해의 가장 유명한 신문인〈신보(申報)〉에서 월극에 관한 기사가 단 한 번도 없다고 한다. 그러나 이런 재자가인식의 이야기는 오히려 소시민들이 가장 애호한 이야기이다.

강진(姜進),「傳奇的世界-女子越劇與上海都市文化緖論」,『近代中國社會與民間文化-首屆中國近代社會史國際學術硏討會論文集』, 2005.8.

전통문학을 결합하는 새로운 이야기로 폭 넓은 관중층을 이끈 공연예
술이다. 이러한 작품은 예술적인 표현형식도 중요하지만 좋은 극본이
결여되면 성공을 거두기 어렵다. 이 문제는 중국 희곡사의 전체적인
발전과정에서 이미 확인된 것이다. 간단하게 설명하자면 중국의 전통
희곡이 오랜 세월 동안 질적인 발전을 거두지 못한 이유 중의 하나는
극본이 없었기 때문이고, 원대(元代)에 이르러 비로소 크게 발전하기
시작한 것도 문인들의 극본창작과 절대적인 관계가 있었다는 것이다.

한편, 월극은 비록 19세기 말이라는 비교적 늦은 시기에 출현했지
만 그 발전과정은 그 이전 시기의 극종들이 밟아온 발전과정과 대체
로 유사하다. 반주는 간단한 것으로부터 완비된 것으로, 공연방식은
소박한 것으로부터 섬세한 것으로, 레퍼토리는 구조와 내용이 간단한
것으로부터 풍부한 것으로 발전하는 과정은 월극 이전의 극종들의 변
모과정이기도 하다. 그래서 월극은 19세기 말에 생기는 새로운 극종
이기도 하지만 중국 희곡사의 큰 흐름에서 봤을 때 이전 시대의 극종
과 마찬가지로 또 하나의 전통적인 극종의 탄생으로 볼 수 있기도
한다.

월극의 발전에 있어 1940년대는 획기적인 시기였다. 이 시기에 정
립한 월극의 여러 특징이 현재까지 전해 내려왔다. 월극이 불과 몇
십 년이라는 짧은 시간에 중국의 가장 크고 유명한 지방극(地方劇)[30]으
로 성장한 것은 나름의 이유가 있다. 우선 20세기 초라는 시기와 상해
라는 상업이 아주 발달한 도시는 아주 중요한 조건으로 지적될 수 있

---

30 경극은 관화(官話, 표준어)로 부르는 것으로서 국극(國劇)이라 하고, 경극 이외의
   다른 전통 희곡은 모두 지방극(地方劇)이라 한다. 지방극이라는 것은 한 지역을 중
   심으로 발전하고 공연한 의미에서 한 이름이다.

다. 19세기 말 20세기 초에 중세사회의 해체와 더불어 서양의 문명과 문물이 중국에 들어와 중국의 고유한 경제방식과 문화에게 큰 영향을 주었다. 상해는 중국 근대사에서 상업경제가 가장 발달한 도시로서 외국의 자본도 많았고 중국 본토의 자본도 많이 모인 곳이었다. 대다수의 중국 기타 전통 희곡과 마찬가지로 월극의 시작도 현실적인 삶과 직접적인 관계가 있었다. 농촌의 젊은 남녀들이 살기 위한 방책으로 창희(唱戲)를 배우기 시작한 것이다. 여자월극의 초창기의 유명한 배우들은 거의 모두 10세 전후의 어린 나이에 창희를 배우기 시작한다. 그들에게 월극은 예술이기 전에 삶을 영위하고 유지하는 수단이었다. 20세기 초에 상해라는 상업 발달한 도시는 그들에게 창희를 통해 삶을 잘 영위하는 데에 유리한 조건을 제공해주었다. 이는 월극이 짧은 시간에 크게 발전하게 되는 가장 결정적인 요소라 할 수 있다.

한편, 자기개발의 노력도 월극 발전의 중요한 요소이라 할 수 있다. 남반으로부터 여반으로의 변화, 문인의 개입을 통한 작품의 구조와 내용적 발전, 간단한 반주에서 정비한 배악(配樂)으로의 발전 등 많은 면에서 월극은 스스로의 발전을 위해 끊임없이 노력한 모습이 보인다. 월극의 이런 발전과정은 경제와 예술의 상보적인 관계를 잘 보여주는 좋은 사례라 할 수 있다.

한편, 구체적인 면에서 봤을 때 월극의 발전에게 큰 영향을 준 것은 화극과 곤곡이다. 화극의 경우에는 19세기 말에서 20세기 초에 일본의 신파극과 이후에 생긴 여러 가지 극(劇)의 연장선에서 나온 극형식이다. 월극은 화극에서 편극(編劇)의 제도를 배웠다고 한다.[31] 편극 제

---

31 강진(姜進), 앞의 논문.

도의 핵심적인 내용은 극본을 창작하는 전문적인 사람이 있다는 것이다. 앞에서도 강조했듯이 좋은 극본은 희곡의 발전에 절대 빠질 수 없는 요소이다. 당시의 편극제도는 극본과 악보의 체계 확립에 있어도 중요한 역할을 한다. 중국 전통 희곡의 전수(傳授)방식은 스승의 구전심수(口傳心授)로, 스승은 입으로 가르치고 학생은 마음으로 그것을 터득하는 것이다. 구체적인 극본이 없었기 때문에 공연할 때 배우들이 임의로 내용을 바꿀 수 있고, 그로 인하여 공연과정에서 배우 사이의 조합이 잘 되지 못한 경우도 종종 있었다고 한다. 극본과 악보가 확정된 다음부터는 배우들이 각기 자신의 대사와 창의 구조를 정확하게 알 수 있기 때문에 공연이 보다 순조롭게 진행할 수 있게 된다. 단 이런 편극의 제도는 화극의 고유한 것이라기보다는 당시의 시대 배경 아래서 일본과 서양의 기타 여러 나라, 그리고 러시아의 연극체계를 종합적으로 흡수하면서 자연스럽게 형성된 것이라 할 수 있다.

한편 월극은 곤곡(崑曲)에서 주로 신단(身段, 몸놀림, 몸동작)과 춤동작을 도입하였다고 한다.[32] 곤곡은 중국의 가장 오랜 역사를 가진 전통 희곡으로서 14세기에 중국 소주(蘇州)지역에서 발생하고 명나라 중엽부터 300년 동안 중국에서 가장 유명한 형태의 희곡으로 존재하였다. 경극이 흥성할 때쯤에는 곤곡이 많이 쇠락했으나 현재까지 그 예술적인 생명을 유지하며 많은 사람의 사랑을 받고 있다. 곤곡은 중국 전통 희곡에서 가장 우아하고, 문인적인 경향이 가장 강한 희곡으로 평가되곤 한다. 월극의 우아하고 아름다운 몸놀림과 춤동작은 바

---

32 강진(姜進), 앞의 논문.

로 곤곡의 정수(精髓)를 계승한 것이라 할 수 있다.

정리하면 월극은 시대의 변화에 적극적으로 대응하고, 공연예술로서 스스로의 발전을 위한 부단한 노력과, 타 공연현식의 장점을 적극적인 흡수를 통해 짧은 시간 안에 크게 발전해온 극종이다. 곤곡이나 경극 같은 극종과 비하면 월극은 상당히 젊은 극종이지만 전대 극종의 우수한 예술적 표현을 계승하고 발전시켰다는 측면에서 봤을 때 고전희곡의 연장선상 있는 극종이라 할 수 있다.

월극의 레퍼토리는 대부분 재자가인식의 사랑 이야기이다. 중국 희곡계에는 "京劇打官話, 紹劇打天下, 越劇討老婆.(경극은 관화(官話)로 한 극이 많고, 소극은 천하를 두고 다투는 내용의 작품이 많으며, 월극은 마누라를 맞이하는 극이 많다.)"라는 말이 있는데, 이 말은 경극은 관화(官話)[33]로 하는 포대희(袍帶戲)[34]가 많고, 소극은 무희(武戲)가 많으며, 월극은 혼인희(婚姻戲)가 많다는 특징을 간결하게 설명해 주었다. 월극의 대표작인 「양산백과 축영대(梁山伯與祝英臺)」·「홍루몽(紅樓夢)」·「서상기(西廂記)」·「맹려군(孟麗君)」 등을 통해서도 이를 확인할 수 있다. 월극의 대사는 문인적인 경향이 강한 우아한 문체로 되어 있고, 주인공들은 대개 사족출신의 교양 있고 얌전한 인물들이다. 젊은 여성배우가 분장한 남주인공은 대부분 용모가 수려하며 점잖고 예절 바른 선비의 형상이며, 여성의 인물형상도 마찬가지로 정숙한 숙녀이

---

33 관화(官話)는 당시 수도지역의 표준어를 가리키는 말로, 지방의 말과 대비되는 말이다.

34 포대희(袍帶戲)는 용포(龍袍)를 입고 옥대(玉帶)를 띠는 인물에 관한 희곡으로 제왕장상(帝王將相)의 이야기를 소재로 한 작품을 가리키는 것이다. 내용은 대부분 역사사건에 관한 것들이다.

다. 수려한 젊은 남녀의 인물형상, 청아한 창악과 우아한 춤동작 등 요소들이 모두 재자가인식의 사랑 이야기를 표현하는 데 잘 어울리는 것이다.

2) 북한 창극 「춘향전」의 월극으로의 개작

본 절에는 북한 창극 「춘향전」이 중국 월극으로 개작된 과정과 그 과정에서 나타난 변모양상을 살펴보겠다. 앞에서 제시한 연구사에서도 볼 수 있듯이 이지은을 제외하면 선행 연구자들은 월극 「춘향전」의 저본이 북한의 창극 「춘향전」이라는 사실을 알면서도 북한의 「춘향전」과 월극 「춘향전」을 비교하여 연구하지 않았다. 「춘향전」이 중국의 월극으로 개작되는 과정에서 북한의 「춘향전」이 없었다면 개작이 이루어지지 못했을 것이나. 말하자면 완판84장본에서 북한의 창극으로 1차 개작이 이루어지고, 북한의 창극 「춘향전」에서 월극으로 2차 개작이 이루어진 것이다. 앞에서 이미 북한의 창극 「춘향전」과 완판84장본을 비교하면서 북한 창극 「춘향전」의 성격을 알아보았는데 본 절에는 북한 창극 「춘향전」에서 월극 「춘향전」으로 개작되는 과정에서 나타난 변모양상을 살펴보겠다.

양회석은 월극 「춘향전」의 이식과정에 대해 정리한 바가 있다. 그의 정리에 의하면, 월극 「춘향전」을 이식하게 된 직접적인 계기는 한국전쟁이다. 1952년 7월 중국인민해방군(中國人民解放軍)은 극단을 위문단(慰問團)으로 파견하기로 결정하는데 월극 극단 '옥란극단(玉蘭劇團)'이 선발된다. 옥란극단은 1953년 3월에 북한에 파견되고 1953년 가을 귀국할 때까지 8개월 동안 「양산백과 축영대」와 「서상기」를 공연한다. 이 기간 동안 많은 사람들로부터 「춘향전」에 관한 이야기를

들게 된다. 귀국 후 월극 극단은 북한의 국립고전예술극장의 연출본
에 근거하여 장지(莊志)를 필두로 하여 본격적인 개작 작업에 착수한
다. 1954년 4월에 초고가 완성되지만 리허설 과정에서 지속적으로 수
정이 가해진다. 1954년 8월 상해에서 첫 공연을 갖는데 결과는 성공
이었다.[35]

한편 개작자는 극본의 전기(前記)에서 "개편(改編)할 때 최대한 원
작의 정신과 풍모를 유지하고자 하였다. 그러나 장면의 배치와 인물
성격, 그리고 언어 등 방면에서 약간의 취사(取捨)와 보충을 하였다."
고 한다.[36] 우선 월극 「춘향전」과 북한 창극 「춘향전」의 구조와 내용
을 비교해 보자.

북한 창극 「춘향전」과 월극 「춘향전」의 내용비교

막		북한 창극 「춘향전」	월극 「춘향전」				비고
			막		있음	없음	
제1막 광한루		처녀들이 오월 단오의 노래를 부르면서 등장, 이몽룡이 경치를 구경하다 춘향을 보고 반한다.	第一幕 廣寒樓		○		이몽룡이 잠간 보는 춘향한테 후회무기(後會無期)냐고 묻자 춘향은 나비는 꽃송이 위에 날아갈 수 있다는 말을 남기고 떠난다.
제 2 막	1장 백년 가약	이몽룡과 방자가 밤에 춘향의	第二幕	第一場 百年 佳約	○		시간 설정에 어서 창극은 열흘이 지난

35 양회석, 앞의 책, 220~221쪽.

36 "改編時盡量保持原著的精神風貌, 但在場次安排上, 人物性格上, 語言上, 曾做若幹取
舍補充."
　　華東戲曲硏究院 編輯, 「春香傳」(越劇), 華東地方戲曲業刊 제4집, 新文藝出版社,
1955, 上海.

		집으로 찾아가 월매에게 춘향과의 백년가약을 허락해 달라 말한다. 월매는 혼서를 받은 후에 허락한다.				날로, 월극은 두 사람의 만난의 당일 밤으로 되어 있다. 월극에서 월매의 신세한탄 내용이 없는 대신에 춘향이 암암리 이몽룡을 생각하는 내용이 있다. 월극에서는 월매가 이몽룡에게 정식으로 혼인을 치르겠느냐고 묻고 이몽룡은 성년이 되지 않아 못하다고 거절한 대신 혼서를 써주었다.
	2장 사랑가	두 사람이 사랑가를 부르면서 행복하게 지낸다.	第二場 愛歌 與別歌	○		사랑가를 부르는 부분의 시간 설정에 있어 창극은 다음 해 삼월, 월극은 삼 개월 후로 되어 있다.
	3장 이별가	사또의 승직으로 두 사람이 신물을 교환한 뒤 이별한다.				
제3막 십장가		변학도 도임 후에 춘향한테 수청을 들라 하나 거절당한다. 춘향에게 장형을 가한 후 하옥시킨다.	第三幕 一心	○		
제4막	1장 어사 출도	어사 이몽룡이 서리에게 탐방해야 하는 지역을 말하고 춘향을 그리워하는 노래를 부른다.			○	월극에서 어사 노정기가 없다.
	2장 농부가	농부들이 춘향의 불행과 관료의 부패를 묘사한 농부가를 부른다. 이몽룡이 방자를	第四幕	○		월극에서 농부들이 춘향을 위해 동비(銅碑)를 세우려는 내용을 첨가한다. 이몽룡이 춘향에게

막	장				
		만나 춘향의 편지를 받아 읽는다.			안 좋은 말을 하지 않았기에 농부와의 충돌이 없다.
제5막	1장 칠성단	월매는 이몽룡이 출세하고 춘향을 구하기를 빈다. 거지행색으로 돌아온 이몽룡을 구박한다.		○	
	2장 옥중가	춘향과 이몽룡이 감옥에서 상봉한다. 춘향이 거지가 된 이몽룡을 원망하지 않고 그에게 자신의 신후사와 어머니를 부탁한다.	第二場 獄中歌	○	월극에 앞 장에서 칠성단의 내용이 삭제되었기 때문에 월매가 이몽룡이 돌아온 것을 모른다. 이몽룡이 스스로 춘향을 보러 감옥으로 찾아갔을 때 비로소 만난다. 월매가 실망하지만 과도한 언행이 나타나지 않았다.
제6막 출도		이몽룡이 변학도의 생일잔치에 출도하여 춘향을 구하고 두 사람이 상봉한다.	第五幕 賦詩	○	월극에서는 과부들이 등장하는 부분과 이몽룡이 춘향을 시험하는 내용이 없다.

막의 구성을 살펴보면 월극 「춘향전」에서는 창극 「춘향전」에서의 ‘어사분발’과 ‘칠성단’이 삭제된 것을 알 수 있다. 창극 「춘향전」에서 ‘어사분발’은 ‘어사 노정기’의 형식으로 되어 있는데 한국의 지명을 잘 모르는 중국 관객에게는 이런 ‘노정기’ 내용이 큰 의미가 없을 수도 있다. 그래서 삭제되어도 전체 이야기 구성에 큰 영향을 주지 않았을 것이다. 창극의 ‘칠성단’ 부분은 주로 월매가 이몽룡의 출세를 비는 내용과 거지행색으로 돌아온 이몽룡을 보고 낙심해서 사위를 박대하는 내용을 다루고 있다. 이 부분이 삭제된 이유는 칠성단 앞에 정화수

를 받쳐놓고 분향재배 소원을 비는 것이 미신적인 성격을 가진 행위로 보이기 때문이다. 그리고 월매의 형상이 농담을 많이 하고 성격이 앙탈해진 것으로 그려지는 창극에서와는 달리, 월극에서는 그저 평범한 어머니의 형상으로 되어 있기 때문에 사위를 구박하는 행위가 어머니로서의 형상과 잘 맞지 않는다는 점도 영향을 끼쳤을 것이다. 한편, 선행 연구자들도 지적했듯이 월극「춘향전」은 주로 춘향과 이몽룡의 사랑 이야기에 중점을 두고 있어 월매나 방자 같은 등장인물들의 역할도 많이 줄이고 있다. 이 부분에 해당하는 내용이 춘향과 이몽룡의 사랑 이야기를 표현하는 데 반드시 필요한 것은 아니기 때문에 삭제된 게 아닌가 한다. 이 두 부분을 제외하면 월극은 북한 창극의 내용을 거의 모두 가져온다. 여기에 북한 창극에는 없는 내용, 즉 농부들이 동비(銅碑)를 세우는 에피소드를 추가하고 북한 창극에서 있던 과부들의 등장을 삭제한다. 다음으로 구체적인 변모양상을 살펴보자.

(1) 시대 배경의 변화
: 변학도의 악행과 동비(銅碑)를 세워 춘향을 기념하기

완판84장본이든 북한의 창극이든 중국의 월극이든「춘향전」은 모두 오월 단오에 춘흥을 즐기는 장면부터 시작한다. 이런 시작장면은 실제적인 의미가 없는 것으로 볼 수도 있으나 백성들의 안정된 삶과 평화로운 시대를 암시하는 것으로도 볼 수 있다. 월극「춘향전」에도 신분의 차이 때문에 일어나는 갈등이 있기는 하나 변학도의 출현 이전까지는 그것이 신분제도에 대한 비판의식으로 이어지지는 않는다. 춘향과 이몽룡의 이별은 신분차이 때문에 일어나는 일이지만 그것으로 인하여 신분제도를 타파해야 한다는 의식이 부각된다고 보기는 힘들다. 그리고 월극「춘향전」에서는 관리의 악행에 대한 폭로도 거의 모두 변학도라는 개인에게 집중하고 있어 부패한 관리집단으로 확장되지 않는다.

월극「춘향전」의 제四막 제一장의 제목은 '농부가'로 되어 있지만 실제 '가(歌-노래)'는 거의 보이지 않는다. 대신에 변학도의 생일연(生日捐)[37]과 농부들이 춘향을 위해 동조갱(銅調羹, 동으로 만든 숟가락)을 모아 동비를 세우려는 에피소드를 삽입한다. 이는 농부들이 춘향을 죽이려고 하는 변학도에 대한 분노와 춘향의 정절에 대한 찬양으로 인하여 자발적으로 취하는 행동으로 보인다. 이는 춘향의 정절이 천추만대에 전해지기를 기원하는 동시에 정절 높은 춘향을 죽이려는 변학도에 대한 비난을 의미하기도 한다. 이런 내용은 월극「춘향전」에서 처음 나타나고 월극을 저본으로 하는 다른 극종에서도 등장한다.

金銀淑 : 媽媽打水去了, 爸爸, 家裏僅有的幾斤米, 都給衙役們拿去了。(엄마는 물 길러 갔어요. 아버지, 우리 집에 얼마 안 되는 쌀은 모두 아전들이 빼앗아갔어요.)

金大伯 : 啊! (아!)

金銀淑 : 就是那個卞學道的生日捐, 媽媽再三地懇求也沒有用, 他們拿了就走。(바로 그 변학도의 생일연(生日捐) 말이요, 엄마가 아무리 빌어도 소용없었어요.) (57쪽)

金大伯 : 做什麼? 後天就是卞學道的生日, 就在那天要殺掉春香, 我們

---

37 생일연(生日捐) : 변학도의 생일잔치를 위해서 농민들이 '강제로' 집집마다 쌀이나 다른 것을 내주는 것을 가리키는 말이다.

> 南原四十八縣的百姓, 家家戶戶準備捐出一只銅調羹, 替春香
> 立個銅碑, 要千秋萬世, 紀念春香。怎麼你就忘了?(뭘 하다
> 니? 모레는 변학도의 생일이니, 그 날 춘향을 죽일 것이다. 우
> 리 남원 사십팔 읍의 백성들이 집집마다 동(銅) 숟가락을 하나
> 씩 내어 춘향을 위해 동비(銅碑)를 만들어서 천추만대로 춘향
> 을 기리려고 한 것인데. 너 어찌 이 일을 잊었느냐?)

> 金銀淑 : 沒有忘, 我家還要捐兩只呢。(잊는 게 아니라. 우리 집은 두
> 개 낼 것이라고요.) (58쪽)

위에 인용한 내용에서는 백성들이 아전들의 약탈에 대해 분노의 감
정을 갖고 있기는 하지만, 춘향을 죽이려고 하는 변학도의 악행에 대
한 분노가 더욱 강렬함을 보여준다. 아역들의 약탈에 대한 묘사도 한
마디로 가볍게 지나간다. 후에 변학도의 생일잔치에 관한 서사에서도
순창과 곡성 군수의 형상을 통해 계급 모순을 확대시키지는 않는다.

종합적으로 볼 때, 월극「춘향전」에서 변학도는 거의 유일한 악역
이고 그의 악행의 주된 대상도 언제나 춘향이라는 개인에게 집중하고
있다. 그래서 변학도는 백성들을 착취하는 부패한 봉건관리의 표상이
라기보다는 오히려 단지 춘향에게 개인적인 욕망을 품은 인물로 보는
것이 타당할 것이다. 변학도의 악행과 그의 인물형상은 월극에서 상
당히 제한적인 셈이다.

그런데 이런 에피소드는 막연하게 첨가되는 것은 아니다. 월극「춘
향전」의 탄생이 한국전쟁과 관련이 있다는 것은 선행 연구자들에 의
해서도 이미 지적되었다. 여기서 춘향을 위해 동비를 세우는 일은 중
국의 입장에서 보는 전쟁의 의미를 교묘하게 담고 있는 것으로 해석
될 수 있다. 구체적으로 말하면 변학도는 백성들과 비교해 절대적인

권력을 갖고 있는 악인이고, 춘향은 그런 악인의 압박에서 억울하게 죽을 사람이다. 그러나 백성들이 동비를 세우는 형식으로 춘향을 영원히 기념하고자 한다. 여기서 절대적인 강권을 가진 변학도는 이 작품에서 중점을 두는 인물이 아니다. 중점은 춘향에게 있다. 전쟁의 의미에서 볼 때 춘향의 죽음은 압박에 반항하여 벌인 투쟁에서 죽은 열사(烈士)의 의미를 갖게 된다. 그리고 백성들이 자발적으로 동(銅) 숟가락을 기증하는 것은 당시 중국의 사회현실과도 관련이 있는 것으로 볼 수 있다. 항미원조(抗美援朝)의 명목으로 한국전쟁에 참전할 때 계속된 전쟁으로 인해 당시 중국의 사회경제 상황은 상당히 빈곤했다. 민중들의 연헌(捐獻, 기부하다)은 당시 전쟁에 필요한 군수물자의 중요한 보급로였다. 절강성(浙江省)의 연헌을 예로 들면, 1951년 10월에 절강성에서 정한 기부계획은 전투기 112대, 대포 8문, 고사포(高射砲) 10문이고 당시의 인민폐로 환산하면 1832만원이었다. 1952년 11월까지 1년 동안 총 3390만 원의 기부금을 모았다. 이는 처음 정한 계획보다 77%를 초과한 액수이다.[38] 이런 기록을 통해 당시의 중국민중들이 전쟁의 승리를 위해 바친 열정이 얼마나 높았는지 알 수 있다. 그래서 연헌이라는 기부형식은 당시 중국민중들에게 상당히 익숙한 형식이고 그런 형식을 통해서 전쟁의 승리를 위해 나름의 힘을 보탬이 된다는 애국의식도 내포하고 있다. 월극 「춘향전」에서 등장하는 이런 에피소드는 당시 연헌 활동의 투영으로 볼 수 있다.

---

38 《浙江日報》, 2011년 4월 19일에 성위당사연구실(省委黨史硏究室)이 제공한 기사.

(2) 사랑의 양상과 인물성격의 변화 : 재자가인 및 주변 인물들

월극「춘향전」은 춘향과 이몽룡의 사랑 이야기에 중점을 두고 있다. 이런 낭만적인 사랑 이야기에서는 춘향의 신분도 문제되지 않는다. 이몽룡의 짝으로서 춘향의 신분이 완판84장본에서의 분명한 '첩'으로, 북한 창극「춘향전」에서 애매한 '첩'으로 형상화 된 것과 달리, 월극에서는 당당하게 '처'로 변한다. 한국이나 북한에서는 춘향과의 혼인이 갖는 의미에 대해 일종의 집단적이고 암묵적인 인식을 갖고 있다. 그래서 결혼한 후에 춘향의 신분이 처인지 첩인지에 대한 어떤 구체적인 서술이 필요 없다. 그러나 중국으로 들어간 후에는 이런 집단적이고 암묵적인 인식이 사라졌다. 중국인들은 그런 신분차별에 대해 당연한 인식을 갖고 있지 않기 때문이다. 그래서 그런 신분제도의 속박에서 쉽게 벗어날 수 있고, 두 사람의 사랑을 낭만적인 수법으로 개작할 수 있었다.

춘향이 처음 등장할 때 방자의 입으로 그가 퇴기 월매의 딸이라는 신분을 밝히기는 하나 그런 신분에 대해 어떤 특별한 의미를 부여하지는 않았다. 중국에서 조선시대의 노비종모법 같은 제도가 없기 때문에 퇴기의 딸이라면 당연히 기생이라는 인식이 중국인에게는 없는 것이다. 이몽룡도 "퇴기의 딸이라니" 같은 말을 하지는 않았다. 그래서 춘향의 퇴기의 딸이라는 신분이 월극「춘향전」에서 아무 문제도 되지 않는다. 퇴기의 딸이라는 신분을 가볍게 넘어가는 대신, 춘향의 '여중군자(女中君子)'로서의 성품이 특별히 강조되고 있다.

본디 완판84장본에서 춘향에 대한 칭찬의 말과 방자의 춘향에 대한 태도는 모순된 면이 있다. 방자가 춘향의 덕행을 칭찬하면서도 춘향에게 반말을 하기도 하고, 높은 덕목을 갖춘 사람에 대해 마땅히 갖추어야 할 존경하는 태도를 보이지도 않는다. 춘향도 그런 높은 덕목을 갖춘 사람처럼 행동하지 않는다. 방자를 보고 '~자식' 같은 말을 쉽게 내뱉는 것을 예로 들 수 있다. 북한의 창극 「춘향전」에서도 이런 모순된 면은 여전하다. 방자가 춘향의 양반신분에 대해 "그까진 량반이야 절름발이 량반이다."라고 공연히 풍자하기도 한다.

그러나 월극 「춘향전」에서는 춘향이 확실하게 '여중군자'로 형상화되었다. 이몽룡이 처음 방자에게서 춘향에 관한 이야기를 들을 때 가장 마음에 두는 것은 '만복문재(滿腹文才), 여중군자(女中君子)'이고, 춘향에게 만나기를 청하는 이유도 '재명(才名)을 흠모한다.'는 것이다. 그리고 춘향이 그 만남을 거절하는 이유도 '남녀칠세부동석(男女七歲不同席)'이다. 두 사람이 얼굴을 맞대기는 하나 이야기를 거의 나누지는 못한다. 백년가약을 맺는 일은 더욱 더 없다. 그러나 비록 '남녀칠세부동석'이라는 이유로 만남을 거부하고, 후에도 제대로 말을 나누지 못했으나 춘향은 이몽룡에게 '蝴蝶可以飛上花朵, 花朵怎能隨蝴蝶飛舞?(나비가 꽃 위로 날아갈 수 있지만, 꽃이 어찌 나비 따라 날아갈 수 있나요?)'라는 표현을 통해 자기를 찾아오라는 암시를 남겨준다. '남녀칠세부동석'을 믿은 춘향이 한편으로는 초면의 남자에게 자기를 찾아오라는 암시를 주는 것은 다소 부자연스럽다. 이는 원작에 대한 과도한 개작, 곧 춘향을 억지로 '여중군자'로 만든 데서 일어난 현상이라 할 수 있다.

북한의 창극에서 춘향의 신분과 이몽룡의 결연은 이몽룡의 '첫 외입'과 춘향의 신분의 대한 암시라는 의미를 은폐하기 위해서 일부러 이몽룡이 춘향집으로 찾아가는 날을 단오절 후 열흘이 지난 날로 설정한다. 그러나 월극 「춘향전」에서는 만나는 당일 밤에 바로 춘향의

집으로 찾아가는 형식으로 되어 있다. 중국관객의 입장에서 이런 설
정은 춘향의 신분에 대한 암시로 생각되지 않았을 것이다. 춘향의 신
분에 대해 처음부터 관심을 두지 않았기 때문이다.

춘향의 '여중군자'의 형상은 이별하는 장면과 옥중에서 이몽룡을
다시 만나는 장면에서도 계속된다. 이몽룡에게서 이별할 수밖에 없다
는 말을 들은 후에 춘향은 '못 보낸다'고 하며 울기만 한다. 완판84장
본과 북한 창극에서 면경과 체경을 모두 깨뜨리고 장황하게 자탄가를
부르는 형상과는 다르다. 그리고 옥중에서 거지행색으로 찾아온 이몽
룡을 보고서도 월매한테 '蛟龍終非池中物, 他只是明珠暫在土裏埋.
(용은 결국 연못에만 있지 않을 겁니다, 서방님은 단지 명주가 잠시 진흙 속
에 묻혔을 뿐이지요.)'라고 하면서 이몽룡에 대한 굳은 믿음을 보여
준다.

이몽룡이 처음 춘향집으로 찾아갈 때의 행동도 각각 다르다. 완판
84장본에서 이몽룡이 약간 긴장하기는 하나 월매를 만날 때 당당하게
반말로 대하고 자신의 '첫 외입'에 대해서 어떤 쑥스러운 감정도 보이
지 않는다. 월매도 상당히 공손한 태도로 그를 영접하고 있다. 신분의
차이로 일어나는 상하의 위계질서가 뚜렷하게 드러나 있다. 이에 반
해, 북한의 창극에서 이몽룡의 그런 당당한 태도가 사라지고 자신의
밤중의 방문에 대해 상당히 부끄러워한다. 심지어 월매에게 풍자의
대상이 되기도 한다. 월극「춘향전」에서는 '외입'이라는 내용도 없고
그런 의미도 없어진다. 한 밤중의 당돌이기는 하나 '구혼(求婚, 請婚)'
이라는 의미가 명확하게 드러나 있다. 이에 관한 월극과 북한 창극의
내용을 비교하여 살펴보자.

㉠ 李夢龍 : 房子, 我們今夜這樣進來, 只怕太冒昧了, 似乎有失體統
　　　　　 吧。(방자야, 이 밤에 우리가 이렇게 들어왔으니 외람될까
　　　　　 두렵구나, 혹시 실례가 아니겠느냐?)
　房子 : 冒昧, 那怎麼辦呢?(실례요? 그럼 어쩌려고요?)
　　　　　　　　　　　　　　　　　　　　(월극 「춘향전」, 16쪽)

이몽룡 : 이애 방자야, 이렇게 암말 없이 들어와도 좋으냐?
방자 : 좋지 않으면 어쩌우?(……) 그럼 그냥 돌아 갈라우?
　　　　　　　　　　　　　　　　　　(북한 창극 「춘향전」, 19쪽)

㉡ 月梅 : 我這個人年老糊塗, 適才言語冒犯, 還請多多恕罪。(내가 좀
　　　　 노망이 들어 방금 도련님에게 실례를 범했으니, 노여워 마옵
　　　　 시오.)
　李夢龍 : 哪里哪里, 我深夜來訪, 還望媽媽見諒。(아닙니다, 내가 깊
　　　　　 은 밤에 찾아온 것이니, 어머니 이해해 주시지요.)
　月梅 : 公子此話眞要折煞我了。啊呀, 說了半天, 還未請貴人上坐,
　　　　 公子請。(도련님 이렇게 말씀하시니 제가 황공합니다. 아,
　　　　 이야기만 하느라 자리 모시지도 못했습니다. 어서 들어가 앉
　　　　 으시오.) (월극, 21쪽)

월매 : (허, 허 웃고) 도련님. 이 늙은 것이 눈이 어두워 잘못 보고
　　　 말씀을 함부루 하였으니 노여워 마옵시오.
이몽룡 : 아닌 밤중에 말도 없이 남의 집엘 들어왔으니 그런 욕도
　　　　 먹어 싸지.
월매 : 하, 하, 하 (……) 이리 쉬 풀어질 줄 알았으면 욕을 좀 더
　　　 많이 할걸, 하, 하, 하 (……) (북한 창극, 21쪽)

위에 인용문에서도 볼 수 있듯이 월극「춘향전」은 창극「춘향전」
의 내용을 그대로 번역한 것이 아니다. 뜻과 안에 담고 있는 정서가
모두 다르다. 월극「춘향전」에서는 신분의 차이로 인하여 일어나는
상하의 위계질서가 없다. 물론 중국어에서 존댓말과 반말의 구별이
없는 것도 하나의 이유이다. 오히려 이몽룡이 젊은 사람으로서 월매
앞에서 상당히 공순한 태도를 보인다. 그리고 밤중의 방문에 대해 재
삼 실례임을 고하기도 한다. 창극「춘향전」에서 월매와 방자가 이몽
룡을 암암리에 풍자하는 내용도 없다. 모든 사람들이 예의 바르게 행
동하고 있다. 물론 이런 예의 바른 행동으로 인해 판소리의 해학미를
많이 잃어버린 것도 사실이다.

그리고 월극「춘향전」에는 춘향이 실제적으로 처가 될 리 없지만
문면에서는 처가 되는 식으로 서술하고 있다. 월극에서 조선시대의
신분제도나 혼인제도에 대한 인식이 존재하지 않기 때문에 춘향의 신
분도 달라진다.

> 月梅 : (思索片刻)那么公子是準備明媒正娶, 擧行六禮了?((잠시 생각
>   하다가) 그럼 도련님 정식으로 육례를 갖추어 혼례를 치르겠소?)
> 李夢龍 : (唱)只因自己未成年, 怎能在父母之前提婚姻, 待夢龍親筆寫
>   婚書, 權當六禮表寸心。(제가 아직 성인이 되지 못했는데 어
>   찌 부모님 앞에서 혼인 얘기를 꺼내리오? 육례를 대신하여 혼
>   서를 써서 마음을 표하겠네.) (월극, 25쪽)

> 월매 : 여보 도련님-륙례는 못 이루나 혼서 례장 사주단자 모두 다 겸하
>   여서 증서 한 장 하여 주오.
> 이몽룡 : (마음에 못내 기뻐) 그리다 뿐이겠나 글랑은 그리 하소.
>   (북한 창극, 27~28쪽)

월극에서 월매가 이몽룡의 청혼을 들은 후에 정식으로 혼례를 하겠
냐고 물었다. 이몽룡은 스스로 성년이 되지 않아서 그렇게 할 수가
없지만 대신에 혼서를 써 주겠다고 대답한다. 월매에게 신분 때문에
춘향이 처가 될 수 없다는 인식이 아예 없는 것이다. 이런 의미에서
이몽룡이 써주는 '혼서'도 기녀의 신분을 상징하는 '불망기'의 의미와
다르다. 이와 반대로 완판84장본과 북한 창극에서 이몽룡이 스스로
육례를 못 갖추지만 약속을 지키겠다고 한다. 춘향이 첩만 될 수 있는
것을 이몽룡도, 월매도, 춘향도 모두 잘 알고 있다.

李夢龍 : (沈痛地)春香, 我在父母面前, 提起你我婚事, 誰知父親聽了,
　　　　大發雷霆, 若非母親懇求, 便要將我趕出祠堂, 家譜除名, 永
　　　　遠不能科擧應考。((침통하게) 춘향아, 내가 부모님께 우리의
　　　　혼사를 말씀드렸는데 아버지께서 크게 화내셨어. 만약 어머니
　　　　가 말리지 않으셨다면 바로 나를 사당에서 내쫓고 족보에서
　　　　이름도 파내어 과거도 영영 못 보게 하려고 하셨어.)

春香 : 這是爲了什麼?(그게 웬 일인가요?)

李夢龍 : 父親言道, 兩班弟子, 尙未成年, 在外鄕先有小妾 (……) (아버
　　　　지가 양반자제로서 성인도 되지 않은 채 타지에서 먼저 첩을
　　　　두었다고 하시더니 (……))

春香 : 小妾?! 我春香是小妾?!(첩?! 내가 첩이라고요?!)

(월극, 37~38쪽)

이몽룡 : 이번에 네 말을 삿도께는 못 여쭙고 대부인전 여쭈었다 꾸중
　　　　만 들었단다. 량반의 자식으로 천첩 두었단 말이 나면 족보에
　　　　이름 떼고 사당 참여 안 시킨다니 (……)

춘향 : 천첩 천첩 (……) 천첩이란 웬 말이요? 그게 무삼 말삼이요?

(북한 창극, 40~41쪽)

이 부분에서 월극과 북한의 창극의 공통점은 춘향이 자신이 단지 '천첩'에 불과하다는 말에 놀라며 분노하고 있다는 것이다. 이는 두 작품이 모두 춘향과 이몽룡을 평등한 자리에 앉히려는 의도에서 나온 결과라 할 수 있다. 이는 완판84장본에서 춘향이 스스로 '마마'가 되기를 청하는 것과 사뭇 다른 것이다. 그러나 이몽룡의 태도는 각각 다르다. 북한 창극에서는 이몽룡이 스스로 아버지께 못 여쭙고 대부인전에 여쭈었다고 한다. 곧 그가 스스로도 춘향과의 혼인이 사또 앞에서 꺼내지 못할 말임을 알고 있는 것이다. 이몽룡은 춘향이 처로 인정받지 못한다는 것을 알고 있다는 뜻이다. 북한의 경우에는 춘향을 이몽룡과 평등의 자리에 있는 것으로 설정하려 노력했으나 고유한 역사적 전통에서, 그리고「춘향전」이라는 작품의 틀에서 쉽게 벗어나지는 못했다. 앞에서도 지적했듯이 북한에서 원작에 대해 지나치게 개작을 할 수 없었다는 것을 잘 알고 있었다. 개작 작업을 하는 사람들도 문학연구자로서 고전을 고전이 아닌 정도로 개작할 수는 없다는 것이다. 그러나 월극은 경우가 다르다. 나라가 다르기 때문에 역사적 전통도, 문학적 기반도 다르다. 원작에 대한 개작도 상대적으로 자유롭게 할 수 있게 되었다.

(3) 기타 내용상의 변화 : 골계와 해학의 약화

골계와 해학, 그리고 향토적인 언어는 흔히 판소리나 판소리계 소설의 가장 큰 매력으로 거론된다. 향토적인 언어는 외국어역본에서는 거의 되살릴 수가 없는 것이다.[39] 월극「춘향전」에서 골계와 해학은

---

39 일례로 "정승을 못하오면 장승이라도 되지오"에서 나오는 정승과 장승. "네의 셔방

저본의 문장을 그대로 번역하는 것이 아니라 다른 방식으로 표현하고 있다. 우선 북한 창극에서 해학을 잘 나타나는 몇 가지 사례를 보겠다.

㉮ 어사 : 여보소 장모- 나를 보아 진정하소
   월매 : 무엇이? 진정? -언청이 사위 나를 보고 참으란다더니 자네 보고 참아? (103쪽)

㉯ 어사 : (… 전략…) 여보소, 장모- 우지 말고 진정하소
   월매 : 흥! (……) 제라 별수 있나 어사 될가 감사 될가 생긴 꼴이 객사하겠다 (104쪽)

㉰ 기생 : 잡지그려 잡지그려 이 술 한잔 더 잡으면 천년이나 만년이나 이 모양으로 사오리다. (122~123쪽)

㉱ 변학도 : (더욱 의아하여) 순창은 웨 이러오?
   순창 : 대, 대, 대부인이 락태를 하셨다고 기별이 와서 가오.
   변학도 : 아니 로형 대부인이 춘추가 얼마신데 락태를 하셨단 말이요
   순창 : 금면에 여든아홉이요.
   변학도 : 아 여든하홉에 락태를 하시다니 (……)
   순창 : 아차, 그럼 락상이라고 해 둡시다. (북한 창극, 128쪽)

위에 인용한 내용들은 월극 「춘향전」에서는 모두 보이지 않는 것이다. ㉮와 ㉯는 '칠성단' 부분의 전체 삭제로 인하여 같이 삭제된 것이고, ㉰는 거지행색을 한 이몽룡이 변학도의 생일잔치에서 기생을 불

인지 남방인지 걸인 하나 시려 왔다"에서 나오는 서방과 남방, 이것들을 외국어로 바꾸면서 그 뜻과 의미를 모두 재현하는 일은 거의 불가능한 일이다.

러 권주가를 시킬 때 기생이 부르는 권주가이며, ㉣는 순창이 도망칠 때의 장면이다. 이런 해학적인 표현이야말로「춘향전」이 빛나는 지점이라 할 수 있다. 이런 해학적인 표현이 모두 사라지면「춘향전」은 무미하고 단조로운 서사만 남을 것이다. 월극「춘향전」에서는 북한 창극에서의 해학을 그대로 번역하지는 않지만 나름의 해학적 표현을 만들어 내기도 한다.

　월극의 제四막 농부가 이전의 내용에서는 해학적인 표현이 거의 없다. 춘향과 이몽룡은 재자가인의 형상으로 나타나 있고, 방자는 약간의 생동감이 있기는 하나 대부분의 상황에는 순종하는 하인으로 행동하고 있으며, 월매는 이별의 장면에서 이몽룡한테 실망해서 발악을 하기는 하나 대부분의 경우에는 자상한 어머니의 형상으로 나타나 있다. 특히 북한의 창극에서 방자와 월매의 입을 통해 이몽룡을 조롱하는 내용들이 월극에서는 모두 사라졌다. 그래서 판소리에서 활발한 인물형상과 예리한 언어표현은 월극에서는 보이지 않고 대신에 전체적인 분위기는 상당히 평화롭게 유지되고 있다. 월극에서의 해학은 후반부에 이르러 비로소 나타난다.

李夢龍 : 春香? 哪一個春香?(춘향? 어느 춘향?)

朴三伯 : 我們南原的春香。(우리 남원의 춘향이오.)

李夢龍 : 要替她立銅碑?(그녀를 위해 동비를 세우려고?)

衆人 : 嗯。(그렇소)

李夢龍 : 她該是死了?(그녀가 죽었소?)

朴三伯 : 快要死了。(곧 죽을 것이네.)

李夢龍 : (一急拉住朴三伯的手)當眞要死了?((긴장해서 박씨의 손을 꽉
　　　　　잡고) 정말 곧 죽을 것이오?)

　朴三伯 : 嗳, 你這是做什麽?(야, 자네 지금 뭘 하는 거야?)
　李夢龍 : 啊呀, 春香我的 (……) (自覺失言) (……) 天哪!(아이구, 춘향
　　　　　나의 (……) (스스로 말실수임을 깨달아서) (……) 아이구.)

(64쪽)

　이처럼 월극에서 주로 긴장해서 일어나는 이몽룡의 일련의 과격한
말이나 행동으로 해학을 표현하고 있다. 그 외에 변학도의 생일잔치
에서 방자를 감옥에서 가두라는 편지 때문에 '어사가 아닌가'라고 운
봉이 변학도에게 말했는데, 변학도는 순창과 곡성군수한테 "너희들은
한 토끼 새끼가 자기의 방귀소리에 놀랐다는 말을 들어봤냐?(你們有
沒有聽說一隻小兔子被自己的放屁聲給嚇著了?)"라는 말을 하는 장면이
나, 변학도가 걸인 이몽룡을 내쫓기 위해서 작시(作詩)를 건의할 때
운봉이 "내가 내쫓겠다."라는 말을 한 것도 관객들의 웃음을 유발할
수 있다. 그러나 완판84장본이나 북한의 창극과 비교하면 월극에서
의 해학적인 표현은 미미하다. 판소리 특유의 골계미와 해학미는 월
극 「춘향전」에서 거의 재현하지 못했다.
　전체적으로 볼 때 단순한 사랑 이야기로 변모한 월극 「춘향전」은
중국 희곡에서나 고전소설에서 흔히 볼 수 있는 사랑 이야기와 큰 차
이가 없는 것으로 보인다. 특별히 설명해주지 않는다면 월극 「춘향전」
이 중국의 이야기가 아니라 조선시대의 이야기라는 것을 알아보기도
힘들 정도로 중국 고유의 사랑 이야기와 비슷하다. 인명·지명·복색
만으로 이국적인 정취를 표현하고자 하면 그 표현력이 미미할 수밖에
없다.
　그러나 월극 「춘향전」이 이렇게 개작될 수밖에 없는 이유도 진지하
게 생각할 필요가 있다. 우선 중국 개작자들이 아는 「춘향전」은 완판

84장본이 아니라 1차적 개작을 거친 북한의 창극「춘향전」이라는 점이 가장 근본적인 원인으로 지적될 수 있다. 중국 개작자들은 애초부터「춘향전」의 진정한 모습을 알지 못한 것이다. 그러므로 원작의 진정한 가치와 예술적인 매력이 무엇인지를 알지도 못하는 상태에서 이를 재현해내는 것은 있을 수 없는 일이 된다. 문제는 해학미도 월극에서는 재현하지 못한다는 것이다. 북한의 창극「춘향전」이 비록 완판 84장본을 일정 정도로 개작했으나 판소리의 해학미는 잘 유지하고 있다. 이는 당시의 시대 배경과, 중국 관객들의 심리와 연관되는 문제로 생각할 수 있다. 1950년대의 중국은 새로 생긴 나라를 지키고 전쟁의 폐허에서 다시 삶을 영위하는 것이 급선무였다.「춘향전」원작에서의 골계나 해학은 당시 중국 관객들의 심리와 어울리지 않았을 수도 있다. 오히려 동(銅) 숟가락을 기부하는 부분은 당시 중국인의 심리와 가장 잘 맞는 부분인지도 모른다. 민중들이 이런 행동을 통해 자신도 악한 세력을 대적하는 일에 적게나마 힘을 보탤 수 있다는 자긍심이나 사명감을 느낄 수 있기 때문이다. 더불어 문학적인 전통도 개작에 영향을 끼친 것으로 보인다. 1950년대의 중국 관객들이 반가워한 것은 이국적인 것이 아니라 익숙한 사랑 이야기일 수도 있다. 이렇게 보면 결국 예술은 시대상황의 변화에 따라 달라질 수밖에 없는 것이다. 그래서 북한의 창극「춘향전」과 중국의 월극「춘향전」은 각각 처해 있는 나라의 현실상황과 맞추어 개작될 수밖에 없었다.

또 하나 생각해볼 만한 이유는 개작자이다. 집단창작된「춘향전」은 어떤 한 개인의 능력으로 다룰 수 없는, 다양한 면모를 지니고 있는 작품이다.「춘향전」의 내용을 완벽하게 이해했으며, '아(雅)'와 '속(俗)'의 표현능력이 모두 뛰어난 개작자가 아니라면「춘향전」의 진정한 매력을 재현하기 어렵다. 중국의 개작자의 경우에는 비록 뛰어난 '아(雅)'와 '속(俗)'의 표현능력을 갖추었다 하더라도 처음부터 「춘향전」의 진정한 문화적 가치와 예술적인 매력을 완전하게 알지 못했기에, 그들이 개작한 「춘향전」도 어떤 독특한 예술적인 매력을 가진 작품이 되기 힘든 측면이 있다.

3) 월극 「춘향전」의 공연양상

「춘향전」이 중국 희곡으로 개작되는 과정과 그 이후 중국에서의 공연에 있어 월극은 늘 가장 중요한 자리에 있다. 상해사서출판사(上海辭書出版社)에서 1981년에 출판한 『중국희곡곡예사전(中國戱曲曲藝詞典)』에서는 「춘향전」에 대해 "월극(越劇) 극목(劇目)[40]이다. 화동희곡연구원(華東戱曲硏究院) 편심실(編審室)[41]이 조선국립고전예술극장(朝鮮國立古典藝術劇場)의 동명(同名) 연출본(演出本)에 의해 개편한 것이다. 장지(莊志)가 집필했다."고 설명하고 있다.[42] 중국 희곡으로 개작된 「춘향전」은 여러 편이 있으나 현재까지 활발하게 공연하고 있는 극종은 월극이다. 일반 동영상 사이트에서 가장 쉽게 접할 수 있는 중국의 전통 희곡 「춘향전」은 역시 월극이며, 2007년 제7회 BESETO[43] 연극제에서 중·한·일 삼국의 연극단이 모두 「춘향전」을 공연작

---

40 극목(劇目) : 연극 제목의 목록. 상연 목록. 레퍼토리(repertory).(네이버 제공 『중한사전』(고려대 민족문화연구소 편)).

41 희곡에 대한 편집과 심사를 주관하는 기관이다.

42 上海藝術硏究所·中國戱劇家協會上海分會 編, 『中國戱曲曲藝詞典』, 上海辭書出版社, 1981, 617쪽.
　　華東戱曲硏究院編審室根據朝鮮國立古典藝術劇場同名演出本改編, 莊志執筆, 「춘향전」, 越劇劇目.

품으로 정했을 때 중국 측 대표로 공연을 펼친 극단도 절강소백화월
극단(浙江小百花越劇團)이다.[44] 앞서 언급했듯이 「춘향전」이 중국 전
통 희곡으로 개작되는 과정에서 월극은 가장 먼저 개작된 극종이자,
대부분 다른 극종의 개작과정에서 제2저본의 역할을 담당하기도 한다.

월극 「춘향전」을 언급할 때마다 거론되는 사람은 이몽룡 역의 서옥
란(徐玉蘭, 1921~현재)과 춘향 역의 왕문연(王文娟, 1926~현재)이다. 두
사람은 모두 옥란극단(玉蘭劇團)이라는 사영극단(私營劇團)에 속한 사
람이고, 서옥란은 이 극단의 책임자이기도 했다. 옥란극단은 당시 중
앙군위총정치부문공단(中央軍委總政治部文工團) 월극단을 따라 북한
에 가서 공연을 했고 귀국한 다음 화동희곡연구원(華東戲曲硏究院)에
편입됐다. 서옥란과 왕문연은 월극 「춘향전」을 공연한 최초의 배우라
할 수 있다.

두 사람이 1950년대에 공연한 「춘향전」은 완전한 공연 자료가 없
고 단편적인 것만 있다.[45] 오른쪽에 제시한 사진은 1955년 두 사람이
'사랑가'를 부를 때의 사진이다. 현재 볼 수 있는 두 사람의 완전한
「춘향전」은 1983년에 상해월극원(上海越劇院)의 공연을 녹화한 월극
영화 「춘향전」이다. 내용으로 볼 때 이 공연은 1955년에 출판한 월극

---

43 베세토(BESETO)는 북경(Beijing), 서울(Seoul), 도쿄(Tokyo)를 연결하는 동북아
    중심 도시 연결축을 일컫는 말이다. 베세토는 1993년 10월 도쿄에서 열린 세계수도
    시장회의에서 서울시가 한국, 중국, 일본이 동북아시아의 중심으로 서기 위해서는
    3국 간 협력이 필요하다고 제기한데서 시작됐다. 초기에는 문화, 예술, 스포츠 분야
    에 초점이 맞춰졌으나 2000년 이후 경제분야로 확대되면서 베세토벨트, 베세토 라
    인이라는 용어가 만들어졌다.(네이버 지식백과)
44 응지량(應志良), 「越劇「春香傳」蜚聲漢城-浙江小百花越劇團「春香傳」演出團赴韓
    國演出記實」, 『戲文』 6, 2000.
45 1955년 두 사람이 연출한 '사랑가'의 영상자료가 있다.

「춘향전」의 극본의 내용과 몇
군데의 작은 변화를 제외하면
거의 일치한다. 이후 2006년 상
해월극원(上海越劇院) 홍루극단
(紅樓劇團)의 젊은 배우들인 왕
지평(王志萍)과 진나군(陳娜君)이
공연한 영상자료도 있다. 본 절
에는 주로 1983년의 공연을 중
심으로 월극 「춘향전」의 공연

양상을 살펴보고, 2006년의 공연양상에 대해 간단하게 검토하기로
한다.

중국 전통 희곡에 있어 창공(唱功), 곧 노래를 부르는 솜씨가 한 배
우를 평가할 때 가장 중요한 평가기준이 된다. 희곡작품의 가장 유명
한 대목은 항상 창(唱) 부분이지만 실제로 한 이야기의 전개과정에서
창의 부분이 차지하는 분량은 많지 않다. 월극 「춘향전」의 가장 유명
한 대목은 '사랑가'인데, 이는 중국 일반 관중들이 우울한 것이나 슬
픈 것보다 행복한 것을 선호하는 관습과 관련된 현상이다. 실제 공연
에 있어서는 가장 유명한 대목보다 남녀 주인공의 첫 번째 노래가 가
장 중요하다. 관중들이 이 첫 번째의 노래를 통해 배우의 '창공'을 판
단할 수 있기 때문이다. 「춘향전」에서 이몽룡은 전통적인 방식인 '량
상자'(亮嗓子, 목청을 들려준다는 뜻으로 인물이 등장 이전이나 등장 후에
처음 노래의 한 구절을 불러주는 중국 희곡의 한 수법이다.)를 통해 자신의
창공을 과시한다. 구체적으로 말하자면 이 작품에서 이몽룡의 첫 대
사는 노래가사 "江山如畵春色濃"인데, 그는 무대에 몸을 드러내기 이

전에 먼저 '江山如畫~~'를 부르고, 그 다음에 무대에서 등장하여 '春色濃'를 이어서 부른다. 관중들이 남주인공을 보이기 이전에 먼저 '江山如畫~~'라는 대목을 통해 그의 목소리를 들었다. 보통 '江山如畫~~' 소리가 나온 후에 관중석에서 바로 박수소리가 터져 나온다. 이 가사 한 마디를 통해 배우의 목소리와 창공을 바로 알게 되기 때문이다. 실제 극본의 내용에서 이몽룡은 먼저 무대에 등장해서 경치를 구경하다가, 광한루의 경치를 묘사하는 노래를 부르기 시작한다. 즉 실제 공연에서 보여주는 '목청을 들려준다(亮嗓子)'의 설치는 공연과정에서 새롭게 추가한 것이다. 이런 전통적인 공연방식의 무대 효과는 상당히 좋다. 배우는 이 가사 한 마디를 통해 자신의 창공을 과시하고 관중들은 이 가사 한 마디에 관심을 갖고 목소리의 주인공을 찾게 되는데, 이 과정에서 자연스럽게 연극에 집중하기 시작하기 때문이다. 춘향의 경우에는 우선 첫 등장부터 처녀들과 같이 춤을 추는 것을 통해 자신의 춤 실력을 보여준다. 여주인공에게 춤을 아름답게 추는 능력도 상당히 중요한 것이기 때문이다. 춘향의 첫 노래는 집에 돌아온 후에 단오절의 경치를 보면서 심회를 토로하는 것인데, 실제로 그 노래에서 은근히 낮에 만난 이몽룡을 생각하는 정서가 들어가 있다. 이 노래 가사도 극본의 내용과 약간의 차이를 보인다.

극본 가사(1955)	실제 공연할 때의 가사(1983)
年年端陽年年春, **金達萊**年年顏色新。 最怕是歲月無情催春歸, 轉眼間落紅滿地盡飄零。 你看那一鉤新月掛碧空, 梨花庭院春意濃, 一年一度端陽夜, 我眞不想入夢中。	年年端陽年年春, 年年**杜鵑**顏色新。 歲月無情催春去, 轉眼間落紅滿地盡飄零。 繁星點點掛碧空, 梨花庭院春意濃, 一年一度端陽夜, 我眞不想入夢境。

극본에는 원래 진달래(金達萊)로 되어 있었는데, 1983년 공연에서는 두견(杜鵑)으로 바꾸었다. 실제로 진달래꽃의 중국명은 곧 두견이다. 원래 진달래를 그대로 사용한 것은 대개 조선의 이미지를 표현하기 위한 것 같은데, 공연을 본 관중은 중국인이라서 진달래라는 이름이 익숙하지 않았기에 다시 두견으로 바꾼 것으로 보인다. 한편, 이 노래는 나중에 춘향의 대표적인 대목으로 인정받고 창(唱)과 조(調)에 있어 더욱 세련되고 청아(淸雅)해진다. 뿐만 아니라 젊은 세대의 배우들도 특히 이 노래를 유명한 대목으로 공연하곤 한다.

한편, 공연예술의 개방성으로 인하여 실제로 공연할 때마다 내용의 차이가 발생하는 것은 흔히 있을 수 있는 일이다. 이런 차이는 큰 의미가 없는 차이일 수도 있으나 작품을 크게 변화시키는 경우도 종종 있다. 1983년 공연한 「춘향전」은 내용상 1955년 극본의 내용과 큰 차이가 없어 보이지만 인물의 성격을 달리 표현했기 때문에 이야기 전체의 내적인 정서에 큰 변화가 일어났다. 앞에서 확인했듯이 소설 번역자들은 이몽룡이 춘향을 정실부인으로 맞이하겠다는 식으로 번역했고, 이 과정에서 두 사람의 사랑을 미화시키려는 의도를 분명히 했다. 그럼에도 불구하고 "정실부인으로 맞이하겠다."라는 말은 어떤 실질적인 효과를 발휘하지 못한다. 번역본들은 모두 원작에서 벗어날 수 없어서 원작에 없는 내용을 추가해서 이 말의 신빙성을 높여주지 못했기 때문이다.

희곡 개작본의 경우는 다르다. 개작 자체가 원작의 내용을 변화시키는 것을 어느 정도 허락하기 때문이다. 월극에서도 원작과 달리 표현하여 작품의 내적 정서를 미묘하게 바꾼 부분이 있는데, 디테일한 것이지만 의미전달이 상당히 효과적이었다. 구체적으로 말하자면 앞

에서 지적했듯이 월극 개작본의 내용에는 이몽룡이 처음부터 춘향을
정실부인으로 맞이하겠다고 약속하고, 내용전개에 있어서도 춘향이
일관되게 처로 형상화되어 있다. 그래서 이몽룡의 부친에게 첩으로
취급받을 때 크게 놀라 분노한다. 실제 공연에서는 월매와 춘향의 구
체적인 대사를 통해 춘향의 입지를 보다 단단하게 만들었다. 기생의
딸이라서 신분상의 취약점을 지닌 존재가 아니라, 이몽룡의 부인으로
서의 당당함을 부여하였다. 월매의 경우에는 이몽룡에게서 춘향과 인
연을 맺고 싶다는 말을 들은 후에 춘향의 출신과 성품을 장황하게 서
술한 다음에 "도련님이 사또의 자제이라 어찌 좋은 가문의 숙녀와
인연을 맺는 것을 걱정하겠소?(公子乃是使道子, 你何愁無大家淑女結姻
親。)"라고 말한다. 이 말은 1955년 극본에는 없고 나중에 추가한 것으
로 보인다. 이 문장이 없을 경우, 월매의 장황한 사설은 표면적으로
자신의 딸을 칭찬하는 것으로만 보이고, 이런 칭찬의 이면에는 이몽
룡을 사위로 삼고 싶은 마음이 숨겨져 있다. 말하자면 월매의 거절은
단단한 약속을 받기 위한 거절이지 진정한 거절이 아닌 것이다. 그러
나 이 문장이 추가되면서 월매가 이몽룡을 거절한 것은 겉과 속이 다
른 화법이 아니라 태연하게 이몽룡을 거절하는 것으로 변하게 된다.
이 말은 후에 이몽룡에게 던지는 "그럼 도련님이 정식으로 육례를 갖
추어 혼례를 치르겠소?(那麼公子是準備明媒正娶, 擧行六禮了?)"라는 말
보다 표현력이 더 강하다. 어머니의 태도가 이렇게 당당하니 딸인 춘
향의 태도도 한층 당당해진다. 춘향의 경우에는 완판84장본과 북한
의 창극, 그리고 1955년 극본에서 일관되게 자신의 일편단심과 이몽
룡과의 약속을 거듭 강조하고 있다. 그러나 1983년 공연에서 변학도
가 "이몽룡은 양반자제로서 너와의 인연은 노수(露水)인연일 뿐이었

다."라고 말하자 춘향이 다음과 같이 대답하였다.

> 도련님은 천년을 푸르른 산 위의 송백 같아   公子如山上松柏千年綠,
> 한 시절만 푸르른 길가의 버들과
>   비길 수가 없지요   不比那路旁垂柳一時新。
> 이별할 때 서로 삼생의 인연을 약속했으니   臨別互定三生緣,
> 이생에서 이 마음은 절대 변치 않아요   此生此心不變更,
> 부부가 만나고 헤어짐은 예사로운 일이오니   夫妻聚散尋常事,
> 대인께서는 깊이 마음 쓰지 마세요   毋勞大人多操心。

　자신의 일편단심만 강조한 것이 아니라 이몽룡에 대한 믿음도 강조하고 있다. 특히 "부부의 집산(聚散)은 심상(尋常)한 일이니"라는 말에서 자신과 이몽룡의 관계를 그저 일반적인 부부관계로 말하고 있는데, 그 속에는 정실부인으로서의 떳떳함이 강하게 드러나 있다. 춘향의 이런 태연한 태도는 원작이나 소설 번역본에서, 그리고 1955년 월극의 극본에서도 보이지 않은 것이다. 이는 월극「춘향전」의 공연과정에서 자연스럽게 발생한 내용적인 변화라 할 수 있는데 작품의 전체적인 내용과 구조로 볼 때 이런 변화는 인물의 감정을 더 진실하게 표현하는 발전적인 것이라 할 수 있다.

　한편, 연극에서는 배우의 표정도 상당히 중요한 표현수단으로 작용한다. 월극에서 방자한테 사또가 승직한다는 말을 듣고 이몽룡과 춘향이 모두 좋아하고 있는데, 유독 옆에 있는 월매의 표정이 상당히 어둡다. 월매의 표정은 장차 다가올 이별을 암시하는 역할을 한다. 그리고 옥에서 이몽룡과 상봉한 다음에 이몽룡이 자신의 어사신분을 솔직하게 말해주지 못하고 "오늘 밤에 딴 생각을 하지 말고 내일까지 기다려라" 말하자, 그 말을 들은 춘향의 표정도 무엇을 짐작하는 것처럼 보인다. 이렇듯 연극은 인물의 형상이 한층 더 생동감 있게 표현된다.

월극 「춘향전」의 개작에는 그 이면에 많은 정치적 요소가 작동하고 있음을 앞에서 살펴본 내용을 통해 확인할 수 있다. 이 작품은 중국과 북한의 우호관계를 표현한다는 목적 아래 양국의 예술가들의 공동 노력으로 완성된 것이라 할 수 있다. 이런 정치적인 배경 때문에 작품 개작에 있어 특별히 강조된 문제가 두 가지 있다. 하나는 작품의 주제이고, 다른 하나는 개작 작품에서 조선의 풍습을 충분히 존중해주어야 하는 것이다. 작품의 주제는 "(이 작품은)조선 고대 인민들의 봉건제도에 대한 강열한 반항과 아름다운 생활에 대한 동경을 표현하고 있어, 인민들의 의지는 그 어떤 폭력으로도 정복할 수 없다는 진리를 제시해주고 있다."[46]는 것이다. 이런 주제는 공연에 있어 변학도의 악행을 통해 자연스럽게 표현되어 있다. 보다 중요한 문제는 공연에 있어 어떻게 조선의 풍습을 존중해 주는가 하는 것이다. 실제로 월극 「춘향전」의 공연에서는 '조선적인 것'[47]들을 쉽게 발견할 수 있다. 배경화면의 설치와 복장의 양식, 그리고 춤동작 등은 모두 전형적인 조선식의 것들이다.

우선 무대의 배경설치로부터 살펴보면, 월극 「춘향전」 공연의 배경화면으로는 광한루, 춘향집, 동헌, 농부가 부분의 야외배경, 그리고 감옥 다섯 가지가 있다.

---

46 它反映朝鮮古代人民對封建制度強烈的反抗和對美好生活的追求和嚮往, 顯示了人民的意志是任何暴力所不能征服的眞理。월극 극본, 「춘향전」, 전기(前記), 2쪽.

47 '조선적인 것'은 한국적인 것이기도 하지만, 월극의 개작에 있어 직접 관련된 나라가 한국이 아니라 조선(북한)이기 때문에 여기서 조선적인 것으로 하기로 한다.

광한루   춘향의 집   동헌

농부가 부분의 배경   감옥

위에 제시한 공연의 배경화면을 보면 광한루는 조선의 전형적인 누각의 모습으로 그려져 있고, 춘향의 집은 한옥의 모양으로 되어 있으며, 동헌에는 병풍이 있고, 농부가 부분의 야외 배경의 왼쪽에는 장승이 그려져 있다. 자세히 보지 않으면 중국 전통 희곡의 배경화면과 큰 차이가 없는 것처럼 보이지만 월극 극단은 세부적인 것을 통해 조선적인 것을 표현하고자 노력했다. 복장과 춤동작에 있어서도 특별히 조선의 전통적이고 민족적인 것을 차용했다. 그것이 모든 면에서 완벽한 것은 아닌지라 남성의 복장은 전통적인 한복이 아닌 그와 유사한 옷으로 되어 있지만, 월극 「춘향전」에 등장하는 모든 여성인물들은 모두 전통 한복을 입었다. 뿐만 아니라 작품의 시작 부분에서 춘향과 기타 처녀들이 같이 춤을 추는 동작과, 변학도의 생일잔치에서 기생들의 복색과 춤동작, 두 사람이 재회하는 결말 부분에서 기생들의 부채춤과 민중들의 어깨춤 등은 모두 특별히 조선의 전통적인 것들 표현하고 있는 것이다. 농부가 부분에서 등장하는 농촌부녀들이 물을 담은 작은 단지를 머리에 인 것, 이몽룡이 처음 춘향집에 찾아갈 때 춘향이 나와서 이몽룡한테 올리는 인사도 조선식이며, 의자가 아니라 마룻바닥에 직접 앉는 것도 조선의 풍습이라 할 수 있다.

한편 이 공연은 조명을 이용한 특수 효과를 보여주었다. 당시 십장가 대목에서 춘향에게 장형을 가하는 장면을 실감나게 표현하기가 상당히 어려웠던 듯하다. 극본과 실제 공연에서는 모두 두 대만 때린 후에 변학도가 사람을 시켜 춘향에게『대전통편(大典通編)』의 죄목을 알리고, 춘향이 유부지부(有夫之婦)를 강탈하는 게 무슨 죄냐고 반문한다. 춘향의 말에 변학도가 크게 화나 "打! 打! 打!(때려! 때려! 때려라!)"라고 명하자 집장사령이 장을 들고 춘향한테 달려가는 때에 모든 조명이 한꺼번에 다 꺼진다. 암전 상태의 캄캄한 무대 위로 춘향을 난장으로 때리는 상황을 표현한 음악만 들린다. 조명이 다시 켰을 때 춘향은 혼절하여 쓰러져 있다. 이처럼 연극의 수법으로 이야기를 더 실감나게 표현해낸 것이다.

2006년 왕지평(王志萍)과 진나군(陳娜君)의 공연은 1983년 서옥란과 왕문연의 공연과 아주 유사하다. 서옥란과 왕문연은 이 공연을 지도하는 예술고문(藝術顧問)이기도 하고, 춘향 역을 맡은 왕지평은 왕문연의 제자이기도 한다. 이 공연은 모두 7장(場)으로 구성되어 있다.

월극 극본(1954)		2006년 공연	
第一幕	廣寒樓	第一場	愛的萌發
第二幕	第一場 : 百年佳約	第二場	愛的約定
	第二場 : 愛歌與別歌	第三場	愛的歌詠

第三幕	一心		第四場	愛的離別
第四幕	第一場 : 農夫歌		第五場	愛的一心
	第二場 : 獄中歌		第六場	愛的思念
第五幕	賦詩		第七場	愛的牽手

　　두 공연의 구성은 거의 같지만 농부가를 하나의 장으로 따로 설치하지 않았다는 차이가 있다. 1983년의 공연에서도 농부가의 내용이 극본보다 많이 줄였고, 2006년 공연에 이르러서는 농부가가 장 제목에 드러나지 않았다. 월극 극본을 검토한 부분에서 확인했듯이 처음 개작한 때에는 농민들의 형상을 의도적으로 크게 부각시켰다. 이런 부분은 당시의 정치적인 의도 아래 새롭게 추가했던 것이다. 이런 내용이 점차 공연에서 줄어든다는 것은 정치적인 영향의 약화를 의미하는 동시에, 공연을 맡은 극단이나 관중 모두가 이런 내용에 대해 별다른 관심이 없다는 것을 말해주기도 한다. 2006년 공연의 모든 장의 제목이 "愛的~(사랑의~)"로 되어 있는 것을 보아도 「춘향전」의 주제를 이미 완전히 사랑으로 보고 있음을 알 수 있다.

　　한편, 이 공연은 1983년의 공연과 비교해 볼 때 몇몇 지점에서 크고 작은 변화를 확인할 수 있다. 우선 이 공연의 시작 부분에는 더 많은 조선적인 요소들이 차용되었다. 주인공들이 등장하기 전에 동내 청년 남녀들이 먼저 나와서 춤추고 노래하는데, 여기서 청년들은 상모를 쓰고 머리를 돌리는 상모춤을 추었다. 동작은 서툴지만 조선의 전통적인 것을 표현하려는 노력이 돋보인다. 춘향이 처음 등장할 때도 먼저 한 바탕 춤을 추었다. 춤의 동작이 조선의 전통적인 어깨춤의 동작과 비슷하고, 반주도 조선의 전통음악과 비슷한 음악을 사용했다. 뿐만 아니라 함께 등장하는 처녀들이 직업 장고를 가지고 반주를 하기

도 한다.[48] 조선의 전통적인 무용과 음악을 월극 고유의 그것과 결합
시켰다는 것은 월극 「춘향전」의 중요한 특징으로 지적될 수 있다. 춘
향이 보여주는 춤은 조선의 전통적인 무용과 월극의 전통적인 무용의
결합이라 할 수 있다.

　한편 전체적으로 볼 때 1983년의 공연과 비교하면 2006년의 공연
은 조선적인 요소들이 많이 줄어드는 경향을 보이기도 한다. 복장을
살펴보면 춘향만이 전통 한복을 입고 있고, 월매의 복장은 전통적인
한복의 양식이 아닌 변형된 한복이다. 다른 등장인물의 복장도 특별
히 조선적인 요소를 표현하려는 경향이 뚜렷하게 나타나지 않았다.
단 여기서 짚어 넘어야 할 문제가 하나 있다. 월매가 입는 옷에는 어
깨에 금박으로 원형도안을 박은 것이 있다. 옷에서 금박을 박은 것은
조선시대에 공주나 옹주만 입을 수 있는 것이다.[49] 이는 중국의 개작
자가 조선의 역사·문화에 대한 지식이 부족한 데서 비롯된 실수라 할
수 있다. 내용의 경우 2006년 공연에는 향단이 등장하지 않았고, 방
자와 월매의 출연도 많이 줄였다. 일례로 이몽룡이 옥에서 춘향을 만
날 때 월매가 등장하지 않았다. 그래서 월매가 거지행색으로 나타난
이몽룡을 보고 실망하며 원망하는 내용도 없다. 그런데 이런 내용의
결여는 "용은 결국 연못에만 있지 않을 겁니다. 서방님은 단지 명주가

48　월극(粵劇) 「춘향전」의 전언(前言)에서 특별히 사람을 보내 조선무용을 배우도록
　　하였다는 내용이 있다. 「춘향전」, 주강월극단(珠江粵劇團), 1956년 춘절(春節) 공
　　연 시놉시스.
　　김장선, 앞의 책, 각주 3번.
49　(李源朝) : 第二幕이든가 春香의 치마에 金箔박은 것을 입엇는데 치마에 金箔박은
　　것은 公主나 翁主가 입고 士大夫집에서도 입지 못햇든 것인데 하물며 妓生이 어듸
　　입을수가 잇겟세요. 《批判》, 제6권 12호, 1938.12.

잠시 진흙에 묻혔을 뿐이지요."라는 춘향의 말을 맥락 없이 나온 어색한 말처럼 보이게 한다.

한편 1983년 공연과 비교했을 때, 2006년 공연에서 이몽룡과 춘향의 재자가인 형상은 한층 더 심화되었고, 두 사람의 사랑은 세속적인 신분질서를 초월한 고결한 사랑으로 묘사되었다. 그리고 등장인물들이 모두 예의 바르게 행동하고 있어서 전체적으로 해학적인 표현은 줄어들은 것으로 보인다.

2006년 공연에서 두 사람이 사랑가 부분의 백년가약을 노래할 때 무대에서는 연막을 터트렸다. 백년지약은 두 사람이 죽은 후에 무엇이 되느냐를 노래하는 내용인데, 온 무대에서 연막이 피어오르는 모습은 환상적인 분위기를 만들어냈다. 이런 분위기는 두 사람이 내생에서도 함께 하고 싶은 바람, 혹은 함께 할 것이라는 믿음을 통해 지극한 사랑을 표현하고 있으며, 동시에 그런 사랑의 허무함도 표현하고 있는 듯하다.[50]

종합적으로 볼 때 북한의 창극 「춘향전」을 월극으로 개작하는 과정에서 원작의 내용과 주제는 대체로 유지되었으나, 중국 관중들의 관람습관에 맞게 내용과 구조를 조금 바꾸었음을 알 수 있다. 춘향을 위해 동비를 세운 에피소드는 정치적인 영향으로 볼 수 있는 것이고, 작품에서 차용하는 수많은 조선의 민족적인 요소들은 조선의 작품임을 강조하기 위한 것이다. 중국의 일반대중들에게 익숙한 월극의 기타 작품과 비교할 수 없으나, 월극 극단의 지속적인 노력덕분에 이제

---

50 이런 무대에서 연막을 사용한 것은 2001년 광동조극원(廣東潮劇院) 이단(二團)이
    「춘향전」을 공연했을 때도 사용했다.

는「춘향전」도 월극의 대표작으로 거론되곤 한다. 다른 극종의「춘향전」개작본도 있지만 월극 극단만큼 이 작품을 지속적으로 다듬고 연구하여 양질의 공연을 위한 노력을 기울인 극단은 없다고 할 수 있다.

한편, 월극「춘향전」이 갈수록 전형적인 재자가인식의 사랑 이야기로 변해가고 있는 것에 주의를 기울일 필요가 있다. 인물의 감정과 사상을 세밀하게 표현하고, 행동이 자연스러울 수 있게끔 윤색하는 데에 있어 월극「춘향전」이 상당히 발전적인 개작을 했다고 할 수 있다. 그러나 문제는「춘향전」을 재자가인식의 사랑 이야기로 완벽하게 표현해 나갈수록「춘향전」이라는 이야기의 실상과 멀어지고 있다는 점이다. 원작에서 춘향은 이몽룡을 처음 만날 때부터 신분질서의 문제에서 비롯된 불안과 근심에 시달리기 시작했다. 두 사람의 사랑은 걱정이 없이 누릴 수 있는 그런 사랑이 아니기 때문이다. 이별가와 자탄가에 스며든 깊은 슬픔도 이 때문이다. 그러나 재자가인 식으로 개작된「춘향전」은 춘향이 느끼는 심적 고통의 성격과 정도가 모두 많이 달라졌다. 가인으로 묘사된 춘향은, 원작에서 묘사된 바와 같은 퇴기의 딸로서 겪는 고통을 깊게 이해할 수도 없고 표현할 수도 없게 되었다.

한편, 재자가인식의 사랑 이야기로 개작하는 과정에서 버려진 것도 있다. 곧 민중들의 해학적이고 골계적인 표현들이다. 모든 등장인물들이 모두 예의 바르게 행동하는 설정으로 인해 익살스러운 표현들이 더 이상 공연에 나타나지 않는 것이다. 결국 중국에서 공연된「춘향전」은 한국 사람들이 아는 그「춘향전」이 아니다. 이런 차이는 문화 차이에서 나오는 자연스러운 변화라 할 수 있다. 중국에서의「춘향전」이 중국 관중들이 익숙하고 선호하는 내용과 형식을 추구하고, 한국

에서의 「춘향전」이 한국 관중들에게 익숙한 내용과 형식을 취하는 것
은 「춘향전」의 태생적인 적층성과 개방성의 표현으로 볼 수 있겠다.

4) 월극 「춘향전」 개작본의 의의

월극 「춘향전」의 내용과 공연상의 특징에 대해 앞에서 검토해 보았
다. 월극 「춘향전」 개작본의 의미는 크게 두 가지로 나누어 볼 수 있
다. 하나는 월극 자체가 「춘향전」에 대한 재현이라는 점이고, 다른
하나는 기타 극종으로의 개작에 있어서 제2저본의 역할을 담당했다
는 것이다. 월극을 비롯한 「춘향전」의 여러 중국 희곡 개작본이 모두
북한 창극의 논조를 따라 「춘향전」의 주제를 인민대중의 반항정신으
로 규정하고 있었으나, 실제 공연에 있어서는 사랑 이야기가 차지하
는 비중이 더 크다. 중국의 경우 1980년대부터 사회·정치·경제 분야
등이 모두 안정을 찾았기에 이런 경향이 더욱 강하다. 2000년 이후에
공연한 월극 「춘향전」에서 농민들이 춘향을 위해 동비를 세우려고 하
는 내용이 상당히 줄어든 것도 이 문제를 잘 설명할 수 있다.

「춘향전」의 주제를 사랑으로 규정한 것은 「춘향전」 원작의 개방성
에서도 그 근거를 찾을 수 있으니 이는 상당히 자연스러운 일이라 할
수 있다. 월극의 형성과정과 장르적인 성격을 고찰한 부분에서 지적
했듯이 월극은 재자가인식의 사랑 이야기를 표현하는 데 가장 적합한
극종이라 할 수 있다. 그래서 월극 「춘향전」에서 나타나는 두 사람의
사랑은 인간의 보편적인 감정을 더 적실하게 표현하고 있다. 춘향이
변학도 앞에서 떳떳하게 이몽룡에 대한 믿음과 두 사람의 관계를 얘
기하는 것, 옥에서 고생한 춘향의 초췌한 형상을 보고 이몽룡이 자책
한 것, 그리고 춘향이 이몽룡의 어사 신분을 모르고 담담하게 신후사

를 당부하는 등의 장면은 모두 두 사람의 부부로서의 견고한 사랑을
잘 표현하고 있다. 다시 말해 완판84장본과 북한 창극에서 쉽게 벗어
나지 못한 신분제도의 제약이 월극에서는 보이지 않았다. 문화·역사
적인 배경이 바뀌면서 개작은 상대적으로 자유롭게 진행될 수 있기
때문이다. 그래서 월극「춘향전」에서 두 사람의 사랑은 한층 고결한
것으로 형상화되었다.

　기타 극종의 개작과정에서 제2저본의 역할을 담당했다는 것은 중
국에서의「춘향전」전파에 크게 기여했음을 알려준다. 이는 작품 자
체의 우수성 때문이기도 하고, 당시 중국 국내의 정치적인 상황과도
밀접한 관계가 있다. 작품의 우수성은 문학작품으로서의 가치를 말하
며, 이에 대해서는 앞에서 이미 살펴보았다. 또 하나의 특징으로 이야
기할 수 있는 것은 중국의 문화나 풍속과 유사한 면이 많다는 점이다.
이러한 유사성이 있기에 개작의 어려움도 상대적으로 적었다.

　한편, 당시 중국 국내의 정치적인 상황으로 볼 때 1950년대, 특히
한국전쟁이 끝난 후에 각 극종 사이에 서로의 작품을 이식한 것은 당
시 희곡계의 보편적인 형상이었다. 당시 중국의 각 도시에는 희곡관
모대회(戲曲觀摩大會)를 열어 많은 극단들이 모여 자신의 작품을 공연
하는 기회가 많았다. 월극「춘향전」은 1954년 10월에 황동구희곡관
모연출대회(華東區戲曲觀摩演出大會)에서 극본 일등상(一等獎)을 수상
하였다.[51] 이 시기에 기타 극종들이 월극「춘향전」을 보고 적극적으로

51　월극「춘향전」, 극본 前言, 3쪽.
　　그 외에 경극「춘향전」이 관모대회에 참가한 기록도 있다.
　　1954년 11월25일부터 12월13일까지 개최된 북경시제일계시곡관모연출(北京市第
　　一界戲曲觀摩演出)에서 북경경극사단이「춘향전」을 공연했고, 언혜주(言慧珠)가 개
　　작자로서 극본상(劇本獎)을 수상하였으며 동시에 배우로서 공연 일등상(表演 一等

이식한 것으로 보인다.

앞에서도 지적했듯이 「춘향전」 개작의 이면에는 국가의 정치적인 지지와 의도가 들어가 있다. 북한의 경우에 「춘향전」에 대한 정치적인 이용은 1950년대 이후에도 지속되고 있었으며, 갈수록 심화해지는 경향을 보인다. 1960년대의 민족가극과 1980년대 이후 혁명가극 「춘향전」 또한 강렬한 정치적인 경향을 띠고 있다. 그런데 북한과 달리 중국의 경우에는 1980년대 이후부터 작품에 대한 정치적인 영향은 갈수록 줄어들고 있다. 이는 앞에서 살펴본 2000년 후에 나온 「춘향전」의 소설 번역본을 통해서도 확인된 것이다. 단 1950년대에 한정하여 볼 때 북한과 중국에서 「춘향전」은 창극 「춘향전」과 월극 「춘향전」과 같은 성격을 띨 수밖에 없다고 할 수 있다. 이는 문화·역사·정치 등 제반 요소들의 영향에 따른 것이다. 그러나 문학은 한동안의 전쟁이나 특수한 정치상황 같은 것과 비교할 수 없는 강한 생명력을 가진 존재이다. 한때 나라의 정치적인 의도로 이용을 당했고 나중에도 계속 당할지 모르겠지만 그 탄생과 함께 부여된 생명력과 문학적 가치는 항상 그 자리에 있다.

전체적으로 볼 때 월극 「춘향전」은 원작의 이야기를 일정 수준 잘 전달하고 있으며, 주인공들의 감정과 당시의 사회배경도 어느 정도 재현하고 있다. 이는 물론 중국과 북한 양국의 역사와 문화의 '친연성(親緣性)'에서 나온 것이라 볼 수 있다. 「춘향전」의 일본어·영어·프랑스어·베트남어·러시아어 등 번역본이나 개작본과 비교하면 중국어 역본이 그나마 비교적 원작의 내용을 충실하게 표현하고 있음을

奬)을 수상하였다.

알 수 있다. 그래서 「춘향전」의 모든 타국어의 번역본과 개작본에서 원작의 문학적·예술적 가치를 비교적 완전하게 재현할 수 있는 역본은 중국어 역본일 가능성이 가장 높다.

필자는 음악에 대해 무지하기 때문에 작품의 음악에 대한 비교를 하기에는 능력이 부족하다. 그렇지만 관람자의 입장에서 볼 때 월극에 비하여 판소리와 창극의 음악적인 기반은 아주 견고하다고 할 수 있다. 몇 백 년 동안 발전해온 판소리는 조선시대부터 20세기 초반까지 한국에서 창의 형식으로 이야기를 연행하는 유일한 연행형식인 것 같다. 그래서 판소리 창자에 속한 인물이든 20세기 초반부터 해방 전까지 생긴 수많은 기생조합이든 그들이 창극을 위해 배운 소리는 대부분 판소리이다. 때문에 창극이 비록 중국의 경극[52]이나 일본을 통해 들어온 신파극, 아니면 다른 새로운 형식의 극에게서 역할을 나누는 배역, 무대장치, 배경화면의 설치와 음악반주 등을 배우기는 했으나, 고전적인 창의 방식이 쉽게 변하지는 않았다. 창극이 최초로 생겼을 때부터 자연스럽게 판소리 명창이 공연을 맡은 것도 이런 맥락에서 이해할 수 있는 일이다.

이런 음악적인 기반의 견고함과 마찬가지로 판소리 작품의 내용도 오랜 세월 동안 정립되어 왔기에 쉽게 변화를 주지 못하였다. 명창들이 나름의 더늠을 창작할 수는 있었으나, 전체 이야기의 내용을 바꿔주는 정도의 변화는 허용되지 않은 것으로 보인다. 신작판소리가 쉽게 성공하지 못한 이유도 이와 무관하지 않다. 1954년의 북한 창극

---

52 당시 춘창전의 이몽룡 역으로 출연하였던 이동백의 말에 의하면, 이 최초의 창극 춘향전은 중국의 경극을 모방하여 한 것이다. 박황, 앞의 책, 141쪽.

「춘향전」은 비록 판소리 춘향가의 틀을 벗어나려는 시도를 보이지만 여전히 판소리의 성격을 많이 가지고 있다.[53] 판소리나 창극과 달리 월극은 탄생할 때부터 다른 공연 형식의 장점을 적극적으로 배우는 태도를 가지고 있었다. 그래서 음악적인 면에서 전통을 지키면서도 적극적으로 개선하려는 노력을 하고 있다. 2000년대 들어 월극의 창법은 1950년대나 1980년대의 창법을 계승하면서도 세부적인 윤색을 계속 시도하여 더 아름다운 창을 창작한다.

3. 경극(京劇)으로의 개작

본 절에서는 경극 「춘향전」을 연구대상으로 삼아 작품의 구체적인 개작상황과 공연 시기, 그리고 저본의 문제를 살펴보고자 한다. 이를 통해서 경극 「춘향전」은 월극 「춘향전」에서 재이식된 것이 아니라, 언혜주(言慧珠)에 의해 개작된 독립적인 작품이라는 것을 입증하고자 한다.[54]

월극 「춘향전」과 달리 경극 「춘향전」은 가장 널리 알려져 있는 전통극의 형식을 가지고 있음에도 불구하고 1950년대 이후 공연기록을 찾아보기 힘들다. 경극 「춘향전」에 관한 연구는 거의 이루어지지 못한 상황에서 연구자들이 경극도 다른 극종처럼 월극 「춘향전」에서 재

---

53 1954년 북한 창극 「춘향전」부터 북한에서 창극 춘향전은 판소리 춘향가의 틀을 벗어나려는 시도를 시작하였다. 이영미 외, 앞의 책, 132쪽.

54 언혜주가 개작한 경극에 대한 기록 외에 다른 경극극단도 「춘향전」을 공연한 기록이 있다. 단 필자가 다른 경극단의 공연 자료와 극본을 구하지 못했기 때문에 본 절에는 언혜주의 개작본만을 연구대상으로 삼고 논의를 전개하기로 한다.

이식된 것이라 주장하고 있다. 본 절에는 이런 주장이 과연 타당한지, 경극과 월극「춘향전」의 공연시기가 어떻게 되어 있는지를 고찰하고자 한다.

　한 작품에 여러 판본이 있는 경우에는 개작상황과 공연 시기, 그리고 저본의 문제를 정확하게 파악해야만 각 판본 사이의 선후관계와 영향관계를 제대로 고찰할 수 있고, 각각의 독립적인 특징을 도출할 수 있다. 이런 의미에서 경극「춘향전」의 개작상황과 저본에 대한 고찰은「춘향전」이 중국 전통극으로 개작된 과정과 전체적인 양상을 검토하는 데 중요한 의미를 가진 작업이라 할 수 있다.

1) 경극으로의 개작과 저본의 문제

(1) 개작자와 개작상황

　극본에서의 표시에 의하면 경극「춘향전」의 개작자는 언혜주(言慧珠)이고,[55] 월극「춘향전」의 개작자는 장지(莊志)이다.[56] 이 절에는 우선 개작자가 어떤 사람인지에 대해 알아보고, 그들이「춘향전」을 개작하는 과정에서 구체적으로 어떤 역할을 담당했는지를 살펴보겠다.

　만백고(萬伯翱)가 쓴『언혜주소전(言慧珠小傳)』에 의하면 언혜주는 1919년 북경에서 태어나고, 몽고팔기(蒙古八旗) 중의 하나인 정람기(正藍旗) 출신이며, 아버지 언국붕(言菊朋)은 중국 경극의 사대수생(四大鬚生)[57] 중 한 사람으로서 청말(淸末)에 육군귀주학당(陸軍貴冑學堂)

55　言慧珠 改編, 京劇「春香傳」, 北京出版社, 1956.
56　華東戲曲硏究院 編審室 改編, 莊志 執筆, 越劇「春香傳」, 新文藝出版社, 1955.
57　수생(鬚生)은 중국 전통극의 중년이나 노년 남자 배역을 가리키는 말이다. 당시 중

을 졸업했고, 청조(淸朝)의 이범원(理藩
院)과 민국 이후의 몽장원(蒙藏院)에서
근무했다.[58] 할아버지가 청말(淸末)의 거
인(擧人)이며, 증조부와 고조부 모두
당시 정치권에서 고위직에 있던 인물
들이니 현혁한 가문이라 할 수 있다.
아버지 언국붕은 독특한 창법으로 인
정을 받아 경극창법의 한 유파인 언파
(言派)를 창시한 인물이기도 한다. 언

언혜주(言慧珠, 1919~1966)

혜주는 어렸을 때부터 아버지의 영향을 받아 경극을 아주 좋아했다.
12살 때부터 정식으로 경극을 배우기 시작했고, 20세에 이미 이름이
널리 알려진 배우가 되었다. 24세 때엔 매란방(梅蘭芳)에게 배사례(拜
師禮)[59]를 갖추고 정식으로 제자가 되었다.[60] 후에 매란방의 많은 제자
사이에서도 손에 꼽히는 뛰어난 제자 중 한명으로 높은 평가를 받았
으며, 해방 이전에 평극황후(平劇皇后)[61]라 불리며 전국에 이름을 떨친
명배우였다.[62] 그러므로 언혜주를 1940, 50년대 중국 전통 희곡계에

국의 사대수생(四大鬚生)은 여숙엄(余叔嚴)·언국붕(言菊朋)·고경규(高慶奎)·마
연량(馬連良)이다.

58 이범원(理藩院)과 몽장원(蒙藏院)은 모두 소수민족(少數民族)에 관한 사업을 관리
하는 정부기관이다. 언국봉은 몽고조 사람이라 이런 기관에 취직한 것으로 보인다.

59 정식으로 사제관계를 맺기 위해 제자가 스승에게 예를 갖추고 절을 올리는 예식
이다.

60 만백고(萬伯翱), 「絶代坤伶-言慧珠小傳」, 『中國作家』 4, 2011.

61 국민당(國民黨) 통치시기에는 북경(北京)을 북평(北平)으로 부르고, 당시 경극(京
劇)이 평극(平劇)이라 불렀다.

62 언혜주의 아들 언청경(言淸卿)이 『분묵인생장루진(粉墨人生粧淚盡)』에서 이에 대
해 상세하게 서술한 바 있다. 言淸卿, 『粉墨人生粧淚盡』, 文滙出版社, 2009.

서 가장 유명한 사람 중 한 명이라 말해도 과언이 아닐 듯하다. 그러
나 문화대혁명(文化大革命)이 시작된 이후 언혜주는 날로 심해진 박해
를 견디지 못하고 1966년 9월에 스스로 목을 매어 자살했다. 당시 나
이는 48세였다.

언혜주는 1953년 10월에 사영극단(私營劇團)의 반주(班主, 책임자)
신분으로 상해(上海) 대표단을 따라 북한에 가서 위문공연을 했고,
1954년 1월경 귀국한 뒤「춘향전」을 경극으로 개편하는 작업에 착수
했다.

배우인 언혜주와 달리 월극「춘향전」의 개작자인 장지는 극작가 출
신이다. 그는 1920년에 태어났고 한때 초등학교 교사로 일했다. 처음
작품을 창작했을 때는 그의 나이 23세였다. 1940년대 그가 창작한
「국파산하재(國破山河在)」와「신릉공자(信陵公子)」등의 작품은 모두
큰 인기를 얻었다고 한다. 1953년 4월 중국인민지원군(中國人民志願
軍) 문예전사(文藝戰士)로 한국전쟁 전선에서 복무(服務)했으며, 1954
년 1월에 귀국한 다음「춘향전」을 월극으로 개작하는 작업에 착수
했다.

「춘향전」을 각기 월극과 경극으로 개작하는 과정에서 월극의 경우
에는 감독과 배우가 따로 있기 때문에 장지는 단순히 극작가로서 제
한적인 역할을 담당하였다. 이와 달리 경극「춘향전」의 경우에는 개
작·감독·연출 모두를 언혜주가 직접 맡았다. 말하자면 장지는「춘향
전」의 내용의 재구성만을 맡았고, 언혜주는 거의 모든 세부적인 작업
을 직접 담당했다고 할 수 있다. 이는 두 사람의 직위 차이에서 비롯
된 일로 볼 수 있겠다. 장지는 극단의 일원으로서 맡긴 일만 하는 사
람이라면 언혜주는 극단의 실제적인 책임자로서 모든 일을 총관하는

사람이기 때문이다.

1952년 말 중국 중앙군위총정치부문공단 월극단(中央軍委總政治部文工團 越劇團)이 북한에 가서 위문공연을 한다. 북한에 있는 동안 개성화극단(開城話劇團)이 월극단을 위해 화극 「춘향전」을 공연했고, 후에 평양에 있던 조선국립고전예술극장(朝鮮國立古典藝術劇場)의 예술가들도 개성까지 와 월극단을 위해 창극 「춘향전」을 공연했다. 뿐만 아니라 음악·춤·무대의 미술설계 등 여러 방면에서 월극단이 「춘향전」을 개작하는 데 도움을 주었다. 월극단은 북한에서 8개월 동안 위문공연을 한 후 1953년 가을에 귀국했는데, 그 이후에도 북한의 예술가들은 월극 「춘향전」의 개작에 돕기 위해 편지와 새로운 개작본을 계속해서 상해에 보내주었다고 한다.[63] 월극 「춘향전」은 1954년 8월 1일에 첫 공연을 갖는데 결과는 성공이었다. 여기서 주의해야 할 것은 월극 「춘향전」이 처음 북한의 「춘향전」을 수용하겠다는 의사를 밝히고, 북한 쪽에서도 적극적인 협조를 결정했을 때부터 월극 「춘향전」이 정식으로 무대에서 오르기까지는 거의 1년의 시간이 걸렸다는 점이다.

앞에서도 언급했듯이 월극 「춘향전」을 언급할 때마다 거론되는 사람은 이몽룡 역의 서옥란과 춘향 역의 왕문연이다. 두 사람은 모두 옥란극단(玉蘭劇團)이라는 사영극단에 속한 사람이고, 서옥란은 이 극단의 책임자이기도 한다. 옥란극단은 당시 중앙군위총정치부문공단 월극단을 따라 북한에 가서 공연을 했고 귀국한 다음 바로 화동희곡연구원(華東戱曲硏究院)에 편입됐다. 말하자면 옥란극단은 북한에

---

63 공목(龔牧), 〈朝中人民友誼的花朶-越劇 「춘향전」 的演出〉, 《戱劇報》 1, 1955.

가서 위문공연을 하기 이전에 서옥란이 경영한 사영극단이었으나, 북한에서 귀국한 다음 극단 전체가 화동희곡연구원에 편입되어 화동월극실험극단이단(華東越劇實驗劇團二團)이 됨으로써 국가기관으로 변모된다. 장지는 그 이전에도 옥란극단에서 일한 적이 있었고 옥란극단이 성격을 바꾸었을 때 장지도 국가기관의 직원이 되었다.

당시 중국과 북한은 양국의 우호적인 문화교류의 일환으로서 모두 「춘향전」의 개작을 적극적으로 추진하고 있었다. 월극 극단은 이런 문화교류의 실제적인 책임을 맡고 있었다. 그러나 모든 사람의 시선이 월극 극단을 향하고 있을 때, 그 모든 과정에 동참하며 한편으로는 자신도 충분히 「춘향전」을 개작할 수 있다는 자신감을 가지고 있던 사람이 있다. 바로 언혜주이다. 실제로 북한에서 귀국한 이후 언혜주는 사영극단 책임자로서 자신의 극단을 이끌고 성공적인 공연을 통해 인기를 얻었을 뿐만 아니라 막대한 경제적 부도 축적했다. 반면, 장지나 서옥란, 왕문연은 귀국 이후 국가기관인 화동희곡연구원에 편입해 국가기관에서 일하는 직원이 되었다.[64] 이렇게 보면 경극 「춘향전」의

---

64 언혜주와 월극 극단이 이런 선택을 한 이유는 정확하게 알 수 없으나 당시 경극과 월극의 공연상황 및 배우 개인의 경제적 상황과 관련이 있는 것이 아닌가 한다. 우선 공연상황을 봤을 때 경극은 당시에 중국에서 가장 인기 있는 극종으로서 언제 어디서 공연해도 관중들을 쉽게 모을 수 있었고 더불어 경제적 수익을 얻을 수 있다. 더구나 언혜주는 한국전쟁 이전부터 유명한 경극배우로서 상당한 인기를 누리고 있는 사람이었다. 그녀가 한 공연 자체가 경제적으로 큰 이익을 의미한다고 볼 수 있다. 북한에서 귀국한 후에 그녀가 이룬 성공이 이 문제를 충분히 증명해주었다. 반면 월극의 경우에는 지방극(地方劇)으로서 인기와 수익의 면에서 경극에 못 미쳤을 것이다. 이 같은 상황은 옥란극단이 북한에서 귀국한 다음 직접 국가기관인 화동희곡연구원에 들어갔다는 사건의 인과관계를 유추해볼 수 있게 한다. 만약 월극 극단도 언혜주의 사영극단처럼 쉽게 경제적인 이익을 얻을 수 있었다면 아마도 사영극단의 운영을 그만 두고 국가기관에 편입하지 않았을 것이다.

개작은 실제로 언혜주라는 개인에 의해 이루어졌고, 월극「춘향전」의
개작은 실제로 화동희곡연구원이라는 국가기관에 의해 완성된 것이
라 할 수 있다.

(2) 경극「춘향전」과 월극「춘향전」의 초기 공연 시기

앞에서도 언급했듯이 언혜주는 1954년 1월, 귀국 즉시「춘향전」을
경극으로 개작하는 작업을 착수했다. 개작을 완성한 다음에 상해 인
민대무대(人民大舞臺)에서 공연을 했는데 큰 성공을 얻었다. 그 이후
월극「양산백과 축영대」와「화목란」을 경극으로 개작하고 공연을 했
는데 이 또한 성공적이었다. 후에 언혜주가 직접 운영하는 언혜주극
단(言慧珠劇團)은「춘향전」,「양산백과 축영대」, 그리고「화목란」등
의 작품을 가지고 북경에 올라가 두 달 동안 공연을 했다. 인기뿐만
아니라 경제적으로도 큰 이익을 얻었다고 한다. 그러나 1954년 하반
기부터 사영극단의 국영화(國營化) 운동이 다시 거론되었고 많은 사
영극단이 국영극단에 편입되거나 스스로 국영화되기 위해 노력하기
시작했다.[65] 당시 사영극단을 운영해 많은 수익을 올린 언혜주의 경우
는 처음에 극단의 국영화에 대한 관심이 별로 없었다. 그러나 극단의
국영화가 국가의 주된 정책으로 자리 잡자 정치적 흐름 속에서 사영

---

65 사실 사영극단에 대한 개혁은 신중국(新中國), 곧 중화인민국화국 건국이후부터 시
    작됐다. 단 그 과정이 상당히 복잡해서 1960년대까지도 계속되고 있는 것으로 보인
    다. 그러나 그때 언혜주가 활동하고 있던 북경은 나라의 수도로서 사영극단의 국영
    화(國營化) 개혁이 상대적으로 일찍이 완성된 듯하다. 1950, 60년대 중국 사영극단
    의 연예인에 대한 개혁에 관한 논의는 다음 논문을 참고할 수 있다.
    장련홍(張煉紅), 「從'戲子'到 '文藝工作者'-藝人改造的國家體制化」, 『中國學術』,
    2002.

↑「春香傳」北京市京劇四團獲演出獎
改編者：言慧珠據劇本獎
言慧珠獲表演一等獎。

극단의 운영은 갈수록 어려워졌다. 구체적인 시기를 확인하지는 못했으나 1954년 하반기부터 언혜주도 어쩔 수 없이 국영극단에 편입하기 위해 노력하기 시작했다. 그녀가 처음에 북경경극단(北京京劇團)에 가입하기 위해서 반년 동안 노력했으나 끝내 받아들여지지 않았고, 우여곡절 끝에 겨우 북경경극사단(北京京劇四團)에 가입했다. 구체적인 가입과 퇴출시간에 관한 기록은 없었으나 상관자료에서 '단기(短期)'로 표시된 걸 보면 짧은 기간으로 보인다.[66]

그러나 여기서 중요한 문제는 언혜주가 북경경극사단에 몸담은 짧은 기간 동안 경극 「춘향전」이 북경경극사단의 작품으로 공연된 적이 있었다는 것이다. 필자가 가지고 있는 극본도 해당 공연의 극본이다. 1954년 11월 25일부터 12월 13일까지 개최된 북경시제일계희곡관모연출(北京市第一界戲曲觀摹演出)에서 북경경극사단이 「춘향전」을 공연했고, 언혜주가 개작자로서 극본상(劇本獎)을 수상하였으며, 동시에 배우로서 공연 일등상(表演 一等獎)을 수상하였다.(위의 사진).[67] 공

---

66 언혜주가 국영극단에 가입하는 과정에 관한 내용은 다음 작품을 참고해서 정리한 것이다. 장이화(章詒和), 『伶人往事』(「可萌綠、亦可枯黃 : 言慧珠往事」), 湖南文藝出版社, 2006.
言淸卿, 앞의 책.

67 〈北京市第一界戲曲觀摹演出〉, 《戲劇報》, 1954.12.

목(龔牧)이 "월극 「춘향전」이 공연한 후에(… 중략 …), 북경경극사단이 경극으로 이 희곡을 공연했다."라고 한 말은 곧 이 공연을 가리킨 말이다.[68] 선행연구자들은 바로 이것을 근거로 하여 경극 「춘향전」이 월극 「춘향전」을 거쳐 재이식된 것이라고 주장한 것 같다. 그러나 북경경극사단이 공연한 「춘향전」은 경극 「춘향전」의 첫 공연이 아니라는 것을 염두에 둘 필요가 있다. 한편 이렇게 상을 받았음에도 불구하고 경극 「춘향전」은 1954년 12월에 정연(停演)되었다.[69] 그 이유에 대해 장이화(章詒和)와 만백고(萬伯翱)는 모두 당시 북경경극사단의 사람들이 언혜주를 배척했다고 설명했다. 그 실상이 무엇이든 1954년 12월에 있었던 공연은 경극 「춘향전」의 마지막 공연인지도 모른다. 그 이후부터 1966년 9월 언혜주가 자살할 때까지 경극 「춘향전」에 관한 어떠한 기록도 찾아볼 수 없다.

그럼 언혜주에게 큰 경제적 이익을 가져다준 사영극단의 경극 「춘향전」의 첫 공연은 과연 언제 했을까? 이 문제가 해결되면 경극 「춘향전」과 월극 「춘향전」 공연의 선후관계도 비교적 쉽게 파악할 수 있을 것이다. 그러나 언혜주에 관한 다양한 자료에서 그녀가 「춘향전」을 경극으로 개작한 일은 자주 언급되지만 구체적인 시간을 언급한 자료가 없었다.

경극 「춘향전」과 월극 「춘향전」의 관계를 직업 언급한 사람은 왕

---

68 월극 「춘향전」이 공연된 후에 많은 지방극단들이 (월극 「춘향전」을 토대로) 이 작품(「춘향전」)을 이식했다. 북경시 경극사단이 경극으로 이 작품을 공연했다(越劇 「春香傳」演出後, 各地一些地方戲曲劇團都紛紛排演這個劇目; 北京市京劇四團並以京劇演出了這個戲.). 龔牧, 앞의 글.

69 언혜주가 이 일에 크게 분노해 1955년 1월에 대량의 수면제를 복용하고 자살을 시도했으나 다행히 구조되었다고 한다.

시창(王詩昌)이다. 그는 다음과 같이 말했다.

> 조선에서 귀국한 다음 언혜주가 조선의 고전명작 「춘향전」을 경극으로
> 이식했다. 공연은 관중들에게 큰 인기를 얻었다. 월극 배우 서옥란(徐玉
> 蘭)과 왕문연(王文娟)은 나중에 언혜주의 연출본을 월극으로 이식했다.[70]

왕시창의 이 주장은 현재 대부분의 연구자들의 주장과 반대된다.
경극 「춘향전」은 월극 「춘향전」으로부터 재이식된 것이 아니라, 그
반대로 월극 「춘향전」이 경극 「춘향전」으로부터 이식됐다는 것이다.
앞서 검토한 「춘향전」의 공연상황을 통해 공연의 시기를 추측해보면
경극 「춘향전」의 공연을 월극 보다 앞서 이루어졌을 가능성이 충분이
있다. 그러나 이것만 가지고 경극 「춘향전」과 월극 「춘향전」의 관계
를 단정하기에 부족하다. 보다 더 설득력 있게 이 논의를 이어가기
위해 필자는 다음과 같이 방증자료를 찾았다.

언혜주에 관한 글에서는 대부분 그녀가 북한에서 귀국한 다음 사영
극단을 데리고 「춘향전」·「양산백과 축영대」·「화목란」 등의 작품을
공연해 큰 성공을 얻었고, 공연을 통해 번 돈으로 상해 화원(華園)에
서 별장을 샀다는 내용이 있다. 그중에서 허인(許寅)이 쓴 글에서 다
음과 같은 내용이 나온다.

> 오십 년대 초, 무한(武漢)에서 반달 정도만 공연을 했는데 포은(包銀)

---

70 從朝鮮回國后, 言慧珠以極大的熱情把朝鮮的古典名劇『春香傳』移植爲京劇, 演出
　受到廣大觀衆歡迎, 越劇演員徐玉蘭, 王文娟後來根據言慧珠的演出本移植成越劇.
　왕시창(王詩昌), 「梅蘭芳與言慧珠」, 『上海戲劇』 6, 1994.

은 큰 금괴 일이십 개 정도였다. 그녀가 곧 그 돈으로 상해 화산로(華山路) 화원(華園) 십일호의 한 별장을 샀다.[71]

여기서 허인이 말한 '오십 년대 초'의 개념이 모호하다. 그러나 주목해야 하는 것은 언혜주의 극단이 공연비를 받는 방식이 '포은(包銀)'이라는 것이다. 포은은 희곡 공연의 전통적인 지불방식이다. 극장이나 극단을 초청한 업주(業主)가 일정한 계약금을 주고 극단과 일정기간(보통 한 달이나 몇 개월 동안)의 공연을 계약하면 그 계약금이 곧 포은이다. 말하자면 포은은 일정기간의 총 출연료라 할 수 있다. 보통 한 극단 안에서 유명한 배우나 악사(樂師)가 가장 많은 포은을 차지하고 있었고, 그 양은 일반 배우와 상당한 차이가 있었다. 업주의 입장에서도 유명한 배우가 있어야 관중들이 모이고 수익을 낼 수 있기 때문이다. 언혜주는 당시 연예계 명성을 떨친 명배우이자 직접 사영극단을 경영하는 총책임자이기도 하고, 앞에서도 언급했듯이 경극 「춘향전」의 경우 개작과 감독, 주연까지도 모두 언혜주가 직접 맡은 것이다. 이는 그녀가 더 많은 포은을 차지할 수 있음을 의미한다. 언혜주가 짧은 시간에 모은 막대한 부는 바로 공연을 통해 번 포은이 아닌가 싶다.

그러나 포은제도는 1954년경 이미 역사의 무대에서 물러나기 시작했다.[72] 당시 희곡계에 대한 중요한 월간 잡지 『희극보(戱劇報)』에서

---

71 五十年代初, 在武漢只唱了半個月的戱, 包銀便是一二十根大金條。她卽用以購買上海華山路華園十一號一幢小別墅。허인(許寅), 「遙憶言慧珠」, 『戱曲之家』 3, 1999.
72 포은제는 한때 문제가 되었다. 하지만 실제로는 홍역을 앓은 이후에도 극단을 초청할 때 일정한 계약금을 지불해야 했다. 단지 명칭과 액수가 달라졌을 뿐이다.

는 1954년 6월 「민간 직업극단에 대한 지도를 강화하기」(「加强對民間職業劇團的領導」)와 「중앙인민정부 문화부가 민간극단에 대한 지도와 관리를 강화하는 지시」(「中央人民政府文化部 關於加强對民間劇團的領導和管理的指示」)라는 두 편의 글을 통해 사영극단의 출연료 지급방식에 대해 문제제기를 했다.

수입을 분배하는 문제에 있어 한편으론 주요 배우의 몫이 과도하게 높게 배분되는 현상이 있으며, 다른 한편으론 주요 배우들의 수입을 일반 배우의 수입과 비슷하게 나누는 지나친 평균주의(平均主義)의 경향 또한 존재한다. (… 중략 …) 적지 않은 극단들이 여전히 업주반(業主班)이나 변상(變相) 업주반의 제도를 실행하기 때문에 착취나 다른 불합리한 문제들이 여전히 존재한다. 극단은 원래 인민을 교육하는 중요한 도구중 하나이다. 그러나 그들의 수중에선 단순히 이익을 얻는 수단으로 사용되고 있다. 그러니 각급 문화 담당 부서에서는 반드시 민간직업극단에 대한 지도와 관리를 강화해야 한다.[73]

대부분의 극단은 이미 연예인들이 직접 경영하고 관리하는 '공화식(共和式)' 극단이 되었다. 이전에는 연예인들이 업주(業主)에게 고용되어 공연을 했으나 이제 연예인들이 직접 합작하여 극단을 경영하게 되었다. 분배에 있어도 포은제(包銀制)에서 안노취수제(按勞取酬制, 각자 노동의

---

73 在實行酬勞分配上, 一方面仍有個別主要演員'劈份'過高的現象, 另一方面也發生了把主要演員收入拉到和普通演員一般齊或相差無幾的有害的平均主義的傾向。在實行民主管理上, 一方面仍有家長制的殘餘作風, 另一方面又發生了極端民主化傾向, (中略) 還有不少劇團仍然是業主班或者變相業主班, 存在著剝削和其他嚴重不合理現象。劇團本應是教育人民的重要工具之一, 但在他們手中, 卻成爲了單純的牟利的手段。 因此, 各級文化主管部門必須加强對民間職業劇團的領導和管理。〈加强對民間職業劇團的領導〉,《戲劇報》, 1954.6.

양에 따라 수입을 나누는 분배제도)로 변했다.[74]

　두 기사에서 모두 사영극단의 수익 분배방식의 불합리성을 지적했
다. 포은제(包銀制)라는 시스템 하에서 유명한 배우가 차지하는 비중
이 과도하다는 문제를 지적하는 동시에 유명한 배우와 일반 배우의
수입을 비슷하게 지불하려는 소위 극단적인 평균주의를 비판하기도
했다. 얼마 지나지 않은 같은 해 10월에 사영극단 국영화(國營化) 개혁
이라는 제안이 거듭 강조되었고, 12월에는 극단의 국영화가 거의 마
무리되었다.[75] 이렇게 보면 적어도 7월까지는 공연 시 포은제를 통해
막대한 이득을 볼 수 있었을 것으로 보인다. 하지만 7월 이후에는 아
무리 사영극단이라 해도 나라의 정치적인 동향을 무시하고 마음대로
공연할 수 없었을 듯하다. 이런 상황을 고려해 보면 경극 「춘향전」의
첫 공연은 1954년 7월 이전에 한 것이 아닌가 싶다. 물론 경극 「춘향
전」이 정연(停演)된 것은 1954년 12월의 일이었다. 그 이전에도 계속
공연됐을 가능성이 있다. 언혜주의 아들인 언청경(言淸卿)이 어머니
를 위해 쓴 『분묵인생장루진(粉墨人生粧淚盡)』[76]을 포함한 언혜주에
관한 많은 자료에서 1954년 12월에 「춘향전」이 정연 이후 다시 공연
한 기록이 없다. 단 인기를 누리는 과정에서 공연비로 큰 소득을 올린

74　大部分劇團已成爲由藝人自己經營和管理的‘共和班’式的劇團。這些劇團已由藝人受
　　業主雇傭變爲藝人自己合作經營, 由包銀制變爲按勞取酬制。〈中央人民政府文化部
　　關於加强對民間劇團的領導和管理的指示〉,《戲劇報》, 1954.6.

75　여기서 말하는 '사영극단의 국영화'가 완성된 것은 북경에 한정된 이야기일 가능성
　　이 있다. 각주 65번에서도 설명했듯이 실제로 지방 사영극단에 대한 개혁은 1960년
　　대까지 계속하고 있었다.

76　言淸卿, 앞의 책.

시기는 아마도 1954년 7월 이전인 것으로 보인다.

거듭 언급했듯이 언혜주는 1954년 1월 조선에서 귀국한 다음 바로 「춘향전」의 개작작업에 착수했다. 처음에는 상해에서만 공연했고 후에 더 많은 인기와 이익을 얻기 위해 「춘향전」과 다른 작품들 가지고 북경에 올라가기로 했다. 북경에서 한 공연도 상당히 성공적이었다. 필자가 앞에서 제기한, 경극 「춘향전」의 첫 공연이 대략 7월 전이라는 추측이 맞았다면 이 모든 과정은 대략 6개월 안에 이루어진 것이라 할 수 있다. (북경에 올라간 후에) 두 달 정도[77]의 공연시간과, 「춘향전」이 맨 처음 개작된 작품이라는 것을 상기하면 「춘향전」의 개작과정 불과 두세 달 정도의 짧은 시간 동안 이루어진 것임을 짐작할 수 있다. 이는 앞에서 살펴본 월극 「춘향전」의 개작이 자료 정리부터 실제 공연까지 거의 일 년이 걸렸다는 것과 대비가 된다. 이는 각각 국가기관과 사영극단이 일을 하는 방식에서 비롯된 차이로 볼 수도 있겠다. 국가기관에 해당하는 월극 극단은 다른 공연도 많고, 개작자·감독·배우·춤·음악 등 분야별로 각기 다른 책임자가 맡고 있기 때문에 개작의 진도도 느리게 진행될 수밖에 없었다. 또한 출퇴근의 시간제한도 있었을 것이다. 이와 반대로 언혜주는 어디에도 속하지 않은 사영극단주로서, 공연에 대한 열정이든 이익에 대한 열정이든 간에 「춘향전」의 개작에 적극적으로 착수했고, 아주 짧은 시간 동안 「춘향전」의 경극 개작을 완성한 것으로 보인다.

현재까지 월극 「춘향전」을 볼 수 있는 이유는 두 가지이다. 하나는

---

77 여기서 2개월 동안의 공연은 북경에 올라간 후에 행해진 공연인지, 상해에서 처음 공연한 때부터인지 상관 논자의 서술이 명확하지 않아서 단정하기가 어렵다.

월극「춘향전」이 국가기관의 작품이여서 국가적 차원에서 영상자료를 만들어 보존했기 때문이며, 다른 하나는 주역인 서옥란과 왕문연이 문화대혁명 운동에서 박해를 당했으나 그 고통을 이겨내고 살아남았기 때문이다.

　이와는 반대로 오늘날 경극「춘향전」이 담긴 영상자료나 다른 기록은 찾아보기 어렵다. 이 또한 두 가지 이유가 있다. 하나는 경극「춘향전」이 사영극단의 작품으로서 현장공연에 집중했을 뿐, 따로 돈을 들어 영상자료를 만들어 보존하지 않았기 때문이며, 다른 하나는 언혜주가 살아 있을 때인 1954년 12월에 이미 경극「춘향전」이 정연되었고, 그 이후에도 다시 공연했다는 기록이 없는 가운데 언혜주가 문화대혁명의 박해를 참지 못하고 스스로 목숨을 끊어버렸기 때문이다.[78] 영상자료도 없고 연출자도 살아남지 못했기 때문에 문화대혁명이 끝나고 나서도 경극「춘향전」을 계승하여 공연하는 사람이 없었다.[79]

78　1955년 이후로는 나이가 들어 젊은 시절 때처럼 목소리가 높고 맑지 않았기 때문에 언혜주가 경극을 그만하고 곤곡(崑曲)을 하기 시작했다는 것도 하나의 이유로 볼 수 있을 것이다.
　　한편, 조연협(趙燕俠)이 1958년(일설 1956년)에 조선고전극본을 의해「춘향전」을 경극으로 개작하고 공연한 기록이 있다. 그러나 아직 상관자료를 구하지 못하였으므로, 추후 자료를 구하게 되면 그때 별고로 논의를 진행하도록 하겠다.
79　언혜주의 생애와 행적에 관한 내용은 주로 다음의 자료를 참고해 정리한 것이다.
　　언청경(言清卿), 『粉墨人生粧淚盡』, 文滙出版社, 2009.
　　장이화(章詒和), 『伶人往事』(「可萌綠, 亦可枯黃 : 言慧珠往事」), 湖南文藝出版社, 2006.
　　만백고(萬伯翺), 「絕代坤伶-言慧珠小傳」, 『中國作家』, 2011.
　　장지와 월극 극단에 관한 자료는 주로 다음의 자료를 정리한 것이다.
　　공목(龔牧), 「朝中人民友誼的花朵-越劇「춘향전」的演出」, 『戲劇報』, 1955.
　　일부 내용은 호동백과(互動百科)의 자료를 참고했다.
　　http://www.baike.com/wiki/

(3) 경극 「춘향전」의 저본문제

본 절에는 저본의 문제를 중점에 두고 경극 「춘향전」과 월극 「춘향전」 공연의 선후관계를 알아보겠다. 만약 언혜주가 월극 「춘향전」을 참고해 경극 「춘향전」을 개작한 것이 아니라면 그녀가 개작할 때 사용한 저본은 무엇이었을까? 우선 북한에 가서 위문공연을 했고, 북한에서 「춘향전」의 공연을 보았으며, 북한 쪽과의 적극적인 의사소통과 교류의 모든 과정에, 즉 월극 극단이 있던 모든 자리에 언혜주도 있었다는 사실을 염두에 둘 필요가 있다. 곧 「춘향전」에 관한 모든 1차적인 자료에 대해 언혜주는 월극 극단의 사람들과 마찬가지로 직접 경험하고 배웠다는 것이다. 이 말은 1차적인 자료를 잘 아는 언혜주가 굳이 월극 「춘향전」의 개작을 완성한 다음에 2차적인 자료로 그것을 보고 경극으로 재이식할 필요가 없음을 의미한다. 또한 월극 「춘향전」의 개작과정과 공연한 시기(1954년 8월 1일)를 봐도 경극 「춘향전」은 월극을 보고 재이식한 것이 아닌 듯하다.

앞에서 월극 「춘향전」의 전언(前言)에 의하면 월극의 개작과정에서 참고한 저본은 적어도 북한의 창극 「춘향전」과 화극 「춘향전」, 그리고 국립고전예술극장의 「춘향전」 이렇게 세 가지이다. 그중에서 창극과 화극 「춘향전」은 북한쪽의 안효상이 번역한 것이고, 국립고전예술극장의 연출본(이하 국립극장본으로 약칭함)은 유열(柳烈) 교수와 북경대학 조선어 전공의 학생들이 번역한 것이다. 월극 「춘향전」은 우선 창극과 화극 「춘향전」의 번역본에 의해 1954년 4월 15일에 월극 「춘향전」의 초고를 완성했다. 그러나 1954년 4월 조운(曹雲)과 안영일(安英一)이 상해를 방문했을 때 가져다준 국립극장본을 보고 나서 개작자들은 이미 초고를 완성한 「춘향전」을 다시 국립극장본을 참고해 계속 수정·보완하기로 결정했다. 최종적으로 완성된 월극 「춘향전」에서도 "조선민주주의인민공화국 국립고전예술극장 연출본"을 명시하고 있다. 이는 월극 「춘향전」의 저본이 맨 처음에 본 북한의 창극과 화극의 「춘향전」이 아니라 가장 늦게 본 국립극장본이라는 것을 의미한다. 그럼, 왜 굳이 국립극장본을 선택했는지에 대해 따져볼 필요가 있다.

우선 극본의 내용과 공연의 형식으로부터 그 원인을 찾아볼 수 있다. 북한에서 중국위문단을 위해 맨 처음에 공연한 창극과 화극 「춘향전」의 극본과 공연의 영상자료를 모두 찾지는 못했으나 국립극장본의 극본은 1955년 『조선창극집』에서 수록된 6막 7장의 창극 「춘향전」인 것 같다. 이 곡본은 조운·박태원에 의해 개작된 것으로서 곧 조운과 안영일이 1954년 4월에 상해에 방문했을 때 월극 극단에게 갖다 준 것과 같은 극본인 듯하다.[80] 이 극본의 저본을 완판84장본으로 본 연구자도 있으나[81] 극본의 마지막 부분에서 과부들이 등장하는 내

---

80 한국예술종합대학교 한국예술연구소에 펴낸 『남북한 공연예술의 대화』의 '국립민족예술극장의 공연연보(1948~1959)'를 살펴보면 1954년 12월에 공연한 6막 7장의 「춘향전」의 작가가 조운으로 되어 있다. 이후 정명문의 박사학위논문에서 제시한 '북한 창극 공연 연보'에서도 1954년 12월에 공연한 6막 7장의 「춘향전」의 감독이 조운·박태원으로 되어 있다. 이렇게 보면 『조선창극집』에 수록된 6막 7장의 창극 「춘향전」은 조운·박태원이 개작한 판본으로 이를 국립극장본으로 추정할 수 있다. 이영미 외, 『남북한 공연예술의 대화』, 한국예술종합대학교 한국예술연구소, 2003; 정명문, 『남북한 음악극의 비교연구 -남한의 악극과 북한의 가극을 중심으로』, 고려대학교 박사학위논문, 2012. 본고에는 2004년에 푸른 사상사에서 출판한 조운·박태원이 개작한 『북한희곡선집』 2에 수록된 6막 7장의 창극 「춘향전」을 기본 텍스트로 삼기로 한다.

81 이영미 외, 앞의 책, 132~133쪽.

용으로 보면「옥중화」의 내용을 부분적으로 참고했을 가능성도 있다. 1950년대 북한에서 출판한 일련의「춘향전」도 완판84장본의 기반으로 해서 약간의 손질을 가한 것들이고「춘향전」의 모든 이본에서 완판84장본의 대표성을 상기하면 근대에 들어와 완판84장본이 거의「춘향전」의 전형으로 자리매김 했다고 보아도 과언이 아니다. 극본을 찾지 못했기에 중국 위문단을 위해 공연한 창극과 화극「춘향전」의 내용을 알 수 없으나 완판84장본의 범위 안에서 크게 벗어나지 않았을 것으로 생각해도 무방할 것 같다. 단 국립극장본이 창극과 화극보다 늦게 나온 만큼 앞서 두 극본보다 더 다듬어지고 성숙했을 것이다.

그러나 내용의 면에서 큰 차이가 없을 수 있지만 공연 형식의 면에서는 큰 차이가 있었을 것이다. 우선 창극과 화극은 한국전쟁이 아직 휴전하지도 않은 시기에 중국위문단을 위해 공연했다. 전쟁이 아직 진행 중이라는 특수한 상황을 고려한다면 모든 연출자들이 전쟁의 위험을 외면하고 공연에만 집중할 수는 없었을 것이다. 그러나 국립극장본은 휴전 이후 비교적 안정된 시기에 개작된 극본이다. 그리고 '국립'이라는 명칭을 통해서도 국가의 차원에서 극단을 창립하고 공연에 힘쓰기 시작했음을 알 수 있다. 그래서 국립극장의 공연은 내용뿐만 아니라, 무대의 설치·무용·복장·반주, 심지어 연출자들의 심리적인 상태도 전과는 다른 상태였을 것이다. 한편, 20세기에 들어온 후에 전통적인 판소리예술은 창극의 형식으로 끊임없이 변화하고 있었고, 전통적인 판의 개념이 약화되었으며, 보다 현대적인 무대공연의 요소들이 많이 부각되었다. 안정된 시기에 개작된 국립극장본은 현대적인 무대공연의 여러 요소들이 보다 성숙하고 예술성 높게 표현될 수 있었을 것이다.

한편, 중국 전통극의 전통적인 공연방식은 판소리의 판과 달리 하나의 고정적인 자리 즉 희대(戲臺, 무대)를 필요로 한다. 물론 현대적인 개념의 무대로 바꾼 것은 한국과 마찬가지로 근대에 들어온 후에 일이었다. 판소리는 창극으로 변해가는 과정에서 전통적인 요소인 판의 개념과 일인창의 형식, 그리고 한 고수의 반주 등 다양한 요소들이 무대형식의 변화에 따라 변모한 것과 달리, 중국 전통극은 전통적인 공연방식을 유지하면서 이전의 희대를 현대적인 무대로 바꾸었다. 무대의 존재와 무대의 제반 요소들은 「춘향전」을 중국 전통 희극으로 이식하는 과정에서 모두 중요한 역할을 담당하고 있었다. 그러므로 국립극장본의 성숙한 무대공연 형식도 중국 전통 희극으로 개작하는 과정에서 유리한 조건으로 작용하고 있었을 것이다.

정리하자면 국립극장본은 창극과 화극 「춘향전」보다 내용과 공연 형식의 면에서 더 성숙한 극본이었을 것이다. 이는 곧 월극 극단이 최종적으로 국립극장본을 선택한 가장 중요한 이유인 듯하다.

내용과 공연 형식 외에 번역의 문제도 고려할 만한 사항으로 생각된다. 여기서 다시 북한 창극과 화극 「춘향전」은 당시 외무성(外務省)에서 일하는 안효상이 번역한 것이고, 국립극장본은 당시 북경대학교 유열 교수와 조선어 전공의 학생들이 번역한 것이라는 문제를 상기할 필요가 있다. 안효상의 중국어 실력이 어떤지를 잘 모르겠으나 원어민이 아닌 것은 사실이다. 그의 중국어 실력이 아주 높다 하더라도 고전적인 언어를 구사하는 것이 상당히 어려웠을 것이다. 이는 앞에서 소설 번역본에 대한 검토에서도 어느 정도로 확인했다. 유열 교수는 북한 김일성대학교의 교수로서 1953년부터 북경대학교 조선어 전공에 들어가 강의했다. 1954년 당시에도 그의 중국어는 상당히 생소

(生疏)했다고 한다.[82] 그런 수준의 중국어 실력으로 과연 「춘향전」을 번역할 수 있었는지에 대해 의심되지만 같이 번역에 참여한 북경대학교의 학생들이 중국어 원어민이라는 사실을 주목해야 한다. 그들의 윤색한 번역문이 완성도 높은 중국어라는 것은 의심할 필요가 없을 것이다. 즉 월극 극단이 월극 「춘향전」의 초고를 완성했음에도 불구하고 굳이 국립극장본을 참고해 다시 고친 것은 아마도 더 나은 번역을 통해 원작의 내용을 보다 정확하게 이해하고, 이를 바탕으로 해서 더 적절한 표현이 가능했기 때문으로 보인다. 만약 안효상의 번역에 의해 이미 상당한 정도로 개작을 완성했다면 굳이 다시 고칠 필요도 없었을 것이다.

정확한 자료를 찾지는 못했으나 언혜주가 사용한 저본은 국립극장본이 아니라 안효상이 번역한 창극과 화극 「춘향전」의 가능성이 상당히 높다. 이는 앞에서 추측한 경극 「춘향전」의 공연시간과도 맞는 것이다. 그리고 그것은 곧 월극 「춘향전」의 초고일 가능성도 있다. 이렇게 보면 국립극장본이 나오기 이전 안효상의 번역본만 있었을 때 월극 개작자들과 언혜주가 정반대의 선택을 했다고 할 수 있다. 월극 개작자들은 초고의 보완작업을 보류하다가 국립극장본의 번역본을 최종적인 저본으로 선택했다. 반면 언혜주는 안효상의 번역본이나 월극 개작자들의 초고를 가지고 경극 「춘향전」을 성공적으로 개작했다. 월극 재작자들이 안효상의 번역본에 의해 월극 「춘향전」의 초고를 완성했음에도 불구하고 그것을 참고자료로만 사용한 것은 그런 자료들이 아직 거칠다는 것을 의미한다. 그러면 언혜주가 어떻게 그런 거친

---

82 〈北大朝鮮語首位外教柳烈 : 把學生看成自己的孩子〉, 《北京晩報》, 2010.5.13.

자료를 가지고 경극「춘향전」을 성공적으로 개작할 수 있었을까? 이
는 개작자의 능력에 달려 있는 문제라고 생각된다. 앞에서 언혜주에
대한 소개에서도 알 수 있듯이 언혜주가 희곡에 대한 조예가 상당히
깊은 사람이다. 경극「춘향전」을 개작할 때 그녀의 나이 35세로 경극
을 직업으로 삼은지 이미 20여 년이 넘은 때였다. 한 마디로 상당한
실력자라 할 만하다. 비록 저본이 완벽하지 않았다 해도 뛰어난 개작
자를 만나게 되면 훌륭한 개작 작품으로 재탄생될 수 있음을 짐작할
수 있다.

　안효상의 역본과 국립극장본의 역본의 실체를 확인할 수가 없으나
위에 제시한 방증자료를 바탕으로 한 필자의 이런 추측은 어느 정도
설득력이 있다고 생각한다.

　이상 경극「춘향전」의 개작과 공연상황, 그리고 저본문제에 대한
고찰했다. 이런 고찰을 통해 경극「춘향전」은 월극에서 재이식된 것
이 아니라 언혜주가 독립적으로 개작을 완성했다는 점을 추측할 수
있다. 경극「춘향전」의 공연이 월극 보다 앞서 열렸을 가능성도 있다.

　앞의 내용을 다시 한 번 정리하자면 정식적인 공연 시기를 살펴봤
을 때, 월극「춘향전」은 1954년 8월 1일에, 북경경극사단의 경극「춘
향전」은 1954년 11월 25일과 12월 13일 사이에 공연되었다. 그러나
언혜주의 사영극단이 한 경극「춘향전」의 공연은 이미 그 이전에 있
었다. 정확한 시간에 대한 상관기록이 없으나 1954년 6월에『희극보
(戲劇報)』에서 사영극단의 수입과 분배방식에 대해 문제를 제기한 것
으로 보아 1954년 7월 이전인 것으로 보인다. 또한 언혜주에 관한 많
은 글에서 두 달 동안의 공연이 그녀에게 아주 큰 경제적인 이익을
가져다주었다는 내용을 보면 그 공연이 시작한 시간은 늦어도 5월이

었을 것이다.

한편, 앞에서도 말한 바 언혜주가 작품을 개작한 순서도 고려해보아야 한다. 「춘향전」을 가장 먼저 개작하고 공연했으며, 그 다음에 「양산백과 축영대」와 「화목란」을 월극에서 경극으로 탈바꿈 시켰다. 이렇게 보면 경극 「춘향전」 개작의 완성은 4월 이전에 이루어졌을 가능성도 있다. 그럼 4월 15일에 나온 월극 「춘향전」의 초고는 언혜주의 경극 「춘향전」의 저본이 아닐 수도 있다. 이제 언혜주가 사용한 저본은 안효상의 번역본만이 남았다. 이렇게 보면 앞에서 제시한 왕시창의 말은, 곧 "월극 배우 서옥란과 왕문연은 나중에 언혜주의 연출본에 의해 (「춘향전」을) 월극으로 이식했다."라고 한 것은 맞는 말일 수도 있다.

중국 전통 희곡으로 개작된 「춘향전」의 많은 판본에서 경극 「춘향전」의 독창성은 중요한 의미를 가지고 있다. 월극 「춘향전」과 그것을 제2저본으로 삼아 재이식된 다른 극종들을 하나의 계열로 본다면 경극 「춘향전」은 이 계열에 속하지 않은 다른 계열이기 때문이다. 이는 중국 전통 희곡으로 개작된 「춘향전」이 하나의 유형만 있는 단일계열이 아니라 미약하나마 다양성 확보하고 있음을 의미한다.

2) 경극 「춘향전」과 월극 「춘향전」의 비교

앞에서 월극 극단이 있는 자리에 언혜주도 함께 있었고, 월극 극단이 가지고 있는 자료를 언혜주도 가지고 있었을 가능성이 있다고 했다. 그래서 월극과 경극 「춘향전」의 저본은 같은 계열의 작품일 가능성이 있다고 했다. 말하자면 국립극장본은 「춘향전」 화극본과 창극본의 개선본일 가능성이 있다는 것이다. 월극 「춘향전」의 개작과정에서

조운이 처음부터 「춘향전」의 편극(編劇, 극작가)이었다는 사실을 통해
서도 이 문제를 짐작할 수 있다. 월극 극본이 개별적인 첨삭 외에는
북한 창극 「춘향전」의 구조와 내용이 거의 일치하는 것과 달리, 경극
극본은 상당한 융통성을 보인다. 우선 두 극본의 구조를 간단하게 대
비해보자.

월극 「춘향전」과 경극 「춘향전」의 구조 비교

막		월극 「춘향전」	경극 「춘향전」			비고
			막	있음	없음	
第一幕 廣寒樓		처녀들이 오월 단오에 노래를 부르면서 등장, 이몽룡이 경치를 구경하다가 춘향에게 반한다.	第一場 初見	○		
第二幕	第一場 百年佳約	이몽룡과 방자가 밤에 춘향의 집에 들어가 월매에게 혼서를 써주고 춘향과의 백년가약을 허락 받았다.	第二場 百年佳約	○		
	第二場 愛歌與別歌	두 사람은 사랑가를 부르면서 행복하게 지낸다. 그러나 사또의 승직으로 인하여 두 사람이 신물을 교환하고 이별한다.	第三場 愛歌與別歌	○		
第三幕 一心		변학도 부임 후, 춘향에게 수청을 들라 하나 거절당한다. 춘향에게 장형을 가한 후 하옥시킨다.	第四場 一心	○		
第四幕	第一場 農夫歌	농부들이 춘향을 위해 동비를 세우려고 한다. 이몽룡이 방자를 만나			○	第六幕 夢龍私訪으로 옮김.

		춘향의 편지를 받아 읽었다.			
	第二場 獄中歌	춘향과 이몽룡이 옥에서 상봉한다. 춘향은 거지가 된 이몽룡을 원망하지 않고 그에게 자신의 신후사와 어머니를 부탁한다.	第五場 獄中花	○	옥에서 갇힌 춘향이 어머니의 말을 듣고 이몽룡에게 편지를 썼다.
第五幕 賦詩		이몽룡이 변학도의 생일잔치에 출도하여 춘향과 상봉한다.	第六場 夢龍私訪	○	이몽룡이 농부에게서 춘향의 소식을 듣고, 방자를 만나 춘향의 편지를 받았다.
			第七場 監中相會	○	이몽룡이 옥에 가서 춘향을 만나 딴 생각하지 말라고 당부한다.
			第八場 御史出道	○	이몽룡이 변학도의 생일잔치에 출도하여 춘향과 상봉한다.

전체적인 구조를 볼 때 두 작품의 내용은 비슷하다고 할 수 있다. 경극에서 특별히 삭제하거나 추가한 내용이 없다. 구조의 안배로 보면, 춘향이 장형을 맞고 하옥당한 후에 당장 이몽룡에게 편지를 써서 보내기로 하고, 그 다음에 바로 어사 이몽룡이 변장하여 등장하는 장면이 이어졌다. 이야기 전개의 과정을 볼 때 이런 설정은 춘향이 고난을 당하는 동시에 어사 이몽룡을 곧바로 등장시켜 춘향의 처지의 긴박함을 강조하고 있다. 월극에서는 춘향이 하옥당한 후에 이어지는 장면은 농부가이고, 춘향이 옥에서 고생한 시간도 3개월로 설정되어 있다. 사건의 긴박함이 강조되는 부분도 춘향의 하옥부터가 아니라, 변학도의 생일잔치 때 춘향을 죽이려고 하는 부분이다. 한편, 분량을 살펴보면 월극「춘향전」은 5만 3천 자이고, 경극「춘향전」은 4만 3천

자로 되어 있다. 경극이 월극 보다 1만여 자나 적은 것이다. 그러나 분량이 적다고 해서 경극 「춘향전」이 무언가 빠졌다는 느낌이 없다. 오히려 내용에 있어 경극이 월극 보다 간결함을 나타낸다. 분량이 적다는 것은 공연의 시간이 짧다는 것을 의미하기도 하는데, 경제적인 차원을 고려해도 간결한 내용이 더 유리한 것이다. 이는 앞에서 살펴본 언혜주의 사영극단의 성격과도 연관되어 있는 문제이다.

표현방식에 있어 경극은 월극 보다 관중들이 이해하기 쉬운 표현을 많이 사용하고 있다. 그리고 중국 관중들이 익숙하지 않은 용어를 자세히 설명해준 것도 하나의 특징으로 뽑을 수 있다. 등장인물의 입을 통해 '퇴기(退妓)'나 '수청(守廳)' 등 조선의 습속을 구체적으로 설명한 것은 이에 해당한다. 월극은 퇴기를 그대로 차용하고 있을 뿐 설명해주는 내용이 없다. 경극에서 퇴기 대신에 "告退在家的藝妓", 곧 "물러나 집에서 있는 예기"로 월매의 신분을 설명해주는 것과는 대조적이다. 퇴기가 무엇인지를 잘 모르는 관중들에게 경극의 이런 설명은 이해를 도와주었을 것이다. '수청(守廳)'의 경우에는 월극이 그대로 수청을 사용하지만 극본에서는 미주를 통해 수청의 뜻을 설명한다.[83] 그런데 극본에서의 미주는 극본을 보는 사람만 볼 수 있는 것이라 월극을 직접 관람하는 관객들은 여전히 수청이 무엇인지를 알 수가 없다. 경극은 이런 면에서 관중들이 잘 이해할 수 있게 대사에서 수청이 무엇인지를 설명하는 방식을 취한다.

---

83 수청에 대해 월극 극본의 설명은 다음과 같다.
古代朝鮮的習慣, 每一新官到任, 都可任意挑選當地的藝妓充當侍婢, 似妾又非妾, 名爲 "守廳". (고대 조선의 습속으로, 신관이 부임한 다음에 임의로 현지의 관기를 골라 시비로 삼을 수 있다. 이때의 관기는 첩과 비슷하나 실제로 첩이 아니다. 이를 '수청'이라 한다.) 월극 「춘향전」 극본, 90쪽.

㉮ 房子：(… 전략 …) 多少御史, 監史想收她作'守廳', 她都不幹。(많은
　　　　　어사 감사님들이 춘향에게 수청을 들라고 했으나 춘향이 모
　　　　　두 거절했어요.)

　李夢龍：'守廳'? 什麽叫做'守廳'?('수청'? '수청'이 무엇이냐?)

　房子：公子, 連'守廳'都不知道, '守廳'就是'妾小', 官員們到任, 暫包
　　　　一個妓女做妾。等到這個官員離任, 這兩個人就算完了。(도
　　　　련님, 참, 수청도 모르시오? 수청은 곧 첩이 되는 것이오. 신
　　　　관 나리들이 부임한 후에 마음에 드는 기생을 첩으로 삼아
　　　　한동안 같이 지내지요. 그러다가 이임할 때 두 사람의 관계도
　　　　끝장나는 것이지요.) (8쪽)

　이렇게 등장인물의 입을 통해 수청을 직접 설명해 주는 것은 관중
들이 작품 내용을 이해하는 데 큰 도움이 될 것이다. 한편, 이런 타국
의 풍속을 설명하는 것이 관중의 호기심을 유발할 수도 있다. 이렇듯
경극은 다른 극종보다 관중의 입장을 생각해주고 배려해 주는 태도가
돋보인다.

　한편, 경극「춘향전」의 기교적인 표현도 논에 띈다. 이런 기교적인
수법은 앞에서 살펴본 완판84장본에서 '정승'과 '장승', '서방'과 '남방'
처럼 발음이 비슷하나 의미가 다른 표현을 이용한 것과 유사한 것이
다. 다음의 예문을 보자.

㉯ 房子：兩班在這裡, 哪有我的座位, 使道老爺知道要打我的。(양반
　　　　　앞에서 어찌 소인의 자리가 있겠습니까? 사또께서 아시면
　　　　　소인에게 벌을 주실 거예요.)

　李夢龍：什麽兩般兩般, 父母所生都是一般, 哪有什麽兩班。(양반
　　　　　[다르다] 양반이 무엇이냐, 부모님이 낳아주신 것 다 일반

[같은 것]이지, 무슨 양반이 있어?) (6쪽)

여기서 이몽룡은 '兩般(다르다)'과 '兩班(양반)'이라는 동음이의(同音異義)의 용어를 이용해서 교묘하게도 뜻을 정확하게 전달한다. 이렇게 상황에 따라 이런 표현을 적절하게 만든 것은 개작자가 중국의 희곡적인 언어에 상당히 익숙하다는 것을 의미한다.

그리고 "방자야~방자야 넌 허리띠 졸라매고 모자 고쳐 쓰고선, 못에 부딪치러(퇴짜 맞으러) 가는구나(房子房子, 你緊緊帶子, 正正帽子, 去碰釘子)[84]"에 나오는 '房子'·'帶子'·'帽子'·'釘子'도 모두 '자(子)'자 들어가는 용어를 한 데 모아써서 해학적인 의미를 드러내고 있다.

월극에는 춘향의 신분이 기생이라는 암시가 거의 보이지 않는다. 극본과 실제공연에 있어 어느 정도의 차이가 있기는 하나 앞에서 살펴본 공연양상을 통해 알 수 있듯이, 월극에서 춘향의 신분이 첩이 아니라 처라는 것은 확실하다. 물론 엄격하게 따져보면 여전히 문제가 나올 수 있겠지만 월극은 전체적인 서사를 고려했을 때 춘향의 신분을 의심할 단서를 드러내지 않았다. 1990년대 이후에는 춘향의 형상이 거의 완전히 규수의 모습으로 변화되었다. 경극의 경우 영상자료가 없어서 구체적인 공연상황을 알 수가 없으나 극본을 보았을 때 춘향은 기생이고 이몽룡과 인연을 맺은 다음에도 첩이 된다는 것을 암시하고 있다. 우선 앞에서 살펴본 방자의 말이 단서가 된다. 방자가 먼저 많은 어사나 감사들이 춘향으로 하여금 수청을 들게 했으나 성

---

84 이 문장은 방자의 말이다. 이몽룡은 춘향을 불러오라 하고, 방자는 '불러도 안 올 것이다.'라고 한 뒤 이렇게 스스로 중얼거리며 춘향을 부르러 간다. '碰釘子'는 '난관에 부닥치다. 코를 떼다, 퇴짜 맞다'의 뜻이다.

사되지 못했다는 말을 하고, 그 다음에 이몽룡에게 수청의 뜻을 설명
한다. 개작자의 의도가 아닐 수도 있지만 방자의 말을 전후로 같이
보면 마치 춘향의 기생이라는 신분을 암묵적으로 밝히고 있는 듯하
다. 춘향이 기생이 아니라면 어사나 감사들이 수청요구를 하지도 못
했을 것이기 때문이다. 한편, 월매와 춘향의 행동 또한 춘향이 처가
아니라 첩이 될 것임을 암시하고 있다.

> ㉰ 月梅 : 公子, 自我夫君死後, 我們母女相依爲命, 好不容易將她撫養
> 成人, 今日沒有明媒正娶, 擧行六禮, 就將她許配公子, 恐怕
> 日後生變, 耽誤我女終身.(도련님, 우리 부군이 돌아가신 후
> 에 우리 모녀는 서로 의지하며 살면서 춘향을 천신만고로 키
> 웠소. 육례를 갖추어 혼례를 치르지 않고 그 애를 도련님에게
> 보내주면 나중에 일이 생겼을 때 내 딸의 평생을 그르칠까봐
> 걱정되네요.)
>
> 　李夢龍 : 待我親筆寫下婚書一紙, 權當六禮, 待等我功成名就, 卽行
> 稟知父母, 將春香接進府去, 不知意下如何?(내가 직접 혼
> 서를 써서 육례를 대신하겠소. 나중에 내가 공명을 이룬 후
> 바로 부모님께 말씀을 올려 춘향을 우리 집에 데려 가겠소,
> 어떻습니까?)
>
> 　月梅 : 這倒使得, 只要公子言而有信, 我的女兒也就終身有靠了.
> (그렇게 해주신다면 괜찮겠어요. 도련님만 신의를 잘 지키
> 시면 내 딸이 평생 의지할 데가 생기는 것이지요.) (18쪽)

> ㉱ 春香 : 只是這樣瞞來瞞去, 不知哪一天才得出頭.(이렇게 매일 감추
> 고 사는데 어느 날에 빛을 보겠어요?)
>
> 　月梅 : 公子不是說了嗎? 等他科擧及第, 就稟明父母, 接咱們母女回
> 府.(도련님이 말씀하셨잖아요. 과거급제한 후에 바로 부모님

께 말씀을 올려 우리 모녀를 데리고 가겠다고.) (24쪽)

  ㉱ 春香 : 公子可能帶兒同行?(도련님이 저를 함께 데리고 가실 수 있을
       까요?)
    月梅 : 放心, 他會帶你去的.(걱정 말거라, 너를 데리고 갈 것이야.)
                                  (25쪽)

 ㉱부분의 인용문은 월매가 이몽룡에게 두 사람의 결합을 허락해주
는 과정에서 조건을 따지고 있는 모습이다. 그 조건은 혼서를 써주는
것과 공명을 성취한 다음에 데리고 가겠다는 약속이다. 여기서 "接進
府去(집으로 데리고 간다.)"라는 말은 춘향의 첩의 신분을 강하게 암시
하고 있다. 중국의 풍속에 의하면 여자가 남편의 집으로 들어가는 일
에 있어 정실부인은 혼례를 통해 정식으로 시집으로 '들어가는 것'이
고, 밖에서 미리 둔 첩은 직접 집으로 '데리고 가는 것'이다. 물론 첩
을 들일 때도 식을 올리는 경우가 있기는 하다. 하지만 일반적으로
"接進府去(집으로 데리고 간다.)"의 경우에는 아무 절차도 없이 몰래 집
으로 데리고 간다는 의미가 더 강하다. ㉰에서 춘향뿐만 아니라 월매
와 같이 집으로 데리고 가겠다는 "接咱們母女回府(우리 모녀를 데리고
가겠다.)"라는 말을 통해서도 이 점을 확인할 수 있다. 그리고 춘향이
"이렇게 매일 감추고 사는데 어느 날에 빛을 보겠어요?"라는 말에서
도 춘향이 자신의 처지에 대한 자의식을 엿볼 수 있다. 마찬가지로
㉱에서 사또의 승직소식을 들은 후에 춘향이 "도련님이 나를 데리고
가실 수 있을까요?"라고 해서 이몽룡이 자신을 데리고 갈 것인지에
대해도 확실한 믿음이 없는 모습을 보인다. 이는 월극에서 춘향의 당
당한 처의 모습과 사뭇 다른 것이다. 경극에서는 춘향이 가진 자신과

이몽룡에 대한 믿음이 완판84장본이나 북한 창극보다도 약하다. 이런 표현은 춘향의 첩이라는 신분을 암시하는 동시에, 일반 독자나 관중들에게 익숙한 춘향의 모습과 달리 자신과 이몽룡의 사랑자체에 대해서도 믿음이 약한 그런 춘향의 모습을 보여준다. 춘향의 신분과 상관없이 사또의 승직소식을 듣고 나서 이몽룡이 당연히 자신을 데리고 한양으로 가겠다는 확고한 인식이 경극에서의 춘향에게는 없는 것이다. 이런 설정에서 개작자가 춘향을 첩으로 생각하는 의식도 명확하게 읽어낼 수 있다.[85] 춘향이 이렇게 형상화되었기에 이몽룡이 떠나기 전에 넌지시 건네는 다짐, 즉 "내가 이번에 떠나지만 사람은 떠나도 마음은 떠나지는 않을 것이다. 나는 절대 너를 두고 다른 여자한테 장가들지 않을 것이다.(我此去，人去心不去，我决不停妻再娶妻。)"라는 약속도 상당히 가벼워 보인다.

월극에서 「춘향전」을 재이식한 기타 극종과 비교하면 경극 「춘향전」은 독특한 면이 많다. 내용에 있어 유사한 점도 많지만 앞에서 살펴본 것처럼, 세부적인 면에서 경극 「춘향전」은 월극과 상당히 다른 면을 가지고 있는 것이다. 경극 「춘향전」이 월극 계열의 작품과 다르다는 것은 개작자인 언혜주의 개인적인 역량의 결과라 할 수 있다. 경극의 명배우이라는 신분 외에, 다른 극종이 월극을 보고 「춘향전」을 재이식한 것과 달리 언혜주는 북한에 가서 위문공연을 했을 때 당시 북한에서 직접 「춘향전」을 관람한 적이 있었고, 「춘향전」에 관해

---

85 완판84장본과 북한 창극에서 춘향은 '외방작첩'이라는 말을 듣고 면경과 체경을 모두 깨뜨리며 발악한다. 월극에서도 마찬가지로 분노하여 이몽룡에게 자신과의 약속에 대해 따졌다. 이런 모습과 달리 경극에서의 춘향은 이몽룡이 전해주는 사또의 "取小納妾"이라는 말을 듣고 단지 "取小納妾이라니?"를 한 마디만 했을 뿐, 발악도 하지 않고 분노해서 이몽룡에게 따지지도 않았다.

북한 쪽에서 제공한 수많은 자료들을 직접 보고 참고했을 가능성도
있다. 그래서 언혜주는 「춘향전」에 대한 자신의 이해를 바탕으로 「춘
향전」을 개작한다.

한편, 당시 언혜주는 사영극단의 책임자로서 「춘향전」을 개작할
때 상업적인 면과 표현효과도 같이 고려한 것으로 보인다. 앞에서 지
적한 내용을 줄이는 것과 관중의 이해를 배려하는 것, 그리고 기교적
인 표현을 창작한 것 등은 모두 「춘향전」을 더 세련되게 탈바꿈시키
며 동시에 관객의 관심을 끌 수 있도록 노력한 것이라 할 수 있다.
공연 자료가 없어 구체적인 공연양상을 알 수 없지만 앞에서 월극의
공연양상을 살펴본 과정에서도 알 수 있듯이 실제 공연은 극본의 내
용과 상당히 다를 수 있다. 결과적으로 경극 「춘향전」과 월극 「춘향
전」이 상당히 다르다는 것은 앞서 살펴본 극본에 대한 고찰을 통해도
어느 정도 확인할 수 있으리라 생각된다.

4. 조극(潮劇)으로의 개작

경극 외에는 기타 극종의 「춘향전」이 모두 월극에서 재이식된 것들
이라 내용 면에서 상당한 유사성을 가지고 있다. 그러나 공연예술자
체가 어느 정도의 유동성을 보이며, 지방극(地方劇)의 성격이 약간씩
차이를 보이고 있기 때문에 실제로 공연했을 때 나름의 변화가 일어
난 경우도 종종 있었다.

필자가 수집한 자료 중에서 황매희와 조극은 영상자료가 있기 때문
에 내용과 공연양상을 모두 살펴보겠고, 평극은 극본만 있고 영상자

료가 없기 때문에 내용만 중심으로 논의를 전개하기로 한다.

조극은 중국 광동성(廣東省) 조주(潮州)지역의 지방말(사투리)로 공연하는 극종이다. 명(明)나라 때부터 이미 조극에 관한 기록이 있다고 한다. 조극의 공연은 주로 지방의 제사활동의 일부로 절이나 묘에서 공연한 것이기 때문에 노야희(老爺戲)라고 하며 오신(娛神)의 성격이 상당히 강한 극종이라 할 수 있다.[86] 이런 민속적인 성격 때문에 조극은 민중의 오락물로서의 성격이 상당히 강한 극종이라 할 수 있다. 그러므로 조극은 대중적인 정서를 많이 가지고 있어, 언어도 통속적인 경향이 많고 주인공들의 성격도 다분히 서민적이다. 이런 특징은 우아함과 문인적인 경향이 강한 월극의 성격과 상당히 다른 것이다.

필자가 가지고 있는 조극의 공연 자료로는 1964년 홍콩 신천채(新天彩) 조극단(潮劇團)의 공연과 2001년 광동조극원(廣東潮劇院) 이단(二團)의 공연이다. 두 공연이 모두 조극이지만 극단에 따라 공연양상이 상당히 다르다. 본 절에는 광동조극원의 공연양상을 중심으로 살펴보고 홍콩 신천채 조극단의 공연은 간략하게 검토하기로 한다.

2001년 광동조극원의 공연이 시작되는 부분에서 "화동희곡연구원 번역본에 의해 이식한다.(根據華東戲曲研究院譯本 移植)"고 명시하고 있다. 화동희곡연구원의 번역본은 곧 1954년에 출판된 월극「춘향전」을 가리키는 것이다. 극본을 이식한 사람은 왕비(王菲)로 되어 있는데 왕비는 1955년 조극「춘향전」의 이식자이다. 앞에서 살펴본 월극의 경우 2006년의 공연이 1983년 공연의 계승인 것처럼, 이 공연도 1955

---

86 조주 지역에서 신(神)을 노야(老爺)라고 부르기 때문에 조극을 노야희라고 부른다고 한다. 진한성(陳韓星) 주편, 『조극연구(潮劇研究)』, 산두대학출판사(汕頭大學出版社), 1995.

년 공연한 조극의 계승으로 볼 수 있는 것이다.

이 공연은 6장(場)으로 구성되어 있다. 월극 극본의 구성과 같이 제시하면 다음과 같다.

월극 극본(1954)		2001년 조극 「춘향전」	
第一幕	廣寒樓	第一場	廣寒邂逅
第二幕	第一場 : 百年佳約	第二場	百年佳約
	第二場 : 愛歌與別歌	第三場	愛歌別歌
第三幕	一心	第四場	冰心玉骨
第四幕	第一場 : 農夫歌	第五場	夢龍私訪
	第二場 : 獄中歌	第六場	煉獄眞金
第五幕	賦詩		

이 조극의 구성은 월극 「춘향전」과 거의 일치한다. 가장 큰 변화가 일어나는 곳은 작품의 결말 부분이다. 구체적으로 말하자면 이 공연에서 변학도의 생일잔치 대목이 없다. 이몽룡이 옥에 가서 춘향을 만나 한 바탕 정회를 털어놓은 후 막 떠나려고 할 때, 옥사령이 급히 들어와 변학도가 옥에 들어온다고 했다. 이몽룡이 옥사령을 시켜 문밖에 있는 어사의 시위(侍衛)들을 불러오라고 했다. 그 다음에 변학도가 병졸을 데리고 옥에 들어왔다. 변학도는 암행어사가 나온다는 소문을 듣고 후환을 없애려고 옥에 들어와 몰래 춘향을 죽이려고 했는데 그 자리에서 이몽룡을 만난 것이다. 그는 이몽룡의 신분을 모르고 같이 죽이라 명했다. 바로 그때 어사출또의 소리를 외치면서 어사의 시위들이 옥에 들어왔다. 옥에서 이몽룡은 어사의 옷으로 갈아입고 변학도를 벌하며 춘향을 풀어주었다.

변학도의 생일잔치 대목이 없기 때문에 이몽룡이 쓴 그 유명한 "금준미주천일혈(金樽美酒千人血)"이라는 시도 이 공연에서 등장하지는 않았다. 실제로 이몽룡이 옥에서 춘향을 만나고 나서 막 떠나려고 할 때부터 어사출또하고 변학도를 벌하며 춘향과 상봉할 때까지의 전체 공연시간이 5분도 안 된다. 이는 이 공연의 시간배정과 장면배치의 문제로 봐야 할 것 같다. 이 공연의 전체 공연시간은 2시간 반인데, 마지막 5분도 안 되는 시간에 이 작품의 가장 중요한 대목을 서둘러 공연한 것은 상당히 문제적인 구성이라 해야 한다. 작품의 완정성(完整性)도 손상될 수 있다.

한편, 이 공연에서 춘향 역을 황단나(黃丹娜)가 맡았고 이몽룡의 역은 임벽방(林碧芳)이 맡았다. 두 배우 모두 상당히 젊은 배우이다. 작품에 대한 이해의 문제일 수도 있고 배우의 연기문제일 수도 있는데 이 공연에서 춘향의 언행이 상당히 경박하고 표정과 동작이 상당히 부자연스러우며 어색하다. 예를 들면 두 사람이 처음 광한루에서 만날 때 이몽룡이 춘향에게 다시 만날 수 없을까 묻자 춘향은 "세상에는 나비가 꽃 위에서 춤추는 걸 볼 수 있을 뿐이니, 어찌 꽃이 나비를

따라 날아갈 수 있으리오.(世間只見蝴蝶花上舞, 哪有花朵隨蝶飛。)"라고 했고, 이몽룡이 그 말이 무슨 뜻인지를 묻자 춘향이 "나도 몰라요.(我也不曉得)"라고 한다. 이 대목은 「춘향전」의 모든 희곡 개작본

에서 거의 다 있는데 문제는 이 공연에서 춘향이 "나도 몰라요"라고

하는 동시에 옷의 고름을 잡고 이몽룡한테 가볍게 던지는 동작에 있다. 이런 동작은 기생들이 손님들에게 자주 하는 동작이라서 남성과 관련된 자극적인 의미가 상당히 강한 행동이다. 그래서 그런 동작을 한 춘향의 인물형상은 상당히 천박해 보인다. 그리고 백년가약 부분에서 춘향은 이몽룡이 써준 혼서를 받아보고 부끄럽고 쑥스러운 표정이라기보다 오히려 득의양양한 표정을 한다. 전체적으로 볼 때 춘향 역을 맡은 배우는 연기를 위한 연기를 하고 있는 것처럼 보인다. 자기가 맡은 인물의 성격이나 감정에 대한 이해가 상당히 부족하고, 공연 과정에서 감정이입도 상당히 표면적이라 할 수 있다.

한편, 이 공연은 방창(幫唱)[87]이 몇 번 등장한다. 하나는 광한루에서 처음 만나고 나서 춘향이 떠난 후에 이몽룡이 "나는 몰라요."라는 춘향의 말이 무슨 뜻인지를 생각하는 때 무대 밖에서 방창이 일어난다. 내용은 상당히 간략하다. "그녀가 씽긋 한번 웃으니 애교 찰찰 넘치고, 인품이 고상하고 행동이 우아하며, 정은 두텁구나.(她回眸一笑百媚生, 慧質蘭心, 款款深情)"이다. 이몽룡 눈에 보이는 춘향의 형상을 노래하고 있는 것이다. 사랑가 부분에서도 혼성방창(混聲幫唱)을 사용한다. 방창의 소리가 아주 커서 남녀 주인공의 목소리를 가릴 정도이다. 두 사람의 지극한 사랑을 열렬하게 표현하기 위한 수법이다. 또 한 번의 방창은 농부가 부분에 있다. 거지행색의 어사 이몽룡이 혼자

---

87 방창은 극종에 따라 방창(傍唱)·방창(幫唱)·방강(幫腔)이라 한다. 명칭은 다르지만 뜻은 비슷하다. 모두 무대나 화면 밖에서 주인공의 내면세계나 극의 진행을 설명하고 보충하는 노래를 가리키는 것이다.
한국에서 방창(傍唱)이라고 하는데 국어사전에서의 설명은 다음과 같다.
방창(傍唱) : 가극, 영화, 무용 따위의 예술에서 주인공의 내면세계나 극적 정황, 극 진행을 무대나 화면 밖에서 설명하고 보충하는 노래.(naver 국어사전)

남원으로 가는 길에서 농부들을 만났는데 농부들이 등장하기 이전에 무대 밖에서 노래가 들렸다. 그 내용은 다음과 같다.

부지런히 농사지으며 세월을 보내는데	辛勤耕作年復年,
배부르게 먹지도 못하고 입을 옷도 없네.	食不飽來穿無衣,
벼슬아치의 집에는 산해진미가 한 상 가득 하지만	朱門山珍共海味,
농사짓는 백성들은 쌀도 내고 돈도 내야하네.	農家出米又出錢。

이 농부가는 앞의 세 구를 통해 농민들의 생활고와 양반집안의 사치함을 노래하고 있고, 마지막 한 구는 변학도의 생일잔치 때문에 농민들에게 강제로 쌀과 돈을 징수하는 악행을 폭로하고 있다. 최초의 월극 개작본에는 농부가 부분에서 농민들이 춘향을 위해 동비를 세우려고 숟가락을 모은 일과, 이 일을 통해 춘향의 절행을 찬양하고 변학도의 악행을 폭로하는 데만 집중하였기에 농민들이 노래를 부르는 설정이 없었다. 반면 이 공연에서는 막 제목에 농부가 등장하지는 않았지만 농민의 노래가 등장했다. 이 농부가는 남성의 비창한 소리로 한 합창의 형식을 취하고 있어 농민들의 비참한 생활고를 절실하게 전달하고 있다.

구조와 내용에 있어 마지막에 변학도의 생일잔치 부분이 없어지는 것 외에는 이 조극의 공연은 월극「춘향전」을 충실히 따르고 있다고 할 수 있다. 단 공연예술인 희곡은 배우들의 실제적인 연기가 상당히 중요한 요소로 작동하고 있다는 것에 주목할 필요가 있다. 같은 작품이지만 배우들의 연기의 수준에 따라 공연의 질도 달라질 수 있다. 이 공연은 가장 중요한 인물인 춘향의 형상을 표현하는 데 어색하고 부자연스러운 면이 많았기 때문에 극의 전체적인 표현력과 예술성도 한층 떨어진다는 느낌이 들 수 있다.

홍콩 신천채 월극단이 공연한
영화 「춘향전」은 무대극이 아니
라 실제적인 공간이동이 있는 영
화이다. 공간의 이동과 설치는
현실적인 공간이 아니라 이야기
전개의 필요에 따라 만든 공간이
지만 평면적인 무대 공간보다 입

체감이 많이 늘었다.[88] 이 영화의 편극(編劇)은 요향설(姚香雪)이고, 감
독은 이신풍(李晨風)이다. 춘향[89]의 역은 증산봉(曾珊鳳)이고 이몽룡
의 역은 진초혜(陳楚蕙)가 맡았다. 영화에서 사용된 판본의 출처를 밝
히지는 않았으나 내용과 구조를 보면 중국 희곡 「춘향전」의 큰 틀을
차용해서 많이 수정과 가필을 가한 작품이다. 그래서 이 작품은 단순
한 이식이 아니라 나름의 개작이 많이 이루어진 것이라 해야겠다.

우선 다른 극종이 의도적으로 조선적인 요소들을 표현하려는 것과
달리 이 극에서 등장인물의 머리양식과 복색, 건축물의 양식과 문화
배경 등은 모두 순수한 고대 중국의 양식을 빌려온 것이다. 작품에서
조선적인 이미지를 가진 것으로는 남원과 광한루, 그리고 진달래꽃뿐
이다. 그래서 「춘향전」이라는 작품이 조선의 작품이라는 것을 아는

---

88 1983년 월극 「춘향전」도 영화의 형식으로 되어 있지만 실제로 무대에서의 공연을
    영화로 찍은 것이다.

89 이 작품에서 춘향과 월매의 성은 모두 진(秦)씨로 되어 있다. 배우 이름표에서 진춘
    향(秦春香)과 진월매(秦月梅)로 되어 있는데 영화에서 성씨에 대한 구체적인 언급
    이 없다. 그리고 춘향의 아버지가 누군지에 대해도 언급이 없다.

사람은 이 작품이 외국의 고전 작품임을 알겠지만, 일반관중들의 입장에서 볼 때 이 작품이 외국작품이라고 느낄만한 특별한 지점을 찾아보기는 힘들었을 것이다. 여기서 월극「춘향전」과의 차이점을 중심으로 이 작품의 공연양상을 살펴보기로 한다.

이 영화에서도 월극「춘향전」과 같이 춘향을 만복시서(滿腹詩書)의 여중군자(女中君子)로 형상화했다. 그래서 광한루에서 처음 춘향을 만났을 때 이몽룡은 화시(和詩)를 부탁하는 방식으로 춘향에게 접근한다. 대부분의 희곡에서 춘향은 겸손한 말로 화시의 요구를 거절한다. 그러나 이 영화에서 두 사람의 화시가 등장한다. 그 내용은 다음과 같다.

> 이몽룡 :
> 광한루 아래서 우연히 가인을 만났는데   廣寒樓下會聘婷,
> 강물로 떨어지고 산으로 막혀 있어 한스럽구나.   廻水環山恨無情。
>
> 춘향 :
> 시인에게서 좋은 증시(贈詩)를 받을 수 있다면   若得詩人贈佳句,
> 산도 고개를 끄덕이고 강물도 환하게 맞이하리라   靑山點頭水笑迎。

실제로 이렇게 화시를 주고받기 이전에 두 사람은 이미 서로를 몰래 관찰하고 있었으며 좋아하는 감정을 가졌다. 이런 화시를 통해 춘향이 이몽룡에게 마음이 있다는 것을 보여주는 동시에 춘향이 금방 화시를 지을 수 있는 재치 있는 인물임도 보여주었다. 그래서 이 영화에서의 춘향은 이별 장면에서 월매의 말로 빌려 설명하자면 비록 평범한 집안의 여식이지만 선현들의 시서를 많이 읽은 여인이다.[90] 다른 희곡과 마찬가지로 월매의 신분이 문제시 되지 않았기 때문에 이 영화에서 춘향은 예기(藝妓)[91]의 딸이라서 신분상의 결함을 가진 사람이라는 식의 표현은 아예 나타나지 않는다. 대신에 권세나 지위가 없는 평범한 집안의 딸이지만 시서를 많이 읽어서 배운 것 많은 당당한 집안의 딸이라는 점이 더 많이 부각되었다.

「춘향전」의 소설 번역본과 대부분의 희곡 개작본에서 춘향 아버지의 존재는 모두 춘향이 양반의 씨이라는 신분을 설명하기 위해 설정되었다. 그러나 이 작품에서 춘향과의 인연을 허락해달라는 이몽룡의 부탁을 월매가 거절할 때 다음과 같이 말했다.

이 늙은이의 신세를 상기하면　　　　　　　　　　念老身,
사람을 잘못 만나 한이 되어,　　　　　　　　遇人不淑成遺恨,
십팔 년 동안 모녀가
　　버림받는 신세로 살아왔다.　　　　　十八年來母女遭飄零。
관가의 자제들은 태반이 박정하니　　　　　官門子弟多薄倖,
전례가 있으니 인연을 쉽게 허락하지 못하겠네.　前車可鑑鸞譜難訂。

월매의 이런 서술에서 춘향의 아버지의 인물형상을 짐작할 수 있다. 우선 "遇人不淑"는 "못난[몹쓸] 남자에게 시집가다."나 "나쁜 사람을 만나다."라는 의미로 춘향 아버지의 인물됨이 별로 안 좋다는 이미지를 전달했다. "十八年來母女遭飄零"은 자기 모녀가 버림받는 신세를 말하고 있고, "官門子弟多薄倖"에서 나온 박정한 관가의 자제는

---

90 "내 딸은 비록 평범한 집안의 여식이지만 선현들의 시서를 많이 읽었다."(我女雖是 小家碧玉, 也曾飽讀錦繡書詩)
91 대부분의 중국 희곡에서 퇴기를 예기(藝妓)로 번역한다.

물론 또한 춘향의 아버지를 가리키는 것이며, "前車可鑑"은 자신이 당한 일이 교훈으로 삼은 의미로 암암리 춘향의 아버지를 비판하고 있다. 이 작품에서 춘향의 아버지의 존재는 춘향의 신분을 향상시키려는 의도에서 언급된 것이 아니라 박정한 양반으로서 비판의 대상이 되었다.

춘향의 아버지가 여타의 작품들보다 부정적인 인물로 그려진 것과 달리, 이몽룡의 부모는 다른 희곡보다 한층 생동감 있게 그려졌다. 북한창극과 중국의 많은 희곡 개작본에서 이몽룡의 부모가 모두 직접 등장하지 않았지만 이 영화에서는 두 사람이 직접 등장했다. 아버지 이태수는 가문의 영광을 굳게 지키고 있는 아버지의 형상으로, 이부인은 자상한 어머니의 형상으로 묘사되어 있다. 이태수가 처음 등장할 때 "선현들의 높은 가르침을 감히 잊지는 못하여, 정치를 부지런히 하고 백성을 사랑하면서 남원을 다스리고 있네.(先賢聖訓不敢忘, 勤政愛民宰南原。)"라고 창(唱)했다. 이몽룡이 아버지의 승직소식을 들은 후에 아주 섭섭한 표정을 지었기에 이태수가 이상하게 여겨 방자를 통해 춘향의 일을 알게 되었다. 이몽룡은 어쩔 수 없이 춘향에 관한 이야기를 털어놓았다. 그 말을 들은 후에 이태수는 다음과 같이 창(唱)을 했다.

> 너는 우리 집안이 대대로 명문대가라는 걸
>   염두에 두지도 않고   不思俺世代簪纓好門第,
> 경박하게 여색을 농락하여
>   앞날을 망치려고 하는구나   拈花惹草把前程斷送。
> 춘향은 가난한 집안의 천한 계집인데   春香乃是蓬門一賤女,
> 부모 허락도 없이 인연을 맺다니

가문을 욕보일 작정이냐   私自結合敗辱家風。

그리고 화를 크게 내어 몇 번이나 이몽룡을 때리려고 했으나 모두 이부인에게 말렸다. 이태수의 이런 형상은 고집한 아버지로 볼 수 있으며, 한편으로 가문의 명예를 지키는 정직한 가장으로 볼 수 있기도 한다. 이렇게 영화에서 직접 등장한 이태수의 인물형상은 다른 희곡에서보다 생동감이 한층 늘었다.

한편, 이 영화에서 장면 전환할 때 북한창극의 방창과 비슷한 형식으로 사건의 진행을 설명하고 있다. 예를 들면 이몽룡이 떠난 후 황학도(변학도와 같은 역)가 부임하기 전의 상황을 영화에서는 다음과 같이 쾌판(快板)의 반주 하에 설명했다.

꽃이 피었다 지었다 3년이나 지나간다. 남원부 신임사또 황태수는 부패하고 무능하며, 학정이 빈번하다. 주색에 빠져 매일 방탕하게 살고 관아 내는 밤새도록 풍악소리가 끊이지 않았다.

(花開花落已三年, 南原府, 新任太守黃學道, 貪汚無能, 苛政頻施, 終日裡花天酒地, 府衙內胡天胡地不夜天。)

시간과 이야기의 진행, 그리고 황학도의 정치와 인물됨을 간략하게 설명해 주었다.

한편, 이 영화에는 월극처럼 춘향과 이몽룡을 재자가인 형태의 인물로 개작했지만 실제적인 내용에 있어 서민적인 경향이 많이 투영되어 있다. 몇 가지 사례를 통해 이 문제를 설명하자면, 우선 등장인물들의 행동거지가 상당히 발랄하다. 기생점고 과정에서 기생 중에 춘향이 없음을 확인한 황태수는 사람을 시켜 춘향을 현신시키는 것이 아니라, 사야(師爺, 회계생원 역)와 많은 시종들을 데리고 선물을 챙겨 춘향의 집으로 직접 찾아간다. 춘향을 본 황태수는 손가락으로 춘향의 뺨을 만지기도 하고 춘향의 손을 직접 잡기도 했다. 행동거지가 상당히 경박하다. 희롱과 모욕을 당한 춘향과 월매가 모두 크게 분노하고 있는 때에 소단(小丹, 향단 역)이 몰래 빗자루를 잡고 갑자기 튀어나와 다음과 같이 말하면서 황태수와 사야를 마구 때렸다.

태수는 한 지방의 원님이라	太守原爲一府之長,
의젓하고 위풍당당하게 생겼을 것이겠지	理該正氣凜然,
너희 두 사람이 소도둑같이 생긴 걸 보니	看你二人鬼頭鬼腦,
아마도	料是無恥之徒,
태수의 이름을 사칭하여 남을 속인 무뢰배다	冒名到來撞騙,
빨리 나가지 못하겠느냐? 빨리 나가라!	還不快走, 還不快走!

집안의 다른 하인도 나와서 같이 마구 때리니 결국 황태수와 사야, 그리고 다른 시종들이 집에서 쫓아난다. 그리고 후에 춘향이 무고를 당해 관청에 끌려갈 때 사야의 뺨을 직접 때리기도 했다. 월극에서 모두 예의 바르게 행동하는 것과 달리 이 영화에서 등장인물들의 형상은 다분히 서민적인 것이라 해야 한다. 그리고 소단같이 하인이 지방의 태수를 마구 때리는 것은 현실적으로 절대 있을 수 없는 일이라 이런 내용은 다분히 희극적인 설정이라 해야 한다. 이런 서민적인 정서의 강한 표현은 춘향을 관청에 끌고 가는 때부터 작품의 결말 부분까지 계속되었다. 이유 없이 춘향을 관청으로 끌어간 다음에 춘향에게 뒤집어씌운 죄명은 해랑적과의 내통이다. 관청에 이끌어온 춘향은 두려워하는 모습 없이 강경한 자세로 황태수와 대치한다. 황태수를

마구 때릴 수 있는 설정에서도 알 수 있듯이 이 작품에서 관료는 두려움의 대상이 아니다.

한편, 황태수의 생일잔치에서 일어난 일들은 조극의 지방적인 특징을 선명하게 보여주고 있다. 거지행색으로 생일잔치에 들어간 이몽룡과 옥에서 올려온 춘향이 모두 축수가(祝壽歌)를 불러주라는 요구를 받고 노래를 불렀다. 이몽룡이 직접 쾌판(快板)을 치고 다음과 같이 노래를 불렀다.

내가 축수가를 불러드리나니
인생을 헛되게 보내지 말지어라
즐거워할 때는 마음껏 즐기고
번뇌가 생길 때는 바보인 척하라

我唱祝壽歌,
人生莫蹉跎,
得歡樂處且歡樂,
煩惱來時假癡愚。

금동이의 맛있는 술은 일만 백성의 피요
옥소반의 맛있는 안주는 일만 백성의 기름이라.
촛농이 떨어질 때 백성 눈물 떨어지고,
노랫소리 높은 곳에 원망소리 높았더라.

金樽美酒千人血,
玉露佳餚百姓膏。
燭淚落時民淚落,
歌聲高處怨聲多。[92]

춘향의 경우에는 옥에 고생하다 다시 관청으로 올려올 때에도 여전히 씩씩한 모습을 하고 있다. 다른 희곡처럼 옥에서의 고초로 인해 쇠약해진 모습이 하나도 없다. 생일잔치 때 춘향을 다시 올려온 것은 그녀를 죽이려고 하는 것이 아니라, 춘향에게 노래를 시키는 것이다. 사야는 춘향에게 노래를 잘 불러 태수의 환심을 사게 되면 죄를 면할 수도 있다고 한다. 춘향은 다음과 같은 노래를 불렀다.

---

92 "歌聲高處怨聲高"는 여기서 "歌聲高處怨聲多"로 되어 있다.

남원 고을 태수는 정치를 잘해서	南原太守好政風,
사방 백성 하나같이 그 덕행을 칭송하네.	德報四野人稱頌。
가인을 부르고 미색을 뽑는데도 제일이고,	徵歌選色稱第一,
안건을 판결할 때도 제멋대로 하지 않는다지.	全憑斷案不枉從。

관아에는 술과 고기가 썩어가고 있지만	琴堂之內酒肉臭,
남원 지방 도처에는 슬픈 백성들뿐이라.	南原遍野盡哀鴻。
백성의 기름을 긁어다가 잔치를 베푸니	刮民膏脂做大壽,
피눈물로 술 만들어	
만 잔을 마음껏 마시는구나.	血淚釀酒, 暢飮千盅。

나에게 순종하는 자는 살고	
거역하는 자는 망하리니	順我者生逆者亡,
춘향은 죄 없어도 옥중에 갇혔구나.	春香無辜陷獄中。
어느 날 하늘이 눈을 밝게 뜰 때는	有朝老天開明眼,
반드시 이 몹쓸 인간 명줄을 끊어줄 것이라.	定叫瘟官一命終。

　구조에 있어 두 노래의 성격이 비슷하다. 먼저 진짜 축수가를 부르는 척하면서 좋은 말을 하고 황태수를 미혹시켰다가 말을 바꾸어 황태수의 악행을 폭로하는 내용으로 돌변한다. 두 사람의 노래가 모두 관리의 부패상을 비판하고 있다. 구체적인 내용에 있어 춘향과 황태수라는 개인적인 대립관계에만 집중하고 있는 것이 아니라 백성과 관리계층의 계급적인 대립으로 확장하고 있다. 단 작품의 전체적인 내용을 볼 때 이야기는 두 사람의 사랑에 집중하고 있어 일반백성과 부패한 관리 사이의 갈등에 대해 구체적으로 표현하지는 않았다.

　전체적으로 볼 때 조극은 월극「춘향전」의 기본구조와 줄거리를 차

용하긴 했으나, 실제 공연에 있어 나름의 지방극의 특징과 그 지역의
관중들이 익숙한 모티프를 삽입하여 많은 가필을 시도했다.

5. 황매희(黃梅戱)와 평극(評劇)으로의 개작

황매희[93]는 소재의 면에서 어떤 한 유형이나 경향에 치중하지 않은
풍부함을 지니고 있고 대부분의 작품은 사건의 발전에 있어 극적인
변화가 많고 등장인물의 갈등도 상당히 선명한 극종이다.

본 절에서 살펴보고자 하는 황매희 「춘향전」은 오경(吳琼)과 장휘
(張輝)가 공연한 작품이다.[94] 두 주연은 모두 유명한 배우로서 황매희

---

93 황매희는 청(淸)나라 건륭 오십 년(乾隆五十年, 1785) 전후에 황매현(黃梅縣) 채차
조(採茶調)와 결합하여 발전하기 시작한다. 황매희는 대개 민가(民歌) → 독각희(獨
角戱) → 소회(小戱) → 본회(本戱)로의 발전과정을 거쳐 현재까지 전해왔다. 소희
는 대개 도광연간(道光年間, 1821~1850)에 이미 크게 발전되어 있었고, 본희는 함
풍년간(咸豊年間, 1851~1861)에 출현한다. 소희의 형태로 되어 있을 때부터 황매희
는 상당히 성숙된 형식을 갖춘 청양강(靑陽腔)과 휘조(徽調)의 영향을 많이 받았다.
청양강은 명나라 만력(萬曆, 1573~1620) 이후 그 영향력이 전국으로 퍼지고 있어
크게 성행하던 극종이었다. 황매희는 청양강의 일부 작품을 직접 이식하면서 창강
(唱腔, 창법)·표연(表演, 연기)·복장(服裝) 등 많은 면에서 적극적으로 청양강의
것들을 흡수했다. 황매희는 또한 휘조반(徽調班)과 합연(合演)을 통해 휘조의 작품
을 이식하기도 하고 휘조의 창법과 연기도 적극적으로 흡수하였다. 이런 과정을
거치면서 황매희는 20세기 초 신해혁명(辛亥革命) 전후에 이미 하나의 독립적인
극종으로 성장한다. 황매희의 대표작품으로는 「천선배(天仙配)」(「칠선녀하범(七仙
女下凡)」이라 하기도 한다.)·「쇄양성(鎖陽城)」(「부자양장원(父子兩壯元)」이라 하
기도 한다.)·「오금기(烏金記)」(동성기안(桐城奇案)이라고 하기도 한다.)·「진주탑
(珍珠塔)」 등이 있다.
이 부분의 내용은 다음 책의 내용에 의해 정리한다.
육홍비(陸洪非) 편저(編著), 『황매희원류(黃梅戱源流)』, 안휘문예출판사(安徽文藝
出版社), 1985, 1~88쪽.

에 대한 깊은 조예를 가진 사람이다. 전통극으로서의 황매희는 창법과 반주가 고전적인 방식을 그대로 유지하고 있기 때문에 황매희「춘향전」은 개작을 통해「춘향전」을 황매희라는 극형식으로 바꾸어 공연했을 뿐이다. 그럼에도 불구하고 두 주연 배우는 양질의 공연을 통해 이 작품을 상당히 훌륭하게 표현한다.

「춘향전」의 많은 극종의 극본이나 공연에는 시작하는 부분에 많은 처녀들이 같이 나와 즐겁게 노는 장면이 있다. 이런 설정은 대개 백성들의 평화롭고 안정된 삶을 표현하려고 한 것이다. 황매희에는 이런 장면이 없다. 방자와 이몽룡이 먼저 등장하고 광한루의 경치를 구경하다가 이몽룡이 우연히 그네를 뛰는 춘향을 발견한다. 방자를 시켜 불러오라고 하는 참에 춘향이 향단을 데리고 광한루 쪽으로 왔다. 이처럼 시작하는 부분에서 네 사람만이 등장하는 것이다. 황매희에서 여성들은 모두 한복을 입었지만 머리양식이나 다른 면에서 특별히 조선의 문화와 풍속을 강조하지 않았다.

지금까지 살펴본 여러 희곡「춘향전」에서 남녀 주인공 역은 실제로 모두 여성배우가 맡았다. 월극의 경우에는 여반의 전통을 따라 젊은 남주인공을 모두 여성이 맡는다. 조극의 경우에는 여소생(女小生), 곧 여성이 젊은 남주인공을 맡는 전통도 있다. 그러나 이 황매희「춘향전」에서는 이몽룡 역할을 남성배우가 맡아 공연했다. 실제로 남녀주인공을 모두 여성이 맡은 경우와, 각기 남녀가 나누어 맡은 경우, 남녀의 정(情)을 표현할 때 감각의 전달이 다를 수도 있다. 춘향과 이몽

---

94 이 공연의 제작시간을 확인하지 못하다. 영상자료에 2011년으로 되어 있으나 그것은 제작시간이 아니라 영상을 인터넷으로 업로드한 시간이다.

룡이 처음 만날 때 서로 한눈에 반해버리는 순간의 떨리는 감정은 남녀가 각기 맡은 황매희에서 더 강렬하게 표현된다.

내용면에서 황매희 「춘향전」은 월극의 내용을 거의 그대로 수용한 것으로 보인다. 다만 이 공연은 춘향의 요조숙녀 형상을 가장 잘 만들어냈다. 작품의 도입부에서 이몽룡의 명을 받아 방자가 춘향을 부르러 갈 때, 방자가 춘향 앞에 나와 "춘향아"라고 부르자, 춘향은 방자를 향하여 허리를 약간 굽혀 인사하면서 말을 하기 시작한다. 목소리도 상당히 정숙하고 얌전하다. 황매희에서의 춘향은 「춘향전」의 모든 희곡 개작본에서 가장 숙녀다운 숙녀라 할 수 있다. 그리고 춘향 역을 맡은 오경의 연기도 상당히 자연스럽고 세련되었다. 예를 들면 이몽룡이 춘향의 집으로 찾아와 월매에게 백년가약을 허락해달라는 장면에서 월매가 계속 거절하고 이몽룡이 계속 매달리는 부분이 있는데, 월극에는 춘향이 월매의 옆에 앉아 있다가, 자신의 혼인을 의논하는 자리가 너무 부끄러워 머리를 계속 숙이고 있었다. 조극의 경우에는 춘향이 다른 방의 문 뒤에 숨어 얼굴을 조금 내밀고 쑥스러운 표정을 보인다. 이 장면에서 두 극은 춘향의 형상을 구체적으로 묘사하지는 않았다. 그러나 황매희의 경우에는 춘향의 표정이 월매와 이몽룡의 대화의 내용을 따라 계속해서 변하고 있다. 이몽룡이 백년가약을 맺자고 말할 때 춘향의 표정은 아주 부끄럽고, 월매가 춘향의 출신을 장황하게 말할 때 춘향의 표정은 무엇인가를 기대하기도 하고 쑥스러워하기도 한다. 월매가 이몽룡의 부탁을 거절할 때 춘향의 표정은 실망하기도 하고 약간 슬퍼하기도 한다. 다른 극에 비해서 황매희는 배우를 통해 춘향의 심리를 구체적이고 생동감 있게 표현해낸다.

한편, 개작의 과정에서 세부적인 오차가 나타나기도 한다. 오작교

(烏鵲橋)는 조작교(鳥鵲橋)가 되었고, 춘향이 이몽룡에게 준 신물은 지환(指環)이라고 하고 있지만 실제로 보여준 것은 지환이 아니라 중간에 작은 구멍이 있는 원형 옥(玉)이다. 세부적인 것이지만 작품에서 강한 이미지를 지닌 화소라서 변화가 일어나는 경우에는 쉽게 눈에 띈다.

필자는 예극(豫劇)과 평극(評劇)의 공연 자료를 구하지 못했고 극본만 가지고 있다. 극본의 내용을 살펴보면 예극의 경우에는 가필이 하나도 보이지 않을 정도로 월극을 충실하게 이식한다. 그래서 여기서 따로 분석을 할 필요가 없는 것 같다. 평극의 경우에는 월극「춘향전」의 구조를 부분적으로 바꾸거나 내용을 바꾼 것이 있어서 간단하게 살펴보겠다. 우선 월극과 평극의 구조를 대비해 보면 다음과 같다.

월극 극본(1954)		평극 극본(1957)	
第一幕	廣寒樓	第一幕	廣寒樓
第二幕	第一場 : 百年佳約	第二幕	百年佳約
	第二場 : 愛歌與別歌	第三幕	愛歌
		第四幕	別歌
第三幕	一心	第五幕	一心
第四幕	第一場 : 農夫歌	第六幕	農夫歌
	第二場 : 獄中歌	第七幕	獄中歌
第五幕	賦詩	第八幕	團圓

구조와 이야기의 전개에 있어 평극은 월극과 같다고 할 수 있다. 월극과 가장 큰 차이가 있는 부분은 마지막 대단원 부분이다. 이 부분에서 이몽룡은 옥에 가서 춘향을 만났지만 후에 변학도의 생일잔치에는 나타나지 않았다. 작품 속에서 운봉은 변학도의 친구로 등장해 일

부러 생일잔치에 와서 변학도에게 한양에서 어사가 나온 것 같다고 알려주었으나 변학도는 그것을 믿지 않았다. 순창과 곡성은 그 소문에 겁이 나서 가려고 하지만 오히려 변학도의 질책을 당한다. 변학도는 자신의 위엄을 증명하기 위해 춘향을 올려 참수를 명했다. 바로 그때 이몽룡이 출도하여 변학도를 징치하고 춘향을 구출했다. 전체로 볼 때 이몽룡의 어사출도는 상당히 갑작스러운 것이다. 이몽룡이 변학도의 생일잔치에 등장하지 않았기 때문에 "금준미주천인혈(金樽美酒千人血)"이라는 시도 이 평극에서 나타나지는 않았다. 대신에 다음과 같은 내용을 추가했다.

> 書吏 : 啓稟使道, 四鄕百姓爲救春香求見使道。(서리 : 사또께 아룁니다, 사방의 백성들이 춘향을 구하기 위해 사또께 뵙기를 청합니다.)
> 卞學道 : 轟出去!(변학도 : 쫓아내라!)
> 書吏 : 百姓衆多執意不走。(서리 : 백성들이 많아, 모두 떠나가지 않습니다.)
> 卞學道 : 拿鞭子打呀!(벽학도 : 채찍으로 때려라!) (書吏應聲下, 外邊打人聲 : 서리가 명을 받들어 내려가자, 밖에서 백성을 때리는 소리가 들린다.) (102쪽)

완판84장본과 북한창극 「춘향전」, 월극과 월극을 저본으로 한 대부분의 개작본은 모두 이몽룡의 "금준미주천인혈"이라는 시를 통해 관리의 부패상을 폭로하고 사회비판적인 의미를 표현하고 있다. 평극에서는 비록 이몽룡의 이 시가 등장하지 않았으나 위에 인용한 내용을 통해 볼 수 있듯이 더욱 통속적이고 강렬한 방식으로 악한 관리인 변학도의 형상을 표현하고 있다.

한편, 이처럼 이몽룡의 작시에 관한 내용을 삭제한 것은 앞에서 살펴본 2001년 광동조극원의 조극 공연에서도 있었음을 확인했다. "금준미주천인혈"이라는 시는 아주 강열한 사회비판적인 정신이 들어가 있기 때문에 「춘향전」을 통해 사회비판정신을 강조하려면 이 부분의 내용을 쉽게 삭제하지 말았어야 한다. 「춘향전」의 중국 희곡 개작본 중 월극, 1961년 홍콩 신천채 조극단의 공연, 황매희, 그리고 예극은 모두 이 작시 부분을 그대로 차용했다. 그런데 2001년 광동조극원의 공연에서는 이 부분을 아예 삭제했고, 위에 제시한 평극은 다른 방식을 통해 더 강렬한 비판을 표현했다. 이런 다양한 개작방식은 개작자의 개인적인 판단일 수도 있고, 한편으로는 한국에서 「춘향전」의 주제를 다양하게 다루고 있는 것처럼 중국에서도 「춘향전」을 보는 관점이 다양함을 보여주는 것으로 해석할 수 있다. 관중의 입장에서 볼 때 암행어사가 출도하여 변학도를 징치하고 춘향을 구출하는 결과에 비해, 이 결과 이루어지는 과정의 세세한 부분은 중요하지 않을 수도 있다. 일부 개작자도 이런 생각을 가지고 있는 게 아닌가 한다.

이런 개작 외에 이 평극 극본에는 부분적인 가필도 여러 군데 나타나 있다. 우선 대부분의 개작본에서 춘향이 광한루에서 우연히 이몽룡을 만난 후 집으로 돌아온 그 날 밤에 스스로의 심회를 토로하는 노래가 나타난다. 노래의 내용은 대개 경치를 감상하여 세월이 흘러감을 감회하는 것이다. 그런 감회에는 은근히 이몽룡을 생각하는 마음이 있는 듯하나 문면에 드러나지 않는다. 그러나 평극에서는 춘향이 명확하게 이몽룡을 생각하는 마음을 토로하고 있다.

한 젊은 청년을 만났는데

  그 풍채가 참 좋아,   見一位少年公子多風釆,

나더러 화답시를 달라고 하셨는데.   他曾說和詩一首會文才。

그 총명하고 어진 모습이 참 사랑스럽구나. 他那聰明仁厚眞是可愛,

이런 걸 생각하면 달을 보고 쑥스럽고,   想到此羞羞答答對月徘徊,

나의 심사는 쉽게 못 풀리겠네.   我的心事就難解開。

(14~15쪽)

  이몽룡의 풍채를 생각하면서 남몰래 품은 정을 토로하는 부끄러운 처녀의 마음이 직접적으로 그려지는 것이다. 이렇게 이몽룡을 몰래 생각하면서 솔직하게 마음을 토로한 표현은 경극에서도 나타났다.[95] 이렇게 마음을 직접 표현하는 춘향의 형상은 개성이 분명하고 사랑에 대해 주동적인 면도 있음을 보여주었다.

  한편, 춘향은 변학도의 생일날에 바로 죽음을 당할 것이고, 이몽룡은 아직 캄캄 무소식인 상황에 월매가 옥에 가서 춘향을 만나는 부분에서, 대부분의 개작본은 월매가 춘향에게 미음과 평소에 가장 좋아하는 옷을 갖다 주고, 딸의 신세를 불쌍히 여겨 슬피 우는 와중에, 이몽룡이 감옥으로 찾아오는 식으로 되어 있다. 이중 평극에만 월매가 춘향의 머리를 빗어주면서 슬픈 심회를 토로하는 내용이 있다.

---

95 久聞得那李夢龍文釆風流, 今日一見果然是才貌雙全。哎, 他乃是官宦人家的子弟呀。—看他雖是使道的公子, 卻與那些輕浮的兩班不同。哎, 這與我女孩兒家何干哪。(이몽룡이 문장 좋고 풍류를 안다는 말은 들은 지 오래 되었는데, 오늘 직접 보니 과연 재주와 용모에 빠지는 것 없구나. 아아, 그는 벼슬하는 양반집네 자제라. —그를 보니 아무리 사또의 자제라지만, 다른 경박한 양반자제들과는 달라 보이는데⋯ 아이고, 나 같은 계집과 무슨 상관이 있겠느냐~).(춘향이 스스로 중얼거리는 말) 경극 「춘향전」 극본, 12쪽.

머리를 빗으면서 탄식하니	一面梳一面想,
이 불쌍한 내 딸이 곧 형장에 갈 것이여	可憐女兒不久就要上刑場。
이후에 머리도 다시 못 빗어주겠네	梳一下少一下,
가련한 내 딸, 머리는 길지만 명은 짧구나.	嘆女兒青絲長長命不長。
모녀가 의지하면서 십구 년을 살아왔는데	母女相依十九載,
이런 화를 당하리라고 그 누가 알았으랴.	誰知大禍從天降,
이제 황매보다 청매가	
먼저 떨어지게 생겼으니	眼看是黃梅不落青梅落,
이 내 마음은 칼로 찌르는 듯하네.	好似鋼刀攪心腸。

딸의 머리를 빗어주는 행동은 원래 모녀의 친밀감을 보여주는 행복한 표현이었는데 이런 행복한 일을 통해 이별의 의미를 표현하여 비애의 정도가 한층 더 높아졌다. 딸을 먼저 보내야 하는 어머니의 비참한 마음도 상세하게 표현하고 있다.

이상 「춘향전」의 중국 희곡 개작본에서 월극·경극·조극·황매희·평극의 개작양상을 간단하게 살펴보았다. 각 개작본의 양상은 「춘향전」의 풍부한 이본을 연상시킬 정도로 다양하다. 구조와 사건의 전개에 있어 모든 개작본이 모두 「춘향전」의 큰 틀을 따르고 있으나 구체적인 개작양상에 있어 월극을 충실하게 이식한 극종이 있는가 하면 크게 가필한 극종도 있다. 예극은 전자에 속한 것이고 조극, 특히 홍콩 신천채 조극단의 공연은 후자에 속한 것이다. 개작본들이 보여주는 이런 다양성은 「춘향전」의 개방성과 유동성의 표현으로 볼 수 있기도 한다.

6. 「춘향전」의 중국어 희곡 개작의 한계와 의의

앞에서도 지적했듯이 「춘향전」의 중국 희곡 개작본은 1950년대에 집중적으로 공연된다. 첫 공연이 아닐 수도 있지만 김장선의 정리에 의하면 월극과 경극은 1954년, 황매희와 평극은 1955년, 월극(粵劇)은 1956년에 공연했다.[96] 그 외에 조극(潮劇)도 1956년에 공연했다. 당시 공연의 영상자료를 현재로선 거의 찾아볼 수가 없고, 당시에 영상자료를 남겼는지도 확인할 수가 없다.[97] 현재 찾아볼 수 있는 영상자료는 대부분 1980년대 이후의 자료들이다. 본고에서 연구대상으로 삼은 영상자료로는 월극의 경우 1983년·서옥란·왕문연의 공연자료와 2006년 왕지평과 진나군의 공연자료, 조극의 경우 1964년 홍콩 신천채 조극단의 공연자료와 2001년 광동조극원 이단의 공연자료가 있으며, 황매희도 2000년 후의 자료인 것 같다. 시간상으로 볼 때 이런 자료들은 모두 1950년대 당시의 공연 자료는 아니지만 1950년대 공연을 계승한 것으로 보는 데 큰 무리가 없을 것이다. 극종과 공연시기가 각기 다르기 때문에 공연양상도 상당한 다양성을 보여준다.

희곡의 종류, 곧 극종에 있어 중국에서 크고 작은 극종은 300여 종에 달한다고 한다. 지역마다 문화와 풍속이 다르고, 대중들이 익숙하게 느끼는 창법과 공연 형식도 다르기 때문에 많은 희곡이 그 지역의

---

96 김장선, 앞의 책, 67~69쪽.

97 김장선의 자료에 의하면 유성기음반이나 카세트테이프 자료는 작품의 전체를 녹음한 것이 아니고 대부분 사랑가나 이별가와 같이 유명한 대목만을 녹음한 것이다. 영상자료로 작품 전체를 녹화한 VCD나 DVD는 거의 모두 1990년대 이후에 제작한 것들이다.

김장선, 앞의 책. 유성기 음반에 관한 자료는 200~201쪽, 카세트테이프에 관한 자료는 208~209쪽, VCD나 DVD에 관한 자료는 220~223쪽에서 있다.

사투리로 공연되고 각각 나름의 지역적인 예술성을 가지고 있다. 통속성은 모든 극종의 공통적인 특징이라 할 수 있지만 세부적으로는 극종마다 또한 나름의 독특한 취향을 가지고 있기도 한다. 앞에서 살펴본 것과 같이 월극은 문인적인 경향을 강하게 내포하고 있으며, 조극은 상대적으로 서민적인 경향이 더 강하게 나타난다.

한편, 현대에 들어와서는 표준어(普通話)의 보급과 대중매체의 발달로 인해 지방극이 갈수록 지방색을 잃어버리고 있고 복색이나 동작이 갈수록 유사성을 갖기 시작하며 언어도 표준어로 사용하는 경향이 보인다. 극종간의 유사성이 갈수록 심화된 것은 대부분의 극종들이 모두 곤곡(崑曲)이나 경극같이 역사가 오래되고 예술적인 완성도가 높은 극종을 적극적으로 배우기 시작했기 때문이며, 지방의 사투리가 아니라 표준어로 공연을 한 것은 젊은 사람들이나 그 지역의 사람이 아닌 관중들은 사투리를 알아듣지 못하기 때문이다. 이런 과정에서 극의 예술적인 기반을 탄탄하게 세우지도 못한 채 맹목적으로 경제적인 이익만을 추구하는 극단도 많이 생겨났다. 때문에 극단의 레퍼토리와 공연의 질이 상당히 난잡해지는 현상이 발생한다. 이런 변화는 최근 몇 십 년 사이에 일어난 것이라 할 수 있다. 1950년대와 그 이전의 중국 희곡은 전통적인 것을 많이 보존하고 있었으나, 1966년 시작된 문화대혁명은 전통적인 것을 많이 파괴했다. 전통 희곡의 회복은 대개 1980년대에 들어서 뒤의 일이었는데, 대중매체의 급속한 발전으로 인하여 전통적인 예술은 공연시장을 유지하지 못하고 갈수록 경영상의 어려움에 빠지게 된다. 1950년대 이전에 공연을 통해 거대한 부를 적축할 수 있었던 전통 희곡 극단들이 1980년대 이후 국가의 지원을 의지해서야 운영을 지속할 수 있는 지경으로 전락한다. 이런 상황은 같은 전통 공연예술인 한국의 판소리도 비슷하게 겪었다고 할 수 있다.

「춘향전」의 중국어 희곡 개작본이 중국에서 공연된 시기는 바로 이 1950년대와 그 이후의 시기이었다. 중국 전통 희곡은 1950년대 지방극의 특징을 유지했다가 1980년대에 들어간 이후 전통과 현대 사이에서 배회하는 시기를 거치며 점점 유사성을 보이기 시작한다. 이런 유사성은 극종간의 영향으로 인하여 일어나는 형상이라 할 수 있지만, 이런 영향은 평등한 위치에서 일어나는 수평적인 교류 차원에서의 영향이 아니라, 예술적인 완성도가 상대적으로 낮은 극종이 완성도가 상대적으로 높은 극종을 적극적으로 배우는 방식을 취하고 있다. 이런 현상은 앞에서 살펴본 월극의 발전과정에서도 확인했는데 이는 한 극종이 스스로의 발전을 위해 취하는 적극적인 태도라 할 수 있다. 그런데 이런 과정은 다른 극종의 우수한 점을 흡수하면서도 자신의 특색을 발전시키거나 새롭게 창출해내는 방식의 결과를 필요로 한다. 그렇지 못하면 자신의 지역적인 특징을 잃어버리게 될 것이고, 지방극으로서의 가치가 사라지게 될 위험성도 있다.

「춘향전」의 중국 희곡 개작본은 이런 시대상황 속에서 중국에서 공연되고, 1950년대 이후 중국 전통 희곡의 발전과정과 궤를 함께 하며 현재까지 이어져 내려왔다. 전체적으로 볼 때 「춘향전」의 중국 희곡 개작본들은 내용과 공연양상의 면에서 모두 상당한 다양성을 가지고 있다. 이런 다양성은 지방극의 각기 다른 특징에서 나온 것이기도 하고, 공연시기가 달라서 나온 것이기도 하다. 앞에서도 말했듯이 지역마다 희곡의 성격과 창법이 다르고 그 지역의 관중들이 희곡을 감상하는 방식도 다르다. 그래서 「춘향전」 개작본들의 다양한 양상에 대

해 어떤 한 가지 기준으로 그들의 예술적인 가치나 문화적인 수준을
평가하는 일은 상당히 어렵다. 하지만 그렇다고 해서 예술적인 면에
서 이런 개작본들 간에 우열이 없다는 것은 아니다. 전체적인 이야기
의 전개에 있어 전후의 일관성을 잘 유지하고 있는지, 배우들이 자신
이 맡은 인물의 사상과 감정을 자연스럽고 진실하게 표현해 내는지,
음악과 창이 이야기의 전개에 잘 어울리는지 등의 문제가 모두 작품
의 표현의 우열을 평가하는 기준이 될 수 있다. 평가할 수 없는 것은
각 극종의 지역적 특징과 창법의 특색이다.

「춘향전」의 중국 희곡 개작본의 이런 다양성은 1차적으로 중국의
많은 지역에서 「춘향전」이 넓게 전파되어 있고, 중국의 많은 관중들
이 희곡을 통해 이 작품을 알게 된다는 것을 의미한다. 「춘향전」의
중국 희곡 개작본의 1차적인 의의도 여기에 있다. 다음으로 중국의
관중들이 이 작품을 통해 고대 조선인민의 정신을 알게 된다는 점도
「춘향전」의 희곡개작본의 중요한 의의라 할 수 있다. 단, 이런 '정신'
의 실체는 시대의 변화에 따라 달라질 수도 있다. 1950년대에 「춘향
전」을 개작할 당시에는 이 작품의 주제를 "한 조선 여성이 봉건통치
자와 맞서 싸우는 이야기를 통해 조선인민들의 온유하면서도 강직한
성격을 찬송하고, 인민들의 의지는 그 어떤 폭력으로도 정복할 수 없
다는 진리를 제시해주고 있다."로 보았다. 이런 주제는 국가 차원에서
의 정치적인 의도에서 나온 것이라 해야 한다. 1960년대 이후 북한에
서 창극 「춘향전」의 계급투쟁 성격의 강화도 이런 정치적인 의도의
산물이라 할 수 있다. 북한과 달리 중국에서는 1980년대 이후 공연된
「춘향전」에서 사랑이라는 주제가 더 부각되는 경향이 보인다.

「춘향전」의 중국 희곡개작본의 다양성은 북한과 한국에서 다른 음

악극의 형식으로 「춘향전」을 개작하는 과정에서 발생한 다양성과 성격이 상당히 다르다는 점에도 주의를 기울일 필요가 있다. 이런 다양성은 모두 작품에 대한 이해의 차이에서 비롯된 것이지만 문화적인 기반 또한 상당한 차이를 보인다. 말하자면 북한과 한국은 「춘향전」의 고향이고, 「춘향전」의 든든한 문화·사회적인 기반이 있다. 그래서 아무리 독특한 개작이라 해도 대개 「춘향전」이라는 큰 틀 안에서 해석될 가능성이 있을 것이다.[98] 그러나 중국에서 「춘향전」은 외국작품이다. 소재에 있어 중국의 많은 전통 희곡작품과 비슷하지만 세부적인 문화·사회적 기반이 상당히 다르다. 중국에서 「춘향전」의 개작본이 지니는 다양성은 언제나 이야기에 대한 이해와 표현의 차원에서의 다양성일 뿐, 한국에서처럼 든든한 문화적 기반 위에서 일어나는 다양성이 아니다.

한편, 소설 번역본의 질이 번역자의 능력에 따라 달라질 수 있는 것과 마찬가지로 공연예술인 희곡의 질은 배우의 표현능력에 따라 달라질 수 있다. 번역의 경우에는 번역자 한 개인의 능력이 역본의 질을 결정할 수 있지만 종합적인 공연예술인 희곡은 단체인 한 극단 공통의 노력과 조합을 필요하다. 월극이 다른 극종에 비해 가장 완성도 높은 「춘향전」을 공연할 수 있었던 것은 월극의 성격 때문이라기보다 월극 극단이 이 작품에 가장 많은 투자를 했기 때문이라고 하는 것이 더 타당할 것 같다. 이런 투자는 상관자료에 대한 연구, 작품의 내용에 대한 연마, 배우 자신의 능력 향상, 공연을 적극적으로 추진하는

---

98 영화 〈방자전〉은 이에 해당하는 사례라 할 수 있다. 〈방자전〉은 「춘향전」에 대한 심한 개작임에도 불구하고 여전히 「춘향전」의 큰 틀 안에서 사건의 발생과 발전이 이뤄지고, 결말 또한 나름대로 해석의 합리성을 지니고 있다.

것 등 다방면에서의 투자를 포함한다. 물론 1953년 당시에 국가적 차원에서 월극 「춘향전」의 개작을 적극적으로 추진한 것은 사실이다. 그러나 그런 외부적인 요소보다는 월극 극단의 끊임없는 노력이 더 중요하다고 해야 한다. 1980년대부터 각 지역의 지방극은 대부분 국가의 후원을 받아 운영되고 있었는데 이런 상황에서도 여전히 공연수준의 차이가 있다는 것은 다른 외부적인 원인보다 각 극종의 내부적인 문제에서 그 원인을 찾아봐야 함을 말해준다.

　희곡은 한 극단의 단체 공연이지만 공연 과정에서는 여전히 주연의 역할이 가장 중요한 부분이라 해야 한다. 앞에서 살펴본 황매희 「춘향전」은 월극 「춘향전」 못지않게 예술적인 완성도가 상당히 높은 작품이라 할 수 있다. 전통극으로서의 황매희는 창법과 반주가 고전적인 방식을 그대로 유지하고 있기 때문에 개작을 통해 「춘향전」을 황매희라는 극 형식으로 바꾸어 공연했을 뿐이다. 그럼에도 불구하고 두 주연 배우는 양질의 공연을 통해 이 작품을 상당히 훌륭하게 표현한다. 두 주연은 모두 유명한 배우로서 황매희에 대한 조예가 상당히 깊었기 때문이기도 하나 그 이면에는 황매희 자체의 예술적인 완성도도 중요한 기반으로 작용하고 있다. 이를 판소리로 비유하자면 상당한 실력을 가진 명창이기에 그다지 익숙하지 않은 작품이더라도 어느 정도 훌륭하게 공연할 수 있는 것과 유사하다.

　종합적으로 볼 때 「춘향전」의 중국 희곡 개작본은 「춘향전」이 중국으로 진입하고 전파되는 과정에 있어서 중요한 영향력을 발휘했다. 많은 중국 관중들이 희곡 공연을 통해 「춘향전」이라는 작품을 알게 되었다. 처음부터 의도한 것이 아니었지만 「춘향전」은 북한과 한국문학이 중국에서 전파되는 일에 일조했다고 할 수 있다. 한편, 앞에서도

지적한 바, 중국 관중들이 아는 「춘향전」은 북한과 한국에서 보편적
으로 알려져 있는 그 「춘향전」과는 거리가 있는 것이다. 북한과 한국
에서 「춘향전」의 내용과 표현형식의 개방성, 유동성, 주제 해석의 다
양성 등은 늘 「춘향전」의 수많은 이본과 창본이 존재하는 이유로 거
론되고 있지만, 「춘향전」이 발생하고 발전해 온 사회·문화적 기반이
쉽게 변하는 것은 아니다. 다시 말하자면 북한과 한국에서 「춘향전」
은 일정한, 그리고 잘 변하지 않는 단단한 기반 위에 존재하고 있다.
「춘향전」의 진정한 의미를 이해하려면 작품의 사회·문화적 지식으로
부터 이해의 기반을 마련해야 한다. 이런 기반이 있어야 「춘향전」의
진정한 모습을 이해하고, 이해의 기반 위에서 작품을 절실하게 표현
할 수 있을 것이다.

Ⅳ. 「춘향전」의 중국어 번역 및
개작의 문화적 저변

앞에서 중국에서 「춘향전」의 번역과 개작의 양상을 살펴보았고, 번역과 개작에 관한 주변의 상황과 기타 외부적인 요소의 영향들에 대해도 어느 정도 검토해보았다. 본 장에는 「춘향전」의 번역과 개작에 대해 문화적인 차원에서 그 의미를 정리하고자 하다.

1. 번역 및 개작에서의 문인적인 특징

지금까지의 내용에서 번역자의 능력에 대해 거듭 강조한 바 있다.[1]

---

[1] 앞의 텍스트 분석에서 번역자의 역할과 능력을 거듭 강조했지만 아직 희곡 개작자들에 대한 고찰을 하지 않았다. 이는 북한의 창극 「춘향전」이 이미 극본의 성격을 지니고 있었고, 극본의 번역은 다른 번역자들이 했으며, 희곡 개작자들의 역할은 번역된 극본을 중국 전통 희곡의 형식을 맞추어 개작한 것이라서 개작자들의 작가적인 역할이 뚜렷하지 않기 때문이다. 물론 필자는 개작의 과정에서 대사나 노랫말을 다듬고 더 잘 표현할 수 있는 형식으로 만들어낸 개작자들의 역할을 부정하지는

작품의 문인적인 경향도 몇 번 언급한 바가 있었다. 여기서는 번역자와 개작자가 공통적으로 지니는 문인적인 경향이 번역과 개작에 끼친 영향을 검토하고자 한다. 이런 경향은 번역자나 개작자의 개인적인 경향이 아니라 그들이 문인으로서 가지는 집단적인 특징을 말하는 것이다.[2] 문인적인 경향은 상당히 풍부하고 복잡한 내부적인 사항들을 포함할 수 있는데 본 절에는 음률을 잘 모르는 것, 재자가인형식의 이야기에 익숙한 것, 문언문(文言文)을 선호하는 것과 이로 인해서 해학적인 내용을 잘 표현해내지 못하는 것 등을 중심으로 검토하기로 한다.

우선 형식적인 것부터 살펴보자면 소설 번역본에 한정하여 봤을 때 음악성이 강한 표현을 만들어내는 능력의 부족은 번역자들이 공통적인 특징이라 할 수 있다. 이는 그들이 완판84장본에서 나오는 많은 노래들을 대부분 한시의 형식으로 번역해내는 지점에 잘 드러나 있다. 일반 문인들이 음악에 대한 지식이 부족하다는 문제와, 이런 부족함이 문학에 끼친 영향의 문제는 중국 문학사에서 하나의 흥미로운 화제이다. 앞에서도 간단하게 언급한 바 중국의 음악성을 띠는 장르

않는다. 단, 개작자들이 작품의 내용이나 주제에 대한 어떤 질적인 영향까지 끼치지 않은, 다시 말해 어느 정도의 작가적인 역할을 발휘하지 않았다는 것을 강조하고 싶다. 월극의 편극(編劇, 극작가) 장지(莊志)가 북한 창극 「춘향전」을 월극으로 개작한 후에 다른 극종의 극단들이 월극의 극본을 그대로 가지고 쓴 것을 통해서도 이 문제를 이해할 수 있다. 희곡 개작자들이 비록 작가로서의 능력을 많이 발휘하지는 않았지만 그들의 창작습관이나 전통 희곡에게 대한 일반적인 인식 또한 개작에 영향을 끼칠 수 있다. 「춘향전」의 중국 희곡 개작본이 원작과는 달리 처음부터 재자가인식의 스토리로 변하게 된 것은 개작자들의 역할이 적지 않았을 것이다.

2 번역자이든 개작자이든 「춘향전」을 중국의 독자와 관중들에게 소개해 주는 중개자는 문인들이다. 문인이라는 호칭은 일면 중세적인 것처럼 보이지만 근대에 들어와 문학과 관련된 일을 종사하는 사람들 역시 문인이라 할 수 있다.

의 발전은 대개 당시(唐詩) → 송사(宋詞) → 원곡(元曲) → 명전기(明傳奇, 戲曲)의 순서로 진행되어 왔다. 이런 장르의 변화과정에서 갈수록 음악성이 강해지는 것을 하나의 특징으로 들 수 있다. 이 과정에서 문인들의 역할이 다분히 파괴적인 것은 흥미로운 문제이다. 이 문제는 사(詞)의 발전과정에서 가장 잘 표현되어 있다. 사(詞)는 오언이나 칠언의 고정된 형식을 지니는 시(詩)가 잘 표현할 수 없는 섬세하고 곡절한 감정을 잘 표현할 수 있기 때문에 많은 문인들의 사랑을 받고 송나라에 이르러 전성기를 맞았다. 여기서 주의할 것은 초창기의 사(詞)가 읽거나 읊는 것이 아니라 창(唱)으로 부르는 것이라는 점이다. 그러나 절대 대다수의 문인들은 음률을 잘 모르면서도 사(詞) 짓기를 좋아하여 음률의 문제를 외면하고 사(詞)를 지었다. 그래서 그들이 지은 사(詞)는 부를 수 없는 것이 되었고, 결과적으로 부르는 것이 아니라 읽는 것이 되었다.[3] 이런 문인창작의 '파괴' 아래에서 사(詞)는 결국

3　이 문제를 가장 잘 보여주는 사람은 소동파(蘇東坡, 1037~1101)이다.
　『墨客揮犀』曰, "蘇子瞻自言平生有三不如人, 謂着棋·吃酒·唱曲也。故詞雖工而多不入腔, 正以不能唱曲耳。"
　(『묵객휘서(墨客揮犀)』에 기록하기를, "소동파는 스스로 평생 남들보다 못한 것이 세 가지 있다고 한다. 곧 박두 두기·술 마시기·곡(曲) 부르기이다. 그래서 그가 지은 사(詞)는 비록 공교하지만 대부분이 음률에 부합하지 않아서 노래로 부를 수는 없다. 이는 곧 곡(曲)으로 부를 수가 없다는 것이다.)
　이수광(李晬光), 『芝峯類說』卷十四, 文章部七.
　소동파가 음률을 잘 모르기 때문에 지은 사를 노래로 부를 수 없다는 것은 송나라 사의 성격 변화에 있어 아주 중요한 의미를 가진다. 『묵개휘서』에는 소동파가 스스로의 박두두기·술, 그리고 창사(唱詞)가 남들보다 못하다고 한 기록이 있다. 곧 그가 스스로 음률을 잘 모른다고 인정했음을 의미한다. 그럼에도 불구하고 소동파는 사를 짓는 것을 좋아하여 수많은 작품을 남겼다. 그리고 그의 사 작품에서 의경(意境)이나 지향, 정서 등은 모두 당시와 후대의 문인들에게 높은 평가를 받았다. 그는 음률을 잘 모르기 때문에 작품의 음악성이 아니라 문학성을 높이는 데에 더 주력했다. 그래서 사람들은 소동파의 사를 평할 때 늘 의경이 훌륭하다거나 문채가

처음의 음악성을 잃게 되고, 갈수록 부를 수 없는 것이 되었다. 「춘향전」의 번역자들이 음률을 잘 모르는 것은 옛날에 중국의 문인들과 마찬가지이다. 대부분의 고대 문인들은 음률을 잘 모르지만 운자를 잘 맞추고 시(詩)나 사(詞)를 짓는 능력을 두루 갖추고 있었다. 그래서 그들이 지은 시(詩)나 사(詞)는 곡으로 부를 수가 없다 하더라도 읽을 때 어느 정도의 리듬감을 느낄 수 있다. 이런 면에서 현대의 문인들은 고대 문인들보다 훨씬 못하다.

한편, 한시가 과연 「춘향전」에 나타나는 노래를 표현하는 데 적절한 방식인지를 검토하는 과정에서 언급했듯이 표현의 형식도 문제이지만, 형식보다 그 내용이 더 중요하다. 오언이나 칠언이라는 고정적인 형식으로도 통속적인 백화문 성격의 내용을 표현할 수 있다. 문제는 대부분의 번역자들이 통속적인 백화문보다 장중한 문언문(文言文)을 더 선호한다는 점이다. 대부분의 번역자들은 문언을 선호하면서도 운자를 잘 맞추어 리듬감을 만들어내는 능력이 부족하다. 그럼에도 불구하고 어색함을 감수하면서까지 문언을 사용한다. 그 결과 그들이 번역한 노래들은 문학적인 미감도, 음악적인 리듬감도 모두 빈약할 수밖에 없다. 그런 번역은 결국 원작 문체의 음악적인 성격을 유지시키지 못하고 모두 사라지게 만들었다. 물론 원작의 문체가 아무리 음악적인 성격이 강하다 하더라도 소설은 부르는 것이 아니라 읽는 것이다. 그러니 번역자들에게 음악적인 지식이 없다 하더라도 오언이나 칠언의 단조로움을 조금 변화시키거나 이해하기 쉬운 통속적인 백화

뛰어나다고 한다. 그의 사를 노래로 부를 수 없다는 문제에 특별히 관심을 둔 사람은 많지 않았다.

문을 적극적으로 사용하였다면 보다 적절한 방식으로 원작의 가(歌)를 표현할 수 있었을 것이다.

한편, 전통 희곡 개작본이 보통 「춘향전」을 재자가인식의 이야기로 개작한 것도 개작자들의 문인적인 경향의 표현으로 볼 수 있다. 이런 문인적인 경향은 다분히 문학적인 관습에서 유래한 것이다. 앞에서 월극의 장르적 성격을 검토하는 부분에서도 지적했듯이 월극의 여러 특징, 배우들의 형상, 창법, 춤동작 등은 모두 재자가인의 사랑 이야기를 표현하는 데 아주 적합하다. 월극의 유명한 대표작들이 모두 재자가인식의 사랑 이야기에 관한 것이라는 것도 이와 관련이 있다. 장지(莊志)나 개작에 참여한 다른 사람들은 월극의 이런 표현방식과 월극의 대표적인 작품의 내용을 상당히 익숙하기 때문에 「춘향전」을 개작했을 때 무의식적으로 작품을 이런 방향으로 개작했을 가능성이 상당히 높다. 실제로 1954년 북한 창극 「춘향전」에서의 춘향의 인물형상에는 여전히 발랄한 면이 있다. 이몽룡이 방자를 시켜 춘향을 부르는 행동자체가 춘향에게 대한 실례한 것이기 때문에 춘향은 기분이 나빠지고, 그래서 방자에게 화를 내는 것은 당연한 일이 된다. 그러나 후에 나온 월극이나 황매희의 춘향은 갈수록 요조숙녀로서의 성격이 강화되고 언제 어디서든 예절을 지키며 바른 행실을 중시하는 형상으로 개작되었다. 이런 변화는 개작자들의 집단적인 인식의 투영이라 할 수 있다. 개작자들에게 여성 인물(춘향)이 요조숙녀답게 행동해야 한다는 관습적인 인식을 가지고 있었기 때문에 자연스럽게 춘향을 그렇게 만들어냈다는 것이다. 소설 번역본과 희곡 개작본에서 여러 방식으로 춘향의 신분을 향상시키는 것도 이런 맥락에서 이해할 수 있는 문제이다.

한편, 소설 번역본이든 희곡 개작본이든 원작에 나타난 골계와 해학이 제대로 표현하지 못한 점도 번역자들의 문인적인 경향과 무관하지는 않다. 작품분석을 통해서도 확인했듯이―비록 성공적으로 실천시키지는 못했으나―모든 번역자들은 「춘향전」을 고대 중국어로 번역해야 한다는 인식을 가지고 있었으며, 작품의 고전적인 정취를 표현하기 위해 나름대로 노력했다. 이런 인식과 노력은 곧 번역자들의 문인적인 경향의 표현이라 할 수 있다. 고대 중국어, 특히 문언문은 오랫동안 정통문학의 언어로 사용되어 왔기 때문에 장중하고 우아한 문장을 선호한다. 문언문으로 쓰인 작품에서 골계와 해학적인 내용이 거의 나타나지 않는 것은 이 때문이다. 문언문이라는 문장형식자체가 골계와 해학적인 내용을 표현하기에 적절하지 않은 것이다. 번역자들이 문체나 문장형식에 대해 크게 고민하지 않은 것으로 보이지만, 그들의 잠재적인 인식에 문인적인 경향이 스며들어 있고, 이런 경향이 번역본의 문체와 표현방식에 영향을 끼친 것으로 보인다.

한편, 한시에 대한 치중과 춘향을 요조숙녀로 만들어내는 그들의 '관습'을 통해도 알 수 있듯이 그들에게는 활발한 언어표현능력과 다양한 사유방식이 다소 결여되어 있다. 물론 「춘향전」은 집단창작으로 만든 작품이고, 각양각색의 문체와 표현이 섞여 독특한 맛을 내는 작품이므로 모든 맛을 적절하게 표현해내는 것이 상당히 어렵다는 것은 사실이다. 번역자나 개작자의 식견이 아무리 넓다고 해도 한 개인이 가지는 한계가 있기에 「춘향전」의 많은 특징들을 두루 표현해내는 것은 쉬운 일이 아니다. 그들이 갖고 있던 원작에 대한 이해의 정도도 번역과 개작 과정에 많은 영향을 끼쳤다. 뿐만 아니라 표현의 수준차이도 고려해야 할 것이다. 하지만, 원작의 다양한 맛을 제대로 이해하

고 적절한 표현으로 재현하려는 노력 자체가 완전히 불가능한 것은
아닐 것이다. 그럼에도 그들은 원작이 보여주는 민중의 통속적이고
발랄한 언어와, 저속하기도 하고 방자하기도 한 인물형상에 익숙하지
않았기 때문에 번역과정에서 이런 측면을 충분히 고려하지 않았고,
결국 골계적이고 해학적인 다양한 표현들을 모두 소박하게 번역해낸
다.[4] 이는 그들이 자신의 일반적인 문인으로서의 한계에서 쉽게 벗어
나지 못했음을 보여주는 것이라 할 수 있다.

어떤 경우에는 그들이 원작의 의미를 잘 알면서도 적실하게 표현하
지 않았다. 이 문제를 가장 잘 설명할 수 있는 사례는 성적인 표현들
이나 저속적인 표현에 대한 소설역본의 번역이다. 완판84장본에서
첫날밤 사설과 이어지는 사랑가 부분을 '황색소설'(윤세평)이나 '음탕
교과서'(이해조), '성인소설'(송성욱)로 보는 학자가 있다. 번역자들이
그런 내용을 이해할 수 없는 것은 절대 아니다. 그러나 그들의 번역문
에서는 원작의 농밀한 육정적인 표현을 찾아보기 힘들다. 번역자들이
중국어로 그런 내용들을 적실하게 표현하지 못했다기보다는 그렇게
하지 않았다고 보는 것 더 타당할 것 같다. 문인으로서 그들이 자신의
손으로 그런 표현을 쓰는 것을 꺼리는 심리가 있었을 가능성도 있기
때문이다.

번역자와 개작자들의 문인적인 경향은 중국에서의 「춘향전」 번역
과 개작 과정에서 큰 방향을 정해주었다. 번역자와 개작자의 집단적
인 경향이 중국에서 「춘향전」이 그렇게 번역되거나 개작될 수밖에 없

4　이몽룡이 아버지에게 저지르는 불경한 행동과 언사, 목낭청의 인물형상과 사또와의
　대화, 방자가 어사를 알아보지 못한 상황에서의 대화, 어사출도 후에 관리들의 낭패
　상 등의 부분에 대한 번역이 이 문제를 설명할 수 있는 좋은 사례들이다.

는 특정한 방향성을 결정해주었다는 것이다. 번역자와 개작자의 개인적인 능력은 작품의 세부적인 내용의 번역·개작 수준을 결정했는가 하면 그들의 집단적인 경향은 작품의 기본적인 번역·개작 방향을 결정해주었다고 할 수 있다.

2. 문화적인 요소의 해체와 재결합

창극과 판소리의 관계를 검토한 부분에서 필자는 창극이 판소리에 대한 계승이자 해체라고 한 적이 있다. 여기서 해체라는 말은 원래의 고정된 형식을 그대로 유지할 수 없을 때 그것을 분해시킨다는 의미로 사용한 것이다. 판소리에서 창극으로, 다시 창극에서 중국의 전통 희곡으로 개작하는 과정에서 이런 해체가 끊임없이 반복하고 있다. 해체를 통해 분해된 문화적인 요소들은 다른 방식으로 재결합함으로써 새로운 형식으로 다시 태어난다. 필자는 이런 과정을 해체와 재결합의 과정이라 보려고 한다. 말하자면 창극은 판소리의 문화적인 요소를 해체시키고, 해체된 요소들이 다른 방식으로 재결합하여 비로소 창극이라는 새로운 형식으로 재탄생하는 것이다. 판소리로 예를 들면 판소리라는 예술형식을 구성한 문화적인 요소는 고수, 일인창, 우조나 진양조 같은 판소리의 독특한 창법, 판소리의 공연현장인 판 등이 있다. 이런 요소들은 판소리가 창극으로 변모하는 과정에서 해체되고, 다시 창극을 구성하는 다른 문화적인 요소가 되어 재결합되었다. 구체적으로 말하자면 고수는 고의 반주를 유지하지만 다른 악기가 추가되면서 유일한 반주자의 자리를 잃게 되고, 다만 반주의 일부로 존재하는 것이다. 일인창은 많은 배우들이 역할을 나누는 방식으로 해체되고, 판소리의 창법은 형식을 유지하면서도 점차 내적인 미학적 의미를 바꾸어 가고 있다. 판은 신식 무대로 대신하게 되었다. 이런 해체의 과정에서 판소리의 문화적인 요소들 중 일부는 새 장르에서 여전히 어느 정도로 유지되거나 재현될 수 있지만 월래의 예술적·미적인 의미를 많이 달라질 수밖에 없다. 일부는 해체와 재구성의 과정에서 영원히 사라지기도 한다.

판소리가 창극으로 변해가는 과정과 창극이 중국 전통 희곡으로 변해가는 과정에는 유사한 면도 있고 상당히 차이를 보이는 면도 있다. 유사한 면은 연행방식·무대설치·관중들의 구성 등이 변화하고 있다는 것이고, 차이를 보이는 면은 창극과 판소리 사이에 관중층의 변화가 있기는 하지만 관중들이 모두 한국 사람이라는 것과 달리, 중국 전통 희곡과 창극의 경우 관중이 변화한 만큼 언어·문화 배경·풍습·관중들의 수용심리 등이 모두 다르다는 것이다. 그래서 문화적인 요소의 해체와 재구성의 측면에서 중국 전통 희곡으로 개작되는 과정은 해체의 정도가 더욱 심하다. 창극에서 여전히 판소리의 운치를 볼 수 있는 것과 달리 월극에서는 판소리의 구성요소들을 찾아보기 어렵다.

연극에 있어 다른 나라의 언어와 극형식으로 개작되면 형식의 변화는 필연적인 것이라 해야 한다. 연극은 단순한 음악이나 춤과 달리 실제적으로 구체적인 이야기를 서술해야 하기 때문에 언어가 필수조건이고, 관중층의 언어로 연극할 때 관중층이 익숙한 형식을 취해야 한다는 점도 피할 수 없는 문제이다. 전통적인 연극의 경우에는 더욱 심하다. 예를 들면, 판소리에 있어 소리는 가장 중요한 구성요소이다. 30년의 수련을 거쳐서야 명창이 될 수 있다는 많은 명창들의 일화를

통해서도 '득음'의 과정이 얼마나 혹독한지를 짐작할 수 있다. 평조·
우조·계면조라는 조(調)나 중모리·자진모리·휘모리 등의 장단은 판
소리의 독특한 음악적인 특징이기 때문에 다른 나라의 음악사에서 찾
기 힘든 음악 양식이다. 실제로 판소리의 독특한 창법은 한국에서도
소수의 판소리 애호자들만이 그 묘미를 터득할 수 있으며, 판소리를
즐겨 듣거나 그 묘미를 온전하게 즐기는 일반인은 많지 않다. 이렇듯
독창적이기 때문에 중국에 들어간 이후에 그대로 유지될 가능성은 낮
아진다. 이는 형식을 바꿀 수밖에 없다는 것을 의미한다. 독특한 창법
은 외국인의 입장에서 봤을 때 한국 고유의 것이지만 그 내적인 미감
을 이해하는 것은 쉽지 않기 때문이다. 그래서 다른 나라의 관중들이
대상으로 공연할 때 판소리를 소개하는 공연이 아닌 이상은 그 나라
관중들에게 익숙한 공연 형식으로 개작해야 하며, 결과적으로 보았을
때 그들이 보고, 듣고, 즐길 수 있는 연극 형식으로 바꿔야 한다.

문화·사상적 배경이 다르기 때문에 극형식을 바꾸는 일에 어느 정
도의 자유를 확보할 수 있으나, 원작의 배경이나 풍습과 같은 것을
완전히 외면하면 개작작품의 질에 영향을 끼칠 수도 있다. 다음의 사
건이 이 문제를 어느 정도로 잘 보여주고 있다.

일본 신협(新協)극단이 1938년에 「춘향전」을 개작하고 공연했다.
이 공연을 본 당시 조선의 문인들이 좌담회를 열고 이 작품에 대한
여러 의견을 발표했다. 실제로 좌담회에 참석한 당시의 조선지식인들
은 이 공연을 맹렬하게 비판했다. 물론 그들의 발언에는 일제시기 피
식민지민인 그들의 심리적인 반감도 들어가 있었지만, 실제로 그들이
지적한 문제들 중 일부는 아주 객관적인 것이기도 한다. 그것은 곧
문화·풍속적인 차이 때문에 일어난 문제들이다. 이와 관련한 그들이

일부 발언을 제시하면 다음과 같다.

> 李源朝 : 風俗·習慣·制度 이러한 우리들의 옛날 生活雰圍氣에 대한
> 　　　　理解가 넘우 없더군요. 그러니까 言語, 動作이 모두 不自然
> 　　　　했습니다.
> 徐光霽 : 李道令이나 春香, 春香母, 使道 等은 이 劇 全體를 살리는데
> 　　　　絶對로 重要한 人物들인데 내보기엔 한사람도 그대로 산것갓
> 　　　　지 안테. 李道令은 요새말로 戀愛꾼 그대로고 春香은 色情의
> 　　　　化身, 春香母는 갈보, 使道는 조곰도 人間性이 없는 게다모
> 　　　　노(짐승) 갓데.
> 金南天 : 村山知義의 經歷으로 보아 春香傳을 身分社會와 分離해서
> 　　　　생각할 수 업는 것쯤은 알만할텐데 春香傳에서 時代性이라
> 　　　　던가 身分制度의 反映이라는 點까지도 考慮치 못햇다고하면
> 　　　　結局 그 사람이 조곰도 春香傳을 眞摯하게 檢討해볼 생각조
> 　　　　차 안가젓다는 말로 되겠지요.
> 李源朝 : 第二幕이든가 春香의 치마에 金箔박은 것을 입엇는데 치마에
> 　　　　金箔박은 것은 公主나 翁主가 입고 士大夫집에서도 입지 못
> 　　　　햇든것인데 하물며 妓生이 어듸입을수가 잇겟세요.[5]

　당시 조선의 지식인들이 지적한 문제들은 주로 고전 작품에 반영된
문화나 풍속에 대한 이해부족, 주인공의 형상을 비롯한 「춘향전」이라
는 작품 자체에 대한 이해부족, 그리고 「춘향전」이 성립된 당시의 사
회적 배경에 대한 이해부족 등이 있다. 이런 문제들은 외국에서 이뤄
지는 「춘향전」의 연극 개작 과정에서도 충분이 일어날 수 있는 것들

5　《批判》, 제6권 12호, 1938.12.

이다. 시간이 많이 지나갔고, 세계적인 정치판도도 많이 바뀌었지만 「춘향전」에 대한 다른 나라에서의 개작 양상이 크게 변화한 것은 아니다. 가령 위에 기사에서 일본 개작본 「춘향전」을 비판하는 그 사람들이 중국 개작본 「춘향전」을 본다면 아마 비슷한 의견을 내었을 것이다. 물론 개작의 과정에서 원작의 풍습이나 문화를 배우고, 개작 작품에서 상식적인 차원의 착오를 피하는 것이 필요하다. 그러나 문제는 그들이 지적한 문제들이 「춘향전」과 조선이라는 나라의 문화나 풍속을 잘 모르는 일본 관중들에게 큰 장애가 되지 않았다는 것이다. 같은 공연이 일본에서 성공했다는 점이 이것을 설명해준다.

위에서 이원조가 지적한 문제가 월극 「춘향전」에서도 비슷하게 일어난다. 앞에서도 한번 지적했듯이 월극 「춘향전」에서 월매가 입는 옷에는 어깨에 금박으로 원형 도안(圖案)을 박은 것이 있다. 이원조가 지적했듯이 치마에 금박을 박은 것은 공주나 옹주만 입을 수 있어 사대부집에서도 입지 못했다. 어깨에서 원형 금박 도안을 박은 것도 마찬가지로 왕실에서도 왕이나 왕후, 세자의 옷에서만 있을 수 있는 것이다. 월매는 당연히 이런 도안이 있는 옷을 입을 수 없다. 중국 관중들이 이런 문제를 신경이 안 썼을 수도 있겠지만 문화적인 차원에서 이런 실수를 줄이는 것도 중요한 문제이다.

이런 문제도 문화적인 요소의 해체라는 차원에서 설명할 수 있다. 작품의 내용에서 실제적으로 나타나지 않더라도 사회배경으로서의 규칙이나 제도, 문화 등은 작품의 기반에 깔려 있다. 이런 것들도 작품의 문화적인 요소로 볼 수 있다. 이런 문화적인 요소들은 개작의 과정에서 사회적·문화적인 배경의 변화에 따라 해체되기도 하며, 경우에 따라서는 영원히 사라질 수도 있고 다른 나라의 제도나 문화로 변하여 다시 나타날 수도 있다. 이런 실수 때문에 문화적인 차이에 대한 지식이 부족하다는 비판을 면하기 어려울 것이다.

「춘향전」은 중국에 들어간 이후 중국의 문화·풍습 등과 결합하여 중국 민중들이 수용하기 쉬운 형태로 재구성된다. 판소리「춘향전」을 '판소리라는 공연형태를 취하는「춘향전」'으로 정의한다면 개작대상으로 선택된 것은 문학작품으로서의「춘향전」이지 공연형태로서의 판소리가 아니다. 그러므로 창극이나 중국 전통 희곡으로「춘향전」을 개작하는 일종의 해체와 재구성 과정에서 형식적인 것은 많이 잃게 되겠지만, 형식에 담겨 있던 내적인 정신적·사상적인 요소들을 최대한 유지한다면 다른 형식으로 변화된「춘향전」도 여전히 자신의 고유한 예술적인 생명을 유지하고 있다고 할 수 있을 것이다.

판소리의 수많은 창본과 해방 이전의 수많은 창극공연 기록을 통해서도 알 수 있듯이 공연예술로서의「춘향전」은 태생적인 개방성과 유동성을 가지고 있다. 이 말은 어느 누구나「춘향전」의 기본구조만 가지고 나름의 방식으로 또 하나의 창극이나 다른 연극 형식의「춘향전」을 만들 수 있다는 것이다. 표현방식이 달라졌지만 주인공들의 슬픔·애원·비창·절망·기대 등 감정을 적실하게 표현해내면 그것은 성공한 개작이라 할 수 있다. 예술의 가치는 사람을 감동시키는 것에 있으며, 방식이 다르더라도 그 효과가 같다면 긍정적으로 평가할 수 있는 것이다. 개작본의 형식과 상관없이 원작의 예술적·사상적 면모와 가치를 비슷하게 표현해내는 개작본이 곧 성공한 개작본이라 할 수 있다.

중국의 전통 희곡으로 개작된「춘향전」은 작품을 둘러싼 모든 조건이 달라졌기 때문에 작품의 제반요소들도 달라질 수밖에 없지만「춘향전」이 가지고 있는 풍부함과 개방성, 공연예술로서의 유동성 등 특징은 여전하다. 이 말은 「춘향전」의 중국 전통 희곡 개작본도 형식이 고정된 것이 아니라 공연할 때마다 조금씩 변화하고 있었고, 나중에도 다르게 표현될 수 있다는 것이다. 1990년대에 공연된 월극 「춘향전」이 1980년대의 것과 비교해 예술적인 표현력이 많이 달라졌다. 특히 노래에 있어 창강(唱腔)이 더욱 청아(清雅)하고 아름답다는 사례가 이 문제를 잘 설명할 수 있다.

번역자의 문인적인 경향 및 문화적인 요소의 해체와 재결합은 모두 문화의 차이라는 큰 틀 안에서 일어나는 문제들이다. 번역자들의 문인적인 경향은 곧 그들이 몸담고 있는 중국문화의 표현이라 할 수 있고, 문화적인 요소의 해체와 재결합은 곧 한·중 양국 문화의 충돌과 융합의 과정으로 볼 수 있다. 때문에 문화 차이로 인해 일어나는 모든 변화는 자연스러운 변화로 볼 수 있지만, 문학작품은 스스로 변화할 수 있는 존재가 아니다. 번역자와 개작자가 이 변화의 과정과 결과를 직접 추진하고 만들어낸 것이다. 양국의 문화적 차이를 조화롭게 융합시켜 번역이나 개작 과정에서 일어나는 다양한 변화와, 중국의 문화 및 독자(관중)의 수용심리 사이를 연결하는 일은 역시 번역자와 개작자의 능력에 달려 있는 문제이다.

Ⅴ. 결론

　이상 중국에서의 「춘향전」 번역 및 개작의 양상을 살펴보고 이런 양상들이 일어나는 이유와 배경을 검토하여, 이런 번역과 개작의 의미를 고찰하였다. 중국어로 번역된 소설 「춘향전」과 중국 전통 희곡으로 개작된 희곡 「춘향전」은 이 작품이 중국에서 어떻게 탈바꿈하였는지를 보여주었다. 언어를 비롯하여 작품을 구성하는 제반 요소와 함께, 작품이 존재하는 환경의 변화에 따라 작품의 내용이나 공연양상도 달라진다.

　본문의 논의를 요약하자면 Ⅱ장에서는 「춘향전」의 소설 번역본의 양상을 살펴보고 번역본의 한계와 의의를 고찰했다. 번역자의 국적, 그들의 번역 실력, 번역본을 내는 시기가 각기 다르기 때문에 「춘향전」의 중국어 번역본의 양상도 각기 다르다. 번역에 대한 기본적인 기준을 가지고 작품을 살펴볼 때, 우선 원작을 정확하게 번역해야 한다는 가장 기초적인 기준에 있어 정도의 차이가 있지만 역본마다 오역이나 적절하지 않은 번역들이 있었다. 다음으로 원작을 유창하고 순탄하게 표현하는 점에 있어서도 적지 않은 문제들이 있다. 이런 문제는 두 명의 한국인 번역자인 허세욱과 유응구의 역본에서 특히 많이 발견된다. 현대 중국어를 배우는 외국인이 중국의 고대 언어로 고전 작품을 번역하는 일은 상당히 어렵다. 이는 중국어뿐만 아니라 외국어를 전공하는 사람이라면 누구도 자유로울 수가 없는 문제이다. 마지막으로 원작의 내용에 대한 정확하고 유창한 번역이라는 기반 위에서 원작의 문학적인 정서와 미감을 재현해야 한다. 곧 알렉산더 프레이저 타이틀러가 말하는 "the style and manner of writing should be of the same character with that of the original."와 "the Translation should have all the ease of original composition"이다. 정생화와 설주·서려홍의 역본은 오역이 많지 않지만 두 역본의 저본이 모두 「춘향전」의 현대역본이라서 원작의 고전적인 정취를 제대로 표현해내지는 못했다는 문제가 있다. 1956년 빙울·장우란 역본은 원작의 고전적인 운치를 가장 잘 표현해 낸 역본이지만, 오역과 적절하지 않은 번역이 많아서 역본의 전체적인 질을 떨어뜨렸다. 모든 번역자들이 나름의 방식으로 어려운 번역작업을 완성했으나, 역본마다 나름의 장점과 문제점이 있다. 후에 새로운 역본이 나온다면 이런 선학들의 성과를 참고하여 뛰어난 부분은 적극적으로 흡수하고, 오역과 적절하지 않은 번역을 다듬어 질적으로 높은 수준에 이르기를 기대해 본다.

Ⅲ장에서는 희곡개작본의 내용과 공연양상을 살펴보았다. 「춘향전」의 중국 희곡 개작본은 한국의 창본을 연상시킬 정도로 다양한 양상을 보인다. 이런 다양한 양상이 나타난 이유는 양국의 문화적 차이에 있기도 하고, 개작자의 문학적인 취향과 작품에 대한 개인적인 이해 정도에서 비롯된 문제이기도 하며, 각 지방극의 지역적인 특색과 관중들의 관람 관습과도 연관이 있다. 대부분의 개작본은 월극 「춘향전」

을 이식한 것이라서 내용상으로 상당한 유사성을 지니고 있으나 한편으로는 각기 나름의 개작 내용도 있다. 개작본은 모두 나름의 문학적인 가치나 예술적인 매력을 창출했으며, 작품의 내용을 중국 고전소설이나 희곡에서 흔히 볼 수 있는 재자가인식의 사랑 이야기로 만들어내려는 경향이 공통적으로 나타난다. 이런 개작 자체는 문제가 없는 자연스러운 개작이라 할 수 있다. 하지만「춘향전」은 단순한 사랑 이야기가 아니라 풍부하고 복잡한 내적 의미를 담고 있는 작품이다. 때문에 개작된 작품이 본래「춘향전」의 내용과 거리가 있다는 점에 주의를 기울일 필요가 있다.

Ⅳ장에서는 번역자의 문인적인 경향 및 문화적인 요소의 해체와 재결합이라는 관점에서「춘향전」번역과 개작에 관한 문학적인 기반을 간단하게 검토했다. 문인적인 경향에 대해서는 주로 음률을 잘 모르는 것, 재자가인 형식의 이야기에 익숙한 것, 문언문(文言文)을 선호하는 것과 이로 인해서 해학적인 내용을 잘 표현해내지 못하는 것 등을 중심으로 검토했다. 번역자와 개작자의 개인적인 능력은 작품의 세부적인 내용의 수준을 결정했으며, 그들의 이런 집단적인 경향은 작품의 기본적인 방향을 결정해주었다고 할 수 있다. 문화적인 요소의 해체와 재결합에 대해, 주로 문학을 구성하는 요소가 주변 환경의 변화에 따라 달라지는 과정과 이유를 검토했다. 이런 해체와 재결합의 과정은 한국(북한)과 중국의 문화의 충돌과 융합의 과정으로 볼 수 있다.

「춘향전」의 번역과 개작 과정에서 많은 문제들이 발생한 이유는 대개 두 가지 방면에서 생각해 볼 수 있다. 하나는「춘향전」자체의 독특한 문학적 특징에 대한 이해의 부족이고, 다른 하나는「춘향전」의 역사·문화적 배경에 대한 이해의 부족이다.

적층문학인 「춘향전」은 상당히 독특한 문학적 특징을 가지고 있다. 이 분량이 많지 않은 한 작품 안에 한국 고대문학사에 출현했던 수많은 문체형식들을 들어가 있고, 이 수많은 문체형식이 지니고 있는 문화적인 성격도 이 한 작품 안에 섞여 있다. 보통 집단적으로 창작된 문학작품의 경우에는 작품의 창작집단이 어느 정도의 동질성을 지니고 있다. 그래서 창작의 과정과 창작에 참여한 사람들을 밝힐 수는 없지만 결과물인 작품은 대부분의 경우 어느 정도의 일관된 문학적인 경향을 지니고 있다. 이는 물론 집단창작의 과정을 거친 작품들을 한데 모은 뒤, 마지막으로 편찬과 윤색을 가하고, 작품의 문체나 문화적인 분위기를 일관되게 만들어낸 편찬자의 노고의 결과이기도 하다.[1] 그러나 「춘향전」의 경우는 창작집단의 동질성보다 이질성이 더 강렬하게 드러나 있다. 문체나 표현수법에 있어 장중하고 우아한 한문투가 있는가 하면, 생동감이 넘치는 서민적인 언어도 있다. 일정한 한문적 지식이 없으면 이해할 수 없는 한시나 전고들이 있는가 하면, 사투리로 표현된 비속어나 저속한 표현들 또한 나타난다. 주제에 있어서도 표면적으로 삼강오륜이나 정절을 내세우고 있으나 이면에는 중세사회의 질서를 비웃음이 내재되어 있으며 그것에 도전하기도 한다.

---

1 한국의 『어우야담』을 비롯한 한문단편과 중국의 『요재지이(聊齋志異)』를 비롯한 단편소설집을 예로 들면, 민간에 산재하고 있는 전설이나 민담 등의 소재를 수집하고 하나의 작품(집)을 만들어 내는 것은 「춘향전」의 성립과정과 유사한 면이 있다고 할 수 있다. 그러나 『어우야담』이든 『요재지이』이든 문체나 작품 전반의 문학적인 경향이 일관되게 나타나 있다. 이는 두 작품이 모두 문인의 손으로 편집과 윤색의 과정을 거쳤다는 것과도 관련이 있다. 반면 「춘향전」에서는 이런 문체나 문학적인 경향이 일관되게 나타나지 않는다.

인물형상에서도 일관된 형상을 지닌 전형적인 인물이 아니라 발랄하고 생동감 넘치는 입체적인 인물을 창출한다. 주인공 춘향의 인물형상을 예로 들면, 광한루 근처에서 그네를 뛰는 춘향은 거의 선녀의 형상이고, 방자와 월매의 입으로 표현된 춘향은 숙녀이다. 첫날밤에 농밀한 육정을 즐기는 춘향은 탕녀와 가까운 형상이며, 이별해야 한다는 말을 듣고서 머리를 찢고 면경·체경을 둘러쳐 깨뜨리고 이몽룡을 협박하는 춘향은 악녀의 형상과 닮아있다. 애절한 자탄가를 부르는 춘향은 원녀(怨女)이고, 죽음을 무릅쓰고 끝까지 수청을 거역한 춘향은 열녀이다. 이런 다면적인 성격을 지닌 춘향은 한국과 중국의 고전소설을 통틀어 보아도 드문 형상이다.

「춘향전」의 원작에 익숙하지 않은 중국의 연구자나 일반 독자에게 이 작품에 배어있는 이런 독특한 특징들은 상당히 낯선 것이다. 문체·구성·인물형상 등 다양한 면에서 중국의 일반적인 고전소설의 성격과 상당히 다르기 때문이다. 「춘향전」의 이런 다면성을 살펴보고, 이런 다면성이 지닌 의미를 이해하는 것은 이 작품의 문학적인 가치를 제대로 이해하는 일의 기반이 된다. 이런 기초적인 이해가 없으면 이 작품을 단편적이고 평면적인 작품으로 인식하고 번역하기 쉽다. 실제로 앞에서 살펴본 「춘향전」의 번역본 중에는 원작의 이런 다양한 측면을 적실하게 표현해낸 역본이 거의 없다고 할 수 있다. 번역자들이 모두 나름의 노력을 기울였으나 결과적으로 봤을 때 아직 만족할 만한 성과가 나오지 않았다고 해야 한다.

「춘향전」의 본모습과 진정한 문학적 가치를 재현하는 일은 단순한 번역의 문제가 아니다. 본문에서 텍스트를 분석하는 과정에 각 역본의 오역과 적절하지 않은 번역의 문제를 많이 지적했다. 그러나 설령 원작의 내용을 하나도 틀리지 않고 모두 충실하게 번역해낸 역본이 있다 하더라도 그것은 오역이 없는 역본이지 원작의 본모습을 재현해 냈는지 여부는 여전히 장담할 수 없는 문제이다. 이는 다시 번역자의 작가적인 재질의 문제로 돌아갈 수 있다. 번역은 단순히 두 언어 간에 전환이 아니다. 문학작품의 번역에 있어 번역자도 원작 작가에 못지 않은 재질이 있어야 원작의 진정한 모습을 재현할 수 있는 것을 앞에서 거듭 강조한 바이다.

번역본에 원작을 크게 벗어날 수 없다는 제한이 있다면「춘향전」의 중국 희곡 개작본에 상대적으로 많은 여유를 가지고 있다. 필요에 따라 원작의 내용을 삭제하기도 하고 원작에 없던 내용을 추가하기도 한다. 인물의 형상화에 있어 개작자의 의도에 따라 나름의 가필이나 윤색을 가하기도 한다. 지방극의 지역적인 특징을 고려해서 공연방식과 인물형상, 심지어 이야기의 내용을 변화시키기도 한다. 그리고 작품의 완성도 면에서 볼 때 공연예술로서의 희곡의 예술적 완성도가 소설보다 훨씬 높다. 소설역본에는 의미전달이 애매한 문장이 나타날 수 있겠지만 희곡공연에서는 허락되지 않는다. 희곡은 관중들의 눈앞에서 직접 공연을 해야 하기 때문이다. 그래서 원작과의 거리의 문제를 떠나서 중국에서 공연된 모든「춘향전」은 모두 나름의 독립성과 완성도를 지닌 작품이라 할 수 있다.

한국에서는 20세기 초부터 현재까지「춘향전」이 전통적인 판소리 외에 창극·오페라·뮤지컬 등 수많은 다른 극형식으로 계속해서 공연되고 있다. 중국에서 있었던「춘향전」의 공연은 비록 한국에서처럼 튼튼한 문화적·문학적인 기반을 갖고 있지는 못하지만, 개작자와 연출자도 나름대로 이 작품을 이해하여 각색하고 공연해 왔다. 단 중국

에서 공연한 「춘향전」과 한국에서 공연한 「춘향전」의 주제나 내용상
의 차이는 단순히 작품 자체에 대한 이해의 차원에서 비롯된 문제가
아니라는 것은 주의할 필요가 있다. 중국의 개작자나 배우들이 이 작
품의 사회·역사적인 배경에 대해 충분히 알고 있지 못했다는 점은 작
품을 이해하는 과정에서 문제를 일으키는 가장 근본적인 원인이라 할
수 있다. 대부분의 희곡개작본이 이 작품을 단순한 사랑 이야기로 개
작한 것도 이 때문이다.

　「춘향전」의 원작이나 북한의 창극 「춘향전」의 내용을 잘 알고, 또
한 「춘향전」의 역사·문화적인 배경에 대해 어느 정도의 지식을 가진
사람이라면 중국에서 공연된 희곡 「춘향전」은 진정한 의미에서 「춘
향전」이 아니라는 것을 쉽게 알아볼 수 있다. 개작 자체에 원작에 대
한 일정 정도의 변용이 허락되어 있지만 범위나 척도에 있어 아무런
제한이 없는 것은 아니다. 그래서 변용의 범위와 척도를 어떻게 정해
야 하는지의 문제가 중요하다. 이몽룡이 처음부터 춘향을 정실부인으
로 삼겠다고 말한 것처럼 개작해도 되는지,[2] 그 유명한 '금준미주천인
혈'이 등장하는 변학도의 생일잔치 대목을 삭제해도 되는지 등의 문
제가 그것이다. 말하자면 중국에서 이루어진 「춘향전」의 개작은 원작
과의 차이를 어느 정도까지 용인할 것인지, 개작자 나름의 주체적인

2　본문에서도 강조했듯이 정실부인의 자리를 약속받은 춘향이 스스로 첩의 자리를
　달라는 것은 논리적으로 문제가 있는 설정이다. 그것은 인간의 천성에 어긋나는
　일이기도 한다. 두 사람의 사랑을 평등한 입장에서 이루는 자유로운 사랑이라고
　본다면, 춘향이 스스로 물러나 자신의 남편을 다른 여인에게 양보하고 부인의 자리
　도 내놓을 리가 없다. 명분과 지위에 있어 처와 첩의 차이를 이렇게 가볍게 처리한
　것은 개작자의 경솔함이 고스란히 드러나는 지점이다. 이 문제는 소설 번역본에서
　도 마찬가지이다.

개작이 어떤 범위 안에서 허락되어야 하는지의 문제들을 엄밀히 따져볼 필요가 있다는 것이다. 만일 원작과의 거리를 고려하지 않고「춘향전」의 줄거리만을 가져와「춘향전」을 공연한다면, 그것을 두고 한국고전문학을 중국에 전파하는 데 일정한 기여를 했다고 할 수도 있었겠으나, 그런 공연을 통해 중국에 전파되는「춘향전」은 진정한「춘향전」이 아니다. 때문에 공연자체의 의미만 가지고 있을 뿐, 한국문학의 전파에 크게 기여한다고 말할 수는 없을 것이다.

현재까지 중국에서 공연된「춘향전」은 춘향과 이몽룡의 순진한 사랑과, 변학도의 위세와 강권에 굴복하지 않은 춘향의 굳센 정절을 표현하고 있다. 이런 내용만 표현하고자 하면 중국의 일반 관중들에게 한국 고전문학의 대표작인「춘향전」은 중국 고전 작품의 일반적인 사랑 이야기와 별 차이가 없다는 인상을 주기 쉽다.「춘향전」을 통해 한국문학을 전파하는 의도가 있거나「춘향전」의 독특한 문학적 특징을 표현해내고자 한다면「춘향전」의 역사·문화적인 배경을 충분히 존중해 주고, 사건의 전개와 인물의 형상화 과정에서도 원작의 내용을 존중해 주어야 한다.

언어의 전환을 통해 중국의 독자와 관중에게 다가간다는 면에서「춘향전」의 번역본과 개작본은 모두 중요한 의미를 지니고 있다. 그러나 번역과 개작에서 일어나는 수많은 문제점들을 쉽게 간과해서는 안 된다. 중국의 독자와 관중에게 단순히「춘향전」을 소개하는 것보다, 어떤「춘향전」을 어떻게 소개하느냐의 문제가 더 중요시되어야 한다. 이제「춘향전」의 번역과 개작에 대한 선학들의 성과가 어느 정도 축적되어 있다. 후학들은 선학들의 성과를 참고하여 더 넓은 시야로 더 좋은 성과를 거둘 수 있을 것이다.

◇ Abstract

「Chun-hyang Jeon(춘향전)」's
Translation and Adaptation in China

WANG FEIYAN

This paper systematically investigates Chinese translations and adaptations of the classic Joseon(조선) novel 「Chun-hyang Jeon (춘향전)」. Concrete issues include what these translations and adaptations are; how they vary from the original; and how and why changes occur. This paper chose as its object of study five translations and five traditional opera adaptations made from the 1950s to the present.

Because the translators' nationalities, identities and skills differed, the quality of 「Chun-hyang Jeon」s' translations also vary. The 1956 version maintains the classical atmosphere and musical character of Pansori(판소리). Xu Shixu's translation mixes classical and modern Chinese. Liu Yingjiu's version heavily references the 1956 version. Ding Shenghua's and Xue Zhou·Xulihong's versions are modernized translations. All the translators clearly put great effort into their work. Still, all versions contain certain mistranslations and awkwardness.

Each version's unique style is deficient to some extent. Incon tent details, there are issues common to all versions. First, most translators seemed to lack knowledge of the original's social and historic backdrop. Their translations thus lack details and depth. This issue is most serious in the depiction of the relation ship between Chun-hyang(춘향) and Li Menglong(이몽룡). In the old Joseon Dynasty, 「Chun-hyang Jeon」's context, class identities were stark and rigid. In the original, Chun-hyang is inescap ably a concubine, never a wife. This is the realistic back ground and social basis for the story. As a gisaeng(기생, Korean geisha)'s daughter, Chun-hyang belongs to the lowest class. This makes her love affair with Li Menglong, without his parents' agreement or a wedding ceremony possible. For she can never be Li Meng long's true wife. Bian Xuedao(변학도) can also force her to provide Sucheong(수청, bed service). Yet most Chinese versions portray Chun-hyang as Li menglong's real wife. Such an outcome is not only contrary to the original, but undermines its deep meaning. What may seem an erroneous detail alters the story's basic social context.

Second, most versions lose the original's lyric character. The Chinese versions have as their basis the same script, the tra ditional, 84-page 「Chun-hyang Jeon」, published in Jeonju(전주, 완판84장본 「열녀춘향수절가」). Widely accepted as the most com plete, classic version, this edition is actually a kind of telling of the tale in musical-verse. The lyric qualities are obvious. Even its narrative relies on 4·4 words, a common traditional lyric style of old Joseon. Throughout are also many Chinese poems and other songs. Rendering all these into musical Chinese is problematic, but such "songs" as the "love song", "departure song", "farmer's song", etc. should end up in reminiscent forms. But because the translators all seemed unfamiliar with the music, their output rarely reflected the original's rhythms. Most translations take on five- or seven-character Chinese poetic forms, probably because that was most familiar. Yet the translations are deficient in their mastery of Chinese poetic forms, as well. Rhymes that make rhythmic sense are rare. Besides, the old Chinese poetic form is inappropriate to the woman's sadness. Five- or seven-character poetry is not only an elegant literary style; it also readily expresses the vernacular. However, the translations show no use of this method. Therefore, the translations' musical charac teristics have short comings. Only the 1956 version reproduces the classic's charm and musical sensibilities.

Finally, most of the translations lose the original's humor. Comic or fun expressions, common in Pansori stories, embody the optimistic spirit of the people. The translators did not express this well, likely because they did not fully realize 「Chun-hyang Jeon」's characteristics. As a collective creation, 「Chun-hyang Jeon」 varies writing styles—from classical Chinese, to vivid expressions of the masses, to vulgarity. Such diverse styles and contents are troublesome for foreign translators to master. They expressed some, but not all, the story's aspects.

The Chinese enjoy many traditional adaptations of 「Chun-hyang Jeon」. Yue opera's is the most famous. Many others have used the Yue as their script. The Yue Opera was first adapted from the North Korean opera of 「Chun-hyang Jeon」. This paper provides a detailed study of the Yue variations, comparing them to the original. The North Korean opera 「Chun-hyang Jeon」 greatly sharpens class struggle, exalting the common people more than in the original version. While great efforts are made to raise Chun-hyang's status, she cannot be Limeng Long's wife, just a concubine. The story is still full of humor, and every character expresses strong individuality. In Chinese Yue opera, the story becomes a simple love story. Instead of showing class struggle, for instance, one episode shows people donating copper-spoons to make a grave marker for Chun-hyang, in case Bian Xuedao chooses to kill her, an authentic reflection of life then. Also in the Yue opera, Chun-hyang becomes a true wife, not a concubine anymore. Differences between Chinese and North Korean cultures and customs led to changes to appeal to Chinese sensibilities. Other adaptations follow the Yue version. Local characteristics led to even more changes. The Hong Kong performance, for example, portrays the characters less privately and popularizes contents, adding local customs like singing songs at birthday parties. Overall, local adaptations add color to the tale, which in Korea has inspired new librettos or musical plays. In China, on the other hand, changes have had divergent effects. In Korea, the novel has deep roots and automatic cultural connotations. Since all Koreans know the story, changes matter little, and are readily explainable. In China, the opera's variations show the adaptors' or actors' essentially divergent understandings and expressions of the tale.

Overall, the adaptations and translations show great dis crepancies from the original. We cannot confirm whether the translators and adapters themselves realized these discrepancies, but their works seem to misunderstand the original. Sometimes the deficits lie in more than one area. 「Chun-hyang Jeon」's unique style complexities and manifold contents defy classifi cation. The many classes of people in the story all make contribu tions, with both elegant high culture and demotic sentiments coexisting. Intellectuals long treated the novel as vulgar, popular fiction.

This wide variety of writing styles and content tends to perplex Chinese translators and readers. Without deep understanding, the story's original feeling is difficult to reproduce, and the trans lators' and adaptors' social / historical backgrounds seem to have been somewhat limiting. The rendering of the two protagonist's relationship is typical. Uncovering the real cultural and artistic value of 「Chun-hyang Jeon」 requires profound study of its origi nal background and society.

No translation or adaptation is perfect. Mistranslations or other errors are inevitable. Early versions serve as valuable references for later ones. Studying the processes and achievements of these earlier works lead to greater achievements.

Keywords: 「Chun-hyang Jeon」, translation, adaptation, Pansori, North Korea, historical background, cultural differences.

◇ 中文概要

《春香傳》在中國的翻譯與改編

　　本稿旨在對《春香傳》在中國的翻譯與改編進行一番系統地考察與研究。具體考察了翻譯與改編的表現，譯本與改編本中出現的問題及其原因，探討了譯本與改編本的特點及其文學意義。研究對象選擇了從1956年到目前爲止出版的五種小說翻譯本與五種戲劇改編本。小說翻譯本重在研究譯作的水準以及在翻譯中出現的諸多問題，因而雖然是中文版，但並非是對原作的單純翻譯，而是進行了很多改寫的中文譯本，在此並未列爲本稿的研究對象。戲劇改編本中除了京劇之外，其他劇本均爲將越劇進行再移植的劇本，因此具體的考察以越劇爲中心展開，其餘劇種則側重於考察其與越劇的不同。

　　《春香傳》的中文翻譯本，因譯者的國籍，身份，翻譯水平，以及翻譯工作進行的時期不同，譯本的水平與質量也各不相同。就翻譯的基準而言，借用Alexander Fraser Tytler的“翻譯的三原則”和嚴復的信·達·雅來衡量，我們所期待的最爲成功的譯本應該滿足以下三個條件：第一，譯本的翻譯要正確。正確是翻譯的最爲基本的原則，本稿中用了不少的份量來指正各譯本中的誤譯及不准確的翻譯，其原因也在於此。整體而言，沒有誤譯的譯本基本沒有。其中丁生花與薛舟·徐麗紅的譯本的錯誤相對少一些。第二，譯本的語言應該流暢。這亦是翻譯應該持守的最爲基本的原則之一。這一問題在許世旭與柳應

九的譯本中表現得較爲突出，因爲二位都是韓國人，在語言運用上，特別是在中國古文的運用上有很多生澀的地方。當然，這一問題也是任何一個學習外國語的人都無法避免的。第三，譯本最好能夠與原作的語言風格一致，且能適當地反映出原作的文學特色與藝術價值，這一點可以說是翻譯的最高境界。諸譯本中除了1956年 冰蔚‧張友鸞的譯本之外，其餘的譯本都沒有很好地再現原作的古典風味。當然，丁生花譯本與薛舟‧徐麗紅的譯本，因爲其底本已經是經過了現代韓語翻譯之後的版本，所以就更難將原作的古典風格加以再現。

　諸譯本各自有其獨特的風格與不足之處，就具體的翻譯內容而言，諸譯本出現的共同問題可概括爲三個，其一是未能對原作的社會歷史背景進行充分地理解與尊重，在譯作之中對原作人物的關係的處理頗爲輕率。這一問題在對春香與李夢龍的關係的翻譯上表現得尤爲突出。《春香傳》的產生及以盤瑟里(판소리) 的形式廣爲流傳的時期大部分爲朝鮮時代，在當時，身份制度是不可逾越的社會壁壘，因此在原作中無論二人之間的愛情的真假與深淺如何，除卻最後對春香的近似幻想的貞烈婦人的設定之外，在作品中春香自始至終都只是妾室的身份，而不是正妻。這是原作最爲基本的現實背景，這一背景也決定了主人公的命運及故事展開的必然：春香的悲哀，在表面上表現爲其對李夢龍的思念之情以及對自身身世的歎息，而其悲哀的根源卻在於，其實質上只是一個沒有得到任何名分保障的，隨時可被抛棄的小妾而已。春香若並非爲退妓之女的賤民，則卞學道亦沒有理由硬點守廳。因此，主人公的身份差別是這一作品最爲基本的現實背景，也是故事發生與展開的不可動搖的社會基礎。然而，絕大多數的譯作在故事的開始將李夢龍對春香的風流之舉譯爲其有意娶春香爲正室。如此翻譯，不僅與原作的內容相悖，亦從根基上動搖了原作的現實意義，是

至爲重要的翻譯上的失誤。其二是絶大多數的譯者並未將原作中的
音樂感很好地表現出來。所有的中文譯本的底本均爲完版八十四張
本《烈女春香守節歌》，這一版本實際上是盤瑟里唱本的小說版，因此
盤瑟里的音樂感在這本書中表現得非常明顯，敍述部分大都採用四四
字的歌辭體，漢詩的引用及諸多的唱詞部分也比比皆是。中文譯本中
雖然很難將原作的敍述部分也譯爲有律動感的文章，但至少原作中的
'歌'的部分，如'愛歌'，'別歌'，'農夫歌'，'十杖歌'等內容需要被翻譯成
歌的形式才能與原作的風格相符。但是由於譯者們似乎對於如何創
作出帶有音樂性質的譯文頗爲生疏，因而他們的譯文中很少切實地體
現出原作的韻律感來。大多數的譯者採取了五言或七言的漢詩的形
式，大概因爲漢詩是一般人最爲熟悉的韻文形式。然而問題是，並非
所有的譯者都是作詩的高手，他們的漢詩有的很少能夠找到共同的韻
字，自然也就更談不上韻律的問題了。另外，漢詩的形式對於表現春
香的悲哀，也似有欠妥當。試想一下，一個弱女子，孤身一人，哀怨地
傾訴，而其傾訴的內容卻是咬文嚼字的七言古詩：內容與形式相當不
合。另外，五言或七言古詩，亦並非只能是文人式的文雅格調，亦可
以表述一些通俗易懂的內容，但在這一點上，譯者們似乎同樣沒有加
以深慮。因此，整體而言，譯本上對原作的音樂性的表現，相當地不
足。其中較爲優秀的譯作當屬 1956年 冰蔚・張友鸞的譯本，不僅很
好地再現了原作的古典韻味，且對原作中的歌的表現也相當出色。其
原因大概是因爲張友鸞的古文造詣不淺，且對中國古典戲曲的語言非
常熟悉，曾親自改編幷創作過戲曲作品，因此他在翻譯中採取了很多
類似中國戲曲的唱腔的形式來翻譯原作中的歌，非常貼切。最後一點
是，大多數的譯本並未將原作中的詼諧與滑稽的內容很好地加以表現。
詼諧滑稽的內容及表現是盤瑟里作品的共同特點，也是當時民衆的樂

觀積極的精神的表現。譯者們沒有將其很好地翻譯出來，大概是因爲他們對《春香傳》的文體的理解有所不足。作爲一部集體創作的作品，《春香傳》里包含有各種截然不同的文體，有文雅莊重的漢文，亦有生動活潑的群衆語言，甚至不乏一些低俗的語言，這樣的類似大雜燴的作品，在中國古代文學史中，並不多見。以"肅宗大王卽位初"開始的這部作品，開頭便是一連串的四字成語組成的虛頭歌，這就很容易使初步接觸這部作品的人覺得需要用儒雅莊重的文言文來翻譯這部作品。作品整體借用的大量的漢詩和典故，也會加强這種感覺，因而在整體的莊重的氛圍之下，譯者們往往很容易忽略作品中出現的滑稽幽默的表現，因而亦未能將其切實地加以表現。實際上譯作對原作中詼諧內容的翻譯幾近無味。其中自然也不乏譯者們對原作風格理解不足的問題。

　在戲劇改編本方面，以抗美援朝期間中國的文工團去北朝鮮進行慰問演出爲契機，越劇團和京劇團先後改編了《春香傳》。其中越劇《春香傳》後來又被很多其它劇種移植。越劇的底本是北韓1954年改編的唱劇《春香傳》，與《烈女春香守節歌》相比，北韓的唱劇《春香傳》雖然添加了一些暴露封建官僚的腐敗的內容，但就總體而言，盤瑟里特有的幽默風趣，以及活潑的人物形象，在唱劇中並沒有很大的變化。但是由於越劇擅長於表現男女愛情的才子佳人類型的作品，他們所改編的《春香傳》也更傾向于表現二人的愛情，且主人公也被改編爲溫文爾雅的君子淑女的形象，當所有的登場人物都變得彬彬有禮的時候，原作中生動活潑的幽默詼諧也自然就被漸漸消去了。這種傾向同時也影響了其它劇種。因此，《春香傳》的中國戲劇改編本，基本上都是以表現主人公的愛情爲主題。另外，由於不同的劇種有著不同的地方特色，他們所演出的《春香傳》也就各不相同。其中與原作出入最大

的當屬潮劇。以香港新天彩潮劇團的演出爲例, 劇中人物形象更爲市
民化, 內容也更爲通俗, 且添加了反映當地風俗的祝壽歌的內容。黃
梅戲在將主人公刻畫爲才子佳人方面, 與越劇相比, 則有過之而無不
及。其餘的劇種也或多或少地對越劇有一定的改編。整體而言, 戲劇
改編本呈現出一種豐富多彩的多樣性, 這種多樣性可以使人聯想到《春
香傳》在韓國的各種不同的唱本或音樂劇。但中國的戲劇改編本所呈
現出來的多樣性, 與在韓國以不同的方式進行再演繹的《春香傳》的
多樣性, 在性質上是不同的。其原因在於, 韓國是《春香傳》的故鄉,
《春香傳》在韓國有著深厚的文化底蘊與基礎, 所有的韓國人都知道
這部作品, 所以他們的再演繹是在一定的共同認知的基礎上的再演繹。
而中國戲劇改編本的多樣性, 則僅限於對作品的理解和表現方式上的
多樣性。中國的觀衆, 對這部作品幷沒有一種共同的認知。

　整體來看, 小說翻譯本與戲劇改編本都有不少與原作頗有出入的地
方, 我們無法確認翻譯者與改編者是否意識到自己的作品與原作的差
異, 但從他們的作品中我們可以看出他們對原作的理解上的一些欠缺,
這種欠缺有時幷非是一種個人能力上的問題。具體而言, 首先, 《春
香傳》的文體與作品所包含的思想與感情相當地龐雜, 缺乏一定的統
一性或者同質性, 這與這部作品是集體創作的作品性格有關, 同時也
與其在流傳的過程中不斷地被不同的人進行改編也不無關聯。這樣
的文體風格與內容對于一般的中國翻譯者或者讀者而言, 都是相當陌
生的。除非對《春香傳》的原作有著深刻的瞭解, 否則是很難在譯作
或者改編本中再現原作的風格的。其次, 一般的譯者和改編者對這部
作品的社會歷史背景的理解也有所欠缺, 對兩位主人公的關係的翻譯
就是最典型的例子。要將《春香傳》中眞正的文化和藝術價値表現出
來, 翻譯者和改編者需要對原作及其背景, 以及當時的社會文化進行

一定的深入學習與研究，才有可能。

　　最初的譯本與改編本雖然難免粗陋，但相信它們可以爲以後的翻譯
與改編提供寶貴的參考，以後的翻譯者與改編者如果能夠充分地借鑒
先學們的經驗與成果，則必然會有更爲出色的成就。

關鍵詞:《春香傳》, 小說翻譯, 戲劇改編, 盤瑟里, 北韓, 歷史背景, 文化差異

참고문헌

1. 원전자료

「춘향전」, 연변교육출판사, 1955.
「춘향전」(원문영인 및 주석), (完西溪書鋪 본), 성기수 엮음, 글솟대, 2005.
「춘향전」, 송성욱 풀어 옮김, 민음사, 2004.
「춘향전」, 金思燁 校註解說, 大洋出版社, 1952.
「春香傳」, 趙潤濟, 『陶南趙潤濟全集』六, 東國文化社, 1989.
「春香傳」, 李家源 注, 太學社, 1995.
「춘향가」, 名唱 張子伯 唱本, 김진영・김현주 역주, 도서출판 박이정, 1996.
「춘향전」, 북한 창극, 조운・박태원, 『조선창극집』(영인본), 한국문학사, 1996.

「春香傳」(中譯本), 冰蔚・張友鸞, 北京作家出版社, 1956.
「春香傳」(中譯本), 許世旭, 商務印書館(臺灣), 1967.
「춘향전」(中譯本), 平壤 外文出版社, 1991.
「春香傳」(中譯本), 丁生花, 民族出版社, 2007.
「春香傳」(中譯本), 柳應九, 新世界出版社, 2009.
「春香傳」(中譯本), 薛舟・徐麗紅, 人民文學出版社, 2010.

「春香傳」(越劇), 莊志 執筆, 華東戲曲研究院 編輯, 新文藝出版社, 1955.
_____, 徐玉蘭・王文娟 公演資料, 上海越劇院, 1983.
_____, 王志萍・陳娜君 公演資料, 上海越劇院 紅樓劇團, 2006.
「春香傳」(京劇), 言慧珠 改編, 北京出版社, 1956.
「春香傳」(評劇), 莊志 改編, 中國評劇院, 編輯, 音樂出版社, 1957.
_____, 香港 新天彩 潮劇團 公演資料, 1964.
_____, 廣東潮劇院 二團 公演資料, 2001.
「春香傳」(黃梅戲), 吳琼・張輝 公演資料.

2. 저서 및 논문

1) 韓國

金東旭·金泰俊·薛盛璟 공저, 『春香傳比較研究』, 삼영사, 1979.

김장선, 『중국에서의 〈춘향전〉 번역 수용연구 : 1939-2010년』, 역락, 2014.

김흥규, 『한국문학의 이해』, 민음사, 1986.

박 황, 『판소리 二百年史』, 사사연, 1987.

백현미, 『한국 창극사 연구』, 태학사, 1997.

서연호·이강렬 공저, 『북한의 공연예술』 Ⅰ, 고려원, 1989.

이영미 외, 『남북한 공연예술의 대화』, 한국예술종합대학교 한국예술연구소, 2003.

정명문, 『남북한 음악극의 비교연구 -남한의 악극과 북한의 가극을 중심으로』, 고
    려대학교 박사학위논문, 2012.

조동일·김흥규 편, 『판소리의 이해』, 창작과 비평사, 1978.

강진모, 「〈고본 춘향전〉의 성립과 그에 따른 고소설의 위상 변화」, 연세대학교 석사
    학위논문, 2003.

김동욱, 「한국문학에 있어서의 해학」, 『月刊文學』, 1970.

김흥규, 「판소리의 社會的 性格과 그 變貌」, 『예술과 사회』, 사회과학총서 4, 1979.

_____, 「판소리의 서사적 구조」, 『판소리의 이해』, 조동일·김흥규 편, 창작과 비평
    사, 1978.

안창현, 「월극 〈춘향전〉 연구 : 창극「춘향전」과 소백화 월극단「춘향전」을 중심으
    로」, 『문화예술콘텐츠』 4, 한국문화콘텐츠학회, 2009.

왕비연, 「〈춘향전〉의 월극(越劇)으로의 변모양상에 대한 고찰」, 『동방문학비교연
    구』 1, 2013.

_____, 「許世旭 역본〈春香傳〉의 번역양상에 대한 고찰」, 『中國學論叢』 43, 고려
    대학교 중국학연구소, 2014.

_____, 「1956년 북경 작가출판사에서 출판한 〈春香傳〉의 번역양상에 대한 고찰」,
    『어문논집』 71, 민족어문학회, 2014.

양회석, 「춘향예술의 양식 분화와 세계성 : 월극〈춘향전〉 초탐」, 『공연문화연구』
    6, 한국공연문화학회, 2003.

이수광, 『芝峯類說』 卷十四, 文章部七.

李知恩, 「越劇 〈춘향전〉 비교연구(1) -북한 창극『춘향전』과의 비교를 중심으로」,
    『中國語文學』 60, 영남중국어문학회, 2012.

_____, 「潮劇 〈春香傳〉研究(1) -작품의 移植 배경을 중심으로-」, 『中國學論叢』
    38, 고려대학교 중국학연구소, 2012.

이지원, 「월극 춘향전과 창극 홍루몽 : 중국희곡과 한국 창극의 교류에 관한 소고」,

『판소리연구』16, 판소리학회, 2003.

전영선, 「북한의 민족문학이론가·문학평론가 윤세평」, 『북한』 No.345, 2000.

_____, 「〈춘향전〉에 대한 북한의 인식과 접근 태도」, 『민족학연구』 4, 한국민족학회, 2000.

전상욱, 「완판 〈춘향전〉의 변모양상과 의미—서지적인 특징을 중심으로」, 『판소리연구』 26, 판소리학회, 2008.

조동일, 「판소리의 전반적 성격」, 『판소리의 이해』, 조동일·김홍규 편, 창작과 비평사, 1978.

_____ 「신소설의 표면적 주제와 이면적 주제—판소리계 소설과의 비교를 통해」, 『어문학』 26, 한국어문학회, 1972.

진 영, 「중문판 소설〈춘향전〉의 연구」, 『여성문화의 새로운 시각』 6, 月印, 1999.

최진원, 「판소리 문학고—춘향전의 합리성과 불합리성」, 『대동문화연구』 2, 성균관대학교 대동문화연구원, 1965.

학청산, 「중국에서의 〈춘향전〉수용에 대한 연구」, 건국대학교 석사학위논문, 2011.

《批判》 제6권 12호, 1938.12.

2) 中國 및 기타

왕　녕(王寧), 『飜譯研究的文化轉向』, 淸華大學出版社, 2009.

언청경(言淸卿), 『粉墨人生粧淚盡』, 文滙出版社, 2009.

육홍비(陸洪非) 編著, 『黃梅戲源流』, 安徽文藝出版社, 1985.

이용해(李龍海), 『中韓번역 이론과 기교』, 국학자료원, 2002.

진한성(陳韓星) 主編, 『조극연구(潮劇硏究)』, 汕頭大學出版社, 1995.

『中國戲曲曲藝詞典』, 上海藝術研究所·中國戲劇家協會上海分會 編, 上海辭書出版社, 1981.

『中國戲曲志 浙江卷』, 中國戲曲志 편집위원회, 중국ISBN중심 출판, 1997.

Marianne Lederer, 전성기 옮김, 『번역의 오늘』, 고려대학교 출판부, 2001.

강　진(姜進), 「傳奇的世界—女子越劇與上海都市文化緒論」, 『近代中國社會與民間文化—首屆中國近代社會史國際學術研討會論文集』, 2005.8.

공　목(龔牧), 〈朝中人民友誼的花朵—越劇「춘향전」的演出〉, 『戲劇報』 1, 1955.

만백고(萬伯翶), 「絕代坤伶—言慧珠小傳」, 『中國作家』, 2011.

반성완 편역, 「번역가의 과제(The task of the Translator)」, 『발터 벤야민의 문예이론』, 민음사, 1983.

송려연(宋麗娟)·손 손(孫遜), 「"中學西傳"與中國古典小說的早期翻譯(1735-1911)—以英語世界爲中心」, 『中國社會科學』 6, 2009.

송병휘(宋炳辉)·여　찬(呂灿), 「20世紀下半期弱勢民族文學在中國的譯介及其影

響」, 『中國民族文學』, 中國社會科學院民族文學研究所, 2011.

안종상(顔宗祥), 「春香傳與中國話本小說」, 『外國文學』, 1990.

왕시창(王詩昌), 「梅蘭芳與言慧珠」, 『上海戲劇』 6, 1994.

이인경(李仁景), 「越劇「春香傳」與 唱劇〈春香傳〉的 比較研究」, 上海戲劇學院, 碩
　　士學位論文, 2010.

엄　복(嚴復), 「天演論·譯例言」, 1898.

유용강(劉勇强), 「中國古代小說域外傳播的幾個問題」①, 『北京論壇』, 文明的和
　　諧與共同繁榮－對人類文明方式的思考 ：“世界格局中的中華文明”, 國學
　　論壇, 2006.

왕　혜(王慧), 『「春香傳」的文化人類學解讀』, 民族學與社會學學院, 民族學專業,
　　中央民族大學 博士學位論文, 2003.

응지량(應志良), 「越劇「春香傳」蜚聲漢城－浙江小百花越劇團「春香傳」演出團赴韓
　　國演出記實」, 『戲文』 6, 2000.

장련홍(張煉紅), 「從'戲子'到'文藝工作者'－藝人改造的國家體制化」, 『中國學術』,
　　2002.

장이화(章詒和), 『伶人往事』(「可萌綠, 亦可枯黃 ：言慧珠往事」), 湖南文藝出版社,
　　2006.

장쟁승(黨爭勝), 「中國古典代表小說在國外的譯介與影響」, 『外國語文』 29, 2013.

조진강(曹振江), 「淺談漢英古典小說翻譯中的必然損失」, 『青年文學家』 9, 2012.

정명남(丁名楠), 「介紹金承化著美國侵朝史」, 『歷史研究』, 1954.3.

하성백(河星佰), 『盘瑟里 「烈女春香守节歌」的文化内容创意化研究』, 亚非语言
　　文学专业, 朝鮮文學, 延邊大學 博士學位論文, 2013.

허　인(許寅), 「遙憶言慧珠」, 『戲曲之家』 3, 1999.

《戲劇報》, 1954.6.~12.

《北京晚報》, 「北大朝鮮語首位外教柳烈 ：把學生看成自己的孩子」, 2010.5.13.

《浙江日報》, 2011.4.19.

찾아보기

ㄱ

기타

왕비연(王飛燕)

중국해양대학교(中國海洋大學校) 한국어과 졸업.
강남대학교 국어국문학과 졸업.
고려대학교 국어국문학과 대학원 문학석사, 문학박사.
현재 고려대학교 중일어문학과 박사수료.
『춘향전』의 번역과 한중비교문학, 그리고 중국 고전소설에 관한
다수의 논문이 있다.

한국서사문학연구총서 27
춘향전의 중국어 번역 및 변용의 양상

2018년 10월 10일 초판 1쇄 펴냄

지은이 왕비연
펴낸이 김흥국
펴낸곳 보고사

책임편집 김하놀
표지디자인 손정자

등록 1990년 12월 13일 제6-0429호
주소 경기도 파주시 회동길 337-15 보고사 2층
전화 031-955-9797(대표), 02-922-5120~1(편집),
　　　02-922-2246(영업)
팩스 02-922-6990
메일 kanapub3@naver.com / bogosabooks@naver.com
http://www.bogosabooks.co.kr

ISBN 979-11-5516-818-9 93810
ⓒ 왕비연, 2018

정가 26,000원